MIGUEL DE CERVANTES

# DON QUIJOTE DE LA MANCHA, II



EDICIÓN, INTRODUCCIÓN, NOTAS, COMENTARIOS
Y APÉNDICE

ÁNGEL BASANTA

Biblioteca Didáctica Anaya

*Dirección de la colección:* Antonio Basanta Reyes y Luis Vázquez Rodríguez.
*Diseño de interiores y cubierta:* Antonio Tello.
*Dibujos:* Javier Serrano Pérez.
*Ilustración de cubierta:* Javier Serrano Pérez.

# ÍNDICE

# EL INGENIOSO CABALLERO DON QUIJOTE DE LA MANCHA▼

(SEGUNDA PARTE)

(1615)

▼ En la continuación del *Quijote* Cervantes introdujo cambios ya en el título: a) la continuación de 1615 no se divide en partes, como el *Quijote* de 1605, por lo cual el de 1615 es la verdadera *segunda parte* de la novela; b) don Quijote es ahora el *ingenioso caballero* (no el *ingenioso hidalgo* como en 1605), porque ya en I, 3 había sido armado caballero andante, si bien por escarnio.

## PRÓLOGO AL LECTOR

¡Válame Dios, y con cuánta gana debes de estar esperando ahora, lector ilustre o quier [1] plebeyo, este prólogo, creyendo hallar en él venganzas, riñas y vituperios del autor del segundo *Don Quijote,* digo, de aquel que dicen que se engendró en Tordesillas y nació en Tarragona ▼! Pues en verdad que no te he dar este contento, que puesto que [2] los agravios despiertan la cólera en los más humildes pechos, en el mío ha de padecer excepción esta regla. Quisieras tú que lo diera del [3] asno, del mentecato y del atrevido; pero no me pasa por el pensamiento: castíguele su pecado, con su pan se lo coma y allá se lo haya. Lo que no he podido dejar de sentir es que me note de viejo y de manco, como si hubiera sido en mi mano haber detenido el tiempo, que no pasase por mí, o si mi manquedad hubiera nacido en alguna taberna, sino en la más alta ocasión que vieron los siglos pasados, los presentes, ni esperan ver los venideros [4]. Si mis heridas no resplandecen en los ojos de quien las mira, son estimadas, a lo menos, en la estimación de los que saben dónde se cobraron; que el solda-

[1] O bien.

[2] Aunque.

[3] Lo llamara.

[4] En la batalla de Lepanto (1571).

▼ En este prólogo Cervantes responde con fina ironía a los insultos e injurias (viejo, manco, murmurador, agresor de sus lectores...) que contra él había dirigido Avellaneda, en cuya continuación apócrifa del *Quijote,* publicada en Tarragona en 1614, se decía que era «natural de la villa de Tordesillas».

do más bien [5] parece muerto en la batalla que libre en la fuga ▼; y es esto en mí de manera, que si ahora me propusieran y facilitaran un imposible, quisiera antes haberme hallado en aquella facción [6] prodigiosa que sano ahora de mis heridas sin haberme hallado en ella. Las [7] que el soldado muestra en el rostro y en los pechos, estrellas son que guían a los demás al cielo de la honra, y al de desear la justa alabanza; y hase de advertir que no se escribe con las canas, sino con el entendimiento, el cual suele mejorarse con los años.

He sentido también que me llame invidioso, y que como a ignorante, me describa qué cosa sea la invidia; que, en realidad de verdad, de dos que hay, yo no conozco sino a la santa, a la noble y bien intencionada; y siendo esto así, como lo es, no tengo yo de perseguir a ningún sacerdote, y más si tiene por añadidura ser familiar del Santo Oficio [8]; y si él lo dijo por quien parece que lo dijo, engañóse de todo en todo; que del tal adoro el ingenio, admiro las obras, y la ocupación continua y virtuosa ▼▼. Pero, en efecto, le agradezco a este señor autor el decir que mis novelas son más satíricas que ejemplares, pero que son buenas, y no lo pudieran ser si no tuvieran de todo [9].

Paréceme que me dices que ando muy limitado y que me contengo mucho en los términos de mi modestia, sabiendo que no se ha de añadir aflición

[5] Mejor.

[6] Acción de guerra.

[7] Las heridas (zeugma).

[8] Ministro de la Inquisición.

[9] Las *Novelas ejemplares* (1613).

▼ Cervantes «se encara decididamente con el falsario y secuestrador» Avellaneda. «El duelo verbal, del cual saldrá Avellaneda despachurrado, se inicia con supuesta y burlona ecuanimidad»: Cervantes construye su respuesta sobre la figura de la preterición, que consiste en aparentar que se quiere omitir una cosa (Avalle-Arce).

▼▼ Alude a Lope de Vega, que fue nombrado ministro de la Inquisición en torno a 1608 y se hizo sacerdote en 1614. La referencia a su *ocupación continua y virtuosa* es un elogio lleno de ironía: era bien conocida entonces la vida desordenada y licenciosa de Lope.

[10] Aparecer.

al afligido, y que la que debe de tener este señor sin duda es grande, pues no osa parecer[10] a campo abierto y al cielo claro, encubriendo su nombre, fingiendo su patria, como si hubiera hecho alguna traición de lesa majestad. Si por ventura llegares a conocerle, dile de mi parte que no me tengo por agraviado; que bien sé lo que son tentaciones del demonio, y que una de las mayores es ponerle a un hombre en el entendimiento que puede componer y imprimir un libro con que gane tanta fama como dineros, y tantos dineros cuanta fama; y para confirmación desto, quiero que en tu buen donaire y gracia le cuentes este cuento ▼:

Había en Sevilla un loco que dio en el más gracioso disparate y tema que dio loco en el mundo. Y fue que hizo un cañuto de caña puntiagudo en el fin, y en cogiendo algún perro en la calle, o en cualquiera otra parte, con el un pie le cogía el suyo, y el otro le alzaba con la mano, y como mejor podía le acomodaba el cañuto en la parte que, soplándole, le ponía redondo como una pelota, y en teniéndolo desta suerte, le daba dos palmaditas en la barriga, y le soltaba, diciendo a los circunstantes, que siempre eran muchos:

—¿Pensarán vuestras mercedes ahora que es poco trabajo hinchar un perro? —¿Pensará vuestra merced ahora que es poco trabajo hacer un libro ▼▼?

▼ Cervantes seguramente conoció la identidad del autor del *Quijote* apócrifo. Desde luego, no creyó que se llamase Avellaneda ni que fuese natural de Tordesillas. Lo que sí hizo fue enmascararlo con sorna y hasta desprecio y no decir su nombre para no darle celebridad. Nótese que Cervantes sigue empleando el recurso de la preterición.

▼▼ ¿Insinúa Cervantes que un libro, como el perro del cuento, puede estar lleno de aire?

Y si este cuento no le cuadrare, dirásle, lector amigo, éste, que también es de loco y de perro:

Había en Córdoba otro loco, que tenía por costumbre de traer encima de la cabeza un pedazo de losa de mármol, o un canto no muy liviano, y en topando algún perro descuidado, se le ponía junto, y a plomo [11] dejaba caer sobre él el peso. Amohinábase el perro, y, dando ladridos y aullidos, no paraba en tres calles. Sucedió, pues, que entre los perros que descargó la carga fue uno un perro de un bonetero, a quien quería mucho su dueño. Bajó el canto, diole en la cabeza, alzó el grito el molido perro, violo y sintiólo su amo, asió de una vara de medir, y salió al loco y no le dejó hueso sano; y cada palo que le daba decía:

—Perro ladrón, ¿a mi podenco [12]? ¿No viste, cruel, que era podenco mi perro?

Y repitiéndole el nombre de *podenco* muchas veces, envió al loco hecho una alheña [13]. Escarmentó el loco y retiróse, y en más de un mes no salió a la plaza; al cabo del cual tiempo volvió con su invención y con más carga. Llegábase donde estaba el perro, y mirándole muy bien de hito en hito, y sin querer ni atreverse a descargar la piedra, decía:

—Éste es podenco: ¡guarda [14]!

En efecto; todos cuantos perros topaba, aunque fuesen alanos [15], o gozques [16], decía que eran podencos; y así, no soltó más el canto. Quizá de esta suerte le podrá acontecer a este historiador, que no se atreverá a soltar más la presa de su ingenio en libros que, en siendo malos, son más duros que las peñas.

Dile también que de la amenaza que me hace, que me ha de quitar la ganancia con su libro, no se me da un ardite; que acomodándome al entremés famoso de *La Perendenga,* le respondo que me

[11] Verticalmente.

[12] Perro de caza.

[13] Molido, hecho polvo.

[14] ¡Cuidado!

[15] Perros fuertes.

[16] Perros pequeños y ladradores.

viva el Veinte y cuatro mi señor, y Cristo con todos [17]. Viva el gran conde de Lemos, cuya cristiandad y liberalidad, bien conocida, contra todos los golpes de mi corta fortuna me tiene en pie, y vívame la suma caridad del ilustrísimo de Toledo, don Bernardo de Sandoval y Rojas, y siquiera [18] no haya emprentas en el mundo, y siquiera se impriman contra mí más libros que tienen letras las coplas de Mingo Revulgo ▼. Estos dos príncipes, sin que los solicite adulación mía ni otro género de aplauso, por sola su bondad, han tomado a su cargo el hacerme merced y favorecerme; en lo que me tengo por más dichoso y más rico que si la fortuna por camino ordinario me hubiera puesto en su cumbre. La honra puédela tener el pobre, pero no el vicioso; la pobreza puede anublar a la nobleza, pero no escurecerla del todo; pero como la virtud dé alguna luz de sí, aunque sea por los inconvenientes y resquicios de la estrecheza [19], viene a ser estimada de los altos y nobles espíritus, y, por el consiguiente, favorecida.

Y no le digas más, ni yo quiero decirte más a ti, sino advertirte que consideres que esta segunda parte de *Don Quijote* que te ofrezco es cortada del mismo artífice y del mesmo paño que la primera, y que en ella te doy a don Quijote dilatado ▼▼, y, finalmente, muerto y sepultado, porque

[17] Y la paz sea con todos.

[18] Aunque.

[19] Estrechez.

▼ No se ha documentado ningún entremés de *La Perendenga* en época de Cervantes. M. de Riquer supone que se trata de un modelo que después usó A. Moreto en su entremés *La Perendeca* (prostituta). *El Veinte y cuatro:* antiguo regidor de ayuntamiento en algunas ciudades de Andalucía. Bernardo de Sandoval y Rojas: Cardenal arzobispo de Toledo desde 1599 hasta su muerte (1618); era tío del duque de Lerma y protector de Cervantes. *Coplas de Mingo Revulgo:* anónima sátira política y social del reinado de Enrique IV de Castilla (siglo XV). Sobre el conde de Lemos, véase «Dedicatoria».

▼▼ «Amplificado hasta su fin» (Murillo). En sentido figurado puede equivaler a intensificado y omnipresente.

ninguno se atreva a levantarle nuevos testimonios, pues bastan los pasados y basta también que un hombre honrado haya dado noticia destas discretas locuras, sin querer de nuevo entrarse en ellas; que la abundancia de las cosas, aunque sean buenas, hace que no se estimen, y la carestía, aun de las malas, se estima en algo. Olvídaseme de decirte que esperes el *Persiles* [20], que ya estoy acabando, y la segunda parte de *Galatea* [21].

[20] Se publicó póstumamente (1617).

[21] Nunca se publicó.

## Dedicatoria

## AL CONDE DE LEMOS▼

Enviando a Vuestra Excelencia los días pasados mis comedias, antes impresas que representadas, si bien me acuerdo dije que don Quijote quedaba calzadas las espuelas para ir a besar las manos a Vuestra Excelencia; y ahora digo que se las ha calzado y se ha puesto en camino, y si él allá llega, me parece que habré hecho algún servicio a Vuestra Excelencia, porque es mucha la priesa que de infinitas partes me dan a que le envíe para quitar el hámago [1] y la náusea que ha causado otro don Quijote [2], que con nombre de segunda parte se ha disfrazado y corrido por el orbe; y el que más ha mostrado desearle ha sido el grande emperador de la China, pues en lengua chinesca habrá un mes que me escribió una carta con un propio [3], pidiéndome, o, por mejor decir, suplicándome se le enviase, porque quería fundar un colegio donde se leyese la lengua castellana, y quería que el libro que se leyese fuese el de la historia de don Quijote. Juntamente con esto me decía que fuese yo a ser el rector del tal colegio.

[1] Amargor, náusea.

[2] El apócrifo de Avellaneda.

[3] Mensajero.

▼ Don Pedro Fernández de Castro, séptimo conde de Lemos (1576-1622), Grande de España y entonces virrey de Nápoles (1610-1616), fue un conocido mecenas de la época y protector de Cervantes.

Preguntéle al portador si Su Majestad le había dado para mí alguna ayuda de costa [4]. Respondióme que ni por pensamiento.

—Pues, hermano —le respondí yo—, vos os podéis volver a vuestra China a las diez, o a las veinte [5], o a las que venís despachado, porque yo no estoy con salud para ponerme en tan largo viaje; además que, sobre estar enfermo, estoy muy sin dineros, y emperador por emperador, y monarca por monarca, en Nápoles tengo al grande conde de Lemos, que, sin tantos titulillos de colegios ni rectorías, me sustenta, me ampara y hace más merced que la que yo acierto a desear ▼.

Con esto le despedí, y con esto me despido, ofreciendo a Vuestra Excelencia los *Trabajos de Persiles y Sigismunda,* libro a quien daré fin dentro de cuatro meses, *Deo volente* [6]; el cual ha de ser o el más malo o el mejor que en nuestra lengua se haya compuesto, quiero decir de los de entretenimiento; y digo que me arrepiento de haber dicho *el más malo,* porque según la opinión de mis amigos, ha de llegar al extremo de bondad posible. Venga Vuestra Excelencia con la salud que es deseado, que ya estará *Persiles* para besarle las manos, y yo los pies, como criado que soy de Vuestra Excelencia. De Madrid, último de octubre de mil seiscientos y quince.

Criado de Vuestra Excelencia,

MIGUEL DE CERVANTES SAAVEDRA

[4] Lo que se da fuera del salario.

[5] 10 ó 20 leguas recorridas a diario.

[6] Dios mediante.

▼ Entre alegres humoradas y chirigotas, con una «guasa incontenible», Cervantes proclama su fama astral. Todo este fenomenal pitorreo cervantino —«autorizado», además, por la protección del cardenal primado de España (arzobispo de Toledo) y por el virrey de Nápoles— anula social y literalmente al insolente Avellaneda, burlado para siempre (Avalle-Arce).

## Capítulo I

### De lo que el cura y el barbero pasaron [1] con don Quijote cerca de [2] su enfermedad

[1] Discutieron.

[2] Acerca de.

Cuenta Cide Hamete Benengeli en la segunda parte desta historia, y tercera salida de don Quijote ▼, que el cura y el barbero se estuvieron casi un mes ▼▼ sin verle, por no renovarle y traerle a la memoria las cosas pasadas. Pero no por esto dejaron de visitar a su sobrina y a su ama, encargándolas tuviesen cuenta con regalarle, dándole a comer cosas confortativas y apropiadas para el corazón y el celebro [3], de donde procedía, según buen discurso, toda su mala ventura. Las cuales dijeron que así lo hacían, y lo harían, con la voluntad y cuidado posible, porque echaban de ver que su señor por momentos iba dando muestras de estar en su entero juicio, de lo cual recibieron los dos gran contento, por parecerles que habían acertado en haberle traído encantado en el carro de los bueyes, como se contó en la primera parte desta tan grande como puntual historia, en su último capítulo. Y así, determinaron de visitarle y hacer

[3] Cerebro.

▼ En esta segunda parte del *Quijote* el artificio narrativo se mantiene en términos idénticos a la primera: (Véase nota al pie de la pág. 142 en I, 9.)

▼▼ Nótese que desde el final de la primera parte ha transcurrido, pues, sólo un mes, lo cual ocasiona inexplicables desajustes temporales en la cronología —contradictoria— de los episodios de esta segunda parte.

experiencia de su mejoría, aunque tenían casi por imposible que la tuviese, y acordaron de no tocarle en ningún punto de la andante caballería, por no ponerse a peligro de descoser los [4] de la herida, que tan tiernos estaban.

Visitáronle, en fin, y halláronle sentado en la cama, vestida una almilla [5] de bayeta verde, con un bonete colorado toledano, y estaba tan seco y amojamado [6], que no parecía sino hecho de carnemomia [7]. Fueron dél muy bien recebidos, preguntáronle por su salud, y él dio cuenta de sí y de ella con mucho juicio y con muy elegantes palabras. Y en el discurso de su plática vinieron a tratar en esto que llaman razón de estado y modos de gobierno, enmendando este abuso y condenando aquél, reformando una costumbre y desterrando otra, haciéndose cada uno de los tres un nuevo legislador, un Licurgo moderno, o un Solón flamante ▼; y de tal manera renovaron la república, que no pareció sino que la habían puesto en una fragua, y sacado otra de la que pusieron; y habló don Quijote con tanta discreción en todas las materias que se tocaron, que los dos examinadores creyeron indubitadamente que estaba del todo bueno y en su entero juicio.

Halláronse presentes a la plática la sobrina y ama, y no se hartaban de dar gracias a Dios de ver a su señor con tan buen entendimiento; pero el cura, mudando el propósito primero, que era de no tocarle en cosa de caballerías, quiso hacer de todo en todo experiencia si la sanidad [8] de don Quijote era falsa o verdadera, y así, de lance en lance, vino a contar algunas nuevas que habían ve-

[4] Los puntos (zeugma).

[5] Chaleco que se ponía por debajo de la armadura.

[6] Hecho cecina.

[7] Carne seca y enjuta.

[8] Curación, salud.

▼ Dos célebres legisladores de la antigüedad. Licurgo (siglo IV a. de C.) fue lacedemonio, y Solón (siglos VII-VI a. de C.) uno de los siete sabios de Grecia.

nido de la corte, y, entre otras, dijo que se tenía por cierto que el Turco bajaba con una poderosa armada, y que no se sabía su designio, ni adónde había de descargar tan gran nublado [9]; y con este temor, con que casi cada año nos toca arma [10], estaba puesta en ella toda la cristiandad y Su Majestad había hecho proveer las costas de Nápoles y Sicilia y la isla de Malta ▼. A esto respondió don Quijote:

—Su Majestad ha hecho como prudentísimo guerrero en proveer sus estados con tiempo, porque no le halle desapercebido el enemigo, pero si se tomara mi consejo, aconsejárale yo que usara de una prevención, de la cual Su Majestad la hora de agora debe estar muy ajeno de pensar en ella.

Apenas oyó esto el cura, cuando dijo entre sí:

—¡Dios te tenga de su mano, pobre don Quijote; que me parece que te despeñas de la alta cumbre de tu locura hasta el profundo abismo de tu simplicidad!

Mas el barbero, que ya había dado en el mesmo pensamiento que el cura, preguntó a don Quijote cuál era la advertencia de la prevención que decía era bien se hiciese; quizá podría ser tal, que se pusiese en la lista de los muchos advertimientos impertinentes que se suelen dar a los príncipes.

—El mío, señor rapador —dijo don Quijote—, no será impertinente, sino perteneciente ▼▼.

[9] Abundancia.

[10] Da señal de que vienen enemigos.

▼ A pesar de la derrota de los turcos en Lepanto (1571), la amenaza de éstos en el Mediterráneo seguía siendo constante, y, por ello, tema de preocupación y conversación diarias.

▼▼ Ante el cura y el barbero don Quijote se muestra cauto y reservado. Pero ante las insinuaciones del barbero, «a la malicia agresiva», opone «violencia defensiva»: *señor rapador* (nótese también la paronomasia *impertinente-perteneciente*). Se da cuenta de las intenciones de sus oponentes (Serrano Plaja).

—No lo digo por tanto —replicó el barbero—, sino porque tiene mostrado la experiencia que todos o los más arbitrios[11] que se dan a Su Majestad, o son imposibles, o disparatados, o en daño del rey o del reino.

—Pues el mío —respondió don Quijote— ni es imposible ni disparatado, sino el más fácil, el más justo y el más mañero[12] y breve que puede caber en pensamiento de arbitrante alguno.

—Ya tarda en decirle vuestra merced, señor don Quijote▼ —dijo el cura.

—No querría —dijo don Quijote— que le dijese yo aquí agora, y amaneciese mañana en los oídos de los señores consejeros, y se llevase otro las gracias y el premio de mi trabajo.

—Por mí —dijo el barbero—, doy la palabra, para aquí y para delante de Dios, de no decir lo que vuestra merced dijere a rey ni a roque[13], ni a hombre terrenal, juramento que aprendí del romance del cura que en el prefacio avisó al rey del ladrón que le había robado las cien doblas y la su mula la andariega▼▼.

—No sé historias —dijo don Quijote—; pero sé que es bueno ese juramento, en fee de que sé que es hombre de bien el señor barbero.

—Cuando no lo fuera —dijo el cura—, yo le abono y salgo por él, que en este caso no hablará más que un mudo, so pena de pagar lo juzgado y sentenciado.

[11] Proyectos (disparatados) para remediar males políticos o económicos.

[12] Factible.

[13] A nadie (expresión proverbial).

▼ ¡Qué poco ayuda a la curación del personaje el que el cura le llame *don Quijote,* «el nombre fingido en su locura caballeresca»! (Riquer).

▼▼ Se refiere a un conocido cuento popular, folclórico (R. Marín): el cura que, al volverse —en la misa— ve entre los fieles al ladrón que le ha robado y luego lo delata al cantar el prefacio sin romper el juramento del secreto.

—Y a vuestra merced, ¿quien le fía, señor cura? —dijo don Quijote▼.

—Mi profesión —respondió el cura—, que es de guardar secreto.

—¡Cuerpo de tal[14]! —dijo a esta sazón don Quijote—. ¿Hay más sino mandar Su Majestad por público pregón que se junten en la corte para un día señalado todos los caballeros andantes que vagan por España, que aunque no viniesen sino media docena, tal podría venir entre ellos, que solo bastase a destruir toda la potestad del Turco? Esténme vuestras mercedes atentos, y vayan conmigo. ¿Por ventura es cosa nueva deshacer un solo caballero andante un ejército de docientos mil hombres, como si todos juntos tuvieran una sola garganta, o fueran hechos de alfenique[15]? Si no, díganme: ¿cuántas historias están llenas destas maravillas? ¡Había, en hora mala para mí, que no quiero decir para otro, de vivir hoy el famoso don Belianís, o alguno de los del innumerable linaje de Amadís de Gaula; que si alguno déstos hoy viviera y con el Turco se afrontara[16], a fee que no le arrendara la ganancia! Pero Dios mirará por su pueblo, y deparará alguno que, si no tan bravo como los pasados andantes caballeros, a lo menos no les será inferior en el ánimo; y Dios me entiende, y no digo más.

—¡Ay! —dijo a este punto la sobrina—. ¡Que me maten si no quiere mi señor volver a ser caballero andante!

A lo que dijo don Quijote:

—Caballero andante he de morir, y baje o suba el Turco cuando él quisiere y cuan poderosamen-

[14] Juramento eufemístico (¡Cuerpo de Dios!).

[15] Alfeñique, pasta de azúcar cocida y estirada.

[16] Se enfrentara.

▼ Es claro que don Quijote ya no confía ni siquiera en el cura.

te pudiere; que otra vez digo que Dios me entiende.

A esta sazón dijo el barbero:

—Suplico a vuestras mercedes que se me dé licencia para contar un cuento breve que sucedió en Sevilla, que, por venir aquí como de molde, me da gana de contarle.

Dio la licencia don Quijote, y el cura y los demás le prestaron atención, y él comenzó desta manera:

—En la casa de los locos de Sevilla estaba un hombre a quien sus parientes habían puesto allí por falto de juicio. Era graduado en cánones por Osuna▼; pero aunque lo fuera por Salamanca, según opinión de muchos, no dejara de ser loco. Este tal graduado, al cabo de algunos años de recogimiento, se dio a entender que estaba cuerdo y en su entero juicio, y con esta imaginación escribió al arzobispo suplicándole encarecidamente y con muy concertadas razones le mandase sacar de aquella miseria en que vivía, pues por la misericordia de Dios había ya cobrado el juicio perdido, pero que sus parientes, por gozar de la parte de su hacienda, le tenían allí, y a pesar de la verdad, querían que fuese loco hasta la muerte. El arzobispo, persuadido de muchos billetes [17] concertados y discretos, mandó a un capellán suyo se informase del rector de la casa si era verdad lo que aquel licenciado le escribía, y que asimismo hablase con el loco, y que si le pareciese que tenía juicio, le sacase y pusiese en libertad. Hízolo así el capellán, y el rector le dijo que aquel hombre aún se estaba loco; que puesto que [18] hablaba muchas veces

[17] Cartas.

[18] Aunque.

▼ Una de las Universidades Menores de la época. (Véase nota tercera al pie de la pág. 58 en I, 1.) Los cuentos de locos eran muy frecuentes en el folclore del Siglo de Oro.

como persona de grande entendimiento, al cabo disparaba con tantas necedades, que en muchas y en grandes igualaban a sus primeras discreciones, como se podía hacer la experiencia hablándole. Quiso hacerla el capellán, y, poniéndole con el loco, habló con él una hora, y más, y en todo aquel tiempo jamás el loco dijo razón torcida ni disparatada; antes habló tan atentadamente [19], que el capellán fue forzado a creer que el loco estaba cuerdo; y entre otras cosas que el loco le dijo fue que el rector le tenía ojeriza, por no perder los regalos que sus parientes le hacían porque dijese que aún estaba loco, y con lúcidos intervalos, y que el mayor contrario que en su desgracia tenía era su mucha hacienda, pues por gozar della sus enemigos, ponían dolo [20] y dudaban de la merced que Nuestro Señor le había hecho en volverle de bestia en hombre. Finalmente, él habló de manera que hizo sospechoso al rector, codiciosos y desalmados a sus parientes, y a él tan discreto, que el capellán se determinó a llevársele consigo a que el arzobispo le viese y tocase con la mano la verdad de aquel negocio. Con esta buena fee, el buen capellán pidió al rector mandase dar los vestidos con que allí había entrado el licenciado; volvió a decir el rector que mirase lo que hacía, porque, sin duda alguna, el licenciado aún se estaba loco. No sirvieron de nada para con el capellán las prevenciones y advertimientos del rector para que dejase de llevarle; obedeció el rector viendo ser orden del arzobispo, pusieron al licenciado sus vestidos, que eran nuevos y decentes, y como él se vio vestido de cuerdo y desnudo de loco ▼, suplicó

[19] Prudentemente.

[20] Interpretaban maliciosamente.

▼ El juego con la antítesis (doble, en este caso: *vestido/desnudo, cuerdo/loco*) es uno de los recursos cervantinos más frecuentes (algo más adelante: *estómagos vacíos/cerebros llenos*).

al capellán que por caridad le diese licencia para ir a despedirse de sus compañeros los locos. El capellán dijo que él le quería acompañar y ver los locos que en la casa había. Subieron, en efecto, y con ellos algunos que se hallaron presentes; y llegado el licenciado a una jaula adonde estaba un loco furioso, aunque entonces sosegado y quieto, le dijo: «Hermano mío, mire si me manda algo, que me voy a mi casa; que ya Dios ha sido servido por su infinita bondad y misericordia, sin yo merecerlo, de volverme mi juicio: ya estoy sano y cuerdo; que acerca del poder de Dios ninguna cosa es imposible. Tenga grande esperanza y confianza en Él, que pues a mí me ha vuelto a mi primero estado, también le volverá a él, si en Él confía. Yo tendré cuidado de enviarle algunos regalos que coma, y cómalos en todo caso; que le hago saber que imagino, como quien ha pasado por ello, que todas nuestras locuras proceden de tener los estómagos vacíos y los celebros llenos de aire. Esfuércese, esfuércese, que el descaecimiento[21] en los infortunios apoca la salud y acarrea la muerte.» Todas estas razones del licenciado escuchó otro loco que estaba en otra jaula, frontero[22] de la del furioso, y levantándose de una estera vieja donde estaba echado y desnudo en cueros, preguntó a grandes voces quién era el que se iba sano y cuerdo. El licenciado respondió: «Yo soy, hermano, el que me voy; que ya no tengo necesidad de estar más aquí, por lo que doy infinitas gracias a los cielos, que tan grande merced me han hecho.» «Mirad lo que decís, licenciado, no os engañe el diablo —replicó el loco—; sosegad el pie, y estaos quedito en vuestra casa, y ahorraréis la vuelta.» «Yo sé que estoy bueno —replicó el licenciado—, y no habrá para qué tornar a andar estaciones[23].» «¿Vos bueno? —dijo el loco—. Agora

[21] Flaqueza, debilidad.

[22] Enfrente.

[23] Hacer las diligencias necesarias.

bien, ello dirá; andad con Dios, pero yo os voto a Júpiter, cuya majestad yo represento en la tierra, que por solo este pecado que hoy comete Sevilla en sacaros desta casa y en teneros por cuerdo, tengo que hacer un tal castigo en ella, que quede memoria dél por todos los siglos de los siglos, amén. ¿No sabes tú, licenciadillo menguado, que lo podré hacer, pues, como digo, soy Júpiter Tonante, que tengo en mis manos los rayos abrasadores con que puedo y suelo amenazar y destruir el mundo? Pero con sola una cosa quiero castigar a este ignorante pueblo, y es con no llover en él ni en todo su distrito y contorno por tres enteros años, que se han de contar desde el día y punto en que ha sido hecha esta amenaza en adelante. ¿Tú libre, tú sano, tú cuerdo, y yo loco, y yo enfermo, y yo atado▼? Así pienso llover como pensar ahorcarme.» A las voces y a las razones del loco estuvieron los circunstantes atentos; pero nuestro licenciado, volviéndose a nuestro capellán y asiéndole de las manos, le dijo: «No tenga vuestra merced pena, señor mío, ni haga caso de lo que este loco ha dicho; que si él es Júpiter y no quisiere llover, yo, que soy Neptuno, el padre y el dios de las aguas, lloveré todas las veces que se me antojare y fuere menester.» A lo que respondió el capellán: «Con todo eso, señor Neptuno, no será bien enojar al señor Júpiter; vuestra merced se quede en su casa; que otro día, cuando haya más comodidad y más espacio, volveremos por vuestra merced.» Rióse el rector y los presentes, por cuya risa se medio corrió [24] el capellán; desnudaron al licenciado, quedóse en casa, y acabóse el cuento.

[24] Avergonzó.

▼ Júpiter Tonante: rey de los dioses en la mitología romana; «tonante», porque era el dios del trueno. Véase, además, la anterior nota a pie de la pág. 25.

—Pues, ¿éste es el cuento, señor barbero —dijo don Quijote—, que por venir aquí como de molde, no podía dejar de contarle? ¡Ah, señor rapista, señor rapista, y cuán ciego es aquel que no vee por tela de cedazo ▼! Y ¿es posible que vuestra merced no sabe que las comparaciones que se hacen de ingenio a ingenio, de valor a valor, de hermosura a hermosura y de linaje a linaje son siempre odiosas y mal recebidas? Yo, señor barbero, no soy Neptuno, el dios de las aguas, ni procuro que nadie me tenga por discreto no lo siendo; sólo me fatigo por dar a entener al mundo en el error en que está en no renovar en sí el felicísimo tiempo donde campeaba la orden de la andante caballería. Pero no es merecedora la depravada edad nuestra de gozar tanto bien como el que gozaron las edades donde los andantes caballeros tomaron a su cargo y echaron sobre sus espaldas la defensa de los reinos, el amparo de las doncellas, el socorro de los huérfanos y pupilos [25], el castigo de los soberbios y el premio de los humildes. Los más [26] de los caballeros que agora se usan, antes les crujen los damascos [27], los brocados [28] y otras ricas telas de que se visten, que la malla con que se arman; ya no hay caballero que duerma en los campos, sujeto al rigor del cielo, armado de todas armas desde los pies a la cabeza; y ya no hay quien, sin sacar los pies de los estribos, arrimado a su lanza, sólo procure descabezar, como dicen, el sueño, como lo hacían los caballeros andantes. Ya no hay ninguno que saliendo deste bosque entre en aquella montaña, y de allí pise una estéril y desierta playa del mar, las más veces proceloso

[25] Menores que necesitan de tutor.

[26] A los más.

[27] Telas de seda o lana con dibujos.

[28] Telas de seda con dibujos de oro o plata.

▼ «Que no se da cuenta ni de las cosas más claras» (que es poco perspicaz). El vocativo *señor rapista* ha de entenderse en el mismo sentido que el del *señor rapador,* que apareció antes.

y alterado, y hallando en ella y en su orilla un pequeño batel [29] sin remos, vela, mástil ni jarcia [30] alguna, con intrépido corazón se arroje en él, entregándose a las implacables olas del mar profundo, que ya le suben al cielo y ya le bajan al abismo; y él, puesto el pecho a la incontrastable borrasca, cuando menos se cata [31], se halla tres mil y más leguas distante del lugar donde se embarcó, y saltando en tierra remota y no conocida, le suceden cosas dignas de estar escritas, no en pergaminos, sino en bronces ▼. Mas agora ya triunfa la pereza de la diligencia, la ociosidad del trabajo, el vicio de la virtud, la arrogancia de la valentía, y la teórica de la práctica de las armas, que sólo vivieron y resplandecieron en las edades del oro y en los andantes caballeros. Si no, díganme: ¿quién más honesto y más valiente que el famoso Amadís de Gaula? ¿Quién más discreto que Palmerín de Inglaterra? ¿Quién más acomodado y manual [32] que Tirante el Blanco? ¿Quién más galán que Lisuarte de Grecia? ¿Quién más acuchillado ni acuchillador que don Belianís? ¿Quién más intrépido que Perión de Gaula, o quién más acometedor de peligros que Felixmarte de Hircania, o quién más sincero que Esplandián? ¿Quién más arrojado que don Cirongilio de Tracia ▼▼? ¿Quién más bravo que Rodamonte? ¿Quién más prudente que el rey Sobrino? ¿Quién más atrevido que Reinaldos? ¿Quién más invencible que Roldán? Y ¿quién más gallardo y más cortés que Rugero, de quien decienden [33] hoy los duques de Ferrara, según Tur-

[29] Barco pequeño.

[30] Aparejo.

[31] Cuando menos lo espera, en un momento.

[32] Contentadizo y dócil.

[33] Descienden.

▼ «Aunque un poco borrosa, ya tenemos aquí una prefiguración de la aventura del barco encantado», que se narrará en el capítulo 29 (Avalle-Arce).

▼▼ Perión de Gaula fue el padre de Amadís, quien tuvo por hijo a Esplandián, y éste a su vez a Lisuarte de Grecia. Los caballeros citados son protagonistas de novelas de caballerías.

pín en su *Cosmografía*▼? Todos estos caballeros, y otros muchos que pudiera decir, señor cura, fueron caballeros andantes, luz y gloria de la caballería. Déstos, o tales como éstos, quisiera yo que fueran los de mi arbitrio; que a serlo, Su Majestad se hallara bien servido y ahorrara de mucho gasto, y el Turco se quedara pelando las barbas[34], y, con esto, no quiero quedar en mi casa, pues no me saca el capellán della; y si Júpiter, como ha dicho el barbero, no lloviere, aquí estoy yo, que lloveré cuando se me antojare. Digo esto porque sepa el señor Bacía que le entiendo▼▼.

—En verdad, señor don Quijote —dijo el barbero—, que no lo dije por tanto, y así me ayude Dios como fue buena mi intención, y que no debe vuestra merced sentirse[35].

—Si puedo sentirme o no —respondió don Quijote—, yo me lo sé.

A esto dijo el cura:

—Aun bien que yo casi no he hablado palabra hasta ahora, y no quisiera quedar con un escrúpulo que me roe y escarba la conciencia, nacido de lo que aquí el señor don Quijote ha dicho.

—Para otras cosas más —respondió don Quijote— tiene licencia el señor cura, y así, puede decir su escrúpulo, porque no es de gusto andar con la conciencia escrupulosa.

[34] Haciendo gestos de ira.

[35] Molestarse.

▼ Nadie ha podido verificar que el arzobispo Turpín, fabuloso historiador de Carlomagno y Roldán, fuera autor de ninguna *Cosmografía,* que bien puede ser invención de don Quijote. Los restantes nombres citados corresponden a personajes del poema caballeresco *Orlando furioso,* del italiano L. Ariosto, quien dedicó su obra al duque de Ferrara y lo sitúa entre los descendientes de Ruggiero y su esposa, Bradamante.

▼▼ Las últimas palabras de don Quijote y este tratamiento de *señor Bacía,* a medio camino entre la comicidad y el insulto, aplicado a maese Nicolás —el cura se libra por sus hábitos—, nos llevan de nuevo a lo ya comentado en la segunda nota a pie de la pág. 21 en este capítulo.

—Pues con ese beneplácito —respondió el cura—, digo que mi escrúpulo es que no me puedo persuadir en ninguna manera a que toda la caterva de caballeros andantes que vuestra merced, señor don Quijote, ha referido, hayan sido real y verdaderamente personas de carne y hueso en el mundo; antes imagino que todo es ficción, fábula y mentira, y sueños contados por hombres despiertos, o, por mejor decir, medio dormidos.

—Ése es otro error —respondió don Quijote— en que han caído muchos, que no creen que haya habido tales caballeros en el mundo; y yo muchas veces, con diversas gentes y ocasiones, he procurado sacar a la luz de la verdad este casi común engaño ▼; pero algunas veces no he salido con mi intención, y otras sí, sustentándola sobre los hombros de la verdad, la cual verdad es tan cierta, que estoy por decir que con mis propios ojos vi a Amadís de Gaula, que era un hombre alto de cuerpo, blanco de rostro, bien puesto de barba, aunque negra, de vista [36] entre blanda y rigurosa, corto de razones, tardo en airarse y presto en deponer la ira; y del modo que he delineado a Amadís pudiera, a mi parecer, pintar y describir todos cuantos caballeros andantes andan en las historias en el orbe, que por la aprehensión que tengo de que fueron como sus historias cuentan, y por las hazañas que hicieron y condiciones que tuvieron, se pueden sacar por buena filosofía sus facciones, sus colores y estaturas.

—¿Qué tan grande le parece a vuestra merced, mi señor don Quijote —preguntó el barbero—, debía de ser el gigante Morgante?

[36] Mirada.

▼ «Con Vivaldo, I, 13; con el canónigo, I, 49 y 50. Lo mismo sucederá con don Diego Miranda, II, 16, y con el capellán de los duques, II, 31 y 32» (Murillo).

—En esto de gigantes —respondió don Quijote— hay diferentes opiniones, si los ha habido o no en el mundo; pero la Santa Escritura, que no puede faltar un átomo en la verdad, nos muestra que los hubo, contándonos la historia de aquel filisteazo de Golías, que tenía siete codos y medio de altura, que es una desmesurada grandeza. También en la isla de Sicilia se han hallado canillas y espaldas tan grandes, que su grandeza manifiesta que fueron gigantes sus dueños, y tan grandes como grandes torres; que la geometría saca esta verdad de duda ▼. Pero, con todo esto, no sabré decir con certidumbre qué tamaño tuviese Morgante, aunque imagino que no debió de ser muy alto; y muéveme a ser deste parecer hallar en la historia donde se hace mención particular de sus hazañas que muchas veces dormía debajo de techado, y pues hallaba casa donde cupiese, claro está que no era desmesurada su grandeza.

—Así es —dijo el cura.

El cual, gustando de oírle decir tan grandes disparates, le preguntó que qué sentía acerca de los rostros de Reinaldos de Montalbán y de don Roldán, y de los demás doce Pares de Francia [37], pues todos habían sido caballeros andantes.

—De Reinaldos —respondió don Quijote— me atrevo a decir que era ancho de rostro, de color bermejo, los ojos bailadores y algo saltados [38], puntoso y colérico en demasía, amigo de ladrones y de gente perdida. De Roldán, o Rotolando, o Orlando, que con todos estos nombres le nombran

[37] Los caballeros más preciados de la corte de Carlomagno.

[38] Saltones.

▼ Teniendo en cuenta que por la medida de un hueso se puede calcular el tamaño del esqueleto (Avalle-Arce). El gigante Morgante, compañero de Roldán en varias aventuras, es el protagonista del poema épico burlesco *Morgante maggiore,* de L. Pulci (siglo XV). Golías o Goliat fue el gigante filisteo muerto por David *(Libro de los Reyes).*

las historias, soy de parecer y me afirmo que fue de mediana estatura, ancho de espaldas, algo estevado [39], moreno de rostro y barbitaheño [40], velloso en el cuerpo y de vista amenazadora, corto de razones, pero muy comedido y bien criado.

—Si no fue Roldán más gentilhombre que vuestra merced ha dicho —replicó el cura—, no fue maravilla que la señora Angélica la Bella le desdeñase y dejase por la gala, brío y donaire que debía de tener el morillo barbiponiente [41] a quien ella se entregó, y anduvo discreta de adamar [42] antes la blandura de Medoro que la aspereza de Roldán.

—Esa Angélica —respondió don Quijote—, señor cura, fue una doncella destraída, andariega y algo antojadiza, y tan lleno dejó el mundo de sus impertinencias como de la fama de su hermosura: despreció mil señores, mil valientes y mil discretos, y contentóse con un pajecillo barbilucio [43], sin otra hacienda ni nombre que el que le pudo dar de agradecido la amistad que guardó a su amigo ▼. El gran cantor de su belleza, el famoso Ariosto, por no atreverse, o por no querer cantar lo que a esta señora le sucedió después de su ruin entrego [44], que no debieron ser cosas demasiadamente honestas, la dejó donde dijo:

Y cómo del Catay [45] recibió el cetro,
quizá otro cantará con mejor plectro ▼▼.

Y sin duda que esto fue como profecía; que los poetas también se llaman *vates,* que quiere decir

[39] Que tiene las piernas torcidas.

[40] De barbas rubias.

[41] De barba incipiente.

[42] Amar con pasión.

[43] De barba incipiente.

[44] Entrega.

[45] China.

▼ Este amigo fue Dardinel de Almonte: Medoro fue herido al intentar sepultar su cadáver. Todos son personajes del *Orlando furioso:* Roldán (forma usada en la épica medieval), Rotolando (forma latina) y Orlando (forma italiana) enloqueció de celos cuando su amada Angélica se enamoró del sarraceno Medoro.

▼▼ Véase nota a pie de pág. 798 en I, 52.

*adivinos.* Véese esta verdad clara, porque después acá [46] un famoso poeta andaluz lloró y cantó sus lágrimas, y otro famoso y único poeta castellano cantó su hermosura ▼.

—Dígame, señor don Quijote —dijo a esta sazón el barbero—, ¿no ha habido algún poeta que haya hecho alguna sátira a esa señora Angélica, entre tantos como la han alabado?

—Bien creo yo —respondió don Quijote— que si Sacripante o Roldán fueran poetas, que ya me hubieran jabonado [47] a la doncella; porque es propio y natural de los poetas desdeñados y no admitidos de sus damas fingidas —o fingidas, en efecto, de aquéllos— a quien ellos escogieron por señoras de sus pensamientos, vengarse con sátiras y libelos ▼▼, venganza, por cierto, indigna de pechos generosos; pero hasta agora no ha llegado a mi noticia ningún verso infamatorio contra la señora Angélica, que trujo revuelto el mundo.

—¡Milagro! —dijo el cura.

Y en esto oyeron que la ama y la sobrina, que ya habían dejado la conversación, daban grandes voces en el patio, y acudieron todos al ruido.

[46] Desde entonces hasta ahora.

[47] Criticado ásperamente.

▼ El andaluz fue Luis Barahona de Soto, autor de *Las lágrimas de Angélica* (1586); y el castellano, Lope de Vega en la obra *La hermosura de Angélica* (1602).

▼▼ Pasaje muy oscuro, que nadie ha podido explicar definitivamente. M. de Riquer propone prescindir de las palabras que figuran entre guiones (según la puntuación que él mismo propone), con lo cual todo quedaría claro. (Roldán y Sacripante fueron amantes de Angélica desdeñados por ella.)

## COMENTARIO 1 (Capítulo I)

- *Resume el contenido de este capítulo.*
- *¿Cuáles son los aspectos temáticos principales en este texto?*
- *Señala y explica las partes en que está organizado el capítulo.*
- *Analiza el modo narrativo: narrador, función, persona gramatical...*
- *Estudia el tratamiento del tiempo y el espacio.*
- *Comenta especialmente el comienzo del capítulo.*
- *Analiza, en su conjunto, el artificio narrativo de este capítulo en relación con el resto de la novela. ¿Qué información ofrece? ¿Qué supuestos debemos tener en cuenta?*
- *Comenta la actuación de don Quijote.*
- *Estudia los recursos estilísticos más significativos en el texto.*

## CAPÍTULO II

### Que trata de la notable pendencia que Sancho Panza tuvo con la sobrina y ama de don Quijote, con otros sujetos[1] graciosos

Cuenta la historia▼ que las voces que oyeron don Quijote, el cura y el barbero eran de la sobrina y ama, que las daban diciendo a Sancho Panza, que pugnaba por entrar a ver a don Quijote, y ellas le defendían[2] la puerta:

—¿Qué quiere este mostrenco en esta casa? Idos a la vuestra, hermano, que vos sois, y no otro, el que destrae y sonsaca a mi señor, y le lleva por esos andurriales.

A lo que Sancho respondió:

—Ama de Satanás, el sonsacado, y el destraído, y el llevado por esos andurriales soy yo, que no tu amo; él me llevó por esos mundos, y vosotras os engañáis en la mitad del justo precio▼▼; él me sacó de mi casa con engañifas, prometiéndome una ínsula, que hasta agora la espero.

[1] Asuntos.

[2] Vedaban.

---

▼ Se recrea aquí de nuevo la misma fórmula con que comenzaba el capítulo anterior *(cuenta Cide Hamete, cuenta la historia)* y que tenía una larga tradición en la literatura caballeresca.

▼▼ Expresión tomada del formulismo del lenguaje jurídico propio de contratos y compraventas. Obsérvese que su aplicación por Sancho resulta cómica y disparatada. Nótese también el juego antitético «entre *son-sacado* y *des-traído,* que se completa con *llevado*» (Rosenblat).

—Malas ínsulas te ahoguen —respondió la sobrina—, Sancho maldito. Y ¿qué son ínsulas? ¿Es alguna cosa de comer, golosazo, comilón que tú eres?

—No es de comer —replicó Sancho—, sino de gobernar y regir mejor que cuatro ciudades y que cuatro alcaldes de corte ▼.

—Con todo eso —dijo el ama—, no entraréis acá, saco de maldades y costal de malicias. Id a gobernar vuestra casa y a labrar vuestros pegujares [3], y dejaos de pretender ínsulas ni ínsulos ▼▼.

Grande gusto recebían el cura y el barbero de oír el coloquio de los tres; pero don Quijote, temeroso que Sancho se descosiese y desbuchase [4] algún montón de maliciosas necedades, y tocase en puntos que no le estarían bien a su crédito, le llamó, y hizo a las dos que callasen y le dejasen entrar. Entró Sancho, y el cura y el barbero se despidieron de don Quijote, de cuya salud desesperaron, viendo cuán puesto [5] estaba en sus desvariados pensamientos, y cuán embebido en la simplicidad de sus malandantes caballerías; y así, dijo el cura al barbero:

—Vos veréis, compadre, cómo, cuando menos lo pensemos, nuestro hidalgo sale otra vez a volar la ribera [6].

—No pongo yo duda en eso —respondió el barbero—; pero no me maravillo tanto de la locura del caballero como de la simplicidad del escudero, que tan creído tiene aquello de la ínsula, que

[3] Pequeñas parcelas de tierra.

[4] Desembuchase.

[5] Resuelto.

[6] Volver a las andadas (expresión de cetrería).

▼ Sancho parece afirmar que «el gobierno de la ínsula era preferible al de cuatro ciudades, y el oficio de gobernante de ella al de cuatro alcaldes de corte [jueces de lo criminal] juntos» (Clemencín, Riquer).

▼▼ En este caso, el juego con el género gramatical realza la negación enfática.

creo que no se lo sacarán del casco cuantos desengaños pueden imaginarse.

—Dios los remedie —dijo el cura—, y estemos a la mira: veremos en lo que para esta máquina de disparates de tal caballero y de tal escudero, que parece que los forjaron a los dos en una mesma turquesa [7], y que las locuras del señor sin las necedades del criado no valían un ardite.

—Así es —dijo el barbero—, y holgara mucho saber qué tratarán ahora los dos.

—Yo seguro [8] —respondió el cura— que la sobrina o el ama nos lo cuentan después, que no son de condición que dejarán de escucharlo.

En tanto, don Quijote se encerró con Sancho en su aposento, y estando solos, le dijo:

—Mucho me pesa, Sancho, que hayas dicho y digas que yo fui el que te saqué de tus casillas, sabiendo que yo no me quedé en mis casas ▼; juntos salimos, juntos fuimos y juntos peregrinamos; una misma fortuna y una misma suerte ha corrido por [9] los dos: si a ti te mantearon una vez, a mí me han molido ciento, y esto es lo que te llevo de ventaja.

—Eso estaba puesto en razón —respondió Sancho—, porque, según vuestra merced dice, más anejas son a los caballeros andantes las desgracias que a sus escuderos.

—Engáñaste, Sancho —dijo don Quijote—; según aquello, *quando caput dolet...*, etcétera [10].

—No entiendo otra lengua que la mía —respondió Sancho.

—Quiero decir —dijo don Quijote— que cuando la cabeza duele, todos los miembros duelen, y así,

[7] Molde.

[8] Yo aseguro.

[9] Para.

[10] Aforismo que don Quijote completa y traduce a continuación.

▼ Es habitual el juego con metáforas tradicionales que eran ya lugares comunes, prolongándolas «para destacar su sentido etimológico»: el *yo no me quedé en mis casas* «revive el sentido original del *sacar de las casillas*» (Rosenblat).

siendo yo tu amo y señor, soy tu cabeza, y tú mi parte, pues eres mi criado, y por esta razón el mal que a mí me toca, o tocare, a ti te ha de doler, y a mí el tuyo.

—Así había de ser —dijo Sancho—; pero cuando a mí me manteaban como a miembro, se estaba mi cabeza detrás de las bardas, mirándome volar por los aires, sin sentir dolor alguno, y pues los miembros están obligados a dolerse del mal de la cabeza, había de estar obligada ella a dolerse dellos.

—¿Querrás tú decir agora, Sancho —respondió don Quijote—, que no me dolía yo cuando a ti te manteaban? Y si lo dices, no lo digas, ni lo pienses, pues más dolor sentía yo entonces en mi espíritu que tú en tu cuerpo. Pero dejemos esto aparte por agora, que tiempo habrá donde lo ponderemos y pongamos en su punto, y dime, Sancho amigo: ¿qué es lo que dicen de mí por ese lugar▼? ¿En qué opinión me tiene el vulgo, en qué los hidalgos y en qué los caballeros? ¿Qué dicen de mi valentía, qué de mis hazañas y qué de mi cortesía? ¿Qué se platica del asumpto[11] que he tomado de resucitar y volver al mundo la ya olvidada orden caballeresca? Finalmente, quiero, Sancho, me digas lo que acerca desto ha llegado a tus oídos, y esto me has de decir sin añadir al bien ni quitar al mal cosa alguna; que de los vasallos leales es decir la verdad a sus señores en su ser y figura propia, sin que la adulación la acreciente o otro vano respeto la disminuya; y quiero que sepas, Sancho, que si a los oídos de los príncipes llegase la verdad desnuda, sin los vestidos de la lisonja, otros si-

[11] Asunto, empresa.

▼ Don Quijote sigue actuando con cautela y a la defensiva: sus reservas quedan implícitas en el tono despectivo de *ese lugar,* antes de conocer lo que piensa *el vulgo.*

glos correrían, otras edades serían tenidas por más de hierro que la nuestra, que entiendo que de las que ahora se usan es la dorada. Sírvate este advertimiento, Sancho, para que discreta y bienintencionadamente pongas en mis oídos la verdad de las cosas que supieres de lo que te he preguntado.

—Eso haré yo de muy buena gana, señor mío —respondió Sancho—, con condición que vuestra merced no se ha de enojar de lo que dijere, pues quiere que lo diga en cueros, sin vestirlo de otras ropas de aquellas con que llegaron a mi noticia.

—En ninguna manera me enojaré —respondió don Quijote—. Bien puedes, Sancho, hablar libremente y sin rodeo alguno.

—Pues lo primero que digo —dijo—, es que el vulgo tiene a vuestra merced por grandísimo loco, y a mí por no menos mentecato. Los hidalgos dicen que no conteniéndose vuestra merced en los límites de la hidalguía, se ha puesto *don* y se ha arremetido a [12] caballero con cuatro cepas y dos yugadas de tierra y con un trapo atrás y otro adelante. Dicen los caballeros que no querrían que los hidalgos se opusiesen a ellos, especialmente aquellos hidalgos escuderiles que dan humo a los zapatos y toman los puntos de las medias negras con seda verde▼.

[12] Se ha atrevido a arrogarse el título de.

—Eso —dijo don Quijote— no tiene que ver conmigo, pues ando siempre bien vestido, y jamás re-

▼ Se recoge aquí un fenómeno social de la época: aunque se cometieron muchos abusos, la clase de los hidalgos no tenía el privilegio de usar el tratamiento de *don,* que sólo estaba permitido a los caballeros. Don Quijote (Alonso Quijano) era hidalgo y, además, no tenía riquezas. De ahí la crítica social. (*Yugada de tierra:* porción de tierra que puede arar una yunta de bueyes en un día. Lustrar los zapatos con humo desleído en aceite y tomar los puntos de una media con seda de otro color eran señales de extrema pobreza).

mendado; roto, bien podría ser, y el roto, más de las armas que del tiempo.

—En lo que toca —prosiguió Sancho— a la valentía, cortesía, hazañas y asumpto de vuestra merced, hay diferentes opiniones: unos dicen: «Loco, pero gracioso»; otros, «Valiente, pero desgraciado»; otros, «Cortés, pero impertinente»; y por aquí van discurriendo en tantas cosas, que ni a vuestra merced ni a mí nos dejan hueso sano.

—Mira, Sancho —dijo don Quijote—: donde quiera que está la virtud en eminente grado, es perseguida. Pocos o ninguno de los famosos varones que pasaron dejó de ser calumniado de la malicia. Julio César, animosísimo, prudentísimo y valentísimo capitán, fue notado de ambicioso y algún tanto no limpio, ni en sus vestidos ni en sus costumbres. Alejandro, a quien sus hazañas le alcanzaron el renombre de Magno, dicen dél que tuvo sus ciertos puntos de borracho. De Hércules, el de los muchos trabajos, se cuenta que fue lascivo y muelle[13] ▼. De don Galaor, hermano de Amadís de Gaula, se murmura que fue más que demasiadamente rijoso[14], y de su hermano, que fue llorón. Así que, ¡oh Sancho!, entre las tantas calumnias[15] de buenos bien pueden pasar las mías, como no sean más de las que has dicho.

—¡Ahí está el toque, cuerpo de mi padre! —replicó Sancho.

—Pues ¿hay más? —preguntó don Quijote.

—Aún la cola falta por desollar[16] —dijo Sancho—. Lo de hasta aquí son tortas y pan pinta-

[13] Blando.

[14] Pendenciero.

[15] Tachas.

[16] Aún falta lo peor (expresión proverbial).

▼ Según la leyenda, «tuvo cincuenta hijos en las cincuenta hijas de Tespio, y amó a otras muchas mujeres, entre ellas a Onfale, reina de Lidia, que, según cuentan, le hacía hilar a la rueca en traje y adorno mujeril entre sus criadas» (Clemencín).

do [17], mas si vuestra merced quiere saber todo lo que hay acerca de las caloñas [18] que le ponen, yo le traeré aquí luego al momento quien se las diga todas, sin que les falte una meaja [19]; que anoche llegó el hijo de Bartolomé Carrasco, que viene de estudiar de Salamanca, hecho bachiller, y yéndole yo a dar la bienvenida, me dijo que andaba ya en libros la historia de vuestra merced, con nombre de *El Ingenioso Hidalgo don Quijote de la Mancha;* y dice que me mientan a mí en ella con mi mesmo nombre de Sancho Panza, y a la señora Dulcinea del Toboso, con otras cosas que pasamos nosotros a solas, que me hice cruces de espantado cómo las pudo saber el historiador que las escribió▼.

—Yo te aseguro, Sancho —dijo don Quijote—, que debe de ser algún sabio encantador el autor de nuestra historia; que a los tales no se les encubre nada de lo que quieren escribir.

—Y ¡cómo —dijo Sancho— si era sabio y encantador, pues (según dice el bachiller Sansón Carrasco, que así se llama el que dicho tengo) que el autor de la historia se llama Cide Hamete Berenjena▼▼!

—Ese nombre es de moro —respondió don Quijote.

[17] Lo de hasta aquí no es nada (exp. prov.).

[18] Calumnias, tachas.

[19] Moneda de poco valor.

▼ Desde este mismo momento la máxima aspiración de don Quijote está ya realizada: ser personaje literario, protagonista de una novela, cuya primera parte se ha publicado ya y es conocida de los lectores. «Ésta es la gran novedad "situacional" de la segunda parte», en la cual don Quijote busca y encuentra el «reconocimiento» de quienes han leído su historia (Torrente Ballester); nótese, además, el desajuste cronológico implícito: en II, 1, se dijo que sólo ha pasado *casi un mes* desde el final de la primera parte. ¿Cómo ha podido publicarse si ya en traducirla al castellano se tardó mas de mes y medio, como se dijo en I, 9?

▼▼ Prevaricación idiomática de Sancho, quien, arrastrado por lo que los lingüistas llaman «etimologías populares», trastrueca Benengeli en Berenjena (ambas palabras proceden del mismo étimo árabe). Véase nota segunda al pie de pág. 141 en I, 9, y nota de la pág. 256 en I, 19.

—Así será —respondió Sancho—; porque por la mayor parte he oído decir que los moros son amigos de berenjenas.

—Tú debes, Sancho —dijo don Quijote—, errarte en el sobrenombre de ese Cide, que en arábigo quiere decir *señor.*

—Bien podría ser —replicó Sancho—; mas si vuestra merced gusta que yo le haga venir aquí, iré por él en volandas[20].

—Harásme mucho placer, amigo —dijo don Quijote—; que me tiene suspenso lo que me has dicho, y no comeré bocado que bien me sepa hasta ser informado de todo.

—Pues yo voy por él —respondió Sancho.

Y dejando a su señor, se fue a buscar al bachiller, con el cual volvió de allí a poco espacio, y entre los tres pasaron un graciosísimo coloquio.

[20] Rápidamente.

CAPÍTULO III

## Del ridículo razonamiento que pasó entre don Quijote, Sancho Panza y el bachiller Sansón Carrasco

Pensativo además [1] quedó don Quijote, esperando al bachiller Carrasco, de quien esperaba oír las nuevas de sí mismo puestas en libro, como había dicho Sancho, y no se podía persuadir a que tal historia hubiese, pues aún no estaba enjuta en la cuchilla de su espada la sangre de los enemigos que había muerto, y ya querían que anduviesen en estampa [2] sus altas caballerías. Con todo eso, imaginó que algún sabio, o ya amigo o enemigo, por arte de encantamento las habrá dado a la estampa: si amigo, para engrandecerlas y levantarlas sobre las más señaladas de caballero andante; si enemigo, para aniquilarlas y ponerlas debajo de las más viles que de algún vil escudero se hubiesen escrito, puesto —decía entre sí— que [3] nunca hazañas de escuderos se escribieron; y cuando fuese verdad que la tal historia hubiese, siendo de caballero andante, por fuerza había de ser grandílocua [4], alta, insigne, magnífica y verdadera ▼.

[1] En demasía.

[2] Imprenta.

[3] Aunque.

[4] De estilo elevado.

▼ En este capítulo y en el siguiente reaparece el tema de la teoría literaria. De igual modo que en el célebre escrutinio de I, 6, se habla de literatura —cada interlocutor lo hace desde su punto de vista— y se discuten las más avanzadas ideas de la época en materia de poética novelística, introducidas ahora por Sansón Carrasco.

Con esto se consoló algún tanto, pero desconsolóle pensar que su autor era moro, según aquel nombre de Cide, y de los moros no se podía esperar verdad alguna, porque todos son embelecadores, falsarios y quimeristas▼. Temíase no[5] hubiese tratado sus amores con alguna indecencia, que redundase en menoscabo y perjuicio de la honestidad de su señora Dulcinea del Toboso; deseaba que hubiese declarado su fidelidad y el decoro que siempre la había guardado, menospreciando reinas, emperatrices y doncellas de todas calidades, teniendo a raya los ímpetus de los naturales movimientos; y así, envuelto y revuelto en estas y otras muchas imaginaciones, le hallaron Sancho y Carrasco, a quien don Quijote recibió con mucha cortesía.

Era el bachiller, aunque se llamaba Sansón, no muy grande de cuerpo, aunque muy gran socarrón; de color macilenta, pero de muy buen entendimiento; tendría hasta veinte y cuatro años, carirredondo, de nariz chata y de boca grande, señales todas de ser de condición maliciosa y amigo de donaires y de burlas, como lo mostró en viendo a don Quijote, poniéndose delante dél de rodillas, diciéndole:

—Déme vuestra grandeza las manos, señor don Quijote de la Mancha; que por el hábito de San Pedro que visto, aunque no tengo otras órdenes[6] que las cuatro primeras[7], que es vuestra merced uno de los más famosos caballeros andantes que ha habido, ni aun habrá, en toda la redondez de la tierra. Bien haya Cide Hamete Benengeli, que la historia de vuestras grandezas dejó escritas, y rebién haya el curioso que tuvo cuidado de hacerlas

[5] *No* redundante.

[6] Grados del ministerio sacerdotal; y órdenes militares (dilogía).

[7] Ostiario, lector, exorcista y acólito (órdenes menores).

▼ Véanse notas a pie de pág. 142 y 143 en I, 9.

traducir de arábigo en nuestro vulgar castellano, para universal entretenimiento de las gentes ▼.

Hízole levantar don Quijote, y dijo:

—Desa manera, ¿verdad es que hay historia mía, y que fue moro y sabio el que la compuso?

—Es tan verdad, señor —dijo Sansón—, que tengo para mí que el día de hoy están impresos más de doce mil libros de la tal historia; si no, dígalo Portugal, Barcelona y Valencia, donde se han impreso; y aun hay fama que se está imprimiendo en Amberes, y a mí se me trasluce que no ha de haber nación ni lengua donde no se traduzga [8] ▼▼.

—Una de las cosas —dijo a esta sazón don Quijote— que más debe da dar contento a un hombre virtuoso y eminente es verse, viviendo, andar con buen nombre por las lenguas de las gentes, impreso y en estampa. Dije *con buen nombre,* porque siendo al contrario, ninguna muerte se le igualara.

—Si por buena fama y si por buen nombre va —dijo el bachiller—, solo vuestra merced lleva la palma a todos los caballeros andantes; porque el moro en su lengua y el cristiano en la suya tuvieron cuidado de pintarnos muy al vivo la gallardía de vuestra merced, el ánimo grande en acometer los peligros, la paciencia en las adversidades y el sufrimiento así en las desgracias como en las he-

[8] Traduzca.

▼ Han comenzado ya los divertimentos del socarrón bachiller, que jura *por el hábito de San Pedro* (vestido del clero secular usado por los escolares) con intención burlesca: invoca el hábito del clero secular y de los escolares como si se tratase del de una orden militar.

▼▼ En 1611 ya habían aparecido tres ediciones en Madrid, dos en Valencia, dos en Lisboa, dos en Bruselas y una en Milán. Se tradujo al inglés en 1612, y al francés en 1614. En nuestro siglo el *Quijote* es el libro más editado en el mundo, junto con la *Biblia.* La profecía del bachiller se ha cumplido por tanto.

ridas, la honestidad y continencia en los amores tan platónicos de vuestra merced y de mi señora doña Dulcinea del Toboso.

—Nunca —dijo a este punto Sancho Panza— he oído llamar con *don* a mi señora Dulcinea, sino solamente *la señora Dulcinea del Toboso,* y ya en esto anda errada la historia.

—No es objeción de importancia ésa —respondió Carrasco.

—No, por cierto —respondió don Quijote—; pero dígame vuestra merced, señor bachiller: ¿qué hazañas mías son las que más se ponderan en esa historia?

—En eso —respondió el bachiller—, hay diferentes opiniones, como hay diferentes gustos: unos se atienen a la aventura de los molinos de viento, que a vuestra merced le parecieron Briareos [9] y gigantes; otros, a la de los batanes; éste, a la descripción de los dos ejércitos, que después parecieron ser dos manadas de carneros; aquél encarece la del muerto que llevaban a enterrar a Segovia; uno dice que a todas se aventaja la de la libertad de los galeotes; otro, que ninguna iguala a la de los dos gigantes benitos, con la pendencia del valeroso vizcaíno ▼.

—Dígame, señor bachiller —dijo a esta sazón Sancho—: ¿entra ahí la aventura de los yangüeses, cuando a nuestro buen Rocinante se le antojó pedir cotufas en el golfo [10]?

[9] (El gigante Briareo tenía 100 brazos y 50 cabezas.)

[10] Pedir imposibles.

▼ La segunda parte del *Quijote* presupone la primera, y desde la aparición de Sansón Carrasco comienza la serie de «reconocimientos» de que es objeto don Quijote. Al entrar en la novela el bachiller con la obra ya leída, Cervantes revela de forma implícita su absoluta seguridad en el dominio del género por él inventado: ya no necesita recurrir a obras ajenas para hablar de literatura, le basta con la suya como punto de referencia.

—No se le quedó nada —respondió Sansón— al sabio en el tintero; todo lo dice y todo lo apunta, hasta lo de las cabriolas que el buen Sancho hizo en la manta.

—En la manta no hice yo cabriolas —respondió Sancho—; en el aire sí, y aun más de las que yo quisiera.

—A lo que yo imagino —dijo don Quijote—, no hay historia humana en el mundo que no tenga sus altibajos, especialmente las que tratan de caballerías, las cuales nunca pueden estar llenas de prósperos sucesos.

—Con todo eso —respondió el bachiller—, dicen algunos que han leído la historia que se holgaran se les hubiera olvidado a los autores della algunos de los infinitos palos que en diferentes encuentros [11] dieron al señor don Quijote.

—Ahí entra la verdad de la historia —dijo Sancho.

—También pudieran callarlos por equidad —dijo don Quijote—, pues las acciones que ni mudan ni alteran la verdad de la historia no hay para qué escribirlas, si han de redundar en menosprecio del señor de la historia. A fee que no fue tan piadoso Eneas como Virgilio le pinta [12], ni tan prudente Ulises como le describe Homero [13].

—Así es —replicó Sansón—; pero uno [14] es escribir como poeta y otro como historiador: el poeta puede contar o cantar las cosas, no como fueron, sino como debían ser, y el historiador las ha de escribir, no como debían ser, sino como fueron, sin añadir ni quitar a la verdad cosa alguna ▼.

[11] Choques, enfrentamientos.

[12] En la *Eneida*.

[13] En la *Odisea*.

[14] Una cosa.

▼ En esta contraposición, «lo típico cervantino es mostrar cómo poesía e historia, idea y realidad, andan juntas en la vida, porque son parte integrante de la relación del ser humano con el mundo» (A. del Río).

—Pues si es que se anda a decir verdades ese señor moro —dijo Sancho—, a buen seguro que entre los palos de mi señor se hallen los míos; porque nunca a su merced le tomaron la medida de las espaldas que no me la tomasen a mí de todo el cuerpo; pero no hay de qué maravillarme, pues como dice el mismo señor mío, del dolor de la cabeza han de participar los miembros.

—Socarrón sois, Sancho —respondió don Quijote—. A fee que no os falta memoria cuando vos queréis tenerla.

—Cuando yo quisiese olvidarme de los garrotazos que me han dado —dijo Sancho—, no lo consentirán los cardenales, que aún se están frescos en las costillas.

—Callad, Sancho —dijo don Quijote—, y no interrumpáis al señor bachiller, a quien suplico pase adelante en decirme lo que se dice de mí en la referida historia.

—Y de mí —dijo Sancho—; que también dicen que soy yo uno de los principales presonajes della.

—*Personajes,* que no *presonajes,* Sancho amigo —dijo Sansón.

—¿Otro reprochador de voquibles[15] tenemos? —dijo Sancho—. Pues ándese a eso, y no acabaremos en toda la vida▼.

—Mala me la[16] dé Dios, Sancho —respondió el bachiller—, si no sois vos la segunda persona de la historia, y que hay tal que precia más oíros hablar a vos que al más pintado de toda ella, puesto que también hay quien diga que anduvistes[17] demasiadamente de crédulo en creer que podía ser verdad el gobierno de aquella ínsula ofrecida por el señor don Quijote, que está presente.

[15] Vocablos.

[16] La vida (zeugma).

[17] Anduvisteis.

▼ Véase nota a pie de la pág. 167 en I, 12, y nota de la pág. 303 en I, 21.

—Aún hay sol en las bardas▼ —dijo don Quijote—; y mientras más fuere entrando en edad Sancho, con la experiencia que dan los años, estará más idóneo y más hábil para ser gobernador que no está agora.

—Por Dios, señor —dijo Sancho—; la isla que yo no gobernase con los años que tengo, no la gobernaré con los años de Matusalén[18]. El daño está en que la dicha ínsula se entretiene no sé dónde, y no en faltarme a mí el caletre para gobernarla.

—Encomendadlo a Dios, Sancho —dijo don Quijote—; que todo se hará bien, y quizá mejor de lo que vos pensáis; que no se mueve la hoja en el árbol sin la voluntad de Dios.

—Así es verdad —dijo Sansón—; que si Dios quiere, no le faltarán a Sancho mil islas que gobernar, cuanto más una.

—Gobernador he visto por ahí —dijo Sancho— que, a mi parecer, no llegan a la suela de mi zapato, y, con todo eso, los llaman señoría, y se sirven con plata[19].

—Ésos no son gobernadores de ínsulas —replicó Sansón—, sino de otros gobiernos más manuales[20]; que los que gobiernan ínsulas, por lo menos han de saber gramática.

—Con la *grama* bien me avendría yo —dijo Sancho—, pero con la *tica,* ni me tiro ni me pago▼▼, porque no la entiendo. Pero dejando esto del gobierno en las manos de Dios, que me eche a las partes donde más de mí se sirva, digo, señor ba-

[18] Patriarca bíblico al que se atribuyen 969 años de vida.

[19] Con vajilla de plata.

[20] Caseros, fáciles.

▼ Aún hay tiempo para ello (expresión proverbial, equivalente a «aún no ha anochecido»).

▼▼ No me meto (expresión propia de jugadores: «no entro en el juego»). Sancho completa un juego de trastrueques idiomáticos (*grama:* hierba, pasto) del cual parece salir autocalificado de burro.

chiller Sansón Carrasco, que infinitamente me ha dado gusto que el autor de la historia haya hablado de mí de manera que no enfadan las cosas que de mí se cuentan; que a fe de buen escudero que si hubiera dicho de mí cosas que no fueran muy de cristiano viejo, como soy, que nos habían de oír los sordos.

—Eso fuera hacer milagros —respondió Sansón.

—Milagros o no milagros —dijo Sancho—, cada uno mire cómo habla o cómo escribe de las personas, y no ponga a trochemoche [21] lo primero que le viene al magín [22].

—Una de las tachas que ponen a la tal historia —dijo el bachiller— es que su autor puso en ella una novela intitulada *El curioso impertinente;* no por mala ni por mal razonada, sino por no ser de aquel lugar, ni tiene que ver con la historia de su merced del señor don Quijote▼.

—Yo apostaré —replicó Sancho— que ha mezclado el hi de perro berzas con capachos [23].

—Ahora digo —dijo don Quijote— que no ha sido sabio el autor de mi historia, sino algún ignorante hablador, que a tiento y sin algún dicurso se puso a escribirla, salga lo que saliere, como hacía Orbaneja, el pintor de Úbeda, al cual preguntándole qué pintaba, respondió: «Lo que saliere.» Tal vez [24] pintaba un gallo, de tal suerte y tan mal parecido, que era menester que con letras góticas [25] escribiese junto a él: «Éste es gallo ▼▼.» Y así debe de ser de mi historia, que tendrá necesidad de comento para entenderla.

[21] Sin orden ni concierto.

[22] Imaginación.

[23] Cosas disparatadas (expresión proverbial).

[24] Alguna vez.

[25] Grandes (mayúsculas).

▼ Véanse las notas a pie de pág. 496 y 498 en I, 33, y nota de la pág. 534 en I, 34.

▼▼ Fue éste un cuento muy popular en el folclore del Siglo de Oro. Y el nombre de Orbaneja acabó convirtiéndose en «proverbial para designar a cualquier pintamonas» (Avalle-Arce).

—Eso no —respondió Sansón—; porque es tan clara, que no hay cosa que dificultar en ella: los niños la manosean, los mozos la leen, los hombres la entienden y los viejos la celebran, y, finalmente, es tan trillada y tan leída y tan sabida de todo género de gentes, que apenas han visto algún rocín flaco, cuando dicen: «Allí va Rocinante▼.» Y los que más se han dado a su lectura son los pajes. No hay antecámara de señor donde no se halle un *Don Quijote:* unos le toman si otros le dejan; éstos le embisten y aquéllos le piden. Finalmente, la tal historia es del más gustoso y menos perjudicial entretenimiento que hasta agora se haya visto, porque en toda ella no se descubre, ni por semejas [26], una palabra deshonesta ni un pensamiento menos que católico.

—A escribir de otra suerte —dijo don Quijote—, no fuera escribir verdades, sino mentiras, y los historiadores que de mentiras se valen habían de ser quemados, como los que hacen moneda falsa; y no sé yo qué le movió al autor a valerse de novelas y cuentos ajenos, habiendo tanto que escribir en los míos: sin duda se debió de atener al refrán: «De paja y de heno...» [27], etcétera. Pues en verdad que en sólo manifestar mis pensamientos, mis sospiros, mis lágrimas, mis buenos deseos y mis acometimientos pudiera hacer un volumen mayor, o tan grande, que el que pueden hacer todas las

[26] Ni por parecido.

[27] ... mi vientre lleno (refrán).

▼ El diálogo encierra un juicio ambivalente sobre la obra: «Por un lado se está hablando de escribir algo tan confuso que requiere explicaciones y la aclaración de un título explícito. Por otro lado se afirma que no hay nada que explicar, que está tan indiscutiblemente clara la historia que ni título hace falta». El equívoco es, así, para el lector crítico, que duda y vacila en su propia interpretación de la obra, ante la riqueza de interpretaciones posibles (Percas de Ponseti).

obras del Tostado▼. En efecto, lo que yo alcanzo, señor bachiller, es que para componer historias y libros, de cualquier suerte que sean, es menester un gran juicio y un maduro entendimiento. Decir gracias y escribir donaires es de grandes ingenios; la más discreta figura de la comedia es la del bobo[28], porque no lo ha de ser el que quiere dar a entender que es simple. La historia es como cosa sagrada, porque ha de ser verdadera, y donde está la verdad, está Dios, en cuanto a verdad, pero no obstante esto, hay algunos que así componen y arrojan libros de sí como si fuesen buñuelos.

[28] La figura del gracioso en el teatro español clásico.

—No hay libro tan malo —dijo el bachiller—, que no tenga algo bueno▼▼.

—No hay duda en eso —replicó don Quijote—, pero muchas veces acontece que los que tenían méritamente granjeada y alcanzada gran fama por sus escritos, en dándolos a la estampa la perdieron del todo, o la menoscabaron en algo.

—La causa deso es —dijo Sansón— que como las obras impresas se miran despacio, fácilmente se veen sus faltas, y tanto más se escudriñan cuanto es mayor la fama del que las compuso. Los hombres famosos por sus ingenios, los grandes poetas, los ilustres historiadores, siempre, o las más veces, son envidiados de aquellos que tienen por gusto y por particular entretenimiento juzgar los escritos ajenos, sin haber dado algunos propios a la luz del mundo.

—Eso no es de maravillar —dijo don Quijote—, porque muchos teólogos hay que no son buenos

▼ Alfonso Tostado Ribera de Madrigal (siglo XV), obispo de Ávila y escritor de fecundidad proverbial.

▼▼ Sentencia que Plinio el Joven (viajero y escritor latino del siglo I-II) atribuyó a su tío, Plinio el Viejo (militar y hombre de ciencia), autor de la conocida *Historia natural.*

para el púlpito, y son bonísimos para conocer las faltas o sobras de los que predican.

—Todo eso es así, señor don Quijote —dijo Carrasco—; pero quisiera yo que los tales censuradores fueran más misericordiosos y menos escrupulosos, sin atenerse a los átomos del sol clarísimo de la obra de que murmuran; que si *aliquando bonus dormitat Homerus* ▼, consideren lo mucho que estuvo despierto, por dar la luz de su obra con la menos sombra que pudiese; y quizá podría ser que lo que a ellos les parece mal fuesen lunares, que a las veces acrecientan la hermosura del rostro que los tiene ▼▼; y así, digo que es grandísimo el riesgo a que se pone el que imprime un libro, siendo de toda imposibilidad imposible componerle tal, que satisfaga y contente a todos los que le leyeren.

—El que de mí trata —dijo don Quijote—, a pocos habrá contentado.

—Antes es al revés; que como de *stultorum infinitus est numerus*[29], infinitos son los que han gustado de la tal historia. Y algunos han puesto falta y dolo[30] en la memoria del autor, pues se le olvida de contar quién fue el ladrón que hurtó el rucio a Sancho, que allí no se declara y sólo se infiere de lo escrito que se le hurtaron, y de allí a poco le vemos a caballo sobre el mesmo jumento, sin haber parecido[31] ▼▼▼. También dicen que se le

[29] El número de los necios es infinito *(Eclesiastés)*.

[30] Engaño.

[31] Aparecido.

▼ «De cuando en cuando dormita el buen Homero» (palabras de un verso de Horacio en su *Epístola a los Pisones* o *Arte Poética*).

▼▼ «Cervantes es capaz de utilizar cualquier motivo, cualquier dato, como material de ficción literaria. Hasta los errores o defectos que se le encontraron, o que se encontró él mismo más tarde, los utilizó magníficamente [...] comentándolos y haciéndolos entrar a formar parte de la ficción» (Percas de Ponseti).

▼▼▼ Véase nota al pie de la pág. 324 en I, 23, y nota de la pág. 361 en I, 25.

olvidó poner lo que Sancho hizo de aquellos cien escudos que halló en la maleta en Sierra Morena, que nunca más los nombra, y hay muchos que desean saber qué hizo dellos, o en qué los gastó, que es uno de los puntos sustanciales que faltan en la obra.

Sancho respondió:

—Yo, señor Sansón, no estoy ahora para ponerme en cuentas ni cuentos; que me ha tomado un desmayo de estómago, que si no le reparo con dos tragos de lo añejo, me pondrá en la espina de Santa Lucía [32]. En casa lo tengo; mi oíslo [33] me aguarda; en acabando de comer daré la vuelta, y satisfaré a vuestra merced y a todo el mundo de lo que preguntar quisieren, así de la pérdida del jumento como del gasto de los cien escudos.

Y sin esperar respuesta ni decir otra palabra, se fue a su casa.

Don Quijote pidió y rogó al bachiller se quedase a hacer penitencia con él ▼. Tuvo el bachiller el envite: quedóse, añadióse al ordinario [34] un par de pichones, tratóse en la mesa de caballerías, siguióle el humor Carrasco, acabóse el banquete, durmieron la siesta, volvió Sancho, y renovóse la plática pasada ▼▼.

[32] Me quedaré en los huesos; flaco y extenuado (expresión proverbial).

[33] Mujer.

[34] A la comida de todos los días.

▼ Fórmula de modestia (o afectación) usada para invitar a alguien a comer (parcamente).

▼▼ *Tuvo el envite* (aceptó la oferta) es otra expresión tomada del habla de los jugadores. Nótese también cómo se consigue el dinamismo narrativo con el movimiento que enlaza el final de este capítulo —acelerado por el ritmo rápido del resumen narrativo, construido con sintaxis paratáctica y en estilo cortado— con el comienzo del siguiente.

## Capítulo IV

## Donde Sancho Panza satisface al bachiller Sansón Carrasco de sus dudas y preguntas, con otros sucesos dignos de saberse y de contarse ▼

Volvió Sancho a casa de don Quijote, y volviendo al pasado razonamiento, dijo:

—A lo que el señor Sansón dijo que se deseaba saber quién, o cómo, o cuándo se me hurtó el jumento, respondiendo digo, que la noche misma que huyendo de la Santa Hermandad nos entramos en Sierra Morena, después de la aventura sin ventura [1] de los galeotes, y de la del difunto que llevaban a Segovia, mi señor y yo nos metimos entre una espesura, adonde mi señor arrimado a su lanza, y yo sobre mi rucio, molidos y cansados de las pasadas refriegas, nos pusimos a dormir como si fuera sobre cuatro colchones de pluma; especialmente yo dormí con tan pesado sueño, que quienquiera que fue tuvo lugar de llegar y suspenderme sobre cuatro estacas que puso a los cuatro lados de la albarda, de manera que me dejó a caballo sobre ella, y me sacó debajo de mí al rucio, sin que yo lo sintiese.

[1] Paronomasia.

▼ «Hay que confesar que todo esto es sorprendente. Cervantes ha llegado a dominar de tal suerte la técnica novelesca que es capaz de hacer de la primera parte de su propio libro [...] un elemento novelesco de la segunda [...], sin que ello desentone, sea absurdo ni vaya traído por los cabellos» (Riquer).

—Eso es cosa fácil, y no acontecimiento nuevo; que lo mesmo le sucedió a Sacripante cuando, estando en el cerco de Albraca, con esa misma invención le sacó el caballo de entre las piernas aquel famoso ladrón llamado Brunelo ▼.

—Amaneció —prosiguió Sancho—, y apenas me hube estremecido, cuando, faltando las estacas, di conmigo en el suelo una gran caída; miré por el jumento, y no le vi; acudiéronme lágrimas a los ojos, y hice una lamentación, que si no la puso el autor de nuestra historia, puede hacer cuenta que no puso cosa buena. Al cabo de no sé cuántos días, viniendo con la señora princesa Micomicona, conocí mi asno, y que venía sobre él en hábito de gitano aquel Ginés de Pasamonte, aquel embustero y grandísimo maleador que quitamos mi señor y yo de la cadena ▼▼.

—No está en eso el yerro —replicó Sansón—, sino en que antes de haber parecido [2] el jumento, dice el autor que iba a caballo Sancho en el mesmo rucio.

[2] Aparecido.

—A eso —dijo Sancho—, no sé qué responder, sino que el historiador se engañó, o ya sería descuido del impresor.

—Así es, sin duda —dijo Sansón—; pero ¿qué se hicieron los cien escudos? ¿Deshiciéronse ▼▼▼?

Respondió Sancho:

—Yo los gasté en pro de mi persona y de la de mi mujer, y de mis hijos, y ellos han sido causa de

---

▼ ¿Quién dice esto? Tanto don Quijote como Sansón pueden ser el interlocutor. En el cerco del castillo de Albraca (imperio de Catay: China), donde Angélica estaba recluida, el ladrón moro Brunelo le robó el caballo Frontalatte a Sacripante (*Orlando furioso,* de Ariosto, y *Orlando enamorado,* de Boiardo).

▼▼ Véase nota al pie de la pág. 324 en I, 23, nota de la pág. 361 en I, 25, y nota de la pág. 466 en I, 30.

▼▼▼ «El juego con la prefijación y la sufijación es a veces una forma de su juego paronomástico» (Rosenblat).

que mi mujer lleve en paciencia los caminos y carreras que he andado sirviendo a mi señor don Quijote; que si al cabo de tanto tiempo volviera sin blanca y sin el jumento a mi casa, negra ventura me esperaba; y si hay más que saber de mí, aquí estoy, que responderé al mesmo rey en presona, y nadie tiene para qué meterse en si truje [3] o no truje, si gasté o no gasté; que si los palos que me dieron en estos viajes se hubieran de pagar a dinero, aunque no se tasaran sino a cuatro maravedís cada uno, en otros cien escudos no había para pagarme la mitad ▼; y cada uno meta la mano en su pecho, y no se ponga a juzgar lo blanco por negro y lo negro por blanco; que cada uno es como Dios le hizo, y aun peor muchas veces.

—Yo tendré cuidado —dijo Carrasco— de acusar [4] al autor de la historia que si otra vez la imprimiere, no se le olvide esto que el buen Sancho ha dicho, que será realzarla un buen coto [5] más de lo que ella se está.

—¿Hay otra cosa que enmendar en esa leyenda [6], señor bachiller? —preguntó don Quijote.

—Sí debe de haber —respondió él—; pero ninguna debe de ser de la importancia de las ya referidas.

—Y por ventura —dijo don Quijote—, ¿promete el autor segunda parte?

—Sí promete —respondió Sansón—; pero dice que no ha hallado ni sabe quién la tiene, y así, estamos en duda si saldrá o no; y así por esto como porque algunos dicen: «Nunca segundas partes fueron buenas», y otros: «De las cosas de don Qui-

[3] Traje.

[4] Advertir.

[5] Medida de los dedos de la mano juntos y horizontales y el pulgar levantado.

[6] Lectura.

▼ «Aunque no haya podido cobrar por los palos, Sancho terminará cobrando por los azotes del desencanto de Dulcinea, y a razón de 17 maravedís por azote», como se verá en el cap. 71 (Allen).

jote bastan las escritas», se duda que no ha de haber segunda parte; aunque algunos que son más joviales que saturninos ▼ dicen: «Vengan más quijotadas: embista don Quijote y hable Sancho Panza, y sea lo que fuere; que con eso nos contentamos.»

—Y ¿a qué se atiene el autor?

—A que —respondió Sansón— en hallando que halle la historia, que él va buscando con extraordinarias diligencias, la dará luego a la estampa [7], llevado más del interés que de darla se le sigue que de otra alabanza alguna.

A lo que dijo Sancho:

—¿Al dinero y al interés mira el autor? Maravilla será que acierte; porque no hará sino harbar [8], harbar, como sastre en vísperas de pascuas, y las obras que se hacen apriesa nunca se acaban con la perfección que requieren. Atienda ese señor moro, o lo que es, a mirar lo que hace; que yo y mi señor le daremos tanto ripio a la mano [9] en materia de aventuras y de sucesos diferentes, que pueda componer no sólo segunda parte, sino ciento. Debe de pensar el buen hombre, sin duda, que nos dormimos aquí en las pajas; pues ténganos el pie al herrar, y verá del que cosqueamos ▼▼. Lo que yo sé decir es que si mi señor tomase mi consejo, ya habíamos de estar en esas campañas deshaciendo agravios y enderezando tuertos, como es uso y costumbre de los buenos andantes caballeros.

No había bien acabado de decir estas razones Sancho, cuando llegaron a sus oídos relinchos de

[7] Imprenta.

[8] Trabajar de prisa y mal.

[9] Con facilidad y en abundancia.

▼ Términos de la astrología: *joviales* (alegres), por haber nacido bajo el influjo de Jove (Júpiter); *saturninos* (tristes, melancólicos), por nacer bajo el de Saturno.

▼▼ «Pruébesenos antes de juzgarnos» (sosténganos el pie y verá de qué pie cojeamos).

Rocinante; los cuales relinchos tomó don Quijote por felicísimo agüero, y determinó de hacer de allí a tres o cuatro días otra salida; y declarando su intento al bachiller, le pidió consejo por qué parte comenzaría su jornada; el cual le respondió que era su parecer que fuese al reino de Aragón, y a la ciudad de Zaragoza, adonde de allí a pocos días se habían de hacer unas solemnísimas justas[10] por la fiesta de San Jorge, en las cuales podría ganar fama sobre todos los caballeros aragoneses, que sería ganarla sobre todos los del mundo▼. Alabóle ser honradísima y valentísima su determinación, y advirtióle que anduviese más atentado[11] en acometer los peligros, a causa que su vida no era suya, sino de todos aquellos que le habían de menester para que los amparase y socorriese en sus desventuras.

—Deso es lo que yo reniego, señor Sansón —dijo a este punto Sancho—; que así acomete mi señor a cien hombres armados como un muchacho goloso a media docena de badeas[12]. ¡Cuerpo del mundo, señor bachiller! Sí, que tiempos hay de acometer y tiempos de retirar; sí, no ha de ser todo «¡Santiago, y cierra[13], España!» Y más, que yo he oído decir, y creo que a mi señor mismo, si mal no me acuerdo, que en los extremos de cobarde y de temerario está el medio de la valentía, y si esto es así, no quiero que huya sin tener para qué, ni que acometa cuando la demasía pide otra

[10] Torneos entre los caballeros.

[11] Prudente.

[12] Melones o sandías de mala calidad.

[13] Ataca, grito de guerra de las tropas españolas.

▼ Ir a Zaragoza era el plan primitivo de la tercera salida (véase nota al pie de la pág. 792, en I, 52), pero luego Cervantes alteró el itinerario de don Quijote para dejar por falso al *Quijote* apócrifo de Avellaneda (irá a Barcelona y no a Zaragoza). Nótese aquí el desconcierto temporal producido por este desajuste cronológico: desde el final de la segunda salida, realizada en el verano, sólo ha transcurrido un mes hasta este momento de la novela; y, en notoria contradicción, ahora se nos dice que *de allí a pocos días* se celebran en Zaragoza las fiestas de San Jorge, patrono de la caballería aragonesa, cuya festividad se celebra el día 23 de abril.

cosa. Pero, sobre todo, aviso a mi señor que si me ha de llevar consigo, ha de ser con condición que él se lo ha de batallar todo, y que yo no he de estar obligado a otra cosa que a mirar por su persona en lo que tocare a su limpieza y a su regalo; que en esto yo le bailaré el agua delante [14]; pero pensar que tengo de poner mano a la espada, aunque sea contra villanos malandrines de hacha y capellina [15], es pensar en lo excusado. Yo, señor Sansón, no pienso granjear fama de valiente, sino del mejor y más leal escudero que jamás sirvió a caballero andante; y si mi señor don Quijote, obligado de mis muchos y buenos servicios, quisiere darme alguna ínsula de las muchas que su merced dice que se ha de topar por ahí, recibiré mucha merced en ello; y cuando no me la diere, nacido soy, y no ha de vivir el hombre en hoto de otro sino de Dios ▼; y más, que tan bien, y aun quizá mejor, me sabrá el pan desgobernado que siendo gobernador. Y ¿sé yo por ventura si en esos gobiernos me tiene aparejada el diablo alguna zancadilla donde tropiece y caiga y me haga [16] las muelas? Sancho nací, y Sancho pienso morir; pero si, con todo esto, de buenas a buenas, sin mucha solicitud y sin mucho riesgo, me deparase el cielo alguna ínsula, o otra cosa semejante, no soy tan necio, que la desechase; que también se dice: «Cuando te dieren la vaquilla, corre con la soguilla»; y «Cuando viene el bien, mételo en tu casa.»

—Vos, hermano Sancho —dijo Carrasco—, habéis hablado como un catedrático; pero, con todo eso, confiad en Dios y en el señor don Quijote, que os ha de dar un reino, no que una ínsula.

[14] Le serviré con esmero y agrado.

[15] Armas de gente baja.

[16] Deshaga.

▼ «Y aunque no me la diere, ya estoy en el mundo [y estando en él Dios no me dejará de la mano], y no ha de vivir el hombre confiando en otro *(en hoto de)* sino en Dios.»

—Tanto es lo de más como lo de menos —respondió Sancho—; aunque sé decir al señor Carrasco que no echara mi señor el reino que me diera en saco roto; que yo he tomado el pulso a mí mismo, y me hallo con salud para regir reinos y gobernar ínsulas, y esto ya otras veces lo he dicho a mi señor.

—Mirad, Sancho —dijo Sansón—, que los oficios mudan las costumbres, y podría ser que viéndoos gobernador no conociésedes a la madre que os parió.

—Eso allá se ha de entender —respondió Sancho— con los que nacieron en las malvas [17], y no con los que tienen sobre el alma cuatro dedos de enjundia de cristianos viejos como yo los tengo▼. ¡No, sino llegaos a mi condición, que sabrá usar de desagradecimiento con alguno!

—Dios lo haga —dijo don Quijote—, y ello dirá cuando el gobierno venga; que ya me parece que le trayo [18] entre los ojos.

Dicho esto, rogó al bachiller que, si era poeta, le hiciese merced de componerle unos versos que tratasen de la despedida que pensaba hacer de su señora Dulcinea del Toboso, y que advirtiese que en el principio de cada verso había de poner una letra de su nombre, de manera que al fin de los versos, juntando las primeras letras se leyese: *Dulcinea del Toboso* [19].

El bachiller respondió que puesto que él no era de los famosos poetas que había en España, que decían que no eran sino tres y medio, que no dejaría de componer los tales metros [20], aunque ha-

[17] Los de nacimiento oscuro y humilde.

[18] Traigo.

[19] Es decir, en acrósticos.

[20] Versos.

▼ «Américo Castro ve en esos *cuatro dedos de enjundia* una “grotesca imagen anímico-porcuna” que asocia, “en un acorde irónico”, la grasa de cerdo y la cristiandad vieja» (Rosenblat).

llaba una dificultad grande en su composición, a causa que las letras que contenían el nombre eran diez y siete, y que si hacía cuatro castellanas de a cuatro versos, sobrara una letra, y si de a cinco, a quien llaman décimas o redondillas ▼, faltaban tres letras; pero, con todo eso, procuraría embeber una letra lo mejor que pudiese, de manera que en las cuatro castellanas se incluyese el nombre de Dulcinea del Toboso.

—Ha de ser así en todo caso —dijo don Quijote—; que si allí no va el nombre patente y de manifiesto, no hay mujer que crea que para ella se hicieron los metros.

Quedaron en esto y en que la partida sería de allí a ocho días. Encargó don Quijote al bachiller la tuviese secreta, especialmente al cura y a maese Nicolás, y a su sobrina y al ama, porque no estorbasen su honrada y valerosa determinación. Todo lo prometió Carrasco. Con esto se despidió, encargando a don Quijote que de todos sus buenos o malos sucesos le avisase, habiendo comodidad, y así se despidieron, y Sancho fue a poner en orden lo necesario para su jornada.

▼ Las coplas *castellanas* tenían versos octosílabos; y *décimas o redondillas* eran entonces los diez versos octosílabos de dos estrofas llamadas *redondillas* (y que hoy llamamos quintillas).

## CAPÍTULO V

### De la discreta y graciosa plática que pasó entre Sancho Panza y su mujer Teresa Panza, y otros sucesos dignos de felice[1] recordación

(Llegando a escribir el traductor desta historia este quinto capítulo, dice que le tiene por apócrifo, porque en él habla Sancho Panza con otro estilo del que se podía prometer de su corto ingenio, y dice cosas tan sutiles, que no tiene por posible que él las supiese; pero que no quiso dejar de traducirlo, por cumplir con lo que a su oficio debía, y así, prosiguió diciendo▼:)

Llegó Sancho a su casa tan regocijado y alegre, que su mujer conoció su alegría a tiro de ballesta; tanto, que la obligó a preguntarle:

—¿Qué traés[2], Sancho amigo, que tan alegre venís?

A lo que él respondió:

—Mujer mía, si Dios quisiera, bien me holgara yo de no estar tan contento como muestro.

[1] Feliz (paragoge).

[2] Traéis.

▼ Cervantes advierte que el traductor considera apócrifo este capítulo porque, en el diálogo que —casi en forma de entremés— se desarrolla entre Sancho y su mujer, el escudero habla como un letrado, corrige los errores de su mujer y, en suma, revela su imparable proceso de quijotización asumiendo ante ella el mismo papel y actitud de superioridad que don Quijote representa con él.

—No os entiendo, marido —replicó ella—, y no sé qué queréis decir en eso de que os holgáredes, si Dios quisiera, de no estar contento; que, maguer[3] tonta, no sé yo quién recibe gusto de no tenerle.

—Mirad, Teresa —respondió Sancho—; yo estoy alegre porque tengo determinado de volver a servir a mi amo don Quijote, el cual quiere la vez tercera salir a buscar las aventuras, y yo vuelvo a salir con él, porque lo quiere así mi necesidad, junto con la esperanza, que me alegra, de pensar si podré hallar otros cien escudos como los ya gastados, puesto que[4] me entristece el haberme de apartar de ti y de mis hijos; y si Dios quisiera darme de comer a pie enjuto[5] y en mi casa, sin traerme por vericuetos y encrucijadas, pues lo podía hacer a poca costa y no más de quererlo, claro está que mi alegría fuera más firme y valedera, pues que la que tengo va mezclada con la tristeza del dejarte; así que dije bien que holgara, si Dios quisiera, de no estar contento.

—Mirad, Sancho —replicó Teresa—: después que[6] os hicistes[7] miembro de caballero andante habláis de tan rodeada manera, que no hay quien os entienda.

—Basta que me entienda Dios, mujer —respondió Sancho—, que Él es el entendedor de todas las cosas, y quédese esto aquí▼; y advertid, hermana, que os conviene tener cuenta estos tres días con el rucio, de manera que esté para armas tomar: dobladle los piensos, requerid la albarda y las demás jarcias[8], porque no vamos a bodas, sino a rodear el mundo, y a tener dares y tomares con gi-

[3] Aunque.

[4] Aunque.

[5] Sin pasar trabajos (sin mojarme).

[6] Desde que.

[7] Hicisteis.

[8] Cosas, aparejos.

▼ La quijotización de Sancho se manifiesta aquí en claro contagio del habla de don Quijote.

gantes, con endriagos [9] y con vestiglos [10], y a oír silbos, rugidos, bramidos y baladros [11]; y aun todo esto fuera flores de cantueso [12] si no tuviéramos que entender con yangüeses y con moros encantados.

—Bien creo yo, marido —replicó Teresa—, que los escuderos andantes no comen el pan de balde, y así, quedaré rogando a Nuestro Señor os saque presto de tanta mala ventura.

—Yo os digo, mujer —respondió Sancho—, que si no pensase antes de mucho tiempo verme gobernador de una ínsula, aquí me caería muerto.

—Eso no, marido mío —dijo Teresa—: viva la gallina, aunque sea con su pepita ▼; vivid vos, y llévese el diablo cuantos gobiernos hay en el mundo. Sin gobierno salistes del vientre de vuestra madre, sin gobierno habéis vivido hasta ahora, y sin gobierno os iréis, o os llevarán, a la sepultura cuando Dios fuere servido. Como ésos hay en el mundo que viven sin gobierno, y no por eso dejan de vivir y de ser contados en el número de las gentes. La mejor salsa del mundo es la hambre, y como ésta no falta a los pobres, siempre comen con gusto. Pero mirad, Sancho, si por ventura os viéredes con algún gobierno, no os olvidéis de mí y de vuestros hijos. Advertid que Sanchico tiene ya quince años cabales, y es razón que vaya a la escuela, si es que su tío el abad le ha de dejar hecho de la Iglesia [13]. Mirad también que Mari Sancha, vuestra hija, no se morirá si la casamos; que me va dando barruntos que desea tanto tener marido como vos deseáis veros con gobierno, y, en

[9] Monstruos fabulosos.

[10] Monstruos horrendos.

[11] Gritos.

[12] Cosas sin importancia.

[13] Hecho clérigo.

▼ Refrán, equivalente a vivamos sea como sea (*pepita:* pequeño tumor que se desarrolla en la lengua de las gallinas y les impide cacarear).

fin en fin, mejor parece la hija mal casada que bien abarraganada [14].

—A buena fe —respondió Sancho— que si Dios me llega a tener algo qué [15] de gobierno, que tengo de casar, mujer mía, a Mari Sancha tan altamente, que no la alcancen sino con llamarla señora.

—Eso no, Sancho —respondió Teresa—; casadla con su igual, que es lo más acertado; que si de los zuecos la sacáis a chapines, y de saya parda de catorceno a verdugado y saboyanas de seda▼, y de una *Marica* y un *tú* a una *doña tal* y *señoría,* no se ha de hallar la mochacha, y a cada paso ha de caer en mil faltas, descubriendo la hilaza de su tela basta y grosera.

—Calla, boba —dijo Sancho—; que todo será usarlo dos o tres años; que después, le vendrá el señorío y la gravedad como de molde; y cuando no, ¿qué importa? Séase ella *señoría,* y venga lo que viniere.

—Medíos, Sancho, con vuestro estado —respondió Teresa—; no os queráis alzar a mayores, y advertid al refrán que dice: «Al hijo de tu vecino, límpiale las narices y métele en tu casa.» ¡Por cierto que sería gentil cosa casar a nuestra María con un condazo, o con caballerote que cuando se le antojase la pusiese como nueva, llamándola de villana, hija del destripaterrones [16] y de la pelarruecas [17]! ¡No en mis días, marido! ¡Para eso, por cierto, he criado yo a mi hija! Traed vos dineros, Sancho, y el casarla dejadlo a mi cargo; que ahí está Lope To-

[14] Amancebada.

[15] Un poco, algún tanto.

[16] Hombre que cava la tierra.

[17] Mujer pobre que vive de hilar.

▼ «De calzado y ropa de campesina pobre a vestidos elegantes». *Zuecos:* calzado de madera propio de rústicos; *chapines:* calzado fino de señora; *catorceno:* paño ordinario, basto; *verdugado:* saya acampanada guarnecida con ribetes; *saboyana:* saya abierta por delante.

cho, el hijo de Juan Tocho, mozo rollizo y sano, y que le conocemos, y sé que no mira de mal ojo a la mochacha; y con éste, que es nuestro igual, estará bien casada, y le tendremos siempre a nuestros ojos, y seremos todos unos, padres y hijos, nietos y yernos, y andará la paz y la bendición de Dios entre todos nosotros, y no casármela vos ahora en esas cortes y en esos palacios grandes, adonde ni a ella la entiendan, ni ella se entienda.

—Ven acá, bestia y mujer de Barrabás [18] —replicó Sancho—; ¿por qué quieres tú ahora, sin qué ni para qué, estorbarme que no case a mi hija con quien me dé nietos que se llamen *señoría*? Mira, Teresa: siempre he oído decir a mis mayores que el que no sabe gozar de la ventura cuando le viene, que no se debe quejar si se le pasa. Y no sería bien que ahora, que está llamando a nuestra puerta, se la cerremos; dejémonos llevar deste viento favorable que nos sopla.

(Por este modo de hablar, y por lo que más abajo dice Sancho, dijo el traductor desta historia que tenía por apócrifo este capítulo.)

—¿No te parece, animalia [19] —prosiguió Sancho—, que será bien dar con mi cuerpo en algún gobierno provechoso que nos saque el pie del lodo [20]? Y cásese a Mari Sancha con quien yo quisiere, y verás cómo te llaman a ti *doña Teresa Panza,* y te sientas en la iglesia sobre alcatifa [21], almohadas y arambeles [22], a pesar y despecho de las hidalgas del pueblo. ¡No, sino estaos siempre en un ser, sin crecer ni menguar, como figura de paramento [23]! Y en esto no hablemos más, que Sanchica ha de ser condesa, aunque tú más me digas.

—¿Veis cuanto decís, marido? —respondió Teresa—. Pues con todo eso, temo que este condado de mi hija ha de ser su perdición. Vos haced lo que quisiéredes, ora la hagáis duquesa, o prince-

[18] Mujer del diablo.

[19] Animal.

[20] Nos saque de la miseria.

[21] Tapete.

[22] Tapices.

[23] Adorno.

sa; pero séos[24] decir que no será ello con voluntad ni consentimiento mío. Siempre, hermano, fui amiga de la igualdad, y no puedo ver entonos[25] sin fundamentos. Teresa me pusieron en el bautismo, nombre mondo y escueto, sin añadiduras ni cortapisas, ni arrequives[26], de *dones* ni *donas*▼; Cascajo se llamó mi padre; y a mí, por ser vuestra mujer, me llaman Teresa Panza, que a buena razón me habían de llamar Teresa Cascajo. Pero allá van reyes do quieren leyes▼▼, y con este nombre me contento, sin que me le pongan un *don* encima, que pese tanto, que no le pueda llevar, y no quiero dar que decir a los que me vieren andar vestida a lo condesil o a lo de gobernadora, que luego dirán; «¡Mirad qué entonada va la pazpuerca[27]!» Ayer no se hartaba de estirar de un copo de estopa, y iba a misa cubierta la cabeza con la falda de la saya, en lugar de manto, y ya hoy va con verdugado, con broches y con entono, como si no la conociésemos.» Si Dios me guarda mis siete, o mis cinco sentidos, o los que tengo, no pienso dar ocasión de verme en tal aprieto. Vos, hermano, idos a ser gobierno o ínsulo, y entonaos a vuestro gusto; que mi hija ni yo, por el siglo de[28] mi madre que no nos hemos de mudar un paso de nuestra aldea: la mujer honrada, la pierna quebrada, y en casa; y la doncella honesta, el hacer algo es su fiesta. Idos con vuestro don Quijote a

[24] Os sé

[25] Presunciones.

[26] Adornos.

[27] Mujer sucia y grosera.

[28] Por el eterno descanso de.

▼ Otro ejemplo de juego con el género gramatical para realzar la negación enfática, al mismo tiempo que se ridiculiza el tratamiento de *don*.

▼▼ La mujer de Sancho trastrueca el refrán tradicional «Allá van leyes do quieren reyes», diciendo exactamente lo contrario. Nótese también que la polionomasia de la mujer de Sancho se incrementa aquí con dos nombres más (Teresa Cascajo, Teresa Panza). (Véase nota al pie de la pág. 122 en I, 7, y la segunda nota al pie de la pág. 791 en I, 52.)

vuestras aventuras, y dejadnos a nosotras con nuestras malas venturas; que Dios nos las mejorará como seamos buenas; y yo no sé, por cierto, quién le puso a él *don*, que no tuvieron sus padres ni sus agüelos▼.

—Ahora digo —replicó Sancho— que tienes algún familiar[29] en ese cuerpo. ¡Válate Dios, la mujer, y qué de cosas has ensartado unas en otras, sin tener pies ni cabeza! ¿Qué tiene que ver el Cascajo, los broches, los refranes y el entono con lo que yo digo? Ven acá, mentecata e ignorante, que así te puedo llamar, pues no entiendes mis razones y vas huyendo de la dicha. Si yo dijera que mi hija se arrojara de una torre abajo, o que se fuera por esos mundos, como se quiso ir la infanta doña Urraca▼▼, tenías razón de no venir con mi gusto; pero si en dos paletas[30], y en menos de un abrir y cerrar de ojos, te la chanto[31] un *don* y una *señoría* a cuestas, y te la saco de los rastrojos, y te la pongo en toldo y en peana[32], y en un estrado[33] de más almohadas de velludo[34] que tuvieron moros en su linaje los Almohadas de Marruecos▼▼▼, ¿por qué no has de consentir y querer lo que yo quiero?

—¿Sabéis por qué, marido? - respondió Teresa—. Por el refrán que dice: «¡Quien te cubre, te descubre!» Por el pobre todos pasan los ojos como de corrida, y en el rico los detienen; y si el tal rico

[29] Demonio.

[30] Al instante.

[31] Planto, pongo.

[32] Bajo dosel y sobre pedestal.

[33] Habitación donde las señoras reciben visitas.

[34] Terciopelo.

▼ Véase nota al pie de la pág. 42 en II, 2.

▼▼ Alusión al conocido romance tradicional en el que doña Urraca, infanta hija del rey Fernando I, expresa su despecho al verse desheredada por su padre en el reparto del reino (Urraca amenaza con irse por el mundo «como una mujer errada».)

▼▼▼ Prevaricación idiomática y juego verbal de Sancho, quien llama *almohadas* a los Almohades, dinastía de reyes moros que dominaron en Marruecos y en España en el siglo XII.

fue un tiempo pobre, allí es el murmurar y el maldecir, y el peor perseverar de los maldicientes, que los hay por esas calles a montones, como enjambres de abejas.

—Mira, Teresa —respondió Sancho—, y escucha lo que agora quiero decirte; quizá no lo habrás oído en todos los días de tu vida, y yo agora no hablo de mío; que todo lo que pienso decir son sentencias del padre predicador que la cuaresma pasada predicó en este pueblo, el cual, si mal no me acuerdo, dijo que todas las cosas presentes que los ojos están mirando se presentan, están y asisten en nuestra memoria mucho mejor y con más vehemencia que las cosas pasadas.

(Todas estas razones que aquí va diciendo Sancho son las segundas por quien [35] dice el traductor que tiene por apócrifo este capítulo, que exceden a la capacidad de Sancho. El cual prosiguió, diciendo:)

—De donde nace que cuando vemos alguna persona bien aderezada y con ricos vestidos compuesta y con pompa de criados, parece que por fuerza nos mueve y convida a que la tengamos respeto, puesto que la memoria en aquel instante nos represente alguna bajeza en que vimos a la tal persona; la cual ignominia, ahora sea de pobreza o de linaje, como ya pasó, no es, y sólo es lo que vemos presente. Y si este a quien la fortuna sacó del borrador de su bajeza (que por estas mesmas razones lo dijo el padre [36]) a la alteza [37] de su prosperidad, fuere bien criado, liberal y cortés con todos, y no se pusiere en cuentos con aquellos que por antigüedad son nobles, ten por cierto, Teresa, que no habrá quien se acuerde de lo que fue, sino que reverencien lo que es, si no fueren los invidiosos, de quien [38] ninguna próspera fortuna está segura.

[35] Por las que.

[36] El predicador.

[37] Altura.

[38] De quienes.

—Yo no os entiendo, marido —replicó Teresa—; haced lo que quisiéredes, y no me quebréis más la cabeza con vuestras arengas y retóricas. Y si estáis revuelto en hacer lo que decís...

—*Resuelto* has de decir, mujer —dijo Sancho—, y no *revuelto.*

—No os pongáis a disputar, marido, conmigo —respondió Teresa—. Yo hablo como Dios es servido, y no me meto en más dibujos ▼; y digo que si estáis porfiando en tener gobierno, que llevéis con vos a vuestro hijo Sancho, para que desde agora le enseñéis a tener gobierno; que bien es que los hijos hereden y aprendan los oficios de sus padres.

—En teniendo gobierno —dijo Sancho—, enviaré por él por la posta [39]; y te enviaré dineros, que no me faltarán, pues nunca falta quien se los preste a los gobernadores cuando no los tienen; y vístele de modo que disimule lo que es y parezca lo que ha de ser.

—Enviad vos dinero —dijo Teresa—; que yo os lo vistiré como un palmito [40].

—En efecto, quedamos de acuerdo —dijo Sancho— de que ha de ser condesa nuestra hija.

—El día que yo la viere condesa —respondió Teresa—, ése haré cuenta que la entierro; pero otra vez os digo que hagáis lo que os diere gusto; que con esta carga nacemos las mujeres, de estar obedientes a sus maridos, aunque sean unos porros [41].

[39] Rápidamente.

[40] Vestiré con muchos adornos.

[41] Torpes, necios.

▼ El *prevaricador del buen lenguaje* se ha convertido en *otro reprochador de voquibles,* «para ponerse a la altura de su amo y de Sansón Carrasco, otro aspecto de la *quijotización* de Sancho» (Avalle-Arce). Pero, después de corregir a Teresa, «tiene que oír de sus labios, ¡oh relatividad de las cosas humanas!, el mismo reproche que solía él dirigir a su amo» (Spitzer).

Y en esto comenzó a llorar tan de veras como si ya viera muerta y enterrada a Sanchica. Sancho la consoló diciéndole que ya que la hubiese de hacer condesa, la haría todo lo más tarde que ser pudiese. Con esto se acabó su plática, y Sancho volvió a ver a don Quijote para dar orden en su partida.

## CAPÍTULO VI

# De lo que le pasó a don Quijote con su sobrina y con su ama, y es uno de los importantes capítulos de toda la historia

En tanto que Sancho Panza y su mujer Teresa Cascajo pasaron la impertinente referida plática, no estaban ociosas la sobrina y el ama de don Quijote, que por mil señales iban coligiendo que su tío y señor quería desgarrarse [1] la vez tercera, y volver al ejercicio de su, para ellas, mal andante caballería; procuraban por todas las vías posibles apartarle de tan mal pensamiento, pero todo era predicar en desierto y majar [2] en hierro frío. Con todo esto, entre otras muchas razones que con él pasaron, le dijo el ama ▼:

—En verdad, señor mío, que si vuesa merced no afirma el pie llano [3] y se está quedo en su casa, y se deja de andar por los montes y por los valles como ánima en pena, buscando esas que dicen que se llaman aventuras, a quien yo llamo desdichas, que me tengo de quejar en voz y en grita a Dios y al rey, que pongan remedio en ello.

A lo que respondió don Quijote:

[1] Separase, huir.

[2] Machacar (sinonimia intensificadora).

[3] No se está quieto.

▼ Entre el capítulo anterior y éste se produce un notable contraste: la gravedad del siguiente diálogo entre don Quijote, ama y sobrina (cap. 6) contrasta con la comicidad del pasado diálogo entre Sancho y su mujer (cap. 5).

—Ama, lo que Dios responderá a tus quejas yo no lo sé, ni lo que ha de responder Su Majestad tampoco, y sólo sé que si yo fuera rey, me excusara de responder a tanta infinidad de memoriales impertinentes como cada día le dan; que uno de los mayores trabajos que los reyes tienen, entre otros muchos, es el estar obligados a escuchar a todos y a responder a todos; y así, no querría yo que cosas mías le diesen pesadumbre.

A lo que dijo el ama:

—Díganos, señor; en la corte de Su Majestad, ¿no hay caballeros?

—Sí —respondió don Quijote—, y muchos, y es razón que los haya, para adorno de la grandeza de los príncipes y para ostentación de la majestad real.

—Pues ¿no sería vuesa merced —replicó ella— uno de los que a pie quedo sirviesen a su rey y señor, estándose en la corte?

—Mira, amiga —respondió don Quijote—: no todos los caballeros pueden ser cortesanos, ni todos los cortesanos pueden ni deben ser caballeros andantes: de todos ha de haber en el mundo; y aunque todos seamos caballeros, va mucha diferencia de los unos a los otros; porque los cortesanos, sin salir de sus aposentos ni de los umbrales de la corte, se pasean por todo el mundo, mirando un mapa, sin costarles blanca, ni padecer calor ni frío, hambre ni sed. Pero nosotros, los caballeros andantes verdaderos, al sol, al frío, al aire, a las inclemencias del cielo, de noche y de día, a pie y a caballo, medimos toda la tierra con nuestros mismos pies; y no solamente conocemos los enemigos pintados, sino en su mismo ser, y en todo trance y en toda ocasión los acometemos, sin mirar en niñerías, ni en las leyes de los desafíos; si lleva, o no lleva, más corta la lanza, o la espada; si trae

sobre sí reliquias, o algún engaño encubierto; si se ha de partir y hacer tajadas el sol ▼, o no, con otras ceremonias deste jaez [4], que se usan en los desafíos particulares de persona a persona, que tú no sabes y yo sí. Y has de saber más: que el buen caballero andante, aunque vea diez gigantes que con las cabezas no sólo tocan, sino pasan las nubes, y que a cada uno le sirven de piernas dos grandísimas torres, y que los brazos semejan árboles de gruesos y poderosos navíos, y cada ojo como una gran rueda de molino y más ardiendo que un horno de vidrio, no le han de espantar en manera alguna; antes con gentil continente y con intrépido corazón los ha de acometer y embestir, y, si fuere posible, vencerlos y desbaratarlos en un pequeño instante, aunque viniesen armados de unas conchas de un cierto pescado, que dicen que son más duras que si fuesen de diamantes, y en lugar de espadas trujesen cuchillos tajantes de damasquino acero [5], o porras ferradas con puntas asimismo de acero, como yo las he visto más de dos veces. Todo esto he dicho, ama mía, porque veas la diferencia que hay de unos caballeros a otros, y sería razón que no hubiese príncipe que no estimase en más esta segunda, o, por mejor decir, primera especie de caballeros andantes, que, según leemos en sus historias, tal ha habido entre ellos, que ha sido la salud no sólo de un reino, sino de muchos.

—¡Ah, señor mío! —dijo a esta sazón la sobrina—. Advierta vuestra merced que todo eso que dice de los caballeros andantes es fábula y menti-

[4] De esta clase.

[5] Acero de Damasco.

▼ *Partir el sol* era dividir el campo con luz igual, situando a los combatientes de modo que ninguno tenga ventaja con respecto a la luz del sol. Lo de *hacer tajadas* es añadido humorístico de Cervantes, que juega etimológicamente con el *partir* (Rosenblat).

ra, y sus historias, ya que no las quemasen, merecían que a cada una se le echase un sambenito▼, o alguna señal en que fuese conocida por infame y por gastadora de las buenas costumbres.

—Por el Dios que me sustenta —dijo don Quijote—, que si no fueras mi sobrina derechamente, como hija de mi misma hermana, que había de hacer un tal castigo en ti, por la blasfemia que has dicho, que sonara por todo el mundo. ¿Cómo que es posible que una rapaza que apenas sabe menear doce palillos de randas[6] se atreva a poner lengua y a censurar las historias de los caballeros andantes? ¿Qué dijera el señor Amadís si lo tal oyera? Pero a buen seguro que él te perdonara, porque fue el más humilde y cortés caballero de su tiempo, y demás, grande amparador de las doncellas; mas tal te pudiera haber oído, que no te fuera bien dello; que no todos son corteses ni bien mirados: algunos hay follones[7] y descomedidos. Ni todos los que se llaman caballeros lo son de todo en todo; que unos son de oro, otros de alquimia[8], y todos parecen caballeros, pero no todos pueden estar al toque de la piedra de la verdad▼▼. Hombres bajos hay que revientan por parecer caballeros, y caballeros altos hay que parece que aposta[9] mueren por parecer hombres bajos; aquéllos se levantan[10] o con la ambición o con la virtud, éstos se abajan o con la flojedad o con el vicio; y es menester aprovecharnos del conocimiento discreto para distinguir estas dos maneras de caballeros,

6 Bolillos para hacer randas o encajes.

7 Fanfarrones.

8 Oro falso (latón).

9 A propósito.

10 Levantan.

▼ Era la insignia (deshonrosa) que la Inquisición imponía en el pecho y espaldas de los penitentes reconciliados (un capotillo amarillo con una cruz en forma de aspa).

▼▼ Se refiere a la *piedra de toque* con la que se averigua y gradúa el valor de los metales.

tan parecidos en los nombres y tan distantes en las acciones ▼.

—¡Válame Dios! —dijo la sobrina—. Que sepa vuestra merced tanto, señor tío, que, si fuese menester en una necesidad, podría subir en un púlpito e irse a predicar por esas calles, y que, con todo esto, dé en una ceguera tan grande y en una sandez tan conocida, que se dé a entender que es valiente, siendo viejo, que tiene fuerzas, estando enfermo, y que endereza tuertos, estando por la edad agobiado, y, sobre todo, que es caballero, no lo siendo, porque aunque lo puedan ser los hidalgos, no lo son los pobres ▼▼.

—Tienes mucha razón, sobrina, en lo que dices —respondió don Quijote—, y cosas te pudiera yo decir cerca de los linajes, que te admiraran, pero por no mezclar lo divino con lo humano, no las digo. Mirad, amigas: a cuatro suertes de linajes, y estadme atentas, se pueden reducir todos los que hay en el mundo, que son éstas: unos, que tuvieron principios humildes, y se fueron extendiendo y dilatando hasta llegar a una suma grandeza; otros, que tuvieron principios grandes, y los fueron conservando y los conservan y mantienen en el ser que comenzaron; otros, que aunque tuvieron principios grandes, acabaron en punta, como pirámide, habiendo diminuido [11] y aniquilado su principio hasta parar en nonada [12], como lo es la punta de la pirámide, que respecto de su basa o asiento no es nada; otros hay, y éstos son los más,

[11] Disminuido.

[12] En nada.

▼ Nótese el continuado juego de antítesis —nada casual— «entre *oro* y *alquimia,* entre *los que son* y *los que parecen,* entre *hombres bajos* y *caballeros altos,* entre *los que se levantan* con *la ambición* o *la virtud* y los que *se abajan* con la *flojedad* o el *vicio,* entre *tan parecidos en los nombres* y *tan distantes en las acciones*» (Rosenblant).

▼▼ Véase nota al pie de la pág. 42 en II, 2.

que ni tuvieron principio bueno ni razonable medio, y así tendrán el fin, sin nombre, como el linaje de la gente plebeya y ordinaria. De los primeros, que tuvieron principio humilde y subieron a la grandeza que agora conservan, te sirva de ejemplo la Casa Otomana, que de un humilde y bajo pastor que le dio principio, está en la cumbre que le vemos▼. Del segundo linaje, que tuvo principio en grandeza y la conserva sin aumentarla, serán ejemplo muchos príncipes que por herencia lo son, y se conservan en ella, sin aumentarla ni diminuirla, conteniéndose en los límites de sus estados pacíficamente. De los que comenzaron grandes y acabaron en punta hay millares de ejemplos; porque todos los Faraones y Tolomeos de Egipto, los Césares de Roma▼▼, con toda la caterva (si es que se le puede dar este nombre) de infinitos príncipes, monarcas, señores, medos, asirios, persas, griegos y bárbaros, todos estos linajes y señoríos han acabado en punta y en nonada, así ellos como los que les dieron principio, pues no será posible hallar agora ninguno de sus decendientes[13], y si le hallásemos, sería en bajo y humilde estado. Del linaje plebeyo no tengo que decir sino que sirve sólo de acrecentar el número de los que viven, sin que merezcan otra fama ni otro elogio sus grandezas. De todo lo dicho quiero que infiráis[14], bobas mías, que es grande la confusión que hay entre los linajes, y que solos aquéllos parecen grandes y ilustres que lo muestran en la vir-

[13] Descendientes.

[14] Deduzcáis.

▼ La Casa Otomana es la dinastía turca fundada por Otmán (1259-1326), de quien se dijo que antes había sido pastor y bandolero.

▼▼ La dinastía de los Tolomeos fue fundada en el antiguo Egipto por Tolomeo I (siglos IV-III a. de C.). Césares de Roma fue el nombre adoptado por los emperadores romanos desde Augusto hasta Adriano.

tud, y en la riqueza y liberalidad de sus dueños. Dije virtudes, riquezas y liberalidades, porque el grande que fuere vicioso será vicioso grande, y el rico no liberal será un avaro mendigo, que al poseedor de las riquezas no le hace dichoso el tenerlas, sino el gastarlas, y no el gastarlas como quiera, sino el saberlas bien gastar. Al caballero pobre no le queda otro camino para mostrar que es caballero sino el de la virtud, siendo afable, bien criado, cortés, y comedido, y oficioso; no soberbio, no arrogante, no murmurador, y, sobre todo, caritativo; que con dos maravedís que con ánimo alegre dé al pobre se mostrará tan liberal como el que a campana herida [15] da limosna, y no habrá quien le vea adornado de las referidas virtudes que, aunque no le conozca, deje de juzgarle y tenerle por de buena casta, y el no serlo sería milagro; y siempre la alabanza fue premio de la virtud, y los virtuosos no pueden dejar de ser alabados. Dos caminos hay, hijas, por donde pueden ir los hombres a llegar a ser ricos y honrados: el uno es el de las letras, otro, el de las armas ▼. Yo tengo más armas que letras, y nací, según me inclino a las armas, debajo de la influencia del planeta Marte [16]; así, que casi me es forzoso seguir por su camino, y por él tengo que ir a pesar de todo el mundo, y será en balde cansaros en persuadirme a que no quiera yo lo que los cielos quieren, la fortuna ordena y la razón pide, y, sobre todo, mi voluntad desea; pues con saber, como sé, los innumerables trabajos que son anejos al andante caballería, sé también los infinitos bienes que se alcan-

[15] A toque de campanas.

[16] Dios de la guerra.

▼ También en esta amplia disertación de don Quijote sobre caballeros y linajes aflora, una vez más, el tema de las armas y las letras.

zan con ella. Y sé que la senda de la virtud es muy estrecha, y el camino del vicio, ancho y espacioso. Y sé que sus fines y paraderos son diferentes, porque el del vicio, dilatado y espacioso, acaba en muerte, y el de la virtud, angosto y trabajoso, acaba en vida, y no en vida que se acaba, sino en la que no tendrá fin, y sé, como dice el gran poeta castellano nuestro, que

> Por estas asperezas se camina
> de la inmortalidad al alto asiento,
> do nunca arriba quien de allí declina▼.

—¡Ay, desdichada de mí —dijo la sobrina—, que también mi señor es poeta! Todo lo sabe, todo lo alcanza; yo apostaré que si quisiera ser albañil, que supiera fabricar una casa como una jaula.

—Yo te prometo[17], sobrina —respondió don Quijote—, que si estos pensamientos caballerescos no me llevasen tras sí todos los sentidos, que no habría cosa que yo no hiciese, ni curiosidad que no saliese de mis manos, especialmente jaulas y palillos de dientes.

A este tiempo llamaron a la puerta, y preguntando quién llamaba, respondió Sancho Panza que él era, y apenas le hubo conocido el ama, cuando corrió a esconderse, por no verle: tanto le aborrecía. Abrióle la sobrina, salió a recebirle con los brazos abiertos su señor don Quijote, y encerráronse los dos en su aposento, donde tuvieron otro coloquio, que no le hace ventaja el pasado.

[17] Aseguro.

▼Versos de la *Elegía I* del «poeta castellano» Garcilaso de la Vega, por quien Cervantes tuvo una devoción de toda la vida. Versos suyos aparecen con frecuencia en el *Quijote,* si bien su utilización es, generalmente, cómica o burlesca.

## CAPÍTULO VII

### De lo que pasó [1] don Quijote con su escudero, con otros sucesos famosísimos

[1] Hablo.

Apenas vio el ama que Sancho Panza se encerraba con su señor, cuando dio en la cuenta de sus tratos, y, imaginando que de aquella consulta había de salir la resolución de su tercera salida, y tomando su manto, toda llena de congoja y pesadumbre se fue a buscar al bachiller Sansón Carrasco, pareciéndole que por ser bien hablado y amigo fresco [2] de su señor, le podría persuadir a que dejase tan desvariado propósito.

[2] Reciente.

Hallóle paseándose por el patio de su casa▼, y viéndole, se dejó caer ante sus pies, trasudando y congojosa. Cuando la vio Carrasco con muestras tan doloridas y sobresaltadas, le dijo:

—¿Qué es esto, señora ama? ¿Qué le ha acontecido, que parece que se le quiere arrancar el alma?

—No es nada, señor Sansón mío, sino que mi amo se sale; ¡sálese, sin duda!

▼En este capítulo se produce otro intento de simultaneísmo temporal, indicado por las referencias iniciales a la conducta del ama (don Quijote y Sancho dialogan encerrados en casa del caballero —se verá después— y mientras tanto el ama lo hace con Sansón Carrasco) y por la posterior reunión de todos los interlocutores en el aposento de don Quijote.

—Y ¿por dónde se sale, señora? —preguntó Sansón—. ¿Hásele roto alguna parte de su cuerpo▼?

—No se sale —respondió ella— sino por la puerta de su locura. Quiero decir, señor bachiller de mi ánima, que quiere salir otra vez, que con ésta será la tercera, a buscar por ese mundo lo que él llama venturas, que yo no puedo entender cómo les da este nombre. La vez primera nos le volvieron atravesado sobre un jumento, molido a palos. La segunda vino en un carro de bueyes, metido y encerrado en una jaula, adonde él se daba a entender que estaba encantado; y venía tal el triste, que no le conociera la madre que le parió: flaco, amarillo, los ojos hundidos en los últimos camaranchones [3] del celebro; que para haberle de volver algún tanto en sí, gasté más de seiscientos huevos, como lo sabe Dios y todo el mundo, y mis gallinas, que no me dejarán mentir.

—Eso creo yo muy bien —respondió el bachiller—; que ellas son tan buenas, tan gordas y tan bien criadas, que no dirán una cosa por otra, si [4] reventasen. En efecto, señora ama: ¿no hay otra cosa, ni ha sucedido otro desmán alguno sino el que se teme que quiere hacer el señor don Quijote?

—No, señor —respondió ella.

—Pues no tenga pena —respondió el bachiller—, sino váyase en hora buena a su casa, y téngame aderezado de almorzar alguna cosa caliente, y, de camino, vaya rezando la oración de Santa Apolonia [5], si es que la sabe; que yo iré luego allá, y verá maravillas.

[3] Rincones.

[4] Aunque.

[5] Patrona de los que sufren dolor de muelas.

▼ El bachiller sigue sin perder ocasión de lucir su agudeza. Aquí juega burlescamente con dos acepciones del verbo *salir:* pasar de adentro a fuera, y derramarse, rezumar (dilogía).

—¡Cuitada de mí! —replicó el ama—. ¿La oración de Santa Apolonia dice vuestra merced que rece? Eso fuera si mi amo lo hubiera [6] de las muelas, pero no lo ha sino de los cascos.

[6] Lo padeciera (el dolor).

—Yo sé lo que digo, señora ama; váyase, y no se ponga a disputar conmigo, pues sabe que soy bachiller por Salamanca, que no hay más que bachillear [7] —respondió Carrasco.

[7] Bachillerear, hablar por hablar.

Y con esto, se fue el ama, y el bachiller fue luego a buscar al cura, a comunicar con él lo que se dirá a su tiempo.

En el [8] que estuvieron encerrados don Quijote y Sancho pasaron las razones que con mucha puntualidad y verdadera relación cuenta la historia▼.

[8] En el tiempo (zeugma).

Dijo Sancho a su amo:

—Señor, ya yo tengo relucida a mi mujer a que me deje ir con vuestra merced a donde quisiera llevarme.

—*Reducida* [9] has de decir, Sancho —dijo don Quijote—; que no *relucida.*

[9] Convencida.

—Una o dos veces —respondió Sancho—, si mal no me acuerdo, he suplicado a vuestra merced que no me enmiende los vocablos, si es que entiende lo que quiero decir en ellos, y que cuando no los entienda, diga: «Sancho, o diablo, no te entiendo»; y si yo no me declarare, entonces podrá enmendarme; que yo soy tan fócil...

—No te entiendo, Sancho —dijo luego don Quijote—, pues no sé qué quiere decir *soy tan fócil.*

—*Tan fócil* quiere decir —respondió Sancho— *soy tan así.*

—Menos te entiendo agora —replicó don Quijote.

▼ Véase la nota al pie de pág. 86 en este capítulo.

—Pues si no me puede entender —respondió Sancho—, no sé cómo lo diga; no sé más, y Dios sea conmigo.

—Ya, ya caigo —respondió don Quijote— en ello. Tú quieres decir que eres *tan dócil,* blando y mañero [10], que tomarás lo que yo te dijere, y pasarás por lo que te enseñare ▼.

—Apostaré yo —dijo Sancho— que desde el emprincipio me caló y me entendió, sino que quiso turbarme, por oírme decir otras docientas patochadas.

—Podrá ser —replicó don Quijote—. Y en efecto, ¿qué dice Teresa?

—Teresa dice —dijo Sancho— que ate bien mi dedo [11] con vuestra merced, y que hablen cartas y callen barbas, porque quien destaja no baraja ▼▼, pues más vale un toma que dos te daré. Y yo digo que el consejo de la mujer es poco, y el que no le toma es loco.

—Y yo lo digo también —respondió don Quijote—. Decid, Sancho amigo; pasá [12] adelante, que habláis hoy de perlas.

—Es el caso —replicó Sancho— que como vuestra merced mejor sabe, todos estamos sujetos a la muerte, y que hoy somos y mañana no, y que tan presto se va el cordero como el carnero [13], y que nadie puede prometerse en este mundo más horas de vida de las que Dios quisiere darle, porque la muerte es sorda, y cuando llega a llamar a las puertas de nuestra vida, siempre va de priesa y no

[10] Fácil de tratarse.

[11] Sea precavido.

[12] Pasad.

[13] Todo es inestable (expresión proverbial).

▼ Estos nuevos trastrueques idiomáticos de Sancho (*dócil* era entonces un latinismo, que Sancho contamina con *fácil* y acuña el tuerto lingüístico *fócil*) y su corrección por don Quijote son otras tantas muestras de relativismo lingüístico (Spitzer).

▼▼ Sancho se desborda ensartando refranes: «y que hablen los documentos y no las palabras, porque quien corta las cartas *(destaja)* no las mezcla» *(baraja).*

la harán detener ni ruegos, ni fuerzas, ni ceptros [14], ni mitras, según es pública voz y fama, y según nos lo dicen por esos púlpitos.

—Todo eso es verdad —dijo don Quijote—; pero no sé dónde vas a parar.

—Voy a parar —dijo Sancho— en que vuesa merced me señale salario conocido de lo que me ha de dar cada mes el tiempo que le sirviere, y que el tal salario se me pague de su hacienda; que no quiero estar a mercedes [15], que llegan tarde, o mal, o nunca; con lo mío me ayude Dios. En fin, yo quiero saber lo que gano, poco o mucho que sea; que sobre un huevo pone la gallina, y muchos pocos hacen un mucho, y mientras se gana algo no se pierde nada. Verdad sea que si sucediese, lo cual ni lo creo ni lo espero, que vuesa merced me diese la ínsula que me tiene prometida, no soy tan ingrato, ni llevo las cosas tan por los cabos [16], que no querré que se aprecie lo que montare la renta de la tal ínsula, y se descuente de mi salario gata por cantidad.

—Sancho amigo —respondió don Quijote—, a las veces tan buena suele ser una *gata* como una *rata.*

—Ya entiendo —dijo Sancho—: yo apostaré que había de decir *rata,* y no *gata;* pero no importa nada, pues vuesa merced me ha entendido ▼.

—Y tan entendido —respondió don Quijote—, que he penetrado lo último de tus pensamientos, y sé al blanco que tiras con las innumerables saetas de tus refranes. Mira, Sancho: yo bien te señalaría salario, si hubiera hallado en alguna de las historias de los caballeros andantes ejemplo que

[14] Cetros.

[15] Sin salario fijo.

[16] Tan al extremo.

▼ Efectivamente, *rata por cantidad,* expresión equivalente a las actuales «a prorrata», «al prorrateo» (a proporción).

me descubriese y mostrase por algún pequeño resquicio qué es lo que solían ganar cada mes, o cada año; pero yo he leído todas o las más de sus historias, y no me acuerdo haber leído que ningún caballero andante haya señalado conocido salario a su escudero. Sólo sé que todos servían a merced, y que cuando menos se lo pensaban, si a sus señores les había corrido bien la suerte, se hallaban premiados con una ínsula, o con otra cosa equivalente, y, por lo menos, quedaban con título y señoría. Si con estas esperanzas y aditamentos vos, Sancho, gustáis de volver a servirme, sea en buena hora; que pensar que yo he de sacar de sus términos y quicios[17] la antigua usanza de la caballería andante es pensar en lo excusado[18]. Así que, Sancho mío, volveos a vuestra casa, y declarad a vuestra Teresa mi intención, y si ella gustare y vos gustáredes de estar a merced conmigo, *bene quidem*▼, y si no, tan amigos como de antes; que si al palomar no le falta cebo, no le faltarán palomas. Y advertid, hijo, que vale más buena esperanza que ruin posesión, y buena queja que mala paga. Hablo de esta manera, Sancho, por daros a entender que también como vos sé yo arrojar refranes como llovidos▼▼. Y, finalmente, quiero decir, y os digo, que si no queréis venir a merced conmigo y correr la suerte que yo corriere, que Dios quede con vos y os haga un santo; que a mí no me faltarán escuderos más obedientes, más solícitos, y no tan empachados[19] ni tan habladores como vos.

[17] Violentar.

[18] En lo imposible.

[19] Desmañados y cortos de genio.

▼ «Sea en buena hora». Los latines aparecen, generalmente, con intención cómica o burlesca. «¿No es cómico que los use don Quijote al referirse a Sancho?» (Rosenblat).

▼▼ Sancho, que se debate entre la codicia y la fidelidad, viene poniendo a prueba su capacidad de prevaricador de vocablos y de acumulación de refranes. Nótese que esto último empieza a contagiarse en don Quijote.

Cuando Sancho oyó la firme resolución de su amo se le anubló el cielo y se le cayeron las alas del corazón, porque tenía creído que su señor no se iría sin él por todos los haberes[20] del mundo; y así, estando suspenso y pensativo, entró Sansón Carrasco y la sobrina, deseosos de oír con qué razones persuadía a su señor que no tornase a buscar las aventuras▼. Llegó Sansón, socarrón famoso, y abrazándole como la vez primera, y con voz levantada, le dijo:

—¡Oh, flor de la andante caballería! ¡Oh luz resplandeciente de las armas! ¡Oh honor y espejo de la nación española! Plega a Dios todopoderoso, donde más largamente se contiene▼▼, que la persona o personas que pusieren impedimento y estorbaren tu tercera salida, que no la hallen en el laberinto de sus deseos, ni jamás se les cumpla lo que mal desearen.

Y volviéndose al ama, le dijo:

—Bien puede la señora ama no rezar más la oración de Santa Apolonia; que yo sé que es determinación precisa de las esferas[21] que el señor don Quijote vuelva a ejecutar sus altos y nuevos pensamientos, y yo encargaría mucho[22] mi conciencia si no intimase y persuadiese a este caballero que no tenga más tiempo encogida y detenida la fuerza de su valeroso brazo y la bondad de su ánimo valentísimo, porque defrauda con su tardanza el derecho[23] de los tuertos, el amparo de los huérfanos, la honra de las doncellas, el favor de las viudas y el arrimo de las casadas, y otras cosas deste

[20] Caudales.

[21] Cielos.

[22] Pondría muy en cargo.

[23] Enderezamiento (burlesco).

▼ Tuvo que entrar también el ama, pues a ella le habla después el bachiller.

▼▼ Fórmula de juramento bastante frecuente en la obra (véase la primera nota al pie de la pág. 455 en I, 30.) «Ya se ve que la comicidad estaba en las circunstancias y en la aplicación, realmente disparatada» (Rosenblat).

jaez, que tocan, atañen, dependen y son anejas a la orden de la caballería andante ▼. ¡Ea, señor don Quijote mío, hermoso y bravo, antes hoy que mañana se ponga vuestra merced y su grandeza en camino, y si alguna cosa faltare para ponerle en ejecución, aquí estoy yo para suplirla con mi persona y hacienda, y si fuere necesidad servir a tu magnificencia de escudero, lo tendré a felicísima ventura!

A esta sazón dijo don Quijote, volviéndose a Sancho:

—¿No te dije yo, Sancho, que me habían de sobrar escuderos? Mira quién se ofrece a serlo, sino el inaudito bachiller Sansón Carrasco, perpetuo trastulo[24] y regocijador de los patios de las escuelas salmanticenses, sano de su persona, ágil de sus miembros, callado, sufridor así del calor como del frío, así de la hambre como de la sed, con todas aquellas partes[25] que se requieren para ser escudero de un caballero andante. Pero no permita el cielo que por seguir mi gusto desjarrete y quiebre la columna de las letras y el vaso de las ciencias, y tronque la palma eminente de las buenas y liberales artes. Quédese el nuevo Sansón en su patria, y honrándola, honre juntamente las canas de sus ancianos padres; que yo con cualquier escudero estaré contento, ya que Sancho no se digna de venir conmigo ▼▼.

[24] Bufón, regocijador.

[25] Cualidades.

▼ Nótese la acumulación de varias series de sinónimos (o cuasi-sinónimos) con indudable efecto cómico, buscado por el socarrón bachiller, quien a continuación alterna cómicamente el tratamiento que da a don Quijote: *vuestra merced y su grandeza... tu magnificencia.*

▼▼ Verdaderamente *inaudito* es el bachiller, «el motor que Cervantes ha sabido poner en esta segunda parte, ya que mediante él, ahora sí, definitivamente, todo será verdad». De ahí, tantos y tales elogios que destruyen la voluntad «sindical» de Sancho Panza (Serrano Plaja).

—Sí digno —respondió Sancho, enternecido y llenos de lágrimas los ojos, y prosiguió—: No se dirá por mí, señor mío, el pan comido y la compañía deshecha; sí, que no vengo yo de alguna alcurnia desagradecida; que ya sabe todo el mundo, y especialmente mi pueblo, quién[26] fueron los Panzas, de quien yo deciendo, y más, que tengo conocido y calado por muchas buenas obras, y por más buenas palabras, el deseo que vuestra merced tiene de hacerme merced; y si me he puesto en cuentas de tanto más cuanto acerca de mi salario, ha sido por complacer a mi mujer, la cual, cuando toma la mano a persuadir una cosa, no hay mazo que tanto apriete los aros de una cuba como ella aprieta a que se haga lo que quiere▼; pero, en efecto, el hombre ha de ser hombre, y la mujer, mujer, y pues yo soy hombre dondequiera, que no lo puedo negar, también lo quiero ser en mi casa, pese a quien pesare; y así, no hay más que hacer sino que vuestra merced ordene su testamento con su codicilo[27], en modo que no se pueda revolcar, y pongámonos luego en camino, porque no padezca el alma del señor Sansón, que dice que su conciencia le lita▼▼ que persuada a vuestra merced a salir vez tercera por ese mundo; y yo de nuevo me ofrezco a servir a vuestra merced fiel y legalmente, tan bien y mejor que cuantos escuderos han servido a caballeros andantes en los pasados y presentes tiempos.

[26] Quiénes.

[27] Instrumento en que se hacían disposiciones de última voluntad.

▼ Llaneza, naturalidad y espontaneidad son rasgos dominantes en la lengua del *Quijote.* Si antes don Quijote utilizó la metáfora espontánea y natural *desjarrete y quiebre la columna...,* ahora Sancho emplea una comparación sacada de su propia experiencia.

▼▼ Más prevaricaciones idiomáticas de Sancho, quien trastrueca «revocar» en *revolcar* y «dicta» en *lita* (vulgarismo). (Véase la primera nota al pie de la pág. 89 en este capítulo.)

Admirado quedó el bachiller de oír el término y modo de hablar de Sancho Panza, que puesto que había leído la primera historia de su señor, nunca creyó que era tan gracioso como allí le pintan; pero oyéndole decir ahora testamento y codicilo que no se pueda *revolcar,* en lugar de testamento y codicilo que no se pueda *revocar,* creyó todo lo que dél había leído, y confirmólo por uno de los más solemnes mentecatos de nuestros siglos, y dijo entre sí que tales dos locos como amo y mozo no se habrían visto en el mundo.

Finalmente, don Quijote y Sancho se abrazaron y quedaron amigos, y con parecer y beneplácito del gran Carrasco, que por entonces era su oráculo, se ordenó que de allí a tres días fuese su partida; en los cuales habría lugar de aderezar lo necesario para el viaje, y de buscar una celada de encaje [28], que en todas maneras dijo don Quijote que la había de llevar. Ofreciósela Sansón, porque sabía no se la negaría un amigo suyo que la tenía, puesto que [29] estaba más escura por el orín y el moho que clara y limpia por el terso acero▼.

Las maldiciones que las dos, ama y sobrina, echaron al bachiller, no tuvieron cuento; mesaron sus cabellos, arañaron sus rostros, y al modo de las endechaderas [30] que se usaban, lamentaban la partida como si fuera la muerte de su señor. El designo [31] que tuvo Sansón para persuadirle a que otra vez saliese fue hacer lo que adelante cuenta la historia, todo por consejo del cura y del barbero, con quien él antes lo había comunicado.

[28] Protegía la cabeza y encajaba sobre la coraza.

[29] Aunque.

[30] Plañideras.

[31] Designio.

▼ Cervantes juega aquí con dos recursos opuestos de su prosa, empleando un tipo de sinonimia que tiene apariencia de antítesis: contrapone *escura por el orín y el moho* a *clara y limpia por el terso acero* para destacar que estaba más *oscura* que *clara* (Rosenblat).

En resolución, en aquellos tres días don Quijote y Sancho se acomodaron de lo que les pareció convenirles, y habiendo aplacado Sancho a su mujer, y don Quijote a su sobrina y a su ama, al anochecer, sin que nadie lo viese sino el bachiller, que quiso acompañarles media legua del lugar, se pusieron en camino del Toboso [32], don Quijote sobre su buen Rocinante, y Sancho sobre su antiguo rucio, proveídas las alforjas de cosas tocantes a la bucólica ▼, y la bolsa de dineros que le dio don Quijote para lo que se ofreciese. Abrazóle Sansón, y suplicóle le avisase de su buena o mala suerte, para alegrarse con ésta o entristecerse con aquélla ▼▼, como las leyes de su amistad pedían. Prometióselo don Quijote, dio Sansón la vuelta a su lugar, y los dos tomaron la de la gran ciudad [33] del Toboso.

[32] Pueblo de Toledo.

[33] Ironía (no pasaría del millar de habitantes).

▼ «A la comida». *Bucólica* es aquí una forma humorística y familiar derivada del latín vulgar *bucca:* boca.

▼▼ He aquí otra burla del bachiller: sus palabras, recogidas por el narrador, dicen lo contrario de lo que cabía esperar.

CAPÍTULO VIII

## Donde se cuenta lo que le sucedió a don Quijote yendo a ver su señora Dulcinea del Toboso

«¡Bendito sea el poderoso Alá!», dice Hamete Benengeli al comienzo deste octavo capítulo. «¡Bendito sea Alá!», repite tres veces, y dice que da estas bendiciones por ver que tiene ya en campaña a don Quijote y a Sancho, y que los lectores de su agradable historia pueden hacer cuenta que desde este punto comienzan las hazañas y donaires de don Quijote y de su escudero ▼; persuádeles que se les olviden las pasadas caballerías del Ingenioso Hidalgo, y pongan los ojos en las que están por venir, que desde agora en el camino del Toboso comienzan, como las otras comenzaron en los campos de Montiel[1], y no es mucho lo que pide para tanto como él promete; y así prosigue diciendo:

Solos quedaron don Quijote y Sancho, y apenas se hubo apartado Sansón, cuando comenzó a relinchar Rocinante y a sospirar el rucio, que de entrambos, caballero y escudero, fue tenido a bue-

[1] Comarca de Ciudad Real y Albacete.

▼ Las *hazañas* no empiezan hasta el capítulo 10; los *donaires* han comenzado ya. (Véase, además, la primera nota al pie de la pág. 19 en II, 1, y la nota al pie de la pág. 66 en II, 5.)

na señal y por felicísimo agüero, aunque, si se ha de contar la verdad, más fueron los sospiros y rebuznos del rucio que los relinchos del rocín, de donde coligió Sancho que su ventura había de sobrepujar y ponerse encima de la de su señor, fundándose no sé si en astrología judiciaria[2] que él se sabía, puesto que la historia no lo declara; sólo le oyeron decir que cuando tropezaba o caía se holgara no haber salido de casa, porque del tropezar o caer no se sacaba otra cosa sino el zapato roto o las costillas quebradas, y aunque tonto, no andaba en esto muy fuera de camino. Díjole don Quijote:

—Sancho amigo, la noche se nos va entrando a más andar, y con más escuridad de la que habíamos menester para alcanzar a ver con el día al Toboso, adonde tengo determinado de ir antes que en otra aventura me ponga, y allí tomaré la bendición y buena licencia de la sin par Dulcinea, con la cual licencia pienso y tengo por cierto de acabar y dar felice[3] cima a toda peligrosa aventura, porque ninguna cosa desta vida hace más valientes a los caballeros andantes que verse favorecidos de sus damas.

—Yo así lo creo —respondió Sancho—; pero tengo por dificultoso que vuestra merced pueda hablarla ni verse con ella, en parte, a lo menos, que pueda recebir su bendición, si ya no se la echa desde las bardas[4] del corral, por donde yo la vi la vez primera, cuando le llevé la carta donde iban las nuevas de las sandeces y locuras que vuestra merced quedaba haciendo en el corazón de Sierra Morena.

—¿Bardas de corral se te antojaron aquéllas, Sancho —dijo don Quijote—, adonde o por donde viste aquella jamás bastantemente alabada gentileza y hermosura? No debían de ser sino galerías,

[2] Estrellería, adivinación del destino por la posición de los astros.

[3] Feliz (paragoge).

[4] Cubiertas sobre las tapias.

o corredores, o lonjas, o como las llaman, de ricos y reales palacios ▼.

—Todo pudo ser —respondió Sancho—, pero a mí bardas me parecieron, si no es que soy falto de memoria.

—Con todo eso, vamos allá, Sancho —replicó don Quijote—; que como yo la vea, eso se me da [5] que sea por bardas que por ventanas, o por resquicios, o verjas de jardines; que cualquier rayo que del sol de su belleza llegue a mis ojos alumbrará mi entendimiento y fortalecerá mi corazón, de modo que quede único y sin igual en la discreción y en la valentía ▼▼.

—Pues en verdad, señor —respondió Sancho—, que cuando yo vi ese sol de la señora Dulcinea del Toboso, que no estaba tan claro, que pudiese echar de sí rayos algunos, y debió de ser que como su merced estaba ahechando [6] aquel trigo que dije, el mucho polvo que sacaba se le puso como nube ante el rostro y se le escureció.

—¡Que todavía das, Sancho —dijo don Quijote—, en decir, en pensar, en creer y en porfiar que mi señora Dulcinea ahechaba trigo, siendo eso un menester y ejercicio que va desviado de todo lo que hacen y deben hacer las personas principales que están constituidas y guardadas para otros ejercicios y entretenimientos, que muestran a tiro de

[5] Lo mismo me da.

[6] Cribando.

▼ «Con esta alusión al pasado, que es al mismo tiempo la recuperación de un tema fértil, viene a decirle a Sancho algo así como «No sigas tu juego, Sancho, sino el mío». Veremos, pues, que «la situación fundamental de la segunda parte [el encantamiento de Dulcinea] tiene como base algo sucedido en la primera y aparentemente liquidado y olvidado» (Torrente Ballester).

▼▼ Otro motivo frecuente de la poesía trovadoresca en la expresión del amor cortés era «la exaltación espiritual que provoca el amor», que «fortalecía el vigor físico y espiritual del amante» (Avalle-Arce).

ballesta su principalidad! Mal se te acuerdan a ti, ¡oh Sancho!, aquellos versos de nuestro poeta donde nos pinta las labores que hacían allá en sus moradas de cristal aquellas cuatro ninfas que del Tajo amado sacaron las cabezas, y se sentaron a labrar en el prado verde aquellas ricas telas que allí el ingenioso poeta nos describe, que todas eran de oro, sirgo [7] y perlas contextas [8] y tejidas ▼. Y desta manera debía de ser el de mi señora cuando tú la viste, sino que la envidia que algún mal encantador debe de tener a mis cosas, todas las que me han de dar gusto trueca y vuelve en diferentes figuras que ellas tienen; y así, temo que en aquella historia que dicen que anda impresa de mis hazañas, si por ventura ha sido su autor algún sabio mi enemigo, habrá puesto unas cosas por otras, mezclando con una verdad mil mentiras, divertiéndose [9] a contar otras acciones fuera de lo que requiere la continuación de una verdadera historia. ¡Oh envidia, raíz de infinitos males y carcoma de las virtudes! Todos los vicios, Sancho, traen un no sé qué de deleite consigo; pero el de la envidia no trae sino disgustos, rancores [10] y rabias.

—Eso es lo que yo digo también —respondió Sancho—, y pienso que en esa leyenda [11] o historia que nos dijo el bachiller Carrasco que de nosotros había visto debe de andar mi honra a coche acá, cinchado, y, como dicen, al estricote, aquí y allí, barriendo las calles ▼▼. Pues a fe de bueno

[7] Seda.

[8] Entretejidas (sinonimia).

[9] Desviándose, distrayéndose.

[10] Rencores.

[11] Lectura.

▼ *Nuestro ingenioso poeta* es, de nuevo, Garcilaso de la Vega, y la cita procede de su *Égloga III.* (Véase nota al pie de la pág. 85 en II, 6.)

▼▼ Es decir: «enlodada, maltratada, arrastrándose por el suelo». Es ésta una buena muestra de acumulación de lugares comunes, con los que también juega Cervantes: *coche acá* era el grito de porquerizos para llamar a los cerdos; *cinchado:* animal con una o más franjas de colores en la barriga.

que no he dicho yo mal de ningún encantador, ni tengo tantos bienes, que pueda ser envidiado; bien es verdad que soy algo malicioso, y que tengo mis ciertos asomos de bellaco; pero todo lo cubre y tapa la gran capa de la simpleza mía, siempre natural y nunca artificiosa. Y cuando otra cosa no tuviese sino el creer, como siempre creo, firme y verdaderamente en Dios y en todo aquello que tiene y cree la santa Iglesia Católica Romana, y el ser enemigo mortal, como lo soy, de los judíos, debían los historiadores tener misericordia de mí y tratarme bien en sus escritos. Pero digan lo que quisieren, que desnudo nací, desnudo me hallo, ni pierdo ni gano; aunque por verme puesto en libros y andar por ese mundo de mano en mano, no se me da un higo [12] que digan de mí todo lo que quisieren.

[12] No me importa un bledo.

—Eso me parece, Sancho —dijo don Quijote—, a lo que sucedió a un famoso poeta destos tiempos, el cual, habiendo hecho una maliciosa sátira contra todas las damas cortesanas▼, no puso ni nombró en ella a una dama que se podía dudar si lo era o no; la cual, viendo que no estaba en la lista de las demás, se quejó al poeta diciéndole que qué había visto en ella para no ponerla en el número de las otras, y que alargase la sátira, y la pusiese en el ensanche [13]; si no, que mirase para lo que había nacido. Hízolo así el poeta, y púsola cual no digan dueñas, y ella quedó satisfecha, por verse con fama, aunque infame▼▼. También viene

[13] Ampliación.

▼ *Damas cortesanas* es un eufemismo por «mujeres públicas». Probablemente alude a Vicente Espinel (1550-1624), autor de una *Sátira contra las damas de Sevilla.*

▼▼ Una vez más Cervantes juega con otro lugar común: *púsola cual digan dueñas:* la puso verde, muy mal (como cuando las dueñas hablan de otras). Al agregarle el *no,* «deshace el lugar común con un efecto intensivo y humorístico: «mejor es que no digan las dueñas cómo la puso» (Rosenblat). Nótese la paronomasia *fama-infame.*

con esto lo que cuentan de aquel pastor que puso fuego y abrasó el templo famoso de Diana [14], contado por una de las siete maravillas del mundo, sólo porque quedase vivo su nombre en los siglos venideros; y aunque se mandó que nadie le nombrase, ni hiciese por palabra o por escrito mención de su nombre, porque no consiguiese el fin de su deseo, todavía se supo que se llamaba Eróstrato. También alude a esto lo que sucedió al grande emperador Carlo Quinto con un caballero en Roma. Quiso ver el emperador aquel famoso templo de la Rotunda, que en la antigüedad se llamó el templo de todos los dioses, y ahora, con mejor vocación [15], se llama de todos los santos, y es el edificio que más entero ha quedado de los que alzó la gentilidad en Roma, y es el que más conserva la fama de la grandiosidad y magnificencia de sus fundadores▼. Él es de hechura de una media naranja, grandísimo en extremo, y está muy claro, sin entrarle otra luz que la que le concede una ventana, o, por mejor decir, claraboya redonda que está en su cima, desde la cual mirando el emperador el edificio, estaba con él y a su lado un caballero romano, declarándole los primores y sutilezas de aquella gran máquina y memorable arquitectura; y habiéndose quitado de la claraboya, dijo al emperador: «Mil veces, Sacra Majestad, me vino deseo de abrazarme con Vuestra Majestad y arrojarme de aquella claraboya abajo, por dejar de mí fama eterna en el mundo.» «Yo os agradezco —respondió el emperador— el no haber puesto tan mal pensamiento en efecto y de aquí adelante

[14] En Éfeso (Jonia, Asia Menor).

[15] Advocación.

▼ La Rotonda es el panteón romano erigido por Marco Agripa (27 a. de C.) y consagrado a Júpiter y a los demás dioses.

no os pondré yo en ocasión que volváis a hacer prueba de vuestra lealtad; y así, os mando que jamás me habléis, ni estéis donde yo estuviere.» Y tras estas palabras le hizo una gran merced. Quiero decir, Sancho, que el deseo de alcanzar fama es activo en gran manera. ¿Quién piensas tú que arrojó a Horacio del puente abajo, armado de todas armas, en la profundidad del Tibre[16]? ¿Quién abrasó el brazo y la mano a Mucio? ¿Quién impelió a Curcio a lanzarse en la profunda sima ardiente que apareció en la mitad de Roma? ¿Quién, contra todos los agüeros que en contra se le habían mostrado, hizo pasar el Rubicón[17] a César? Y, con ejemplos más modernos, ¿quién barrenó los navíos y dejó en seco y aislados los valerosos españoles guiados por el cortesísimo Cortés en el Nuevo Mundo▼? Todas estas y otras grandes y diferentes hazañas son, fueron y serán obras de la fama, que los mortales desean como premios y parte de la inmortalidad que sus famosos hechos merecen, puesto que[18] los cristianos, católicos y andantes caballeros más habemos de atender a la gloria de los siglos venideros, que es eterna en las regiones etéreas y celestes, que a la vanidad de la fama que en este presente y acabable siglo se alcanza; la cual fama, por mucho que dure, en fin se ha de acabar con el mesmo mundo, que tiene

[16] Tíber, río de Roma.

[17] Río entre la Galia y la antigua Italia.

[18] Aunque.

▼ Horacio Cocles mandó derribar el puente Sublicio (y él sólo pudo salvarse arrojándose al Tíber) para evitar el paso de las tropas del rey etrusco Porsenna hacia Roma. El romano Cayo Mucio Escévola mató a un oficial del rey Porsenna creyendo matar al rey mismo, y, al ser amenazado con el fuego, él mismo metió la mano en las brasas. El romano Marco Curcio se arrojó con su caballo a una sima en el foso para sacrificar así a los dioses lo mejor de Roma. A pesar de las órdenes del senado romano, Julio César cruzó el Rubicón (49 a. de C.) para atacar a Pompeyo. El conquistador de México, Hernán Cortés (1485-1547), mandó hundir sus barcos para impedir así que sus hombres volvieran a Cuba.

su fin señalado. Así, ¡oh Sancho!, que nuestras obras no han de salir del límite que nos tiene puesto la religión cristiana que profesamos. Hemos de matar en los gigantes a la soberbia; a la envidia, en la generosidad y buen pecho; a la ira, en el reposado continente y quietud del ánimo; a la gula y al sueño, en el poco comer que comemos y en el mucho velar que velamos; a la lujuria y lascivia, en la lealtad que guardamos a las que hemos hecho señoras de nuestros pensamientos; a la pereza, con andar por todas las partes del mundo, buscando las ocasiones que nos puedan hacer y hagan, sobre cristianos, famosos caballeros. Ves aquí, Sancho, los medios por donde se alcanzan los extremos de alabanzas que consigo trae la buena fama.

—Todo lo que vuestra merced hasta aquí me ha dicho —dijo Sancho— lo he entendido muy bien, pero con todo eso, querría que vuestra merced me sorbiese una duda que agora en este punto me ha venido a la memoria.

—*Absolviese* quieres decir, Sancho▼ —dijo don Quijote—. Di en buen hora; que yo responderé lo que supiere.

—Dígame, señor —prosiguió Sancho—: esos Julios o Agostos ▼▼, y todos esos caballeros hazañosos que ha dicho, que ya son muertos, ¿dónde están agora?

▼ Véase la primera nota al pie de la pág. 89 en II, 7.

▼▼ Las prevaricaciones idiomáticas caracterizan adecuada y eficazmente el habla de Sancho. Valga, como tantas otras, la de *sorbiese* por absolviese; pero ésta de *Julios o Agostos* parece realmente exagerada por carecer Sancho de los conocimientos necesarios para manejar el nombre de Julio César —don Quijote le llamó sólo *César*— y de Augusto (don Quijote habló de *La Rotonda,* erigida por Marco Agripa, quien, efectivamente, era yerno de Augusto).

—Los gentiles —respondió don Quijote— sin duda están en el infierno; los cristianos, si fueron buenos cristianos, o están en el purgatorio, o en el cielo.

—Está bien —dijo Sancho—; pero sepamos ahora: esas sepulturas donde están los cuerpos desos señorazos, ¿tienen delante de sí lámparas de plata, o están adornadas las paredes de sus capillas de muletas, de mortajas, de cabelleras, de piernas y de ojos de cera? Y si desto no, ¿de qué están adornadas?

A lo que respondió don Quijote:

—Los sepulcros de los gentiles fueron por la mayor parte suntuosos templos: las cenizas del cuerpo de Julio César se pusieron sobre una pirámide de piedra de desmesurada grandeza, a quien hoy llaman en Roma *la Aguja de San Pedro*[19]. Al emperador Adriano le sirvió de sepultura un castillo tan grande como una buena aldea, a quien llamaron *Moles Hadriani,* que agora es el castillo de Santángel[20] en Roma; la reina Artemisa sepultó a su marido Mausoleo en un sepulcro que se tuvo por una de las siete maravillas del mundo▼; pero ninguna destas sepulturas ni otras muchas que tuvieron los gentiles se adornaron con mortajas ni con otras ofrendas y señales que mostrasen ser santos los que en ellas estaban sepultados.

—A eso voy —replicó Sancho—. Y dígame agora: ¿cuál es más: resucitar a un muerto, o matar a un gigante?

—La respuesta está en la mano —respondió don Quijote—: más es resucitar a un muerto.

[19] Obelisco (no pirámide) egipcio situado en el Vaticano.

[20] Castillo-fortaleza romano al lado del Tíber.

▼ El sepulcro erigido a Mausolo, rey de Caria (siglo IV a. de C.), fue tan famoso que se dio el nombre de *Mausoleo* a todos los grandes sepulcros.

—Cogido le tengo —dijo Sancho—. Luego la fama del que resucita muertos, da vista a los ciegos, endereza los cojos y da salud a los enfermos, y delante de sus sepulturas arden lámparas, y están llenas sus capillas de gentes devotas que de rodillas adoran sus reliquias, mejor fama será, para este y para el otro siglo, que la que dejaron y dejaren cuantos emperadores gentiles y caballeros andantes ha habido en el mundo.

—También confieso esa verdad —respondió don Quijote.

—Pues esta fama, estas gracias, estas prerrogativas, como llaman a esto —respondió Sancho—, tienen los cuerpos y las reliquias de los santos que, con aprobación y licencia de nuestra santa madre Iglesia, tienen lámparas, velas, mortajas, muletas, pinturas, cabelleras, ojos, piernas, con que aumentan la devoción y engrandecen su cristiana fama; los cuerpos de los santos o sus reliquias llevan los reyes sobre sus hombros, besan los pedazos de sus huesos, adornan y enriquecen con ellos sus oratorios y sus más preciados altares...

—¿Qué quieres que infiera [21], Sancho, de todo lo que has dicho? —dijo don Quijote.

—Quiero decir —dijo Sancho— que nos demos a ser santos, y alcanzaremos más brevemente la buena fama que pretendemos ▼; y advierta, señor, que ayer o antes de ayer, que, según ha poco se puede decir desta manera, canonizaron o beatificaron dos frailecitos descalzos, cuyas cadenas de hierro con que ceñían y atormentaban sus cuerpos se tiene ahora a gran ventura el besarlas y to-

[21] Concluya.

▼ Sancho juega a ser santo. «En sus labios, eso no pasa de argucia contra su amo —pero desde la perspectiva de su amo—.» Es una manera de asentir al juego (Serrano Plaja).

carlas, y están en más veneración que está, según dije, la espada de Roldán en la armería del Rey nuestro señor, que Dios guarde ▼. Así que, señor mío, más vale ser humilde frailecito, de cualquier orden que sea, que valiente y andante caballero; más alcanzan con Dios dos docenas de diciplinas [22] que dos mil lanzadas, ora las den a gigantes, ora a vestiglos o a endrigos [23].

[22] Disciplinas, azotes.

[23] Endriagos, monstruos fabulosos.

—Todo eso es así —respondió don Quijote—; pero no todos podemos ser frailes, y muchos son los caminos por donde lleva Dios a los suyos al cielo; religión es la caballería, caballeros santos hay en la gloria.

—Sí —respondió Sancho—; pero yo he oído decir que hay más frailes en el cielo que caballeros andantes.

—Eso es —respondió don Quijote— porque es mayor el número de los religiosos que el de los caballeros.

—Muchos son los andantes —dijo Sancho.

—Muchos —respondió don Quijote—, pero pocos los que merecen nombre de caballeros.

En estas y otras semejantes pláticas se les pasó aquella noche y el día siguiente, sin acontecerles cosa que de contar fuese, de que no poco le pesó a don Quijote. En fin, otro día [24], al anochecer, descubrieron la gran ciudad del Toboso, con cuya vista se le alegraron los espíritus a don Quijote y se le entristecieron a Sancho, porque no sabía la casa de Dulcinea, ni en su vida la había visto, como no la había visto su señor; de modo que el uno por verla, y el otro por no haberla visto, estaban

[24] Al día siguiente.

▼ Desde Clemencín, se cree que se refiere a San Diego de Alcalá (canonizado en 1588) y a San Pedro de Alcántara (muerto en 1562). En la Armería Real se guarda una espada del siglo XIII que la tradición creyó identificar con la espada Durindana de Roldán.

alborotados, y no imaginaba Sancho qué había de hacer cuando su dueño le enviase al Toboso. Finalmente, ordenó don Quijote entrar en la ciudad entrada la noche, y en tanto que la hora se llegaba, se quedaron entre unas encinas que cerca del Toboso estaban, y llegado el determinado punto entraron en la ciudad, donde les sucedió[25] cosas que a cosas llegan.

[25] Sucedieron.

## Capítulo IX

### Donde se cuenta lo que en él se verá

Media noche era por filo ▼, poco más a menos, cuando don Quijote y Sancho dejaron el monte y entraron en El Toboso. Estaba el pueblo en un sosegado silencio, porque todos sus vecinos dormían y reposaban a pierna tendida, como suele decirse. Era la noche entreclara, puesto que [1] quisiera Sancho que fuera del todo escura, por hallar en su escuridad disculpa de su sandez. No se oía en todo el lugar sino ladridos de perros, que atronaban los oídos de don Quijote y turbaban el corazón de Sancho. De cuando en cuando rebuznaba un jumento, gruñían puercos, mayaban gatos, cuyas voces, de diferentes sonidos, se aumentaban con el silencio de la noche, todo lo cual tuvo el enamorado caballero a mal agüero; pero, con todo esto, dijo a Sancho:

—Sancho hijo, guía al palacio de Dulcinea; quizá podrá ser que la hallemos despierta.

—¿A qué palacio tengo de guiar, cuerpo del sol —respondió Sancho—, que en el que yo vi a su grandeza [2] no era sino casa muy pequeña?

[1] Aunque.

[2] Tratamiento que el vulgo daba a los Grandes.

▼ El octosílabo es el primer verso del Romance del Conde Claros. La expresión *más a menos* (más o menos), que sigue inmediatamente, rompe la precisión de *por filo* (en punto, exactamente).

—Debía de estar retirada entonces —respondió don Quijote— en algún pequeño apartamiento de su alcázar, solazándose a solas con sus doncellas, como es uso y costumbre de las altas señoras y princesas.

—Señor —dijo Sancho—, ya que vuestra merced quiere, a pesar mío, que sea alcázar la casa de mi señora Dulcinea, ¿es hora ésta por ventura de hallar la puerta abierta? Y ¿será bien que demos aldabazos [3] para que nos oyan [4] y nos abran, metiendo en alboroto y rumor toda la gente? ¿Vamos por dicha a llamar a la casa de nuestras mancebas, como hacen los abarraganados, que llegan, y llaman, y entran a cualquier hora, por tarde que sea?

[3] Golpes con la aldaba (pieza de hierro para llamar).

[4] Oigan.

—Hallemos primero una por una [5] el alcázar —replicó don Quijote—; que entonces yo te diré, Sancho, lo que será bien que hagamos. Y advierte, Sancho, que yo veo poco, o que aquel bulto grande y sombra que desde aquí se descubre la debe de hacer el palacio de Dulcinea.

[5] En todo caso.

—Pues guíe vuestra merced —respondió Sancho—: quizá será así; aunque yo lo veré con los ojos y lo tocaré con las manos, y así lo creeré yo como creer que es ahora de día.

Guió don Quijote, y habiendo andado como docientos pasos, dio con el bulto que hacía la sombra, y vio una gran torre, y luego conoció que el tal edificio no era alcázar, sino la iglesia principal del pueblo. Y dijo:

—Con la iglesia hemos dado, Sancho ▼.

▼ La afirmación de don Quijote expresa la situación normal de dos personas que se encuentran con el edificio de la iglesia del pueblo en el que acaban de entrar. Sin embargo, la frase se ha popularizado, con un sentido bien diferente en «con la Iglesia hemos topado», con ciertas connotaciones anticlericales.

—Ya lo veo —respondió Sancho—. Y plega a Dios que no demos con nuestra sepultura; que no es buena señal andar por los cimenterios [6] a tales horas, y más habiendo yo dicho a vuestra merced, si mal no acuerdo, que la casa desta señora ha de estar en una callejuela sin salida.

[6] Cementerios (vulgarismo), al lado de las iglesias.

—¡Maldito seas de Dios, mentecato! —dijo don Quijote—. ¿Adónde has tú hallado que los alcázares y palacios reales estén edificados en callejuelas sin salida?

—Señor —respondió Sancho—, en cada tierra su uso: quizá se usa aquí en El Toboso edificar en callejuelas los palacios y edificios grandes; y así, suplico a vuestra merced me deje buscar por estas calles o callejuelas que se me ofrecen: podría ser que en algún rincón topase con ese alcázar, que le vea yo comido de perros, que así nos trae corridos y asendereados [7].

[7] Confundidos y agobiados.

—Habla con respeto, Sancho, de las cosas de mi señora —dijo don Quijote—, y tengamos la fiesta en paz, y no arrojemos la soga tras el caldero ▼.

—Yo me reportaré —respondió Sancho—, pero ¿con qué paciencia podré llevar que quiera vuestra merced que de sola una vez que vi la casa de nuestra ama, la haya de saber siempre y hallarla a media noche, no hallándola vuestra merced, que la debe de haber visto millares de veces?

—Tú me harás desesperar, Sancho —dijo don Quijote—. Ven acá, hereje: ¿no te he dicho mil veces que en todos los días de mi vida no he visto a la sin par Dulcinea, ni jamás atravesé los umbrales de su palacio, y que sólo estoy enamorado de

▼ Expresión proverbial, equivalente a «no lo echemos todo a perder porque se haya perdido algo».

oídas y de la gran fama que tiene de hermosa y discreta ▼?

—Ahora lo oigo —respondió Sancho— y digo que pues vuestra merced no la ha visto, ni yo tampoco.

—Eso no puede ser —replicó don Quijote—; que, por lo menos, ya me has dicho tú que la viste ahechando trigo, cuando me trujiste[8] la respuesta de la carta que le envié contigo.

—No se atenga a eso, señor —respondió Sancho—, porque le hago saber que también fue de oídas la vista y la respuesta que le truje ▼▼; porque así sé yo quién es la señora Dulcinea como dar un puño[9] en el cielo.

—Sancho, Sancho —respondió don Quijote—, tiempos hay de burlar, y tiempos donde caen y parecen mal las burlas. No porque yo diga que ni he visto ni hablado a la señora de mi alma has tú de decir también que ni la has hablado ni visto, siendo tan al revés como sabes.

Estando los dos en estas pláticas, vieron que venía a pasar por donde estaban uno con dos mulas, que por el ruido que hacía el arado, que arrastraba por el suelo, juzgaron que debía de ser labrador, que habría madrugado antes del día a ir a su labranza, y así fue la verdad. Venía el labrador cantando aquel romance que dicen:

—Mala la hubistes[10], franceses,
en esa de Roncesvalles.

[8] Trajiste.

[9] Puñetazo.

[10] Tuvisteis.

▼ Además de la comicidad e ironía patentes en este enamoramiento *de oídas,* recuérdese que en I, 25 don Quijote afirmó haber visto a Dulcinea; ahora se contradice, negándolo con el fin de mantener su juego.

▼▼ La genial respuesta de Sancho ya no necesita comentario: hace lo mismo que su amo, juega y se aprovecha de iguales recursos.

—Que me maten, Sancho —dijo en oyéndole don Quijote—, si nos ha de suceder cosa buena esta noche. ¿No oyes lo que viene cantando ese villano?

—Sí oigo —respondió Sancho—; pero ¿qué hace a nuestro propósito la caza de Roncesvalles? Así pudiera cantar el romance de Calaínos, que todo fuera uno para sucedernos bien o mal en nuestro negocio ▼.

Llegó en esto el labrador, a quien don Quijote preguntó:

—¿Sabréisme decir, buen amigo, que buena ventura os dé Dios, dónde son por aquí los palacios de la sin par princesa doña Dulcinea del Toboso?

—Señor —respondió el mozo—, yo soy forastero y ha pocos días que estoy en este pueblo sirviendo a un labrador rico en la labranza del campo; en esa casa frontera [11] viven el cura y el sacristán del lugar; entrambos o cualquier dellos sabrá dar a vuestra merced razón desa señora princesa, porque tienen la lista de todos los vecinos del Toboso; aunque para mí tengo que en todo él no vive princesa alguna; muchas señoras, sí, principales, que cada una en su casa puede ser princesa.

—Pues entre ésas —dijo don Quijote— debe de estar, amigo, esta por quien te pregunto.

—Podría ser —respondió el mozo—; y adiós, que ya viene el alba.

Y dando a sus mulas, no atendió a más preguntas. Sancho, que vio suspenso a su señor y asaz mal contento, le dijo:

[11] De enfrente.

▼ Los dos versos citados proceden de una versión del Romance del Conde Gaurinos. Seguidamente, Sancho alude a otra versión del mismo romance, en la cual se habla de *la caza* (derrota) *de Roncesvalles* (lugar donde fue derrotado el ejército de Carlomagno y muertos los doce Pares de Francia). Calaínos es un personaje de los romances juglarescos (venció a Valdovinos y murió a manos de Roldán).

—Señor, ya se viene a más andar el día y no será acertado dejar que nos halle el sol en la calle; mejor será que nos salgamos fuera de la ciudad, y que vuestra merced se embosque en alguna floresta aquí cercana, y yo volveré de día, y no dejaré ostugo [12] en todo este lugar donde no busque la casa, alcázar o palacio de mi señora, y asaz [13] sería de desdichado si no le hallase; y hallándole, hablaré con su merced, y le diré dónde y cómo queda vuestra merced esperando que le dé orden y traza para verla, sin menoscabo de su honra y fama.

—Has dicho, Sancho —dijo don Quijote—, mil sentencias encerradas en el círculo de breves palabras; el consejo que ahora me has dado le apetezco y recibo de bonísima gana ▼. Ven, hijo, y vamos a buscar donde me embosque; que tú volverás, como dices, a buscar, a ver y hablar a mi señora, de cuya discreción y cortesía espero más que milagrosos favores.

Rabiaba Sancho por sacar a su amo del pueblo, porque no averiguase la mentira de la respuesta que de parte de Dulcinea le había llevado a Sierra Morena, y así, dio priesa a la salida, que fue luego [14], y a dos millas del lugar hallaron una floresta o bosque, donde don Quijote se emboscó en tanto que Sancho volvía a la ciudad a hablar a Dulcinea; en cuya embajada le sucedieron cosas que piden nueva atención y nuevo crédito.

[12] Rincón.

[13] Bastante.

[14] Inmediatamente.

▼ «Don Quijote piensa, y *muy cuerdamente*». Por eso, acepta el consejo de Sancho, quien sale con su propósito, engañándolo, pero «gracias a la sutilísima colaboración del propio don Quijote» (Serrano Plaja).

## CAPÍTULO X

## Donde se cuenta la industria [1] que Sancho tuvo para encantar a la señora Dulcinea, y de otros sucesos tan ridículos como verdaderos

[1] Habilidad.

Llegando el autor desta grande historia a contar lo que en este capítulo cuenta, dice que quisiera pasarle en silencio, temeroso de que no había de ser creído; porque las locuras de don Quijote llegaron aquí al término y raya de las mayores que pueden imaginarse, y aun pasaron dos tiros de ballesta más allá de las mayores ▼. Finalmente, aunque con este miedo y recelo, las escribió de la misma manera que él las hizo, sin añadir ni quitar a la historia un átomo de la verdad, sin dársele nada por las objeciones que podían ponerle de mentiroso; y tuvo razón, porque la verdad adelgaza y no quiebra, y siempre anda sobre la mentira, como el aceite sobre el agua.

Y así, prosiguiendo su historia, dice que así como don Quijote se emboscó en la floresta, encinar o selva junto al gran Toboso, mandó a San-

▼ Otra muestra de cómo Cervantes juega con los lugares comunes: «*Llegar a término y raya* es expresión figurada corriente. Al agregarle hiperbólicamente "y aun pasaron dos tiros de ballesta"... hace visible, y por tanto más expresiva, la imagen original» (Rosenblat).

cho volver a la ciudad, y que no volviese a su presencia sin haber primero hablado de su parte a su señora, pidiéndola fuese servida de dejarse ver de su cautivo caballero, y se dignase de echarle su bendición, para que pudiese esperar por ella felicísimos sucesos de todos sus acometimientos y dificultosas empresas. Encargóse Sancho de hacerlo así como se le mandaba, y de traer la tan buena respuesta como le trujo la vez primera.

—Anda, hijo —replicó don Quijote—, y no te turbes cuando te vieres ante la luz del sol de hermosura que vas a buscar. ¡Dichoso tú sobre todos los escuderos del mundo! Ten memoria, y no se te pase della cómo te recibe: si muda las colores el tiempo que la estuvieres dando mi embajada; si se desasosiega y turba oyendo mi nombre; si no cabe en la almohada, si acaso [2] la hallas sentada en el estrado rico de su autoridad ▼; y si está en pie, mírala si se pone ahora sobre el uno, ahora sobre el otro pie; si te repite la respuesta que te diere dos o tres veces; si la muda de blanda en áspera, de aceda [3] en amorosa; si levanta la mano al cabello para componerle, aunque no esté desordenado; finalmente, hijo, mira todas sus acciones y movimientos; porque si tú me los relatares como ellos fueron, sacaré yo lo que ella tiene escondido en lo secreto de su corazón acerca de lo que al fecho [4] de mis amores toca; que has de saber, Sancho, si no lo sabes, que entre los amantes, las acciones y movimientos exteriores que muestran, cuando de sus amores se trata, son certísimos

[2] Por casualidad.

[3] Agria, ácida.

[4] Hecho (arcaísmo).

▼ «Éste es el único detalle social que entra en el parlamento de don Quijote: la costumbre de sentarse las señoras en almohadones o cojines colocados en el suelo de la sala *(estrado)*, en vez de sentarse en taburetes y sillas, cuyo uso se introdujo más tarde» (Agostini).

correos que traen las nuevas de lo que allá en lo interior del alma pasa. Ve, amigo, y guíete otra mejor ventura que la mía, y vuélvate otro mejor suceso[5] del que yo quedo temiendo y esperando en esta amarga soledad en que me dejas▼.

—Yo iré y volveré presto —dijo Sancho—; y ensanche vuestra merced, señor mío, ese corazoncillo, que le debe de tener agora no mayor que una avellana, y considere que se suele decir que buen corazón quebranta mala ventura, y que donde no hay tocinos, no hay estacas▼▼; y también se dice: donde no piensa, salta la liebre. Dígolo porque si esta noche no hallamos los palacios o alcázares de mi señora, agora que es de día los pienso hallar, cuando menos los piense, y hallados, déjenme a mí con ella.

—Por cierto, Sancho —dijo don Quijote—, que siempre traes tus refranes tan a pelo de lo que tratamos cuanto me dé Dios mejor ventura en lo que deseo.

Esto dicho, volvió Sancho las espaldas y vareó[6] su rucio, y don Quijote se quedó a caballo, descansando sobre los estribos y sobre el arrimo de su lanza, lleno de tristes y confusas imaginaciones, donde le dejaremos, yéndonos con Sancho Panza, que no menos confuso y pensativo se apartó de su señor que él quedaba; y tanto, que apenas hubo salido del bosque, cuando, volviendo la cabeza y viendo que don Quijote no parecía, se apeó del ju-

[5] Resultado.

[6] Golpeó con la vara.

▼ Las precauciones de don Quijote parecen clarividentes: «por si Sancho es incapaz de inventar el mensaje que don Quijote espera (o hace que espera)», «le da los elementos de la respuesta». Nadie, ni don Quijote, podía sospechar «hasta dónde llegarán el ingenio y la osadía de Sancho» (Torrente Ballester).

▼▼ Sancho acaba de trastrocar uno de sus queridos refranes: «Donde piensan que hay tocinos, no hay ni estacas» (donde colgarlos).

mento, y sentándose al pie de un árbol comenzó a hablar consigo mesmo y a decirse:

—Sepamos agora, Sancho hermano, adónde va vuesa merced. ¿Va a buscar algún jumento que se le haya perdido? —No, por cierto. —Pues, ¿qué va a buscar? —Voy a buscar, como quien no dice nada, a una princesa, y en ella al sol de la hermosura y a todo el cielo junto. —Y ¿adónde pensáis hallar eso que decís, Sancho? —¿Adónde? En la gran ciudad del Toboso. —Y bien; ¿y de parte de quién la vais a buscar? —De parte del famoso caballero don Quijote de la Mancha, que desface los tuertos, y da de comer al que ha sed, y de beber al que ha hambre▼. —Todo eso está muy bien. Y ¿sabéis su casa, Sancho? —Mi amo dice que han de ser unos reales palacios o unos soberbios alcázares. —Y ¿habéisla visto algún día por ventura? —Ni yo ni mi amo la habemos visto jamás. —Y ¿paréceos que fuera acertado y bien hecho que si los del Toboso supiesen que estáis vos aquí con intención de ir a sonsacarles sus princesas y a desasosegarles sus damas, viniesen y os moliesen las costillas a puros [7] palos, y no os dejasen hueso sano? —En verdad que tendrían mucha razón, cuando no considerasen que soy mandado, y que

Mensajero sois, amigo,
no merecéis culpa, non▼▼.

—No os fiéis en eso, Sancho, porque la gente manchega es tan colérica como honrada y no consien-

[7] A fuerza de.

▼ Nótense las festivas equivocaciones de Sancho, que invierte los términos en las obras de su amo. Este soliloquio en forma dramática —que es un prodigio literario— es, además, una aproximación a la técnica del monólogo interior, esbozado aquí de forma rudimentaria.

▼▼ Recuerda aquí Sancho dos versos de un antiguo romance de Bernardo del Carpio.

te cosquillas de nadie. Vive Dios, que si os huele [8], que os mando [9] mala ventura. —¡Oxte, puto! ¡Allá darás, rayo! ¡No, sino ándeme yo buscando tres pies al gato por el gusto ajeno! Y más, que así será buscar a Dulcinea por El Toboso como a Marica por Rávena, o al bachiller en Salamanca. ¡El diablo, el diablo me ha metido a mí en esto; que otro no▼!

Este soliloquio pasó consigo Sancho, y lo que sacó dél fue que volvió a decirse:

—Ahora bien: todas las cosas tienen remedio, si no es la muerte, debajo de cuyo yugo hemos de pasar todos, mal que nos pese, al acabar de la vida. Este mi amo, por mil señales, he visto que es un loco de atar, y aun también yo no le quedo en zaga, pues soy más mentecato que él, pues le sigo y le sirvo, si es verdadero el refrán que dice: «Dime con quién andas, decirte he [10] quién eres», y el otro de: «No con quien naces, sino con quien paces.» Siendo, pues, loco, como lo es, y de locura que las más veces toma unas cosas por otras, y juzga lo blanco por negro y lo negro por blanco, como se pareció [11] cuando dijo que los molinos de viento eran gigantes, y las mulas de los religiosos dromedarios, y las manadas de carneros ejércitos de enemigos, y otras muchas cosas a este tono, no será muy difícil hacerle creer que una labradora, la primera que me topare por aquí, es la señora Dulcinea; y cuando él no lo crea juraré yo, y si él jura-

[8] Si sospecha vuestra intención.

[9] Aseguro.

[10] Te diré.

[11] Se vio.

▼ El uso de expresiones exclamativas y de modismos y expresiones figuradas del habla popular es constante en la novela; y Sancho es una fuente inextinguible. *¡Oxte, puto!*: imprecación proverbial usada para referirse al diablo o para apartar algo de cerca de uno mismo (¡fuera!, ¡Vade retro, Satanás!). *¡Allá darás, rayo* [en casa de Tamayo; o también: que no en mi sayo]!: maldición proverbial que prolonga la anterior. Buscar *a Marica por Rávena* (ciudad de Italia) o *al bachiller en Salamanca,* equivale a «buscar algo difícil de hallar» (por encontrarse mezclado y confudido en la abundancia de cosas parecidas).

re tornaré yo a jurar, y si porfiare, porfiaré yo más, y de manera que tengo de tener la mía siempre sobre el hito [12], venga lo que viniere. Quizá con esta porfía acabaré con él [13] que no me envíe otra vez a semejantes mensajerías, viendo cuán mal recado le traigo dellas, o quizá pensará, como yo imagino, que algún mal encantador de estos que él dice que le quieren mal la habrá mudado la figura por hacerle mal y daño.

Con esto que pensó Sancho Panza quedó sosegado su espíritu, y tuvo por bien acabado su negocio, y deteniéndose allí hasta la tarde, por dar lugar a que don Quijote pensase que le [14] había tenido para ir y volver del Toboso; y sucedióle todo tan bien, que cuando se levantó para subir en el rucio vio que del Toboso hacia donde él estaba venían tres labradoras sobre tres pollinos, o pollinas, que el autor no lo declara, aunque más se puede creer que eran borricas, por ser ordinaria caballería de las aldeanas; pero como no va mucho en esto, no hay para qué detenernos en averiguarlo. En resolución: así como Sancho vio a las labradoras, a paso tirado [15] volvió a buscar a su señor don Quijote, y hallóle suspirando y diciendo mil amorosas lamentaciones. Como don Quijote le vio, le dijo:

—¿Qué hay, Sancho amigo? ¿Podré señalar este día con piedra blanca, o con negra?

—Mejor será —respondió Sancho— que vuesa merced la señale con almagre, como rétulos [16] de cátedras ▼, porque le echen bien de ver los que le vieren.

[12] Me empeñaré en mi razón (no cederé).

[13] Le convenceré.

[14] El lugar; tiempo (zeugma).

[15] A paso largo.

[16] Rótulos.

▼ Alude don Quijote a la costumbre de los romanos de señalar los días felices con piedras blancas y los aciagos con negras; y Sancho a la antigua costumbre en las universidades españolas de escribir con pintura roja *(almagre)* en las paredes los nombres de los nuevos catedráticos.

—De ese modo —replicó don Quijote—, buenas nuevas traes.

—Tan buenas —respondió Sancho—, que no tiene más que hacer vuesa merced sino picar a Rocinante y salir a lo raso [17] a ver a la señora Dulcinea del Toboso, que con otras dos doncellas suyas viene a ver a vuesa merced.

—¡Santo Dios! ¿Qué es lo que dices, Sancho amigo? —dijo don Quijote—. Mira no me engañes, ni quieras con falsas alegrías alegrar mis verdaderas tristezas.

—¿Qué sacaría yo de engañar a vuesa merced —respondió Sancho—, y más estando tan cerca de descubrir mi verdad? Pique, señor, y venga, y verá venir a la princesa, nuestra ama, vestida y adornada, en fin, como quien ella es. Sus doncellas y ella todas son una ascua de oro, todas mazorcas de perlas, todas son diamantes, todas rubíes, todas telas de brocado de más de diez altos ▼; los cabellos, sueltos por las espaldas, que son otros tantos rayos de sol que andan jugando con el viento; y, sobre todo, vienen a caballo sobre tres cananeas remendadas, que no hay más que ver.

—*Hacaneas* [18] querrás decir, Sancho.

—Poca diferencia hay —respondió Sancho— de *cananeas* a *hacaneas* ▼▼; pero vengan sobre lo que vinieren, ellas vienen las más galanas señoras que se puedan desear, especialmente la princesa Dulcinea, mi señora, que pasma los sentidos.

[17] A cielo descubierto.

[18] Jacas.

▼ Imaginativa hipérbole de Sancho: los mejores bordados del brocado más fino no pasaban de tres labores o *altos,* de los cuales el primero era el fondo de la tela, el segundo los bordados, y el tercero el relieve en oro o plata (Rodríguez Marín).

▼▼ En otra de sus prevaricaciones idiomáticas, Sancho ha transformado las burras en *cananeas* (jacas de princesas) *remendadas* (de piel con manchas). Si antes era don Quijote quien deformaba la realidad en su imaginación caballeresca, ahora son los demás quienes se la darán ya deformada.

—Vamos, Sancho hijo —respondió don Quijote—; y en albricias destas no esperadas como buenas nuevas, te mando [19] el mejor despojo que ganare en la primera aventura que tuviere, y si esto no te contenta, te mando las crías que este año me dieren las tres yeguas mías, que tú sabes que quedan para parir en el prado concejil [20] de nuestro pueblo.

—A las crías me atengo —respondió Sancho—, porque de ser buenos los despojos de la primera aventura no está muy cierto.

Ya en esto salieron de la selva y descubrieron cerca a las tres aldeanas. Tendió don Quijote los ojos por todo el camino del Toboso, y como no vio sino a las tres labradoras, turbóse todo, y preguntó a Sancho si las había dejado fuera de la ciudad.

—¿Cómo fuera de la ciudad? —respondió—. ¿Por ventura tiene vuesa merced los ojos en el colodrillo [21], que no vee que son éstas, las que aquí vienen, resplandecientes como el mismo sol a mediodía.

—Yo no veo, Sancho —dijo don Quijote—, sino a tres labradoras sobre tres borricos.

—¡Agora me libre Dios del diablo! —respondió Sancho—. Y ¿es posible que tres hacaneas, o como se llaman, blancas como el ampo [22] de la nieve, le parezcan a vuesa merced borricos? ¡Vive el Señor, que me pele estas barbas si tal fuese verdad!

—Pues yo te digo, Sancho amigo —dijo don Quijote— que es tan verdad que son borricos, o borricas, como yo soy don Quijote y tú Sancho Panza; a lo menos, a mí tales me parecen.

—Calle, señor —dijo Sancho—; no diga la tal palabra, sino despabile esos ojos, y venga a hacer reverencia a la señora de sus pensamientos, que ya llega cerca.

[19] Prometo.

[20] Comunal, municipal.

[21] Parte posterior de la cabeza.

[22] Copo de nieve.

Y diciendo esto, se adelantó a recebir a las tres aldeanas, y apeándose del rucio, tuvo del cabestro al jumento de una de las tres labradoras, y hincando ambas rodillas en el suelo, dijo:

—Reina y princesa y duquesa de la hermosura, vuestra altivez ▼ y grandeza sea servida de recebir en su gracia y buen talente al cautivo caballero vuestro, que allí está hecho piedra mármol, todo turbado y sin pulsos de verse ante vuestra magnífica presencia. Yo soy Sancho Panza su escudero, y él es el asendereado [23] caballero don Quijote de la Mancha, llamado por otro nombre el Caballero de la Triste Figura.

A esta sazón ya se había puesto don Quijote de hinojos [24] junto a Sancho, y miraba con ojos desencajados y vista turbada a la que Sancho llamaba reina y señora, y como no descubría en ella sino una moza aldeana, y no de muy buen rostro, porque era carirredonda y chata, estaba suspenso y admirado, sin osar desplegar los labios. Las labradoras estaban asimismo atónitas, viendo aquellos dos hombres tan diferentes hincados de rodillas, que no dejaban pasar adelante a su compañera. Pero rompiendo el silencio la detenida, toda desgraciada [25] y mohína, dijo:

—Apártense nora en tal [26] del camino, y déjenmos [27] pasar; que vamos de priesa.

A lo que respondió Sancho:

—¡Oh princesa y señora universal del Toboso! ¿Cómo vuestro magnánimo corazón no se enternece viendo arrodillado ante vuestra sublimada presencia la columna y sustento de la andante caballería?

[23] Agobiado de trabajos o adversidades.

[24] De rodillas.

[25] Desabrida, sin gracia.

[26] En hora mala (rusticismo).

[27] Déjennos (rusticismo).

▼ En esta grotesca presentación Sancho deforma y vulgariza varios vocablos: alteza en *altivez;* después, talante en *talente,* y, más adelante, sublime en *sublimada.*

Oyendo lo cual otra de las dos, dijo:

—Mas ¡jo, que te estrego, burra de mi suegro ▼! ¡Mirad con qué se vienen los señoritos ahora a hacer burla de las aldeanas, como si aquí no supiésemos echar pullas como ellos! Vayan su camino, e déjenmos hacer el nueso [28], y serles ha [29] sano.

—Levántate, Sancho —dijo a este punto don Quijote—; que ya veo que la Fortuna, de mi mal no harta, tiene tomados los caminos todos por donde pueda venir algún contento a esta ánima mezquina que tengo en las carnes ▼▼. Y tú, ¡oh extremo del valor que puede desearse, término de la humana gentileza, único remedio deste afligido corazón que te adora!, ya que el maligno encantador me persigue, y ha puesto nubes y cataratas en mis ojos, y para sólo ellos y no para otros ha mudado y transformado tu sin igual hermosura y rostro en el de una labradora pobre, si ya también el mío no le ha cambiado en el de algún vestiglo [30], para hacerle aborrecible a tus ojos, no dejes de mirarme blanda y amorosamente, echando de ver en esta sumisión y arrodillamiento que a tu contrahecha [31] hermosura hago, la humildad con que mi alma te adora ▼▼▼.

—¡Tomá que mi agüelo! —respondió la aldeana—. ¡Amiguita soy yo de oír resquebrajos!

[28] Nuestro (rusticismo).

[29] Les será.

[30] Monstruo horrendo.

[31] Disfrazada.

▼ Antiguo refrán, muy frecuente entre rústicos para azuzar a las caballerías. «En boca de nuestra labriega es irónico, y tilda la inoportunidad del obsequio con que se la detenía» (Clemencín).

▼▼ Recuerdo de dos versos de Garcilaso: «Mas la Fortuna, de mi mal no harta» *(Égloga III)* y «siempre está en llanto esta ánima mezquina» *(Égloga I)*. (Véase la nota al pie de la pág. 85 en II, 6.)

▼▼▼ Recuérdese que la idea de servicio era fundamental en el amor cortés. (Véase nota segunda al pie de la pág. 81, en I, 3.)

Apártense y déjenmos ir, y agradecérselo hemos▼.

Apartóse Sancho y dejóla ir, contentísimo de haber salido bien de su enredo.

Apenas se vio libre la aldeana que había hecho la figura de Dulcinea, cuando, picando a su *cananea*▼▼ con un aguijón que en un palo traía, dio a correr por el prado adelante. Y como la borrica sentía la punta del aguijón, que le fatigaba más de lo ordinario, comenzó a dar corcovos[32], de manera que dio con la señora Dulcinea en tierra; lo cual visto por don Quijote, acudió a levantarla, y Sancho a componer y cinchar el albarda, que también vino a la barriga de la pollina. Acomodada, pues, la albarda, y queriendo don Quijote levantar a su encantada señora en los brazos sobre la jumenta, la señora, levantándose del suelo, le quitó de aquel trabajo, porque haciéndose algún tanto atrás, tomó una corridica, y puestas ambas manos sobre las ancas de la pollina, dio con su cuerpo, más ligero que un halcón, sobre la albarda, y quedó a horcajadas[33], como si fuera hombre; y entonces dijo Sancho:

—¡Vive Roque, que es la señora nuestra ama más ligera que un acotán[34], y que puede enseñar a subir a la jineta al más diestro cordobés o mejicano! El arzón trasero de la silla pasó de un salto, y sin espuelas hace correr la hacanea como una ce-

[32] Saltar encorvando el lomo.

[33] Con una pierna a cada lado.

[34] Deformación de alcotán (ave de rapiña).

▼ El empleo de múltiples y diversos registros de la lengua como elemento de caracterización de los personajes es uno de los grandes hallazgos de Cervantes. De ahí la acumulación de rusticismos en el habla de las aldeanas: a los anteriores hay que añadir éstos: *tomá* (tomad), *agüelo* (abuelo), *resquebrajos* (requiebros), *agradecérselo hemos* (se lo agradeceremos).

▼▼ Obsérvese que ahora el narrador recoge la deformación lingüística de Sancho y, en son de burla, llama *cananea* a la borrica-hacanea.

bra. Y no le van en zaga sus doncellas, que todas corren como el viento.

Y así era la verdad, porque en viéndose a caballo Dulcinea, todas picaron tras ella y dispararon a correr, sin volver la cabeza atrás por espacio de más de media legua. Siguiólas don Quijote con la vista, y cuando vio que no parecían, volviéndose a Sancho, le dijo:

—Sancho, ¿qué te parece cuán mal quisto[35] soy de encantadores? Y mira hasta dónde se extiende su malicia y la ojeriza que me tienen, pues me han querido privar del contento que pudiera darme ver en su ser a mi señora. En efecto, yo nací para ejemplo de desdichados, y para ser blanco y terrero[36] donde tomen la mira y asiesten las flechas de la mala fortuna. Y has también de advertir, Sancho, que no se contentaron estos traidores de haber vuelto y transformado a mi Dulcinea, sino que la transformaron y volvieron en una figura tan baja y tan fea como la de aquella aldeana, y juntamente le quitaron lo que es tan suyo de las principales señoras, que es el buen olor, por andar siempre entre ámbares y entre flores. Porque te hago saber, Sancho, que cuando llegué a subir a Dulcinea sobre su hacanea, según tú dices, que a mí me pareció borrica, me dio un olor de ajos crudos, que me encalabrinó[37] y atosigó el alma.

—¡Oh canalla! —gritó a esta sazón Sancho—. ¡Oh encantadores aciagos y mal intencionados, y quién os viera a todos ensartados por las agallas, como sardinas en lercha▼! Mucho sabéis, mucho podéis y mucho más hacéis. Bastaros debiera, bellacos, haber mudado las perlas de los ojos de mi señora

[35] Mal visto.

[36] Montón de tierra en el que se ponía el blanco (sinonimia).

[37] Atufó.

▼ *Lercha:* junquillo para ensartar peces por las agallas. (Véase la primera nota al pie de la pág. 94 en II, 7.)

en agallas alcornoqueñas, y sus cabellos de oro purísimo en cerdas de cola de buey bermejo y, finalmente, todas sus facciones de buenas en malas, sin que le tocárades en el olor; que por él siquiera sacáramos lo que estaba encubierto debajo de aquella fea corteza, aunque, para decir verdad, nunca yo vi su fealdad, sino su hermosura, a la cual subía de punto y quilates un lunar que tenía sobre el labio derecho, a manera de bigote, con siete o ocho cabellos rubios como hebras de oro y largos de más de un palmo ▼.

—A ese lunar —dijo don Quijote—, según la correspondencia que tienen entre sí los del rostro con los del cuerpo, ha de tener otro Dulcinea en la tabla [38] del muslo que corresponde al lado donde tiene el del rostro, pero muy luengos [39] para lunares son pelos de la grandeza que has significado.

—Pues yo sé decir a vuestra merced —respondió Sancho— que le parecían allí como nacidos.

—Yo lo creo, amigo —replicó don Quijote—, porque ninguna cosa puso la naturaleza en Dulcinea que no fuese perfecta y bien acabada; y así, si tuviera cien lunares como el que dices, en ella no fueran lunares, sino lunas y estrellas resplandecientes. Pero dime, Sancho: aquella que a mí me pareció albarda, que tú aderezaste, ¿era silla rasa [40] o sillón [41]?

—No era —respondió Sancho— sino silla a la jineta [42], con una cubierta de campo que vale la mitad de un reino, según es de rica.

—Y ¡que no viese yo todo eso, Sancho! —dijo don Quijote—. Ahora torno a decir, y diré mil veces, que soy el más desdichado de los hombres.

[38] Lo ancho.

[39] Largos.

[40] Simple silla de montar

[41] Cómoda silla de montar para señoras.

[42] Sillón con arzones altos y estribos cortos.

▼ «Sancho resulta tan buen actor como su amo. El juego es perfecto». Y el encantamiento de Dulcinea por Sancho es el motivo central de toda la segunda parte, «uno de los tinglados más ingeniosos y fértiles de toda la novela» (Torrente Ballester).

Harto tenía que hacer el socarrón de Sancho en disimular la risa, oyendo las sandeces de su amo, tan delicadamente engañado. Finalmente, después de otras muchas razones que entre los dos pasaron, volvieron a subir en sus bestias, y siguieron el camino de Zaragoza, adonde pensaban llegar a tiempo que pudiesen hallarse en unas solemnes fiestas que en aquella insigne ciudad cada año suelen hacerse ▼. Pero antes que allá llegasen, les sucedieron cosas que, por muchas, grandes y nuevas, merecen ser escritas y leídas, como se verá adelante.

▼ Véase nota al pie de la pág. 62 en II, 4.

## CAPÍTULO XI

## De la extraña aventura que le sucedió al valeroso don Quijote con el carro o carreta de Las Cortes de la Muerte

Pensativo además [1] iba don Quijote por su camino adelante, considerando la mala burla que le habían hecho los encantadores volviendo a su señora Dulcinea en la mala figura de la aldeana, y no imaginaba qué remedio tendría para volverla a su ser primero, y estos pensamientos le llevaban tan fuera de sí, que, sin sentirlo, soltó las riendas a Rocinante, el cual, sintiendo la libertad que se le daba, a cada paso se detenía a pacer la verde yerba de que aquellos campos abundaban. De su embelesamiento le volvió Sancho Panza, diciéndole:

—Señor, las tristezas no se hicieron para las bestias, sino para los hombres; pero si los hombres las sienten demasiado, se vuelven bestias; vuestra merced se reporte, y vuelva en sí, y coja las riendas a Rocinante, y avive y despierte ▼, y muestre aquella gallardía que conviene que tengan los caballeros andantes. ¿Qué diablos es esto? ¿Qué descaecimiento [2] es éste? ¿Estamos aquí, o en Francia [3]? Mas que se lleve Satanás a cuantas Dulcineas hay en el mundo, pues vale más la salud de un

[1] En exceso.

[2] Flaqueza.

[3] ¿Dónde estamos? (seamos sensatos).

▼ Reminiscencia del segundo verso de las *Coplas* de Jorge Manrique *(avive el seso y despierte).*

solo caballero andante que todos los encantos y transformaciones de la tierra.

—Calla, Sancho —respondió don Quijote con voz no muy desmayada—. Calla, digo, y no digas blasfemias contra aquella encantada señora; que de su desgracia y desventura yo solo tengo la culpa: de la invidia que me tienen los malos ha nacido su mala andanza.

—Así lo digo yo —respondió Sancho—: quien la vido[4] y la vee ahora, ¿cuál es el corazón que no llora?

—Eso puedes tú decir bien, Sancho —replicó don Quijote—, pues la viste en la entereza cabal de su hermosura; que el encanto no se extendió a turbarte la vista ni a encubrirte su belleza: contra mí solo y contra mis ojos se endereza la fuerza de su veneno. Mas, con todo esto, he caído, Sancho, en una cosa, y es que me pintaste mal su hermosura, porque, si mal no me acuerdo, dijiste que tenía los ojos de perlas, y los ojos que parecen de perlas antes son de besugo que de dama; y a lo que yo creo, los de Dulcinea deben ser de verdes esmeraldas ▼, rasgados, con dos celestiales arcos que les sirven de cejas; y esas perlas quítalas de los ojos y pásalas a los dientes; que sin duda te trocaste[5], Sancho, tomando los ojos por los dientes.

—Todo puede ser —respondió Sancho—, porque también me turbó a mí su hermosura como a vuesa merced su fealdad. Pero encomendémoslo todo a Dios, que Él es el sabidor[6] de las cosas que han de suceder en este valle de lágrimas, en este mal mundo que tenemos, donde apenas se halla cosa que esté sin mezcla de maldad, embuste y bella-

[4] Vio (refrán).

[5] Equivocaste.

[6] Sabedor.

▼ «Los ojos verdes se consideraban muy aristocráticos» (Avalle-Arce).

quería. De una cosa me pesa, señor mío, más que de otras: que es pensar qué medio se ha de tener cuando vuesa merced venza a algún gigante o otro caballero, y le mande que se vaya a presentar ante la hermosura de la señora Dulcinea: ¿adónde la ha de hallar este pobre gigante, o este pobre y mísero caballero vencido? Paréceme que los veo andar por El Toboso hechos unos bausanes [7], buscando a mi señora Dulcinea, y aunque la encuentren en mitad de la calle, no la conocerán más que a mi padre.

—Quizá, Sancho —respondió don Quijote—, no se extenderá el encantamento a quitar el conocimiento de Dulcinea a los vencidos y presentados gigantes y caballeros; y en uno o dos de los primeros que yo venza y le envíe haremos la experiencia si la ven o no, mandándoles que vuelvan a darme relación de lo que acerca desto les hubiere sucedido.

—Digo, señor —replicó Sancho—, que me ha parecido bien lo que vuesa merced ha dicho, y que con ese artificio vendremos en conocimiento de lo que deseamos, y si es que ella a solo vuesa merced se encubre, la desgracia más será de vuesa merced que suya; pero como la señora Dulcinea tenga salud y contento, nosotros por acá nos avendremos [8] y lo pasaremos lo mejor que pudiéremos, buscando nuestras aventuras y dejando al tiempo que haga de las suyas; que él es el mejor médico destas y de otras mayores enfermedades.

Responder quería don Quijote a Sancho Panza; pero estorbóselo una carreta que salió al través del camino, cargada de los más diversos y extraños personajes y figuras que pudieron imaginarse. El que guiaba las mulas y servía de carretero era un feo demonio. Venía la carreta descubierta al cielo abierto, sin toldo ni zarzo [9]. La primera figura que

[7] Bobos.

[8] Nos arreglaremos.

[9] Tejido de cañas o mimbres para cubrir los carros.

se ofreció a los ojos de don Quijote fue la de la misma Muerte, con rostro humano; junto a ella venía un ángel con unas grandes y pintadas alas; al un lado estaba un emperador con una corona, al parecer de oro, en la cabeza; a los pies de la Muerte estaba el dios que llaman Cupido ▼, sin venda en los ojos, pero con su arco, carcaj [10] y saetas. Venía también un caballero armado de punta en blanco [11], excepto que no traía morrión, ni celada, sino un sombrero lleno de plumas de diversas colores; con éstas venían otras personas de diferentes trajes y rostros. Todo lo cual visto de improviso, en alguna manera alborotó a don Quijote y puso miedo en el corazón de Sancho; mas luego se alegró don Quijote, creyendo que se le ofrecía alguna nueva y peligrosa aventura, y con este pensamiento, y con ánimo dispuesto de acometer cualquier peligro, se puso delante de la carreta, y con voz alta y amenazadora dijo:

—Carretero, cochero o diablo, o lo que eres, no tardes en decirme quién eres, a dó [12] vas y quién es la gente que llevas en tu carricoche, que más parece la barca de Carón ▼▼ que carreta de las que se usan.

A lo cual, mansamente, deteniendo el Diablo la carreta, respondió:

—Señor, nosotros somos recitantes de la compañía de Angulo el Malo; hemos hecho en un lugar que está detrás de aquella loma, esta mañana, que es la octava del Corpus, el auto de *Las Cortes*

[10] Aljaba, caja portátil para flechas.

[11] De pies a cabeza.

[12] Dónde.

▼ Dios del amor (hijo de Marte y de Venus). Estos extraños personajes simbólicos son propios de los autos sacramentales.

▼▼ Caronte, barquero mitológico que llevaba las almas de los muertos al infierno.

*de la Muerte* ▼, y hémosle de hacer esta tarde en aquel lugar que desde aquí se parece [13], y por estar tan cerca y excusar el trabajo de desnudarnos y volvernos a vestir, nos vamos vestidos con los mesmos vestidos que representamos. Aquel mancebo va de Muerte; el otro, de Ángel; aquella mujer, que es la del autor [14], va de Reina; el otro, de Soldado; aquél, de Emperador, y yo, de Demonio, y soy una de las principales figuras del auto, porque hago en esta compañía los primeros papeles. Si otra cosa vuestra merced desea saber de nosotros, pregúntemelo, que yo le sabré responder con toda puntualidad; que como soy demonio, todo se me alcanza.

—Por la fe de caballero andante —respondió don Quijote—, que así como vi este carro imaginé que alguna grande aventura se me ofrecía, y ahora digo que es menester tocar las apariencias con la mano para dar lugar al desengaño. Andad con Dios, buena gente, y haced vuestra fiesta, y mirad si mandáis algo en que pueda seros de provecho; que lo haré con buen ánimo y buen talante, porque desde mochacho fui aficionado a la carátula [15], y en mi mocedad se me iban los ojos tras la farándula [16] ▼▼.

Estando en estas pláticas, quiso la suerte que llegase uno de la compañía, que venía vestido de bo-

[13] Se ve.

[14] Empresario teatral.

[15] Máscara (símbolo del teatro).

[16] Profesión de las gentes del teatro.

▼ Angulo el Malo fue un empresario teatral de la época de Cervantes. La fiesta litúrgica del *Corpus Christi* se celebra el jueves siguiente a la octava de Pentecostés, en mayo o junio. (Véase nota al pie de la pág. 62 en II, 4.) Y el auto de *Las cortes de la Muerte* parece ser un auto sacramental atribuido a Lope de Vega.

▼▼ Nótese que ya no es don Quijote quien deforma la realidad, que ya se le ofrece fantaseada al caballero (aquí, en forma de teatro, de ficción alegórica). Vemos también que la evolución de don Quijote empieza a manifestarse en algunos aspectos: en la primera parte acometía sin pensar *ni tocar las apariencias*.

jiganga [17], con muchos cascabeles, y en la punta de un palo traía tres vejigas de vaca hinchadas; el cual moharracho [18], llegándose a don Quijote, comenzó a esgrimir el palo y a sacudir el suelo con las vejigas, y a dar grandes saltos, sonando los cascabeles, cuya mala visión así alborotó a Rocinante, que, sin ser poderoso a deternerle don Quijote, tomando el freno entre los dientes, dio a correr por el campo con más ligereza que jamás prometieron los huesos de su notomía [19]. Sancho, que consideró el peligro en que iba su amo de ser derribado, saltó del rucio, y a toda priesa fue a valerle; pero cuando a él llegó, ya estaba en tierra, y junto a él, Rocinante, que, con su amo, vino al suelo: ordinario fin y paradero de las lozanías de Rocinante y de sus atrevimientos.

Mas apenas hubo dejado su caballería Sancho por acudir a don Quijote, cuando el demonio bailador de las vejigas saltó sobre el rucio, y sacudiéndole con ellas, el miedo y ruido, más que el dolor de los golpes, le hizo volar por la campaña hacia el lugar donde iban a hacer la fiesta. Miraba Sancho la carrera de su rucio y la caída de su amo, y no sabía a cuál de las dos necesidades acudiría primero. Pero, en efecto, como buen escudero y como buen criado, pudo más con él el amor de su señor que el cariño de su jumento, puesto que [20] cada vez que veía levantar las vejigas en el aire y caer sobre las ancas de su rucio eran para él tártagos [21] y sustos de muerte, y antes quisiera que aquellos golpes se los dieran a él en las niñas de los ojos que en el más mínimo pelo de la cola de su asno. Con esta perpleja tribulación llegó donde estaba don Quijote, harto más maltrecho de lo que él quisiera, y ayudándole a subir sobre Rocinante, le dijo:

—Señor, el Diablo se ha llevado al rucio.

[17] Tipo estrafalario.

[18] Persona con disfraz ridículo, mamarracho.

[19] Anatomía, esqueleto.

[20] Aunque.

[21] Congojas, angustias.

—¿Qué diablo? —preguntó don Quijote.

—El de las vejigas —respondió Sancho.

—Pues yo le cobraré —replicó don Quijote—, si bien se encerrase con él en los más hondos y escuros calabozos del infierno. Sígueme, Sancho; que la carreta va despacio, y con las mulas della satisfaré la pérdida del rucio.

—No hay para qué hacer esa diligencia, señor —respondió Sancho—: vuestra merced temple su cólera; que, según me parece, ya el Diablo ha dejado el rucio y vuelve a la querencia[22].

Y así era la verdad, porque habiendo caído el Diablo con el rucio, por imitar a don Quijote y a Rocinante, el Diablo se fue a pie al pueblo, y el jumento se volvió a su amo.

—Con todo eso —dijo don Quijote—, será bien castigar el descomedimiento de aquel demonio en algunos de los de la carreta, aunque sea el mesmo emperador.

—Quítesele a vuestra merced eso de la imaginación —replicó Sancho—, y tome mi consejo, que es que nunca se tome[23] con farsantes[24], que es gente favorecida. Recitante he visto yo estar preso por dos muertes y salir libre y sin costas. Sepa vuesa merced que como son gentes alegres y de placer, todos los favorecen, todos los amparan, ayudan y estiman, y más siendo de aquellos de las compañías reales y de título▼, que todos, o los más, en sus trajes y compostura parecen unos príncipes.

—Pues, con todo —respondió don Quijote—, no se me ha de ir el demonio farsante alabando, aunque le favorezca todo el género humano.

Y diciendo esto, volvió a la carreta, que ya es-

[22] Lugar adonde el animal acude por costumbre.

[23] Se meta.

[24] Gentes de la farsa, del teatro.

▼ Estas compañías teatrales estaban autorizadas oficialmente por el Consejo Real.

taba bien cerca del pueblo. Iba dando voces, diciendo:

—Deteneos, esperad, turba alegre y regocijada; que os quiero dar a entender cómo se han de tratar los jumentos y alimañas [25] que sirven de caballería a los escuderos de los caballeros andantes.

Tan altos eran los gritos de don Quijote, que los oyeron y entendieron los de la carreta, y juzgando por las palabras la intención del que las decía, en un instante saltó la Muerte de la carreta, y tras ella, el Emperador, el Diablo carretero y el Ángel, sin quedarse la Reina ni el dios Cupido, y todos se cargaron de piedras y se pusieron en ala [26] esperando recebir a don Quijote en las puntas de sus guijarros. Don Quijote, que los vio puestos en tan gallardo escuadrón, los brazos levantados con ademán de despedir poderosamente las piedras, detuvo las riendas a Rocinante y púsose a pensar de qué modo los acometería con menos peligro de su persona ▼. En esto que se detuvo, llegó Sancho, y viéndole en talle de acometer al bien formado escuadrón, le dijo:

—Asaz de [27] locura sería intentar tal empresa: considere vuesa merced, señor mío, que para sopa de arroyo [28] y tente bonete [29], no hay arma defensiva en el mundo, si no es embutirse y encerrarse en una campana de bronce; y también se ha de considerar que es más temeridad que valentía acometer un hombre solo a un ejército donde está la Muerte, y pelean en persona emperadores, y a quien ayudan los buenos y los malos ángeles; y si esta consideración no le mueve a estarse quedo, muévale saber de cierto que entre todos los que

[25] Animales.

[26] En fila.

[27] Bastante.

[28] Guijarro.

[29] Guijarro grande.

▼ Nótese que esta reflexión queda bastante lejos de la supuestamente «irreflexiva conducta de don Quijote en otras ocasiones» (Serrano Plaja).

allí están, aunque parecen reyes, príncipes y emperadores, no hay ningún caballero andante.

—Ahora sí —dijo don Quijote— has dado, Sancho, en el punto que puede y debe mudarme de mi ya determinado intento. Yo no puedo ni debo sacar la espada, como otras veces muchas te he dicho, contra quien no fuere armado caballero. A ti, Sancho, toca, si quieres tomar la venganza del agravio que a tu rucio se le ha hecho; que yo desde aquí te ayudaré con voces y advertimientos saludables.

—No hay para qué, señor —respondió Sancho—, tomar venganza de nadie, pues no es de buenos cristianos tomarla de los agravios; cuanto más que yo acabaré con [30] mi asno que ponga su ofensa en las manos de mi voluntad, la cual es de vivir pacíficamente los días que los cielos me dieren de vida.

—Pues ésa es tu determinación —replicó don Quijote—, Sancho bueno, Sancho discreto, Sancho cristiano y Sancho sincero, dejemos estas fantasmas [31] y volvamos a buscar mejores y más calificadas aventuras; que yo veo esta tierra de talle [32], que no han de faltar en ellas muchas y muy milagrosas.

Volvió las riendas luego [33], Sancho fue a tomar su rucio, la Muerte con todo su escuadrón volante [34] volvieron a su carreta y prosiguieron su viaje, y este felice fin tuvo la temerosa aventura de la carreta de la Muerte, gracias sean dadas al saludable consejo que Sancho Panza dio a su amo; al cual el día siguiente le sucedió otra con un enamorado y andante caballero, de no menos suspensión que la pasada.

[30] Convenceré a.

[31] Era palabra femenina.

[32] Traza, apariencia.

[33] En seguida.

[34] Destacamento de infantería.

## CAPÍTULO XII

### De la extraña aventura que le sucedió al valeroso don Quijote con el bravo Caballero de los Espejos

La noche que siguió al día del rencuentro [1] de la Muerte la pasaron don Quijote y su escudero debajo de unos altos y sombrosos [2] árboles, habiendo, a persuasión de Sancho, comido don Quijote de lo que venía en el repuesto del rucio, y entre la cena dijo Sancho a su señor:

—Señor, ¡qué tonto hubiera andado yo si hubiera escogido en albricias los despojos de la primera aventura que vuestra merced acabara, antes que las crías de las tres yeguas! En efecto en efecto, más vale pájaro en mano que buitre volando.

—Todavía —respondió don Quijote—, si tú, Sancho, me dejaras acometer, como yo quería, te hubieran cabido en despojos, por lo menos, la corona de oro de la Emperatriz y las pintadas alas de Cupido; que yo se las quitara al redropelo [3] y te las pusiera en las manos.

—Nunca los cetros y coronas de los emperadores farsantes [4] —respondió Sancho Panza— fueron de oro puro, sino de oropel o hoja de lata.

—Así es verdad —replicó don Quijote—, porque no fuera acertado que los atavíos de la comedia fueran finos, sino fingidos y aparentes, como lo es

[1] Choque.

[2] Que dan sombra.

[3] A contrapelo, a la fuerza.

[4] De la farsa.

la mesma comedia ▼, con la cual quiero, Sancho, que estés bien, teniéndola en tu gracia, y por el mismo consiguiente a los que las representan y a los que las componen, porque todos son instrumentos de hacer un gran bien a la república, poniéndonos un espejo a cada paso delante, donde se veen al vivo las acciones de la vida humana, y ninguna comparación hay que más al vivo nos represente lo que somos y lo que habemos de ser como la comedia y los comediantes. Si no, dime: ¿no has visto tú representar alguna comedia adonde se introducen reyes, emperadores y pontífices, caballeros, damas y otros diversos personajes? Uno hace el rufián, otro el embustero, éste el mercader, aquél el soldado, otro el simple discreto, otro el enamorado simple; y acabada la comedia y desnudándose de los vestidos della, quedan todos los recitantes iguales.

—Sí he visto —respondió Sancho.

—Pues lo mesmo —dijo don Quijote— acontece en la comedia y trato deste mundo, donde unos hacen los emperadores, otros los pontífices, y, finalmente, todas cuantas figuras se pueden introducir en una comedia; pero en llegando al fin, que es cuando se acaba la vida, a todos les quita la muerte las ropas que los diferenciaban, y quedan iguales en la sepultura.

—Brava comparación —dijo Sancho—, aunque no tan nueva, que yo no la haya oído muchas y diversas veces ▼▼, como aquella del juego del ajedrez, que mientras dura el juego, cada pieza tiene

---

▼ «¿Se puede decir más en claro qué es lo que hace don Quijote? *Representa su papel*», juega (Serrano Plaja).

▼▼ «La verdad es que el mundo de sus comparaciones es mesurado y poco original [la misma réplica de Sancho lo da a entender]. Lo realmente cervantino es su aplicación paródica o burlesca» (Rosenblat).

su particular oficio, y en acabándose el juego, todas se mezclan, juntan y barajan, y dan con ellas en una bolsa, que es como dar con la vida en la sepultura.

—Cada día, Sancho —dijo don Quijote—, te vas haciendo menos simple y más discreto.

—Sí, que algo se me ha de pegar de la discreción de vuestra merced —respondió Sancho—; que las tierras que de suyo son estériles y secas, estercolándolas y cultivándolas vienen a dar buenos frutos: quiero decir que la conversación de vuestra merced ha sido el estiércol que sobre la estéril tierra de mi seco ingenio ha caído; la cultivación, el tiempo que ha que le sirvo y comunico; y con esto espero de dar frutos de mí que sean de bendición, tales, que no desdigan ni deslicen de los senderos de la buena crianza que vuesa merced ha hecho en el agostado entendimiento mío ▼.

Rióse don Quijote de las afectadas razones de Sancho, y parecióle ser verdad lo que decía de su enmienda, porque de cuando en cuando hablaba de manera que le admiraba, puesto que [5] todas o las más veces que Sancho quería hablar de oposición [6] y a lo cortesano, acababa su razón con despeñarse del monte de su simplicidad al profundo de su ignorancia; y en lo que él se mostraba más elegante y memorioso era en traer refranes, viniesen o no viniesen a pelo de lo que trataba, como se habrá visto y se habrá notado en el discurso desta historia.

En estas y en otras pláticas se les pasó gran parte de la noche, y a Sancho le vino en voluntad de dejar caer las compuertas de los ojos, como él de-

[5] Aunque.

[6] De forma docta (como los opositores).

▼ Nótese que la evolución del quijotizado Sancho va en aumento, como se aprecia en el lenguaje afectado de esta intervención.

cía cuando quería dormir, y desaliñando[7] al rucio, le dio pasto abundoso y libre. No quitó la silla a Rocinante, por ser expreso mandamiento de su señor que en el tiempo que anduviesen en campaña, o no durmiesen debajo de techado, no desaliñase a Rocinante: antigua usanza establecida y guardada de los andantes caballeros, quitar el freno y colgarle del arzón de la silla; pero ¿quitar la silla al caballo?, ¡guarda[8]!; y así lo hizo Sancho, y le dio la misma libertad que al rucio, cuya amistad dél y de Rocinante fue tan única y tan trabada, que hay fama, por tradición de padres e hijos, que el autor desta verdadera historia hizo particulares capítulos della; mas que, por guardar la decencia y decoro que a tan heroica historia se debe, no los puso en ella, puesto que algunas veces se descuida deste su prosupuesto[9], y escribe que así como las dos bestias se juntaban, acudían a rascarse el uno al otro, y que, después de cansados y satisfechos, cruzaba Rocinante el pescuezo sobre el cuello del rucio —que le sobraba de la otra parte más de media vara—, y mirando los dos atentamente al suelo, se solían estar de aquella manera tres días; a lo menos, todo el tiempo que les dejaban, o no les compelía la hambre a buscar sustento.

Digo que dicen que dejó el autor escrito ▼ que los había comparado en la amistad a la que tuvieron Niso y Euríalo, y Pílades y Orestes ▼▼; y si esto

[7] Quitándole el aliño o aparejo, desalbardándole.

[8] ¡Cuidado!

[9] Propósito.

▼ El comienzo de este párrafo, con sus *digo, dicen, dejó escrito,* es una de las fórmulas más ilustrativas del complejo perspectivismo de toda la novela. También el final del párrafo anterior. (Véase nota al pie de la pág. 66 en II, 5, y la primera nota al pie de la pág. 19 en II, 1.)

▼▼ Los guerreros troyanos Niso y Eurídalo *(Eneida)* son símbolo de la amistad. Lo mismo que Pílades y Orestes, compañeros en la vida errante después de que éste vengara a su padre, Agamenón —asesinado por Egisto, amante de Clitemnestra—, matando a su madre (Clitemnestra).

es así, se podía echar de ver, para universal admiración, cuán firme debió ser la amistad destos dos pacíficos animales, y para confusión de los hombres, que tan mal saben guardarse amistad los unos a los otros. Por esto se dijo:

No hay amigo para amigo:
las cañas se vuelven lanzas;

y el otro que cantó:

De amigo a amigo la chinche, etc. ▼

Y no le parezca a alguno que anduvo el autor algo fuera de camino en haber comparado la amistad destos animales a la de los hombres; que de las bestias han recebido muchos advertimientos los hombres y aprendido muchas cosas de importancia, como son: de las cigüeñas, el cristel [10]; de los perros, el vómito y el agradecimiento; de las grullas, la vigilancia; de las hormigas, la providencia [11]; de los elefantes, la honestidad, y la lealtad, del caballo ▼▼.

Finalmente, Sancho se quedó dormido al pie de un alcornoque, y don Quijote dormitando al de una robusta encina; pero poco espacio de tiempo había pasado cuando le despertó un ruido que sintió a sus espaldas, y levantándose con sobresalto, se puso a mirar y a escuchar de dónde el ruido procedía, y vio que eran dos hombres a caballo,

[10] Clistel, lavativa.

[11] Previsión.

▼ Los dos versos anteriores proceden de un romance incluido en *Las guerras civiles de Granada,* de Ginés Pérez de Hita. El otro es un refrán («De amigo a amigo, la chinche en el ojo»), que parece haber sido incluido en alguna canción.

▼▼ Todas estas noticias, procedentes de la *Historia natural* de Plinio el Viejo, fueron recogidas y divulgadas por Pero Mexía en su miscelánea *Silva de varia lección* (1540).

y que el uno, dejándose derribar de la silla, dijo al otro:

—Apéate, amigo, y quita los frenos a los caballos, que, a mi parecer, este sitio abunda de yerba para ellos, y del silencio y soledad que han menester mis amorosos pensamientos.

El decir esto y el tenderse en el suelo todo fue a un mesmo tiempo, y al arrojarse hicieron ruido las armas de que venía armado, manifiesta señal por donde conoció don Quijote que debía de ser caballero andante; y llegándose a Sancho, que dormía, le trabó del brazo, y con no pequeño trabajo le volvió en su acuerdo, y con voz baja le dijo:

—Hermano Sancho, aventura tenemos.

—Dios nos la dé buena ▼ —respondió Sancho—. Y ¿adónde está, señor mío, su merced de esa señora aventura?

—¿Adónde, Sancho? —replicó don Quijote—. Vuelve los ojos y mira, y verás allí tendido un andante caballero, que, a lo que a mí se me trasluce, no debe de estar demasiadamente alegre, porque le vi arrojar [12] del caballo y tenderse en el suelo con algunas muestras de despecho, y al caer le crujieron las armas.

—Pues ¿en qué halla vuesa merced —dijo Sancho— que ésta sea aventura?

—No quiero yo decir —respondió don Quijote— que ésta sea aventura del todo, sino principio della; que por aquí se comienzan las aventuras. Pero escucha; que, a lo que parece, templando está un laúd o vigüela [13], y según escupe y se desembaraza el pecho, debe de prepararse para cantar algo.

[12] Apearse con rapidez.

[13] Vihuela.

▼ He aquí uno de los mejores ejemplos de encadenamiento de habla y réplica en el diálogo. En este caso el zeugma complejo (... *aventura tenemos-Dios nos la dé buena* [la ventura]) contribuye a darle al diálogo mayor dinamismo y animación teatral.

—A buena fe que es así —respondió Sancho—, y que debe de ser caballero enamorado.

—No hay ninguno de los andantes que no lo sea —dijo don Quijote—. Y escuchémosle, que por el hilo sacaremos el ovillo de sus pensamientos, si es que canta; que de la abundancia del corazón habla la lengua [14].

Replicar quería Sancho a su amo; pero la voz del Caballero del Bosque, que no era muy mala ni muy buena, lo estorbó, y estando los dos atónitos, oyeron que lo que cantó fue este soneto:

—Dadme, señora, un término [15] que siga,
conforme a vuestra voluntad cortado [16];
que será de la mía así estimado,
que por jamás un punto dél desdiga.
Si gustáis que callando mi fatiga
muera, contadme ya por acabado;
si queréis que os la cuente en desusado
modo, haré que el mesmo amor la diga.
A prueba de contrarios estoy hecho,
de blanda cera y de diamante duro,
y a las leyes de amor el alma ajusto.
Blando cual es, o fuerte, ofrezco el pecho,
entallad o imprimid lo que os dé gusto;
que de guardarlo eternamente juro.

Con un ¡ay! arrancado, al parecer, de lo íntimo de su corazón dio fin a su canto el Caballero del Bosque ▼, y de allí a un poco, con voz doliente y lastimada, dijo:

—¡Oh la más hermosa y la más ingrata mujer del orbe! ¿Cómo que será posible, serenísima Ca-

[14] Palabras del Evangelio de San Mateo y San Lucas.

[15] Camino, modo.

[16] A la medida de vuestra voluntad.

▼ «El lastimero *ay* con que termina el canto es casi un lugar común de la novela pastoril» (Avalle-Arce).

sildea de Vandalia[17], que has de consentir que se consuma y acabe en continuas peregrinaciones y en ásperos y duros trabajos este tu cautivo caballero? ¿No basta ya que he hecho que te confiesen por la más hermosa del mundo todos los caballeros de Navarra, todos los leoneses, todos los tartesios[18], todos los castellanos y, finalmente, todos los caballeros de La Mancha ▼?

[17] Andalucía.

[18] Andaluces.

—Eso no —dijo a esta sazón don Quijote—, que yo soy de La Mancha, y nunca tal he confesado, ni podía ni debía confesar una cosa tan perjudicial a la belleza de mi señora; y este tal caballero ya vees tú, Sancho, que desvaría. Pero escuchemos: quizá se declarará más.

—Sí hará —replicó Sancho—; que término lleva de quejarse un mes arreo[19].

[19] Entero, seguido (arcaísmo rústico).

Pero no fue así, porque habiendo entreoído el Caballero del Bosque que hablaban cerca dél, sin pasar adelante en su lamentación, se puso en pie, y dijo con voz sonora y comedida:

—¿Quién va allá? ¿Qué gente? ¿Es por ventura de la del número de los contentos, o la del de los afligidos ▼▼?

—De los afligidos —respondió don Quijote.

—Pues lléguese[20] a mí —respondió el del Bosque—, y hará cuenta que se llega a la mesma tristeza y a la aflicción mesma.

[20] Acérquese.

Don Quijote, que se vio responder tan tierna y comedidamente, se llegó a él, y Sancho ni más ni menos.

▼ La acumulación de repeticiones, usadas como recurso cómico, es frecuente en el *Quijote*. Y el Caballero del Bosque parece que remeda dicho recurso en esta invocación a su dama (repetición de *todos*).

▼▼ Nueva resonancia de tres versos de la *Égloga II* de Garcilaso de la Vega. (Véase la última nota al pie de la pág. 85 en II, 6.)

El caballero lamentador asió a don Quijote del brazo, diciendo:

—Sentaos aquí, señor caballero; que para entender que lo sois, y de los que profesan la andante caballería, bástame el haberos hallado en este lugar, donde la soledad y el sereno os hacen compañía, naturales lechos y propias estancias de los caballeros andantes.

A lo que respondió don Quijote:

—Caballero soy, y de la profesión que decís; y aunque en mi alma tienen su propio asiento las tristezas, las desgracias y las desventuras, no por eso se ha ahuyentado della la compasión que tengo de las ajenas desdichas. De lo que contastes[21] poco ha colegí[22] que las vuestras son enamoradas, quiero decir, del amor que tenéis a aquella hermosa ingrata que en vuestras lamentaciones nombrastes.

Ya cuando esto pasaban[23] estaban sentados juntos sobre la dura tierra, en buena paz y compañía, como si al romper del día no se hubieran de romper las cabezas.

—Por ventura, señor caballero —preguntó el del Bosque a don Quijote—, ¿sois enamorado?

—Por desventura lo soy▼ —respondió don Quijote—, aunque los daños que nacen de los bien colocados pensamientos antes se deben tener por gracias que por desdichas.

—Así es la verdad —replicó el del Bosque—, si no nos turbasen la razón y el entendimiento los desdenes, que siendo muchos, parecen venganzas.

—Nunca fui desdeñado de mi señora —respondió don Quijote.

[21] Contasteis.

[22] Deduje.

[23] Hablaban.

▼ «El juego con la prefijación y la sufijación es a veces una forma de su juego paronomástico» y «a veces contribuye a dar movilidad teatral al diálogo» (Rosenblat).

—No, por cierto —dijo Sancho, que allí junto estaba—, porque es mi señora como una borrega mansa: es más blanda que una manteca.

—¿Es vuestro escudero éste? —preguntó el del Bosque.

—Sí es —respondió don Quijote.

—Nunca he visto yo escudero —replicó el del Bosque— que se atreva a hablar donde habla su señor: a lo menos, ahí está ese mío, que es tan grande como su padre, y no se probará que haya desplegado el labio donde yo hablo.

—Pues a fe —dijo Sancho—, que he hablado yo, y puedo hablar delante de otro tan... y aun quédese aquí, que es peor meneallo [24].

El escudero del Bosque asió por el brazo a Sancho, diciéndole:

—Vámonos los dos donde podamos hablar escuderilmente ▼ todo cuanto quisiéremos, y dejemos a estos señores amos nuestros que se den de las astas [25], contándose las historias de sus amores; que a buen seguro que les ha de coger el día en ellas y no las han de haber acabado.

—Sea en buena hora —dijo Sancho—; y yo le diré a vuestra merced quién soy, para que vea si puedo entrar en docena con [26] los más hablantes escuderos.

Con esto se apartaron los dos escuderos, entre los cuales pasó un tan gracioso coloquio como fue grave el que pasó entre sus señores.

[24] Más vale no hablar de ello (expresión proverbial).

[25] Se rompan los cuernos (discutan).

[26] En el número de.

▼ Son también humorísticas estas formaciones adverbiales en *-mente*.

## CAPÍTULO XIII

### Donde se prosigue la aventura del Caballero del Bosque, con el discreto, nuevo y suave coloquio que pasó entre los dos escuderos

Divididos [1] estaban caballeros y escuderos, éstos contándose sus vidas, y aquéllos sus amores; pero la historia cuenta primero el razonamiento de los mozos y luego prosigue el de los amos, y así, dice que, apartándose un poco dellos, el del Bosque dijo a Sancho:

—Trabajosa vida es la que pasamos y vivimos, señor mío, estos que somos escuderos de caballeros andantes; en verdad que comemos el pan en el sudor de nuestros rostros, que es una de las maldiciones que echó Dios a nuestros primeros padres ▼.

—También se puede decir —añadió Sancho— que lo comemos en el hielo de nuestros cuerpos, porque ¿quién más calor y más frío que los miserables escuderos de la andante caballería? Y aun menos mal si comiéramos, pues los duelos, con pan son menos; pero tal vez [2] hay que se nos pasa un día y dos sin desayunarnos, si no es del viento que sopla.

[1] Separados.

[2] Alguna vez.

▼ «Comerás el pan con el sudor de tu frente», dice Dios a Adán en el *Génesis*.

—Todo eso se puede llevar y conllevar —dijo el del Bosque—, con la esperanza que tenemos del premio, porque si demasiadamente no es desgraciado el caballero andante a quien un escudero sirve, por lo menos, a pocos lances se verá premiado con un hermoso gobierno de cualque [3] ínsula, o con un condado de buen parecer.

—Yo —replicó Sancho— ya he dicho a mi amo que me contento con el gobierno de alguna ínsula, y él es tan noble y tan liberal, que me le ha prometido muchas y diversas veces.

—Yo —dijo el del Bosque—, con un canonicato [4] quedaré satisfecho de mis servicios, y ya me le tiene mandado [5] mi amo, y ¡qué tal!

—Debe de ser —dijo Sancho— su amo de vuesa merced caballero a lo eclesiástico▼, y podrá hacer esas mercedes a sus buenos escuderos, pero el mío es meramente lego [6], aunque yo me acuerdo cuando le querían aconsejar personas discretas, aunque, a mi parecer mal intencionadas, que procurase ser arzobispo ▼▼; pero él no quiso sino ser emperador, y yo estaba entonces temblando si le venía en voluntad de ser de la Iglesia, por no hallarme suficiente [7] de tener beneficios por ella, porque le hago saber a vuesa merced que, aunque parezco hombre, soy una bestia para ser de la Iglesia.

—Pues en verdad que lo yerra vuesa merced —dijo el del Bosque—, a causa que los gobiernos insulanos no son todos de buena data [8]. Algunos hay torcidos, algunos pobres, malencónicos [9], y, finalmente, el más erguido y bien dispues-

[3] Alguna.

[4] Canonjía, prebenda de iglesia.

[5] Prometido.

[6] Que no tiene órdenes clericales.

[7] Capaz, en condición de.

[8] Válidos, buenos.

[9] Melancólicos.

▼ Como lo fueron muchos personajes históricos y ficticios, por ejemplo, el arzobispo Turpín, supuesto autor de la historia novelesca de la vida de Carlomagno y Roldán.

▼▼ Lo que le aconsejaron fue precisamente lo contrario: *que sea emperador y no arzobispo* (I, 26).

to trae consigo una pesada carga de pensamientos y de incomodidades, que pone sobre sus hombros el desdichado que le cupo en suerte. Harto mejor sería que los que profesamos esta maldita servidumbre nos retirásemos a nuestras casas, y allí nos entretuviésemos en ejercicios más suaves como si dijésemos, cazando o pescando; que ¿qué escudero hay tan pobre en el mundo, a quien le falte un rocín, y un par de galgos, y una caña de pescar, con que entretenerse en su aldea?

—A mí no me falta nada deso —respondió Sancho—; verdad es que no tengo rocín, pero tengo un asno que vale dos veces más que el caballo de mi amo. Mala pascua me dé Dios, y sea la primera que viniere, si le trocara por él aunque me diesen cuatro fanegas de cebada encima. A burla tendrá vuesa merced el valor de mi rucio; que rucio[10] es el color de mi jumento. Pues galgos, no me habían de faltar, habiéndolos sobrados en mi pueblo; y más, que entonces es la caza más gustosa cuando se hace a costa ajena.

[10] Pardo claro.

—Real y verdaderamente —respondió el del Bosque—, señor escudero, que tengo propuesto y determinado de dejar estas borracherías destos caballeros, y retirarme a mi aldea, y criar mis hijitos, que tengo tres como tres orientales perlas.

—Dos tengo yo —dijo Sancho—, que se pueden presentar al Papa en persona, especialmente una muchacha a quien crío para condesa, si Dios fuere servido, aunque a pesar de su madre ▼.

—Y ¿qué edad tiene esa señora que se cría para condesa? —preguntó el del Bosque.

▼ En este gracioso diálogo entre ambos escuderos vamos descubriendo otra perspectiva caricaturesca sobre la profesión de sus amos.

—Quince años, dos más a menos [11] —respondió Sancho—; pero es tan grande como una lanza, y tan fresca como una mañana de abril, y tiene una fuerza de un ganapán [12].

—Partes [13] son ésas —respondió el del Bosque— no sólo para ser condesa, sino para ser ninfa del verde bosque. ¡Oh hideputa, puta, y qué rejo [14] debe de tener la bellaca!

A lo que respondió Sancho, algo mohíno:

—Ni ella es puta, ni lo fue su madre, ni lo será ninguna de las dos, Dios queriendo, mientras yo viviere. Y háblese más comedidamente; que para haberse criado vuesa merced entre caballeros andantes, que son la mesma cortesía, no me parecen muy concertadas esas palabras.

—¡Oh, qué mal se le entiende a vuesa merced —replicó el del Bosque— de achaque [15] de alabanzas, señor escudero! ¿Cómo y no sabe que cuando algún caballero da una buena lanzada al toro en la plaza, o cuando alguna persona hace alguna cosa bien hecha, suele decir el vulgo: «¡Oh hideputa, puto, y qué bien que lo ha hecho!»? Y aquello que parece vituperio, en aquel término es alabanza notable; y renegad vos, señor, de los hijos o hijas que no hacen obras que merezcan se les den a sus padres loores semejantes.

—Sí reniego —respondió Sancho—; y dese modo y por esa misma razón podía echar vuestra merced a mí y hijos y a mi mujer toda una putería encima, porque todo cuanto hacen y dicen son extremos dignos de semejantes alabanzas, y para volverlos a ver ruego yo a Dios me saque de pecado mortal, que lo mesmo será si me saca deste peligroso oficio de escudero, en el cual he incurrido segunda vez, cebado y engañado de una bolsa con cien ducados que me hallé un día en el corazón de Sierra Morena, y el diablo me pone ante los

[11] Más o menos.

[12] Hombre que transporta cargas.

[13] Cualidades.

[14] Fuerza.

[15] Materia.

ojos aquí, allí, acá no, sino acullá▼, un talego[16] lleno de doblones, que me parece que a cada paso le toco con la mano, y me abrazo con él, y lo llevo a mi casa, y echo censos[17], y fundo rentas, y vivo como un príncipe; y el rato que en esto pienso se me hacen fáciles y llevaderos cuantos trabajos padezco con este mentecato de mi amo, de quien sé que tiene más de loco que de caballero.

—Por eso —respondió el del Bosque— dicen que la codicia rompe el saco; y si va a tratar dellos[18], no hay otro mayor en el mundo que mi amo, porque es de aquellos que[19] dicen: «Cuidados ajenos matan al asno», pues porque cobre otro caballero el juicio que ha perdido, se hace el loco, y anda buscando lo que no sé si después de hallado le ha de salir a los hocicos[20].

—Y ¿es enamorado por dicha?

—Sí —dijo el del Bosque—, de una tal Casildea de Vandalia, la más cruda y la más asada▼▼ señora que en todo el orbe puede hallarse; pero no cojea del pie de la crudeza; que otros mayores embustes le gruñen en las entrañas, y ello dirá[21] antes de muchas horas.

—No hay camino tan llano —replicó Sancho— que no tenga algún tropezón o barranco; en otras casas cuecen habas, y en la mía, a calderadas; más acompañados y paniaguados debe de tener la locura que la discreción. Mas si es verdad lo que comúnmente se dice, que el tener compañeros en los trabajos suele servir de alivio en ellos, con vues-

[16] Saco, bolsa.

[17] Hago contratos.

[18] De locos.

[19] De quienes.

[20] Resultar gustoso al paladar.

[21] Todo se sabrá.

▼ También es frecuente el juego con la cacofonía, como en este caso (Rosenblat). El hallazgo de la *bolsa con cien ducados* se refirió en I, 23, pero allí se dijo que eran escudos de oro.

▼▼ Juego de palabras basado en la antítesis *cruda-asada,* empleada como recurso burlesco: «*asada* es puro juego burlón, para destacar *cruda*» (Rosenblat), palabra usada aquí en el doble sentido de áspera y no cocida.

tra merced podré consolarme, pues sirve a otro amo tan tonto como el mío.

—Tonto, pero valiente —respondió el del Bosque—, y más bellaco que tonto y que valiente.

—Eso no es el mío —respondió Sancho—; digo, que no tiene nada de bellaco; antes tiene una alma como un cántaro[22]; no sabe hacer mal a nadie, sino bien a todos, ni tiene malicia alguna: un niño le hará entender que es de noche en mitad del día, y por esta sencillez le quiero como a las telas de mi corazón, y no me amaño a dejarle, por más disparates que haga▼.

—Con todo eso, hermano y señor —dijo el del Bosque—, si el ciego guía al ciego, ambos van a peligro de caer en el hoyo. Mejor es retirarnos con buen compás de pies, y volvernos a nuestras querencias; que los que buscan aventuras, no siempre las hallan buenas.

Escupía Sancho a menudo, al parecer, un cierto género de saliva pegajosa y algo seca, lo cual visto y notado por el caritativo bosqueril escudero, dijo:

—Paréceme que de lo que hemos hablado se nos pegan al paladar las lenguas; pero yo traigo un despegador pendiente del arzón de mi caballo, que es tal como bueno[23].

Y levantándose, volvió desde allí a un poco con una gran bota de vino y una empanada de media vara, y no es encarecimiento, porque era de un conejo albar[24] tan grande, que Sancho, al tocarla, entendió ser de algún cabrón, no que de cabrito▼▼; lo cual visto por Sancho, dijo:

[22] Sencilla, cándida.

[23] Bueno de veras.

[24] Blanco.

▼ Conmovedora declaración de Sancho. «En el anciano don Quijote ha encarnado el alma de un niño» (Avalle-Arce). (Véase la segunda nota al pie de la pág 115, en I, 6.)

▼▼ «Dada la afición de Cervantes al habla popular, era natural que jugara frecuentemente con el diminutivo», como en este «juego, indudablemente mal intencionado, entre *cabrito* y *cabrón*» (Rosenblat).

—Y ¿esto trae vuestra merced consigo, señor?

—Pues ¿qué se pensaba? —respondió el otro—. ¿Soy yo por ventura algún escudero de agua y lana[25]? Mejor repuesto traigo yo en las ancas de mi caballo que[26] lleva consigo cuando va de camino un general.

Comió Sancho sin hacerse de rogar, y tragaba a escuras bocados de nudos de suelta▼. Y dijo:

—Vuestra merced sí que es escudero fiel y legal, moliente y corriente, magnífico y grande, como lo muestra este banquete, que si no ha venido aquí por arte de encantamento, parécelo, a lo menos; y no como yo, mezquino y malaventurado, que sólo traigo en mis alforjas un poco de queso, tan duro, que pueden descalabrar con ello a un gigante; a quien[27] hacen compañía cuatro docenas de algarrobas y otras tantas de avellanas y nueces, mercedes a la estrecheza[28] de mi dueño, y a la opinión que tiene y orden que guarda de que los caballeros andantes no se han de mantener y sustentar sino con frutas secas y con las yerbas del campo.

—Por mi fe, hermano —replicó el del Bosque—, que yo no tengo hecho el estómago a tagarninas[29], ni a piruétanos[30], ni a raíces de los montes. Allá se lo hayan con sus opiniones y leyes caballerescas nuestros amos, y coman lo que ellos mandaren. Fiambreras traigo, y esta bota colgando del arzón de la silla, por sí o por no; y es tan devota▼▼ mía y quiérola tanto, que pocos ratos se pasan sin que la dé mil besos y mil abrazos.

[25] De poco valor e importancia.

[26] Del que.

[27] Al cual.

[28] Gracias a la estrechez.

[29] Cardillos.

[30] Peras silvestres.

▼ Es decir, «bocados tan grandes como nudos (abultados) de suelta» o trabas con que se atan las patas de las caballerías.

▼▼ Nótese la paronomasia *(bota-devota)*, uno de los recursos más insistentes en el texto.

Y diciendo esto, se la puso en las manos a Sancho, el cual, empinándola, puesta a la boca, estuvo mirando las estrellas un cuarto de hora, y en acabando de beber, dejó caer la cabeza a un lado, y dando un gran suspiro, dijo:

—¡Oh hideputa, bellaco, y cómo es católico[31]!

—¿Veis ahí —dijo el del Bosque en oyendo el *hideputa* de Sancho—, cómo habéis alabado este vino llamándole hideputa?

—Digo —respondió Sancho—, que confieso que conozco que no es deshonra llamar hijo de puta a nadie, cuando cae debajo del entendimiento de alabarle. Pero dígame, señor, por el siglo de[32] lo que más quiere: ¿este vino es de Ciudad Real?

—¡Bravo mojón[33]! —respondió el del Bosque—. En verdad que no es de otra parte, y que tiene algunos años de ancianidad.

—¡A mí con eso! —dijo Sancho—. No toméis menos sino que[34] se me fuera a mí por alto dar alcance a su conocimiento. ¿No será bueno, señor escudero, que tenga yo un instinto tan grande y tan natural en esto de conocer vinos, que en dándome a oler cualquiera, acierto la patria, el linaje, el sabor, y la dura[35], y las vueltas que ha de dar, con todas las circunstancias al vino atañederas? Pero no hay de qué maravillarse, si tuve en mi linaje por parte de mi padre los dos más excelentes mojones que en luengos años conoció La Mancha; para prueba de lo cual les sucedió lo que ahora diré. Diéronles a los dos a probar del vino de una cuba, pidiéndoles su parecer del estado, cualidad, bondad o malicia del vino. El uno lo probó con la punta de la lengua; el otro no hizo más que llegarlo a las narices. El primero dijo que aquel vino sabía a hierro; el segundo dijo que más sabía a cordobán[36]. El dueño dijo que la cuba estaba limpia, y que el tal vino no tenía adobo alguno

[31] Excelente.

[32] Por el descanso de.

[33] Catador de vinos.

[34] No os imaginéis que.

[35] Antigüedad (la cosecha).

[36] Piel curtida.

por donde hubiese tomado sabor de hierro ni de cordobán. Con todo eso, los dos famosos mojones se afirmaron en lo que habían dicho. Anduvo el tiempo, vendióse el vino, y al limpiar de la cuba hallaron en ella una llave pequeña, pendiente de una correa de cordobán. Porque vea vuestra merced si quien viene desta ralea podrá dar su parecer en semejantes causas▼.

—Por eso digo —dijo el del Bosque— que nos dejemos de andar buscando aventuras, y pues tenemos hogazas, no busquemos tortas▼▼, y volvámonos a nuestras chozas; que allí nos hallará Dios, si Él quiere.

—Hasta que mi amo llegue a Zaragoza, le serviré; que después todos nos entenderemos.

Finalmente, tanto hablaron y tanto bebieron los dos buenos escuderos, que tuvo necesidad el sueño de atarles las lenguas y templarles la sed, que quitársela fuera imposible; y así, asidos entrambos de la ya casi vacía bota, con los bocados a medio mascar en la boca, se quedaron dormidos, donde los dejaremos por ahora, por contar lo que el Caballero del Bosque pasó[37] con el de la Triste Figura.

[37] Habló.

▼ Este cuento de Sancho tenía ya una larga tradición en el folclore.

▼▼ Pues tenemos pan, no busquemos tortas, alusión al refrán «A falta de pan, buenas son tortas».

## Capítulo XIV

# Donde se prosigue la aventura del Caballero del Bosque

Entre muchas razones que pasaron don Quijote y el Caballero de la Selva ▼, dice la historia que el del Bosque dijo a don Quijote:

—Finalmente, señor caballero, quiero que sepáis que mi destino, o, por mejor decir, mi elección, me trujo a enamorar de la sin par Casildea de Vandalia. Llámola sin par porque no le tiene [1], así en la grandeza del cuerpo como en el extremo del estado y de la hermosura. Esta tal Casildea, pues, que voy contando, pagó mis buenos pensamientos y comedidos deseos con hacerme ocupar, como su madrina a Hércules ▼▼, en muchos y diversos peligros, prometiéndome al fin de cada uno que en el fin del otro llegaría el de mi esperanza; pero así se han ido eslabonando mis trabajos, que no tienen cuento, ni yo sé cuál ha de ser el último que dé principio al cumplimiento de mis buenos

[1] No tiene par (zeugma).

▼ También este caballero andante es personaje afectado por la polionomasia: *Caballero del Bosque,* ahora *de la Selva,* después *de los Espejos,* y, más adelante, en los episodios localizados en Barcelona, *Caballero de la Blanca Luna.*

▼▼ Se refiere a Juno, esposa de Júpiter y madrastra (*madrina* puede ser aquí un italianismo, *matrigna:* madrastra) de Hércules, de la cual dice la mitología que aborreció a Hércules y le preparó los famosos doce trabajos que éste tuvo que afrontar.

deseos. Una vez me mandó que fuese a desafiar aquella famosa giganta de Sevilla llamada la Giralda, que es tan valiente y fuerte como hecha de bronce, y sin mudarse de un lugar, es la más movible y voltaria [2] mujer del mundo. Llegué, vila y vencíla ▼, y hícela estar queda y a raya, porque en más de una semana no soplaron sino vientos nortes. Vez también hubo que me mandó fuese a tomar en peso las antiguas piedras de los valientes [3] Toros de Guisando [4], empresa más para encomendarse a ganapanes que a caballeros. Otra vez me mandó que me precipitase y sumiese en la sima de Cabra [5], peligro inaudito y temeroso, y que le trujese particular relación de lo que en aquella escura profundidad se encierra. Detuve el movimiento a la Giralda, pesé los Toros de Guisando, despeñéme en la sima y saqué a luz lo escondido de su abismo, y mis esperanzas, muertas que muertas, y sus mandamientos y desdenes, vivos que vivos ▼▼. En resolución, últimamente me ha mandado que discurra por todas las provincias de España y haga confesar a todos los andantes caballeros que por ellas vagaren que ella sola es la más aventajada en hermosura de cuantas hoy viven, y que yo soy el más valiente y el más bien enamorado caballero del orbe; en cuya demanda he andado ya la mayor parte de España, y en ella he vencido muchos caballeros que se han atrevi-

[2] Inconstante; y que da vueltas (dilogía).

[3] Grandes.

[4] Berracos primitivos conservados en la provincia de Ávila.

[5] Ciudad de Córdoba.

▼ «También es frecuente la rima en ciertas fórmulas del relato, y aun del diálogo, que remedan» —como ha señalado Hatzfeld— la fórmula estilística del *vini, vidi, vinci* (llegué, vi, vencí), modelo de yuxtaposición (Rosenblat). La Giralda es la estatua de bronce que sirve de remate y veleta a la torre de la catedral de Sevilla (a la torre también se le da el nombre de Giralda).

▼▼ Es frecuente la reiteración de modismos reduplicados, con efecto intensificador y función de remedo hiperbólico.

do a contradecirme. Pero de lo que yo más me precio y ufano es de haber vencido en singular batalla a aquel tan famoso caballero don Quijote de la Mancha, y héchole confesar que es más hermosa mi Casildea que su Dulcinea; y en solo este vencimiento hago cuenta que he vencido todos los caballeros del mundo, porque el tal don Quijote que digo los ha vencido a todos, y habiéndole yo vencido a él, su gloria, su fama y su honra se ha transferido y pasado a mi persona.

Y tanto el vencedor es más honrado,
cuanto más el vencido es reputado▼;

así que ya corren por mi cuenta y son mías las innumerables hazañas del ya referido don Quijote.

Admirado quedó don Quijote de oír al Caballero del Bosque, y estuvo mil veces por decirle que mentía, y ya tuvo el mentís en el pico de la lengua; pero reportóse lo mejor que pudo, por hacerle confesar por su propia boca su mentira, y así, sosegadamente le dijo:

—De que vuesa merced, señor caballero, haya vencido a los más caballeros andantes de España, y aun de todo el mundo, no digo nada; pero de que haya vencido a don Quijote de la Mancha, póngolo en duda. Podría ser que fuese otro que le pareciese, aunque hay pocos que le parezcan.

—¿Cómo no? —replicó el del Bosque—. Por el cielo que nos cubre que peleé con don Quijote, y le vencí y rendí; y es un hombre alto de cuerpo, seco de rostro, estirado y avellanado de miembros, entrecano, la nariz aguileña y algo corva, de

▼ Recuerdo de dos versos —citados con alguna modificación— de *La Araucana,* poema épico culto español de Ercilla (1533-1594).

bigotes grandes, negros y caídos. Campea [6] debajo del nombre del *Caballero de la Triste Figura,* y trae por escudero a un labrador llamado Sancho Panza; oprime el lomo y rige el freno de un famoso caballo llamado Rocinante, y, finalmente, tiene por señora de su voluntad a una tal Dulcinea del Toboso, llamada un tiempo Aldonza Lorenzo; como la mía, que, por llamarse Casilda y ser de la Andalucía, yo la llamo Casildea de Vandalia. Si todas estas señas no bastan para acreditar mi verdad, aquí está mi espada, que la hará dar crédito a la mesma incredulidad.

—Sosegaos, señor caballero —dijo don Quijote—, y escuchad lo que decir os quiero. Habéis de saber que ese don Quijote que decís es el mayor amigo que en este mundo tengo, y tanto, que podré decir que le tengo en lugar de mi misma persona, y que por las señas que dél me habéis dado, tan puntuales y ciertas, no puedo pensar sino que sea el mismo, que habéis vencido. Por otra parte, veo con los ojos y toco con las manos no ser posible ser el mesmo, si ya no fuese que como él tiene muchos enemigos encantadores, especialmente uno que de ordinario le persigue, no [7] haya alguno dellos tomado su figura para dejarse vencer, por defraudarle de la fama que sus altas caballerías le tienen granjeada y adquirida por todo lo descubierto de la tierra [8]. Y para confirmación desto, quiero también que sepáis que los tales encantadores sus contrarios no ha más de dos días que transformaron la figura y persona de la hermosa Dulcinea del Toboso en una aldeana soez y baja, y desta manera habrán transformado a don Quijote; y si todo esto no basta para enteraros en esta verdad que digo, aquí está el mesmo don Quijote, que la sustentará con sus armas a pie, o a caballo, o de cualquiera suerte que os agradare.

[6] Sobresale, guerrea victoriosamente.

[7] *No* redundante.

[8] Todo el mundo conocido.

Y diciendo esto, se levantó en pie y se empuñó en la espada, esperando qué resolución tomaría el Caballero del Bosque, el cual con voz asimismo sosegada, respondió y dijo:

—Al buen pagador no le duelen prendas: el que una vez, señor don Quijote, pudo venceros transformado, bien podrá tener esperanza de rendiros en vuestro propio ser. Mas porque no es bien que los caballeros hagan sus fechos de armas ascuras [9], como los salteadores y rufianes, esperemos el día, para que el sol vea nuestras obras. Y ha de ser condición de nuestra batalla que el vencido ha de quedar a la voluntad del vencedor, para que haga dél todo lo que quisiere, con tal que sea decente a caballero lo que se le ordenare.

[9] A oscuras.

—Soy más que contento desa condición y convenencia [10] —respondió don Quijote.

[10] Convenio (conveniencia).

Y en diciendo esto, se fueron donde estaban sus escuderos, y los hallaron roncando, y en la misma forma que estaban cuando les salteó [11] el sueño. Despertáronlos y mandáronles que tuviesen a punto los caballos, porque en saliendo el sol habían de hacer los dos una sangrienta, singular y desigual [12] batalla; a cuyas nuevas quedó Sancho atónito y pasmado, temeroso de la salud de su amo, por las valentías que había oído decir del suyo al escudero del Bosque; pero, sin hablar palabra, se fueron los dos escuderos a buscar su ganado; que ya todos tres caballos y el rucio se habían olido y estaban todos juntos.

[11] Asaltó.

[12] Sin igual, de sumo peligro.

En el camino dijo el del Bosque a Sancho:

—Ha de saber, hermano, que tienen por costumbre los peleantes de la Andalucía, cuando son padrinos de alguna pendencia, no estarse ociosos mano sobre mano [13] en tanto que sus ahijados riñen. Dígolo porque esté advertido que mientras

[13] Sin hacer nada.

nuestros dueños riñeren, nosotros también hemos de pelear y hacernos astillas.

—Esa costumbre, señor escudero —respondió Sancho—, allá puede correr y pasar con los rufianes y peleantes que dice; pero con los escuderos de los caballeros andantes, ni por pienso [14]. A lo menos, yo no he oído decir a mi amo semejante costumbre, y sabe de memoria todas las ordenanzas de la andante caballería. Cuanto más que yo quiero [15] que sea verdad y ordenanza expresa el pelear los escuderos en tanto que sus señores pelean; pero yo no quiero cumplirla, sino pagar la pena que estuviere puesta a los tales pacíficos escuderos, que yo aseguro que no pase de dos libras de cera ▼, y más quiero pagar las tales libras; que sé que me costarán menos que las hilas que podré gastar en curarme la cabeza, que ya me la cuento por partida y dividida en dos partes. Hay más: que me imposibilita el reñir el no tener espada, pues en mi vida me la puse.

—Para eso sé yo un buen remedio —dijo el del Bosque—; yo traigo aquí dos talegas [16] de lienzo, de un mesmo tamaño; tomaréis vos la una, y yo la otra, y riñiremos a talegazos, con armas iguales.

—Desa manera, sea en buena hora —respondió Sancho—, porque antes servirá la tal pelea de despolvorearnos que de herirnos.

—No ha de ser así —replicó el otro—, porque se han de echar dentro de las talegas, porque no se las lleve el aire, media docena de guijarros lindos y pelados [17], que pesen tanto los unos como los

[14] Ni pensarlo.

[15] Acepto.

[16] Bolsas de lienzo basto.

[17] Limpios y lisos.

▼ Alude Sancho a las multas que las cofradías imponían a los hermanos o cofrades por faltas contra los estatutos y que se empleaban en comprar cirios.

otros, y desta manera nos podremos atalegar sin hacernos mal ni daño.

—¡Mirad, cuerpo de mi padre —respondió Sancho—, qué martas cebollinas ▼ o qué copos de algodón cardado pone en las talegas, para no quedar molidos los cascos y hechos alheña [18] los huesos! Pero aunque se llenaran de capullos de seda, sepa, señor mío, que no he de pelear; peleen nuestros amos y allá se lo hayan, y bebamos y vivamos nosotros; que el tiempo tiene cuidado de quitarnos las vidas, sin que andemos buscando apetites [19] para que se acaben antes de llegar su sazón y término y que se cayan [20] de maduras.

—Con todo —replicó el del Bosque—, hemos de pelear siquiera media hora.

—Eso no —respondió Sancho—; no seré yo tan descortés ni tan desagradecido, que con quien he comido y he bebido trabe cuestión alguna, por mínima que sea; cuanto más que estando sin cólera y sin enojo, ¿quién diablos se ha de amañar a reñir a secas?

—Para eso —dijo el del Bosque— yo daré un suficiente remedio, y es que antes que comencemos la pelea, yo me llegaré bonitamente [21] a vuestra merced y le daré tres o cuatro bofetadas, que dé con él a mis pies, con las cuales le haré despertar la cólera, aunque esté con más sueño que un lirón.

—Contra ese corte [22] sé yo otro —respondió Sancho—, que no le va en la zaga: cogeré yo un garrote, y antes que vuestra merced llegue a despertarme la cólera haré yo dormir a garrotazos de tal suerte la suya, que no despierte si no fuere en el otro mundo, en el cual se sabe que no soy yo hom-

[18] Hechos polvo.

[19] Estimulantes.

[20] Caigan.

[21] Con disimulo.

[22] Treta de esgrima.

▼ Otra deformación lingüística de Sancho, quien trastrueca *cebellinas* (nombre de un tipo de martas cuya piel es la más preciada por su finura y suavidad) en *cebollinas*.

bre que me dejo manosear el rostro de nadie. Y cada uno mire por el virote ▼; aunque lo más acertado sería dejar dormir su cólera a cada uno; que no sabe nadie el alma de nadie, y tal suele venir por lana que vuelve tresquilado [23], y Dios bendijo la paz y maldijo las riñas; porque si un gato acosado, encerrado y apretado se vuelve en león, yo, que soy hombre, Dios sabe en lo que podré volverme, y, así, desde ahora intimo a vuestra merced, señor escudero, que corra por su cuenta todo el mal y daño que de nuestra pendencia resultare.

—Está bien —replicó el del Bosque—. Amanecerá Dios y medraremos ▼▼.

En esto, ya comenzaban a gorjear en los árboles mil suertes de pintados pajarillos, y en sus diversos y alegres cantos parecía que daban la norabuena y saludaban a la fresca aurora, que ya por las puertas y balcones del Oriente iba descubriendo la hermosura de su rostro, sacudiendo de sus cabellos un número infinito de líquidas perlas, en cuyo suave licor bañándose las yerbas, parecía asimesmo que ellas brotaban y llovían blanco y menudo aljófar [24]; los sauces destilaban maná sabroso, reíanse las fuentes, murmuraban los arroyos, alegrábanse las selvas y enriquecíanse los prados con su venida. Mas apenas dio lugar la claridad del día para ver y diferenciar las cosas, cuando la primera que se ofreció a los ojos de Sancho Panza fue la nariz del escudero del Bosque, que era tan

[23] Trasquilado (refrán).

[24] Perla pequeña e irregular.

▼ «Y cada uno atienda a lo que tiene que hacer» (expresión proverbial); *virote:* saeta. Nótese que una vez más Cervantes juega con un lugar común *(despertar la cólera)* hasta sacarle «etimológicamente las entrañas para jugar con el sentido literal»: *despertar/dormir* (Rosenblat).

▼▼ Refrán empleado para indicar que se aplaza para otro día el trabajo o la resolución de algo.

grande, que casi le hacía sombra a todo el cuerpo. Cuéntase, en efecto, que era de demasiada grandeza, corva en la mitad y toda llena de verrugas, de color amoratado, como de berenjena; bajábale dos dedos más abajo de la boca; cuya grandeza, color, verrugas y encorvamiento así le afeaban el rostro, que en viéndole Sancho, comenzó a herir [25] de pie y de mano, como niño con alferecía [26], y propuso en su corazón de dejarse dar docientas bofetadas antes que despertar la cólera para reñir con aquel vestiglo ▼.

Don Quijote miró a su contendor [27] y hallóle ya puesta y calada la celada, de modo que no le pudo ver el rostro, pero notó que era hombre membrudo, y no muy alto de cuerpo. Sobre las armas traía una sobrevista o casaca, de una tela, al parecer, de oro finísimo, sembradas por ella muchas lunas pequeñas de resplandecientes espejos, que le hacían en grandísima manera galán y vistoso; volábanle sobre la celada grande cantidad de plumas verdes, amarillas y blancas; la lanza que tenía arrimada a un árbol, era grandísima y gruesa, y de un hierro acerado de más de un palmo.

Todo lo miró y todo lo notó don Quijote, y juzgó de lo visto y mirado que el ya dicho caballero debía de ser de grandes fuerzas; pero no por eso temió como Sancho Panza; antes con gentil denuedo dijo al Caballero de los Espejos ▼▼:

—Si la mucha gana de pelear, señor caballero, no os gasta la cortesía, por ella os pido que alcéis la visera un poco, porque yo vea si la gallardía de

[25] Temblar.

[26] Enfermedad infantil (epilepsia).

[27] Rival (contendedor).

▼ Es bien patente el contraste entre la altisonancia de la anterior descripción del amanecer mitológico y la situación cómica de ambos escuderos. (Véase la primera nota al pie de la pág. 69 en I, 2.)

▼▼ Véase la primera nota a pie de la pág. 161 en este mismo capítulo.

vuestro rostro responde a la de vuestra disposición.

—O vencido o vencedor que salgáis desta empresa, señor caballero —respondió el de los Espejos—, os quedará tiempo y espacio demasiado para verme, y si ahora no satisfago a vuestro deseo, es por parecerme que hago notable agravio a la hermosa Casildea de Vandalia en dilatar el tiempo que tardare en alzarme la visera, sin haceros confesar lo que ya sabéis que pretendo.

—Pues en tanto que subimos a caballo —dijo don Quijote—, bien podéis decirme si soy yo aquel don Quijote que dijistes[28] haber vencido.

—A eso vos respondemos —dijo el de los Espejos— que parecéis, como se parece un huevo a otro, al mismo caballero que yo vencí; pero según vos decís que le persiguen encantadores, no osaré afirmar si sois el contenido[29] o no▼.

—Eso me basta a mí —respondió don Quijote— para que crea vuestro engaño; empero, para sacaros dél de todo punto, vengan nuestros caballos, que en menos tiempo que el que tardárades en alzaros la visera, si Dios, si mi señora y mi brazo me valen, veré yo vuestro rostro, y vos veréis que no soy yo el vencido don Quijote que pensáis.

Con esto, acortando razones, subieron a caballo, y don Quijote volvió las riendas a Rocinante para tomar lo que convenía del campo, para volver a encontrar a su contrario, y lo mesmo hizo el de los Espejos. Pero no se había apartado don

[28] Dijisteis.

[29] Referido, mencionado.

▼*A esos vos respondemos* es antigua fórmula con la cual los reyes comenzaban las contestaciones a las peticiones de las Cortes de Castilla. «A esta solemnidad con que principia el picarón del bachiller sigue una frase del hablar corriente *como se parece un huevo a otro*» (Agostini). Y *si sois el contenido o no* era fórmula escribanil que se empleaba en las actuaciones judiciales con motivo de un delito.

Quijote veinte pasos, cuando se oyó llamar del de los Espejos, y partiendo los dos el camino, el de los Espejos le dijo:

—Advertid, señor caballero, que la condición de nuestra batalla es que el vencido, como otra vez he dicho, ha de quedar a discreción del vencedor.

—Ya la sé —respondió don Quijote—; con tal que lo que se le impusiere y mandare al vencido han de ser cosas que no salgan de los límites de la caballería.

—Así se entiende —respondió el de los Espejos.

Ofreciéronsele en esto a la vista de don Quijote las extrañas narices del escudero, y no se admiró menos de verlas que Sancho, tanto, que le juzgó por algún monstro[30], o por hombre nuevo y de aquellos que no se usan en el mundo. Sancho, que vio partir a su amo, para tomar carrera, no quiso quedar solo con el narigudo, temiendo que con sólo un pasagonzalo[31] con aquellas narices en las suyas sería acabada la pendencia suya, quedando del golpe, o del miedo, tendido en el suelo, y fuese tras su amo, asido a una ación[32] de Rocinante, y cuando le pareció que ya era tiempo que volviese, le dijo:

—Suplico a vuesa merced, señor mío, que antes que vuelva a encontrarse me ayude a subir sobre aquel alcornoque, de donde podré ver más a mi sabor, mejor que desde el suelo, el gallardo encuentro[33] que vuesa merced ha de hacer con este caballero.

—Antes creo, Sancho —dijo don Quijote—, que te quieres encaramar y subir en andamio por ver sin peligro los toros.

—La verdad que diga —respondió Sancho—, las desaforadas narices de aquel escudero me tienen atónito y lleno de espanto, y no me atrevo a estar junto a él.

[30] Monstruo.

[31] Golpe en la nariz.

[32] Correa de la que cuelga el estribo en la silla de montar.

[33] Choque, pelea.

—Ellas son tales —dijo don Quijote—, que a no ser yo quien soy, también me asombraran, y así, ven; ayudarte he [34] a subir donde dices▼.

En lo que se detuvo don Quijote en que Sancho subiese en el alcornoque, tomó el de los Espejos del campo lo que le pareció necesario, y creyendo que lo mismo habría hecho don Quijote, sin esperar son de trompeta ni otra señal que los avisase, volvió las riendas a su caballo —que no era más ligero ni de mejor parecer que Rocinante—, y a todo su correr, que era un mediano trote, iba a encontrar a su enemigo; pero viéndole ocupado en la subida de Sancho, detuvo las riendas y paróse en la mitad de la carrera, de lo que el caballo quedó agradecidísimo, a causa que ya no podía moverse. Don Quijote, que le pareció que ya su enemigo venía volando, arrimó reciamente las espuelas a las trasijadas ijadas ▼▼ de Rocinante, y le hizo aguijar de manera que cuenta la historia que esta sola vez se conoció haber corrido algo, porque todas las demás siempre fueron trotes declarados, y con esta no vista furia llegó donde el de los Espejos estaba hincando a su caballo las espuelas hasta los botones, sin que le pudiese mover un solo dedo del lugar donde había hecho estanco [35] de su carrera.

En esta buena sazón y coyuntura halló don Quijote a su contrario embarazado con su caballo y ocupado con su lanza, que nunca, o no acertó, o

[34] Te ayudaré.

[35] Parada.

▼ También aquí don Quijote se enfrenta a una realidad ya transformada y adecuada a su ficción. Esta aventura ofrece «multitud de puntos de semejanza» con las de los libros caballerescos (Clemencín).

▼▼ Flacas cavidades entre las costillas falsas y los huesos de las caderas. Nótese la paronomasia.

no tuvo lugar de ponerla en ristre. Don Quijote, que no miraba en estos inconvenientes, a salvamano y sin peligro alguno encontró [36] al de los Espejos, con tanta fuerza, que mal de su grado le hizo venir al suelo por las ancas del caballo, dando tal caída, que, sin mover pie ni mano, dio señales de que estaba muerto.

Apenas le vio caído Sancho, cuando se deslizó del alcornoque y a toda priesa vino donde su señor estaba, el cual, apeándose de Rocinante, fue sobre el de los Espejos, y quitándole las lazadas del yelmo para ver si era muerto y para que le diese el aire si acaso estaba vivo... y vio... ¿Quién podrá decir lo que vio, sin causar admiración, maravilla y espanto a los que lo oyeren? Vio, dice la historia, el rostro mesmo, la misma figura, el mesmo aspecto, la misma fisonomía, la mesma efigie, la pespectiva [37] mesma del bachiller Sansón Carrasco ▼; y así como la vio, en altas voces dijo:

—¡Acude, Sancho, y mira lo que has de ver y no lo has creer! ¡Aguija, hijo, y advierte lo que puede la magia, lo que pueden los hechiceros y los encantadores ▼▼!

Llegó Sancho, y como [38] vio el rostro del bachiller Carrasco, comenzó a hacerse mil cruces y a santiguarse otras tantas. En todo esto no daba muestras de estar vivo el derribado caballero, y Sancho dijo a don Quijote.

—Soy de parecer, señor mío, que, por sí o por

[36] Enfrentó.

[37] Perspectiva, apariencia.

[38] Tan pronto como.

▼ La acumulación de sinónimos, la repetición y alternancia simétrica de *mesmo-mismo,* contribuye a «acrecentar la comicidad, creando cierta suspensión» o suspense (Rosenblat).

▼▼ Naturalmente, don Quijote, que sabe quién es el vencido, acude a los encantadores, con lo cual mata dos párajos de un tiro: mantiene su ficción y perdona a su amigo.

no, vuesa merced hinque y meta la espada por la boca a este que parece el bachiller Sansón Carrasco: quizá matará en él a alguno de sus enemigos los encantadores.

—No dices mal —dijo don Quijote—, porque de los enemigos, los menos.

Y sacando la espada para poner en efecto el aviso y consejo de Sancho, llegó el escudero del de los Espejos, ya sin las narices que tan feo le habían hecho, y a grandes voces dijo:

—Mire vuesa merced lo que hace, señor don Quijote; que ese que tiene a los pies es el bachiller Sansón Carrasco su amigo, y yo soy su escudero.

Y viéndole Sancho sin aquella fealdad primera, le dijo:

—¿Y las narices?

A lo que él respondió:

—Aquí las tengo, en la faldriquera.

Y echando mano a la derecha, sacó unas narices de pasta y barniz, de máscara, de la manifatura [39] que quedan delineadas. Y mirándole más y más Sancho, con voz admirativa y grande, dijo:

—¡Santa María, y valme! ¿Éste no es Tomé Cecial, mi vecino y mi compadre?

—Y ¡cómo si lo soy! —respondió el ya desnarigado escudero—. Tomé Cecial soy, compadre y amigo Sancho Panza, y luego os diré los arcaduces [40], embustes y enredos por donde soy aquí venido; y en tanto, pedid y suplicad al señor vuestro amo que no toque, maltrate, hiera ni mate ▼ al Caballero de los Espejos, que a sus pies tiene, porque sin duda alguna es el atrevido y mal acon-

[39] Manufactura.

[40] Recursos, maquinaciones.

▼ Se combinan aquí la rápida acumulación de formas verbales, la gradación ascendente y la similicadencia.

sejado del bachiller Sansón Carrasco, nuestro compatrioto [41].

En esto, volvió en sí el de los Espejos, lo cual visto por don Quijote, le puso la punta desnuda de su espada encima del rostro, y le dijo:

—Muerto sois, caballero, si no confesáis que la sin par Dulcinea del Toboso se aventaja en belleza a vuestra Casildea de Vandalia; y además de esto habéis de prometer, si de esta contienda y caída quedárades con vida, de ir a la ciudad del Toboso y presentaros en su presencia de mi parte, para que haga de vos lo que más en voluntad le viniere; y si os dejare en la vuestra, asimismo habéis de volver a buscarme, que el rastro de mis hazañas os servirá de guía que os traiga donde yo estuviere, y a decirme lo que con ella hubiéredes pasado [42]; condiciones que, conforme a las que pusimos antes de nuestra batalla, no salen de los términos de la andante caballería.

—Confieso —dijo el caído caballero— que vale más el zapato descosido y sucio de la señora Dulcinea del Toboso, que las barbas mal peinadas, aunque limpias, de Casildea, y prometo de ir y volver de su presencia a la vuestra, y daros entera y particular cuenta de lo que me pedís.

—También habéis de confesar y creer —añadió don Quijote— que aquel caballero que vencistes no fue ni pudo ser don Quijote de la Mancha, sino otro que se le parecía, como yo confieso y creo que vos, aunque parecéis el bachiller Sansón Carrasco, no lo sois, sino otro que le parece, y que en su figura aquí me le han puesto mis enemigos, para que detenga y temple el ímpetu de mi cólera, y para que use blandamente de la gloria del vencimiento.

—Todo lo confieso, juzgo y siento como vos lo creéis, juzgáis y sentís —respondió el derrengado [43]

[41] Compatriota.

[42] Hablado.

[43] Dolorido de los riñones (sentido literal).

caballero—. Dejadme levantar, os ruego, si es que lo permite el golpe de mi caída, que asaz[44] maltrecho me tiene.

[44] Bastante.

Ayudóle a levantar don Quijote y Tomé Cecial su escudero, del cual no apartaba los ojos Sancho, preguntándole cosas cuyas respuestas le daban manifiestas señales de que verdaderamente era el Tomé Cecial que decía; mas la aprehensión que en Sancho había hecho lo que su amo dijo de que los encantadores habían mudado la figura del Caballero de los Espejos en la del bachiller Carrasco no le dejaba dar crédito a la verdad que con los ojos estaba mirando. Finalmente, se quedaron con este engaño amo y mozo, y el de los Espejos y su escudero, mohínos y malandantes, se apartaron de don Quijote y Sancho, con intención de buscar algún lugar donde bizmarle y entablarle[45] las costillas. Don Quijote y Sancho volvieron a proseguir su camino de Zaragoza, donde los deja la historia, por dar cuenta de quién era el Caballero de los Espejos y su narigante escudero▼.

[45] Ponerle emplastos y entablillarle.

▼ «El participio de presente, convertido en mero adjetivo, se prestaba también para el juego verbal, sobre todo la forma en *-ante*», como este ocurrente neologismo (Rosenblat).

## Capítulo XV

# Donde se cuenta y da noticia de quién era el Caballero de los Espejos y su escudero

En extremo contento, ufano y vanaglorioso iba don Quijote por haber alcanzado victoria de tan valiente caballero como él se imaginaba que era el de los Espejos, de cuya caballeresca palabra esperaba saber si el encantamento de su señora pasaba adelante, pues era forzoso que el tal vencido caballero volviese, so pena de no serlo, a darle razón de lo que con ella le hubiese sucedido. Pero uno [1] pensaba don Quijote y otro [2] el de los Espejos, puesto que [3] por entonces no era otro su pensamiento sino buscar donde bizmarse, como se ha dicho.

Dice, pues, la historia que cuando el bachiller Sansón Carrasco aconsejó a don Quijote que volviese a proseguir sus dejadas caballerías ▼, fue por haber entrado primero en bureo [4] con el cura y el barbero sobre qué medio se podría tomar para reducir a don Quijote a que se estuviese en su casa quieto y sosegado, sin que le alborotasen sus mal buscadas aventuras; de cuyo consejo salió, por

[1] Una cosa.

[2] Otra cosa.

[3] Aunque.

[4] En consejo o deliberación secreta.

▼ Este breve capítulo es, en buena parte, una vuelta atrás en el tiempo de la novela; con ello se aclaran algunos datos de la tercera salida de don Quijote y se atan cabos sueltos de los capítulos anteriores, dominados por el suspense al haberse retrasado la información.

voto común de todos y parecer particular de Carrasco, que dejasen salir a don Quijote, pues el detenerle parecía imposible, y que Sansón le saliese al camino como caballero andante, y trabase batalla con él, pues no faltaría sobre qué, y le venciese, teniéndolo por cosa fácil, y que fuese pacto y concierto que el vencido quedase a merced del vencedor, y así, vencido don Quijote, le había de mandar el bachiller caballero se volviese a su pueblo y casa, y no saliese della en dos años, o hasta tanto que por él le fuese mandado otra cosa; lo cual era claro que don Quijote vencido cumpliría indubitablemente, por no contravenir y faltar a las leyes de la caballería, y podría ser que en el tiempo de su reclusión se le olvidasen sus vanidades, o se diese lugar de buscar a su locura algún conveniente remedio▼.

Aceptólo Carrasco, y ofreciósele por escudero Tomé Cecial, compadre y vecino de Sancho Panza, hombre alegre y de lucios cascos[5]. Armóse Sansón como queda referido y Tomé Cecial acomodó sobre sus naturales narices las falsas y de máscara ya dichas, porque no fuese conocido de su compadre cuando se viesen, y así siguieron el mismo viaje que llevaba don Quijote, y llegaron casi a hallarse en la aventura del carro de la Muerte. Y, finalmente, dieron con ellos en el bosque, donde les sucedió todo lo que el prudente ha leído; y si no fuera por los pensamientos extraordinarios de don Quijote, que se dio a entender que el bachiller no era el bachiller, el señor bachiller

[5] De poco juicio.

▼ «No cabe duda, a la vista de este texto, de que Cervantes tenía la segunda parte del *Quijote* perfectamente planeada en su desarrollo más amplio» (sólo cambiará Zaragoza por Barcelona, para descalificar a Avellaneda). «El final del *Quijote* de Cervantes ya está implícito» en este párrafo (Avalle-Arce).

quedara imposibilitado para siempre de graduarse de licenciado, por no haber hallado nidos donde pensó hallar pájaros [6].

Tomé Cecial, que vio cuán mal había logrado sus deseos y el mal paradero que había tenido su camino, dijo al bachiller:

—Por cierto, señor Sansón Carrasco, que tenemos nuestro merecido: con facilidad se piensa y se acomete una empresa, pero con dificultad las más veces se sale della. Don Quijote loco, nosotros cuerdos, él se va sano y riendo, vuesa merced queda molido y triste. Sepamos, pues, ahora, ¿cuál es más loco: el que lo es por no poder menos, o el que lo es por su voluntad?

A lo que respondió Sansón:

—La diferencia que hay entre esos dos locos es que el que lo es por fuerza lo será siempre, y el que lo es de grado lo dejará de ser cuando quisiere.

—Pues así es —dijo Tomé Cecial—, yo fui por mi voluntad loco cuando quise hacerme escudero de vuestra merced, y por la misma quiero dejar de serlo y volverme a mi casa.

—Eso os cumple —respondió Sansón—, porque pensar que yo he de volver a la mía hasta haber molido a palos a don Quijote es pensar en lo excusado [7]; y no me llevará ahora a buscarle el deseo de que cobre su juicio, sino el de la venganza; que el dolor grande de mis costillas no me deja hacer más piadosos discursos ▼.

[6] Expresion proverbial.

[7] En lo imposible.

▼ «Sin darse cuenta, el bachiller proclama que a don Quijote sólo don Quijote puede vencerlo, puesto que él es su reflejo, y lo seguirá siendo cuando, más adelante y como Caballero de la Blanca Luna, lo derribe al fin. Sería muy bonito probar que esta condición de reflejo imperfecto —de caricatura— viene implícita en el título de Caballero de los Espejos («Yo soy tu imagen»), pero sería rizar el rizo de la semiología». (Torrente Ballester).

En esto fueron razonando los dos, hasta que llegaron a un pueblo donde fue ventura hallar un algebrista [8], con quien se curó el Sansón desgraciado. Tomé Cecial se volvió y le dejó, y él quedó imaginando su venganza, y la historia vuelve a hablar dél a su tiempo, por no dejar de regocijarse ahora con don Quijote.

[8] Cirujano que cura fracturas y dislocaciones de huesos.

## Capítulo XVI

# De lo que sucedió a don Quijote con un discreto caballero de La Mancha

Con la alegría, contento y ufanidad que se ha dicho seguía don Quijote su jornada, imaginándose por la pasada victoria ser el caballero andante más valiente que tenía en aquella edad el mundo; daba por acabadas y a felice [1] fin conducidas cuantas aventuras pudiesen sucederle de allí adelante; tenía en poco a los encantos y a los encantadores; no se acordaba de los innumerables palos que en el discurso [2] de sus caballerías le habían dado, ni de la pedrada que le derribó la mitad de los dientes, ni del desagradecimiento de los galeotes, ni del atrevimiento y lluvia de estacas de los yangüeses. Finalmente, decía entre sí que si él hallara arte, modo o manera como desencantar a su señora Dulcinea, no invidiara a la mayor ventura que alcanzó o pudo alcanzar el más venturoso caballero andante de los pasados siglos. En estas imaginaciones iba todo ocupado, cuando Sancho le dijo:

—¿No es bueno, señor, que aun todavía traigo entre los ojos las desaforadas narices, y mayores de marca, de mi compadre Tomé Cecial?

—Y ¿crees tú, Sancho, por ventura, que el Caballero de los Espejos era el bachiller Carrasco, y su escudero Tomé Cecial tu compadre?

[1] Feliz (paragoge).

[2] Transcurso.

—No sé qué me diga a eso —respondió Sancho—; sólo sé que las señas que me dio de mi casa, mujer y hijos no me las podría dar otro que él mesmo; y la cara, quitadas las narices, era la misma de Tomé Cecial, como yo se la he visto muchas veces en mi pueblo y pared en medio [3] de mi misma casa; y el tono de la habla era todo uno.

—Estemos a razón, Sancho —replicó don Quijote—. Ven acá: ¿en qué consideración puede caber que el bachiller Sansón Carrasco viniese como caballero andante, armado de armas ofensivas y defensivas, a pelear conmigo? ¿He sido yo su enemigo por ventura? ¿Hele dado yo jamás ocasión para tenerme ojeriza? ¿Soy yo su rival, o hace él profesión de las armas, para tener invidia a la fama que yo por ellas he ganado ▼?

—Pues ¿qué diremos, señor —respondió Sancho—, a esto de parecerse tanto aquel caballero, sea el que se fuere, al bachiller Carrasco, y su escudero a Tomé Cecial, mi compadre? Y si ello es encantamento, como vuestra merced ha dicho, ¿no había en el mundo otros dos a quien [4] se parecieran?

—Todo es artificio y traza —respondió don Quijote— de los malignos magos que me persiguen, los cuales, anteviendo que yo había de quedar vencedor en la contienda, se previnieron de que el caballero vencido mostrase el rostro de mi amigo el bachiller, porque la amistad que le tengo se pusiese entre los filos de mi espada y el rigor de mi bra-

[3] Pared por medio.

[4] Quienes.

▼ «Todo lo que dice don Quijote es inimaginable por completo aplicado a un bachiller por Salamanca, que gastaba el hábito de San Pedro, lo que ahínca el convencimiento en la existencia de encantadores, única explicación posible» (Avalle-Arce). (Véase nota al pie de la pág. 126 en I, 8.)

zo, y templase la justa ira de mi corazón, y desta manera quedase con vida el que con embelecos y falsías procuraba quitarme la mía. Para prueba de lo cual ya sabes, ¡oh Sancho!, por experiencia que no te dejará mentir ni engañar, cuán fácil sea a los encantadores mudar unos rostros en otros, haciendo de lo hermoso feo y de lo feo hermoso, pues no ha dos días que viste por tus mismos ojos la hermosura y gallardía de la sin par Dulcinea en toda su entereza y natural conformidad [5], y yo la vi en la fealdad y bajeza de una zafia labradora, con cataratas en los ojos ▼ y con mal olor en la boca; y más, que el perverso encantador que se atrevió a hacer una transformación tan mala no es mucho que haya hecho la de Sansón Carrasco y la de tu compadre, por quitarme la gloria del vencimiento de las manos. Pero, con todo esto, me consuelo, porque, en fin, en cualquiera figura que haya sido, he quedado vencedor de mi enemigo ▼▼.

—Dios sabe la verdad de todo —respondió Sancho.

Y como él sabía que la transformación de Dulcinea había sido traza y embeleco suyo, no le satisfacían las quimeras de su amo; pero no le quiso replicar, por no decir alguna palabra que descubriese su embuste.

En estas razones estaban cuando los alcanzó un hombre que detrás dellos por el mismo camino ve-

[5] Proporción.

▼ Antes, don Quijote le dijo que un maligno encantador le había puesto a él *cataratas en mis ojos.* (Véase II, 10), y ahora lo dice de Dulcinea.

▼▼ «¿No hemos de ver en la "prueba" un sutilísimo guiño a su escudero? ¿Por qué dice que los ojos de Sancho no le dejarán *mentir ni engañar*? En mi opinión, porque don Quijote *sabe.* Y porque *sabe,* presiona en la conciencia —embustera— de su criado». (Serrano Plaja).

nía sobre una muy hermosa yegua tordilla [6], vestido un gabán de paño fino verde, jironado de terciopelo leonado [7], con una montera del mismo terciopelo; el aderezo de la yegua era de campo, y de la jineta, asimismo de morado y verde. Traía un alfanje morisco pendiente de un ancho tahalí [8] de verde y oro, y los borceguíes [9] eran de la labor del tahalí; las espuelas no eran doradas, sino dadas con un barniz verde, tan tersas y bruñidas, que, por hacer labor con todo el vestido, parecían mejor que si fuera de oro puro. Cuando llegó a ellos el caminante los saludó cortésmente, y picando a la yegua se pasaba de largo; pero don Quijote le dijo:

—Señor galán ▼, si es que vuestra merced lleva el camino que nosotros y no importa el darse priesa, merced recibiría en que nos fuésemos juntos.

—En verdad —respondió el de la yegua— que no me pasara tan de largo si no fuera por temor que con la compañía de mi yegua no se alborotara ese caballo.

—Bien puede, señor —respondió a esta sazón Sancho—, bien puede tener las riendas a su yegua, porque nuestro caballo es el más honesto y bien mirado del mundo; jamás en semejantes ocasiones ha hecho vileza alguna, y una vez que se desmandó a hacerla la lastamos [10] mi señor y yo con las setenas [11]. Digo otra vez que puede vuestra merced detenerse, si quisiere; que aunque se la den entre dos platos [12], a buen seguro que el caballo no la arrostre.

Detuvo la rienda el caminante, admirándose de la apostura y rostro de don Quijote, el cual iba sin

[6] De pelo negro y blanco.

[7] Con jirones de terciopelo rojizo.

[8] Tahelí, cinto que cruza el pecho.

[9] Botas moriscas.

[10] Pagamos.

[11] Con creces (véase nota 19 en I, 4).

[12] Delicadamente (como los alimentos para convalecientes).

▼ «Don Quijote alude a la gala y elegancia con que va vestido el caminante y el aderezo de la yegua» (Murillo).

celada, que la llevaba Sancho como maleta en el arzón delantero de la albarda del rucio; y si mucho miraba el de lo verde a don Quijote, mucho más miraba don Quijote al de lo verde, pareciéndole hombre de chapa [13]. La edad mostraba ser de cincuenta años; las canas, pocas, y el rostro, aguileño; la vista, entre alegre y grave; finalmente, en el traje y apostura daba a entender ser hombre de buenas prendas.

[13] Principal, honorable.

Lo que juzgó de don Quijote de la Mancha el de lo verde fue que semejante manera ni parecer de hombre no le había visto jamás; admiróle la longura [14] de su caballo, la grandeza de su cuerpo, la flaqueza y amarillez de su rostro, sus armas, su ademán y compostura: figura y retrato no visto por luengos tiempos atrás en aquella tierra. Notó bien don Quijote la atención con que el caminante le miraba, y leyóle en la suspensión su deseo, y como era tan cortés y tan amigo de dar gusto a todos, antes que le preguntase nada le salió al camino, diciéndole:

[14] Largura.

—Esta figura que vuesa merced en mí ha visto, por ser tan nueva y tan fuera de las que comúnmente se usan, no me maravillaría yo de que le hubiese maravillado ▼; pero dejará vuesa merced de estarlo cuando le diga, como le digo, que soy caballero

destos que dicen las gentes
que a sus aventuras van ▼▼.

▼ «¿Hablan así los dementes que se toman por Napoleón? ¿Por qué precisamente ahora, cuando el historiador nos ha dicho que iba tan ufano con su victoria sobre el Caballero de los Espejos? Porque *sabe*» (Serrano Plaja).

▼▼ Véase la primera nota al pie de la pág. 139, en I, 9.

Salí de mi patria [15], empeñé mi hacienda, dejé mi regalo [16], y entreguéme en los brazos de la Fortuna, que me llevasen donde más fuese servida. Quise resucitar la ya muerta andante caballería, y ha muchos días que, tropezando aquí, cayendo allí, despeñándome acá y levantándome acullá, he cumplido gran parte de mi deseo, socorriendo viudas, amparando doncellas y favoreciendo casadas, huérfanos y pupilos [17], propio y natural oficio de caballeros andantes, y así, por mis valerosas, muchas y cristianas hazañas he merecido andar ya en estampa [18] en casi todas o las más naciones del mundo. Treinta mil volúmenes se han impreso de mi historia, y lleva camino de imprimirse treinta mil veces de millares, si el cielo no lo remedia ▼. Finalmente, por encerrarlo todo en breves palabras, o en una sola, digo que yo soy don Quijote de la Mancha, por otro nombre llamado el Caballero de la Triste Figura, y puesto que las propias alabanzas envilecen, esme forzoso decir yo tal vez [19] las mías, y esto se entiende cuando no se halla presente quien las diga; así que, señor gentilhombre, ni este caballo, esta lanza, ni este escudo ni escudero, ni todas juntas estas armas, ni la amarillez de mi rostro, ni mi atenuada flaqueza, os podrá admirar de aquí adelante, habiendo ya sabido quién soy y la profesión que hago ▼▼.

[15] Lugar de nacimiento.

[16] Comodidad o descanso.

[17] Menores que necesitan de tutor.

[18] En libro impreso.

[19] Alguna vez.

▼ Los treinta mil volúmenes de que habla don Quijote forman una cantidad hiperbólica, aun teniendo en cuenta el enorme éxito de la primera parte. (Véase la segunda nota al pie de la pág. 48 en II, 3.) En cuanto a la predicción, sabido es que «el cielo no lo ha remediado. Los treinta mil millares, o los treinta millones de ejemplares, se han publicado con exceso» (Rosenblat).

▼▼ «Es la segunda vez que don Quijote da noticias de sí mismo en esta segunda parte». Es ya personaje literario, su historia anda impresa en libros y él busca el reconocimiento (Torrente Ballester).

Calló en diciendo esto don Quijote, y el de lo verde, según se tardaba en responderle, parecía que no acertaba a hacerlo; pero de allí a buen espacio le dijo:

—Acertastes [20], señor caballero, a conocer por mi suspensión mi deseo; pero no habéis acertado a quitarme la maravilla que en mí causa el haberos visto; que puesto que, como vos, señor, decís, que el saber ya quién sois me lo podría quitar, no ha sido así; antes, agora que lo sé, quedo más suspenso y maravillado. ¿Cómo y es posible que hay hoy caballeros andantes en el mundo, y que hay historias impresas de verdaderas caballerías? No me puedo persuadir que haya hoy en la tierra quien favorezca viudas, ampare doncellas, ni honre casadas, ni socorra huérfanos, y no lo creyera si en vuesa merced no lo hubiera visto con mis ojos. ¡Bendito sea el cielo!, que con esa historia, que vuesa merced▼ dice que está impresa, de sus altas y verdaderas caballerías, se habrán puesto en olvido las innumerables de los fingidos caballeros andantes, de que estaba lleno el mundo, tan en daño de las buenas costumbres y tan en perjuicio y descrédito de las buenas historias.

—Hay mucho que decir —respondió don Quijote— en razón de si son fingidas, o no, las historias de los andantes caballeros.

—Pues ¿hay quien dude —respondio el Verde— que no son falsas las tales historias?

[20] Acertasteis.

▼ El tratamiento de *vos* era entonces tratamiento para inferiores, que a veces se tomaba mal. «Sin embargo, en el *Quijote* aparece muchas veces entre iguales o como tratamiento caballeresco». Y no son raras «algunas inconsecuencias», como ésta: «El Caballero del Verde Gabán trata a don Quijote de *vos,* pero termina la frase con *Vuestra merced*». «¿Serán descuidos del autor o signos de una verdadera vacilación social?» (Rosenblat).

—Yo lo dudo —respondió don Quijote—, y quédese esto aquí, que si nuestra jornada dura, espero en Dios de dar a entender a vuesa merced que ha hecho mal en irse con la corriente de los que tienen por cierto que no son verdaderas.

Desta última razón de don Quijote tomó barruntos el caminante de que don Quijote debía de ser algún mentecato, y aguardaba que con otras [21] lo confirmase; pero antes que se divertiesen [22] en otros razonamientos, don Quijote le rogó le dijese quién era, pues él le había dado parte de su condición y de su vida. A lo que respondió el del Verde Gabán ▼:

—Yo, señor Caballero de la Triste Figura, soy un hidalgo natural de un lugar donde iremos a comer hoy, si Dios fuere servido. Soy más que medianamente rico y es mi nombre don Diego de Miranda; paso la vida con mi mujer, y con mis hijos, y con mis amigos; mis ejercicios son el de la caza y pesca, pero no mantengo ni halcón ni galgos, sino algún perdigón manso [23], o algún hurón atrevido. Tengo hasta seis docenas de libros, cuáles de romance [24] y cuáles de latín, de historia algunos y de devoción otros; los de caballerías aún no han entrado por los umbrales de mis puertas. Hojeo más los que son profanos que los devotos, como sean de honesto entretenimiento, que deleiten con el lenguaje y admiren y suspendan con la invención, puesto que [25] déstos hay muy pocos en España. Alguna vez como con mis vecinos y amigos, y muchas veces los convido: son mis convites limpios y aseados, y no nada escasos; ni gusto de mur-

[21] Otras razones (zeugma).

[22] Desviasen, entretuviesen.

[23] Macho de perdiz para cazar con reclamo.

[24] Castellano (lengua romance).

[25] Aunque.

▼ Nótese la cuidada técnica narrativa en la presentación de este nuevo personaje: descripción de rasgos externos e identificación sistemática por uno de ellos *(el de la yegua, el de lo verde, el Verde, el del Verde Gabán),* de modo que nadie emplea su nombre hasta que el mismo personaje lo descubre.

murar, ni consiento que delante de mí se murmure; no escudriño las vidas ajenas, ni soy lince de los hechos de los otros; oigo misa cada día; reparto de mis bienes con los pobres, sin hacer alarde de las buenas obras, por no dar entrada en mi corazón a la hipocresía y vanagloria, enemigos que blandamente se apoderan del corazón más recatado; procuro poner en paz los que sé que están desavenidos; soy devoto de Nuestra Señora, y confío siempre en la misericordia infinita de Dios Nuestro Señor▼.

Atentísimo estuvo Sancho a la relación de la vida y entretenimientos del hidalgo; y pareciéndole buena y santa y que quien la hacía debía de hacer milagros, se arrojó del rucio, y con gran priesa le fue a asir del estribo derecho, y con devoto corazón y casi lágrimas le besó los pies una y muchas veces. Visto lo cual por el hidalgo, le preguntó:

—¿Qué hacéis, hermano? ¿Qué besos son éstos?

—Déjenme besar —respondió Sancho—; porque me parece vuesa merced el primer santo a la jineta que he visto en todos los días de mi vida.

—No soy santo —respondió el hidalgo—, sino gran pecador; vos sí, hermano, que debéis de ser bueno, como vuestra simplicidad lo muestra.

Volvió Sancho a cobrar la albarda, habiendo sacado a plaza la risa de la profunda malencolía[26], de su amo y causado nueva admiración a don Die-

[26] Melancolía.

▼ El Caballero del Verde Gabán es una figura muy compleja que ha dado lugar a interpretaciones diversas. Nótese que con él volvemos a la realidad social española: en contraste con el modo de vida de don Quijote, que practica la ajetreada vida aventurera y defiende la poesía, veremos en don Diego de Miranda al modelo del hombre acomodado, de buenas costumbres, amante del hogar y de los amigos, culto, discreto, religioso, nuevo burgués. Percas de Ponseti lo considera como una «desvirtuación del ideal caballeresco».

go. Preguntóle don Quijote que cuántos hijos tenía, y díjole que una de las cosas en que ponían el sumo bien los antiguos filósofos, que carecieron del verdadero conocimiento de Dios, fue en los bienes de la naturaleza, en los de la fortuna, en tener muchos amigos y en tener muchos y buenos hijos.

—Yo, señor don Quijote —respondió el hidalgo—, tengo un hijo, que, a no tenerle, quizá me juzgara por más dichoso de lo que soy; y no porque él sea malo, sino porque no es tan bueno como yo quisiera. Será de edad de diez y ocho años; los seis ha estado en Salamanca, aprendiendo las lenguas latinas y griega, y cuando quise que pasase a estudiar otras ciencias, halléle tan embebido en la de la poesía, si es que se puede llamar ciencia, que no es posible hacerle arrostrar la [27] de las leyes, que yo quisiera que estudiara, ni de la reina de todas, la teología. Quisiera yo que fuera corona de su linaje, pues vivimos en siglo donde nuestros reyes premian altamente las virtuosas y buenas letras; porque letras sin virtud son perlas en el muladar [28]. Todo el día se le pasa en averiguar si dijo bien o mal Homero en tal verso de la *Ilíada,* si Marcial anduvo deshonesto, o no, en tal epigrama, si se han de entender de una manera o otra tales y tales versos de Virgilio. En fin, todas sus conversaciones son con los libros de los referidos poetas, y con los de Horacio, Persio, Juvenal y Tibulo ▼; que de los modernos romancistas [29] no hace mucha cuenta, y con todo el mal cariño que muestra tener a la poesía de romance, le tiene agora desvanecidos los pensamientos el hacer una glosa a

[27] La ciencia (zeugma).

[28] Estercolero, basurero.

[29] Los que escriben y hablan en lengua romance.

▼ Salvo el griego Homero, todos los demás nombres citados corresponden a poetas latinos.

cuatro versos [30] que le han enviado de Salamanca, y pienso que son de justa [31] literaria.

A todo lo cual respondió don Quijote:

—Los hijos, señor, son pedazos de las entrañas de sus padres, y así, se han de querer, o buenos o malos que sean, como se quieren las almas que nos dan vida; a los padres toca el encaminarlos desde pequeños por los pasos de la virtud, de la buena crianza y de las buenas y cristianas costumbres, para que cuando grandes sean báculo de la vejez de sus padres y gloria de su posteridad; y en lo de forzarles que estudien esta o aquella ciencia no lo tengo por acertado, aunque el persuadirles no será dañoso; y cuando no se ha de estudiar para *pane lucrando* [32], siendo tan venturoso el estudiante, que le dio el cielo padres que se lo dejen, sería yo de parecer que le dejen seguir aquella ciencia a que más le vieren inclinado, y aunque la de la poesía es menos útil que deleitable, no es de aquellas que suelen deshonrar a quien las posee. La poesía, señor hidalgo, a mi parecer, es como una doncella tierna y de poca edad, y en todo extremo hermosa, a quien tienen cuidado de enriquecer, pulir y adornar otras muchas doncellas, que son todas las otras ciencias, y ella se ha de servir de todas, y todas se han de autorizar con ella; pero esta tal doncella no quiere ser manoseada, ni traída por las calles, ni publicada por las esquinas de las plazas ni por los rincones de los palacios. Ella es hecha de una alquimia de tal virtud, que quien la sabe tratar la volverá en oro purísimo de inestimable precio; hala de tener, el que la tuviere, a raya, no dejándola correr en torpes sátiras ni en desalmados sonetos; no ha de ser vendible en ninguna manera, si ya no fuere en poemas heroicos, en lamentables [33] tragedias, o en comedias alegres y artificiosas; no se ha de dejar tratar de

[30] Una glosa a una redondilla, en cuatro estrofas de comentario.

[31] Certamen.

[32] Para ganarse el pan.

[33] Que infunden tristeza y horror.

los truhanes, ni del ignorante vulgo, incapaz de conocer ni estimar los tesoros que en ella se encierran. Y no penséis, señor, que yo llamo aquí vulgo solamente a la gente plebeya y humilde; que todo aquel que no sabe, aunque sea señor y príncipe, puede y debe entrar en número de vulgo. Y así, el que con los requisitos que he dicho tratare y tuviere a la poesía, será famoso y estimado su nombre en todas las naciones políticas [34] del mundo. Y a lo que decís, señor, que vuestro hijo no estima mucho la poesía de romance, doyme a entender que no anda muy acertado en ello, y la razón es ésta: el grande Homero no escribió en latín, porque era griego, ni Virgilio no escribió en griego, porque era latino. En resolución, todos los poetas antiguos escribieron en la lengua que mamaron en la leche, y no fueron a buscar las extranjeras para declarar la alteza [35] de sus conceptos. Y siendo esto así, razón sería se extendiese esta costumbre por todas las naciones, y que no se desestimase el poeta alemán porque escribe en su lengua, ni el castellano, ni aún el vizcaíno [36], que escribe en la suya ▼. Pero vuestro hijo, a lo que yo, señor, imagino, no debe de estar mal con la poesía de romance, sino con los poetas que son meros romancistas, sin saber otras lenguas ni otras ciencias que adornen y despierten y ayuden a su natural impulso, y aun en esto puede haber yerro. Porque, según es opinión verdadera, el poeta nace: quieren decir que del vientre de su madre el poeta natural sale poeta; y con aquella inclinación que

[34] Civilizadas.

[35] Altura, elevación.

[36] Vasco.

▼ «Es indudable que Cervantes sabía su latín [...], pero no era un latinista. [...] Respetó siempre la erudición clásica, pero no la falsa erudición. [...] El humanismo dignificó la lengua popular, convertida en lengua nacional, y Cervantes recoge la buena tradición de Nebrija, Juan de Valdés y Fray Luis de León» (Rosenblat).

le dio el cielo, sin más estudio ni artificio, compone cosas, que hace verdadero al que dijo: *est deus in nobis...,* etcétera ▼. También digo que el natural poeta que se ayudare del arte será mucho mejor y se aventajará al poeta que sólo por saber el arte quisiere serlo; la razón es porque el arte no se aventaja a la naturaleza, sino perficciónala [37]; así que, mezcladas la naturaleza y el arte, y el arte con la naturaleza, sacarán un perfectísimo poeta. Sea, pues, la conclusión de mi plática, señor hidalgo, que vuesa merced deje caminar a su hijo por donde su estrella le llama; que siendo él tan buen estudiante como debe de ser, y habiendo ya subido felicemente [38] el primer escalón de las ciencias, que es el de las lenguas, con ellas por sí mesmo subirá a la cumbre de las letras humanas, las cuales tan bien parecen en un caballero de capa y espada, y así le adornan, honran y engrandecen como las mitras a los obispos, o como las garnachas [39] a los peritos jurisconsultos. Riña vuesa merced a su hijo si hiciere sátiras que perjudiquen las honras ajenas, y castíguele, y rómpaselas; pero si hiciere sermones al modo de Horacio ▼▼, donde reprehenda los vicios en general, como tan elegantemente él lo hizo, alábele, porque lícito es al poeta escribir contra la invidia y decir en sus versos mal de los invidiosos, y así de los otros vicios, con que no señale persona alguna; pero hay poetas que a trueco de [40] decir una malicia, se pondrán a peligro que los destierren a las islas de Ponto [41]. Si el poeta fuere casto en sus costumbres, lo será

[37] Perfecciónala.

[38] Felizmente.

[39] Togas de juristas.

[40] A cambio de.

[41] Alude al destierro de Ovidio en el Ponto Euxino (mar Negro).

▼ «Hay un dios entre nosotros», frase que aparece en las obras del poeta latino Ovidio.

▼▼ Se refiere a las *Sátiras* de Horacio, llamadas en latín *Sermones:* discursos en lengua familiar o coloquial.

también en sus versos; la pluma es lengua del alma: cuales fueren los conceptos que en ella se engendraren, tales serán sus escritos, y cuando los reyes y príncipes veen la milagrosa ciencia de la poesía en sujetos prudentes, virtuosos y graves, los honran, los estiman y los enriquecen, y aun los coronan con las hojas del árbol a quien no ofende[42] el rayo▼ como en señal que no han de ser ofendidos de nadie los que con tales coronas se veen honrados y adornadas sus sienes.

[42] Ataca.

Admirado quedó el del Verde Gabán del razonamiento de don Quijote, y tanto, que fue perdiendo de la opinión que con él tenía, de ser mentecato. Pero a la mitad desta plática, Sancho, por no ser muy de su gusto, se había desviado del camino a pedir un poco de leche a unos pastores que allí junto estaban ordeñando unas ovejas, y, en esto, ya volvía a renovar la plática el hidalgo, satisfecho en extremo de la discreción y buen discurso de don Quijote, cuando, alzando don Quijote la cabeza, vio que por el camino por donde ellos iban venía un carro lleno de banderas reales; y creyendo que debía de ser alguna nueva aventura, a grandes voces llamó a Sancho que viniese a darle la celada. El cual Sancho, oyéndose llamar, dejó a los pastores, y a toda priesa picó al rucio, y llegó donde su amo estaba, a quien sucedió una espantosa y desatinada aventura.

▼ Alude al laurel, del que se hacían las coronas de los poetas y al que se atribuía la virtud de rechazar los rayos.

## COMENTARIO 2 (Capítulo XVI)

- *Resume el contenido de este capítulo.*

- *Indica y comenta los aspectos temáticos más importantes.*

- *¿En qué partes se divide la organización del capítulo? Indícalas y razona la organización.*

- *Analiza la estructura narrativa: narrador, modo narrativo, tiempo, espacio...*

- *Estudia detalladamente la presentación del Caballero del Verde Gabán. Explica su función y significado.*

- *Comenta la actuación de don Quijote en este capítulo.*

- *Señala y explica los recursos estilísticos más notables.*

- *Comenta la función y el significado de este capítulo en relación con los anteriores y con los siguientes.*

## Capítulo XVII

### De donde se declaró el último punto y extremo adonde llegó y pudo llegar el inaudito ánimo de don Quijote, con la felicemente [1] acabada aventura de los leones

[1] Felizmente.

Cuenta la historia que cuando don Quijote daba voces a Sancho que le trujese el yelmo, estaba él comprando unos requesones que los pastores le vendían, y acosado de la mucha priesa de su amo, no supo qué hacer dellos, ni en qué traerlos, y, por no perderlos, que ya los tenía pagados, acordó de echarlos en la celada [2] de su señor, y con este buen recado volvió a ver lo que le quería; el cual, en llegando, le dijo:

[2] Véase nota 28 en II, 7.

—Dame, amigo, esa celada; que yo sé poco de aventuras, o lo que allí descubro es alguna que me ha de necesitar, y me necesita [3], a tomar mis armas.

[3] Me obliga.

El del Verde Gabán, que esto oyó, tendió la vista por todas partes, y no descubrió otra cosa que un carro que hacia ellos venía, con dos o tres banderas pequeñas, que le dieron a entender que el tal carro debía de traer moneda de Su Majestad, y así se lo dijo a don Quijote; pero él no le dio crédito, siempre creyendo y pensando que todo lo que le sucediese habían de ser aventuras y más aventuras, y así, respondió al hidalgo:

—Hombre apercebido, medio combatido ▼: no se pierde nada en que yo me aperciba; que sé por experiencia que tengo enemigos visibles e invisibles, y no sé cuándo, ni adónde, ni en qué tiempo, ni en qué figuras me han de acometer.

Y volviéndose a Sancho, le pidió la celada; el cual, como no tuvo lugar [4] de sacar los requesones, le fue forzoso dársela como estaba. Tomóla don Quijote, y sin que echase de ver lo que dentro venía, con toda priesa se la encajó en la cabeza, y como los requesones se apretaron y exprimieron, comenzó a correr el suero por todo el rostro y barbas de don Quijote, de lo que recibió tal susto, que dijo a Sancho:

—¿Qué será esto, Sancho, que parece que se me ablandan los cascos, o se me derriten los sesos, o que sudo de los pies a la cabeza? Y si es que sudo, en verdad que no es de miedo; sin duda creo que es terrible la aventura que agora quiere sucederme. Dame, si tienes, con que me limpie; que el copioso sudor me ciega los ojos.

Calló Sancho y diole un paño, y dio con él gracias a Dios de que su señor no hubiese caído en el caso. Limpióse don Quijote, y quitóse la celada por ver qué cosa era la que, a su parecer, le enfriaba la cabeza, y viendo aquellas gachas [5] blancas dentro de la celada, las llegó a las narices, y en oliéndolas dijo:

—Por vida de mi señora Dulcinea del Toboso, que son requesones los que aquí me has puesto, traidor, bergante [6] y mal mirado escudero ▼▼.

[4] Tiempo.

[5] Masa muy blanda.

[6] Pícaro, sinvergüenza.

▼ Reminiscencia de la expresión proverbial «El hombre apercibido para el combate lo tiene medio ganado».

▼▼ Además de la comicidad, manifiesta en la situación, reacciones de los personajes y en el lenguaje mismo, nótese que don Quijote sigue viendo la realidad como ésta es auténticamente. (Véase la segunda nota a pie de la pág. 135 en II, 11.)

A lo que con gran flema y disimulación respondió Sancho:

—Si son requesones, démelos vuesa merced, que yo me los comeré. Pero, cómalos el diablo, que debió de ser el que ahí los puso. ¿Yo había de tener atrevimiento de ensuciar el yelmo de vuesa merced? ¡Hallado le habéis el atrevido! A la fe, señor, a lo que Dios me da a entender, también debo yo de tener encantadores que me persiguen como a hechura y miembro de vuesa merced, y habrán puesto ahí esa inmundicia para mover a cólera su paciencia y hacer que me muela, como suele, las costillas. Pues en verdad que esta vez han dado salto en vago [7]; que yo confío en el buen discurso de mi señor, que habrá considerado que ni yo tengo requesones, ni leche, ni otra cosa que lo valga, y que si la tuviera, antes la pusiera en mi estómago que en la celada.

—Todo puede ser —dijo don Quijote.

Y todo lo miraba el hidalgo, y de todo se admiraba, especialmente cuando, después de haberse limpiado don Quijote cabeza, rostro y barbas y celada, se la encajó, y afirmándose bien en los estribos, requiriendo [8] la espada y asiendo la lanza, dijo:

—Ahora, venga lo que viniere; que aquí estoy con ánimo de tomarme [9] con el mesmo Satanás en persona.

Llegó en esto el carro de las banderas, en el cual no venía otra gente que el carretero, en las mulas, y un hombre sentado en la delantera. Púsose don Quijote delante, y dijo:

—¿Adónde vais, hermanos? ¿Qué carro es éste, qué lleváis en él y qué banderas son aquestas?

A lo que respondió el carretero:

—El carro es mío; lo que va en él son dos bra-

[7] En vacío, inútilmente.

[8] Comprobando que estaba lista para servir.

[9] Enfrentarme.

vos leones enjaulados, que el general de Orán▼ envía a la corte, presentados a Su Majestad; las banderas son del rey nuestro señor, en señal que aquí va cosa suya.

—Y ¿son grandes los leones? —preguntó don Quijote.

—Tan grandes —respondió el hombre que iba a la puerta del carro—, que no han pasado mayores, ni tan grandes, de África a España jamás; y yo soy el leonero, y he pasado otros, pero como éstos, ninguno. Son hembra y macho; el macho va en esta jaula primera, y la hembra en la de atrás; y ahora van hambrientos porque no han comido hoy; y así, vuesa merced se desvíe; que es menester llegar presto donde les demos de comer.

A lo que dijo don Quijote sonriéndose un poco:

—¿Leoncitos a mí? ¿A mí leoncitos▼▼, y a tales horas? Pues ¡por Dios que han de ver esos señores que acá los envían si soy yo hombre que se espanta de leones! Apeaos, buen hombre, y pues sois el leonero, abrid esas jaulas y echadme esas bestias fuera; que en mitad desta campaña les daré a conocer quién es don Quijote de la Mancha, a despecho y pesar de los encantadores que a mí los envían.

—¡Ta, ta! —dijo a esta sazón entre sí el hidalgo—. Dado ha señal de quién es nuestro buen caballero; los requesones, sin duda, le han ablandado los cascos y madurado los sesos.

▼ Ciudad mediterránea de Argelia, fue posesión española en los siglos XVI-XVIII.

▼▼ La repetición aparece, a veces, como gala retórica; «pero es más frecuente que Cervantes recurra a ella como recurso burlesco» (Rosenblat); así ocurre con esta anadiplosis, en la cual también se juega con el diminutivo (*leoncitos,* frente al tamaño y la fiereza de los dos leones).

Llegóse en esto a él Sancho, y díjole:

—Señor, por quien Dios es, que vuesa merced haga de manera que mi señor don Quijote no se tome con estos leones; que si se toma, aquí nos han de hacer pedazos a todos.

—Pues ¿tan loco es vuestro amo —respondió el hidalgo—, que teméis, y creéis, que se ha de tomar con tan fieros animales?

—No es loco —respondió Sancho—, sino atrevido.

—Yo haré que no lo sea —replicó el hidalgo.

Y llegándose a don Quijote, que estaba dando priesa al leonero que abriese las jaulas, le dijo:

—Señor caballero, los caballeros andantes han de acometer las aventuras que prometen esperanza de salir bien dellas, y no aquellas que de en todo la quitan; porque la valentía que se entra en la juridicción [10] de la temeridad, más tiene de locura que de fortaleza. Cuanto más que estos leones no vienen contra vuesa merced, ni lo sueñan; van presentados [11] a Su Majestad, y no será bien detenerlos ni impedirles su viaje.

—Váyase vuesa merced, señor hidalgo —respondió don Quijote—, a entender con su perdigón manso [12] y con su hurón atrevido, y deje a cada uno hacer su oficio. Éste es el mío, y yo sé si vienen a mí, o no, estos señores leones.

Y volviéndose al leonero, le dijo:

—¡Voto a tal, don bellaco ▼, que si no abrís luego luego [13] las jaulas, que con esta lanza os he de coser con el carro!

El carretero, que vio la determinación de aquella armada fantasía, le dijo:

[10] Jurisdicción.

[11] Regalados.

[12] Macho de perdiz para cazar con reclamo.

[13] Inmediatamente (reduplicación intensificadora).

▼ «Muy frecuente en el *Quijote* es el *don* en tratamientos insultantes» (Rosenblat).

—Señor mío, vuestra merced sea servido, por caridad, dejarme desuncir las mulas y ponerme en salvo con ellas antes que se desenvainen[14] los leones, porque si me las matan, quedaré rematado▼ para toda mi vida, que no tengo otra hacienda sino este carro y estas mulas.

—¡Oh hombre de poca fe▼▼! —respondió don Quijote—. Apéate, y desunce, y haz lo que quisieres, que presto verás que trabajaste en vano y que pudieras ahorrar desta diligencia.

Apeóse el carretero y desunció a gran priesa, y el leonero dijo a grandes voces:

—Séanme testigos cuantos aquí están cómo contra mi voluntad y forzado abro las jaulas y suelto a los leones, y de que protesto a este señor que todo el mal y daño que estas bestias hicieren corra y vaya por su cuenta, con más mis salarios y derechos. Vuestras mercedes, señores, se pongan en cobro[15] antes que abra, que yo seguro estoy que no me han de hacer daño.

Otra vez le persuadió el hidalgo que no hiciese locura semejante, que era tentar a Dios acometer tal disparate. A lo que respondió don Quijote que él sabía lo que hacía. Respondióle el hidalgo que lo mirase bien, que él entendía que se engañaba.

—Ahora, señor —replicó don Quijote—, si vuesa merced no quiere ser oyente[16] desta que a su parecer ha de ser tragedia, pique la tordilla[17] y póngase en salvo.

Oído lo cual por Sancho, con lágrimas en los ojos le suplicó desistiese de tal empresa, en cuya comparación habían sido tortas y pan pintado la

[14] Se saquen.

[15] Se protejan, se oculten.

[16] Espectador.

[17] Yegua de pelo negro y blanco.

▼ Véase la tercera nota al pie de la pág. 59 en II, 4.

▼▼ Palabras de Jesucristo dirigidas a San Pedro (Evangelio de San Mateo).

de los molinos de viento y la temerosa de los batanes, y, finalmente, todas las hazañas que había acometido en todo el discurso de su vida.

—Mire, señor —decía Sancho—, que aquí no hay encanto ni cosa que lo valga; que yo he visto por entre las verjas y resquicios de la jaula una uña de león verdadero, y saco por ella que el tal león, cuya debe de ser la tal uña, es mayor que una montaña.

—El miedo, a lo menos —respondió don Quijote—, te le hará parecer mayor que la mitad del mundo. Retírate, Sancho, y déjame; y si aquí muriere, ya sabes nuestro antiguo concierto: acudirás a Dulcinea, y no te digo más.

A éstas añadió otras razones, con que quitó las esperanzas de que no había de dejar de proseguir su desvariado intento. Quisiera el del Verde Gabán oponérsele, pero viose desigual en las armas, y no le pareció cordura tomarse con un loco, que ya se lo había parecido de todo punto don Quijote; el cual volviendo a dar priesa al leonero y a reiterar las amenazas, dio ocasión al hidalgo a que picase la yegua, y Sancho al rucio, y el carretero a sus mulas, procurando todos apartarse del carro lo más que pudiesen, antes que los leones se desembanastasen▼. Lloraba Sancho la muerte de su señor, que aquella vez sin duda creía que llegaba en las garras de los leones; maldecía su ventura, y llamaba menguada la hora en que le vino al pensamiento volver a servirle; pero no por llorar y lamentarse dejaba de aporrear al rucio para que se

▼ «Saliesen de la jaula», en sentido figurado cargado de connotaciones humorísticas (como también antes *desenvainen*). Nótese que don Quijote sigue viendo la realidad tal como es, y que, en sentido estricto, ésta es la primera aventura real que afronta (tenía que demostrarle al del Verde Gabán *si son fingidas o no las historias de los andantes caballeros*).

[18] Preocupase.

[19] Era palabra masculina.

alejase del carro. Viendo, pues, el leonero que ya los que iban huyendo estaban bien desviados, tornó a requerir y a intimar a don Quijote lo que ya le había requerido e intimado, el cual respondió que lo oía, y que no se curase [18] de más intimaciones y requirimientos, que todo sería de poco fruto, y que se diese priesa.

En el espacio que tardó el leonero en abrir la jaula primera estuvo considerando don Quijote si sería bien hacer la batalla antes a pie que a caballo, y, en fin, se determinó de hacerla a pie, temiendo que Rocinante se espantaría con la vista de los leones. Por esto saltó del caballo, arrojó la lanza y embrazó el escudo, y desenvainando la espada, paso ante paso, con maravilloso denuedo y corazón valiente, se fue a poner delante del carro, encomendándose a Dios de todo corazón, y luego a su señora Dulcinea. Y es de saber que, llegando a este paso, el autor de esta verdadera historia exclama y dice: «¡Oh fuerte y sobre todo encarecimiento animoso don Quijote de la Mancha, espejo donde se pueden mirar todos los valientes del mundo, segundo y nuevo don Manuel de León ▼, que fue gloria y honra de los españoles caballeros! ¿Con qué palabras contaré esta tan espantosa hazaña, o con qué razones la haré creíble a los siglos venideros, o qué alabanzas habrá que no te convengan y cuadren, aunque sean hipérboles sobre todos los hipérboles [19]? Tú a pie, tú solo, tú intrépido, tú magnánimo, con sola una espada, y no de las del perrillo cortadoras, con un escudo no de muy luciente y limpio acero, estás aguardando

▼ Caballero de la época de los Reyes Católicos (recogió de la jaula de un león un guante arrojado por una dama).

y atendiendo[20] los dos más fieros leones que jamás criaron las africanas selvas▼. Tus mismos hechos sean los que te alaben, valeroso manchego, que yo los dejo aquí en su punto, por faltarme palabras con que encarecerlos.»

Aquí cesó la referida exclamación del autor, y pasó adelante▼▼, anudando el hilo de la historia, diciendo que visto el leonero ya puesto en postura a don Quijote, y que no podía dejar de soltar al león macho, so pena de caer en la desgracia del indignado y atrevido caballero, abrió de par en par la primera jaula, donde estaba, como se ha dicho, el león, el cual pareció de grandeza extraordinaria y de espantable y fea catadura. Lo primero que hizo fue revolverse en la jaula, donde venía echado, y tender la garra, y desperezarse todo; abrió luego la boca y bostezó muy despacio, y con casi dos palmos de lengua que sacó fuera se despolvoreó los ojos y se lavó el rostro; hecho esto, sacó la cabeza fuera de la jaula y miró a todas partes con los ojos hechos brasas, vista y ademán para poner espanto a la misma temeridad. Sólo don Quijote lo miraba, atentamente, deseando que saltase ya del carro y viniese con él a las manos, entre las cuales pensaba hacerle pedazos.

Hasta aquí llegó el extremo de su jamás vista locura. Pero el generoso león, más comedido que arrogante, no haciendo caso de niñerías ni de bravatas, después de haber mirado a una y otra parte, como se ha dicho, volvió las espaldas y enseñó

[20] Esperando.

▼ He aquí otro pasaje en el que «el énfasis, la alusión mitológica, histórica o literaria se equilibran, igual que en las descripciones del amanecer, con un rasgo de carácter naturalista o burlón» (Rosenblat): las *del perrillo* eran espadas toledadas que llevaban un perro —grabado como marca— en la hoja.

▼▼ Véase la primera nota al pie de la pág. 19 en II, 1, y nota al pie de la pág. 66 en II, 5.

sus traseras partes a don Quijote, y con gran flema y remanso [21] se volvió a echar en la jaula. Viendo lo cual don Quijote, mandó al leonero que le diese de palos y le irritase para echarle fuera.

—Eso no haré yo —respondió el leonero—, porque si yo le instigo, el primero a quien hará pedazos será a mí mismo. Vuesa merced, señor caballero, se contente con lo hecho, que es todo lo que puede decirse en género de valentía, y no quiera tentar segunda fortuna. El león tiene abierta la puerta: en su mano está salir, o no salir; pero pues no ha salido hasta ahora, no saldrá en todo el día. La grandeza del corazón de vuesa merced ya está bien declarada; ningún bravo peleante, según a mí se me alcanza, está obligado a más que a desafiar a su enemigo y esperarle en campaña; y si el contrario no acude, en él se queda la infamia, y el esperante gana la corona del vencimiento ▼.

—Así es verdad —respondió don Quijote—: cierra, amigo, la puerta, y dame por testimonio en la mejor forma que pudieres lo que aquí me has visto hacer; conviene a saber: como tú abriste al león, yo le esperé, él no salió, volvíle a esperar, volvió a no salir y volvióse a acostar. No debo más, y encantos afuera, y Dios ayude a la razón y a la verdad, y a la verdadera caballería, y cierra, como he dicho, en tanto que hago señas a los huidos y ausentes, para que sepan de tu boca esta hazaña.

Hízolo así el leonero, y don Quijote, poniendo en la punta de la lanza el lienzo con que se había limpiado el rostro de la lluvia de los requesones, comenzó a llamar a los que no dejaban de huir ni de volver la cabeza a cada paso, todos en tropa y

[21] Lentitud.

▼ Véase la nota al pie de pág. 176 en II, 14.

antecogidos [22] del hidalgo; pero alcanzando Sancho a ver la señal del blanco paño, dijo:

—Que me maten si mi señor no ha vencido a las fieras bestias, pues nos llama ▼.

Detuviéronse todos, y conocieron que el que hacía las señas era don Quijote, y perdiendo alguna parte del miedo, poco a poco se vinieron acercando hasta donde claramente oyeron las voces de don Quijote, que los llamaba. Finalmente, volvieron al carro, y en llegando, dijo don Quijote al carretero:

—Volved, hermano, a uncir vuestras mulas y a proseguir vuestro viaje; y tú, Sancho, dale dos escudos de oro, para él y para el leonero, en recompensa de lo que por mí se han detenido.

—Ésos daré yo de muy buena gana —respondió Sancho—; pero ¿qué se han hecho los leones? ¿Son muertos, o vivos?

Entonces el leonero, menudamente y por sus pausas, contó el fin de la contienda, exagerando como él mejor pudo y supo el valor de don Quijote, de cuya vista el león, acobardado, no quiso ni osó salir de la jaula, puesto que [23] había tenido un buen espacio abierta la puerta de la jaula; y que por haber él dicho a aquel caballero que era tentar a Dios irritar al león para que por fuerza saliese, como él quería que se irritase, mal de su grado y contra toda su voluntad había permitido que la puerta se cerrase.

—¿Qué te parece desto, Sancho? —dijo don Quijote—. ¿Hay encantos que valgan contra la verda-

[22] Empujados, seguidos.

[23] Aunque.

▼ En la aventura de los leones Cervantes parodia este tipo de episodios legendarios, frecuentes en las novelas de caballerías, dando así remate cómico a la tradición del león domeñado por el caballero. La extraña aparición de tales fieras alcanza la verosimilitud al venir los leones enjaulados, en un carro, y destinados como regalo al Rey de España (Riquer).

dera valentía? Bien podrán los encantadores quitarme la ventura, pero el esfuerzo y el ánimo, será imposible ▼.

Dio los escudos Sancho, unció el carretero, besó las manos el leonero a don Quijote por la merced recebida, y prometióle de contar aquella valerosa hazaña al mismo rey, cuando en la corte se viese.

—Pues si acaso Su Majestad preguntare quién la hizo, diréisle que *el Caballero de los Leones;* que de aquí en adelante quiero que en éste se trueque, cambie, vuelva y mude el que hasta aquí he tenido del *Caballero de la Triste Figura;* y en esto sigo la antigua usanza de los andantes caballeros, que se mudaban los nombres cuando querían, o cuando les venía a cuento ▼▼.

Siguió su camino el carro, y don Quijote, Sancho y el del Verde Gabán prosiguieron el suyo.

En todo este tiempo no había hablado palabra don Diego de Miranda, todo atento a mirar y a notar los hechos y palabras de don Quijote, pareciéndole que era un cuerdo loco y un loco que tiraba a cuerdo. No había aún llegado a su noticia la primera parte de su historia; que si la hubiera leído, cesara la admiración en que lo ponían sus hechos y sus palabras, pues ya supiera el género de su locura; pero como no la sabía, ya le tenía por cuerdo y ya por loco, porque lo que hablaba era concertado, elegante y bien dicho, y lo que hacía, disparatado, temerario y tonto. Y decía entre sí:

▼ Nótese que esta aventura contiene dos aspectos: «Uno, "didáctico", en lo que tiene de lección para los verdegabaneados que dudan del esfuerzo puro; y otro, esencial, que nos muestra aquí "aventura" por excelencia», aventura real y victoria real (Serrano Plaja).

▼▼ Se incrementa ahora con un nombre más la polionomasia en torno a don Quijote, el *Caballero de la Triste Figura* y el *Caballero de los Leones.* Nótese tambien la cómica acumulación de sinónimos *trueque, cambie, vuelva y mude.*

—¿Qué más locura puede ser que ponerse la celada llena de requesones y darse a entender que le ablandaban los cascos los encantadores? Y ¿qué mayor temeridad y disparate que querer pelear por fuerza con leones?

Destas imaginaciones y deste soliloquio le sacó don Quijote, diciéndole:

—¿Quién duda, señor don Diego de Miranda, que vuestra merced no me tenga en su opinión por un hombre disparatado y loco? Y no sería mucho que así fuese, porque mis obras no pueden dar testimonio de otra cosa. Pues, con todo esto, quiero que vuestra merced advierta que no soy tan loco ni tan menguado [24] como debo de haberle parecido. Bien parece un gallardo caballero, a los ojos de su rey, en la mitad de una gran plaza, dar una lanzada con felice suceso [25] a un bravo toro. Bien parece un caballero, armado de resplandecientes armas, pasar la tela [26] en alegres justas delante de las damas, y bien parecen todos aquellos caballeros que en ejercicios militares, o que lo parezcan, entretienen y alegran, y, si se puede decir, honran las cortes de sus príncipes; pero sobre todos éstos parece mejor un caballero andante, que por los desiertos, por las soledades, por las encrucijadas, por las selvas y por los montes anda buscando peligrosas aventuras, con intención de darles dichosa y bien afortunada cima, sólo por alcanzar gloriosa fama y duradera. Mejor parece, digo, un caballero andante socorriendo a una viuda en algún despoblado que un cortesano caballero requebrando [27] a una doncella en las ciudades. Todos los caballeros tienen sus particulares ejercicios: sirva a las damas el cortesano; autorice la corte de su rey con libreas [28]; sustente los caballeros pobres con el espléndido plato de su mesa; concierte justas, mantenga torneos [29], y muéstrese

[24] Falto de juicio.

[25] Feliz resultado.

[26] Campo cerrado y dispuesto para espectáculos.

[27] Cortejando.

[28] Criados (metonimia).

[29] Sea el principal (mantenedor) de torneos.

grande, liberal y magnífico, y buen cristiano, sobre todo, y desta manera cumplirá con sus precisas obligaciones. Pero el andante caballero busque los rincones del mundo, éntrese en los más intricados laberintos; acometa a cada paso lo imposible; resista en los páramos despoblados los ardientes rayos del sol en la mitad del verano, y en el invierno la dura inclemencia de los vientos y de los hielos; no le asombren leones, ni le espanten vestiglos [30], ni atemoricen endriagos [31]; que buscar éstos, acometer aquéllos y vencerlos a todos son sus principales y verdaderos ejercicios. Yo, pues, como me cupo en suerte ser uno del número de la andante caballería, no puedo dejar de acometer todo aquello que a mí me pareciere que cae debajo de la juridicción de mis ejercicios; y así, el acometer los leones que ahora acometí derechamente me tocaba, puesto que conocí ser temeridad exorbitante, porque bien sé lo que es valentía, que es una virtud que está puesta entre dos extremos viciosos, como son la cobardía y la temeridad; pero menos mal será que el que es valiente toque y suba al punto de temerario que no que baje y toque en el punto de cobarde; que así como es más fácil venir el pródigo a ser liberal que al avaro, así es más fácil dar el temerario en verdadero valiente que no el cobarde subir a la verdadera valentía; y en esto de acometer aventuras, créame vuesa merced, señor don Diego, que antes se ha de perder por carta de más que de menos, porque mejor suena en las orejas de los que lo oyen «el tal caballero es temerario y atrevido» que no «el tal caballero es tímido y cobarde».

—Digo, señor don Quijote —respondió don Diego—, que todo lo que vuesa merced ha dicho y hecho va nivelado con el fiel de la misma razón, y que entiendo que si las ordenanzas y leyes de la

[30] Monstruos horrendos.

[31] Monstruos fabulosos.

caballería andante se perdiesen, se hallarían en el pecho de vuesa merced como en su mismo depósito y archivo. Y démonos priesa, que se hace tarde, y lleguemos a mi aldea y casa, donde descansará vuestra merced del pasado trabajo, que si no ha sido del cuerpo, ha sido del espíritu, que suele tal vez redundar en cansancio del cuerpo.

—Tengo el ofrecimiento a gran favor y merced, señor don Diego —respondió don Quijote.

Y picando más de lo que hasta entonces, serían como las dos de la tarde cuando llegaron a la aldea y a la casa de don Diego, a quien don Quijote llamaba *el Caballero del Verde Gabán*.

CAPÍTULO XVIII

## De lo que sucedió a don Quijote en el castillo o casa del Caballero del Verde Gabán, con otras cosas extravagantes

Halló don Quijote ser la casa de don Diego de Miranda ancha como de aldea; las armas, empero, aunque de piedra tosca, encima de la puerta de la calle; la bodega [1], en el patio; la cueva [2], en el portal, y muchas tinajas a la redonda, que, por ser del Toboso, le renovaron las memorias de su encantada y transformada Dulcinea; y sospirando, y sin mirar lo que decía, ni delante de quién estaba, dijo:

—¡Oh dulces prendas, por mi mal halladas,
dulces y alegres cuando Dios quería!

¡Oh tobosescas tinajas, que me habéis traído a la memoria la dulce prenda de mi mayor amargura ▼!

Oyóle decir esto el estudiante poeta, hijo de don Diego, que con su madre había salido a recebirle, y madre y hijo quedaron suspensos de ver la ex-

[1] Para la cosecha de vino.

[2] Para comestibles guardados en sitio fresco.

▼ Era famosa entonces la industria de tinajas de El Toboso. Los dos versos recordados son los dos primeros del soneto X de Garcilaso de la Vega. El soneto «era famosísimo. Lo cómico era que se los evocaran las tinajas tobosescas» (Rosenblat). (Véase la nota al pie de la pág. 85 en II, 6.)

traña figura de don Quijote; el cual, apeándose de Rocinante, fue con mucha cortesía a pedirle las manos para besárselas, y don Diego dijo:

—Recebid, señora, con vuestro sólito [3] agrado al señor don Quijote de la Mancha, que es el que tenéis delante, andante caballero y el más valiente y el más discreto que tiene el mundo.

La señora, que doña Cristina se llamaba, le recibió con muestras de mucho amor y de mucha cortesía, y don Quijote se le ofreció con asaz de [4] discretas y comedidas razones. Casi los mismos comedimientos pasó [5] con el estudiante, que en oyéndole hablar don Quijote, le tuvo por discreto y agudo.

Aquí pinta el autor todas las circunstancias de la casa de don Diego, pintándonos en ellas lo que contiene una casa de un caballero labrador y rico; pero al traductor desta historia le pareció pasar estas y otras semejantes menudencias en silencio, porque no venían bien con el propósito principal de la historia, la cual más tiene su fuerza en la verdad que en las frías digresiones ▼.

Entraron a don Quijote en una sala, desarmóle Sancho, quedó en valones [6] y en jubón de camuza [7], todo bisunto [8] con la mugre de las armas; el cuello era valona [9] a lo estudiantil, sin almidón y sin randas [10]; los borceguíes eran datilados [11], y encerados los zapatos. Ciñóse su buena espada, que pendía de un tahalí de lobos marinos ▼▼; que es opinión que muchos años fue enfermo de los riñones; cubrióse un herreruelo [12] de buen paño par-

[3] Acostumbrado.

[4] Muy.

[5] Tuvo.

[6] Pantalones anchos a la flamenca.

[7] De piel de gamuza.

[8] Grasiento.

[9] Cuello extendido sobre hombros y pecho.

[10] Encajes.

[11] Las botas moriscas eran de color de dátil.

[12] Capa corta.

▼ He aquí una muestra bien ilustrativa del afán de eliminación de los detalles superfluos. (Véase también la primera nota al pie de la pág. 19 en II, 1, y nota al pie de pág. 66, en II, 5.)

▼▼ «Tahelí (cinto ancho que cruza el pecho) de piel de foca»; porque era superstición que los cintos de dicha piel eran benéficos para las enfermedades del riñón (Clemencín).

do; pero antes de todo, con cinco calderos, o seis, de agua, que en la cantidad de los calderos hay alguna diferencia, se lavó la cabeza y rostro, y todavía se quedó el agua de color de suero, merced a la golosina [13] de Sancho y a la compra de sus negros requesones, que tan blanco pusieron a su amo ▼. Con los referidos atavíos, y con gentil donaire y gallardía, salió don Quijote a otra sala, donde el estudiante le estaba esperando para entretenerle en tanto que las mesas se ponían; que por la venida de tan noble huésped quería la señora doña Cristina mostrar que sabía y podía regalar a los que a su casa llegasen.

[13] Gula.

En tanto que don Quijote se estuvo desarmando, tuvo lugar don Lorenzo, que así se llamaba el hijo de don Diego, de decir a su padre:

—¿Quién diremos, señor, que es este caballero que vuesa merced nos ha traído a casa? Que el nombre, la figura, y el decir que es caballero andante, a mí y a mi madre nos tiene suspensos.

—No sé lo que te diga, hijo —respondió don Diego—; sólo te sabré decir que le he visto hacer cosas del mayor loco del mundo, y decir razones tan discretas, que borran y deshacen sus hechos; háblale tú, y toma el pulso a lo que sabe, y, pues eres discreto, juzga de su discreción o tontería lo que más puesto en razón estuviere; aunque, para decir verdad, antes le tengo por loco que por cuerdo.

Con esto, se fue don Lorenzo a entretener a don Quijote, como queda dicho, y entre otras pláticas que los dos pasaron dijo don Quijote a don Lorenzo:

▼ Nótese la antítesis, como recurso burlesco, en el uso de *negros* con el valor de «malhadados», «malditos», para contraponerlo a *blanco*.

—El señor don Diego de Miranda, padre de vuesa merced, me ha dado noticia de la rara habilidad y sutil ingenio que vuestra merced tiene, y, sobre todo, que es vuesa merced un gran poeta.

—Poeta, bien podrá ser —respondió don Lorenzo—, pero grande, ni por pensamiento. Verdad es que yo soy algún tanto aficionado a la poesía y a leer los buenos poetas; pero no de manera que se me pueda dar el nombre de grande que mi padre dice.

—No me parece mal esa humildad —respondió don Quijote—, porque no hay poeta que no sea arrogante y piense de sí que es el mayor poeta del mundo.

—No hay regla sin excepción —respondió don Lorenzo—, y alguno habrá que lo sea y no lo piense.

—Pocas [14] —respondió don Quijote—; pero dígame vuesa merced: ¿qué versos son los que agora trae entre manos, que me ha dicho el señor su padre que le traen algo inquieto y pensativo? Y si es alguna glosa, a mí se me entiende algo de achaque [15] de glosas, y holgaría saberlos; y si es que son de justa literaria, procure vuestra merced llevar el segundo premio, que el primero siempre se lleva el favor o la gran calidad de la persona, el segundo se le lleva la mera justicia, y el tercero viene a ser segundo, y el primero, a esta cuenta, será el tercero, al modo de las licencias que se dan en las universidades ▼; pero, con todo esto, gran personaje es el nombre de *primero.*

—Hasta ahora —dijo entre sí don Lorenzo— no os podré yo juzgar por loco; vamos adelante.

[14] Pocas reglas (zeugma).

[15] Materia.

▼ Alude a las irregularidades cometidas por las Universidades en la concesión de títulos y asignación de cargos.

Y díjole:

—Paréceme que vuesa merced ha cursado las escuelas: ¿qué ciencias ha oído [16]?

—La de la caballería andante —respondió don Quijote—, que es tan buena como la de la poesía, y aun dos deditos más.

—No sé qué ciencia sea ésa —replicó don Lorenzo—, y hasta ahora no ha llegado a mi noticia.

—Es una ciencia —replicó don Quijote— que encierra en sí todas o las más ciencias del mundo, a causa que el que la profesa ha de ser jurisperito, y saber las leyes de la justicia distributiva [17] y conmutativa [18], para dar a cada uno lo que es suyo y lo que le conviene; ha de ser teólogo, para saber dar razón de la cristiana ley que profesa, clara y distintamente, adondequiera que le fuere pedido; ha de ser médico, y principalmente herbolario, para conocer en mitad de los despoblados y desiertos las yerbas que tienen virtud de sanar las heridas; que no ha de andar el caballero andante a cada triquete [19] buscando quien se las cure; ha de ser astrólogo, para conocer por las estrellas cuántas horas son pasadas de la noche, y en qué parte y en qué clima del mundo se halla; ha de saber las matemáticas, porque a cada paso se le ofrecerá tener necesidad dellas; y dejando aparte que ha de estar adornado de todas las virtudes teologales y cardinales, decendiendo a otras menudencias, digo que ha de saber nadar como dicen que nadaba el peje Nicolás, o Nicolao ▼; ha de saber herrar un caballo y aderezar la silla y el freno; y volviendo a lo de arriba, ha de guardar la fe a Dios y a su dama; ha de ser casto en los pensamientos, ho-

[16] Ha cursado.

[17] Que atiende a los derechos de las personas.

[18] Que nivela y equilibra las cosas.

[19] A cada paso.

▼ Especie de anfibio —muy familiar a los marineros— que vivía en los mares de Sicilia; este personaje legendario era ya muy conocido en el folclore medieval.

nesto en las palabras, liberal en las obras, valiente en los hechos, sufrido en los trabajos, caritativo con los menesterosos, y, finalmente, mantenedor de la verdad, aunque le cueste la vida el defenderla. De todas estas grandes y mínimas partes se compone un buen caballero andante, porque vea vuesa merced, señor don Lorenzo, si es ciencia mocosa [20] lo que aprende el caballero que la estudia y la profesa, y si se puede igualar a las más estiradas que en los gimnasios [21] y escuelas se enseñan.

—Si eso es así —replicó don Lorenzo—, yo digo que se aventaja esa ciencia a todas.

—¿Cómo si es así? —respondió don Quijote.

—Lo que yo quiero decir —dijo don Lorenzo— es que dudo que haya habido, ni que los hay ahora, caballeros andantes y adornados de virtudes tantas.

—Muchas veces he dicho lo que vuelvo a decir ahora —respondió don Quijote—: que la mayor parte de la gente del mundo está de parecer de que no ha habido en él caballeros andantes ▼; y por parecerme a mí que si el cielo milagrosamente no les da a entender la verdad de que los hubo y de que los hay, cualquier trabajo que se tome ha de ser en vano, como muchas veces me lo ha mostrado la experiencia, no quiero detenerme agora en sacar a vuesa merced del error que con los muchos tiene; lo que pienso hacer es el rogar al cielo le saque dél, y le dé a entender cuán provechosos y cuán necesarios fueron al mundo los caballeros andantes en los pasados siglos, y cuán útiles fueran en el presente si se usaran; pero triun-

[20] Infantil, frívola.

[21] Colegios.

▼ Véase nota al pie de la pág. 31 en II, 1.

fan ahora, por pecados de las gentes, la pereza, la ociosidad, la gula y el regalo.

—Escapado se nos ha nuestro huésped —dijo a esta sazón entre sí don Lorenzo—; pero, con todo eso, él es loco bizarro, y yo sería mentecato flojo si así no lo creyese.

Aquí dieron fin a su plática, porque los llamaron a comer. Preguntó don Diego a su hijo qué había sacado en limpio del ingenio del huésped. A lo que él respondió:

—No le sacarán del borrador de su locura cuantos médicos y buenos escribanos tiene el mundo▼: él es un entreverado[22] loco, lleno de lúcidos intervalos.

Fuéronse a comer, y la comida fue tal como don Diego había dicho en el camino que la solía dar a sus convidados: limpia, abundante y sabrosa; pero de lo que más se contentó don Quijote fue del maravilloso silencio que en toda la casa había, que semejaba un monasterio de cartujos▼▼. Levantados, pues, los manteles, y dadas gracias a Dios y agua a las manos▼▼▼, don Quijote pidió ahincadamente a don Lorenzo dijese los versos de la justa literaria. A lo que él respondió que por no parecer de aquellos poetas que cuando les ruegan digan sus

[22] Mezclado.

▼ *Sacar del borrador* era poner en limpio lo que se ha escrito; «sacar a don Quijote del borrador de su locura» era curarle, tarea imposible para un médico. «Al agregarle los *buenos escribanos* insistía en el valor literal del *borrador*, es decir, restablecía en su pleno vigor la imagen original y jugaba con ella» (Rosenblat).

▼▼ Conocemos en este capítulo la forma de vida cuyas características anunció en el anterior don Diego de Miranda. A la parquedad con que se describió su casa, al comienzo de este capítulo, se añaden ahora estas pinceladas impresionistas, que sugieren el ambiente en que vive esta familia.

▼▼▼ Nótese la «antítesis armonizada», en el enlace de abstracto y concreto (Hatzfeld). Estos enlaces antitéticos, cargados de humor, «juegan con la congruencia de lo incongruente y la unión armónica de realidad concreta y abstracción ideal» (Rosenblat).

versos los niegan y cuando no se los piden los vomitan...

—...yo diré mi glosa[23], de la cual no espero premio alguno; que sólo por ejercitar el ingenio la he hecho.

—Un amigo y discreto —respondió don Quijote— era de parecer que no se había de cansar nadie en glosar versos, y la razón, decía él, era que jamás la glosa podía llegar al texto, y que muchas o las más veces iba la glosa fuera de la intención y propósito de lo que pedía lo que se glosaba, y más, que las leyes de la glosa eran demasiadamente estrechas, que no sufrían interrogantes, ni *dijo,* ni *diré*, ni hacer nombres de verbos, ni mudar el sentido, con otras ataduras y estrechezas[24] con que van atados los que glosan, como vuestra merced debe de saber.

—Verdaderamente, señor don Quijote —dijo don Lorenzo—, que deseo coger a vuestra merced en un mal latín[25] continuado, y no puedo, porque se me desliza de entre las manos como anguila.

—No entiendo —respondió don Quijote— lo que vuestra merced dice ni quiere decir en eso del deslizarme.

—Yo me daré a entender —respondió don Lorenzo—, y por ahora esté vuesa merced atento a los versos glosados y a la glosa, que dicen desta manera:

¡Si mi *fue* tornase a *es,*
sin esperar más *será,*
o viniese el tiempo ya
de lo que será después▼...!

[23] (Paso rápido del estilo indirecto al directo.)

[24] Estrecheces.

[25] En un error grave.

▼ Esta redondilla, que no es de Cervantes, ya la había glosado mucho antes el poeta Gregorio Silvestre (1520-1569).

GLOSA

Al fin, como todo pasa,
se pasó el bien que me dio
Fortuna, un tiempo no escasa,
y nunca me le volvió,
ni abundante, ni por tasa.
Siglos ha ya que me vees,
Fortuna, puesto a tus pies;
vuélveme a ser venturoso;
que será mi ser dichoso
*si mi fue tornase a es.*

No quiero otro gusto o gloria,
otra palma o vencimiento,
otro triunfo, otra victoria
sino volver al contento
que es pesar en mi memoria.
Si tú me vuelves allá,
Fortuna, templado está
todo el rigor de mi fuego,
y más si este bien es luego [26],
*sin esperar más será.*

Cosas imposibles pido,
pues volver el tiempo a ser
después que una vez ha sido,
no hay en la tierra poder
que a tanto se haya extendido.
Corre el tiempo, vuela y va
ligero, y no volverá,
y erraría el que pidiese,
o que el tiempo ya se fuese,
*o volviese* ▼ *el tiempo ya.*

Vivo en perpleja vida,
ya esperando, ya temiendo:

[26] En seguida.

▼ «Viniese», pues la glosa recoge aquí el tercer verso de la cabeza o texto inicial.

es muerte muy conocida,
y es mucho mejor muriendo
buscar al dolor salida.
A mí me fuera interés
acabar, mas no lo es,
pues, con discurso mejor,
me da la vida el temor
*de lo que será después.*

En acabando de decir su glosa don Lorenzo, se levantó en pie don Quijote, y en voz levantada, que parecía grito, asiendo, con su mano la derecha de don Lorenzo, dijo:

—¡Viven los cielos donde más altos están, mancebo generoso, que sois el mejor poeta del orbe, y que merecéis estar laureado, no por Chipre ni por Gaeta, como dijo un poeta ▼, que Dios perdone, sino por las academias de Atenas, si hoy vivieran, y por las que hoy viven de París, Bolonia y Salamanca ▼▼! Plega al cielo que los jueces que os quitaren el premio primero, Febo [27] los asaetee y las Musas jamás atraviesen los umbrales de sus casas. Decidme, señor, si sois servido, algunos versos mayores [28]; que quiero tomar de todo en todo el pulso a vuestro admirable ingenio.

¿No es bueno que dicen que se holgó don Lorenzo de verse alabar de don Quijote, aunque le tenía por loco? ¡Oh fuerza de la adulación, a cuánto te extiendes, y cuán dilatados límites son los de tu juridicción agradable! Esta verdad acreditó don

[27] Apolo, dios de la música y la poesía.

[28] Endecasílabos.

▼ Alude a Juan Bautista de Bivar, poeta elogiado por Cervantes en el *Canto de Calíope* incluido en *La Galatea* (Rodríguez Marín).

▼▼ La Academia de Atenas era el lugar donde enseñaba Platón y su escuela filosófica (por extensión, se llaman «academias» todas las sociedades de escritores, sabios, etc.). París, Bolonia y Salamanca fueron las tres universidades más famosas del siglo XIII.

Lorenzo, pues concedió con la demanda y deseo de don Quijote, diciéndole este soneto a la fábula o historia de Píramo y Tisbe ▼:

SONETO

El muro rompe la doncella hermosa
que de Píramo abrió el gallardo pecho;
parte el Amor de Chipre, y va derecho
a ver la quiebra [29] estrecha y prodigiosa.
Habla el silencio allí, porque no osa
la voz entrar por tan estrecho estrecho [30];
las almas sí, que amor suele de hecho
facilitar la más difícil cosa.
Salió el deseo de compás, y el paso
de la imprudente virgen solicita
por su gusto su muerte. Ved qué historia:
Que a entrambos en un punto, ¡oh extraño caso!,
los mata, los encubre y resucita
una espada, un sepulcro, una memoria.

—¡Bendito sea Dios —dijo don Quijote habiendo oído el soneto a don Lorenzo—, que entre los infinitos poetas consumidos que hay, he visto un consumado poeta ▼▼, como lo es vuesa merced, señor mío; que así me lo da a entender el artificio deste soneto!

Cuatro días estuvo don Quijote regaladísimo en la casa de don Diego, al cabo de los cuales le pidió licencia para irse, diciéndole que le agradecía la merced y buen tratamiento que en su casa ha-

[29] Grieta.

[30] Aprieto.

▼ Fábula mitológica de dos amantes muertos por equivocación: Tisbe escapa de una leona con el hocico ensangrentado y deja caer una prenda de ropa, que la leona mancha de sangre. Aparece Píramo y, creyendo muerta a Tisbe, se suicida. Ésta hace lo mismo después al ver el cadáver de su amante.

▼▼ Nótese el juego fónico en la paronomasia *consumido-consumado.*

bía recebido, pero que por no parecer bien que los caballeros andantes se den muchas horas a ocio y al regalo, se quería ir a cumplir con su oficio, buscando las aventuras, de quien [31] tenía noticia que aquella tierra abundaba, donde esperaba entretener el tiempo hasta que llegase el día de las justas de Zaragoza, que era el de su derecha derrota [32]; y que primero había de entrar en la cueva de Montesinos, de quien tantas y tan admirables cosas en aquellos contornos se contaban, sabiendo e inquiriendo asimismo el nacimiento y verdaderos manantiales de las siete lagunas llamadas comúnmente de Ruidera▼.

Don Diego y su hijo le alabaron su honrosa determinación, y le dijeron que tomase de su casa y de su hacienda todo lo que en grado le viniese; que le servirían con la voluntad posible; que a ello les obligaba el valor de su persona y la honrosa profesión suya.

Llegóse, en fin, el día de su partida, tan alegre para don Quijote como triste y aciago para Sancho Panza, que se hallaba muy bien con la abundancia de la casa de don Diego, y rehusaba de volver a la hambre que se usa en las florestas, despoblados y a la estrecheza de sus mal proveídas alforjas. Con todo esto, las llenó y colmó de lo más necesario que le pareció, y al despedirse dijo don Quijote a don Lorenzo:

—No sé si he dicho a vuesa merced otra vez, y si lo he dicho lo vuelvo a decir, que cuando vuesa merced quisiere ahorrar caminos y trabajos para llegar a la inaccesible cumbre del templo de la

[31] De las cuales.

[32] Ruta.

▼ «Su *derrota* (rumbo hacia Zaragoza) es *derecha* y hacia el norte; sin embargo, ahora se encaminará hacia el sur, pues las lagunas de Ruidera y la cueva de Montesinos quedan a unos 40 km al sur de El Toboso» (Murillo), entre Ciudad Real y Albacete. (Véase también nota al pie de la pág. 62 en II, 4.)

Fama, no tiene que hacer otra cosa sino dejar a una parte la senda de la poesía, algo estrecha, y tomar la estrechísima de la andante caballería, bastante para hacerle emperador en daca las pajas [33].

Con estas razones acabó don Quijote de cerrar el proceso de su locura, y más con las que añadió, diciendo:

—Sabe Dios si quisiera llevar conmigo al señor don Lorenzo, para enseñarle cómo se han de perdonar los sujetos [34], y supeditar y acocear los soberbios, virtudes anejas a la profesión que yo profeso; pero pues no lo pide su poca edad, ni lo querrán consentir sus loables ejercicios, sólo me contento con advertirle a vuesa merced que siendo poeta, podrá ser famoso si se guía más por el parecer ajeno que por el propio, porque no hay padre ni madre a quien sus hijos le parezcan feos, y en los que lo son del entendimiento corre más este engaño.

De nuevo se admiraron padre y hijo de las entremetidas [35] razones de don Quijote, ya discretas y ya disparatadas, y del tema y tesón [36] que llevaba de acudir de todo en todo a la busca de sus desventuradas aventuras, que las tenía por fin y blanco de sus deseos. Reiteráronse los ofrecimientos y comedimientos, y con la buena licencia de la señora del castillo▼, don Quijote y Sancho, sobre Rocinante y el rucio, se partieron.

[33] En un momento.

[34] Sumisos, humildes.

[35] Mezcladas.

[36] Obstinación y firmeza.

▼ Burla irónica del narrador: don Quijote no imaginó que la casa de don Diego fuese un *castillo,* ni su mujer la *señora del castillo.*

## CAPÍTULO XIX

### **Donde se cuenta la aventura del pastor enamorado, con otros en verdad graciosos sucesos**

Poco trecho se había alongado don Quijote del lugar de don Diego, cuando encontró con dos como clérigos o como estudiantes ▾ y con dos labradores que sobre cuatro bestias asnales venían caballeros [1]. El uno de los estudiantes traía, como en portamanteo [2], en un lienzo de bocací [3] verde envuelto, al parecer, un poco de grana blanca ▾▾ y dos pares de medias de cordellate [4]; el otro no traía otra cosa que dos espadas negras de esgrima, nuevas, y con sus zapatillas [5]. Los labradores traían otras cosas, que daban indicio y señal que venían de alguna villa grande, donde las habían comprado, y las llevaban a su aldea; y así estudiantes como labradores cayeron en la misma admiración en que caían todos aquellos que la vez primera veían a don Quijote, y morían por saber qué hombre fuese aquél tan fuera del uso de los otros hombres.

[1] A caballo.

[2] Maleta.

[3] Tela de hilo teñida.

[4] Tejido basto de lana.

[5] Botones de cuero para tapar las puntas.

▾ Unos y otros vestían igualmente. (Véase la primera nota al pie de la pág. 48 en II, 3.)

▾▾ No hay contradicción: *Grana* era el paño y la tintura que tomaron el nombre de su primitivo color rojo; pero podía ser también de otro color distinto.

Saludóles don Quijote, y después de saber el camino que llevaban, que era el mesmo que él hacía, les ofreció su compañía, y les pidió detuviesen el paso, porque caminaban más sus pollinas que su caballo, y para obligarlos, en breves razones les dijo quién era, y su oficio y profesión, que era de caballero andante que iba a buscar las aventuras por todas las partes del mundo. Díjoles que se llamaba de nombre propio don Quijote de la Mancha, y por el apelativo, *el Caballero de los Leones.* Todo esto para los labradores era hablarles en griego o en jerigonza [6], pero no para los estudiantes, que luego [7] entendieron la flaqueza del celebro de don Quijote; pero, con todo eso, le miraban con admiración y con respeto, y uno dellos le dijo:

—Si vuestra merced, señor caballero, no lleva camino determinado, como no le suelen llevar los que buscan las aventuras, vuesa merced se venga con nosotros: verá una de las mejores bodas y más ricas que hasta el día de hoy se habrán celebrado en La Mancha, ni en otras muchas leguas a la redonda.

Preguntóle don Quijote si eran de algún príncipe, que así las ponderaba.

—No son —respondió el estudiante— sino de un labrador y una labradora, él, el más rico de toda esta tierra, y ella, la más hermosa que han visto los hombres. El aparato con que se han de hacer es extraordinario y nuevo, porque se han de celebrar en un prado que está junto al pueblo de la novia, a quien por excelencia llaman Quiteria la hermosa, y el desposado se llama Camacho el rico, ella de edad de diez y ocho años, y él de veinte y dos, ambos para en uno [8], aunque algunos curiosos que tienen de memoria los linajes de todo el mundo quieren decir que el de la hermosa Quite-

[6] Jerga.

[7] En seguida.

[8] Tal para cual.

ria se aventaja al de Camacho; pero ya no se mira en esto, que las riquezas son poderosas [9] de soldar muchas quiebras [10]. En efecto, el tal Camacho es liberal y hásele antojado de enramar y cubrir todo el prado por arriba, de tal suerte que el sol se ha de ver en trabajo si quiere entrar a visitar las yerbas verdes de que está cubierto el suelo. Tiene asimesmo maheridas [11] danzas, así de espadas como de cascabel menudo, que hay en su pueblo quien los repique y sacuda por extremo; de zapateadores no digo nada, que es un juicio los que tiene muñidos ▼; pero ninguna de las cosas referidas ni otras muchas que he dejado de referir ha de hacer más memorables estas bodas, sino las que imagino que hará en ellas el despechado Basilio. Es este Basilio un zagal vecino del mesmo lugar de Quiteria, el cual tenía su casa pared y medio [12] de la de los padres de Quiteria, de donde tomó ocasión el amor de renovar al mundo los ya olvidados amores de Píramo y Tisbe ▼▼, porque Basilio se enamoró de Quiteria desde sus tiernos y primeros años, y ella fue correspondiendo a su deseo con mil honestos favores, tanto, que se contaban por entretenimiento en el pueblo los amores de los dos niños Basilio y Quiteria. Fue creciendo la edad, y acordó el padre de Quiteria de estorbar a Basilio la ordinaria entrada que en su casa tenía, y por quitarse de andar receloso y lleno de sospechas, ordenó de casar a su hija con el rico Camacho, no pareciéndole ser bien casarla con Basilio, que no tenía tantos bienes de fortuna como de na-

[9] Capaces.

[10] Grietas.

[11] Preparadas.

[12] Por medio.

▼ «Que es una gran cantidad los que tiene convocados» (como la muchedumbre convocada en el día del Juicio Final). Son éstos distintos tipos de danzas tradicionales propias del folclore de algunas zonas de España.

▼▼ Véase la primera nota al pie de la pág. 225 en el capítulo anterior.

turaleza; pues si va a decir las verdades sin invidia, él es el más ágil mancebo que conocemos, gran tirador de barra, luchador extremado y gran jugador de pelota; corre como un gamo, salta más que una cabra y birla[13] a los bolos como por encantamento; canta como una calandria, y toca una guitarra, que la hace hablar, y, sobre todo, juega[14] una espada como el más pintado.

—Por esa sola gracia —dijo a esta sazón don Quijote— merecía ese mancebo no sólo casarse con la hermosa Quiteria, sino con la mesma reina Ginebra, si fuera hoy viva, a pesar de Lanzarote y de todos aquellos que estorbarlo quisieran▼.

—¡A mi mujer con eso! —dijo Sancho Panza, que hasta entonces había ido callando y escuchando—, la cual no quiere sino que cada uno case con su igual, ateniéndose al refrán que dicen: «Cada oveja con su pareja.» Lo que yo quisiera es que ese buen Basilio, que ya me le voy aficionando, se casara con esa señora Quiteria; que buen siglo hayan y buen poso[15] (iba a decir al revés) los que estorban que se casen los que bien se quieren.

—Si todos los que bien se quieren se hubiesen de casar —dijo don Quijote—, quitaríase la elección y juridicción a los padres de casar sus hijos con quien y cuando deben; y si a la voluntad de las hijas quedase escoger los maridos, tal habría que escogiese al criado de su padre, y tal al que vio pasar por la calle, a su parecer, bizarro y entonado, aunque fuese un desbaratado espadachín; que el amor y la afición con facilidad ciegan los ojos del entendimiento, tan necesarios para escoger estado, y el del matrimonio está muy a peligro de errarse, y es menester gran tiento y parti-

[13] Tira por segunda vez la bola.

[14] Ejercita.

[15] Que buen descanso eterno tengan y buen reposo.

▼ Véase la primera nota al pie de la pág. 176, en I, 13.

cular favor del cielo para acertarle. Quiere hacer uno un viaje largo, y si es prudente, antes de ponerse en camino busca alguna compañía segura y apacible con quien acompañarse. Pues ¿por qué no hará lo mesmo el que ha de caminar toda la vida, hasta el paradero de la muerte, y más si la compañía le ha de acompañar en la cama, en la mesa y en todas partes, como es la de la mujer con su marido? La de la propia mujer no es mercaduría, que una vez comprada se vuelve, o se trueca o cambia, porque es accidente inseparable, que dura lo que dura la vida. Es un lazo que si una vez le echáis al cuello, se vuelve en el nudo gordiano ▼, que si no le corta la guadaña de la muerte, no hay desatarle. Muchas más cosas pudiera decir en esta materia, si no lo estorbara el deseo que tengo de saber si le queda más que decir al señor licenciado acerca de la historia de Basilio.

A lo que respondió el estudiante bachiller, o licenciado, como le llamó don Quijote, que:

—De todo no me queda más que decir sino que desde el punto que Basilio supo que la hermosa Quiteria se casaba con Camacho el rico, nunca más le han visto reír ni hablar razón concertada, y siempre anda pensativo y triste, hablando entre sí mismo, con que da ciertas y claras señales de que se le ha vuelto [16] el juicio; come poco y duerme poco, y lo que come son frutas, y en lo que duerme, si duerme, es en el campo, sobre la dura tierra, como animal bruto [17]; mira de cuando en cuando al cielo, y otras veces clava los ojos en la tierra, con tal embelesamiento, que no parece sino estatua vestida que el aire le mueve la ropa. En

[16] Trastornado.

[17] Irracional.

▼ «Imposible de deshacer.» Alude al nudo que ataba al yugo la lanza del carro de Gordio, antiguo rey de Frigia, el cual dicen que estaba hecho con tal artificio que no se podían descubrir los dos cabos (Alejandro Magno lo cortó de un tajo de su espada).

fin, él da tales muestras de tener apasionado el corazón, que tememos todos los que le conocemos que el dar el sí mañana la hermosa Quiteria ha de ser la sentencia de su muerte.

—Dios lo hará mejor —dijo Sancho—, que Dios, que da la llaga, da la medicina; nadie sabe lo que está por venir: de aquí a mañana muchas horas hay, y en una, y aun en un momento, se cae la casa; yo he visto llover y hacer sol, todo a un mesmo punto; tal se acuesta sano la noche, que no se puede mover otro día [18]. Y díganme, ¿por ventura habrá quien se alabe que tiene echado un clavo a la rodaja de la Fortuna▼? No, por cierto, y entre el *sí* y el *no* de la mujer no me atrevería yo a poner una punta de alfiler, porque no cabría. Denme a mí que Quiteria quiera de buen corazón y de buena voluntad a Basilio, que yo le daré a él un saco de buena ventura: que el amor, según yo he oído decir, mira con unos antojos [19], que hacen parecer oro al cobre, a la pobreza riqueza, y a las lagañas [20] perlas.

—¿Adónde vas a parar, Sancho, que seas maldito? —dijo don Quijote—. Que cuando comienzas a ensartar refranes y cuentos, no te puede esperar sino el mesmo Judas▼▼, que te lleve. Dime, animal, ¿qué sabes tú de clavos, ni de rodajas, ni de otra cosa ninguna?

—¡Oh! Pues si no me entienden —respondió Sancho—, no es maravilla que mis sentencias sean tenidas por disparates. Pero no importa; yo me en-

[18] Al día siguiente.

[19] Anteojos.

[20] Legañas, humores cuajados de las glándulas de los párpados.

▼ Alusión a la alegoría que supone que la rueda *(rodaja)* de la Fortuna da vueltas constantemente. Por eso se dice del afortunado que parece que con un clavo la tiene detenida en estado de prosperidad.

▼▼ «Judas como judío arquetípico, y a los judíos se los llamaba "los de la ley cansada", porque todavía esperaban a su Mesías» (Avalle-Arce).

tiendo, y sé que no he dicho muchas necedades en lo que he dicho, sino que vuesa merced, señor mío, siempre es friscal de mis dichos, y aun de mis hechos.

—*Fiscal* has de decir —dijo don Quijote—, que no *friscal,* prevaricador del buen lenguaje, que Dios te confunda▼.

—No se apunte[21] vuestra merced conmigo —respondió Sancho—, pues sabe que no me he criado en la corte, ni he estudiado en Salamanca para saber si añado o quito alguna letra a mis vocablos. Sí, que ¡válgame Dios! no hay para qué obligar al sayagués a que hable como el toledano, y toledanos puede haber que no las corten en el aire[22] en esto del hablar polido▼▼.

—Así es —dijo el licenciado—, porque no pueden hablar tan bien los que se crían en las Tenerías y en Zocodover como los que se pasean casi todo el día por el claustro de la Iglesia Mayor, y todos son toledanos. El lenguaje puro, el propio, el elegante y claro, está en los discretos cortesanos, aunque hayan nacido en Majalahonda▼▼▼; dije *discretos* porque hay muchos que no lo son, y la discreción es la gramática del buen lenguaje, que se acompaña con el uso. Yo, señores, por mis pecados, he estudiado Cánones en Salamanca, y

[21] No se enfade (no se ponga de punta).

[22] No respondan con agudeza y prontitud.

▼ Véase nota al pie de la pág. 167, en I, 12, y nota al pie de la pág. 303, en I, 21.

▼▼ *Sayagués* era el natural de Sayago (Zamora), región cuya habla rústica se hizo proverbial, por lo que se dio este nombre al habla tosca convencional de algunos tipos rústicos del teatro prelopista español. Nótese que Cervantes le permite a Sancho afirmar su ideal de una tolerancia lingüística y a don Quijote mantener su ideal de un «lenguaje ilustrado» (Spitzer).

▼▼▼ Las Tenerías (donde se curten las pieles) y Zocodover (plaza central de Toledo) eran lugares bajos de Toledo, frecuentados por el hampa. La Iglesia Mayor es la catedral. Y Majadahonda es un pueblo situado al noroeste de Madrid.

[23] Me jacto.

[24] Jactareis.

[25] Las espadas negras.

[26] Hubierais sido el primero al licenciaros, en vez de ser el último.

[27] Movimiento de esgrima.

pícome [23] algún tanto de decir mi razón con palabras claras, llanas y significantes▼.

—Si no os picáredes [24] más de saber más menear las negras [25] que lleváis que la lengua —dijo el otro estudiante—, vos llevárades el primero en licencias, como llevastes cola [26].

—Mirad, bachiller —respondió el licenciado—, vos estáis en la más errada opinión del mundo acerca de la destreza de la espada, teniéndola por vana.

—Para mí no es opinión, sino verdad asentada —replicó Corchuelo—; y si queréis que os lo muestre con la experiencia, espadas traéis, comodidad hay, yo pulsos y fuerzas tengo, que acompañadas de mi ánimo, que no es poco, os harán confesar que yo no me engaño. Apeaos, y usad de vuestro compás de pies [27], de vuestros círculos y vuestros ángulos y ciencia, que yo espero de haceros ver estrellas a mediodía con mi destreza moderna y zafia, en quien espero, después de Dios, que está por nacer hombre que me haga volver las espaldas, y que no le hay en el mundo a quien yo no le haga perder tierra.

—En eso de volver, o no, las espaldas no me meto —replicó el diestro—, aunque podría ser que en la parte donde la vez primera clavásedes el pie, allí os abriesen la sepultura: quiero decir, que allí quedásedes muerto▼▼ por la despreciada destreza.

—Ahora se verá —respondió Corchuelo.

Y apeándose con gran presteza de su jumento,

▼ He aquí el ideal lingüístico de Cervantes.

▼▼ «Una forma especial [de sinonimia] es la que se llama *sinonimia glosada:* se junta un término problemático o ambiguo con otro habitual» (Rosenblat): *os abriesen la sepultura = quedásedes muerto.*

tiró con furia de una de las espadas que llevaba el licenciado en el suyo.

—No ha de ser así —dijo a este instante don Quijote—, que yo quiero ser el maestro desta esgrima, y el juez desta muchas veces no averiguada cuestión.

Y apeándose de Rocinante y asiendo de su lanza, se puso en la mitad del camino, a tiempo que ya el licenciado, con gentil donaire de cuerpo y compás de pies, se iba contra Corchuelo, que contra él se vino, lanzando, como decirse suele, fuego por los ojos. Los otros dos labradores del acompañamiento, sin apearse de sus pollinas, sirvieron de aspetatores [28] en la mortal tragedia. Las cuchilladas, estocadas, altibajos, reveses y mandobles ▼ que tiraba Corchuelo eran sin número, más espesas que hígado y más menudas [29] que granizo. Arremetía como un león irritado; pero salíale al encuentro un tapaboca [30] de la zapatilla de la espada del licenciado, que en mitad de su furia le detenía, y se la hacía besar como si fuera reliquia, aunque no con tanta devoción como las reliquias deben y suelen besarse.

Finalmente, el licenciado le contó a estocadas todos los botones de una media sotanilla que traía vestida [31], haciéndole tiras los faldamentos [32], como colas de pulpo ▼▼, derribóle el sombrero dos veces, y cansóle de manera que de despecho, có-

[28] Espectadores (italianismo).

[29] Menudeadas.

[30] Golpe en la boca.

[31] Le dio cuantas estocadas quiso y donde quiso.

[32] Faldas talares.

▼ Tecnicismos de esgrima: *cuchilladas:* golpe con la espada (no de punta); *estocadas:* golpes con la punta de la espada; *altibajos:* golpes dados de arriba abajo; *reveses:* golpes de izquierda a derecha; *mandobles:* golpes dados con la espada a dos manos (Clemencín).

▼▼ «Una serie de comparaciones comunes ("más espesas que hígado y más menudas que granizo", "arremetía como un león irritado", "tiras como colas de pulpo"), y en medio de ellas la comparación insólita entre la zapatilla de la espada y la reliquia devota» (Rosenblat).

lera y rabia asió la espada por la empuñadura, y arrojóla por el aire con tanta fuerza, que uno de los labradores asistentes, que era escribano, que fue por ella, dio después por testimonio que la alongó de sí casi tres cuartos de legua; el cual testimonio sirve y ha servido para que se conozca y vea con toda verdad cómo la fuerza es vencida del arte.

Sentóse cansado Corchuelo, y llegándose a él Sancho, le dijo:

—Mía fe, señor bachiller, si vuesa merced toma mi consejo, de aquí adelante no ha de desafiar a nadie a esgrimir, sino a luchar o a tirar la barra, pues tiene edad y fuerzas para ello; que destos a quien llaman *diestros*[33] he oído decir que meten una punta de una espada por el ojo de una aguja.

—Yo me contento —respondió Corchuelo— de haber caído de mi burra[34], y de que me haya mostrado la experiencia la verdad, de quien tan lejos estaba.

Y levantándose, abrazó al licenciado, y quedaron más amigos que de antes, y no queriendo esperar al escribano, que había ido por la espada, por parecerle que tardaría mucho; y así, determinaron seguir, por llegar temprano a la aldea de Quiteria, de donde todos eran.

En lo que faltaba del camino les fue contando el licenciado las excelencias de la espada, con tantas razones demostrativas y con tantas figuras y demostraciones matemáticas, que todos quedaron enterados de la bondad de la ciencia, y Corchuelo, reducido de su pertinacia.

Era anochecido, pero antes que llegasen les pareció a todos que estaba delante del pueblo un cielo lleno de innumerables y resplandecientes estrellas. Oyeron asimismo confusos y suaves sonidos de diversos instrumentos, como de flautas, tam-

[33] Maestros en el arte de la esgrima.

[34] Haberme desengañado.

borinos, salterios, albogues[35], panderos y sonajas, y cuando llegaron cerca vieron que los árboles de una enramada que a mano habían puesto a la entrada del pueblo estaban todos llenos de luminarias, a quien no ofendía[36] el viento, que entonces no soplaba sino tan manso, que no tenía fuerza para mover las hojas de los árboles. Los músicos eran los regocijadores de la boda, que en diversas cuadrillas por aquel agradable sitio andaban, unos bailando, y otros cantando, y otros tocando la diversidad de los referidos instrumentos. En efecto, no parecía sino que por todo aquel prado andaba corriendo la alegría y saltando el contento.

Otros muchos andaban ocupados en levantar andamios, de donde con comodidad pudiesen ver otro día[37] las representaciones y danzas que se habían de hacer en aquel lugar dedicado para solemnizar las bodas del rico Camacho y las exequias de Basilio. No quiso entrar en el lugar don Quijote, aunque se lo pidieron así el labrador como el bachiller; pero él dio por disculpa, bastantísima a su parecer, ser costumbre de los caballeros andantes dormir por los campos y florestas antes que en los poblados, aunque fuese debajo de dorados techos; y con esto, se desvió un poco del camino, bien contra la voluntad de Sancho, viniéndosele a la memoria el buen alojamiento que había tenido en el castillo o casa de don Diego.

[35] Especie de dulzainas.

[36] Atacaba.

[37] Al día siguiente.

## CAPÍTULO XX

### **Donde se cuentan las bodas de Camacho el rico con el suceso de Basilio el pobre**

Apenas la blanca aurora había dado lugar a que el luciente Febo [1] con el ardor de sus calientes rayos las líquidas perlas de sus cabellos de oro enjugase, cuando don Quijote, sacudiendo la pereza de sus miembros, se puso en pie y llamó a su escudero Sancho, que aun todavía roncaba ▼; lo cual visto por don Quijote, antes que le despertase, le dijo:

—¡Oh, tú, bienaventurado sobre cuantos viven sobre la haz de la tierra, pues sin tener invidia ni ser invidiado, duermes, con sosegado espíritu, ni te persiguen encantadores, ni sobresaltan encantamentos! Duerme, digo otra vez, y lo diré otras ciento, sin que te tengan en contina vigilia celos de tu dama, ni te desvelen pensamientos de pagar deudas que debas, ni de lo que has de hacer para comer otro día [2] tú y tu pequeña y angustiada familia. Ni la ambición te inquieta, ni la pompa vana del mundo te fatiga, pues los límites de tus deseos no se extienden a más que a pensar [3] tu jumento; que el de tu persona sobre mis hombros le tienes

[1] Apolo, personificación del Sol.

[2] Al día siguiente.

[3] Dar pienso a.

▼ Este ronquido de Sancho contrasta con la altisonancia de esta descripción del amanecer mitológico en estilo afectado. (Véase la primera nota al pie de la pág. 169 en II, 14.)

puesto▼, contrapeso y carga que puso la naturaleza y la costumbre a los señores. Duerme el criado, y está velando el señor, pensando cómo le ha de sustentar, mejorar y hacer mercedes. La congoja de ver que el cielo se hace de bronce sin acudir a la tierra con el conveniente rocío no aflige al criado, sino al señor, que ha de sustentar en la esterilidad y hambre al que le sirvió en la fertilidad y abundancia.

A todo esto no respondió Sancho, porque dormía, ni despertara tan presto si don Quijote con el cuento [4] de la lanza no le hiciere volver en sí. Despertó, en fin, soñoliento y perezoso, y volviendo el rostro a todas partes, dijo:

—De la parte desta enramada, si no me engaño, sale un tufo y olor harto más de torreznos asados que de juncos y tomillos; bodas que por tales olores comienzan, para mi santiguada [5] que deben de ser abundantes y generosas.

—Acaba, glotón —dijo don Quijote—; ven, iremos a ver estos desposorios, por ver lo que hace el desdeñado Basilio.

—Mas que haga lo que quisiere —respondió Sancho—: no fuera él pobre y casárase con Quiteria. ¿No hay más sino no tener un cuarto y querer casarse por las nubes? A la fe, señor, yo soy de parecer que el pobre debe de contentarse con lo que hallare, y no pedir cotufas en el golfo [6]. Yo apostaré un brazo que puede Camacho envolver en reales a Basilio, y si esto es así, como debe de ser,

[4] Contera, extremo opuesto a la punta.

[5] Santiguada frente (elipsis).

[6] No pedir cosas imposibles.

▼ Nótese el juego con el zeugma (variante de la elipsis) complejo combinado con un juego de palabras: «*Pensar el jumento* es darle pienso: es la misión de Sancho. El *pensamiento* de don Quijote —expresado elípticamente— consiste en velar sobre su escudero» (Rosenblat).

bien boba fuera Quiteria en desechar las galas y las joyas que le debe de haber dado, y le puede dar Camacho, por escoger el tirar de la barra y el jugar de la negra [7] de Basilio. Sobre un buen tiro de barra o sobre una gentil treta de espada no dan un cuartillo de vino en la taberna. Habilidades y gracias que no son vendibles, mas que las tenga el conde Dirlos ▼; pero cuando las tales gracias caen sobre quien tiene buen dinero, tal sea mi vida como ellas parecen. Sobre un buen cimiento se puede levantar un buen edificio, y el mejor cimiento y zanja del mundo es el dinero.

—Por quien Dios es, Sancho —dijo a esta sazón don Quijote—, que concluyas con tu arenga, que tengo para mí que si te dejasen seguir en las que a cada paso comienzas, no te quedaría tiempo para comer ni para dormir; que todo le gastarías en hablar.

—Si vuestra merced tuviera buena memoria —replicó Sancho—, debiérase acordar de los capítulos de nuestro concierto antes que esta última vez saliésemos de casa; uno dellos fue que me había de dejar hablar todo aquello que quisiese, con que [8] no fuese contra el prójimo ni contra la autoridad de vuesa merced, y hasta agora me parece que no he contravenido contra el tal capítulo.

—Yo no me acuerdo, Sancho —respondió don Quijote—, del tal capítulo ▼▼, y puesto que sea así, quiero que calles y vengas; que ya los instrumentos que anoche oímos vuelven a alegrar los valles y sin duda los desposorios se celebrarán en el frescor de la mañana, y no en el calor de la tarde.

[7] Ejercitar la espada.

[8] Con tal que.

▼ Popular personaje de romances de asuntos carolingios.

▼▼ «Sancho era amigo de hablar y don Quijote de que no hablase», pero nada se expresó del *tal capítulo* antes de esta tercera salida (Clemencín).

Hizo Sancho lo que su señor le mandaba, y poniendo la silla a Rocinante y la albarda al rucio, subieron los dos, y paso ante paso se fueron entrando por la enramada.

Lo primero que se le ofreció a la vista de Sancho fue, espetado en un asador de un olmo entero, un entero novillo, y en el fuego donde se había de asar ardía un mediano monte de leña ▼, y seis ollas que alrededor de la hoguera estaban no se habían hecho en la común turquesa [9] de las demás ollas, porque eran seis medias tinajas, que cada una cabía un rastro de carne [10]: así embebían y encerraban en sí carneros enteros, sin echarse de ver, como si fueran palominos; las liebres ya sin pellejo y las gallinas sin pluma que estaban colgadas por los árboles para sepultarlas en las ollas no tenían número; los pájaros y caza de diversos géneros eran infinitos, colgados de los árboles para que el aire los enfriase.

Contó Sancho más de sesenta zaques [11] de más de a dos arrobas cada uno, y todos llenos, según después pareció, de generosos vinos, así había rimeros de pan blanquísimo, como los suele haber de montones de trigo en las eras; los quesos, puestos como ladrillos enrejados [12], formaban una muralla, y dos calderas de aceite mayores que las de un tinte servían de freír cosas de masa que con dos valientes [13] palas las sacaban fritas y las zabullían [14] en otra caldera de preparada miel que allí junto estaba.

Los cocineros y cocineras pasaban de cincuenta, todos limpios, todos diligentes y todos contentos. En el dilatado vientre del novillo estaban doce tiernos y pequeños lechones, que, cosidos por encima, servían de darle sabor y enternecerle. Las es-

[9] Molde.

[10] Cada una era capaz de contener la carne de un matadero (hipérbole).

[11] Odres pequeños.

[12] Emparillados.

[13] Grandes.

[14] Zambullían.

▼ «La repetición de *entero* refuerza la antítesis con *mediano*» (Rosenblat).

pecias de diversas suertes no parecía haberlas comprado por libras, sino por arrobas, y todas estaban de manifiesto en una grande arca. Finalmente, el aparato de la boda era rústico, pero tan abundante, que podía sustentar a un ejército.

Todo lo miraba Sancho Panza, y todo lo contemplaba, y de todo se aficionaba. Primero le cautivaron y rindieron el deseo las ollas, de quien [15] él tomara de bonísima gana un mediano puchero; luego le aficionaron la voluntad los zaques, y últimamente, las frutas de sartén [16], si es que se podían llamar sartenes las tan orondas calderas; y así, sin poderlo sufrir ni ser en su mano hacer otra cosa, se llegó a uno de los solícitos cocineros, y con corteses y hambrientas razones le rogó le dejase mojar un mendrugo de pan en una de aquellas ollas. A lo que el cocinero respondió:

—Hermano, este día no es de aquellos sobre quien tiene juridicción la hambre, merced al rico Camacho. Apeaos y mirad si hay por ahí un cucharón, y espumad una gallina o dos y buen provecho os hagan.

—No veo ninguno —respondió Sancho.

—Esperad —dijo el cocinero—. ¡Pecador de mí, y qué melindroso y para poco debéis de ser!

Y diciendo esto, asió de un caldero, y encajándole en una de las medias tinajas, sacó en él tres gallinas y dos gansos, y dijo a Sancho:

—Comed, amigo, y desayunaos con esta espuma, en tanto que se llega la hora del yantar [17].

—No tengo en qué echarla —respondió Sancho.

—Pues llevaos —dijo el cocinero— la cuchara y todo; que la riqueza y el contento de Camacho todo lo suple.

En tanto, pues, que esto pasaba Sancho, estaba don Quijote mirando cómo por una parte de la enramada entraban hasta doce labradores sobre

[15] De las cuales.

[16] Masa frita con miel (como los churros).

[17] Comer.

doce hermosísimas yeguas, con ricos y vistosos jaeces [18] de campo y con muchos cascabeles en los petrales [19], y todos vestidos de regocijo y fiestas; los cuales, en concertado tropel, corrieron no una, sino muchas carreras por el prado, con regocijada algazara y grita [20], diciendo:

—¡Vivan Camacho y Quiteria, él tan rico como ella hermosa, y ella la más hermosa del mundo!

Oyendo lo cual don Quijote, dijo entre sí:

—Bien parece que éstos no han visto a mi Dulcinea del Toboso; que si la hubieran visto, ellos se fueran a la mano en las alabanzas desta su Quiteria ▼.

De allí a poco comenzaron a entrar por diversas partes de la enramada muchas y diferentes danzas, entre los cuales [21] venía una de espadas, de hasta veinte y cuatro zagales de gallardo parecer y brío, todos vestidos de delgado y blanquísimo lienzo, con sus paños de tocar, labrados de varias colores de fina seda ▼▼, y al que los guiaba, que era un ligero mancebo, preguntó uno de los de las yeguas si se había herido alguno de los danzantes.

—Por ahora, bendito sea Dios, no se ha herido nadie: todos vamos sanos.

Y luego comenzó a enredarse con los demás compañeros, con tantas vueltas y con tanta destreza, que aunque don Quijote estaba hecho a ver semejantes danzas, ninguna le había parecido tan bien como aquélla.

[18] Adornos.

[19] Pretales, correas.

[20] Griterío.

[21] Los cuales bailes.

▼ Las bodas de Camacho forman un episodio pastoril, que constituye una historia intercalada en la novela. Sin embargo, su interpolación difiere notablemente de la inclusión de novelas intercaladas en la primera parte, pues en este caso se trata de un episodio presenciado por don Quijote y Sancho, quienes son testigos de su desarrollo y, además, intervienen en él. (Véase la primera nota al pie de la pág. 53 en II, 3.)

▼▼ «En la danza de espadas se llevaba a la cabeza "tocadores" (Covarrubias), que Cervantes llama "paños de tocar", o sea, pañuelos» (Avalle-Arce).

También le pareció bien otra que entró de doncellas hermosísimas, tan mozas, que, al parecer, ninguna bajaba de catorce ni llegaba a diez y ocho años, vestidas todas de palmilla [22] verde, los cabellos parte tranzados [23] y parte sueltos, pero todos tan rubios, que con los del sol podían tener competencia, sobre los cuales traían guirnaldas de jazmines, rosas, amaranto y madreselva compuestas. Guiábalas un venerable viejo y una anciana matrona, pero más ligeros y sueltos que sus años prometían. Hacíales el son una gaita zamorana, y ellas, llevando en los rostros y en los ojos a la honestidad y en los pies a la ligereza, se mostraban las mejores bailadoras del mundo.

Tras ésta entró otra danza de artificio y de las que llaman habladas. Era de ocho ninfas, repartidas en dos hileras; de la una hilera era guía el dios Cupido ▼, y de la otra, el Interés; aquél, adornado de alas, arco, aljaba [24] y saetas; éste, vestido de ricas y diversas colores de oro y seda. Las ninfas que al Amor seguían traían a las espaldas, en pargamino [25] blanco y letras grandes, escritos sus nombres. *Poesía* era el título [26] de la primera, el de la segunda *Discreción,* el de la tercera *Buen linaje,* el de la cuarta *Valentía.* Del modo mesmo venían señaladas las que al Interés seguían: decía *Liberalidad* el título de la primera, *Dádiva* el de la segunda, *Tesoro* el de la tercera y el de la cuarta *Posesión pacífica.* Delante de todos venía un castillo de madera, a quien tiraban cuatro salvajes, todos vestidos, de yedra y de cáñamo teñido de verde, tan al natural, que por poco espantaran a Sancho ▼▼.

[22] Paño muy apreciado.

[23] Trenzados.

[24] Caja para flechas.

[25] Pergamino.

[26] Rótulo.

▼ Dios del amor; hijo de Marte y Venus.

▼▼ La aparición decorativa de salvajes (hombres cubiertos de vello, con barba y cabellos largos) tuvo larga tradición en el folclore medieval y en los libros de caballerías.

En la frontera [27] del castillo y en todas cuatro partes de sus cuadros traía escrito: *Castillo del buen recato.* Hacíanles el son cuatro diestros tañedores de tamboril y flauta.

Comenzaba la danza Cupido, y habiendo hecho dos mudanzas [28], alzaba los ojos y flechaba el arco contra una doncella que se ponía entre las almenas del castillo, a la cual desta suerte dijo:

—Yo soy el dios poderoso
en el aire y en la tierra
y en el ancho mar undoso,
y en cuanto el abismo encierra
en su báratro [29] espantoso.
Nunca conocí qué es miedo;
todo cuanto quiero puedo,
aunque quiera lo imposible,
y en todo lo que es posible
mando, quito, pongo y vedo ▼.

Acabó la copla, disparó una flecha por lo alto del castillo y retiróse a su puesto. Salió luego el Interés, y hizo otras dos mudanzas; callaron los tamborinos, y él dijo:

—Soy quien puede más que Amor,
y es Amor el que me guía;
soy de la estirpe mejor
que el cielo en la tierra cría,
más conocida y mayor.
Soy el Interés, en quien
pocos suelen obrar bien,
y obrar sin mí es gran milagro;
y cual soy te me consagro,
por siempre jamás, amén.

[27] Fachada.

[28] Pasos de baile.

[29] Infierno mitológico.

▼ Nótense las dos antítesis en este último verso de las dos quintillas.

Retiróse el Interés, y hízose adelante la Poesía, la cual, después de haber hecho sus mudanzas como los demás, puestos los ojos en la doncella del castillo, dijo:

—En dulcísimos conceptos,
la dulcísima Poesía,
altos, graves y discretos,
señora, el alma te envía
envuelta entre mil sonetos.
Si acaso no te importuna
mi porfía, tu fortuna,
de otras muchas invidiada,
será por mí levantada
sobre el cerco de la luna.

Desvióse la Poesía, y de la parte del Interés salió la Liberalidad, y después de hechas sus mudanzas, dijo:

—Llaman Liberalidad
al dar que el extremo huye
de la prodigalidad,
y del contrario, que arguye
tibia y floja voluntad.
Mas yo, por te engrandecer,
de hoy más pródiga he de ser;
que aunque es vicio, es vicio honrado
y de pecho enamorado,
que en el dar se echa de ver.

Deste modo salieron y se retiraron todas las dos figuras de las dos escuadras, y cada uno hizo sus mudanzas y dijo sus versos, algunos elegantes y algunos ridículos [30], y sólo tomó de memoria don Quijote —que la tenía grande— los ya referidos; y luego se mezclaron todos, haciendo y deshaciendo lazos con gentil donaire y desenvoltura, y cuan-

[30] Que mueven a risa.

do pasaba el Amor por delante del castillo, disparaba por alto sus flechas; pero el Interés quebraba en él alcancías doradas▼.

Finalmente, después de haber bailado un buen espacio, el Interés sacó un bolsón que le formaba el pellejo de un gran gato romano [31], que parecía estar lleno de dineros, y arrojándole al castillo, con el golpe se desencajaron las tablas y se cayeron, dejando a la doncella descubierta y sin defensa alguna. Llegó el Interés con las figuras de su valía [32], y echándola una gran cadena de oro al cuello, mostraron prenderla, rendirla y cautivarla; lo cual visto por el Amor y sus valedores, hicieron ademán de quitársela, y todas las demostraciones que hacían eran al son de los tamborinos, bailando y danzando concertadamente. Pusiéronlos en paz los salvajes, los cuales con mucha presteza volvieron a armar y a encajar las tablas del castillo, y la doncella se encerró en él como de nuevo [33], y con esto se acabó la danza, con gran contento de los que la miraban.

Preguntó don Quijote a una de las ninfas que quién la había compuesto y ordenado. Respondióle que un beneficiado [34] de aquel pueblo, que tenía gentil caletre [35] para semejantes invenciones.

—Yo apostaré —dijo don Quijote—, que debe de ser más amigo de Camacho que de Basilio el tal bachiller o beneficiado, y que debe de tener más de satírico que de vísperas▼▼: ¡bien ha encajado en la danza las habilidades de Basilio y las riquezas de Camacho!

[31] De piel con listas pardas y negras.

[32] De su bando (sus valedores).

[33] Como la primera vez.

[34] Clérigo que goza de un beneficio eclesiástico.

[35] Capacidad.

▼ Se refiere al juego de los *alcanciazos,* juego de regocijo en el que, en vez de naranjas, u otra cosa, se tiran *alcancías:* ollas con una sola cerradura para guardar dinero, que no puede sacarse si no se rompe la olla.

▼▼ Es decir: «debe de ser más inclinado a decir sátiras que a rezar la hora de vísperas» (Schevill).

Sancho Panza, que lo escuchaba todo, dijo:

—El rey es mi gallo▼: a Camacho me atengo.

—En fin —dijo don Quijote—, bien se parece, Sancho, que eres villano y de aquellos que dicen: «¡Viva quien vence!»

—No sé de los que soy —respondió Sancho—, pero bien sé que nunca de ollas de Basilio sacaré yo tan elegante espuma como es esta que he sacado de las de Camacho.

Y enseñóle el caldero lleno de gansos y de gallinas, y asiendo de una, comenzó a comer con mucho donaire y gana, y dijo:

—¡A la barba de las habilidades de Basilio▼▼!: que tanto vales cuanto tienes, y tanto tienes cuanto vales. Dos linajes solos hay en el mundo, como decía una agüela[36] mía, que son el tener y el no tener, aunque ella al del tener se atenía; y el día de hoy, mi señor don Quijote, antes se toma el pulso al haber que al saber: un asno cubierto de oro parece mejor que un caballo enalbarbado. Así que vuelvo a decir que a Camacho me atengo, de cuyas ollas son abundantes espumas gansos y gallinas, liebres y conejos, y de las de Basilio serán, si viene a mano, y aunque no venga sino al pie▼▼▼, aguachirle[37].

—¿Has acabado tu arenga, Sancho? —dijo don Quijote.

—Habréla acabado —respondió Sancho—, porque veo que vuestra merced recibe pesadumbre

[36] Abuela.

[37] Cosa baladí (vino aguado).

▼ «Sancho quiere decir que "el que venza es mi gallo" y "me atengo a la riqueza y al poder"» (Murillo).

▼▼ Otra expresión proverbial, que equivale a «A la cuenta de Basilio» y que aquí está empleada en sentido irónico y despectivo.

▼▼▼ Ejemplo de antítesis y juego verbal formado a partir de un lugar común. «Jugando con la expresión hecha *venir a mano,* crea antitéticamente *venir al pie*» (Rosenblat).

con ella; que si esto no se pusiera de por medio, obra había cortada para tres días.

—Plega a Dios, Sancho —replicó don Quijote—, que yo te vea mudo antes que me muera.

—Al paso que llevamos —respondió Sancho—, antes que vuestra merced se muera estaré yo mascando barro[38], y entonces podrá ser que esté tan mudo, que no hable palabra hasta la fin del mundo, o por lo menos, hasta el día del juicio.

—Aunque eso así suceda, ¡oh Sancho! —respondió don Quijote—, nunca llegará tu silencio a do ha llegado lo que has hablado, hablas y tienes de hablar ▼ en tu vida; y más, que está muy puesto en razón natural que primero llegue el día de mi muerte que el de la tuya; y así, jamás pienso verte mudo, ni aun cuando estés bebiendo o durmiendo, que es lo que puedo encarecer.

—A buena fe, señor —respondió Sancho—, que no hay que fiar en la descarnada, digo, en la muerte, la cual también[39] come cordero como carnero; y a nuestro cura he oído decir que con igual pie pisaba las altas torres de los reyes como las humildes chozas de los pobres ▼▼. Tiene esta señora más de poder que de melindre; no es nada asquerosa, de todo come y a todo hace, y de toda suerte de gentes, edades y preeminencias hinche[40] sus alforjas. No es segador que duerme las siestas; que a todas horas siega, y corta así la seca como la verde yerba, y no parece que masca, sino que engulle y traga cuanto se le pone delante, porque tiene hambre canina, que nunca se harta; y aunque

[38] Muerto y enterrado.

[39] Tan bien, tanto.

[40] Llena (de *henchir*).

▼ «La repetición de un verbo, o la sucesión de variantes flexivas de un verbo, se presta para el énfasis expresivo» (Rosenblat).

▼▼ Véase nota segunda al pie de la pág. 41 en el Prólogo de I.

no tiene barriga, da a entender que está hidrópica[41] y sedienta de beber solas las vidas de cuantos viven, como quien se bebe un jarro de agua fría.

—No más, Sancho —dijo a este punto don Quijote—. Tente en buenas y no te dejes caer[42], que en verdad que lo que has dicho de la muerte por tus rústicos términos es lo que pudiera decir un buen predicador. Dígote, Sancho, que si como tienes buen natural y discreción, pudieras tomar un púlpito en la mano y irte por ese mundo predicando lindezas.

—Bien predica quien bien vive —respondió Sancho—, y yo no sé otras tologías[43].

—Ni las has menester —dijo don Quijote—; pero yo no acabo de entender ni alcanzar cómo siendo el principio de la sabiduría el temor de Dios, tú, que temes más a un lagarto que a Él, sabes tanto.

—Juzgue vuesa merced, señor, de sus caballerías —respondió Sancho—, y no se meta en juzgar de los temores o valentías ajenas; que tan gentil temeroso soy yo de Dios como cada hijo de vecino. Y déjeme vuestra merced despabilar[44] esta espuma, que lo demás todas son palabras ociosas, de que nos han de pedir cuenta en la otra vida.

Y diciendo esto, comenzó de nuevo a dar asalto a su caldero, con tan buenos alientos, que despertó los de don Quijote, y sin duda le ayudara, si no lo impidiera lo que es fuerza se diga adelante.

[41] Insaciable.

[42] Ve con cuidado y no empieces a disparatar.

[43] Teologías.

[44] Acabar pronto.

## CAPÍTULO XXI

## **Donde se prosiguen las bodas de Camacho, con otros gustosos sucesos**

Cuando estaban don Quijote y Sancho en las razones referidas en el capítulo antecedente, se oyeron grandes voces y gran ruido, y dábanlas y causábanle los de las yeguas, que con larga carrera y grita[1] iban a recebir a los novios, que, rodeados de mil géneros de instrumentos y de invenciones, venían acompañados del cura, y de la parentela de entrambos, y de toda la gente más lucida de los lugares circunvecinos, todos vestidos de fiesta. Y como[2] Sancho vio a la novia, dijo:

—A buena fe que no viene vestida de labradora, sino de garrida palaciega. ¡Pardiez, que según diviso, que las patenas que había de traer son ricos corales, y la palmilla[3] verde de Cuenca es terciopelo de treinta pelos ▼! ¡Y montas[4] que la guarnición es de tiras de lienzo, blanca! ¡Voto a mí que es de raso! Pues ¡tomadme las manos, adornadas con sortijas de azabache! No medre yo si no son anillos de oro, y muy de oro, y empedrados con

[1] Griterío.

[2] Tan pronto como.

[3] Paño muy fino.

[4] A fe mía.

▼ Notable hipérbole de Sancho, que de tres pasa a treinta: el mejor terciopelo estaba formado por dos urdimbres y una trama. «Lo que dice Sancho es que Quiteria no lleva ni patenas [láminas de metal que se ponían sobre el pecho], ni palmilla, etc., como conviene a una labradora, sino corales y raso, anillos de oro, perlas, etc., como conviene a una *garrida palaciega*» (Murillo).

pelras [5] blancas como una cuajada [6], que cada una debe de valer un ojo de la cara. ¡Oh hideputa, y qué cabellos, que si no son postizos, no los he visto más luengos ni más rubios en toda mi vida! ¡No, sino ponedla tacha en el brío y en el talle, y no la comparéis a una palma que se mueve cargada de racimos de dátiles, que lo mesmo parecen los dijes que trae pendientes de los cabellos y de la garganta! Juro en mi ánima que ella es una chapada [7] moza, y que puede pasar por los bancos de Flandes ▼.

Rióse don Quijote de las rústicas alabanzas de Sancho Panza; parecióle que, fuera de su señora Dulcinea del Toboso, no había visto mujer más hermosa jamás. Venía la hermosa Quiteria algo descolorida, y debía de ser de la mala noche que siempre pasan las novias en componerse para el día venidero de sus bodas. Íbanse acercando a un teatro [8] que a un lado del prado estaba, adornado de alfombras y ramos, adonde se habían de hacer los desposorios, y de donde habían de mirar las danzas y las invenciones. Y a la sazón que llegaban al puesto, oyeron a sus espaldas grandes voces, y una que decía:

—Esperaos un poco, gente tan inconsiderada como presurosa.

A cuyas voces y palabras todos volvieron la cabeza, y vieron que las daba un hombre vestido, al

[5] Perlas (metátesis).

[6] Requesón.

[7] Gallarda.

[8] Tablado.

▼ Nótese el despliegue del habla popular, con las comparaciones rústicas en las que Sancho incluye ropas y adornos de una labradora para alabar el traje de la novia (que no lleva tales adornos, sino otros más elegantes). La expresión *pasar por los bancos de Flandes* ha tenido interpretaciones diversas. Schevill ofreció tres: peligrosos bancos de arena de las costas de Flandes, casas de banca flamencas, bancos de madera de pino de Flandes utilizados para hacer camas. Probablemente Cervantes juega con los tres significados, que Avalle-Arce explica así: «1, la gallardía de Quiteria la asegura contra cualquier peligro; 2, Camacho el rico lo es tanto como una casa de banca flamenca; 3, la inminencia con que Quiteria pasará por el lecho nupcial».

parecer, de un sayo negro, jironado de carmesí a llamas [9]. Venía coronado —como se vio luego— con una corona de funesto ciprés [10]; en las manos traía un bastón grande. En llegando más cerca fue conocido de todos por el gallardo Basilio, y todos estuvieron suspensos, esperando en qué habían de parar sus voces y sus palabras, temiendo algún mal suceso de su venida en sazón semejante.

Llegó, en fin, cansado y sin aliento, y puesto delante de los desposados, hincando el bastón en el suelo, que tenía el cuento [11] de una punta de acero, mudada la color, puestos los ojos en Quiteria, con voz tremente [12] y ronca estas razones dijo:

—Bien sabes, desconocida [13] Quiteria, que conforme a la santa ley que profesamos, que viviendo yo, tú no puedes tomar esposo; y juntamente no ignoras que, por esperar yo que el tiempo y mi diligencia mejorasen los bienes de mi fortuna, no he querido dejar de guardar el decoro que a tu honra convenía; pero tú, echando a las espaldas todas las obligaciones que debes a mi buen deseo, quieres hacer señor de lo que es mío a otro, cuyas riquezas le sirven no sólo de buena fortuna, sino de bonísima ventura. Y para que la tenga colmada —y no como yo pienso que la merece, sino como se la quieren dar los cielos—, yo, por mis manos, desharé el imposible o el inconveniente que puede estorbársela, quitándome a mí de por medio. ¡Viva, viva el rico Camacho con la ingrata Quiteria largos y felices siglos, y muera, muera ▼ el pobre Basilio, cuya pobreza cortó las alas de su dicha y le puso en la sepultura!

Y diciendo esto, asió del bastón que tenía hincado en el suelo, y quedándose la mitad dél en la

[9] Con jirones de seda roja (en forma de llamas).

[10] Es símbolo de la muerte.

[11] Extremo inferior.

[12] Temblorosa.

[13] Ingrata.

▼ Nótese el efecto estilístico de la reduplicación del verbo con valor intensificador.

tierra, mostró que servía de vaina a un mediano estoque que en él se ocultaba; y puesta la que se podía llamar empuñadura en el suelo, con ligero desenfado y determinado propósito se arrojó sobre él, y en un punto mostró la punta sangrienta a las espaldas, con la mitad del acerada cuchilla, quedando el triste bañado en su sangre y tendido en el suelo, de sus mismas armas traspasado.

Acudieron luego [14] sus amigos a favorecerle, condolidos de su miseria y lastimosa desgracia, y dejando don Quijote a Rocinante, acudió a favorecerle y le tomó en sus brazos, y halló que aún no había expirado. Quisiéronle sacar el estoque, pero el cura, que estaba presente, fue de parecer que no se le sacasen antes de confesarle, porque el sacársele y el expirar sería todo a un tiempo. Pero volviendo un poco en sí Basilio, con voz doliente y desmayada dijo:

[14] Inmediatamente.

—Si quisieses, cruel Quiteria, darme en este último y forzoso trance la mano de esposa, aún pensaría que mi temeridad tendría desculpa, pues en ella alcancé el bien de ser tuyo.

El cura oyendo lo cual, le dijo que atendiese a la salud del alma antes que a los gustos del cuerpo, y que pidiese muy de veras a Dios perdón de sus pecados y de su desesperada determinación [15]. A lo cual replicó Basilio que en ni ninguna manera se confesaría si primero Quiteria no le daba la mano de ser su esposa; que aquel contento le adobaría la voluntad y le daría aliento para confesarse.

[15] Determinación de suicidarse.

En oyendo don Quijote la petición del herido, en altas voces dijo que Basilio pedía una cosa muy justa y puesta en razón, y además, muy hacedera [16], y que el señor Camacho quedaría tan honrado recibiendo a la señora Quiteria viuda del valeroso Basilio como si la recibiera del lado de su padre:

[16] Factible.

—Aquí no ha de haber más de un *sí,* que no tenga otro efecto que el pronunciarle, pues el tálamo de estas bodas ha de ser la sepultura.

Todo lo oía Camacho, y todo le tenía suspenso y confuso, sin saber qué hacer ni qué decir; pero las voces de los amigos de Basilio fueron tantas, pidiéndole que consintiese que Quiteria le diese la mano de esposa, porque su alma no se perdiese, partiendo desesperado desta vida ▼, que le movieron, y aun forzaron, a decir que si Quiteria quería dársela, que él se contentaba, pues todo era dilatar por un momento el cumplimiento de sus deseos.

Luego acudieron todos a Quiteria, y unos con ruegos, y otros con lágrimas, y otros con eficaces razones, la persuadían que diese la mano al pobre Basilio; y ella, más dura que un mármol y más sesga [17] que una estatua, mostraba que ni sabía ni podía, ni quería responder palabra; ni la respondiera si el cura no la dijera que se determinase presto en lo que había de hacer, porque tenía Basilio ya el alma en los dientes, y no daba lugar a esperar inresolutas [18] determinaciones.

Entonces la hermosa Quiteria, sin responder palabra alguna, turbada, al parecer [19] triste y pesarosa, llegó donde Basilio estaba ya los ojos vueltos, el aliento corto y apresurado, murmurando entre los dientes el nombre de Quiteria, dando muestras de morir como gentil, y no como cristiano. Llegó, en fin, Quiteria, y puesta de rodillas, le pidió la mano por señas, y no por palabras. Desencajó los ojos Basilio, y mirándola atentamente, le dijo:

[17] Quieta.

[18] Irresolutas.

[19] Por lo que se veía.

▼ «Desde la época del Concilio de Trento (1545-1563) quedó muy evidente la verdad dogmática de que el alma del suicida se condena para siempre» (Avalle-Arce).

—¡Oh Quiteria, que has venido a ser piadosa a tiempo, cuando tu piedad ha de servir de cuchillo que me acabe de quitar la vida, pues ya no tengo fuerzas para llevar la gloria que me das en escogerme por tuyo, ni para suspender el dolor que tan apriesa me va cubriendo los ojos con la espantosa sombra de la muerte! Lo que te suplico es, ¡oh fatal estrella mía!, que la mano que me pides y quieres darme no sea por cumplimiento, ni para engañarme de nuevo, sino que confieses y digas que, sin hacer fuerza a tu voluntad, me la entregas y me la das como a tu legítimo esposo, pues no es razón que en un trance como éste me engañes, ni uses de fingimientos con quien tantas verdades ha tratado contigo.

Entre estas razones, se desmayaba; de modo, que todos los presentes pensaban que cada desmayo se había de llevar el alma consigo. Quiteria, toda honesta y toda vergonzosa, asiendo con su derecha mano la de Basilio, le dijo:

—Ninguna fuerza fuera bastante a torcer mi voluntad; y así, con la más libre que tengo te doy la mano de legítima esposa, y recibo la tuya, si es que me la das de tu libre albedrío, sin que la turbe ni contraste la calamidad en que tu discurso acelerado[20] te ha puesto.

—Sí doy —respodió Basilio—, no turbado ni confuso, sino con el claro entendimiento que el cielo quiso darme, y así me doy y me entrego por tu esposo.

—Y yo por tu esposa —respondió Quiteria—, ahora vivas largos años, ahora te lleven de mis brazos a la sepultura.

—Para estar tan herido este mancebo —dijo a este punto Sancho Panza—, mucho habla; háganle que se deje de requiebros, y que atienda a su alma,

[20] Resolución malvada.

que, a mi parecer, más la tiene en la lengua que en los dientes.

Estando, pues, asidos de las manos Basilio y Quiteria, el cura, tierno y lloroso, los echó la bendición y pidió al cielo diese buen poso [21] al alma del nuevo desposado, el cual, así como [22] recibió la bendición, con presta ligereza se levantó en pie, y con no vista desenvoltura se sacó el estoque, a quien servía de vaina su cuerpo.

Quedaron todos los circunstantes admirados, y algunos dellos, más simples que curiosos [23], en altas voces comenzaron a decir:

—¡Milagro, milagro!

Pero Basilio replicó:

—¡No «milagro, milagro», sino industria [24], industria ▼!

El cura, desatentado [25] y atónito, acudió con ambas manos a tentar la herida, y halló que la cuchilla había pasado, no por la carne y costillas de Basilio, sino por un cañón [26] hueco de hierro que, lleno de sangre, en aquel lugar bien acomodado tenía, preparada la sangre, según después se supo, de modo que no se helase.

Finalmente, el cura y Camacho con todos los más circunstantes se tuvieron por burlados y escarnidos [27]. La esposa no dio muestras de pesarle de la burla; antes oyendo decir que aquel casamiento, por haber sido engañoso, no había de ser valedero, dijo que ella le confirmaba de nuevo, de lo cual coligieron todos que de consentimiento y sabiduría [28] de los dos se había trazado aquel caso; de lo que quedó Camacho y sus valedores tan corridos [29], que remitieron su venganza a las manos, y desenvainando muchas espadas, arremetie-

[21] Descanso.

[22] Tan pronto como.

[23] Inteligentes.

[24] Habilidad, ingenio.

[25] Asombrado

[26] Canuto.

[27] Mofados.

[28] Conocimiento.

[29] Avergonzados.

▼ Véase nota al pie de la pág. 256 en este mismo capítulo.

ron a Basilio, en cuyo favor en un instante se desenvainaron casi otras tantas. Y tomando la delantera a caballo don Quijote, con la lanza sobre el brazo y bien cubierto de su escudo, se hacía dar lugar de todos. Sancho, a quien jamás pluguieron ni solazaron semejantes fechurías, se acogió a las tinajas, donde había sacado su agradable espuma, pareciéndole aquel lugar como sagrado, que había de ser tenido en respeto ▼. Don Quijote a grandes voces decía:

—Teneos, señores, teneos; que no es razón toméis venganza de los agravios que el amor nos hace; y advertid que el amor y la guerra son una misma cosa, y así como en la guerra es cosa lícita y acostumbrada usar de ardides y estratagemas para vencer al enemigo, así en las contiendas y competencias [30] amorosas se tienen por buenos los embustes y marañas que se hacen para conseguir el fin que se desea, como no sean en menoscabo y deshonra de la cosa amada. Quiteria era de Basilio, y Basilio de Quiteria, por justa y favorable disposición de los cielos. Camacho es rico, y podrá comprar su gusto cuando, donde y como quisiere. Basilio no tiene más desta oveja, y no se la ha de quitar alguno, por poderoso que sea; que a los que Dios junta no podrá separar el hombre ▼▼, y el que lo intentare, primero ha de pasar por la punta desta lanza.

Y en esto, la blandió tan fuerte y tan diestramente, que puso pavor en todos los que no le conocían; y tan intensamente se fijó en la imaginación de Camacho el desdén de Quiteria, que se la

[30] Competiciones.

▼ Nótese que, después de la estratagema de Basilio, don Quijote y Sancho reaccionan de acuerdo con su particular modo de vida: aquél en favor del menesteroso; éste, en cambio, lamenta la pérdida de la vida regalada de Camacho.

▼▼ Expresión que procede del Evangelio de San Mateo.

borró de la memoria en un instante, y así, tuvieron lugar con él las persuasiones del cura, que era varón prudente y bien intencionado, con las cuales quedó Camacho y los de su parcialidad [31] pacíficos y sosegados; en señal de lo cual volvieron las espadas a sus lugares, culpando más a la facilidad de Quiteria que a la industria de Basilio; haciendo discurso [32] Camacho que si Quiteria quería bien a Basilio doncella, también le quisiera casada, y que debía de dar gracias al cielo más por habérsela quitado que por habérsela dado.

Consolado, pues, y pacífico Camacho y los de su mesnada, todos los de la de Basilio se sosegaron, y el rico Camacho, por mostrar que no sentía la burla, ni la estimaba en nada, quiso que las fiestas pasasen adelante como si realmente se desposara; pero no quisieron asistir a ellas Basilio ni su esposa ni secuaces, y así, se fueron a la aldea de Basilio, que también los pobres virtuosos y discretos tienen quien los siga, honre y ampare, como los ricos tienen quien los lisonjee y acompañe.

Lleváronse consigo a don Quijote, estimándole por hombre de valor y de pelo en pecho [33]. A sólo Sancho se le escureció el alma, por verse imposibilitado de aguardar la espléndida comida y fiestas de Camacho, que duraron hasta la noche; y así, asenderado [34] y triste siguió a su señor, que con la cuadrilla de Basilio iba, y así se dejó atrás las ollas de Egipto ▼, aunque las llevaba en el alma; cuya ya casi consumida y acabada espuma, que en el caldero llevaba, le representaba la gloria y la abundancia del bien que perdía; y así, congojado [35] y pensativo, aunque sin hambre, sin apearse del rucio, siguió las huellas de Rocinante.

[31] Su bando.

[32] Razonamiento.

[33] Valiente (sinonimia).

[34] Asendereado, afligido.

[35] Acongojado.

▼ Véase nota al pie de la pág. 320 en I, 22.

## Capítulo XXII

**Donde se da cuenta de la grande aventura de la cueva de Montesinos, que está en el corazón de La Mancha, a quien dio felice[1] cima el valeroso don Quijote de la Mancha**

Grandes fueron y muchos los regalos[2] que los desposados hicieron a don Quijote, obligados de las muestras que había dado defendiendo su causa, y al par de la valentía le graduaron la discreción, teniéndole por un Cid en las armas y por un Cicerón en la elocuencia▼. El buen Sancho se refociló tres días a costa de los novios, de los cuales se supo que no fue traza comunicada con la hermosa Quiteria el herirse fingidamente, sino industria de Basilio, esperando della el mesmo suceso[3] que se había visto; bien es verdad que confesó que había dado parte de su pensamiento a algunos de sus amigos, para que al tiempo necesario favoreciesen su intención y abonasen su engaño.

—No se pueden ni deben llamar engaños —dijo don Quijote— los que ponen la mira en virtuosos fines.

Y que el de casarse los enamorados era el fin de más excelencia, advirtiendo que el mayor con-

[1] Feliz (paragoge).

[2] Agasajos.

[3] Resultado.

▼ El Cid es símbolo de valor y mesura; Cicerón, orador, político y escritor romano, fue célebre por su elocuencia.

trario que el amor tiene es la hambre y la continua necesidad, porque el amor es todo alegría, regocijo y contento, y más cuando el amante está en posesión de la cosa amada, contra quien son enemigos opuestos y declarados la necesidad y la pobreza; y que todo esto decía con intención de que se dejase el señor Basilio de ejercitar las habilidades que sabe, que aunque le daban fama, no le daban dineros, y que atendiese a granjear hacienda por medios lícitos e industriosos[4], que nunca faltan a los prudentes y aplicados.

—El pobre honrado, si es que puede ser honrado el pobre▼, tiene prenda en tener mujer hermosa, que cuando se la quitan, le quitan la honra y se la matan. La mujer hermosa y honrada cuyo marido es pobre merece ser coronada con laureles y palmas de vencimiento y triunfo. La hermosura, por sí sola, atrae las voluntades de cuantos la miran y conocen, y como a señuelo[5] gustoso se le abaten las águilas reales y los pájaros altaneros[6]; pero si a la tal hermosura se le junta la necesidad y estrecheza, también la embisten los cuervos, los milanos y las otras aves de rapiña▼▼, y la que está a tantos encuentros[7] firme bien merece llamarse corona de su marido[8]. Mirad, discreto Basilio —añadió don Quijote—: opinión fue de no sé qué sabio que no había en todo el mundo sino una sola mujer buena, y daba por consejo que cada uno pensase y creyese que aquella sola buena era la suya, y así viviría contento. Yo no soy casado, ni hasta agora me ha venido en pensamien-

[4] Hábiles.

[5] Cebo, lo que sirve para atraer (cetrería).

[6] De alto vuelo.

[7] Ataques.

[8] Frase de la Biblia.

▼ La pobreza y el infortunio acompañaron siempre a Cervantes. ¿Respira por la herida aquí?

▼▼ Nótense las imágenes de cetrería, ya destacadas por Hatzfeld.

to serlo▼, y, con todo esto, me atrevería a dar consejo al que me lo pidiese del modo que había de buscar la mujer con quien se quisiese casar. Lo primero, le aconsejaría que mirase más a la fama que a la hacienda; porque la buena mujer no alcanza la buena fama solamente con ser buena, sino con parecerlo; que mucho más dañan a las honras de las mujeres las desenvolturas y libertades públicas que las maldades secretas. Si traes buena mujer a tu casa, fácil cosa sería conservarla, y aun mejorarla, en aquella bondad; pero si la traes mala, en trabajo te pondrá el enmendarla; que no es muy hacedero pasar de un extremo a otro. Yo no digo que sea imposible, pero téngolo por dificultoso.

Oía todo esto Sancho, y dijo entre sí:

—Este mi amo, cuando yo hablo cosas de meollo y de sustancia suele decir que podría yo tomar un púlpito en las manos y irme por ese mundo adelante predicando lindezas, y yo digo dél que cuando comienza a enhilar sentencias y a dar consejos, no sólo puede tomar púlpito en las manos, sino dos en cada dedo, y andarse por esas plazas a ¿qué quieres, boca[9]? ¡Válate el diablo por caballero andante, que tantas cosas sabes! Yo pensaba en mi ánima que sólo podía saber aquello que tocaba a sus caballerías, pero no hay cosa donde no pique y deje de meter su cucharada▼▼.

[9] A satisfacer cuanto le pidan.

▼ «Esto no es negar su amor por Dulcinea del Toboso, sino nuevo y fiel cumplimiento de las leyes del amor cortés, que excluía la posibilidad matrimonial» (Avalle-Arce). También puede explicarse aceptando que «don Quijote juega al "enamorado" como a "Hernán Cortés"» (Serrano Plaja), o como juega a caballero andante y a personaje literario.

▼▼ «Es evidente que nuestro *puer-senex* [niño-viejo] tiene el ímpetu del adolescente y la discreción de la madurez» (Avalle-Arce). (Véase la segunda nota al pie de la pág. 115 en I, 6.)

Murmuraba esto algo [10] Sancho, y entreoyóle su señor, y preguntóle:

—¿Qué murmuras, Sancho?

—No digo nada, ni murmuro de nada —respondió Sancho—; sólo estaba diciendo entre mí que quisiera haber oído lo que vuesa merced aquí ha dicho antes que me casara, que quizá dijera yo agora: «El buey suelto bien se lame.»

—¿Tan mala es tu Teresa, Sancho? —dijo don Quijote.

—No es muy mala —respondió Sancho—, pero no es muy buena; a lo menos, no es tan buena como yo quisiera.

—Mal haces, Sancho —dijo don Quijote—, en decir mal de tu mujer, que, en efecto, es madre de tus hijos.

—No nos debemos nada —respondió Sancho—; que también ella dice mal de mí cuando se le antoja, especialmente cuando está celosa; que entonces súfrala el mesmo Satanás.

Finalmente, tres días estuvieron con los novios, donde fueron regalados y servidos como cuerpos de rey ▼. Pidió don Quijote al diestro licenciado [11] le diese una guía [12] que le encaminase a la cueva de Montesinos, porque tenía gran deseo de entrar en ella y ver a ojos vistas [13] si eran verdaderas las maravillas que de ella se decían por todos aquellos contornos. El licenciado le dijo que le daría a un primo suyo, famoso estudiante y muy aficionado a leer libros de caballerías, el cual con mucha voluntad le pondría a la boca de la mesma cueva, y le enseñaría las lagunas de Ruidera, famosas ansimismo en toda La Mancha, y aun en toda Espa-

[10] Esta poca cosa.

[11] El compañero de Corchuelo y diestro en esgrima (cap. 19).

[12] Era nombre femenino.

[13] De forma palpable.

▼ Como vamos viendo, don Quijote es caballero cada vez menos «andante»: ya estuvo cuatro días en casa de don Diego de Miranda; ahora permanece tres con Basilio.

ña; y díjole que llevaría con él gustoso entretenimiento, a causa que era mozo que sabía hacer libros para imprimir y para dirigirlos a príncipes. Finalmente, el primo vino con una pollina preñada, cuya albarda cubría un gayado[14] tapete o arpillera[15]. Ensilló Sancho a Rocinante y aderezó al rucio, proveyó sus alforjas, a las cuales acompañaron las del primo, asimismo bien proveídas, y encomendándose a Dios y despediéndose[16] de todos, se pusieron en camino, tomando la derrota[17] de la famosa cueva de Montesinos.

En el camino preguntó don Quijote al primo de qué género y calidad eran sus ejercicios, su profesión y estudios. A lo que él respondió que su profesión era ser humanista, sus ejercicios y estudios, componer libros para dar a la estampa[18], todos de gran provecho y no menos entretenimiento para la república; que el uno se titulaba *el de las libreas* ▼, donde pinta setecientas y tres libreas, con sus colores, motes y cifras, de donde podían sacar y tomar las que quisiesen en tiempo de fiestas y regocijos los caballeros cortesanos, sin andarlas mendigando de nadie, ni lambicando, como dicen, el cerbelo[19], por sacarlas conformes a sus deseos e intenciones.

—Porque doy ▼▼ al celoso, al desdeñado, al olvidado y al ausente las que les convienen, que les vendrán más justas que pecadoras. Otro libro tengo también, a quien he de llamar *Metamorfóseos, o Ovidio español,* de invención nueva y rara, porque en él, imitando a Ovidio a lo burlesco, pinto quién

[14] De varios colores.

[15] Funda de paño basto.

[16] Despidiéndose.

[17] Ruta.

[18] Imprenta.

[19] Alambicando o exprimiéndose los sesos.

▼ Trajes o uniformes con colores, motes y divisas —por lo común, alusivos a los amores— que las cuadrillas de caballeros usaban en torneos, justas y otros festejos públicos.

▼▼ Nótese el paso rápido del estilo indirecto al directo, con las palabras del primo, sin ninguna señal que lo indique.

fue la Giralda de Sevilla y el Ángel de la Madalena, quién el Caño de Vecinguerra, de Córdoba, quiénes los Toros de Guisando, la Sierra Morena, las fuentes de Leganitos y Lavapiés, en Madrid, no olvidándome de la del Piojo, de la del Caño Dorado y de la Priora ▼; y esto, con sus alegorías, metáforas y translaciones, de modo que alegran, suspenden y enseñan a un mismo punto. Otro libro tengo, que le llamo *Suplemento a Virgilio Polidoro,* que trata de la invención de las cosas, que es de grande erudición y estudio, a causa que las cosas que se dejó de decir Polidoro de gran sustancia, las averiguo yo, y las declaro por gentil estilo. Olvidósele a Virgilio de declararnos quién fue el primero que tuvo catarro en el mundo, y el primero que tomó las unciones [20] para curarse del morbo gálico [21], y yo lo declaro al pie de la letra, y lo autorizo con más de veinte y cinco autores: porque vea vuesa merced si he trabajado bien, y si ha de ser útil el tal libro a todo el mundo ▼▼.

Sancho, que había estado muy atento a la narración del primo, le dijo:

—Dígame, señor, así Dios le dé buena manderecha [22] en la impresión de sus libros: ¿sabríame decir, que sí sabrá, pues todo lo sabe, quién fue el primero que se rascó en la cabeza, que yo para mí tengo que debió de ser nuestro padre Adán?

[20] Unturas.

[21] Mal francés, sífilis.

[22] Suerte.

▼ Ovidio (43 a. de C.-17 d. de C.) es el poeta latino autor de las *Metamorfosis.* El *Ángel de la Madalena* es la veleta de la torre de la iglesia parroquial de la Magdalena, en Salamanca; *Caño de Vecinguerra:* albañal por donde desaguaban en el Guadalquivir las inmundicias de Córdoba; *Toros de Guisando:* berracos primitivos en la provincia de Ávila; *Sierra Morena:* cordillera entre La Mancha y Andalucía; y las fuentes madrileñas citadas son también históricas.

▼▼ Polidoro Vergilio fue un historiador y humanista italiano (1470-1555) autor de varios libros de erudición tan farragosa como inútil.

—Sí sería —respondió el primo—, porque Adán no hay duda sino que tuvo cabeza y cabellos, y siendo esto así, y siendo el primer hombre del mundo, alguna vez se rascaría.

—Así lo creo yo —respondió Sancho—; pero dígame ahora: ¿quién fue el primer volteador[23] del mundo?

[23] Volatinero, acróbata.

—En verdad, hermano —respondió el primo—, que no me sabré determinar por ahora, hasta que lo estudie. Yo lo estudiaré en volviendo adonde tengo mis libros, y yo os satisfaré cuando otra vez nos veamos; que no ha de ser ésta la postrera.

—Pues mire, señor —replicó Sancho—, no tome trabajo en esto, que ahora he caído en la cuenta de lo que le he preguntado. Sepa que el primer volteador del mundo fue Lucifer cuando le echaron o arrojaron del cielo, que vino volteando hasta los abismos.

—Tienes razón, amigo —dijo el primo.

Y dijo don Quijote:

—Esa pregunta y respuesta no es tuya, Sancho; a alguno las has oído decir.

—Calle, señor —replicó Sancho—; que a buena fe que si me doy a preguntar y a responder, que no acabe de aquí a mañana. Sí, que para preguntar necedades y responder disparates no he menester yo andar buscando ayuda de vecinos▼.

—Más has dicho, Sancho, de lo que sabes —dijo don Quijote—; que hay algunos que se cansan en saber y averiguar cosas que, después de sabidas y averiguadas, no importan un ardite al entendimiento ni a la memoria.

▼ «Hasta la sabiduría popular de Sancho Panza está por encima de la seudoerudición del estudiante». Pero, en otro sentido, nótese que después del «disparate erudito» del estudiante viene, inmediatamente, el «disparate fantástico» en la narración que don Quijote hace de su descenso a la cueva de Montesinos (Avalle-Arce).

En estas y otras gustosas pláticas se les pasó aquel día, y a la noche se albergaron en una pequeña aldea, adonde el primo dijo a don Quijote que desde allí a la cueva de Montesinos no había más de dos leguas, y que si llevaba determinado de entrar en ella, era menester proverse[24] de sogas, para atarse y descolgarse en su profundidad▾.

[24] Proveerse.

Don Quijote dijo que aunque llegase al abismo, había de ver dónde paraba; y así, compraron casi cien brazas[25] de soga, y otro día[26], a las dos de la tarde, llegaron a la cueva, cuya boca es espaciosa y ancha, pero llena de cambroneras[27] y cabrahígos[28], de zarzas y malezas, tan espesas y intricadas, que de todo en todo la ciegan y encubren. En viéndola se apearon el primo, Sancho y don Quijote, al cual los dos le ataron luego fortísimamente con las sogas; y en tanto que le fajaban y ceñían, le dijo Sancho:

[25] Brazadas.

[26] Al día siguiente.

[27] Arbustos espinosos.

[28] Higueras silvestres.

—Mire vuestra merced, señor mío, lo que hace: no se quiera sepultar en vida, ni se ponga adonde parezca frasco que le ponen a enfriar en algún pozo. Sí, que a vuestra merced no le toca ni atañe ser el escudriñador desta que debe de ser peor que mazmorra.

—Ata y calla —respondió don Quijote—; que tal empresa como aquésta, Sancho amigo, para mí estaba guardada▾▾.

Y entonces dijo la guía:

—Suplico a vuesa merced, señor don Quijote, que mire bien y especule con cien ojos lo que hay allá dentro: quizá habrá cosas que las ponga yo en el libro de mis *Transformaciones*.

▾ La de Montesinos es una cueva cercana a las lagunas de Ruidera, situada en el término de Osa de Montiel (provincia de Ciudad Real).

▾▾ Esta afirmación es un lugar común en la literatura caballeresca.

—En manos está el pandero que le sabrá bien tañer [29] —respondió Sancho Panza.

Dicho esto, y acabada la ligadura de don Quijote —que no fue sobre el arnés [30], sino sobre el jubón de armar—, dijo don Quijote:

—Inadvertidos hemos andado en no habernos proveído de algún esquilón [31] pequeño, que fuera atado junto a mí en esta mesma soga, con cuyo sonido se entendiera que todavía bajaba y estaba vivo; pero pues ya no es posible, a la mano de Dios, que me guíe.

Y luego se hincó de rodillas y hizo una oración en voz baja al cielo, pidiendo a Dios le ayudase y le diese buen suceso [32] en aquella, al parecer, peligrosa y nueva aventura, y en voz alta dijo luego:

—¡Oh señora de mis acciones y movimientos, clarísima y sin par Dulcinea del Toboso! Si es posible que lleguen a tus oídos las plegarias y rogaciones deste tu venturoso amante, por tu inaudita belleza te ruego las escuches; que no son otras que rogarte no me niegues tu favor y amparo, ahora que tanto le he menester. Yo voy a despeñarme, a empozarme y a hundirme en el abismo que aquí se me representa, sólo porque conozca el mundo que si tú me favoreces, no habrá imposible a quien yo no acometa y acabe.

Y en diciendo esto, se acercó a la sima, vio no ser posible descolgarse, ni hacer lugar a la entrada, si no era a fuerza de brazos, o a cuchilladas, y así, poniendo mano a la espada, comenzó a derrivar y a cortar de aquellas malezas que a la boca de la cueva estaban, por cuyo ruido y estruendo salieron por ella una infinidad de grandísimos cuervos y grajos, tan espesos y con tanta priesa, que dieron con don Quijote en el suelo; y si él fuera tan agorero como católico cristiano, lo tuviera

[29] Expresión proverbial.

[30] Armadura.

[31] Cencerro.

[32] Resultado.

a mala señal y excusara [33] de encerrarse en lugar semejante.

Finalmente se levantó, y viendo que no salían más cuervos ni otras aves nocturnas, como fueron murciélagos, que asimismo entre los cuervos salieron, dándole soga el primo y Sancho, y se dejó calar al fondo de la caverna espantosa; y al entrar, echándole Sancho su bendición y haciendo sobre él mil cruces, dijo:

—¡Dios te guíe y la Peña de Francia, junto con la Trinidad de Gaeta ▼, flor, nata y espuma de los caballeros andantes! ¡Allá vas, valentón del mundo, corazón de acero, brazos de bronce! ¡Dios te guíe, otra vez, y te vuelva libre, sano y sin cautela a la luz desta vida, que dejas, por enterrarte en esta escuridad que buscas!

Casi las mismas plegarias y deprecaciones hizo el primo.

Iba don Quijote dando voces que le diesen soga, y más soga, y ellos se la daban poco a poco, y cuando las voces, que acanaladas por la cueva salían, dejaron de oírse, ya ellos tenían descolgadas las cien brazas de soga, y fueron de parecer de volver a subir a don Quijote, pues no le podían dar más cuerda. Con todo eso, se detuvieron como media hora, al cabo del cual espacio volvieron a recoger la soga con mucha facilidad y sin peso alguno, señal que les hizo imaginar que don Quijote se quedaba dentro, y creyéndolo así Sancho, lloraba amargamente y tiraba con mucha priesa por desengañarse; pero llegando, a su parecer, a poco más de las ochenta brazas, sintieron peso, de que

[33] Evitara.

▼ Nuestra Señora de la Peña de Francia, monasterio de dominicos junto al pueblo de Alberca, entre Salamanca y Ciudad Rodrigo. La Trinidad de Gaeta es un templo y monasterio fundado en Gaeta, en el golfo de Nápoles, y venerado por los navegantes.

en extremo se alegraron. Finalmente, a las diez vieron distintamente a don Quijote, a quien dio voces Sancho, diciéndole:

—Sea vuestra merced muy bien vuelto, señor mío, que ya pensábamos que se quedaba allá para casta[34].

Pero no respondía palabra don Quijote; y sacándole del todo, vieron que traía cerrados los ojos, con muestras de estar dormido. Tendiéronle en el suelo y desliáronle, y, con todo esto, no despertaba. Pero tanto le volvieron y revolvieron, sacudieron y menearon, que al cabo de un buen espacio volvió en sí, desperezándose, bien como si de algún grave y profundo sueño despertara, y mirando a una y otra parte como espantado, dijo:

—Dios os lo perdone, amigos, que me habéis quitado de la más sabrosa y agradable vida y vista que ningún humano ha visto ni pasado. En efecto: ahora acabo de conocer que todos los contentos desta vida pasan como sombra y sueño, o se marchitan como la flor del campo. ¡Oh desdichado Montesinos! ¡Oh mal ferido Durandarte! ¡Oh sin ventura Belerma! ¡Oh lloroso Guadiana, y vosotras sin dicha hijas de Ruidera, que mostráis en vuestras aguas las que lloraron vuestros hermosos ojos▼!

Escuchaban el primo y Sancho las palabras de don Quijote, que las decía como si con dolor inmenso las sacara de las entrañas. Suplicáronle les diese a entender lo que decía, y les dijese lo que en aquel infierno había visto.

[34] Para crear una familia.

▼ Montesinos, primo de Durandarte, es personaje de romances carolingios; y los otros también: Durandarte, paladín de Carlomagno muerto en Roncesvalles; y Belerma, amada de Durandarte.

—¿Infierno le llamáis? —dijo don Quijote—. Pues no le llaméis ansí, porque no lo merece, como luego[35] veréis.

Pidió que le diesen algo de comer, que traía grandísima hambre. Tendieron la arpillera del primo sobre la verde yerba, acudieron a la despensa de sus alforjas, y sentados todos tres en buen amor y compaña, merendaron y cenaron, todo junto. Levantada la arpillera dijo don Quijote de la Mancha:

—No se levante nadie, y estadme, hijos, todos atentos.

[35] En seguida.

## Capítulo XXIII

**De las admirables cosas que el extremado don Quijote contó que había visto en la profunda cueva de Montesinos, cuya imposibilidad y grandeza hace que se tenga esta aventura por apócrifa**

Las cuatro de la tarde serían, cuando el sol, entre nubes cubierto, con luz escasa y templados rayos, dio lugar a don Quijote para que sin calor y pesadumbre contase a sus dos clarísimos oyentes lo que en la cueva de Montesinos había visto, y comenzó en el modo siguiente:

—A obra de [1] doce o catorce estados [2] de la profundidad desta mazmorra, a la derecha mano, se hace una concavidad y espacio capaz de poder caber en ella un gran carro con sus mulas. Éntrale una pequeña luz por unos resquicios o agujeros que lejos le responden, abiertas ▼ en la superficie de la tierra. Esta concavidad y espacio vi yo a tiempo, cuando ya iba cansado y mohíno de verme, pendiente y colgado de la soga, caminar por aquella escura región abajo sin llevar cierto ni determinado camino, y así, determiné entrarme en ella y

[1] Aproximadamente a.

[2] Un *estado* era la altura media de un hombre.

▼ «*Abiertas* concuerda con el sujeto mental *grietas,* en vez de *resquicios* o *agujeros*» (Riquer).

descansar un poco. Di voces pidiéndoos que no descolgásedes más soga hasta que yo os lo dijese, pero no debistes [3] de oírme. Fui recogiendo la soga que enviábades, y, haciendo della una rosca o rimero, me senté sobre él pensativo además [4], considerando lo que hacer debía para calar al fondo, no teniendo quién me sustentase; y estando en este pensamiento y confusión, de repente y sin procurarlo, me salteó [5] un sueño profundísimo, y cuando menos lo pensaba, sin saber cómo ni cómo no, desperté dél y me hallé en la mitad del más bello, ameno y deleitoso prado que puede criar la naturaleza ni imaginar la más discreta imaginación humana. Despabilé los ojos, limpiémelos, y vi que no dormía, sino que realmente estaba despierto; con todo esto, me tenté la cabeza y los pechos, por certificarme si era yo mismo el que allí estaba, o alguna fantasma vana y contrahecha [6]; pero el tacto, el sentimiento, los discursos concertados que entre mí hacía, me certificaron que yo era allí entonces el que soy aquí ahora. Ofrecióseme luego a la vista un real y suntuoso palacio o alcázar, cuyos muros y paredes parecían de transparente y claro cristal fabricados ▼; del cual abriéndose dos grandes puertas, vi que por ellas salía y hacia mí se venía un venerable anciano, vestido con un capuz [7] de bayeta morada, que por el suelo le arrastraba; ceñíale los hombros y los pechos una beca de colegial [8], de raso verde ▼▼; cubríale la cabeza una gorra milanesa [9] negra, y la barba,

[3] Debisteis.

[4] En demasía.

[5] Asaltó.

[6] Disfrazada.

[7] Capa cerrada y larga.

[8] Franja que servía de divisa a los colegiales.

[9] Gorra redonda sustentada con un aro de hierro.

▼ El narrador cede la palabra a don Quijote, convertido así en el responsable máximo y único de su narración, que comienza con una elaboración muy esmerada.

▼▼ La anomalía de presentar a Montesinos, paladín de Carlomagno que luchó en Roncesvalles, con la vestimenta de un colegial universitario puede explicarse según el mecanismo de los sueños: una de las últimas personas que vio don Quijote antes del descenso fue el estudiante-guía (Avalle-Arce).

canísima, le pasaba de la cintura; no traía arma ninguna, sino un rosario de cuentas en la mano, mayores que medianas nueces, y los dieces asimismo como huevos medianos de avestruz; el continente, el paso, la gravedad y la anchísima presencia, cada cosa de por sí y todas juntas, me suspendieron y admiraron. Llegóse a mí, y lo primero que hizo fue abrazarme estrechamente, y luego decirme:

«—Luengos tiempos ha, valeroso caballero don Quijote de la Mancha, que los que estamos en estas soledades encantados esperamos verte, para que des noticia al mundo de lo que encierra y cubre la profunda cueva por donde has entrado, llamada la cueva de Montesinos: hazaña sólo guardada para ser acometida de tu invencible corazón y de tu ánimo estupendo. Ven conmigo, señor clarísimo, que te quiero mostrar las maravillas que este transparente alcázar solapa [10], de quien [11] yo soy alcaide y guarda mayor perpetua, porque soy el mismo Montesinos de quien la cueva toma nombre.»

Apenas me dijo que era Montesinos, cuando le pregunté si fue verdad lo que en el mundo de acá arriba se contaba, que él había sacado de la mitad del pecho, con una pequeña daga, el corazón de su grande amigo Durandarte y llevádole a la señora Belerma, como él se lo mandó al punto de su muerte. Respondióme que en todo decían verdad, sino en la daga, porque no fue daga, ni pequeña, sino un puñal buido [12], más agudo que una lezna ▾.

[10] Oculta.

[11] Del cual.

[12] Afilado y estriado.

▾ Esta incredulidad de don Quijote ante lo que siempre tuvo por cierto es una señal de su evolución interior. Montesinos, Durandarte y Belerma «pertenecen a lo más quintaesenciado de la leyenda caballeresca carolingia española, pero en el sueño de don Quijote distan mucho de actuar a ese nivel superior» (Avalle-Arce).

—Debía de ser —dijo a este punto Sancho— el tal puñal de Ramón de Hoces, el Sevillano ▼.

—No sé —prosiguió don Quijote—; pero no sería dese puñalero, porque Ramón de Hoces fue ayer, y lo de Roncesvalles, donde aconteció esta desgracia, ha muchos años; y esta averiguación no es de importancia, ni turba ni altera la verdad y contexto de la historia.

—Así es —respondió el primo—; prosiga vuestra merced, señor don Quijote, que le escucho con el mayor gusto del mundo.

—No con menor lo cuento yo —respondió don Quijote—; y así, digo que el venerable Montesinos me metió en el cristalino palacio, donde en una sala baja, fresquísima sobremodo y toda de alabastro, estaba un sepulcro de mármol, con gran maestría fabricado, sobre el cual vi a un caballero tendido de largo a largo, no de bronce, ni de mármol, ni de jaspe hecho, como los suele haber en otros sepulcros, sino de pura carne y de puros huesos. Tenía la mano derecha, que, a mi parecer, es algo peluda y nervosa, señal de tener muchas fuerzas su dueño, puesta sobre el lado del corazón; y antes que preguntase nada a Montesinos, viéndome suspenso mirando al del sepulcro, me dijo:

«—Éste es mi amigo Durandarte, flor y espejo de los caballeros enamorados y valientes de su tiempo; tiénele aquí encantado, como me tiene a mí y a otros muchos y muchas, Merlín, aquel francés encantador que dicen que fue hijo del diablo ▼▼; y lo que yo creo es que no fue hijo del dia-

▼ Personaje sin identificar. Quizás un espadero sevillano de la época en que Cervantes estuvo preso en Sevilla.

▼▼ Merlín, legendario mago, adivino y profeta de las leyendas artúricas, no fue francés, sino bretón o galés. Mezcla, pues, don Quijote, personajes, temas y leyendas de romances de los ciclos carolingio y bretón.

blo, sino que supo, como dicen, un punto más que el diablo. El cómo o para qué nos encantó nadie lo sabe, y ello dirá andando los tiempos, que no están muy lejos, según imagino. Lo que a mí me admira es que sé, tan cierto como ahora es de día, que Durandarte acabó los de su vida en mis brazos, y que después de muerto le saqué el corazón con mis propias manos, y en verdad que debía de pesar dos libras, porque según los naturales [13], el que tiene mayor corazón es dotado de mayor valentía del que le tiene pequeño. Pues siendo esto así, y que realmente murió este caballero, ¿cómo ahora se queja y sospira de cuando en cuando, como si estuviese vivo?»

[13] Naturalistas.

Esto dicho, el mísero Durandarte, dando una gran voz, dijo:

«—¡Oh, mi primo Montesinos!
Lo postrero que os rogaba,
que cuando yo fuere muerto,
y mi ánima arrancada,
que llevéis mi corazón
adonde Belerma estaba,
sacándomele del pecho,
ya con puñal, ya con daga ▼.»

Oyendo lo cual el venerable Montesinos, se puso de rodillas ante el lastimado caballero, y, con lágrimas en los ojos, le dijo:

«—Ya, señor Durandarte, carísimo primo mío, ya hice lo que me mandastes [14] el aciago día de nuestra pérdida [15]: yo os saqué el corazón lo mejor que pude, sin que os dejase una mínima parte

[14] Mandasteis.

[15] El día de la derrota de los franceses en Roncesvalles.

▼ Aquí se mezclan versos de dos romances diferentes sobre la muerte de Durandarte; y, además, se inventan los dos últimos, en los cuales se recoge la corrección que Montesinos ha introducido en el motivo del *puñal-daga.*

en el pecho; yo le limpié con un pañizuelo de puntas; yo partí con él de carrera para Francia, habiéndoos primero puesto en el seno de la tierra, con tantas lágrimas, que fueron bastantes a lavarme las manos y limpiarme con ellas la sangre que tenían, de haberos andado en las entrañas; y, por más señas, primo de mi alma, en el primero lugar que topé saliendo de Roncesvalles eché un poco de sal en vuestro corazón, porque no oliese mal, y fuese, si no fresco, a lo menos amojamado [16], a la presencia de la señora Belerma, la cual, con vos y conmigo, y con Guadiana, vuestro escudero, y con la dueña Ruidera y sus siete hijas y dos sobrinas, y con otros muchos de vuestros conocidos y amigos, nos tiene aquí encantados el sabio Merlín ha muchos años ▼; y aunque pasan de quinientos, no se ha muerto ninguno de nosotros: solamente faltan Ruidera y sus hijas y sobrinas, las cuales llorando, por compasión que debió de tener Merlín dellas, las convirtió en otras tantas lagunas, que ahora, en el mundo de los vivos y en la provincia de La Mancha, las llaman las lagunas de Ruidera; las siete son de los reyes de España, y las dos sobrinas, de los caballeros de una orden santísima, que llaman de San Juan ▼▼. Guadiana, vuestro escudero, plañendo [17] asimesmo vuestra desgracia, fue convertido en un río llamado de su mesmo nombre, el cual cuando llegó a la superficie de la tierra y vio el sol del otro cielo, fue tanto el pesar que sintió de ver que os dejaba, que se sumergió

[16] Hecho cecina.

[17] Llorando.

▼ Para recrear la leyenda del origen mítico del Guadiana y de las lagunas de Ruidera se cree que Cervantes «amplió los rumores populares: supuso que por la cueva de Montesinos pasaba un gran río, como creían los naturales, y fingió que Belerma tuvo una dueña llamada Ruidera, y Durandarte un escudero llamado Guadiana» (Clemencín).

▼▼ Efectivamente, pertenecían al rey todas las lagunas —que son más de nueve—, excepto dos que pertenecían a la Orden de San Juan de Jerusalén (hoy de Malta).

en las entrañas de la tierra; pero como no es posible dejar de acudir a su natural corriente, de cuando en cuando sale y se muestra donde el sol y las gentes le vean. Vanle administrando de sus aguas las referidas lagunas, con las cuales, y con otras muchas que se llegan, entra pomposo y grande en Portugal. Pero, con todo esto, por dondequiera que va muestra su tristeza y melancolía, y no se precia de criar en sus aguas peces regalados y de estima, sino burdos y desabridos, bien diferentes de los del Tajo dorado; y esto que agora os digo, ¡oh primo mío!, os lo he dicho muchas veces, y como no me respondéis, imagino que no me dais crédito, o no me oís, de lo que yo recibo tanta pena cual Dios lo sabe. Unas nuevas os quiero dar ahora, las cuales, ya que no sirvan de alivio a vuestro dolor, no os lo aumentarán en ninguna manera. Sabed que tenéis aquí en vuestra presencia, y abrid los ojos y veréislo, aquel gran caballero de quien tantas cosas tiene profetizadas el sabio Merlín: aquel don Quijote de la Mancha, digo, que de nuevo y con mayores ventajas que en los pasados siglos ha resucitado en los presentes la ya olvidada andante caballería, por cuyo medio y favor podría ser que nosotros fuésemos desencantados; que las grandes hazañas para los grandes hombres están guardadas.»

«—Y cuando así no sea —respondió el lastimado Durandarte con voz desmayada y baja—, cuando así no sea, ¡oh primo!, digo, paciencia y barajar▼.» Y volviéndose de lado, tornó a su acostumbrado silencio, sin hablar más palabra.

▼ Realidad y fantasía siguen dándose la mano en esta narración, en la cual se mezcla lo legendario y lo proverbial. El relato de un trágico asunto legendario concluye impregnado de comicidad, con una expresión proverbial —*paciencia y barajar*— tomada del habla de los jugadores.

Oyéronse en esto grandes alaridos y llantos, acompañados de profundos gemidos y angustiados sollozos; volví la cabeza, y vi por las paredes de cristal que por otra sala pasaba una procesión de dos hileras de hermosísimas doncellas, todas vestidas de luto, con turbantes blancos sobre las cabezas, al modo turquesco[18]. Al cabo y fin de las hileras venía una señora, que en la gravedad lo parecía, asimismo vestida de negro, con tocas blancas tan tendidas y largas, que besaban la tierra. Su turbante era mayor dos veces que el mayor de alguna de las otras; era cejijunta y la nariz algo chata; la boca grande, pero colorados los labios; los dientes, que tal vez[19] los descubría, mostraban ser ralos y no bien puestos, aunque eran blancos como unas peladas almendras; traía en las manos un lienzo delgado, y entre él, a lo que pude divisar, un corazón de carnemomia[20], según venía seco y amojamado▼. Díjome Montesinos cómo toda aquella gente de la procesión eran sirvientes de Durandarte y de Belerma, que allí con sus dos señores estaban encantados, y que la última, que traía el corazón entre el lienzo y en las manos, era la señora Belerma, la cual con sus doncellas cuatro días en la semana hacían aquella procesión y cantaban, o, por mejor decir, lloraban endechas[21] sobre el cuerpo y sobre el lastimado corazón de su primo; y que si me había parecido algo fea, o no tan hermosa como tenía la fama, era la causa las malas noches y peores días que en aquel encantamento pasaba, como lo podía ver en sus grandes ojeras y en su color quebradiza.

[18] A la manera turca.

[19] Alguna vez.

[20] Carne seca y enjuta.

[21] Canciones tristes.

▼ Lo dicho en la nota anterior se cumple también en esta breve presentación de una Belerma fea y ridícula, esperpentizada.

«—Y no toma ocasión su amarillez ▼ y sus ojeras de estar con el mal mensil [22], ordinario en las mujeres, porque ha muchos meses, y aun años, que no le tiene ni asoma por sus puertas, sino del dolor que siente su corazón por el que de contino [23] tiene en las manos, que le renueva y trae a la memoria la desgracia de su malogrado amante; que si esto no fuera, apenas la igualara en hermosura, donaire y brío la gran Dulcinea del Toboso, tan celebrada en todos estos contornos, y aun en todo el mundo.»

«—¡Cepos quedos ▼▼! —dije yo entonces—, señor Montesinos: cuente vuesa merced su historia como debe, que ya sabe que toda comparación es odiosa, y así, no hay para qué comparar a nadie con nadie. La sin par Dulcinea del Toboso es quien es, y la señora doña Belerma es quien es, y quien ha sido, y quédese aquí.» A lo que él me respondió:

«—Señor don Quijote, perdóneme vuesa merced, que yo confieso que anduve mal, y no dije bien en decir que apenas igualara la señora Dulcinea a la señora Belerma, pues me bastaba a mí haber entendido, por no sé qué barruntos, que vuesa merced es su caballero, para que me mordiera la lengua antes de compararla sino con el mismo cielo.»

Con esta satisfacción que me dio el gran Montesinos se quietó [24] mi corazón del sobresalto que recebí en oír que a mi señora la comparaban con Belerma.

[22] Menstruación.

[23] Continuamente.

[24] Aquietó, sosegó.

▼ Nótese el paso rápido del estilo indirecto al directo, sin ninguna señal que lo indique.

▼▼ «Alto ahí», expresión proverbial de origen truhanesco y carcelario. Su uso por don Quijote tiene la misma explicación que el *paciencia y barajar* de Durandarte.

—Y aun me maravillo yo —dijo Sancho— de cómo vuestra merced no se subió sobre el vejote, y le molió a coces todos los huesos, y le peló las barbas, sin dejarle pelo en ellas.

—No, Sancho amigo —respondió don Quijote—; no me estaba a mí bien hacer eso, porque estamos todos obligados a tener respeto a los ancianos, aunque no sean caballeros, y principalmente a los que lo son y están encantados; yo sé bien que no nos quedamos a deber nada en otras muchas demandas y respuestas que entre los dos pasamos.

A esta sazón dijo el primo:

—Yo no sé, señor don Quijote, cómo vuestra merced en tan poco espacio de tiempo como ha que está allá bajo [25], haya visto tantas cosas y hablado y respondido tanto.

—¿Cuánto ha que bajé? —preguntó don Quijote.

—Poco más de una hora —respondió Sancho.

—Eso no puede ser —replicó don Quijote—, porque allá me anocheció y amaneció, y tornó a anochecer y amanecer tres veces, de modo que, a mi cuenta, tres días he estado en aquellas partes remotas y escondidas a la vista nuestra▼.

—Verdad debe de decir mi señor —dijo Sancho—; que como todas las cosas que le han sucedido son por encantamento, quizá a lo que nosotros nos parece un [26] hora, debe de parecer allá tres días con sus noches.

—Así será —respondió don Quijote.

—Y ¿ha comido vuestra merced en todo este tiempo, señor mío? —preguntó el primo.

[25] Abajo.

[26] Una.

▼ No tres, sino cuatro días, pues anocheció y amaneció cuatro veces. En cualquier caso, conviene fijarse en la doble percepción del paso del tiempo: tiempo real, media hora, para Sancho y el estudiante-guía; tiempo ilusorio, soñado, cuatro días, para don Quijote.

—No me he desayunado de bocado [27] —respondió don Quijote—, ni aun he tenido hambre, ni por pensamiento.

—Y los encantados, ¿comen? —dijo el primo.

—No comen —respondió don Quijote—, ni tienen excrementos mayores, aunque es opinión que les crecen las uñas, las barbas y los cabellos.

—Y ¿duermen por ventura los encantados, señor? —preguntó Sancho.

—No, por cierto —respondió don Quijote—; a lo menos, en estos tres días que yo he estado con ellos, ninguno ha pegado el ojo, ni yo tampoco.

—Aquí encaja bien el refrán —dijo Sancho— de dime con quién andas, decirte he quién eres: ándese vuestra merced con encantados ayunos y vigilantes; mirad si es mucho que ni coma ni duerma mientras con ellos anduviere. Pero perdóneme vuestra merced, señor mío, si le digo que de todo cuanto aquí ha dicho, lléveme Dios, que iba a decir el diablo, si le creo cosa alguna.

—¿Cómo no? —dijo el primo—. Pues ¿había de mentir el señor don Quijote, que, aunque quisiera, no ha tenido lugar para componer e imaginar tanto millón de mentiras?

—Yo no creo que mi señor miente —respondió Sancho.

—Si no, ¿qué crees? —le preguntó don Quijote.

—Creo —respondió Sancho— que aquel Merlín o aquellos encantadores que encantaron a toda la chusma que vuestra merced dice que ha visto y comunicado [28] allá bajo, le encajaron en el magín o en la memoria toda esa máquina que nos ha contado, y todo aquello que por contar le queda.

—Todo eso pudiera ser, Sancho —replicó don Quijote—, pero no es así, porque lo que he contado lo vi por mis propios ojos y lo toqué con mis

[27] Ni un bocado.

[28] Tratado.

mismas manos ▼. Pero ¿qué dirás cuando te diga yo ahora como, entre otras infinitas cosas y maravillas que me mostró Montesinos, las cuales despacio y a sus tiempos te las iré contando en el discurso [29] de nuestro viaje, por no ser todas deste lugar, me mostró tres labradoras que por aquellos amenísimos campos iban saltando y brincando como cabras, y apenas las hube visto, cuando conocí ser la una la sin par Dulcinea del Toboso, y las otras dos aquellas mismas labradoras que venían con ella, que hablamos a la salida del Toboso? Pregunté a Montesinos si las conocía; respondióme que no, pero que él imaginaba que debían ser algunas señoras principales encantadas, que pocos días había que en aquellos prados habían parecido [30], y que no me maravillase desto, porque allí estaban otras muchas señoras de los pasados y presentes siglos, encantadas en diferentes y extrañas figuras, entre las cuales conocía él a la reina Ginebra y su dueña Quintañona, escanciando el vino a Lanzarote,

cuando de Bretaña vino ▼▼.

Cuando Sancho Panza oyó decir esto a su amo, pensó perder el juicio, o morirse de risa; que como él sabía la verdad del fingido encanto de Dulcinea, de quien él había sido el encantador y el levanta-

[29] Transcurso.

[30] Aparecido.

▼ Téngase en cuenta que el descenso a la cueva de Montesinos es uno de los escasísimos momentos en que don Quijote está solo. En esa soledad sueña o inventa su narración, y en ésta se perciben indicios de que la bajada a la cueva es un viaje en busca del conocimiento de sí mismo: él parodia como narrador, no como personaje; las palabras de Durandarte arrojan serias dudas de que la presencia de don Quijote tenga eficacia alguna sobre los encantados (y esas palabras las sueña o inventa don Quijote), lo cual revela el debilitamiento de la voluntad del caballero.

▼▼ Véase nota al pie de la pág. 74 en I, 2.

dor de tal testimonio, acabó de conocer indubitablemente que su señor estaba fuera de juicio y loco de todo punto, y así le dijo:

—En mala coyuntura y en peor sazón y en aciago día bajó vuestra merced, caro patrón mío, al otro mundo, y en mal punto se encontró con el señor Montesinos, que tal nos le ha vuelto. Bien se estaba vuestra merced acá arriba con su entero juicio, tal cual Dios se le había dado, hablando sentencias y dando consejos a cada paso, y no agora, contando los mayores disparates que pueden imaginarse.

—Como te conozco, Sancho —respondió don Quijote—, no hago caso de tus palabras▼.

—Ni yo tampoco de las de vuestra merced —replicó Sancho—, siquiera me hiera, siquiera me mate por las que le he dicho, o por las que le pienso decir si en las suyas no se corrige y enmienda. Pero dígame vuestra merced, ahora que estamos en paz: ¿cómo o en qué conoció a la señora nuestra ama? Y si la habló, ¿qué dijo y qué le respondió?

—Conocíla —respondió don Quijote— en que trae los mesmos vestidos que traía cuando tú me le[31] mostraste. Habléla, pero no me respondió palabra; antes me volvió las espaldas, y se fue huyendo con tanta priesa, que no la alcanzara una jara[32]. Quise seguirla, y lo hiciera, si no me aconsejara Montesinos que no me cansase en ello, porque sería en balde, y más porque se llegaba la hora donde me convenía volver a salir de la sima. Díjome asimesmo que, andando el tiempo, se me daría aviso cómo habían de ser desencantados él, y Belerma, y Durandarte, con todos los que allí es-

[31] El cuerpo.

[32] Arma arrojadiza.

▼ Desde este momento quedan asociados ya el encantamiento de Dulcinea y la bajada a la cueva de Montesinos, los dos motivos centrales de la segunda parte del *Quijote*.

taban; pero lo que más pena me dio de las que allí vi y noté, fue que estándome diciendo Montesinos estas razones, se llegó a mí por un lado, sin que yo la viese venir, una de las dos compañeras de la sin ventura Dulcinea, y llenos los ojos de lágrimas, con turbada y baja voz me dijo:

«—Mi señora Dulcinea del Toboso besa a vuestra merced las manos, y suplica a vuestra merced se la haga[33] de hacerla saber cómo está; y que, por estar en una gran necesidad, asimismo suplica a vuestra merced cuan encarecidamente puede sea servido de prestarle sobre este faldellín[34] que aquí traigo, de cotonía[35], nuevo, media docena de reales, o los que vuestra merced tuviere; que ella da su palabra de volvérselos con mucha brevedad.» Supendióme y admiróme el tal recado, y volviéndome al señor Montesinos, le pregunté:

«—¿Es posible, señor Montesinos, que los encantados principales padecen necesidad?» A lo que él me respondió:

«—Créame vuestra merced, señor don Quijote de la Mancha, que esta que llaman necesidad adondequiera se usa, y por todo se extiende, y a todos alcanza, y aun hasta los encantados no perdona; y pues la señora Dulcinea del Toboso envía a pedir esos seis reales, y la prenda es buena, según parece, no hay sino dárselos; que, sin duda debe de estar puesta en algún grande aprieto.»

«—Prenda, no la tomaré yo —le respondí—, ni menos le daré lo que pide, porque no tengo sino solos cuatro reales.» Los cuales le di (que fueron los que tú, Sancho, me diste el otro día para dar limosna a los pobres que topase por los caminos), y le dije.

«—Decid, amiga mía, a vuesa señora que a mí me pesa en el alma de sus trabajos, y que quisiera

[33] Le haga la merced (zeugma).

[34] Falda corta.

[35] Algodón.

ser un Fúcar ▼ para remediarlos; y que le hago saber que yo no puedo ni debo tener salud careciendo de su agradable vista y discreta conversación, y que le suplico cuan encarecidamente puedo sea servida su merced de dejarse ver y tratar deste su cautivo servidor y asendereado [36] caballero ▼▼. Diréisle también que cuando menos se lo piense oirá decir cómo yo he hecho un juramento y voto, a modo de aquel que hizo el marqués de Mantua, de vengar a su sobrino Valdovinos, cuando le halló para expirar en mitad de la montiña [37], que fue de no comer pan a manteles, con las otras zarandajas que allí añadió, hasta vengarle ▼▼▼; y así le haré yo de no sosegar, y de andar las siete partidas del mundo, con más puntualidad que las anduvo el infante don Pedro de Portugal, hasta desencantarla ▼▼▼▼.»

[36] Desdichado y afligido.

[37] Montaña (forma del romancero).

«—Todo eso, y más, debe vuestra merced a mi señora —me respondió la doncella. Y tomando los cuatro reales, en lugar de hacerme una reverencia, hizo una cabriola, que se levantó dos varas de medir en el aire.

—¡Oh santo Dios! —dijo a este tiempo dando una gran voz Sancho—. ¿Es posible que tal hay en el mundo, y que tengan en él tanta fuerza los en-

▼ Los Fugger, poderosos banqueros suizos, establecidos en Alemania, que ayudaron a la economía imperial de los Austrias españoles.

▼▼ «Esta parte del sueño ya no es ni siquiera anti-heroica: es sencilla y horriblemente humana»; «por primera y única vez el ideal hace una demanda explícita a nuestro caballero andante, y éste no se halla en condiciones de cumplirla». También Dulcinea, «el ideal más excelso de un hombre», aparece «tan vacía por dentro que nada más le queda que la codicia»: está dispuesta a empeñar su faldellín por dinero (Avalle-Arce).

▼▼▼ Véase la nota al pie de la pág. 96 en I, 5.

▼▼▼▼ Al infante don Pedro de Portugal, protagonista de viajes que se hicieron legendarios, se le atribuyó haber recorrido las cuatro partes del mundo. Aquí se habla de *siete partidas* por contaminación con el título de la obra las *Siete partidas,* de Alfonso X.

cantadores y encantamentos, que hayan trocado el buen juicio de mi señor en una tan disparatada locura? ¡Oh señor, señor, por quien Dios es que vuestra merced mire por sí, y vuelva por[38] su honra, y no dé crédito a esas vaciedades que le tienen menguado y descabalado el sentido!

—Como me quieres bien, Sancho, hablas desa manera —dijo don Quijote—, y como no estás experimentado en las cosas del mundo, todas las cosas que tienen algo de dificultad te parecen imposibles; pero andará el tiempo, como otra vez he dicho, y yo te contaré algunas de las que allá abajo he visto, que te harán creer las que aquí he contado, cuya verdad ni admite réplica ni disputa.

[38] Defienda.

## COMENTARIO 3 (Capítulo XXIII)

- *Resume el argumento de este capítulo.*
- *Comenta los aspectos temáticos más relevantes.*
- *Analiza la composición externa del capítulo. ¿Cuáles son las partes en que está organizado?*
- *Estudia la estructura interna del texto: narrador, modo narrativo, punto de vista...*
- *Otros elementos fundamentales en la estructura interna son el tiempo y el espacio. Analiza su tratamiento en este capítulo.*
- *Comenta la combinación de realidad y fantasía en el relato de don Quijote.*
- *Explica la actuación de don Quijote: en relación con la materia novelada y con sus interlocutores.*
- *¿Cuál es la actitud de Sancho? ¿Y la del primo o estudiante-guía?*
- *Señala los recursos estilísticos más notables.*
- *Comenta la relación de este capítulo con otros episodios anteriores y posteriores.*

## Capítulo XXIV

### **Donde se cuentan mil zarandajas tan impertinentes como necesarias al verdadero entendimiento desta grande historia**

Dice el que tradujo esta grande historia del original, de la que escribió su primer autor Cide Hamete Benengeli, que llegando al capítulo de la aventura de la cueva de Montesinos, en el margen dél estaban escritas de mano del mesmo Hamete estas mismas razones:

«No me puedo dar a entender, ni me puedo persuadir, que al valeroso don Quijote le pasase puntualmente todo lo que en el antecedente capítulo queda escrito: la razón es que todas las aventuras hasta aquí sucedidas han sido contingibles y verisímiles [1]; pero ésta desta cueva no le hallo entrada alguna para tenerla por verdadera, por ir tan fuera de los términos razonables ▼. Pues pensar yo que don Quijote mintiese, siendo el más verdadero hidalgo y el más noble caballero de sus tiempos, no es posible; que no dijera él una mentira si [2] le asaetearan. Por otra parte, considero que él

[1] Posibles y verosímiles.

[2] Aunque.

▼ El problemático perspectivismo múltiple de la novela llega aquí a una complejidad difícilmente superable: autor moro, traductor morisco, narrador cristiano y personaje narrador-protagonista se curan en salud y hasta se contradicen y desmienten entre sí (Véase nota al pie de la pág. 66 en II, 5 y la primera nota al pie de la pág. 19 en II, 1.

la contó y la dijo con todas las circunstancias dichas, y que no pudo fabricar en tan breve espacio tan gran máquina de disparates; y si esta aventura parece apócrifa, yo no tengo la culpa; y así, sin afirmarla por falsa o verdadera, la escribo. Tú, lector, pues eres prudente, juzga lo que te pareciere, que yo no debo ni puedo más; puesto que [3] se tiene por cierto que al tiempo de su fin y muerte dicen que se retractó della, y dijo que él la había inventado, por parecerle que convenía y cuadraba bien con las aventuras que había leído en sus historias.»

Y luego prosigue, diciendo:

Espantóse el primo así del atrevimiento de Sancho Panza como de la paciencia de su amo, y juzgó que del contento que tenía de haber visto a su señora Dulcinea del Toboso, aunque encantada, le nacía aquella condición blanda que entonces mostraba, porque si así no fuera, palabras y razones le dijo Sancho, que merecían molerle a palos; porque realmente le pareció que había andado atrevidillo con su señor, a quien le dijo:

—Yo, señor don Quijote de la Mancha, doy por bien empleadísima la jornada que con vuestra merced he hecho, porque en ella he granjeado cuatro cosas. La primera, haber conocido a vuestra merced, que lo tengo a gran felicidad. La segunda, haber sabido lo que se encierra en esta cueva de Montesinos, con las mutaciones de Guadiana y de las lagunas de Ruidera, que me servirán para el *Ovidio español* que traigo entre manos. La tercera, entender la antigüedad de los naipes, que, por lo menos, ya se usaban en tiempo del emperador Carlomagno, según puede colegirse de las palabras que vuesa merced dice que dijo Durandarte, cuando al cabo de aquel grande espacio que estuvo hablando con él Montesinos, él despertó diciendo: «Paciencia y barajar.» Y esta razón y modo

[3] Aunque.

de hablar no la pudo aprender encantado, sino cuando no lo estaba, en Francia y en tiempo del referido emperador Carlomagno. Y esta averiguación me viene pintiparada para el otro libro que voy componiendo, que es *Suplemento de Virgilio Polidoro, en la invención de las antigüedades;* y creo que en el suyo no se acordó de poner la de los naipes, como la pondré yo ahora, que será de mucha importancia, y más alegando autor tan grave y tan verdadero como es el señor Durandarte. La cuarta es haber sabido con certidumbre el nacimiento del río Guadiana, hasta ahora ignorado de las gentes▼.

—Vuestra merced tiene razón —dijo don Quijote—; pero querría yo saber, ya que Dios le haga merced de que se le dé licencia para imprimir esos sus libros, que lo dudo, a quién piensa dirigirlos[4].

—Señores y grandes hay en España a quien puedan dirigirse —dijo el primo.

—No muchos —respondió don Quijote—; y no porque no lo merezcan, sino que no quieren admitirlos, por no obligarse a la satisfacción que parece se debe al trabajo y cortesía de sus autores. Un príncipe conozco yo que puede suplir la falta de los demás, con tantas ventajas, que si me atreviere a decirlas, quizá despertara la invidia en más de cuatro generosos pechos▼▼; pero quédese esto aquí para otro tiempo más cómodo, y vamos a buscar adonde recogernos esta noche.

[4] Dedicarlos.

▼ Como explica Avalle-Arce, el río Guadiana y las lagunas de Ruidera, ambas cosas pertenecientes a la realidad geográfica de España, se ven explicados en términos mitológicos (como en las *Metamorfosis* de Ovidio), «como si se tratase de personajes metamorfoseados de la leyenda carolingia», todo ello «en términos de una novedosísima transformación que no llegó a conocer Ovidio».

▼▼ Se supone que alude al Conde de Lemos. (Véase nota al pie la de pág. 17 en Dedicatoria.)

—No lejos de aquí —respondió el primo— está una ermita, donde hace su habitación un ermitaño, que dicen ha sido soldado, y está en opinión[5] de ser un buen cristiano, y muy discreto, y caritativo además[6]. Junto con la ermita tiene una pequeña casa, que él ha labrado a su costa; pero, con todo, aunque chica, es capaz de[7] recibir huéspedes.

—¿Tiene por ventura gallinas el tal ermitaño? —preguntó Sancho.

—Pocos ermitaños están sin ellas —respondió don Quijote—, porque no son los que agora se usan como aquellos de los desiertos de Egipto, que se vestían de hojas de palma y comían raíces de la tierra. Y no se entienda que por decir bien de aquéllos no lo digo de aquéstos, sino que quiero decir que al rigor y estrecheza de entonces no llegan las penitencias de los de agora; pero no por esto dejan de ser todos buenos; a lo menos, yo por buenos los juzgo; y cuando todo corra turbio[8], menos mal hace el hipócrita que se finge bueno que el público pecador.

Estando en esto, vieron que hacia donde ellos estaban venía un hombre a pie, caminando apriesa, y dando varazos a un macho que venía cargado de lanzas y de alabardas[9]. Cuando llegó a ellos, los saludó y pasó de largo. Don Quijote le dijo:

—Buen hombre, deteneos; que parece que vais con más diligencia que ese macho ha menester.

—No me puedo detener, señor —respondió el hombre—, porque las armas que veis que aquí llevo han de servir mañana, y así, me es forzoso el no detenerme, y a Dios. Pero si quisiéredes saber para qué las llevo, en la venta que está más arriba de la ermita pienso alojar esta noche, y si es que hacéis este mesmo camino, allí me hallaréis, donde os contaré maravillas. Y a Dios otra vez.

[5] Tiene fama.

[6] En demasía.

[7] Tiene cabida para.

[8] Salga mal.

[9] Armas ofensivas.

Y de tal manera aguijó el macho, que no tuvo lugar don Quijoe de preguntarle qué maravillas eran las que pensaba decirles; y como él era algo curioso y siempre le fatigaban deseos de saber cosas nuevas, ordenó que al momento se partiesen y fuesen a pasar la noche en la venta, sin tocar en la ermita, donde quisiera el primo que se quedaran.

Hízose así, subieron a caballo, y siguieron todos tres el derecho camino de la venta (a la cual llegaron un poco antes de anochecer). Dijo el primo a don Quijote que llegasen a ella ▼ a beber un trago. Apenas oyó esto Sancho Panza, cuando encaminó el rucio a la ermita, y lo mismo hicieron don Quijote y el primo; pero la mala suerte de Sancho parece que ordenó que el ermitaño no estuviese en casa; que así se lo dijo una sotaermitaño [10] que en la ermita hallaron. Pidiéronle de lo caro [11]; respondió que su señor no lo tenía, pero que si querían agua barata, que se la daría de muy buena gana.

[10] Mujer que servía al ermitaño.

[11] Vino del bueno.

—Si yo la ▼▼ tuviera de agua —respondió Sancho—, pozos hay en el camino, donde la hubiera satisfecho. ¡Ah bodas de Camacho y abundancia de la casa de don Diego, y cuántas veces os tengo de echar menos!

Con esto, dejaron la ermita y picaron hacia la venta, y a poco trecho toparon un mancebito que delante dellos iba caminando no con mucha prie-

▼ A pesar de la ambigüedad, parece más lógico que el pronombre *ella* se refiera a *la ermita,* y no a *la venta* (Schevill). Así parece indicarlo la oración siguiente.

▼▼ Otro ejemplo bien ilustrativo del juego con la elipsis, una de cuyas variantes es el zeugma: la réplica de Sancho pronominaliza la última palabra del párrafo anterior: *Si yo la* [gana] *tuviera de agua* (es decir, sed), lo cual incrementa la fluidez del diálogo. (Véase nota al pie de la pág. 147 en II, 12.)

sa, y así le alcanzaron. Llevaba la espada sobre el hombro, y en ella puesto un bulto o envoltorio, al parecer [12], de sus vestidos, que, al parecer, debían de ser los calzones o gregüescos [13], y herreruelo [14], y alguna camisa, porque traía puesta una ropilla [15] de terciopelo, con algunas vislumbres de raso, y la camisa, de fuera; las medias eran de seda, y los zapatos cuadrados, a uso de corte; la edad llegaría a diez y ocho o diez y nueve años, alegre de rostro, y al parecer, ágil de su persona. Iba cantando seguidillas, para entretener el trabajo del camino. Cuando llegaron a él acababa de cantar una, que el primo tomó de memoria, que dicen que decía:

A la guerra me lleva
mi necesidad;
si tuviera dineros,
no fuera, en verdad▼.

El primero que le habló fue don Quijote, diciéndole:

—Muy a la ligera camina vuesa merced, señor galán. Y ¿adónde bueno [16]? Sepamos, si es que gusta decirlo.

A lo que el mozo respondió:

—El caminar tan a la ligera lo causa el calor y la pobreza, y el adónde voy es a la guerra.

—¿Cómo la pobreza? —preguntó don Quijote—. Que por el calor bien puede ser.

—Señor —replicó el mancebo—, yo llevo en este envoltorio unos gregüescos de terciopelo, compañeros desta ropilla; si los gasto en el camino, no

[12] Por lo que se veía.

[13] Calzones anchos.

[14] Capa corta.

[15] Vestidura corta.

[16] ¿Adónde se va?

▼ En la seguidilla también pueden aparecer rimas consonantes y fluctuaciones métricas entre 6-7 sílabas (versos impares) y 5-6 (versos pares). En ésta los versos pares son hexasílabos.

me podré honrar con ellos en la ciudad, y no tengo con qué comprar otros; y así por esto como por orearme [17] voy desta manera, hasta alcanzar unas compañías de infantería que no están doce leguas de aquí, donde asentaré mi plaza, y no faltarán bagajes [18] en que caminar de allí adelante hasta el embarcadero, que dicen ha de ser en Cartagena. Y más quiero tener por amo y por señor al rey, y servirle en la guerra, que no a un pelón [19] en la corte.

—Y ¿lleva vuesa merced alguna ventaja [20] por ventura? —preguntó el primo.

—Si yo hubiera servido a algún grande de España, o algún principal personaje —respondió el mozo—, a buen seguro que yo la llevara, que eso tiene el servir a los buenos: que del tinelo [21] suelen salir a ser alférez o capitanes, o con algún buen entretenimiento [22]; pero yo, desventurado, serví siempre a catarriberas ▼ y a gente advenediza, de ración y quitación [23] tan mísera y atenuada, que en pagar el almidonar un cuello se consumía la mitad della; y sería tenido a milagro que un paje aventurero alcanzase alguna siquiera razonable ventura.

—Y dígame por su vida, amigo —preguntó don Quijote—: ¿es posible que en los años que sirvió no ha podido alcanzar alguna librea [24]?

—Dos me han dado —respondio el paje—, pero así como el que se sale de alguna religión [25] antes de profesar le quitan el hábito y le vuelven sus vestidos, así me volvían a mí los míos mis amos, que, acabados los negocios [26] a que venían a la corte, se volvían a sus casas y recogían las libreas que por sola ostentación habían dado.

[17] Refrescarme.

[18] Bestias para llevar el equipo militar.

[19] Persona sin dinero (metáfora).

[20] Sobresueldo.

[21] Comedor de la servidumbre.

[22] Pensión.

[23] De comida y salario.

[24] Traje de criado.

[25] Orden religiosa.

[26] Asuntos.

▼ Voz de cetrería que designaba al mozo que recorría las riberas para ojear la caza; en sentido metafórico designa a los cesantes que buscan empleos en la corte.

—Notable espilorchería ▼, como dice el italiano —dijo don Quijote—; pero, con todo eso, tenga a felice ventura el haber salido de la corte con tan buena intención como lleva, porque no hay otra cosa en la tierra más honrada ni de más provecho que servir a Dios, primeramente, y luego, a su rey y señor natural, especialmente en el ejercicio de las armas, por las cuales se alcanzan, si no más riquezas, a lo menos, más honra que por las letras, como yo tengo dicho muchas veces; que puesto que [27] han fundado más mayorazgos las letras que las armas, todavía llevan un no sé qué los de las armas a los de las letras, con un sí sé qué de esplendor que se halla en ellos, que los aventaja a todos. Y esto que ahora le quiero decir llévelo en la memoria, que le será de mucho provecho y alivio en sus trabajos, y es que aparte la imaginación de los sucesos adversos que le podrán venir; que el peor de todos es la muerte, y como ésta sea buena, el mejor de todos es el morir. Preguntáronle a Julio César, aquel valeroso emperador romano, cuál era la mejor muerte; respondió que la impensada, la de repente y no prevista ▼▼; y aunque respondió como gentil y ajeno del conocimiento del verdadero Dios, con todo eso, dijo bien, para ahorrarse del sentimiento humano; que puesto caso que os maten en la primera facción [28] y refriega, o ya de un tiro de artillería, o volado de una mina, ¿qué importa? Todo es morir, y acabó-

[27] Aunque.

[28] Acción de guerra.

▼ Mezquindad, tacañería (italianismo). En tiempos de Cervantes la «lengua elegante» era el italiano, y don Quijote, como humanista, debe conocerlo (Spitzer). Téngase en cuenta también que los soldados españoles que volvían de Italia traerían bastantes palabras y expresiones de este tipo, que acabarían calando en el pueblo.

▼▼ *Emperador* puede significar aquí «general», referido a Julio César. La anécdota fue contada por el historiador latino Suetonio.

se la obra; y según Terencio, más bien parece el soldado muerto en la batalla que vivo y salvo en la huida▼; y tanto alcanza de fama el buen soldado cuanto tiene de obediencia a sus capitanes y a los que mandar le pueden. Y advertid, hijo, que al soldado mejor le está el oler a pólvora que a algalia, y que si la vejez os coge en este honroso ejercicio, aunque sea lleno de heridas y estropeado o cojo, a lo menos no os podrá coger sin honra, y tal, que no os la podrá menoscabar la pobreza; cuanto más que ya se va dando orden como se entretengan[29] y remedien los soldados viejos y estropeados, porque no es bien que se haga con ellos lo que suelen hacer los que ahorran[30] y dan libertad a sus negros cuando ya son viejos y no pueden servir, y echándolos de casa con título[31] de libres, los hacen esclavos de la hambre, de quien no piensan ahorrarse sino con la muerte. Y por ahora no os quiero decir más, sino que subáis a las ancas deste mi caballo hasta la venta, y allí cenaréis conmigo, y por la mañana seguiréis el camino, que os le dé Dios tan bueno como vuestros deseos merecen.

El paje no aceptó el convite de las ancas, aunque sí el de cenar con él en la venta, y a esta sazón dicen que dijo▼▼ Sancho entre sí:

—¡Válate Dios por señor! Y ¿es posible que hombre que sabe decir tales, tantas y tan buenas cosas como aquí ha dicho, diga que ha visto los disparates imposibles que cuenta de la cueva de Montesinos? Ahora bien, ello dirá.

[29] Mantengan.

[30] Hacen horros, libertan.

[31] Pretexto.

▼ No se ha documentado la procedencia de esta máxima —ya empleada por Cervantes en el prólogo de la segunda parte— ni en Terencio (dramaturgo latino del siglo II a. de C.) ni en otro autor.

▼▼ Véase la primera nota al pie de la pág. 145 en II, 12.

Y en esto, llegaron a la venta, a tiempo que anochecía, y no sin gusto de Sancho, por ver que su señor la juzgó por verdadera venta, y no por castillo, como solía. No hubieron bien entrado, cuando don Quijote preguntó al ventero por el hombre de las lanzas y alabardas; el cual le respondió que en la caballeriza estaba acomodando el macho. Lo mismo hicieron de sus jumentos el primo y Sancho, dando a Rocinante el mejor pesebre y el mejor lugar de la caballeriza.

## CAPÍTULO XXV

### **Donde se apunta [1] la aventura del rebuzno y la graciosa del titerero [2], con las memorables adivinanzas del mono adivino**

[1] Comienza.

[2] Titiritero.

No se le cocía el pan [3] a don Quijote, como suele decirse, hasta oír y saber las maravillas prometidas del hombre conductor de las armas. Fuele a buscar donde el ventero le había dicho que estaba, y hallóle, y díjole que en todo caso le dijese luego [4] lo que le había de decir después, acerca de lo que le había preguntado en el camino. El hombre le respondió:

[3] Estaba muy impaciente (expresión proverbial).

[4] En seguida.

—Más despacio, y no en pie, se ha de tomar el cuento de mis maravillas: déjeme vuestra merced, señor bueno, acabar de dar recado a mi bestia, que yo le diré cosas que le admiren.

—No quede por eso —respondió don Quijote—; que yo os ayudaré a todo.

Y así lo hizo, ahechándole [5] la cebada y limpiando el pesebre, humildad que obligó al hombre a contarle con buena voluntad lo que le pedía ▼; y sentándose en un poyo y don Quijote junto a él,

[5] Cribándole.

▼ Además de humildad y curiosidad a la vez, esta disposición de don Quijote a ayudar en labores impropias de su condición de caballero andante puede mostrar también alguna señal del desfallecimiento vital que se irá adueñando de él.

teniendo por senado y auditorio al primo, al paje, a Sancho Panza y al ventero, comenzó a decir desta manera:

—Sabrán vuesas mercedes que en un lugar que está cuatro leguas y media desta venta sucedió que a un regidor [6] dél, por industria y engaño de una muchacha criada suya, y esto es largo de contar, le faltó un asno, y aunque el tal regidor hizo las diligencias posibles por hallarle, no fue posible. Quince días serían pasados, según es pública voz y fama, que el asno faltaba, cuando, estando en la plaza el regidor perdidoso, otro regidor del mismo pueblo le dijo: «—Dadme albricias, compadre, que vuestro jumento ha parecido.» «—Yo os las mando [7] y buenas, compadre —respondió el otro—, pero sepamos dónde ha parecido.» «—En el monte —respondió el hallador— le vi esta mañana, sin albarda y sin aparejo alguno, y tan flaco, que era una compasión miralle. Quísele antecoger [8] delante de mí y traérosle, pero está ya tan montaraz y tan huraño, que cuando llegué a él, se fue huyendo y se entró en lo más escondido del monte. Si queréis que volvamos los dos a buscarle, dejadme poner esta borrica en mi casa; que luego vuelvo.» «—Mucho placer me haréis —dijo el del jumento—, e [9] yo procuraré pagároslo en la mesma moneda.» Con estas circunstancias todas, y de la mesma manera que yo lo voy contando, lo cuentan todos aquellos que están enterados en la verdad deste caso. En resolución, los dos regidores, a pie y mano a mano [10], se fueron al monte, y llegando al lugar y sitio donde pensaron hallar el asno, no le hallaron, ni pareció por todos aquellos contornos, aunque más le buscaron. Viendo, pues, que no parecía, dijo el regidor que le había visto al otro: «—Mirad, compadre: una traza me ha venido al pensamiento, con la cual sin duda alguna podremos descubrir este animal, aunque

[6] Concejal.

[7] Las prometo.

[8] Empujar.

[9] Y.

[10] En compañía.

esté metido en las entrañas de la tierra, no que del monte, y es que yo sé rebuznar maravillosamente, y si vos sabéis algún tanto, dad el hecho por concluido.» «—¿Algún tanto decís, compadre?», dijo el otro. «Por Dios, que no dé la ventaja a nadie, ni aun a los mesmos asnos.» «—Ahora lo veremos —respondió el regidor segundo—; porque tengo determinado que os vais[11] vos por una parte del monte y yo por otra, de modo que le rodeemos y andemos todo, y de trecho en trecho rebuznaréis vos y rebuznaré yo, y no podrá ser menos sino que el asno nos oya[12] y nos responda, si es que está en el monte.» A lo que respondió el dueño del jumento: «—Digo, compadre, que la traza es excelente y digna de vuestro gran ingenio.» Y dividiéndose los dos según el acuerdo, sucedió que casi a un mesmo tiempo rebuznaron, y cada uno engañado del rebuzno del otro, acudieron a buscarse, pensando que ya el jumento había parecido; y en viéndose, dijo el perdidoso: «¿Es posible, compadre, que no fue mi asno el que rebuznó?» «—No fue sino yo», respondió el otro. «—Ahora digo —dijo el dueño— que de vos a un asno, compadre, no hay alguna diferencia, en cuanto toca a rebuznar; porque en mi vida he visto ni oído cosa más propia.» «—Esas alabanzas y encarecimiento —respondió el de la traza—, mejor os atañen y tocan a vos que a mí, compadre; que por el Dios que me crió que podéis dar dos rebuznos de ventaja al mayor y más perito rebuznador del mundo; porque el sonido que tenéis es alto; lo sostenido de la voz, a su tiempo y compás; los dejos, muchos y apresurados, y, en resolución, yo me doy por vencido y os rindo la palma y doy la bandera desta rara habilidad.» «—Ahora digo —respondió el dueño— que me tendré y estimaré en más de aquí en adelante, y pensaré que sé alguna cosa, pues tengo alguna gracia; que puesto que

[11] Vayáis.

[12] Oiga.

pensara que rebuznaba bien, nunca entendí que llegaba al extremo que decís.» «—También diré yo ahora —respondió el segundo— que hay raras habilidades perdidas en el mundo, y que son mal empleadas en aquellos que no saben aprovecharse dellas.» «—Las nuestras —respondió el dueño—, si no es en casos semejantes como el que traemos entre manos, no nos pueden servir en otros, y aun en éste plega a Dios que nos sean de provecho ▼.» Esto dicho, se tornaron a dividir y a volver a sus rebuznos, y a cada paso se engañaban y volvían a juntarse, hasta que se dieron por contraseño [13] que para entender que eran ellos, y no el asno, rebuznasen dos veces, una tras otra. Con esto, doblando a cada paso los rebuznos, rodearon todo el monte sin que el perdido jumento respondiese, ni aun por señas. Mas ¿cómo había de responder el pobre y mal logrado, si le hallaron en lo más escondido del monte, comido de lobos? Y en viéndole, dijo su dueño: «—Ya me maravillaba yo de que él no respondía, pues a no estar muerto, él rebuznara si nos oyera, o no fuera asno; pero a trueco de [14] haberos oído rebuznar con tanta gracia, compadre, doy por bien empleado el trabajo que he tenido en buscarle, aunque le he hallado muerto.» «—En buena mano está ▼▼, compadre —respondió el otro—, pues si bien canta el abad, no le

[13] Contraseña.

[14] A condición de.

▼ El motivo de los rebuznos del asno pertenece al folclore universal. Y era frecuente que villanos y pícaros presumieran de imitar tales rebuznos (Rodríguez Marín). Con este cuento del rebuzno Cervantes satiriza la afición a las habilidades ridículas y traza una caricatura de la realidad social, en la que, como veremos, las gentes se enfrentan por asuntos triviales.

▼▼ *En buena mano está* (el vaso) es expresión de cortesía empleada para rehusar beber el primero. Aquí equivale, en sentido metafórico, a «mejor lo haces tú» (Murillo).

va en zaga el monacillo [15].» Con esto, desconsolados y roncos, se volvieron a su aldea, adonde contaron a sus amigos, vecinos y conocidos cuanto les había acontecido en la busca del asno, exagerando el uno la gracia del otro en el rebuznar, todo lo cual se supo y se extendió por los lugares circunvecinos. Y el diablo, que no duerme, como es amigo de sembrar y derramar rencillas y discordia por doquiera, levantando caramillos [16] en el viento y grandes quimeras de no nada [17], ordenó e hizo que las gentes de los otros pueblos, en viendo a alguno de nuestra aldea, rebuznase, como dándoles en rostro con el rebuzno de nuestros regidores. Dieron en ello los muchachos, que fue dar en manos y en bocas de todos los demonios del infierno, y fue cundiendo el rebuzno de en uno en otro pueblo, de manera que son conocidos los naturales del pueblo del rebuzno como son conocidos y diferenciados los negros de los blancos; y ha llegado a tanto la desgracia desta burla, que muchas veces con mano armada y formando escuadrón han salido contra los burladores los burlados a darse la batalla, sin poderlo remediar rey ni roque, ni temor ni vergüenza. Yo creo que mañana o esotro día [18] han de salir en campaña los de mi pueblo, que son los del rebuzno, contra otro lugar que está a dos leguas del nuestro, que es uno de los que más nos persiguen, y por salir bien apercebidos [19], llevo compradas estas lanzas y alabardas que habéis visto. Y éstas son las maravillas que dije que os había de contar, y si no os lo han parecido, no sé otras.

Y con esto dio fin a su plática el buen hombre, y en esto, entró por la puerta de la venta un hombre todo vestido de camuza [20], medias, gregüescos [21] y jubón, y con voz levantada dijo:

—Señor huésped, ¿hay posada? Que viene aquí

[15] Monaguillo.

[16] Embustes, discordias.

[17] De cosas sin importancia.

[18] Pasado mañana.

[19] Apercibidos, preparados.

[20] Gamuza.

[21] Calzones anchos.

el mono adivino y el retablo[22] de la libertad de Melisendra▼.

—¡Cuerpo de tal —dijo el ventero—, que aquí está el señor mase[23] Pedro! Buena noche se nos apareja.

Olvidábaseme de decir cómo el tal mase Pedro traía cubierto el ojo izquierdo y casi medio carrillo con un parche de tafetán verde, señal que todo aquel lado debía de estar enfermo; y el ventero prosiguió diciendo:

—Sea bien venido vuestra merced, señor mase Pedro. ¿Adónde está el mono y el retablo, que no los veo?

—Ya llegan cerca —respondió el todo camuza—, sino que yo me he adelantado, a saber si hay posada.

—Al mismo duque de Alba se la quitara para dársela al señor mase Pedro —respondió el ventero—; llegue el mono y el retablo, que gente hay esta noche en la venta que pagará el verle, y las habilidades del mono.

—Sea en buen hora —respondió el del parche—, que yo moderaré el precio, y con sola la costa me daré por bien pagado; y yo vuelvo a hacer que camine la carreta donde viene el mono y el retablo.

Y luego se volvió a salir de la venta.

Preguntó luego don Quijote al ventero qué mase Pedro era aquél y qué retablo y qué mono traía. A lo que respondió el ventero:

—Éste es un famoso titerero, que ha muchos días que anda por esta Mancha de Aragón▼▼ en-

[22] Teatrillo portátil.

[23] Maese.

▼ Personaje del romancero español, del ciclo carolingio. Era hija de Carlomagno, y cuando fue robada por los moros acabó siendo liberada por don Gaiferos, su prometido y sobrino del emperador.

▼▼ Se refiere a La Mancha oriental, llamada de Aragón porque en ella hay un cerro denominado Monte Aragón, no porque perteneciera al reino de Aragón (Rodríguez Marín).

señando un retablo de Melisendra, libertada por el famoso don Gaiferos, que es una de las mejores y más bien representadas historias que de muchos años a esta parte en este reino se han visto. Trae asimismo consigo un mono de la más rara habilidad que se vio entre monos, ni se imaginó entre hombres, porque si le preguntan algo, está atento a lo que le preguntan y luego salta sobre los hombros de su amo, y, llegándosele al oído, le dice la respuesta de lo que le preguntan, y maese Pedro la declara [24] luego; y de las cosas pasadas dice mucho más que de las que están por venir, y aunque no todas veces acierta en todas, en las más no yerra ▾, de modo que nos hace creer que tiene el diablo en el cuerpo. Dos reales lleva por cada pregunta, si es que el mono responde, quiero decir, si responde el amo por él, después de haberle hablado al oído; y así, se cree que el tal maese Pedro está riquísimo; y es *hombre galante,* como dicen en Italia, y *bon compaño,* y dase la mejor vida del mundo; habla más que seis y bebe más que doce, todo a costa de su lengua y de su mono y de su retablo.

En esto, volvió maese Pedro, y en una carreta venía el retablo, y el mono, grande y sin cola, con las posaderas de fieltro, pero no de mala cara; y apenas le vio don Quijote, cuando le preguntó:

—Dígame vuestra merced, señor adivino: *¿qué peje pillamo* ▾▾? ¿Qué ha de ser de nosotros? Y vea aquí mis dos reales.

[24] Hace pública.

▾ Nótese la «aparente antítesis entre *acertar* y *errar* sobre una base sinonímica» (Rosenblat).

▾▾ Castellanización de la frase italiana *che pesce pigliamo:* qué pez cogemos, qué hacemos, empleada para indicar perplejidad.

Y mandó a Sancho que se los diese a maese Pedro, el cual respondió por el mono, y dijo:

—Señor, este animal no responde ni da noticia de las cosas que están por venir; de las pasadas sabe algo, y de las presentes algún tanto.

—¡Voto a Rus[25]! —dijo Sancho—, no dé yo un ardite porque me digan lo que por mí ha pasado, porque ¿quién lo puede saber mejor que yo mesmo? Y pagar yo porque me digan lo que sé, sería una gran necedad; pero pues sabe las cosas presentes, he aquí mis dos reales, y dígame el señor monísimo ▼ qué hace ahora mi mujer Teresa Panza, y en qué se entretiene.

No quiso tomar maese Pedro el dinero, diciendo:

—No quiero recebir adelantados los premios, sin que hayan precedido los servicios.

Y dando con la mano derecha dos golpes sobre el hombro izquierdo, en un brinco se le puso el mono en él, y llegando la boca al oído, daba diente con diente muy apriesa; y habiendo hecho este ademán por espacio de un credo[26], de otro brinco se puso en el suelo, y al punto, con grandísima priesa, se fue maese Pedro a poner de rodillas ante don Quijote, y abrazándole las piernas, dijo:

—Estas piernas abrazo, bien así como si abrazara las dos columnas de Hércules ▼▼, ¡oh resucitador insigne de la ya puesta en olvido andante caballería! ¡Oh no jamás como se debe alabado caballero don Quijote de la Mancha, ánimo de los desmayados, arrimo de los que van a caer, brazo

[25] A Dios (juramento eufemístico de rústicos).

[26] Un instante.

▼ En el juego con la forma gramatical de las palabras le toca ahora al sustantivo, al que se le aplica el morfema de superlativo en *-ísimo,* con claras resonancias cómicas.

▼▼ Así llamaron los latinos a las cumbres de ambos lados del estrecho de Gibraltar en recuerdo de Hércules, autor de la unión del mar Mediterráneo y el océano Atlántico.

de los caídos, báculo y consuelo de todos los desdichados!

Quedó pasmado don Quijote, absorto Sancho, suspenso el primo, atónito el paje, abobado el del rebuzno, confuso el ventero, y, finalmente, espantados todos los que oyeron las razones del titerero ▼, el cual prosiguió diciendo:

—Y tú, ¡oh buen Sancho Panza!, el mejor escudero y del mejor caballero del mundo: alégrate, que tu buena mujer Teresa está buena, y ésta es la hora en que ella está rastrillando una libra de lino, y, por más señas, tiene a su lado izquierdo un jarro desbocado que cabe un buen porqué[27] de vino, con que se entretiene en su trabajo.

—Eso creo yo muy bien —respondió Sancho—, porque es ella una bienaventurada, y a no ser celosa, no la trocara yo por la giganta Andandona ▼▼, que, según mi señor, fue una mujer muy cabal y muy de pro; y es mi Teresa de aquellas que no se dejan mal pasar, aunque sea a costa de sus herederos.

—Ahora digo —dijo a esta sazón don Quijote—, que el que lee mucho y anda mucho, vee mucho y sabe mucho. Digo esto porque ¿qué persuasión fuera bastante para persuadirme que hay monos en el mundo que adivinen, como lo he visto ahora por mis propios ojos? Porque yo soy el mesmo don Quijote de la Mancha que este buen animal ha dicho, puesto que[28] se ha extendido algún tanto en mis alabanzas; pero como quiera que yo me sea, doy gracias al cielo, que me dotó de un áni-

[27] Que tiene cabida para una buena cantidad.

[28] Aunque.

▼ Acumulación intensificadora de sinónimos o cuasi-sinónimos que traduce expresivamente la conmoción y asombro de todos, a la vez que produce un innegable efecto cómico.

▼▼ Gran cazadora y giganta de aspecto diabólico en el *Amadís de Gaula*.

mo blando y compasivo, inclinado siempre a hacer bien a todos, y mal a ninguno.

—Si yo tuviera dineros —dijo el paje—, preguntara al señor mono qué me ha de suceder en la peregrinación que llevo.

A lo que respondió maese Pedro, que ya se había levantado de los pies de don Quijote:

—Ya he dicho que esta bestezuela no responde a lo por venir, que si respondiera, no importara no haber dineros; que por servicio del señor don Quijote, que está presente, dejara yo todos los intereses del mundo. Y agora, porque se lo debo, y por darle gusto, quiero armar mi retablo y dar placer a cuantos están en la venta, sin paga alguna.

Oyendo lo cual el ventero, alegre sobremanera, señaló el lugar donde se podía poner el retablo, que en un punto fue hecho.

Don Quijote no estaba muy contento con las adivinanzas del mono, por parecerle no ser a propósito que un mono adivinase, ni las de por venir, ni las pasadas cosas; y así, en tanto que maese Pedro acomodaba el retablo, se retiró don Quijote con Sancho a un rincón de la caballeriza, donde, sin ser oídos de nadie, le dijo:

—Mira, Sancho, yo he considerado bien la extraña habilidad deste mono, y hallo por mi cuenta que sin duda este maese Pedro, su amo, debe de tener hecho pacto, tácito o expreso, con el demonio.

—Si el patio es espeso▼ y del demonio —dijo Sancho—, sin duda debe de ser muy sucio patio; pero ¿de qué provecho le es al tal maese Pedro tener esos patios?

▼ Dos prevaricaciones idiomáticas más de Sancho: *patio* por pacto, y *espeso* (grasiento, sucio) por expreso. (Véase nota al pie de la pág. 303 en I, 21, y nota al pie de la pág. 256 en I, 19.)

—No me entiendes, Sancho: no quiero decir sino que debe de tener hecho algún concierto con el demonio, de que infunda esa habilidad en el mono, con que gane de comer, y después que esté rico le dará su alma, que es lo que este universal enemigo pretende. Y háceme creer esto el ver que el mono no responde sino a las cosas pasadas o presentes, y la sabiduría del diablo no se puede extender a más, que las por venir no las sabe si no es por conjeturas, y no todas veces; que a solo Dios está reservado conocer los tiempos y los momentos, y para Él no hay pasado ni porvenir, que todo es presente. Y siendo esto así, como lo es, está claro que este mono habla con el estilo del diablo; y estoy maravillado cómo no le han acusado al Santo Oficio [29], y examinádole, y sacádole de cuajo [30] en virtud de quién adivina; porque cierto está que este mono no es astrólogo, ni su amo ni él alzan, ni saben alzar, estas figuras que llaman judiciarias ▼, que tanto ahora se usan en España, que no hay mujercilla, ni paje, ni zapatero de viejo que no presuma de alzar una figura, como si fuera una sota de naipes del suelo, echando a perder con sus mentiras e ignorancias la verdad maravillosa de la ciencia. De una señora sé yo que preguntó a uno destos figureros que si una perrilla de falda, pequeña, que tenía, si se empreñaría y pariría, y cuántos y de qué color serían los perros que pariese. A lo que el señor judiciario [31], después de haber alzado la figura, respondió que la perrica se empreñaría, y pariría tres perricos, el uno verde, el otro encarnado y el otro de mezcla, con tal condición que la tal perra se cubriese entre las once y doce del día, o de la noche, y que fuese en lu-

[29] Inquisición.

[30] De raíz.

[31] Astrólogo judiciario.

▼ *Alzar figuras judiciarias* es trazar horóscopos, vaticinar el futuro.

nes, o en sábado; y lo que sucedió fue que de allí a dos días se murió la perra de ahíta[32], y el señor levantador quedó acreditado en el lugar por acertadísimo judiciario, como lo quedan todos o los más levantadores.

—Con todo eso, querría —dijo Sancho— que vuestra merced dijese a maese Pedro preguntase a su mono si es verdad lo que a vuestra merced le pasó en la cueva de Montesinos; que yo para mí tengo, con perdón de vuestra merced, que todo fue embeleco y mentira, o por lo menos, cosas soñadas.

—Todo podría ser —respondió don Quijote—; pero yo haré lo que me aconsejas, puesto que me ha de quedar un no sé qué de escrúpulo ▼.

Estando en esto, llegó maese Pedro a buscar a don Quijote y decirle que ya estaba en orden el retablo, que su merced viniese a verle, porque lo merecía. Don Quijote le comunicó su pensamiento, y le rogó preguntase luego a su mono le dijese si ciertas cosas que había pasado en la cueva de Montesinos habían sido soñadas o verdaderas, porque a él le parecía que tenían de todo. A lo que maese Pedro, sin responder palabra, volvió a traer el mono, y puesto delante de don Quijote y de Sancho, dijo:

—Mirad, señor mono, que este caballero quiere saber si ciertas cosas que le pasaron en una cueva llamada de Montesinos, si fueron falsas o verdaderas.

Y haciéndole la acostumbrada señal, el mono se le subió en el hombro izquierdo, y hablándole, al parecer, en el oído, dijo luego maese Pedro:

[32] Cansada.

▼ El escrúpulo viene motivado por incitar a otro a hacer algo prohibido. «La humillación de interrogar al mono de maese Pedro acerca de la verdad de sus aventuras es nuevo síntoma de la bancarrota espiritual en que ha entrado don Quijote» (Avalle-Arce).

—El mono dice que parte de las cosas que vuesa merced vio, o pasó, en la dicha cueva son falsas, y parte verisímiles[33], y que esto es lo que sabe, y no otra cosa, en cuanto a esta pregunta; y que si vuesa merced quisiere saber más, que el viernes venidero responderá a todo lo que se le preguntare; que por ahora se le ha acabado la virtud, que no le vendrá hasta el viernes, como dicho tiene▼.

—¿No lo decía yo —dijo Sancho—, que no se me podía asentar que todo lo que vuesa merced, señor mío, ha dicho de los acontecimientos de la cueva era verdad, ni aun la mitad?

—Los sucesos lo dirán, Sancho —respondió don Quijote—; que el tiempo, descubridor de todas las cosas, no se deja ninguna que no lo saque a la luz del sol, aunque esté escondida en los senos de la tierra. Y por ahora, baste esto, y vámonos a ver el retablo del buen maese Pedro, que para mí tengo que debe de tener alguna novedad.

—¿Cómo alguna? —respondió maese Pedro—. Sesenta mil encierra en sí este mi retablo; dígole a vuesa merced, mi señor don Quijote, que es una de las cosas más de ver que hoy tiene el mundo, y *operibus credite, et non verbis*▼▼, y manos a labor, que se hace tarde y tenemos mucho que hacer y que decir y que mostrar.

Obedeciéronle don Quijote y Sancho, y vinieron donde ya estaba el retablo puesto y descubier-

[33] Verosímiles.

▼ «*Y que esto es lo que sabe y no otra cosa, en cuanto a esta pregunta* es fórmula con que se cierra cada pregunta en las declaraciones de los testigos, en los interrogatorios judiciales. La gracia está en que la use el mono. También el *como dicho tiene* del final procede de las actas judiciales» (Rosenblat).

▼▼ «Creed a las obras, y no a las palabras», frase del Evangelio de San Juan. «Los latines, y sobre todo los latines eclesiásticos, aparecen en el texto siempre con intención cómica o burlesca» (Rosenblat).

to, lleno por todas partes de candelillas de cera encendidas, que le hacían vistoso y resplandeciente. En llegando, se metió maese Pedro dentro dél, que era el que había de manejar las figuras del artificio, y fuera se puso un muchacho, criado del maese Pedro, para servir de intérprete y declarador de los misterios del tal retablo; tenía una varilla en la mano, con que señalaba las figuras que salían.

Puestos, pues, todos cuantos había en la venta, y algunos en pie, frontero del [34] retablo, y acomodados don Quijote, Sancho, el paje y el primo en los mejores lugares, el trujamán [35] comenzó a decir lo que oirá y verá el que le oyere o viere el capítulo siguiente.

[34] Frente al.

[35] Trujimán, intérprete (arabismo).

## Capítulo XXVI

## Donde se prosigue la graciosa aventura del titerero, con otras cosas en verdad harto buenas

Callaron todos, tirios y troyanos ▼, quiero decir, pendientes estaban todos los que el retablo miraban, de la boca del declarador de sus maravillas, cuando se oyeron sonar en el retablo cantidad de atabales [1] y trompetas, y dispararse mucha artillería, cuyo rumor pasó en tiempo breve, y luego alzó la voz el muchacho, y dijo:

—Esta verdadera historia que aquí a vuesas mercedes se representa es sacada al pie de la letra de las corónicas [2] francesas y de los romances españoles que andan en boca de las gentes, y de los muchachos, por esas calles. Trata de la libertad que dio el señor don Gaiferos a su esposa Melisendra, que estaba cautiva en España, en poder de moros, en la ciudad de Sansueña, que así se llamaba entonces la que hoy se llama Zaragoza ▼▼; y

[1] Timbales, tambores.

[2] Crónicas (epéntesis).

▼ Traducción —libre— del primer verso del canto segundo de la *Eneida,* epopeya latina de Virgilio. *Tirios* (habitantes de Tiro, ciudad fenicia) y *troyanos* designan, en sentido metafórico, a «gentes de opiniones opuestas».

▼▼ Sansueña, topónimo procedente del nombre francés de la Sajonia *(Sansoigne),* pasó a España, «donde significó una región o una ciudad de la morería peninsular. Cervantes la identifica con Zaragoza, siguiendo la opinión corriente entonces» (Menéndez Pidal).

vean vuesas mercedes allí cómo está jugando a las tablas[3] don Gaiferos, según aquello que se canta:

[3] Juego parecido al del ajedrez.

> Jugando está a las tablas don Gaiferos,
> que ya de Melisendra está olvidado ▼.

Y aquel personaje que allí asoma con corona en la cabeza y ceptro[4] en las manos es el emperador Carlomagno, padre putativo[5] de la tal Melisendra, el cual, mohíno de ver el ocio y descuido de su yerno, le sale a reñir; y adviertan con la vehemencia y ahínco que le riñe, que no parece sino que le quiere dar con el ceptro media docena de coscorrones, y aun hay autores que dicen que se los dio, y muy bien dados; y después de haberle dicho muchas cosas acerca del peligro que corría su honra en no procurar la libertad de su esposa, dicen que le dijo:

[4] Cetro.

[5] Adoptivo.

> «Harto os he dicho: miradlo ▼▼.»

Miren vuestras mercedes también cómo el emperador vuelve las espaldas y deja despechado a don Gaiferos, el cual ya ven cómo arroja, impaciente de la cólera, lejos de sí el tablero y las tablas, y pide apriesa las armas, y a don Roldán su primo pide prestada su espada Durindana ▼▼▼, y cómo

▼ Primeros versos de un poema anónimo, en octavas reales, sobre la leyenda de Melisendra y don Gaiferos.

▼▼ Verso procedente del romance de don Gaiferos: «Oíd, señor don Gaiferos».

▼▼▼ Durindana es la espada *Durendal* de Roldán, que es llamada *Duridana* en el *Orlando furioso,* de Ariosto, y que dio lugar al nombre de Durandarte en los romances carolingios españoles.

don Roldán no se la quiere prcstar, ofreciéndole su compañía en la difícil empresa en que se pone; pero el valeroso enojado no lo quiere aceptar; antes dice que él solo es bastante para sacar a su esposa, si bien estuviese metida en el más hondo centro de la tierra; y con esto, se entra a armar, para ponerse luego[6] en camino. Vuelvan vuestras mercedes los ojos a aquella torre que allí parece[7], que se presupone que es una de las torres del alcázar de Zaragoza, que ahora llaman la Aljafería ▼; y aquella dama que en aquel balcón parece, vestida a lo moro, es la sin par Melisendra, que desde allí muchas veces se ponía a mirar el camino de Francia, y puesta la imaginación en París y en su esposo, se consolaba en su cautiverio. Miren también un nuevo caso que ahora sucede, quizá no visto jamás. ¿No veen aquel moro que callandico y pasito a paso, puesto el dedo en la boca, se llega por las espaldas de Melisendra? Pues miren cómo la da un beso en mitad de los labios, y la priesa que ella se da a escupir, y a limpiárselos con la blanca manga de su camisa, y cómo se lamenta, y se arranca de pesar sus hermosos cabellos, como si ellos tuvieran la culpa del maleficio. Miren también cómo aquel grave moro que está en aquellos corredores es el rey Marsilio ▼▼ de Sansueña; el cual, por haber visto la insolencia del moro, puesto que[8] era un pariente y gran privado suyo, le mandó luego prender, y que le den docientos azo-

[6] Inmediatamente.

[7] Se ve.

[8] Aunque.

▼ Palacio árabe de la época barroca del estilo califal, en las afueras de Zaragoza. Nótese el anacronismo (Carlomagno fue rey de los francos desde el 768 al 814, y la Aljafería se construyó en el siglo XI).

▼▼ En los romances carolingios de Melisendra, ésta es cautiva de Almanzor durante siete años.

tes, llevándole por las calles acostumbradas [9] de la ciudad,

con chilladores [10] delante
y envaramiento [11] detrás ▼;

y veis aquí donde salen a ejecutar la sentencia, aun bien apenas no habiendo sido puesta en ejecución la culpa, porque entre moros no hay *traslado a la parte,* ni *a prueba y estése* ▼▼, como entre nosotros.

—Niño, niño —dijo con voz alta a esta sazón don Quijote—, seguid vuestra historia línea recta, y no os metáis en las curvas o transversales; que para sacar una verdad en limpio menester son muchas pruebas y repruebas.

También dijo maese Pedro desde dentro:

—Muchacho, no te metas en dibujos, sino haz lo que ese señor te manda, que será lo más acertado; sigue tu canto llano, y no te metas en contrapuntos, que se suelen quebrar de sotiles.

—Yo lo haré así —respondió el muchacho, y prosiguió, diciendo—: Esta figura que aquí parece a caballo, cubierta con una capa gascona [12], es la mesma de don Gaiferos; a quien su [13] esposa, ya vengada del atrevimiento del enamorado moro, con mejor y más sosegado semblante, se ha puesto a los miradores de la torre, y habla con su esposo creyendo que es algún pasajero, con quien

[9] Por ellas era costumbre pasear a los condenados.

[10] Pregoneros.

[11] Escolta de alguaciles con varas.

[12] Capa de Gascuña.

[13] Cuya.

▼ Versos de una jácara o romance burlesco de Quevedo, «Carta de Escarramán a la Méndez». Adviértase que los versos de Quevedo y la referencia a *las acostumbradas* colocan «la justicia del rey Marsilio dentro del marco de la picaresca española (o de los autos inquisitoriales)», con su paseo a la vergüenza pública, su procesión de *chilladores* y su *envaramiento* (Rosenblat).

▼▼ «El *traslado a las partes* (a las partes litigantes), que se hacía en toda querella judicial, retardaba el curso de los pleitos, con beneplácito de los escribanos [...]. *A prueba y estése* (= estése en la cárcel, preventivamente) se aplicaba a toda causa grave, o cuando había heridos». «¿No hay en todo ello una continua sátira de la manía legalista de la época?» (Rosenblat).

pasó todas aquellas razones y coloquios de aquel romance que dicen:

Caballero, si a Francia ides[14],
por Gaiferos preguntad▼.

Las cuales no digo yo ahora, porque de la prolijidad se suele engendrar el fastidio; basta ver cómo don Gaiferos se descubre, y que por los ademanes alegres que Melisendra hace se nos da a entender que ella le ha conocido, y más ahora que veemos se descuelga del balcón, para ponerse en las ancas del caballo de su buen esposo. Mas, ¡ay, sin ventura!, que se le ha asido una punta del faldellín[15] de uno de los hierros del balcón, y está pendiente en el aire, sin poder llegar al suelo. Pero veis cómo el piadoso cielo socorre en las mayores necesidades, pues llega don Gaiferos, y sin mirar si se rasgará o no el rico faldellín, ase della, y mal su grado la hace bajar al suelo, y luego, de un brinco, la pone sobre las ancas de su caballo, a horcajadas[16] como hombre, y la manda que se tenga fuertemente y le eche los brazos por las espaldas, de modo que los cruce en el pecho, porque no se caiga, a causa que no estaba la señora Melisendra acostumbrada a semejantes caballerías. Veis también cómo los relinchos del caballo dan señales que va contento con la valiente y hermosa carga que lleva en su señor y en su señora. Veis cómo vuelven las espaldas y salen de la ciudad, y alegres y regocijados toman de París la vía. ¡Vais[17] en paz, oh par sin par de verdaderos amantes! ¡Lleguéis a salvamento a vuestra deseada patria, sin que la fortuna ponga estorbo en vuestro felice viaje! ¡Los

[14] Vais.

[15] Falda corta.

[16] Con una pierna a cada lado.

[17] Vayáis.

▼ Versos de otro romance de don Gaiferos.

ojos de vuestros amigos y parientes os vean gozar en paz tranquila los días, que los de Néstor ▼ sean, que os quedan de la vida!

Aquí alzó otra vez la voz maese Pedro, y dijo:

—Llaneza, muchacho, no te encumbres; que toda afectación es mala ▼▼.

No respondió nada el intérprete, antes prosiguió, diciendo:

—No faltaron algunos ociosos ojos, que lo suelen ver todo, que no viesen la bajada y la subida de Melisendra, de quien dieron noticia al rey Marsilio, el cual mandó luego tocar al arma [18], y miren con qué priesa; que ya la ciudad se hunde con el son de las campanas, que en todas las torres de las mezquitas suenan.

—¡Eso no! —dijo a esta sazón don Quijote—. En esto de las campanas anda muy impropio maese Pedro, porque entre moros no se usan campanas, sino atabales, y un género de dulzainas que parecen nuestras chirimías [19]; y esto de sonar campanas en Sansueña sin duda que es un gran disparate.

Lo cual oído por maese Pedro, cesó el tocar, y dijo:

—No mire vuesa merced en niñerías, señor don Quijote, ni quiera llevar las cosas tan por el cabo [20], que no se le halle. ¿No se representan por ahí, casi de ordinario, mil comedias llenas de mil impropiedades y disparates, y, con todo eso, corren felicísimamente su carrera, y se escuchan no sólo con aplauso, sino con admiración y todo? Prosigue, muchacho, y deja decir, que como yo lle-

[18] Dar la señal de alarma.

[19] Instrumento de viento, a modo de clarinetes.

[20] A la perfección.

▼ Rey de Pilos cuya longevidad (trescientos años) se hizo proverbial.

▼▼ He aquí nuevamente expresado el ideal estilístico de Cervantes.

ne mi talego[21], siquiera represente más impropiedades que tiene átomos el sol.

—Así es la verdad —replicó don Quijote.

Y el muchacho dijo:

—Miren cuánta y cuán lucida caballería sale de la ciudad en siguimiento de los dos católicos amantes; cuántas trompetas que suenan, cuántas dulzainas que tocan y cuántos atabales y atambores[22] que retumban▼. Témome que los han de alcanzar, y los han de volver atados a la cola de su mismo caballo, que sería un horrendo espectáculo.

Viendo y oyendo, pues, tanta morisma y tanto estruendo don Quijote, parecióle ser bien dar ayuda a los que huían, y levantándose en pie, en voz alta dijo:

—No consentiré yo que en mis días y en mi presencia se le haga superchería[23] a tan famoso caballero y a tan atrevido enamorado como don Gaiferos. ¡Deteneos, mal nacida canalla; no le sigáis ni persigáis; si no, conmigo sois en la batalla!

Y diciendo y haciendo, desenvainó la espada, y de un brinco se puso junto al retablo, y con acelerada y nunca vista furia comenzó a llover cuchilladas sobre la titerera morisma, derribando a unos, descabezando a otros, estropeando a éste, destrozando a aquél, y, entre otros muchos, tiró un altibajo tal que si maese Pedro no se abaja, se encoge y agazapa, le cercenara la cabeza con más facilidad que si fuera hecha de masa de mazapán. Daba voces maese Pedro, diciendo:

—Deténgase vuesa merced, señor don Quijote, y advierta que estos que derriba, destroza y mata no son verdaderos moros, sino unas figurillas de

[21] Saco.

[22] Tambores.

[23] Violencia (italianismo).

▼ Nótese la expresiva aliteración de *t*.

pasta. ¡Mire, pecador de mí, que me destruye y echa a perder toda mi hacienda!

Mas no por esto dejaba de menudear don Quijote cuchilladas, mandobles, tajos[24] y reveses como llovidos ▼. Finalmente, en menos de dos credos dio con todo el retablo en el suelo, hechas pedazos y desmenuzadas todas sus jarcias[25] y figuras: el rey Marsilio, mal herido, y el emperador Carlomagno, partida la corona y la cabeza en dos partes. Alborotóse el senado de los oyentes, huyóse el mono por los tejados, de la ventana[26], temió el primo, acobardóse el paje, y hasta el mesmo Sancho Panza tuvo pavor grandísimo ▼▼, porque, como él juró después de pasada la borrasca, jamás había visto a su señor con tan desatinada cólera. Hecho, pues, el general destrozo del retablo, sosegóse un poco don Quijote, y dijo:

—Quisiera yo tener aquí delante en este punto todos aquellos que no creen, ni quieren creer, de cuánto provecho sean en el mundo los caballeros andantes: miren, si no me hallara yo aquí presente, qué fuera del buen don Gaiferos y de la hermosa Melisendra; a buen seguro que ésta fuera ya la hora que los hubieran alcanzado estos canes[27], y les hubieran hecho algún desaguisado. En resolución, ¡viva la andante caballería sobre cuantas cosas hoy viven en la tierra!

—¡Viva en hora buena —dijo a esta sazón con voz enfermiza maese Pedro—, y muera yo, pues soy tan desdichado, que puedo decir con el rey don Rodrigo:

[24] Golpe de esgrima (de derecha a izquierda).

[25] Aparejos.

[26] De la ventana por los tejados.

[27] Perros.

▼ Para estos tecnicismos de esgrima (incluido *altibajo,* que apareció antes, véase la primera nota al pie de la pág. 236 en II, 19.

▼▼ Nótese la similicadencia. (Véase también la primera nota al pie de la pág. 312 en II, 25.)

Ayer fui señor de España...
y hoy no tengo una almena
que pueda decir que es mía ▼!

No ha media hora, ni aun un mediano momento, que me vi señor de reyes y de emperadores, llenas mis caballerizas y mis cofres y sacos de infinitos caballos y de innumerables galas, y agora me veo desolado y abatido, pobre y mendigo, y, sobre todo, sin mi mono, que a fe que primero que le vuelva a mi poder me han de sudar los dientes, y todo por la furia mal considerada deste señor caballero, de quien se dice que ampara pupilos [28], y endereza tuertos, y hace otras obras caritativas, y en mí solo ha venido a faltar su intención generosa, que sean benditos y alabados los cielos, allá donde tienen más levantados sus asientos. En fin, el Caballero de la Triste Figura había de ser aquel que había de desfigurar las mías.

Enternecióse Sancho Panza con las razones de maese Pedro, y díjole:

—No llores, maese Pedro, ni te lamentes, que me quiebras el corazón, porque te hago saber que es mi señor don Quijote tan católico y escrupuloso cristiano, que si él cae en la cuenta de que te ha hecho algún agravio, te lo sabrá y te lo querrá pagar y satisfacer con muchas ventajas.

—Con que me pagase el señor don Quijote alguna parte de las hechuras [29] que me ha deshecho quedaría contento, y su merced aseguraría su conciencia, porque no se puede salvar quien tiene lo ajeno contra la voluntad de su dueño y no lo restituye.

[28] Menores que necesitan tutor.

[29] Figuras.

▼ Versos de un conocido romance viejo del último rey godo, don Rodrigo, y la pérdida de España.

—Así es —dijo don Quijote—; pero hasta ahora yo no sé que tenga nada vuestro, maese Pedro.

—¿Cómo no? —respondió maese Pedro—. Y estas reliquias que están por este duro y estéril suelo, ¿quién las esparció y aniquiló sino la fuerza invencible dese poderoso brazo? Y ¿cúyos eran sus cuerpos sino míos? Y ¿con quién me sustentaba yo sino con ellos?

—Ahora acabo de creer —dijo a este punto don Quijote— lo que otras muchas veces he creído: que estos encantadores que me persiguen no hacen sino ponerme las figuras como ellas son delante de los ojos, y luego me las mudan y truecan en las que ellos quieren. Real y verdaderamente os digo, señores que me oís, que a mí me pareció todo lo que aquí ha pasado que pasaba al pie de la letra: que Melisendra era Melisendra, don Gaiferos don Gaiferos, Marsilio Marsilio, y Carlomagno Carlomagno. Por eso sc me alteró la cólera, y por cumplir con mi profesión de caballero andante, quise dar ayuda y favor a los que huían, y con este buen propósito hice lo que habéis visto; si me ha salido al revés, no es culpa mía, sino de los malos que me persiguen; y, con todo esto, deste mi yerro, aunque no ha procedido de malicia, quiero yo mismo condenarme en costas [30]; vea maese Pedro lo que quiere por las figuras deshechas, que yo me ofrezco a pagárselo luego, en buena y corriente moneda castellana ▼.

Inclinósele maese Pedro, diciéndole:

—No esperaba yo menos de la inaudita cristiandad del valeroso don Quijote de la Mancha, ver-

[30] Cargar con los gastos.

▼ Una vez más, don Quijote recurre a los encantadores para justificarse. En este episodio se presenta el teatro como realidad y como metáfora de la vida: todos ven una ficción, pero don Quijote se identifica con ella, se mete en ella y protagoniza la ilusión de socorrer a los amantes, hasta que los destrozos lo devuelven a la realidad.

dadero socorredor y amparo de todos los necesitados y menesteros vagamundos; y aquí el señor ventero y el gran Sancho serán medianeros y apreciadores entre vuesa merced y mí de lo que valen o podían valer las ya deshechas figuras.

El ventero y Sancho dijeron que así lo harían, y luego maese Pedro alzó del suelo, con la cabeza menos, al rey Marsilio de Zaragoza, y dijo:

—Ya se vee cuán imposible es volver a este rey a su ser primero; y así, me parece, salvo mejor juicio, que se me dé por su muerte, fin y acabamiento cuatro reales y medio.

—¡Adelante! —dijo don Quijote.

—Pues por esta abertura de arriba abajo —prosiguió maese Pedro, tomando en las manos al partido emperador Carlomagno—, no sería mucho que pidiese yo cinco reales y un cuartillo [31].

—No es poco —dijo Sancho.

—Ni mucho —replicó el ventero—; médiese la partida y señálensele cinco reales.

—Dénsele todos cinco y cuartillo —dijo don Quijote—; que no está en un cuartillo más a menos [32] la monta desta notable desgracia; y acabe presto maese Pedro, que se hace hora de cenar, y yo tengo ciertos barruntos de hambre.

—Por esta figura —dijo maese Pedro— que está sin narices y un ojo menos, que es de la hermosa Melisendra, quiero, y me pongo en lo justo, dos reales y doce maravedís.

—Aun ahí sería el diablo [33] —dijo don Quijote—, si ya no estuviese Melisendra con su esposo, por lo menos, en la raya de Francia, porque el caballo en que iban, a mí me pareció que antes volaba que corría; y así no hay para qué venderme a mí el gato por liebre, presentándome aquí a Melisendra desnarigada, estando la otra, si viene a mano, ahora holgándose en Francia con su esposo a pier-

[31] Cuarta parte de un real.

[32] Más o menos.

[33] Hasta ahí podría llegar la desgracia (Exp. prov.).

na tendida. Ayude Dios con lo suyo a cada uno, señor maese Pedro, y caminemos todos con pie llano y con intención sana. Y prosiga.

Maese Pedro, que vio que don Quijote izquierdeaba[34] y que volvía a su primer tema, no quiso que se le escapase, y así, le dijo:

—Ésta no debe de ser Melisendra, sino alguna de las doncellas que la servían; y así, con sesenta maravedís que me den por ella quedaré contento y bien pagado.

Desta manera fue poniendo precio a otras muchas destrozadas figuras, que después los moderaron los dos jueces árbitros, con satisfacción de las partes, que llegaron a cuarenta reales y tres cuartillos, y además desto, que luego lo desembolsó Sancho, pidió maese Pedro dos reales por el trabajo de tomar el mono.

—Dáselos, Sancho —dijo don Quijote—, no para tomar el mono, sino la mona ▾; y docientos diera yo ahora en albricias a quien me dijera con certidumbre que la señora doña Melisendra y el señor don Gaiferos estaban ya en Francia y entre los suyos.

—Ninguno nos lo podrá decir mejor que mi mono —dijo maese Pedro—, pero no habrá diablo que ahora le tome; aunque imagino que el cariño y la hambre le han de forzar a que me busque esta noche, y amanecerá Dios y verémonos.

En resolución, la borrasca del retablo se acabó y todos cenaron en paz y en buena compañía, a costa de don Quijote, que era liberal en todo extremo.

[34] Desvariaba.

▾ Ejemplo de juego de palabras sustentado en el juego con la forma gramatical, concretamente con el género: *mono-mona* (borrachera).

Antes que amaneciese, se fue el que llevaba las lanzas y las alabardas, y ya después de amanecido, se vinieron a despedir de don Quijote el primo y el paje, el uno, para volverse a su tierra, y el otro, a proseguir su camino, para ayuda del cual le dio don Quijote una docena de reales. Maese Pedro no quiso volver a entrar en más dimes ni diretes con don Quijote, a quien él conocía muy bien, y así, madrugó antes que el sol, y cogiendo las reliquias de su retablo, y a su mono, se fue también a buscar sus aventuras. El ventero, que no conocía a don Quijote, tan admirado le tenían sus locuras como su liberalidad. Finalmente, Sancho le pagó muy bien, por orden de su señor, y despidiéndose dél, casi a las ocho del día dejaron la venta y se pusieron en camino, donde los dejaremos ir, que así conviene para dar lugar a contar otras cosas pertenecientes a la declaración desta famosa historia.

## CAPÍTULO XXVII

### **Donde se da cuenta quiénes eran maese Pedro y su mono, con el mal suceso que don Quijote tuvo en la aventura del rebuzno, que no la acabó como él quisiera y como lo tenía pensado**

[1] Cronista (epéntesis).

Entra Cide Hamete, coronista[1] desta grande historia, con estas palabras en este capítulo: «Juro como católico cristiano...», a lo que su traductor dice que el jurar Cide Hamete como católico cristiano siendo él moro, como sin duda lo era, no quiso decir otra cosa sino que así como el católico cristiano cuando jura, jura, o debe jurar, verdad, y decirla en lo que dijere, así él la decía, como si jurara como cristiano católico, en lo que quería escribir de don Quijote, especialmente en decir quién era maese Pedro, y quién el mono adivino que traía admirados todos aquellos pueblos con sus adivinanzas ▼.

Dice, pues, que bien se acordará el que hubiere leído la primera parte desta historia, de aquel Ginés de Pasamonte a quien, entre otros galeotes, dio libertad don Quijote en Sierra Morena, beneficio que después le fue mal agradecido y peor pagado de aquella gente maligna y mal acostumbra-

▼ Véase nota al pie de la pág. 66 en II, 5, y la primera nota al pie de la pág. 19, II, 1.

da. Este Ginés de Pasamonte, a quien don Quijote llamaba Ginesillo de Parapilla, fue el que hurtó a Sancho Panza el rucio, que por no haberse puesto el cómo ni el cuándo en la primera parte, por culpa de los impresores, ha dado en qué entender a muchos, que atribuían a poca memoria del autor la falta de emprenta[2]. Pero, en resolución, Ginés le hurtó estando sobre él durmiendo Sancho Panza, usando de la traza y modo que usó Brunelo cuando, estando Sacripante sobre Albraca, le sacó el caballo de entre las piernas, y después le cobró Sancho como se ha contado ▼. Este Ginés, pues, temeroso de no[3] ser hallado de la justicia, que le buscaba para castigarle de sus infinitas bellaquerías y delitos, que fueron tantos y tales, que él mismo compuso un gran volumen contándolos ▼▼, determinó pasarse al reino de Aragón y cubrirse el ojo izquierdo, acomodándose al oficio de titerero; que esto y el jugar de manos[4] lo sabía hacer por extremo.

Sucedió, pues, que de unos cristianos ya libres que venían de Berbería[5] compró aquel mono, a quien enseñó que en haciéndole cierta señal, se le subiese en el hombro, y le murmurase, o lo pareciese, al oído. Hecho esto, antes que entrase en el lugar donde entraba con su retablo y mono, se informaba en el lugar más cercano, o de quien él mejor podía, qué cosas particulares hubiesen sucedido en el tal lugar, y a qué personas, y llevándolas bien en la memoria, lo primero que hacía era mostrar su retablo, el cual unas veces era de una historia, y otras de otra, pero todas alegres y

[2] Imprenta.

[3] *No* redundante.

[4] Hacer malabarismos; robar (dilogía).

[5] Región de África.

▼ Véanse la última nota al pie de la pág. 56 en II, 3, nota de la pág. 58 y primera de la pág. 59 en II, 4.

▼▼ Véase nota al pie de la pág. 315 en I, 22.

regocijadas y conocidas. Acabada la muestra, proponía las habilidades de su mono, diciendo al pueblo que adivinaba todo lo pasado y lo presente, pero que en lo de por venir no se daba maña. Por la respuesta de cada pregunta pedía dos reales, y de algunas hacía barato [6], según tomaba el pulso a los preguntantes; y como tal vez [7] llegaba a las casas de quien él sabía los sucesos de los que en ella moraban, aunque no le preguntasen nada por no pagarle, él hacía la seña al mono, y luego decía que le había dicho tal y tal cosa, que venía de molde con lo sucedido. Con esto cobraba crédito inefable, y andábanse todos tras él. Otras veces, como era tan discreto, respondía de manera que las respuestas venían bien con las preguntas; y como nadie le apuraba ni apretaba a que dijese cómo adevinaba su mono, a todos hacía monas ▼, y llenaba sus esqueros [8].

Así como entró en la venta conoció a don Quijote y a Sancho, por cuyo conocimiento le fue fácil poner en admiración a don Quijote y a Sancho Panza, y a todos los que en ella estaban; pero hubiérale de costar caro si don Quijote bajara un poco más la mano cuando cortó la cabeza al rey Marsilio y destruyó toda su caballería, como queda dicho en el antecedente capítulo.

Esto es lo que hay que decir de maese Pedro y de su mono.

Y volviendo a don Quijote de la Mancha, digo que después de haber salido de la venta, determinó de ver primero las riberas del río Ebro y todos aquellos contornos, antes de entrar en la ciudad de Zaragoza, pues le daba tiempo para todo el mu-

[6] Rebajaba el precio.

[7] Alguna vez.

[8] Bolsas.

▼ Véase la nota al pie de la pág. 331 en II, 26 (*monas* significa aquí monadas o monerías; *hacía monas:* engañaba).

cho que faltaba desde allí a las justas ▼. Con esta intención siguió su camino, por el cual anduvo dos días sin acontecerle cosa digna de ponerse en escritura, hasta que al tercero, al subir de una loma, oyó un gran rumor de atambores, de trompetas y arcabuces. Al principio pensó que algún tercio de soldados pasaba por aquella parte, y por verlos picó a Rocinante y subió la loma arriba; y cuando estuvo en la cumbre, vio al pie della, a su parecer, más de docientos hombres armados de diferentes suertes de armas, como si dijésemos lanzones [9], ballestas, partesanas [10], alabardas y picas, y algunos arcabuces, y muchas rodelas [11]. Bajó del recuesto y acercóse al escuadrón, tanto, que distintamente vio las banderas, juzgó de las colores y notó las empresas [12] que en ellas traían, especialmente una que en un estandarte o jirón de raso blanco venía, en el cual estaba pintado muy al vivo un asno como un pequeño sardesco [13], la cabeza levantada, la boca abierta y la lengua de fuera, en acto y postura como si estuviera rebuznando; alrededor dél estaban escritos de letras grandes estos dos versos:

> No rebuznaron en balde
> el uno y el otro alcalde ▼▼.

Por esta insignia sacó don Quijote que aquella gente debía de ser del pueblo del rebuzno, y así se lo dijo a Sancho, declarándole lo que en el estandarte venía escrito. Díjole también que el que

[9] Lanzas cortas.

[10] Alabardas con hierro más grande.

[11] Escudos pequeños.

[12] Símbolos.

[13] Asno pequeño (de Cerdeña).

▼ Véase nota al pie de la pág. 62 en II, 4.

▼▼ El cuentecillo tiene traza de ser obra del vulgo y no invención cervantina (Rodríguez Marín); pero también podría ser que el refrán *Rebuznaron en balde el uno y el otro alcalde* «haya tenido su origen en este episodio de Cervantes» (Murillo).

les había dado noticia de aquel caso se había errado en decir que dos regidores habían sido los que rebuznaron; pero que[14], según los versos del estandarte, no habían sido sino alcaldes. A lo que respondió Sancho Panza:

—Señor, en eso no hay que reparar, que bien puede ser que los regidores que entonces rebuznaron viniesen con el tiempo a ser alcaldes de su pueblo, y así, se pueden llamar con entrambos títulos; cuanto más que no hace al caso a la verdad de la historia ser los rebuznadores alcaldes o regidores, como ellos una por una[15] hayan rebuznado, porque tan a pique está de rebuznar un alcalde como un regidor.

Finalmente, conocieron y supieron cómo el pueblo corrido[16] salía a pelear con otro que le corría[17] más de lo justo y de lo que se debía a la buena vecindad.

Fuese llegando a ellos don Quijote, no con poca pesadumbre de Sancho, que nunca fue amigo de hallarse en semejantes jornadas. Los del escuadrón le recogieron en medio, creyendo que era alguno de los de su parcialidad[18]. Don Quijote, alzando la visera, con gentil brío y continente, llegó hasta el estandarte del asno, y allí se le pusieron alrededor todos los más principales del ejército, por verle, admirados con la admiración acostumbrada, en que caían todos aquellos que la vez primera le miraban. Don Quijote, que los vio tan atentos a mirarle, sin que ninguno le hablase ni le preguntase nada, quiso aprovecharse de aquel silencio, y rompiendo el suyo, alzó la voz y dijo:

—Buenos señores, cuan encarecidamente puedo, os suplico que no interrumpáis un razonamiento que quiero haceros, hasta que veáis que os disgusta y enfada; que si esto sucede, con la más mí-

14 Sin embargo.

15 Efectivamente.

16 Burlado.

17 Ofendía.

18 Bando.

nima señal que me hagáis pondré un sello en mi boca y echaré una mordaza a mi lengua.

Todos le dijeron que dijese lo que quisiese, que de buena gana le escucharían. Don Quijote, con esta licencia, prosiguió diciendo:

—Yo, señores míos, soy caballero andante, cuyo ejercicio es el de las armas, y cuya profesión la de favorecer a los necesitados de favor y acudir a los menesterosos. Días ha que he sabido vuestra desgracia y la causa que os mueve a tomar las armas a cada paso, para vengaros de vuestros enemigos. Y habiendo discurrido una y muchas veces en mi entendimiento sobre vuestro negocio [19], hallo, según las leyes del duelo, que estáis engañados en teneros por afrentados, porque ningún particular puede afrentar a un pueblo entero, si no es retándole de traidor por junto, porque no sabe en particular quién cometió la traición por que le reta. Ejemplo desto tenemos en don Diego Ordóñez de Lara, que retó a todo el pueblo zamorano, porque ignoraba que sólo Vellido Dolfos había cometido la traición de matar a su rey, y así retó a todos, y a todos tocaba la venganza y la respuesta; aunque bien es verdad que el señor don Diego anduvo algo demasiado, y aun pasó muy adelante de los límites del reto, porque no tenía para qué retar a los muertos, a las aguas, ni a los panes [20], ni a los que estaban por nacer, ni a las otras menudencias que allí se declaran▼; pero ¡vaya!, pues cuando la cólera sale de madre, no tiene la lengua padre,

[19] Asunto.

[20] El trigo.

▼ Se refiere al reto —que después se hizo popular en el romancero— que Diego Ordóñez de Lara, caballero castellano y primo del rey Sancho II de Castilla, lanzó a toda la ciudad de Zamora para vengar a su rey, a quien el zamorano Vellido Dolfos había dado muerte a traición.

ayo ni freno que la corrija ▼. Siendo, pues, esto así, que uno solo no puede afrentar a reino, provincia, ciudad, república ni pueblo entero, queda en limpio que no hay para qué salir a la venganza del reto de la tal afrenta, pues no lo es; porque ¡bueno sería que se matasen a cada paso los del pueblo de la Reloja con quien se lo llama, ni los cazoleros, berenjeneros, ballenatos, jaboneros ▼▼, ni los de otros nombres y apellidos que andan por ahí en boca de los muchachos y de gente de poco más a menos! ¡Bueno sería, por cierto, que todos estos insignes pueblos se corriesen y vengasen, y anduviesen contino [21] hechas las espadas sacabuches [22] a cualquier pendencia, por pequeña que fuese! No, no, ni Dios lo permita o quiera. Los varones prudentes, las repúblicas bien concertadas, por cuatro cosas han de tomar las armas y desenvainar las espadas, y poner a riesgo sus personas, vidas y haciendas: la primera, por defender la fe católica; la segunda, por defender su vida, que es de ley natural y divina; la tercera, en defensa de su honra, de su familia y hacienda; la cuarta, en servicio de su rey, en la guerra justa; y si le quisiéremos añadir la quinta, que se puede contar por segunda, es en defensa de su patria. A estas cinco causas, como capitales, se pueden agregar algunas otras que sean justas y razonables y que obliguen a tomar las armas; pero tomarlas por niñerías y por cosas que antes son de risa y pasatiempo que de afrenta, parece que quien las toma carece de

[21] Continuamente.

[22] Trombones que se alargan y acortan.

▼ Véase la primera nota al pie de la pág. 168 en II, 14.

▼▼ El de *la Reloja* es, según Rodríguez Marín, el pueblo de Espartinas (Sevilla), que, en vez de reloj para la iglesia, pidió una reloja, para que pariera. Los otros motes se aplican, respectivamente, a vallisoletanos, toledanos, madrileños y sevillanos.

todo razonable discurso; cuanto más que el tomar venganza injusta, que justa no puede haber alguna que lo sea, va derechamente contra la santa ley que profesamos, en la cual se nos manda que hagamos bien a nuestros enemigos y que amemos a los que nos aborrecen, mandamiento que, aunque parece algo dificultoso de cumplir, no lo es sino para aquellos que tienen menos de Dios que del mundo, y más de carne que de espíritu, porque Jesucristo, Dios y hombre verdadero, que nunca mintió, ni pudo, ni puede mentir, siendo legislador nuestro, dijo que su yugo era suave y su carga liviana [23]; y así, no nos había de mandar cosa que fuese imposible el cumplirla. Así que, mis señores, vuesas mercedes están obligados por leyes divinas y humanas a sosegarse▼.

—El diablo me lleve —dijo a esta sazón Sancho entre sí— si este mi amo no es tólogo [24], y si no lo es, que lo parece como un güevo [25] a otro.

Tomó un poco de aliento don Quijote, y viendo que todavía le prestaban silencio, quiso pasar adelante en su plática, como pasara si no se pusiere en medio la agudeza de Sancho, el cual, viendo que su amo se detenía, tomó la mano por él [26], diciendo:

—Mi señor don Quijote de la Mancha, que un tiempo se llamó el Caballero de la Triste Figura y ahora se llama el Caballero de los Leones, es un hidalgo muy atentado [27], que sabe latín y roman-

[23] (Evangelio de San Mateo.)

[24] Teólogo (rusticismo).

[25] Huevo.

[26] Se le adelantó.

[27] Prudente.

▼ «En este pasaje, Cervantes confió a don Quijote la misión de confundir y desbaratar esa vanidad de patriotismo de campanario», mostrando la «desmedida vanidad [...] que se esconde en la actitud de la gente, de sentirse agraviados por los apodos, es decir, de revestir esas fútiles expresiones del lenguaje con un valor simbólico desproporcionado» (Spitzer).

ce como un bachiller, y en todo cuanto trata y aconseja procede como muy buen soldado, y tiene todas las leyes y ordenanzas de lo que llaman el duelo, en la uña; y así, no hay más que hacer sino dejarse llevar por lo que él dijere, y sobre mí [28] si lo erraren; cuanto más que ello se está dicho que es necedad correrse por sólo oír un rebuzno; que yo me acuerdo, cuando muchacho, que rebuznaba cada y cuando que se me antojaba, sin que nadie me fuese a la mano [29], y con tanta gracia y propiedad, que en rebuznando yo, rebuznaban todos los asnos del pueblo, y no por eso dejaba de ser hijo de mis padres, que eran honradísimos; y aunque por esta habilidad era invidiado de más de cuatro de los estirados de mi pueblo, no se me daba dos ardites. Y porque se vea que digo verdad, esperen y escuchen, que esta ciencia es como la del nadar: que una vez aprendida, nunca se olvida.

Y luego, puesta la mano en las narices, comenzó a rebuznar tan reciamente, que todos los cercanos valles retumbaron. Pero uno de los que estaban junto a él, creyendo que hacía burla dellos, alzó un varapalo [30] que en la mano tenía, y diole tal golpe con él, que, sin ser poderoso a otra cosa, dio con Sancho Panza en el suelo. Don Quijote, que vio tan mal parado a Sancho, arremetió al que le había dado, con la lanza sobre mano [31]; pero fueron tantos los que se pusieron en medio, que no fue posible vengarle; antes, viendo que llovía sobre él un nublado de piedras, y que le amenazaban mil encaradas ballestas y no menos cantidad de arcabuces, volvió las riendas a Rocinante, y a todo lo que su galope pudo, se salió de entre ellos, encomendándose de todo corazón a Dios, que de aquel peligro le librase, temiendo a cada paso no le entrase alguna bala por las espaldas y le saliese

[28] Caiga sobre mí la culpa.

[29] Me contuviese.

[30] Palo largo como una vara.

[31] En la mano (sin apoyarla).

al pecho, y a cada punto recogía el aliento, por ver si le faltaba▼.

Pero los del escuadrón se contentaron con verle huir, sin tirarle. A Sancho le pusieron sobre su jumento, apenas vuelto en sí, y le dejaron ir tras su amo, no porque él tuviese sentido para regirle; pero el rucio siguió las huellas de Rocinante, sin el cual no se hallaba un punto. Alongado, pues, don Quijote buen trecho, volvió la cabeza y vio que Sancho venía, y atendióle[32], viendo que ninguno le seguía.

Los del escuadrón se estuvieron allí hasta la noche, y por no haber salido a la batalla sus contrarios, se volvieron a su pueblo, regocijados y alegres, y si ellos supieran la costumbre antigua de los griegos, levantaran en aquel lugar y sitio un trofeo▼▼.

[32] Le esperó.

▼ La huida o retirada del caballero se justifica no por cobardía, sino por el desprecio que entonces se sentía por las armas de fuego, consideradas inventos anticaballerescos, *invenciones de ánimos cobardes o necesitados* (véase la primera nota al pie de la pág. 599 en I, 38).

▼▼ La vanidad, aunque sea la vanidad del rebuznar, es el blanco de la burla irónica de esta alusión a la costumbre de la antigüedad de levantar un trofeo después de una batalla —que aquí no hubo—: podía ser un árbol, del que se colgaban las armas del vencido.

## CAPÍTULO XXVIII

### De cosas que dice Benengeli que las sabrá quien le leyere, si las lee con atención

Cuando el valiente huye, la supercherería[1] está descubierta, y es de varones prudentes guardarse para mejor ocasión. Esta verdad se verificó en don Quijote, el cual, dando lugar a la furia del pueblo y a las malas intenciones de aquel indignado escuadrón, puso pies en polvorosa[2], y sin acordarse de Sancho ni del peligro en que le dejaba, se apartó tanto cuanto le pareció que bastaba para estar seguro. Seguíale Sancho, atravesado en su jumento, como queda referido. Llegó, en fin, ya vuelto en su acuerdo, y al llegar, se dejó caer del rucio a los pies de Rocinante, todo ansioso, todo molido y todo apaleado. Apeóse don Quijote para catarle[3] las feridas, pero como le hallase sano de los pies a la cabeza, con asaz[4] cólera le dijo:

—¡Tan en hora mala supistes[5] vos rebuznar, Sancho! y ¿dónde hallastes vos ser bueno el nombrar la soga en casa del ahorcado? A música de rebuznos, ¿qué contrapunto se había de llevar sino de varapalos? Y dad gracias a Dios, Sancho, que ya que os santiguaron con un palo, no os hicieron el *per signum crucis* con un alfanje ▼.

[1] Engaño.

[2] Escapó (germanía).

[3] Examinarle.

[4] Bastante.

[5] Supisteis.

▼ Adviértase la combinación de juego metafórico, latín eclesiástico y expresión proverbial. La metáfora *santiguaron con un palo* (apalearon), de sentido bien profano, remite a su sentido etimológico, religioso, gracias a la expresión latina eclesiástica *per signum crucis,* metáfora que, a su vez, también aparece aquí en sentido profano (y burlesco) de «cuchillada en la cara».

—No estoy para responder —respondió Sancho—, porque me parece que hablo por las espaldas. Subamos y apartémonos de aquí, que yo pondré silencio en mis rebuznos; pero no en dejar de decir[6] que los caballeros andantes huyen, y dejan a sus buenos escuderos molidos como alheña[7], o como cibera[8], en poder de sus enemigos.

—No huye el que se retira —respondió don Quijote—, porque has de saber, Sancho, que la valentía que no se funda sobre la basa de la prudencia se llama temeridad, y las hazañas del temerario más se atribuyen a la buena fortuna que a su ánimo. Y así, yo confieso que me he retirado, pero no huido ▼, y en esto he imitado a muchos valientes, que se han guardado para tiempos mejores, y desto están las historias llenas; las cuales, por no serte a ti de provecho ni a mí de gusto, no te las refiero ahora.

En esto, ya estaba a caballo Sancho, ayudado de don Quijote, el cual asimismo subió en Rocinante, y poco a poco se fueron a emboscar en una alameda que hasta un cuarto de legua de allí se parecía[9]. De cuando en cuando daba Sancho unos ayes profundísimos y unos gemidos dolorosos; y preguntándole don Quijote la causa de tan amargo sentimiento, respondió que desde la punta del espinazo hasta la nuca del celebro le dolía de manera, que le sacaba de sentido.

—La causa dese dolor debe de ser, sin duda —dijo don Quijote—, que como era el palo con que te dieron largo y tendido, te cogió todas las espaldas, donde entran todas esas partes que te duelen; y si más te cogiera, más te doliera.

[6] No dejaré de decir.

[7] Polvo usado en tintorería.

[8] Residuo de frutos exprimidos.

[9] Se veía.

▼ Véase la primera nota al pie de la pág. 342 en II, 27. En cualquier caso, el episodio del rebuzno bien puede ser considerado como el verdadero contrapunto de la aventura de los leones.

—¡Por Dios —dijo Sancho—, que vuesa merced me ha sacado de una gran duda, y que me la ha declarado por lindos términos! ¡Cuerpo de mí [10]! ¿Tan encubierta estaba la causa de mi dolor, que ha sido menester decirme que me duele todo todo aquello que alcanzó el palo? Si me dolieran los tobillos, aún pudiera ser que se anduviera adivinando el por qué me dolían; pero dolerme lo que me molieron, no es mucho adivinar. A la fe, señor nuestro amo, el mal ajeno de pelo cuelga ▼, y cada día voy descubriendo tierra de [11] lo poco que puedo esperar de la compañía que con vuestra merced tengo, porque si esta vez me ha dejado apalear, otra y otras ciento volveremos a los manteamientos de marras y a otras muchacherías, que si ahora me han salido a las espaldas, después me saldrán a los ojos ▼▼. Harto mejor haría yo, sino que soy un bárbaro, y no haré nada que bueno sea en toda mi vida, harto mejor haría yo, vuelvo a decir, en volverme a mi casa, y a mi mujer, y a mis hijos, y sustentarla y criarlos con lo que Dios fue servido de darme, y no andarme tras vuesa merced por caminos sin camino y por sendas y carreras que no las tienen ▼▼▼, bebiendo mal y comiendo peor. Pues ¡tomadme el dormir! Contad, hermano escudero, siete pies de tierra, y si quisiéredes más, tomad otros tantos, que en vuestra mano

[10] ¡Desdichado de mí!

[11] Averiguando, comprobando.

▼ Expresión proverbial («Cuidado ajeno de pelo cuelga»), equivalente a «Pronto se nos olvida lo que no nos toca».

▼▼ Efectivamente, este capítulo, que constituye un comentario a lo pasado, establece una clara relación entre el desenlace de la aventura del rebuzno y el manteamiento de Sancho en I, 17.

▼▼▼ Nótese el juego de armonización de los términos antitéticos en el conjunto de paradojas y juegos de palabras.

está escudillar▼, y tendeos a todo vuestro buen talante, que quemado vea yo y hecho polvos al primero que dio puntada en la andante caballería, o, a lo menos, al primero que quiso ser escudero de tales tontos como debieron ser todos los caballeros andantes pasados. De los presentes no digo nada, que por ser vuestra merced uno dellos, los tengo respeto, y porque sé que sabe vuesa merced un punto más que el diablo en cuanto habla y en cuanto piensa.

—Haría yo una buena apuesta con vos, Sancho —dijo don Quijote—: que ahora que vais hablando sin que nadie os vaya a la mano[12], que no os duele nada en todo vuestro cuerpo. Hablad, hijo mío, todo aquello que os viniere al pensamiento y a la boca; que a trueco de[13] que a vos no os duela nada, tendré yo por gusto el enfado que me dan vuestras impertinencias. Y si tanto deseáis volveros a vuestra casa con vuestra mujer y hijos, no permita Dios que yo os lo impida; dineros tenéis míos; mirad cuánto ha de que esta tercera vez salimos de nuestro pueblo, y mirad lo que podéis y debéis ganar cada mes, y pagaos de vuestra mano.

—Cuando yo servía —respondió Sancho— a Tomé Carrasco, el padre del bachiller Sansón Carrasco, que vuestra merced bien conoce, dos ducados ganaba cada mes, amén de la comida; con vuestra merced no sé lo que puedo ganar, puesto que[14] sé que tiene más trabajo el escudero del caballero andante que el que sirve a un labrador; que, en resolución, los que servimos a labradores,

[12] Os contenga.

[13] A condición de.

[14] Aunque.

▼ Sancho hace aquí uso abundante de la ironía: *¡tomadme el dormir!* (¿Qué me dicen del dormir?) es expresión popular de alabanza, empleada aquí en sentido irónico; *escudillar:* servir caldo de la olla en la escudilla, equivalente, en sentido metafórico, a «pedir o hacer cuanto se quiera», también irónico.

por mucho que trabajemos de día, por mal que suceda, a la noche cenamos olla y dormimos en cama, en la cual no he dormido después que ha que sirvo a vuestra merced, si no ha sido el tiempo breve que estuvimos en casa de don Diego de Miranda, y la jira [15] que tuve con la espuma que saqué de las ollas de Camacho, y lo que comí y bebí y dormí en casa de Basilio, todo el otro tiempo he dormido en la dura tierra, al cielo abierto, sujeto a lo que dicen inclemencias del cielo, sustentándome con rajas de queso y mendrugos de pan, y bebiendo aguas, ya de arroyos, ya de fuentes, de las que encontramos por esos andurriales, donde andamos.

—Confieso —dijo don Quijote— que todo lo que dices, Sancho, sea verdad. ¿Cuánto parece que os debo dar más de lo que os daba Tomé Carrasco?

—A mi parecer —dijo Sancho—, con dos reales más que vuestra merced añadiese cada mes me tendría por bien pagado. Esto es cuanto al salario de mi trabajo; pero en cuanto a satisfacerme a la palabra y promesa que vuestra merced me tiene hecha de darme el gobierno de una ínsula, sería justo que se me añadiesen otros seis reales, que por todos serían treinta.

—Está muy bien —replicó don Quijote—; y conforme al salario que vos os habéis señalado, veinte y cinco días ha que salimos de nuestro pueblo ▼: contad, Sancho, rata por cantidad [16], y mirad lo que os debo, y pagaos, como os tengo dicho, de vuestra mano.

—¡Oh, cuerpo de mí! —dijo Sancho—, que va vuestra merced muy errado en esta cuenta, por-

[15] Fiesta y comida campestre.

[16] A prorrata.

▼ Dentro del desconcierto temporal del *Quijote,* puede calcularse que hace unos 17 días que salieron, y no 25 como dice don Quijote.

que en lo de la promesa de la ínsula se ha de contar desde el día que vuestra merced me la prometió hasta la presente hora en que estamos.

—Pues ¿qué tanto ha [17], Sancho, que os la prometí? —dijo don Quijote.

—Si yo mal no me acuerdo —respondió Sancho—, debe de haber más de veinte años ▼, tres días más a menos [18].

Diose don Quijote una gran palmada en la frente, y comenzó a reír muy de gana, y dijo:

—Pues no anduve yo en Sierra Morena, ni en todo el discurso de nuestras salidas, sino dos meses apenas ▼▼, y ¿dices, Sancho, que ha veinte años que te prometí la ínsula? Ahora digo que quieres que se consuman en tus salarios el dinero que tienes mío, y si esto es así, y tú gustas dello, desde aquí te lo doy, y buen provecho te haga; que a trueco de verme sin tan mal escudero, holgaréme de quedarme pobre y sin blanca. Pero dime, prevaricador de las ordenanzas escuderiles de la andante caballería, ¿dónde has visto tú, o leído, que ningún escudero de caballero andante se haya puesto con su señor en tanto más cuánto me habéis de dar cada mes porque os sirva? Éntrate, éntrate, malandrín [19], follón [20] y vestiglo [21], que todo lo pareces, éntrate, digo, por el *mare magnum* [22] de

[17] Cuánto tiempo hace.

[18] Más o menos.

[19] Bellaco.

[20] Presuntuoso.

[21] Monstruo horrendo.

[22] Abundancia («mar grande»).

▼ Extraordinaria exageración de Sancho, cuyo cómputo tan desmesuradamente hiperbólico puede obedecer a que él cuenta y mide el tiempo —subjetivo— de su desesperación (veinte años).

▼▼ «Cervantes concibió en unidad temporal los episodios de la primera parte de 1605 y la segunda de 1615. Hasta este momento la duración de su relato, desde la primera salida de don Quijote, ha sido casi los cuatro meses, es decir, dos meses para los episodios de la primera parte, el mes de que se habla al principio de la segunda (véase la segunda nota al pie de la pág. 19 en II, 1, y nota al pie de la pág. 62 en II, 4), y casi el mes —*"veinte y cinco días"*— de que se habla aquí» (Murillo).

sus historias; y si hallares que algún escudero haya dicho, ni pensado, lo que aquí has dicho, quiero que me le claves en la frente, y, por añadidura, me hagas cuatro mamonas selladas en mi rostro ▼. Vuelve las riendas, o el cabestro, al rucio, y vuélvete a tu casa, porque un solo paso desde aquí no has de pasar más adelante conmigo. ¡Oh pan mal conocido [23]! ¡Oh promesas mal colocadas! ¡Oh hombre que tiene más de bestia que de persona! ¿Ahora, cuando yo pensaba ponerte en estado, y tal, que a pesar de tu mujer te llamaran señoría, te despides? ¿Ahora te vas, cuando yo venía con intención firme y valedera de hacerte señor de la mejor ínsula del mundo? En fin, como tú has dicho otras veces, no es la miel..., etcétera ▼▼. Asno eres, y asno has de ser, y en asno has de parar cuando se te acabe el curso de la vida, que para mí tengo que antes llegará ella a su último término que tú caigas y des en la cuenta de que eres bestia.

Miraba Sancho a don Quijote de en hito en hito, en tanto que los tales vituperios le decía, y compugióse de manera que le vinieron las lágrimas a los ojos, y con voz dolorida y enferma le dijo:

—Señor mío, yo confieso que para ser del todo asno no me falta más de la cola; si vuestra merced quiere ponérmela, yo la daré por bien puesta, y le serviré como jumento todos los días que me quedan de mi vida. Vuestra merced me perdone, y se duela de mi mocedad [24], y advierta que sé

[23] Ingrato (al pan que has comido).

[24] Inexperiencia e ignorancia.

▼ *Que me le claves en la frente* es expresión empleada para realzar la imposibilidad de algo. *Mamonas selladas* son burlas que consisten en poner la mano derecha abierta sobre la cara de alguien y, levantando el dedo medio con el índice de la izquierda, golpear la nariz del individuo burlado.

▼▼ «No es la miel para la boca del asno», refrán del que se suprime la parte final porque era sobradamente conocido.

poco, y que si hablo mucho, más procede de enfermedad que de malicia; mas quien yerra y se enmienda, a Dios se encomienda.

—Maravillárame yo, Sancho, si no mezclaras algún refrancico en tu coloquio. Ahora bien, yo te perdono, con que te enmiendes, y con que no te muestres de aquí adelante tan amigo de tu interés, sino que procures ensanchar el corazón, y te alientes y animes a esperar el cumplimento de mis promesas, que, aunque se tarda, no se imposibilita.

Sancho respondió que sí haría, aunque sacase fuerzas de flaqueza.

Con esto, se metieron en la alameda, y don Quijote se acomodó al pie de un olmo, y Sancho al de una haya, que estos tales árboles y otros sus semejantes siempre tienen pies, y no manos. Sancho pasó la noche penosamente, porque el varapalo[25] se hacía más sentir con el sereno. Don Quijote la pasó en sus continuas memorias, pero con todo eso dieron los ojos al sueño, y al salir del alba siguieron su camino buscando las riberas del famoso Ebro, donde les sucedió lo que se contará en el capítulo venidero.

[25] Golpe dado con el palo a modo de vara.

## CAPÍTULO XXIX

### De la famosa aventura del barco encantado

Por sus pasos contados y por contar▼, dos días después que salieron de la alameda llegaron don Quijote y Sancho al río Ebro, y el verle fue de gran gusto a don Quijote, porque contempló y miró en él la amenidad de sus riberas, la claridad de sus aguas, el sosiego de su curso y la abundancia de sus líquidos cristales, cuya alegre vista renovó en su memoria mil amorosos pensamientos. Especialmente fue y vino [1] en lo que había visto en la cueva de Montesinos, que, puesto que [2] el mono de maese Pedro le había dicho que parte de aquellas cosas eran verdad y parte mentira, él se atenía más a las verdaderas que a las mentirosas, bien al revés de Sancho, que todas las tenía por la mesma mentira.

Yendo, pues, desta manera, se le ofreció a la vista un pequeño barco sin remos, ni otras jarcias [3] algunas, que estaba atado en la orilla a un tronco de un árbol que en la ribera estaba. Miró don Quijote a todas partes, y no vio persona alguna, y luego, sin más ni más, se apeó de Rocinante y mandó a Sancho que lo mesmo hiciese del rucio, y que

[1] Se entretuvo.

[2] Aunque.

[3] Aparejos.

▼Otra muestra más de juego con un lugar común *(por sus pasos contados)*, ampliado mediante el juego de palabras *(por contar)*.

a entrambas bestias las atase muy bien, juntas, al tronco de un álamo o sauce que allí estaba. Preguntóle Sancho la causa de aquel súbito apeamiento y de aquel ligamiento. Respondió don Quijote:

—Has de saber, Sancho, que este barco que aquí está, derechamente y sin poder ser otra cosa en contrario, me está llamando y convidando a que entre en él, y vaya en él a dar socorro a algún caballero, o a otra necesitada y principal persona, que debe de estar puesta en alguna gran cuita[4], porque éste es estilo de los libros de las historias caballerescas y de los encantadores que en ellas se entremeten y platican: cuando algún caballero está puesto en algún trabajo[5], que no puede ser librado dél sino por la mano de otro caballero, puesto que estén distantes el uno del otro dos o tres mil leguas, y aun más, o le arrebatan en una nube o le deparan un barco donde se entre, y en menos de un abrir y cerrar de ojos le llevan, o por los aires, o por la mar, donde quieren y adonde es menester su ayuda. Así que, ¡oh Sancho!, este barco está puesto aquí para el mesmo efecto, y esto es tan verdad como es ahora de día; y antes que éste se pase, ata juntos al rucio y a Rocinante, y a la mano de Dios, que nos guíe; que no dejaré de embarcarme si[6] me lo pidiesen frailes descalzos▼.

—Pues así es —respondió Sancho—, y vuestra merced quiere dar a cada paso en estos que no sé si los llame disparates, no hay sino obedecer y bajar la cabeza, atendiendo al refrán: haz lo que tu

[4] Trabajo, apuro.

[5] Adversidad.

[6] Aunque.

▼ Alude, quizás, a la proverbial elocuencia de éstos para persuadir a los demás. Esta aventura es una parodia de episodios similares frecuentes en las novelas de caballerías, y se singulariza entre las de la segunda parte por ser la única en que la imaginación de don Quijote metamorfosea la realidad (en las demás se le presenta ya transformada).

amo te manda, y siéntate con él a la mesa; pero, con todo esto, por lo que toca al descargo de mi conciencia, quiero advertir a vuestra merced que a mí me parece que este tal barco no es de los encantados, sino de algunos pescadores deste río, porque en él se pescan las mejores sabogas[7] del mundo.

Esto decía, mientras ataba las bestias, Sancho, dejándolas a la protección y amparo de los encantadores, con harto dolor de su ánima. Don Quijote le dijo que no tuviese pena del desamparo de aquellos animales; que el que los llevaría a ellos por tan longincuos caminos y regiones tendría cuenta de sustentarlos.

—No entiendo esto de *logicuos* —dijo Sancho—, ni he oído tal vocablo en todos los días de mi vida.

—*Longincuos* —respondió don Quijote— quiere decir *apartados,* y no es maravilla que no lo entiendas, que no estás tú obligado a saber latín, como algunos que presumen que lo saben, y lo ignoran▼.

—Ya están atados —replicó Sancho—. ¿Qué hemos de hacer ahora?

—¿Qué? —respondió don Quijote—. Santiaguarnos y levar ferro[8], quiero decir, embarcarnos y cortar la amarra con que este barco está atado.

Y dando un salto en él, siguiéndole Sancho, cortó el cordel, y el barco se fue apartando poco a poco de la ribera, y cuando Sancho se vio obra de[9] dos varas dentro del río, comenzó a temblar, temiendo su perdición; pero ninguna cosa le dio más pena que el oír roznar[10] al rucio y el ver que

[7] Sábalos (peces de mar que remontan los ríos).

[8] Levantar anclas (en náutica).

[9] Cerca de.

[10] Rebuznar.

▼ Nótese que don Quijote «no tiene una actitud negativa ante el habla de Sancho, sino activa. Cuando Sancho maltrata vocablos, no sólo lo reprende, sino que lo educa. Le explica además pacientemente las voces que Sancho ignora», como el latinismo *longincuos* (Rosenblat).

Rocinante pugnaba por desatarse, y díjole a su señor:

—El rucio rebuzna, condolido de nuestra ausencia, y Rocinante procura ponerse en libertad para arrojarse tras nosotros. ¡Oh carísimos amigos, quedaos en paz, y la locura que nos aparta de vosotros, convertida en desengaño, nos vuelva a vuestra presencia!

Y en esto, comenzó a llorar tan amargamente, que don Quijote, mohíno y colérico, le dijo:

—¿De qué temes, cobarde criatura? ¿De qué lloras, corazón de mantequillas? ¿Quién te persigue, o quién te acosa, ánimo de ratón casero, o qué te falta, menesteroso en la mitad de las entrañas de la abundancia? ¿Por dicha vas caminando a pie y descalzo por las montañas rifeas ▼, sino sentado en una tabla, como un archiduque, por el sesgo [11] curso deste agradable río, de donde en breve espacio saldremos al mar dilatado? Pero ya habemos de haber salido, y caminado, por lo menos, setecientas o ochocientas leguas, y si yo tuviera aquí un astrolabio [12] con que tomar la altura del polo, yo te dijera las que hemos caminado, aunque, o yo sé poco, o ya hemos pasado, o pasaremos presto, por la línea equinoccial [13], que divide y corta los dos contrapuestos polos en igual distancia.

—Y cuando lleguemos a esa leña que vuestra merced dice —preguntó Sancho—, ¿cuánto habremos caminado?

—Mucho —replicó don Quijote—, porque de trecientos y sesenta grados que contiene el globo, del agua y de la tierra, según el cómputo de Ptolo-

[11] Sosegado.

[12] Instrumento para observar los astros.

[13] Ecuador.

▼ «Con este nombre *(Riphaei montes)* señalaron los geógrafos las ásperas y nevadas [montañas] de Escitia». (Clemencín).

meo, que fue el mayor cosmógrafo que se sabe, la mitad habremos caminado, llegando a la línea que he dicho.

—Por Dios —dijo Sancho—, que vuesa merced me trae por testigo de lo que dice a una gentil persona, puto y gafo, con la añadidura de meón, o meo, o no sé cómo ▼.

Rióse don Quijote de la interpretación que Sancho había dado al nombre y al cómputo y cuenta del cosmógrafo Ptolomeo, y díjole:

—Sabrás, Sancho, que los españoles y los que se embarcan en Cádiz para ir a las Indias Orientales, una de las señales que tienen para entender que han pasado la línea equinoccial que te he dicho es que a todos los que van en el navío se les mueren los piojos, sin que les quede ninguno, ni en todo el bajel le hallarán, si le pesan [14] a oro, y así, puedes, Sancho, pasear una mano por un muslo, y si topares cosa viva, saldremos desta duda, y si no, pasado habemos.

—Yo no creo nada deso —respondió Sancho—, pero, con todo, haré lo que vuesa merced me manda, aunque no sé para qué hay necesidad de hacer esas experiencias, pues yo veo con mis mismos ojos que no nos habemos apartado de la ribera cinco varas, ni hemos decantado [15] de donde están las alemañas [16] dos varas, porque allí están Rocinante y el rucio en el propio lugar do los dejamos; y tomada la mira, como yo la tomo ahora, voto a tal que no nos movemos ni andamos al paso de una hormiga.

[14] Aunque le pesen.

[15] Desviado.

[16] Animales (alimañas).

▼ En un derroche de capacidad de contaminación lingüística Sancho ha deformado *línea* en *leña, Ptolomeo* (astrónomo y geógrafo egipcio del siglo II) en *meón* o *meo, cosmógrafo* en *gafo* (leproso), y *cómputo* en *puto.* (Véase nota al pie de la pág. 256 en I, 19 y nota al pie de la pág. 303 en I, 21.)

—Haz, Sancho, la averiguación que te he dicho, y no te cures [17] de otra; que tú no sabes qué cosa sean coluros, líneas, paralelos, zodíacos, clíticas, polos, solsticios, equinoccios, planetas, signos, puntos, medidas, de que se compone la esfera celeste y terrestre ▼; que si todas estas cosas supieras, o parte dellas, vieras claramente qué de paralelos hemos cortado, qué de signos visto y qué de imágines [18] hemos dejado atrás, y vamos dejando ahora. Y tórnote a decir que te tientes y pesques; que yo para mí tengo que estás más limpio que un pliego de papel liso y blanco.

Tentóse Sancho, y llegando con la mano bonitamente y con tiento hacia la corva izquierda, alzó la cabeza, y miró a su amo, y dijo:

—O la experiencia es falsa, o no hemos llegado adonde vuesa merced dice, ni con muchas leguas.

—Pues ¿qué? —preguntó don Quijote—. ¿Has topado algo?

—¡Y aun algos ▼▼! —respondió Sancho.

Y sacudiéndose los dedos, se lavó toda la mano en el río, por el cual sosegadamente se deslizaba el barco por mitad de la corriente, sin que le moviese alguna inteligencia secreta, ni algún encantador escondido, sino el mismo curso del agua, blando entonces y suave.

[17] No te ocupes.

[18] Imágenes, signos del Zodíaco.

▼ Tecnicismos de varias ciencias: *coluros:* círculos máximos de la esfera celeste que pasan por los polos; *paralelos:* círculos menores paralelos al ecuador que sirven para determinar la latitud de cualquier punto del globo terráqueo; *Zodíaco:* zona o faja celeste por el centro de la cual pasa la eclíptica y que indica el espacio que comprende los doce signos o constelaciones que recorre el Sol en su curso anual aparente (Aries, Tauro, etc.); *clíticas:* eclíptica o círculo máximo de la esfera celeste; *solsticios:* cada uno de los puntos de la eclíptica más alejados del ecuador; *equinoccios:* cada uno de los momentos del año en que el Sol, en su movimiento aparente, pasa por el ecuador...

▼▼ En el juego con la forma gramatical de las palabras le ha tocado ahora al morfema de número: «Ese *algos* le servía para burlarse de una arraigada tradición» (Rosenblat).

En esto, descubrieron unas grandes aceñas[19] que en la mitad del río estaban; y apenas las hubo visto don Quijote, cuando con voz alta dijo a Sancho:

—¿Vees? Allí, ¡oh amigo!, se descubre la ciudad, castillo o fortaleza donde debe de estar algún caballero oprimido, o alguna reina, infanta o princesa malparada, para cuyo socorro soy aquí traído.

—¿Qué diablos de ciudad, fortaleza o castillo dice vuesa merced, señor? —dijo Sancho—. ¿No echa de ver que aquéllas son aceñas que están en el río, donde se muele el trigo▼?

—Calla, Sancho —dijo don Quijote—; que aunque parecen aceñas, no lo son; y ya te he dicho que todas las cosas trastruecan y mudan de su ser natural los encantos. No quiero decir que las mudan de en uno en otro ser realmente, sino que lo parece, como lo mostró la experiencia en la transformación de Dulcinea, único refugio de mis esperanzas.

En esto, el barco, entrado en la mitad de la corriente del río, comenzó a caminar no tan lentamente como hasta allí. Los molineros de las aceñas, que vieron venir aquel barco por el río, y que se iba a embocar por el raudal[20] de las ruedas, salieron con presteza muchos dellos con varas largas, a detenerle, y como salían enharinados, y cubiertos los rostros y los vestidos del polvo de la harina, representaban una mala vista. Daban voces grandes, diciendo:

—¡Demonios de hombres! ¿Dónde vais? ¿Venís desesperados? ¿Qué queréis? ¿Ahogaros y haceros pedazos en estas ruedas?

[19] Molinos de agua.

[20] Agua que corre velozmente.

▼ Caballero y escudero proceden aquí como en muchas aventuras narradas en la primera parte. (Véanse nota al pie de la pág. 126 en I, 8, y notas al pie de las págs. 247 y 249 en I, 18.)

—¿No te dije yo, Sancho —dijo a esta sazón don Quijote—, que habíamos llegado donde he de mostrar a dó [21] llega el valor de mi brazo? Mira qué de malandrines y follones me salen al encuentro; mira cuántos vestiglos se me oponen; mira cuántas feas cataduras nos hacen cocos [22]; pues ¡ahora lo veréis, bellacos!

Y puesto en pie en el barco, con grandes voces comenzó a amenazar a los molineros, diciéndoles:

—Canalla malvada y peor aconsejada, dejad en su libertad y libre albedrío a la persona que en esa vuestra fortaleza o prisión tenéis oprimida, alta o baja, de cualquiera suerte o calidad que sea; que yo soy don Quijote de la Mancha, llamado el Caballero de los Leones por otro nombre, a quien está reservada por orden de los altos cielos el dar fin felice a esta aventura.

Y diciendo esto, echó mano a su espada y comenzó a esgrimirla en el aire contra los molineros; los cuales, oyendo, y no entendiendo, aquellas sandeces, se pusieron con sus varas a detener el barco, que ya iba entrando en el raudal y canal de las ruedas.

Púsose Sancho de rodillas, pidiendo devotamente al cielo le librase de tan manifiesto peligro, como lo hizo, por la industria [23] y presteza de los molineros, que oponiéndose con sus palos al barco, le detuvieron, pero no de manera que dejasen de trastornar [24] el barco y dar con don Quijote y con Sancho al través en el agua; pero vínole bien a don Quijote, que sabía nadar como un ganso, aunque el peso de las armas le llevó al fondo dos veces; y si no fuera por los molineros, que se arrojaron al agua, y los sacaron como en peso a entrambos, allí había sido Troya [25] para los dos.

Puestos, pues, en tierra, más mojados que muer-

[21] Dónde.

[22] Muecas.

[23] Habilidad.

[24] Volcar.

[25] El desastre.

tos de sed ▼, Sancho, puesto de rodillas, las manos juntas y los ojos clavados al cielo, pidió a Dios con una larga y devota plegaria le librase de allí adelante de los atrevidos deseos y acometimientos de su señor.

Llegaron en esto los pescadores dueños del barco, a quien [26] habían hecho pedazos las ruedas de las aceñas, y viéndole roto, acometieron a desnudar a Sancho, y a pedir a don Quijote se lo pagase, el cual, con gran sosiego, como si no hubiera pasado nada por él, dijo a los molineros y pescadores que él pagaría el barco de bonísima gana, con condición que le diesen libre y sin cautela [27] a la persona o personas que en aquel su castillo estaban oprimidas.

[26] Al cual.

[27] Sin engaño (fórmula jurídica).

—¿Qué personas o qué castillo dices —respondió uno de los molineros—, hombre sin juicio? ¿Quiéreste llevar por ventura las que vienen a moler trigo a estas aceñas?

—¡Basta! —dijo entre sí don Quijote—. Aquí será predicar en desierto querer reducir [28] a esta canalla a que por ruegos haga virtud alguna. Y en esta aventura se deben de haber encontrado dos valientes encantadores, y el uno estorba lo que el otro intenta: el uno me deparó el barco, y el otro dio conmigo al través. Dios lo remedie; que todo este mundo es máquinas y trazas, contrarias unas de otras. Yo no puedo más ▼▼.

[28] Convencer.

▼ Nótese el juego con el comparativo, basado también en el juego con un lugar común y la asociación *mojados-muertos de sed.*

▼▼ Desde la bajada a la cueva de Montesinos el derrumbamiento vital y espiritual de don Quijote se va intensificando progresivamente. Esta confesión expresa «la rendición verbal del caballero», y con ello la imparable «desintegración de la voluntad de don Quijote» (Avalle-Arce). (Véase tambien la nota al pie de la pág. 239 en I, 18.)

Y alzando la voz, prosiguió diciendo, y mirando a las aceñas:

—Amigos, cualesquiera que seáis, que en esa prisión quedáis encerrados, perdonadme, que, por mi desgracia y por la vuestra, yo no os puedo sacar de vuestra cuita. Para otro caballero debe de estar guardada y reservada esta aventura▼.

En diciendo esto, se concertó con los pescadores, y pagó por el barco cincuenta reales, que los dio Sancho de muy mala gana, diciendo:

—A dos barcadas como éstas, daremos con todo el caudal al fondo.

Los pescadores y molineros estaban admirados, mirando aquellas dos figuras tan fuera del uso, al parecer, de los otros hombres, y no acababan de entender a dó se encaminaban las razones y preguntas que don Quijote les decía; y teniéndolos por locos, les dejaron y se recogieron a sus aceñas, y los pescadores a sus ranchos. Volvieron a sus bestias y a ser bestias[29], don Quijote y Sancho, y este fin tuvo la aventura del encantado barco.

[29] Frase de sentido equívoco.

▼ Véase la segunda nota al pie de la pág. 270, en II, 22.

## COMENTARIO 4 (Capítulo XXIX)

- *Resume el argumento de este capítulo.*
- *Comenta los aspectos temáticos fundamentales.*
- *Describe la composición externa de este capítulo. ¿En qué partes está organizado este episodio?*
- *Analiza la estructura interna del texto: narrador, modo narrativo, tiempo, espacio...*
- *Comenta la actuación de don Quijote y Sancho en esta aventura.*
- *Enuncia y explica los aspectos más significativos en la evolución interior de don Quijote.*
- *Explica la relación de este episodio con otros anteriores —incluidos los de la primera parte— y posteriores de la novela.*
- *Señala y comenta los recursos estilísticos más relevantes.*

## Capítulo XXX

### De lo que le avino [1] a don Quijote con una bella cazadora

Asaz [2] melancólicos y de mal talante llegaron a sus animales caballero y escudero, especialmente Sancho, a quien llegaba al alma llegar al caudal del dinero, pareciéndole que todo lo que dél se quitaba era quitárselo a él de las niñas de sus ojos. Finalmente, sin hablarse palabra, se pusieron a caballo y se apartaron del famoso río, don Quijote, sepultado en los pensamientos de sus amores, y Sancho, en los de su acrecentamiento, que por entonces le parecía que estaba bien lejos de tenerle, porque maguer [3] era tonto, bien se le alcanzaba que las acciones de su amo, todas o las más, eran disparates, y buscaba ocasión de que, sin entrar en cuentas ni en despedimientos con su señor, un día se desgarrase [4] y se fuese a su casa; pero la fortuna ordenó las cosas muy al revés de lo que él temía.

Sucedió, pues, que otro día [5], al poner del sol y al salir de una selva, tendió don Quijote la vista por un verde prado, y en lo último dél vio gente, y llegándose cerca, conoció que eran cazadores de altanería [6]. Llegóse más, y entre ellos vio una gallarda señora sobre un palafrén o hacanea ▼ blan-

[1] Sucedió.

[2] Muy.

[3] Aunque.

[4] Separase.

[5] Al día siguiente.

[6] De aves de vuelo alto (cetrería).

▼ *Palafrén:* caballo manso que solían montar las damas; *hacanea:* jaca o caballería de damas y de príncipes. Más adelante, *sillón:* silla grande y cómoda en que solían montar las señoras.

quísima, adornada de guarniciones verdes y con un sillón de plata. Venía la señora asimismo vestida de verde, tan bizarra y ricamente, que la misma bizarría venía transformada en ella. En la mano izquierda traía un azor, señal que dio a entender a don Quijote ser aquélla alguna gran señora, que debía serlo de todos aquellos cazadores, como era la verdad, y así, dijo a Sancho:

—Corre, hijo Sancho, y di a aquella señora del palafrén y del azor que yo, el Caballero de los Leones, besa las manos a su gran fermosura, y que si su grandeza me da licencia, se las iré a besar, y a servirla en cuanto mis fuerzas pudieren y su alteza me mandare. Y mira, Sancho, cómo hablas, y ten cuenta de no encajar algún refrán de los tuyos en tu embajada.

—¡Hallado os le habéis el encajador! —respondió Sancho—. ¡A mí con eso! ¡Sí, que no es ésta la vez primera que he llevado embajadas a altas y crecidas señoras en esta vida!

—Si no fue la que llevaste a la señora Dulcinea —replicó don Quijote—, yo no sé que hayas llevado otra, a lo menos, en mi poder[7].

—Así es verdad —respondió Sancho—, pero al buen pagador no le duelen prendas, y en casa llena presto se guisa la cena: quiero decir que a mí no hay que decirme ni advertirme de nada; que para todo tengo, y de todo se me alcanza un poco.

—Yo lo creo, Sancho —dijo don Quijote—; ve en buena hora, y Dios te guíe.

Partió Sancho de carrera, sacando de su paso al rucio, y llegó donde la bella cazadora estaba; y apeándose, puesto ante ella de hinojos, le dijo:

—Hermosa señora, aquel caballero que allí se parece[8] llamado el Caballero de los Leones, es mi amo, y yo soy un escudero suyo, a quien llaman en su casa Sancho Panza. Este tal Caballero de los

[7] En mi servicio.

[8] Se ve.

Leones, que no ha mucho que se llamaba el de la Triste Figura, envía por mí a decir a vuestra grandeza sea servida de darle licencia para que, con su propósito y beneplácito y consentimiento, él venga a poner en obra su deseo, que no es otro, según él dice y yo pienso, que de servir a vuestra encumbrada altanería y fermosura▼; que en dársela vuestra señoría hará cosa que redunde en su pro[9], y él recibirá señaladísima merced y contento.

—Por cierto, buen escudero —respondió la señora—, vos habéis dado la embajada vuestra con todas aquellas circunstancias que las tales embajadas piden. Levantaos del suelo, que escudero de tan gran caballero como es el de la Triste Figura, de quien ya tenemos acá mucha noticia, no es justo que esté de hinojos; levantaos, amigo, y decid a vuestro señor que venga mucho en hora buena a servirse de mí y del duque mi marido, en una casa de placer que aquí tenemos.

Levantóse Sancho, admirado así de la hermosura de la buena señora como de su mucha crianza y cortesía, y más de lo que le había dicho que tenía noticia de su señor el Caballero de la Triste Figura, y que si no le había llamado el de los Leones, debía de ser por habérsele puesto tan nuevamente. Preguntóle la duquesa, cuyo título aún no se sabe▼▼:

—Decidme, hermano escudero: este vuestro se-

[9] Provecho.

▼ Nótese la contaminación idiomática en el tratamiento ridículo empleado por Sancho, quien ha deformado *alteza* en *altanería*. Adviértase también el arcaísmo, en su remedo de la fabla caballeresca.

▼▼ La crítica ha identificado a estos duques con los duques de Luna y de Villahermosa, cuya residencia (Palacio de Buenavía) sería la *casa de placer* o *castillo* donde tienen lugar tantas de las aventuras de esta segunda parte (Allen).

ñor, ¿no es uno de quien anda impresa una *historia* que se llama *del Ingenioso Hidalgo don Quijote de la Mancha,* que tiene por señora de su alma a una tal Dulcinea del Toboso▼?

—El mesmo es, señora —respondió Sancho—, y aquel escudero suyo que anda, o debe de andar, en la tal historia, a quien llaman Sancho Panza, soy yo, si no es que me trocaron en la cuna; quiero decir, que me trocaron en la estampa [10].

—De todo eso me huelgo yo mucho —dijo la duquesa—. Id, hermano Panza, y decid a vuestro señor que él sea el bien llegado y el bien venido a mis estados, y que ninguna cosa me pudiera venir que más contento me diera.

Sancho, con esta tan agradable respuesta, con grandísimo gusto volvió a su amo, a quien contó todo lo que la gran señora le había dicho, levantando con sus rústicos términos a los cielos su mucha fermosura, su gran donaire y cortesía. Don Quijote se gallardeó [11] en la silla, púsose bien en los estribos, acomodóse la visera, arremetió a Rocinante, y con gentil denuedo fue a besar las manos a la duquesa; la cual, haciendo llamar al duque, su marido, le contó, en tanto que don Quijote llegaba, toda la embajada suya; y los dos, por haber leído la primera parte desta historia y haber entendido por ella el disparatado humor de don Quijote, con grandísimo gusto y con deseo de conocerle le atendían [12], con prosupuesto [13] de seguirle el humor y conceder [14] con él en cuanto les dijese, tratándole como a caballero andante los días que con ellos se detuviese, con todas las ceremonias acostumbradas en los libros de caballe-

[10] Imprenta.

[11] Hizo ostentación de bizarría.

[12] Esperaban.

[13] Propósito.

[14] Condescender.

▼ Véase la primera nota al pie de la pág. 44 en II, 2.

rías, que ellos habían leído, y aun les eran muy aficionados▼.

En esto llegó don Quijote, alzada la visera, y dando muestras de apearse, acudió Sancho a tenerle el estribo; pero fue tan desgraciado, que al apearse del rucio se le asió un pie en una soga del albarda, de tal modo, que no fue posible desenredarle; antes quedó colgado dél, con la boca y los pechos en el suelo. Don Quijote, que no tenía en costumbre apearse sin que le tuviesen el estribo, pensando que ya Sancho había llegado a tenérsele, descargó de golpe el cuerpo, y llevóse tras sí la silla de Rocinante, que debía de estar mal cinchado, y la silla y él vinieron al suelo, no sin vergüenza suya, y de muchas maldiciones que entre dientes echó al desdichado de Sancho, que aun todavía tenía el pie en la corma▼▼.

El duque mandó a sus cazadores que acudiesen al caballero y al escudero, los cuales levantaron a don Quijote maltrecho de la caída, y, renqueando[15] y como pudo, fue a hincar las rodillas ante los dos señores; pero el duque no lo consintió en ninguna manera; antes, apeándose de su caballo, fue a abrazar a don Quijote, diciéndole:

—A mí me pesa, señor Caballero de la Triste Figura, que la primera[16] que vuesa merced ha hecho en mi tierra haya sido tan mala como se ha

[15] Andando meneándose a un lado y a otro.

[16] La primera figura (zeugma).

▼ Todo parece replantearse ahora. Don Quijote es recibido por unos duques de verdad, permanecerá en un castillo de verdad y será tratado como caballero andante y como personaje literario. Sin embargo, ahora que todo es verdad, todo es también mentira: don Quijote ya no necesitará transformar la realidad y adecuarla a su ficción; los demás, ahora por orden de los duques, se la presentarán metamorfoseada ya, con la intención de divertirse a costa de las burlas preparadas.

▼▼ *Corma* es una «especie de prisión compuesta de dos pedazos de madera, que se adaptan al pie del hombre o del animal para impedir que ande libremente».

visto; pero descuidos de escuderos suelen ser causa de otros peores sucesos.

—El que yo he tenido en veros▼, valeroso príncipe —respondió don Quijote—, es imposible ser malo, aunque mi caída no parara hasta el profundo de los abismos, pues de allí me levantara y me sacara la gloria de haberos visto. Mi escudero, que Dios maldiga, mejor desata la lengua para decir malicias que ata y cincha una silla para que esté firme; pero como quiera que yo me halle, caído o levantado, a pie o a caballo, siempre estaré al servicio vuestro y al de mi señora la duquesa, digna consorte vuestra, y digna señora de la hermosura, y universal princesa de la cortesía.

—¡Pasito[17], mi señor don Quijote de la Mancha! —dijo el duque—; que adonde está mi señora doña Dulcinea del Toboso no es razón que se alaben otras fermosuras▼▼.

Ya estaba a esta sazón libre Sancho Panza del lazo, y hallándose allí cerca, antes que su amo respondiese, dijo:

—No se puede negar, sino afirmar, que es muy hermosa mi señora Dulcinea del Toboso, pero donde menos se piensa se levanta la liebre; que yo he oído decir que esto que llaman naturaleza es como un alcaller[18] que hace vasos de barro, y el que hace un vaso hermoso también puede hacer dos, y tres, y ciento; dígolo, porque mi señora

[17] Con tiento.

[18] Alfarero.

▼ «El [*suceso:* acontecimiento feliz] que yo he tenido en veros.» Al zeugma —variante de la elipsis— del duque contesta don Quijote con otro zeugma complejo, encadenando su réplica con la última palabra pronunciada por el duque. Este recurso estilístico es muy frecuente, y contribuye a dar mayor dinamismo y animación teatral al diálogo, en el cual suele ser frecuente el encadenamiento entre habla y réplica.

▼▼ Nótese el arcaísmo, que el duque emplea como remedo burlesco de la fabla caballeresca.

la duquesa a fee que no va en zaga a mi ama la señora Dulcinea del Toboso.

Volvióse don Quijote a la duquesa, y dijo:

—Vuestra grandeza imagine que no tuvo caballero andante en el mundo escudero más hablador ni más gracioso del que yo tengo, y él me sacará verdadero, si algunos días quisiere vuestra gran celsitud [19] servirse de mí.

A lo que respondió la duquesa:

—De que Sancho el bueno sea gracioso lo estimo yo en mucho, porque es señal que es discreto; que las gracias y los donaires, señor don Quijote, como vuesa merced bien sabe, no asientan sobre ingenios torpes; y pues el buen Sancho es gracioso y donairoso, desde aquí le confirmo por discreto.

—Y hablador —añadió don Quijote.

—Tanto que mejor —dijo el duque—, porque muchas gracias no se pueden decir con pocas palabras. Y porque no se nos vaya el tiempo en ellas, venga el gran Caballero de la Triste Figura...

—De los Leones ha de decir vuestra alteza —dijo Sancho—, que ya no hay Triste Figura, ni figuro ▾.

—Sea el de los Leones —prosiguió el duque—: Digo que venga el señor Caballero de los Leones a un castillo mío que está aquí cerca, donde se le hará el acogimiento que a tan alta persona se debe justamente, y el que yo y la duquesa solemos hacer a todos los caballeros andantes que a él llegan.

Ya en esto, Sancho había aderezado y cinchado bien la silla a Rocinante, y subiendo en él don Qui-

[19] Excelsitud.

▾ Con base en el juego con la forma gramatical *(figura-figuro)* y en la fórmula popular de encarecimiento (negación en femenino y en masculino), Sancho ha creado esta humorística invención idiomática, análoga de otras muletillas lingüísticas que caracterizan su habla *(ínsulas-ínsulos, dones-donas, cazas-cazos,* etc.).

jote, y el duque en un hermoso caballo, pusieron a la duquesa en medio, y encaminaron al castillo. Mandó la duquesa a Sancho que fuese junto a ella, porque gustaba infinito de oír sus discreciones. No se hizo de rogar Sancho, y entretejióse [20] entre los tres, y hizo cuarto en la conversación, con gran gusto de la duquesa y del duque, que tuvieron a gran ventura acoger en su castillo tal caballero andante y tal escudero andado.

[20] Se puso en medio.

## CAPÍTULO XXXI

### Que trata de muchas y grandes cosas

Suma era la alegría que llevaba consigo Sancho viéndose, a su parecer, en privanza con la duquesa, porque se le figuraba que había de hallar en su castillo lo que en la casa de don Diego y en la de Basilio, siempre aficionado a la buena vida, y así tomaba la ocasión por la melena ▼ en esto del regalarse cada y cuando que se le ofrecía.

Cuenta, pues, la historia, que antes que a la casa de placer o castillo llegasen, se adelantó el duque y dio orden a todos sus criados del modo que habían de tratar a don Quijote; el cual, como [1] llegó con la duquesa a las puertas del castillo, al instante salieron dél dos lacayos o palafreneros, vestidos hasta en pies [2] de unas ropas que llaman de levantar [3], de finísimo raso carmesí, y cogiendo a don Quijote en brazos, sin ser oído ni visto [4], le dijeron:

—Vaya la vuestra grandeza a apear a mi señora la duquesa.

Don Quijote lo hizo, y hubo grandes comedimientos entre los dos sobre el caso; pero, en efecto, venció la porfía de la duquesa, y no quiso decender o bajar del palafrén sino en los brazos del

[1] Tan pronto como.

[2] Hasta los pies.

[3] Ropa larga, talar.

[4] Súbitamente.

▼ Juego verbal con otro lugar común: «A la ocasión la pintan calva». (Véase la primera nota al pie de la pág. 358 en I, 25.

duque, diciendo que no se hallaba digna de dar a tan gran caballero tan inútil carga. En fin, salió el duque a apearla, y al entrar en un gran patio, llegaron dos hermosas doncellas y echaron sobre los hombros a don Quijote un gran manto de finísima escarlata [5], y en un instante se coronaron todos los corredores del patio de criados y criadas de aquellos señores, diciendo a grandes voces:

—¡Bien sea venido la flor y la nata de los caballeros andantes!

Y todos, o los más, derramaban pomos [6] de aguas olorosas sobre don Quijote y sobre los duques, de todo lo cual se admiraba don Quijote; y aquél fue el primer día que de todo en todo conoció y creyó ser caballero andante verdadero, y no fantástico, viéndose tratar del mesmo modo que él había leído se trataban los tales caballeros en los pasados siglos▼.

Sancho, desamparando al rucio, se cosió con la duquesa y se entró en el castillo, y remordiéndole la conciencia de que dejaba al jumento solo, se llegó a una reverenda dueña▼▼, que con otras a recebir a la duquesa había salido, y con voz baja le dijo:

—Señora González, o como es su gracia [7] de vuesa merced...

—Doña Rodríguez de Grijalba me llamo —respondió la dueña—. ¿Qué es lo que mandáis, hermano?

[5] Tela fina de color carmesí.

[6] Frascos de perfume.

[7] Nombre.

▼ Información extraordinariamente reveladora: implica la admisión por parte de don Quijote de que hasta ahora ha vivido una ficción, un juego.

▼▼ «En palacio llaman dueñas de honor, personas principales que han enviudado, y las reinas y princesas las tienen cerca de sus personas en sus palacios» (Covarrubias). La situación de doña Rodríguez en casa de los duques es la de una *dueña de servicio* (señora viuda que sirve con tocas largas y monjiles) y no de *dueña de honor*.

A lo que respondió Sancho:

—Querría que vuesa merced me la [8] hiciese de salir a la puerta del castillo, donde hallará un asno rucio [9] mío; vuesa merced sea servida de mandarle poner, o ponerle, en la caballeriza, porque el pobrecito es un poco medroso, y no se hallará a estar solo, en ninguna de las maneras.

—Si tan discreto es el amo como el mozo —respondió la dueña—, ¡medradas estamos! Andad, hermano, mucho de enhoramala para vos y para quien acá os trujo, y tened cuenta con vuestro jumento, que las dueñas de esta casa no estamos acostumbradas a semejantes haciendas [10].

—Pues en verdad —respondió Sancho— que he oído yo decir a mi señor, que es zahorí [11] de las historias, contando aquella de Lanzarote,

cuando de Bretaña vino,
que damas curaban dél,
y dueñas del su rocino ▼;

y que en el particular de mi asno, que no le trocara yo con el rocín del señor Lanzarote.

—Hermano, si sois juglar [12] —replicó la dueña—, guardad vuestras gracias para donde lo parezcan y se os paguen; que de mí no podréis llevar sino una higa ▼▼.

—¡Aun bien —respondió Sancho— que será bien

[8] La merced (zeugma).

[9] De color pardo claro.

[10] Obras.

[11] Hombre perspicaz y escudriñador.

[12] Chocarrero.

▼ Nótese la intención paródico-burlesca en esta adecuación de los versos del romance de Lanzarote, que Sancho acomoda a su situación. (Véase nota al pie de la pág. 74 en I, 2.)

▼▼ Insultante gesto de desprecio que consiste en cerrar el puño y mostrar el pulgar por entre el índice y el medio.

madura, pues no perderá vuesa merced la quínola de sus años por punto menos ▼!

—Hijo de puta —dijo la dueña, toda ya encendida en cólera—, si soy vieja o no, a Dios daré la cuenta, que no a vos, bellaco, harto de ajos.

Y esto dijo en voz tan alta, que lo oyó la duquesa, y volviendo y viendo a la dueña tan alborotada y tan encarnizados los ojos, le preguntó con quién las había.

—Aquí las he —respondió la dueña— con este buen hombre, que me ha pedido encarecidamente que vaya a poner en la caballeriza a un asno suyo que está en la puerta del castillo, trayéndome por ejemplo que así lo hicieron no sé dónde, que unas damas curaron a un tal Lanzarote, y unas dueñas a su rocino, y, sobre todo, por buen término me ha llamado vieja.

—Eso tuviera yo por afrenta —respondió la duquesa—, más que cuantas pudieran decirme.

Y hablando con Sancho, le dijo:

—Advertid, Sancho amigo, que doña Rodríguez es muy moza, y que aquellas tocas más las trae por autoridad y por la usanza que por los años.

—Malos ▼▼ sean los que me quedan por vivir —respondió Sancho—, si lo dije por tanto; sólo lo dije porque es tan grande el cariño que tengo a mi jumento, que me pareció que no podía encomendarle a persona más caritativa que a la señora doña Rodríguez.

---

▼ En este encadenamiento de habla y réplica, Sancho recoge de la dueña la palabra *higa,* en el sentido de fruta, y le añade el calificativo de *madura,* con lo cual llama «vieja» a la dueña. Seguidamente, le echa en cara sus muchos años al afirmar de la dueña que a *la quínola* (lance de ciertos juegos de naipes en que gana el que hace más puntos) *de sus años* no le falta ni un solo punto, llamándole «vieja» por segunda vez.

▼▼ Véase la primera nota al pie de la pág. 369 en II, 30.

Don Quijote, que todo lo oía, le dijo:

—¿Pláticas son éstas, Sancho, para este lugar?

—Señor —respondió Sancho—, cada uno ha de hablar de su menester dondequiera que estuviere. Aquí se me acordó del rucio, y aquí hablé dél, y si en la caballeriza se me acordara, allí hablara.

A lo que dijo el duque:

—Sancho está muy en lo cierto, y no hay que culparle en nada; al rucio se le dará recado a pedir de boca, y descuide Sancho, que se le tratará como a su mesma persona.

Con estos razonamientos, gustosos a todos sino a don Quijote, llegaron a lo alto, y entraron a don Quijote en una sala adornada de telas riquísimas de oro y de brocado; seis doncellas le desarmaron y sirvieron de pajes, todas industriadas [13] y advertidas del duque y de la duquesa de lo que habían de hacer, y de cómo habían de tratar a don Quijote, para que imaginase y viese que le trataban como caballero andante. Quedó don Quijote, después de desarmado, en sus estrechos gregüescos [14] y en su jubón de camuza [15], seco, alto, tendido [16], con las quijadas, que por de dentro [17] se besaba la una con la otra: figura que, a no tener cuenta las doncellas que le servían con disimular la risa —que fue una de las precisas órdenes que sus señores les habían dado—, reventaran riendo.

Pidiéronle que se dejase desnudar para [18] una camisa; pero nunca lo consintió, diciendo que la honestidad parecía tan bien en los caballeros andantes como la valentía. Con todo, dijo que diesen la camisa a Sancho, y encerrándose con él en una cuadra [19] donde estaba un rico lecho, se desnudó y vistió la camisa, y, viéndose solo con Sancho, le dijo:

—Dime, truhán moderno y majadero antiguo: ¿parécete bien deshonrar y afrentar a una dueña

[13] Enseñadas.

[14] Calzones anchos.

[15] Gamuza.

[16] Estirado.

[17] Dentro.

[18] Para ponerle.

[19] Sala cuadrada interior.

tan veneranda y tan digna de respeto como aquélla? ¿Tiempos eran aquéllos para acordarte del rucio, o señores son éstos para dejar mal pasar a las bestias, tratando tan elegantemente a sus dueños? Por quien Dios es, Sancho, que te reportes, y que no descubras la hilaza de manera que caigan en la cuenta de que eres de villana y grosera tela tejido. Mira, pecador de ti, que en tanto más es tenido el señor cuanto tiene más honrados y bien nacidos criados, y que una de las ventajas mayores que llevan los príncipes a los demás hombres es que se sirven de criados tan buenos como ellos. ¿No adviertes, angustiado de ti, y malaventurado de mí, que si veen que tú eres un grosero villano, o un mentecato gracioso, pensarán que yo soy algún echacuervos, o algún caballero de mohatra ▼? No, no, Sancho amigo, huye, huye destos inconvinientes [20]; que quien tropieza en hablador y en gracioso, al primer puntapié [21] cae y da en truhán desgraciado. Enfrena la lengua, considera y rumia [22] las palabras antes que te salgan de la boca, y advierte que hemos llegado a parte donde, con el favor de Dios y valor de mi brazo, hemos de salir mejorados en tercio y quinto en fama y en hacienda ▼▼.

Sancho le prometió con muchas veras de coserse la boca o morderse la lengua antes de hablar palabra que no fuese muy a propósito y bien considerada, como él se lo mandaba, y que descuidase acerca de lo tal; que nunca por él se descubriría quién [23] ellos eran.

[20] Inconvenientes.

[21] Tropezón.

[22] Medita.

[23] Quiénes.

▼ «Que yo soy algún charlatán mentiroso *(echacuervos)*, o algún falso caballero, que vive de trampas y enredos» *(de mohatra)*.

▼▼ «Favorecidos al máximo» (fórmula jurídica).

Vistióse don Quijote, púsose su tahalí[24] con su espada, echóse el mantón de escarlata a cuestas, púsose una montera de raso verde que las doncellas le dieron, y con este adorno salió a la gran sala, adonde halló a las doncellas puestas en ala, tantas a una parte como a otra, y todas con aderezo[25] de darle agua a las manos, la cual le dieron con muchas reverencias y ceremonias.

Luego llegaron doce pajes con el maestresala[26], para llevarle a comer, que ya los señores le aguardaban. Cogiéronle en medio, y lleno de pompa y majestad le llevaron a otra sala, donde estaba puesta una rica mesa con solos cuatro servicios. La duquesa y el duque salieron a la puerta de la sala a recebirle, y con ellos un grave eclesiástico destos que gobiernan las casas de los príncipes; destos que, como no nacen príncipes, no aciertan a enseñar cómo lo han de ser los que lo son; destos que quieren que la grandeza de los grandes se mida con la estrecheza de sus ánimos; destos que, queriendo mostrar a los que ellos gobiernan a ser limitados, les hacen ser miserables; destos tales digo que debía de ser el grave religioso que con los duques salió a recebir a don Quijote▼. Hiciéronse mil corteses comedimientos, y, finalmente, cogiendo a don Quijote en medio, se fueron a sentar a la mesa.

Convidó el duque a don Quijote con la cabecera de la mesa, y aunque él lo rehusó, las importunaciones del duque fueron tantas, que la hubo de

[24] Cincho ancho que cruza el pecho.

[25] Compostura.

[26] Servidor principal que asiste a la mesa del señor.

▼ En principio no sabemos si esta tirada retórica, reforzada por la anáfora *(destos...)*, «hay que tomarla en broma o en serio». Luego podrá comprobarse que con ella prepara Cervantes «el choque entre el eclesiástico y don Quijote, que es a la vez una escena cómica y dramática» (Rosenblat).

tomar. El eclesiástico se sentó frontero[27], y el duque y la duquesa a los dos lados.

A todo estaba presente Sancho, embobado y atónito de ver la honra que a su señor aquellos príncipes le hacían; y viendo las muchas ceremonias y ruegos que pasaron entre el duque y don Quijote para hacerle sentar a la cabecera de la mesa, dijo:

—Si sus mercedes me dan licencia, les contaré un cuento que pasó en mi pueblo acerca desto de los asientos.

Apenas hubo dicho esto Sancho, cuando don Quijote tembló, creyendo sin duda que había de decir alguna necedad. Miróle Sancho, y entendióle, y dijo:

—No tema vuesa merced, señor mío, que yo me desmande, ni que diga cosa que no venga muy a pelo; que no se me han olvidado los consejos que poco ha vuesa merced me dio sobre el hablar mucho o poco, o bien o mal.

—Yo no me acuerdo de nada, Sancho —respondió don Quijote—; di lo que quisieres, como lo digas presto.

—Pues lo que quiero decir —dijo Sancho— es tan verdad que mi señor don Quijote, que está presente, no me dejará mentir.

—Por mí —replicó don Quijote—, miente tú, Sancho, cuanto quisieres, que yo no te iré a la mano[28]; pero mira lo que vas a decir.

—Tan mirado y remirado lo tengo, que a buen salvo está el que repica, como se verá por la obra.

—Bien será —dijo don Quijote— que vuestras grandezas manden echar de aquí a este tonto, que dirá mil patochadas.

—Por vida del duque —dijo la duquesa—, que no se ha de apartar de mí Sancho un punto: quiérole yo mucho, porque sé que es muy discreto.

[27] Enfrente.

[28] No te contendré.

—Discretos días —dijo Sancho— viva vuestra santidad[▼], por el buen crédito que de mí tiene, aunque en mí no lo haya. Y el cuento que quiero decir es éste: Convidó un hidalgo de mi pueblo, muy rico y principal, porque venía de los Álamos de Medina del Campo, que casó con doña Mencía de Quiñones, que fue hija de don Alonso de Marañón, caballero del Hábito de Santiago, que se ahogó en la Herradura[▼▼], por quien hubo aquella pendencia años ha en nuestro lugar, que, a lo que entiendo, mi señor don Quijote se halló en ella, de donde salió herido Tomasillo el Travieso, el hijo de Balbastro el herrero... ¿No es verdad todo esto, señor nuestro amo? Dígalo, por su vida, porque estos señores no me tengan por algún hablador mentiroso.

—Hasta ahora —dijo el eclesiástico—, más os tengo por hablador que por mentiroso; pero de aquí en adelante no sé por lo que os tendré.

—Tú das tantos testigos, Sancho, y tantas señas, que no puedo dejar de decir que debes de decir verdad. Pasa adelante y acorta el cuento, porque llevas camino de no acabar en dos días.

—No ha de acortar tal —dijo la duquesa—, por hacerme a mí placer; antes le ha de contar de la manera que le sabe, aunque no le acabe en seis días; que si tantos fuesen, serían para mí los mejores que hubiese llevado en mi vida.

—Digo, pues, señores míos —prosiguió Sancho—, que este tal hidalgo, que yo conozco como a mis manos, porque no hay de mi casa a la suya

▼ Otra fórmula humorística más que añadir a las formas de tratamiento dirigidas por Sancho a los duques. El efecto cómico procede de su uso inadecuado e insólito.

▼▼ Puerto próximo a Vélez Málaga (provincia de Málaga), donde, en 1562, hubo un naufragio en el que murieron más de cuatro mil personas.

un tiro de ballesta, convidó [29] un labrador pobre, pero honrado...

—Adelante, hermano —dijo a esta sazón el religioso—; camino lleváis de no parar con vuestro cuento hasta el otro mundo.

—A menos de la mitad pararé, si Dios fuere servido —respondió Sancho—. Y así digo que, llegando el tal labrador a casa del dicho hidalgo convidador, que buen poso [30] haya su ánima, que ya es muerto, y por más señas dicen que hizo una muerte de [31] un ángel, que yo no me hallé presente, que había ido por aquel tiempo a segar a Tembleque [32]...

—Por vida vuestra, hijo, que volváis presto de Tembleque, y que, sin enterrar al hidalgo, si no queréis hacer más exequias ▼, acabéis vuestro cuento.

—Es, pues, el caso —replicó Sancho— que, estando los dos para asentarse a la mesa, que parece que ahora los veo más que nunca...

Gran gusto recebían los duques del disgusto que mostraba tomar el buen religioso de la dilación y pausas con que Sancho contaba su cuento, y don Quijote se estaba consumiendo en cólera y en rabia.

—Digo, así —dijo Sancho—, que estando como he dicho, lo dos para sentarse a la mesa, el labrador porfiaba con el hidalgo que tomase la cabecera de la mesa, y el hidalgo porfiaba también que el labrador la tomase, porque en su casa se había de hacer lo que él mandase; pero el labrador, que presumía de cortés y bien criado, jamás quiso, hasta que cl hidalgo, mohíno, poniéndole ambas manos sobre los hombros, le hizo sentar por ſuerza, diciéndole: «Sentaos, majagranzas [33]; que adonde-

[29] Convidó a.

[30] Descanso, reposo.

[31] Murió como.

[32] Villa de Toledo.

[33] Majadero, idiota.

▼ «Si no queréis enterrarnos con tantas paradas en el cuento» (habla el eclesiástico).

quiera que yo me siente será vuestra cabecera.» Y éste es el cuento, y en verdad que creo que no ha sido aquí traído fuera de propósito.

Púsose don Quijote de mil colores, que sobre lo moreno le jaspeaban y se le parecían [34]; los señores disimularon la risa, porque don Quijote no acabase de correrse, habiendo entendido la malicia de Sancho, y por mudar de plática y hacer que Sancho no prosiguiese con otros disparates, preguntó la duquesa a don Quijote que qué nuevas tenía de la señora Dulcinea, y que si le había enviado aquellos días algunos presentes de gigantes o malandrines, pues no podía dejar de haber vencido muchos. A lo que don Quijote respondió:

—Señora mía, mis desgracias, aunque tuvieron principio, nunca tendrán fin. Gigantes he vencido, y follones y malandrines le he enviado; pero ¿adónde la habían de hallar, si está encantada, y vuelta en la más fea labradora que imaginar se puede?

—No sé —dijo Sancho Panza—: a mí me parece la más hermosa criatura del mundo; a lo menos, en la ligereza y en el brincar bien sé yo que no dará ella ventaja a un volteador [35]; a buena fe, señora duquesa, así salta desde el suelo sobre una borrica como si fuera un gato.

—¿Habéisla visto vos encantada, Sancho? —preguntó el duque.

—Y ¡cómo si la he visto! —respondió Sancho—. Pues ¿quién diablos sino yo fue el primero que cayó en el achaque [36] del encantorio? ¡Tan encantada está como mi padre!

El eclesiástico, que oyó decir de gigantes, de follones y de encantos, cayó en la cuenta de que aquel debía de ser don Quijote de la Mancha, cuya historia leía el duque de ordinario, y él se lo había reprehendido muchas veces, diciéndole que era

[34] Le salpicaban y se le veían.

[35] Acróbata.

[36] Asunto.

disparate leer tales disparates, y enterándose ser verdad lo que sospechaba, con mucha cólera, hablando con el duque, le dijo:

—Vuestra Excelencia, señor mío, tiene que dar cuenta a Nuestro Señor de lo que hace este buen hombre. Este don Quijote, o don Tonto, o como se llama, imagino yo que no debe de ser tan mentecato como Vuestra Excelencia quiere que sea, dándole ocasiones a la mano para que lleve adelante sus sandeces y vaciedades.

Y volviendo la plática a don Quijote, le dijo:

—Y a vos, alma de cántaro [37], ¿quién os ha encajado en el celebro que sois caballero andante y que vencéis gigantes y prendéis malandrines? Andad enhorabuena, y en tal se os diga: volveos a vuestra casa y criad vuestros hijos, si los tenéis, y curad de [38] vuestra hacienda, y dejad de andar vagando por el mundo, papando viento [39] y dando que reír a cuantos os conocen y no conocen. ¿En dónde, nora tal [40], habéis vos hallado que hubo ni hay ahora caballeros andantes? ¿Dónde hay gigantes en España, o malandrines en La Mancha, ni Dulcineas encantadas, ni toda la caterva de las simplicidades que de vos se cuentan ▼?

[37] Alma cándida, tonto.

[38] Ciudad.

[39] Perdiendo el tiempo.

[40] En hora mala (eufemismo).

Atento estuvo don Quijote a las razones de aquel venerable varón, y viendo que ya callaba, sin guardar respeto a los duques, con semblante airado y alborotado rostro, se puso en pie y dijo...

Pero esta respuesta capítulo por sí merece.

▼ «Este eclesiástico es el más imperdonable de los diversos "Antiquijotes"» (Stephen Gilman).

## Capítulo XXXII

### De la respuesta que dio don Quijote a su reprehensor, con otros graves y graciosos sucesos

Levantado, pues, en pie don Quijote, temblando de los pies a la cabeza como azogado con presurosa y turbada lengua, dijo:

—El lugar donde estoy, y la presencia ante quien me hallo, y el respeto que siempre tuve y tengo al estado que vuesa merced profesa, tienen y atan las manos de mi justo enojo; y así por lo que he dicho como por saber que saben todos que las armas de los togados [1] son las mesmas que las de la mujer, que son la lengua, entraré con la mía en igual batalla con vuesa merced, de quien se debía esperar antes buenos consejos que infames vituperios. Las reprehensiones santas y bien intencionadas otras circunstancias requieren y otros puntos piden. A lo menos, el haberme reprehendido en público y tan ásperamente ha pasado todos los límites de la buena reprehensión, pues las primeras mejor asientan sobre la blandura que sobre la aspereza, y no es bien que sin tener conocimiento del pecado que se reprehende, llamar al pecador, sin más ni más, mentecado y tonto. Si no, dígame vuesa merced: ¿por cuál de las mentecaterías que en mí ha visto me condena y vitupera, y me manda que me vaya a mi casa a tener cuenta en el gobierno della y de mi mujer y de mis hijos, sin sa-

[1] Los que profesan las letras.

ber si la tengo o los tengo? ¿No hay más sino a trochemoche entrarse por las casas ajenas a gobernar sus dueños, y habiéndose criado algunos en la estrecheza de algún pupilaje[2], sin haber visto más mundo que el que puede contenerse en veinte o treinta leguas de distrito, meterse de rondón a dar leyes a la caballería y a juzgar de los caballeros andantes? ¿Por ventura es asumpto[3] vano o es tiempo mal gastado el que se gasta en vagar por el mundo, no buscando los regalos[4] dél, sino las asperezas por donde los buenos suben al asiento de la inmortalidad▼? Si me tuvieran por tonto los caballeros, los magníficos, los generosos, los altamente nacidos, tuviéralo por afrenta inreparable[5]; pero de que me tengan por sandio los estudiantes, que nunca entraron ni pisaron las sendas de la caballería, no se me da un ardite: caballero soy y caballero he de morir, si place al Altísimo▼▼. Unos van por el ancho campo de la ambición soberbía; otros, por el de la adulación servil y baja; otros, por el de la hipocresía engañosa, y algunos, por el de la verdadera religión; pero yo, inclinado de mi estrella, voy por la angosta senda de la caballería andante, por cuyo ejercicio desprecio la hacienda, pero no la honra. Yo he satisfecho agravios, enderezado tuertos, castigado insolencias, vencido gigantes y atropellado vestiglos[6]; yo soy enamorado, no más de porque es forzoso que los caballeros andantes lo sean, y siéndolo, no soy de los enamorados viciosos, sino de los platónicos

[2] Casa de pupilos, menores que necesitan tutor.

[3] Asunto.

[4] Agasajos.

[5] Irreparable.

[6] Monstruos horrendos.

▼ Reminiscencia de unos versos de la *Elegía I* de Garcilaso de la Vega. (Véase nota al pie de la pág. 85 en II, 6.)

▼▼ Nótese el renovado voluntarismo de don Quijote en su meditada réplica al capellán. Pero téngase en cuenta que, como vamos viendo, el caballero es cada vez menos andante, menos activo, y más razonador y consejero.

continentes ▼. Mis intenciones siempre las enderezo a buenos fines, que son de hacer bien a todos y mal a ninguno; si el que esto entiende, si el que esto obra, si el que desto trata merece ser llamado bobo, díganlo vuestras grandezas, duque y duquesa excelentes ▼▼.

—¡Bien, por Dios! —dijo Sancho—. No diga más vuestra merced, señor y amo mío, en su abono, porque no hay más que decir, ni más que pensar, ni más que perseverar en el mundo. Y más, que negando este señor, como ha negado, que no ha habido en el mundo, ni los hay, caballeros andantes, ¿qué mucho que no sepa ninguna de las cosas que ha dicho?

—¿Por ventura —dijo el eclesiástico— sois vos, hermano, aquel Sancho Panza que dicen, a quien vuestro amo tiene prometida una ínsula?

—Sí soy —respondió Sancho—; y soy quien la merece tan bien como otro cualquiera; soy quien «júntate a los buenos, y serás uno dellos»; y soy yo de aquellos «no con quien naces, sino con quien paces»; y de los «quien a buen árbol se arrima, buena sombra le cobija». Yo me he arrimado a buen señor, y ha muchos meses que ando en su compañía, y he de ser otro como él, Dios queriendo; y viva él y viva yo: que ni a él le faltarán imperios que mandar, ni a mí ínsulas que gobernar.

▼ Afirmación a primera vista sorprendente en boca de don Quijote, pero en el fondo explicable porque Dulcinea es elemento fundamental en el juego de su ficción caballeresca y también porque don Quijote se sitúa en la tradición del amor cortés, en que el amor era fuente de toda bondad y toda virtud, y fuerza ennoblecedora para alcanzar el mérito, por lo cual llegó a convertirse en un fin en sí mismo.

▼▼ Como en los discursos de don Quijote, también en esta réplica suya se produce una larga sucesión de antítesis (*buenos consejos-infames vituperios, blandura-aspereza, ambición soberbia-adulación servil y baja, ancho campo-angosta senda,* etc.).

—No, por cierto, Sancho amigo —dijo a esta sazón el duque—; que yo, en nombre del señor don Quijote, os mando [7] el gobierno de una que tengo de nones [8], de no pequeña calidad.

—Híncate de rodillas, Sancho —dijo don Quijote—, y besa los pies a Su Excelencia por la merced que te ha hecho.

Hízolo así Sancho; lo cual visto por el eclesiástico, se levantó de la mesa, mohíno además [9], diciendo:

—Por el hábito que tengo, que estoy por decir que es tan sandio Vuestra Excelencia como estos pecadores. ¡Mirad si no han de ser ellos locos, pues los cuerdos canonizan [10] sus locuras! Quédese Vuestra Excelencia con ellos; que en tanto que estuvieren en casa, me estaré yo en la mía, y me excusaré de reprehender lo que no puedo remediar ▼.

Y sin decir más ni comer más, se fue, sin que fuesen parte a detenerle los ruegos de los duques, aunque el duque no le dijo mucho, impedido de la risa que su impertinente cólera le había causado. Acabó de reír, y dijo a don Quijote:

—Vuesa merced, señor Caballero de los Leones, ha respondido por sí tan altamente, que no le queda cosa por satisfacer deste que aunque parece agravio, no lo es en ninguna manera, porque así como no agravian las mujeres, no agravian los eclesiásticos, como vuesa merced mejor sabe.

—Así es —respondió don Quijote—; y la causa es que el que no puede ser agraviado no puede

[7] Prometo.

[8] Sobrante, desparejada.

[9] En demasía.

[10] Elogian.

▼ El personaje del eclesiástico «es un retrato prodigioso, logrado con una asombrosa sobriedad de medios. Entra, habla, se marcha, y ya está». Nótese bien la curiosa coincidencia de opinión entre el capellán y el narrador acerca de la locura de don Quijote. (Torrente Ballester).

agraviar a nadie. Las mujeres, los niños y los eclesiásticos, como no pueden defenderse aunque sean ofendidos, no pueden ser afrentados. Porque entre el agravio y la afrenta hay esta diferencia, como mejor Vuestra Excelencia sabe: la afrenta viene de parte de quien la puede hacer, y la hace, y la sustenta; el agravio puede venir de cualquier parte, sin que afrente. Sea ejemplo: está uno en la calle descuidado; llegan diez con mano armada, y dándole de palos, pone mano a la espada y hace su deber; pero la muchedumbre de los contrarios se le opone, y no le deja salir con su intención, que es de vengarse; este tal queda agraviado, pero no afrentado. Y lo mesmo confirmará otro ejemplo: está uno vuelto de espaldas; llega otro y dale de palos, y en dándoselos, huye y no espera, y el otro le sigue y no alcanza; este que recibió los palos, recibió agravio, mas no afrenta; porque la afrenta ha de ser sustentada. Si el que le dio los palos, aunque se los dio a hurtacordel [11], pusiera mano a su espada, y se estuviera quedo, haciendo rostro [12] a su enemigo, quedara el apaleado agraviado y afrentado juntamente: agraviado, porque le dieron a traición; afrentado, porque el que le dio sustentó lo que había hecho, sin volver las espaldas y a pie quedo. Y así, según las leyes del maldito duelo, yo puedo estar agraviado, mas no afrentado, porque los niños no sienten, ni las mujeres, ni pueden huir, ni tienen para qué esperar, y lo mesmo los constituidos en la sacra religión, porque estos tres géneros de gente carecen de armas ofensivas y defensivas; y así, aunque naturalmente estén obligados a defenderse, no lo están para ofender [13] a nadie. Y aunque poco ha dije que yo podía estar agraviado, agora digo que no, en ninguna manera, porque quien no puede recebir afrenta, menos la puede dar; por las cuales razo-

[11] Por sorpresa, a traición.

[12] Plantando cara.

[13] Atacar.

nes yo no debo sentir, ni siento, las que aquel buen hombre me ha dicho; sólo quisiera que esperara algún poco, para darle a entender en el error en que está en pensar y decir que no ha habido, ni los hay, caballeros andantes en el mundo; que si lo tal oyera Amadís, o uno de los infinitos de su linaje, yo sé que no le fuera bien a su merced.

—Eso juro yo bien —dijo Sancho—; cuchillada le hubieran dado, que le abrieran de arriba abajo como una granada, o como a un melón muy maduro. ¡Bonitos eran ellos para sufrir semejantes cosquillas! Para mi santiguada[14], que tengo por cierto que si Reinaldos de Montalbán hubiera oído estas razones al hombrecito, tapaboca [15] le hubiera dado, que no hablara más en tres años. ¡No, sino tomárase [16] con ellos, y viera cómo escapaba de sus manos!

Perecía de risa la duquesa en oyendo hablar a Sancho, y en su opinión le tenía por más gracioso y por más loco que a su amo, y muchos hubo en aquel tiempo que fueron deste mismo parecer. Finalmente, don Quijote se sosegó, y la comida se acabó, y en levantando los manteles, llegaron cuatro doncellas, la una con una fuente de plata, y la otra con un aguamanil, asimismo de plata, y la otra con dos blanquísimas y riquísimas toallas al hombro, y la cuarta descubiertos los brazos hasta la mitad, y en sus blancas manos —que sin duda eran blancas—, una redonda pella [17] de jabón napolitano. Llegó la de la fuente, y con gentil donaire y desenvoltura encajó la fuente debajo de la barba de don Quijote; el cual, sin hablar palabra, admirado de semejante ceremonia, creyendo que debía ser usanza de aquella tierra, en lugar de las manos, lavar las barbas, y así tendió la suya todo cuanto pudo, y al mismo punto comenzó a llover el aguamanil, y la doncella del jabón le manoseó

[14] Véase nota 20 en I, 5.

[15] Golpe en la boca.

[16] Enfrentárase.

[17] Pastilla.

las barbas con mucha priesa, levantando copos de nieve, que no eran menos blancas las jabonaduras, no sólo por las barbas, mas por todo el rostro y por los ojos del obediente caballero; tanto, que se los hicieron cerrar por fuerza▼.

El duque y la duquesa, que de nada desto eran sabidores, estaban esperando en qué había de parar tan extraordinario lavatorio. La doncella barbera, cuando le tuvo con un palmo de jabonadura, fingió que se le había acabado el agua, y mandó a la del aguamanil fuese por ella; que el señor don Quijote esperaría. Hízolo así, y quedó don Quijote con la más extraña figura y más para hacer reír que se pudiera imaginar.

Mirábanle todos los que presentes estaban, que eran muchos, y como le veían con media vara de cuello, más que medianamente moreno, los ojos cerrados y las barbas llenas de jabón, fue gran maravilla y mucha discreción poder disimular la risa; las doncellas de la burla tenían los ojos bajos, sin osar mirar a sus señores; a ellos les retozaba la cólera y la risa[18] en el cuerpo, y no sabían a qué acudir: o a castigar el atrevimiento de las muchachas, o darles premio por el gusto que recibían de ver a don Quijote de aquella suerte.

[18] Querían enojarse y reírse, y disimularlo.

Finalmente, la doncella del aguamanil vino, y acabaron de lavar a don Quijote, y luego la que traía las toallas le limpió y le enjugó muy reposadamente, y haciéndole todas cuatro a la par una grande y profunda inclinación y reverencia, se querían ir; pero el duque, porque don Quijote no cayese en la burla, llamó a la doncella de la fuente, diciéndole:

▼ Nótese que, con intención burlesca, la realidad sigue presentándose a don Quijote ya transformada por los demás, tanto en la concesión de la ínsula al ya quijotizado Sancho como en estos grotestos lavatorios.

—Venid y lavadme a mí, y mirad que no se os acabe el agua.

La muchacha, aguda y diligente, llegó y puso la fuente al duque como a don Quijote, y dándose prisa, le lavaron y jabonaron muy bien, y dejándole enjuto y limpio, haciendo reverencia se fueron. Después se supo que había jurado el duque que si a él no le lavaran como a don Quijote, había de castigar su desenvoltura, lo cual habían enmendado discretamente con haberle a él jabonado.

Estaba atento Sancho a las ceremonias de aquel lavatorio, y dijo entre sí:

—¡Válame Dios! ¿Si será también usanza en esta tierra lavar las barbas a los escuderos como a los caballeros? Porque en Dios y en mi ánima que lo he bien menester, y aun que si me las rapasen a navaja, lo tendría a más beneficio.

—¿Qué decís entre vos, Sancho? —preguntó la duquesa.

—Digo, señora —respondió él—, que en las cortes de los otros príncipes siempre he oído decir que en levantando los manteles dan agua a las manos, pero no lejía a las barbas; y que por eso es bueno vivir mucho por ver mucho; aunque también dicen que el que larga vida vive, mucho mal ha de pasar, puesto que [19] pasar por un lavatorio de éstos antes es gusto que trabajo.

—No tengáis pena, amigo Sancho —dijo la duquesa—, que yo haré que mis doncellas os laven, y aun os metan en colada [20], si fuere menester.

—Con las barbas me contento —respondió Sancho— por ahora, a lo menos; que andando el tiempo, Dios dijo lo que será.

—Mirad, maestresala —dijo la duquesa—, lo que el buen Sancho pide, y cumplidle su voluntad al pie de la letra.

[19] Aunque.

[20] En lejía.

El maestresala respondió que en todo sería servido el señor Sancho, y con esto se fue a comer, y llevó consigo a Sancho, quedándose a la mesa los duques y don Quijote, hablando en[21] muchas y diversas cosas, pero todas tocantes al ejercicio de las armas y de la andante caballería.

La duquesa rogó a don Quijote que le delinease y describiese, pues parecía tener felice[22] memoria, la hermosura y facciones de la señora Dulcinea del Toboso, que, según lo que la fama pregonaba de su belleza, tenía por entendido que debía de ser la más bella criatura del orbe, y aun de toda La Mancha ▼. Sospiró don Quijote oyendo lo que la duquesa le mandaba, y dijo:

—Si yo pudiera sacar mi corazón y ponerle ante los ojos de vuestra grandeza, aquí, sobre esta mesa y en un plato, quitara el trabajo a mi lengua de decir lo que apenas se puede pensar, porque Vuestra Excelencia la viera en él toda retratada; pero ¿para qué es ponerme yo ahora a delinear y describir punto por punto y parte por parte la hermosura de la sin par Dulcinea, siendo carga digna de otros hombros que de los míos, empresa en quien se debían ocupar los pinceles de Parrasio, de Timantes y de Apeles, y los buriles[23] de Lisipo ▼▼, para pintarla y grabarla en tablas, en mármoles y en bronces, y la retórica ciceroniana y demostina para alabarla?

—¿Qué quiere decir *demostina,* señor don Quijote —preguntó la duquesa—, que es vocablo que no le he oído en todos los días de mi vida?

[21] De.

[22] Feliz (paragoge).

[23] Instrumentos de acero para hacer líneas en metales.

▼ Cómica ponderación de la hermosura de Dulcinea, sustentada en la consideración de La Mancha como territorio más extenso que el mundo.

▼▼ Tres célebres pintores griegos y un escultor (Lisipo) del siglo IV a. de C.

—*Retórica demostina* —respondió don Quijote— es lo mismo que decir *retórica de Demóstenes,* como *ciceroniana,* de Cicerón, que fueron los dos mayores retóricos del mundo ▼.

—Así es —dijo el duque—, y habéis andado deslumbrada [24] en la tal pregunta. Pero, con todo eso, nos daría gran gusto el señor don Quijote si nos la pintase; que a buen seguro que aunque sea en rasguño [25] y bosquejo, que ella salga tal, que la tengan envidia las más hermosas.

—Sí hiciera, por cierto —respondió don Quijote—, si no me la hubiera borrado de la idea la desgracia que poco ha que le sucedió, que es tal, que más estoy para llorarla que para describirla, porque habrán de saber vuestras grandezas que yendo los días pasados a besarle las manos, y a recebir su bendición, beneplácito y licencia para esta tercera salida, hallé otra de la que buscaba: hallé la encantada y convertida de princesa en labradora, de hermosa en fea, de ángel en diablo, de olorosa en pestífera, de bien hablada en rústica, de reposada en brincadora, de luz en tinieblas, y, finalmente, de Dulcinea del Toboso en una villana de Sayago ▼▼.

—¡Válame Dios! —dando una gran voz, dijo a este instante el duque—. ¿Quién ha sido el que tan-

[24] Desorientada.

[25] A grandes rasgos, en bosquejo (sinonimia).

▼ Demóstenes, griego, y Cicerón, romano, son modelos de elocuencia en la oratoria clásica. Muchos personajes del *Quijote* aparecen localizados en sus respectivos planos lingüísticos, situados en una escala jerárquica. «La duquesa, por ejemplo, que tiene plena conciencia de su superioridad lingüística y social sobre Sancho, y que tiene buen cuidado de separar su lenguaje del de él [más adelante le hablará de *ceremonias o cirimonias*], ha de reconocer su inferioridad, al menos en materias lingüísticas, frente a don Quijote», ganando con ello una reprimenda de su marido (Spitzer).

▼▼ En este caso, el juego antitético se realza con un ritmo paralelístico, quizás remedo del estilo oratorio (Rosenblat). Para la referencia a Sayago, véase la segunda nota al pie de pág. 234 en II, 19.

to mal ha hecho al mundo? ¿Quién ha quitado dél la belleza que le alegraba, el donaire que le entretenía y la honestidad que le acreditaba?

—¿Quién? —respondió don Quijote—. ¿Quién puede ser sino algún maligno encantador de los muchos invidiosos que me persiguen? Esta raza maldita, nacida en el mundo para escurecer y aniquilar las hazañas de los buenos, y para dar luz y levantar los fechos de los malos. Perseguido me han encantadores, encantadores me persiguen, y encantadores me perseguirán hasta dar conmigo y con mis altas caballerías en el profundo abismo del olvido, y en aquella parte me dañan y hieren donde veen que más lo siento, porque quitarle a un caballero andante su dama es quitarle los ojos con que mira, y el sol con que se alumbra, y el sustento con que se mantiene. Otras muchas veces lo he dicho, y ahora lo vuelvo a decir; que el caballero andante sin dama es como el árbol sin hojas, el edificio sin cimiento, y la sombra sin cuerpo de quien se cause ▼.

—No hay más que decir —dijo la duquesa—; pero si, con todo eso, hemos de dar crédito a la historia que del señor don Quijote de pocos días a esta parte ha salido a la luz del mundo, con general aplauso de las gentes, della se colige [26], si mal no me acuerdo, que nunca vuesa merced ha visto a la señora Dulcinea, y que esta tal señora no es en el mundo, sino que es dama fantástica, que vuesa merced la engendró y parió en su entendimiento, y la pintó con todas aquellas gracias y perfecciones que quiso.

—En eso hay mucho que decir —respondió don Quijote—. Dios sabe si hay Dulcinea o no en el

[26] Deduce.

▼ Véase la primera nota a pie de la página 388 en este capítulo.

mundo, o si es fantástica, o no es fantástica; y éstas no son de las cosas cuya averiguación se ha de llevar hasta el cabo▼. Ni yo engendré ni parí a mi señora, puesto que [27] la contemplo como conviene que sea una dama que contenga en sí las partes [28] que puedan hacerla famosa en todas las del mundo, como son: hermosa sin tacha, grave sin soberbia, amorosa con honestidad, agradecida por cortés, cortés por bien criada y, finalmente, alta por linaje, a causa que sobre la buena sangre resplandece y campea la hermosura con más grados de perfección que en las hermosas humildemente nacidas.

—Así es —dijo el duque—; pero hame de dar licencia el señor don Quijote para que diga lo que me fuerza a decir la historia que de sus hazañas he leído, de donde se infiere que, puesto que se conceda que hay Dulcinea, en El Toboso o fuera dél, y que sea hermosa en el sumo grado que vuesa merced nos la pinta, en lo de la alteza del linaje no corre parejas con las Orianas, con las Alastrajareas, con las Madásimas▼▼, ni con otras deste jaez [29], de quien están llenas las historias que vuesa merced bien sabe.

—A eso puedo decir —respondió don Quijote— que Dulcinea es hija de sus obras, y que las virtudes adoban la sangre, y que en más se ha de estimar y tener un humilde virtuoso que un vicioso levantado. Cuanto más que Dulcinea tiene un jirón [30] que la puede llevar a ser reina de corona y

[27] Aunque.

[28] Cualidades.

[29] Clase.

[30] Cualidad, figura heráldica (doble sentido).

▼ Estas consideraciones son bien reveladoras del juego de ficción sustentado por don Quijote.

▼▼ Oriana fue la amada de Amadís de Gaula; Alastrajarea, esposa del príncipe Falanges de Astra, en *Don Florisel de Niquea*. (Véase Madásima en la nota al pie de la pág. 349 en I, 24.)

ceptro [31]; que el merecimiento de una mujer hermosa y virtuosa a hacer mayores milagros se extiende, y, aunque no formalmente, virtualmente tiene en sí encerradas mayores venturas.

—Digo, señor don Quijote —dijo la duquesa—, que en todo cuanto vuestra merced dice va con pie de plomo, y, como suele decirse, con la sonda en la mano, y que yo desde aquí adelante creeré y haré creer a todos los de mi casa, y aun al duque mi señor, si fuera menester, que hay Dulcinea en El Toboso, y que vive hoy día, y es hermosa, y principalmente nacida, y merecedora que un tal caballero como es el señor don Quijote la sirva, que es lo más que puedo ni sé encarecer. Pero no puedo dejar de formar un escrúpulo, y tener algún no sé qué de ojeriza contra Sancho Panza: el escrúpulo es que dice la historia referida que el tal Sancho Panza halló a la tal señora Dulcinea, cuando de parte de vuestra merced le llevó una epístola, ahechando un costal [32] de trigo, y, por más señas, dice que era rubión [33], cosa que me hace dudar en la alteza de su linaje.

A lo que respondió don Quijote:

—Señora mía, sabrá la vuestra grandeza que todas o las más cosas que a mí me suceden van fuera de los términos ordinarios de las que a los otros caballeros andantes acontecen, o ya sean encaminadas por el querer inescrutable de los hados, o ya vengan encaminadas por la malicia de algún encantador invidioso; y como es cosa ya averiguada que todos o los más caballeros andantes y famosos, uno tenga gracia de no poder ser encantado, otro de ser de tan impenetrables carnes, que no pueda ser herido, como lo fue el famoso Roldán, uno de los doce Pares de Francia, de quien se cuenta que no podía ser ferido sino por la planta del pie izquierdo, y que esto había de ser con

[31] Cetro.

[32] Cribando un saco.

[33] Trigo de menor calidad.

la punta de un alfiler gordo, y no con otra suerte de arma alguna; y así, cuando Bernardo del Carpio le mató en Roncesvalles, viendo que no le podía llagar con fierro, le levantó del suelo entre los brazos, y le ahogó, acordándose entonces de la muerte que dio Hércules a Anteón, aquel feroz gigante que decían ser hijo de la Tierra ▼. Quiero inferir de lo dicho, que podría ser que yo tuviese alguna gracia déstas, no del no poder ser ferido, porque muchas veces la experiencia me ha mostrado que soy de carnes blandas y no nada impenetrables, ni la de no poder ser encantado, que ya me he visto metido en una jaula, donde todo el mundo no fuera poderoso a encerrarme, si no fuera a fuerzas de encantamentos; pero pues de aquél me libré, quiero creer que no ha de haber otro alguno que me empezca [34]; y así, viendo estos encantadores que con mi persona no pueden usar de sus malas mañas, vénganse en las cosas que más quiero, y quieren quitarme la vida maltratando la de Dulcinea, por quien yo vivo; y así, creo que cuando mi escudero le llevó mi embajada, se la convirtieron en villana y ocupada en tan bajo ejercicio como es el de ahechar trigo; pero ya tengo yo dicho que aquel trigo ni era rubión ni trigo, sino granos de perlas orientales, y para prueba desta verdad quiero decir a vuestras magnitudes ▼▼ cómo viniendo poco ha por El Toboso, jamás pude hallar los palacios de Dulcinea; y que otro día [35], habiéndola visto Sancho, mi escudero, en su

[34] Impida (verbo *empecer*).

[35] Al día siguiente.

▼ Anteón o Anteo, gigante hijo de Neptuno y Gea (la Tierra). Sus fuerzas aumentaban al pisar tierra, por lo cual Hércules tuvo que estrangularlo en el aire. (Véase también la segunda nota al pie de la pág. 109, en I, 6.)

▼▼ Véase la primera nota a pie de la pág. 380 en II, 31.

mesma figura, que es la más bella del orbe, a mí me pareció una labradora tosca y fea, y no nada bien razonada, siendo la discreción del mundo. Y pues yo no estoy encantado, ni lo puedo estar, según buen discurso, ella es la encantada, la ofendida y la mudada, trocada y trastrocada, y en ella se han vengado de mí mis enemigos, y por ella viviré yo en perpetuas lágrimas, hasta verla en su prístino [36] estado. Todo esto he dicho para que nadie repare en lo que Sancho dijo del cernido [37] ni del ahecho [38] de Dulcinea; que pues a mí me la mudaron, no es maravilla que a él se la cambiasen. Dulcinea es principal y bien nacida, y de los hidalgos linajes que hay en El Toboso, que son muchos, antiguos y muy buenos, a buen seguro que no le cabe poca parte a la sin par Dulcinea, por quien su lugar será famoso y nombrado en los venideros siglos, como lo ha sido Troya por Elena, y España por la Cava, aunque con mejor título y fama ▼. Por otra parte, quiero que entiendan vuestras señorías que Sancho Panza es uno de los más graciosos escuderos que jamás sirvió a caballero andante; tiene a veces unas simplicidades tan agudas, que el pensar si es simple o agudo causa no pequeño contento; tiene malicias que le condenan por bellaco, y descuidos que le confirman por bobo; duda de todo, y créelo todo; cuando pienso que se va a despeñar de tonto, sale con unas discreciones que le levantan al cielo. Finalmente, yo no le trocaría con otro escudero, aunque me diesen de añadidura una ciudad; y así, estoy en duda si será bien enviarle al gobierno de quien [39] vues-

[36] Primitivo.

[37] Acción de separar la harina del salvado.

[38] Acción de cribar.

[39] Del que.

▼ La ponderación de los linajes de El Toboso puede ser una ironía más de Cervantes, pues su población estaba formada, en su mayor parte, por moriscos. (Véase también la segunda nota al pie de la pág. 292 en I, 121, y nota al pie de la pág. 648 en I, 41.)

tra grandeza le ha hecho merced, aunque veo en él una cierta aptitud para esto de gobernar, que atusándole tantico el entendimiento, se saldría con cualquiera gobierno, como el rey con sus alcabalas [40]. Y más que ya por muchas experiencias sabemos que no es menester ni mucha habilidad ni muchas letras para ser uno gobernador, pues hay por ahí ciento que apenas saben leer, y gobiernan como unos girifaltes ▼; el toque está en que tengan buena intención y deseen acertar en todo, que nunca les faltará quien les aconseje y encamine en lo que han de hacer, como los gobernadores caballeros y no letrados, que sentencian con asesor. Aconsejaríale yo que ni tome cohecho [41], ni pierda derecho, y otras cosillas que me quedan en el estómago, que saldrán a su tiempo, para utilidad de Sancho y provecho de la ínsula que gobernare.

A este punto llegaban de su coloquio el duque, la duquesa y don Quijote, cuando oyeron muchas voces y gran rumor de gente en el palacio, y a deshora [42] entró Sancho en la sala, todo asustado, con un cernadero [43] por babador, y tras él muchos mozos, o, por mejor decir, pícaros de cocina [44] y otra gente menuda, y uno venía con un artesoncillo de agua, que en la color y poca limpieza mostraba ser de fregar; seguíale y perseguíale el de la artesa, y procuraba con toda solicitud ponérsela y encajársela debajo de las barbas, y otro pícaro mostraba querérselas lavar.

—¿Qué es esto, hermanos? —preguntó la duquesa—. ¿Qué es esto? ¿Qué queréis a ese buen hombre? ¿Cómo y no consideráis que está electo gobernador?

[40] A fuerza de tesón (expresión proverbial).

[41] Soborno (refrán).

[42] De improviso.

[43] Lienzo por el que se cuela la lejía.

[44] Pinches.

▼ Expresión proverbial explicada de varias maneras: «gobiernan con agudeza» (Riquer), «con la agilidad de unos gerifaltes» (Rodríguez Marín), «con la rapacidad de»... (A. Castro), etc. *Gerifaltes:* especie de halcones muy apreciados en cetrería.

A lo que respondió el pícaro barbero:

—No quiere este señor dejarse lavar, como es usanza, y como se la lavó el duque mi señor y el señor su amo.

—Sí quiero —respondió Sancho con mucha cólera—; pero querría que fuese con toallas más limpias, con lejía más clara y con manos no tan sucias; que no hay tanta diferencia de mí a mi amo, que a él le laven con agua de ángeles y a mí con lejía de diablos. Las usanzas de las tierras y de los palacios de los príncipes tanto son buenas cuanto no dan pesadumbre; pero la costumbre del lavatorio que aquí se usa, peor es que de diciplinantes [45]. Yo estoy limpio de barbas y no tengo necesidad de semejantes refrigerios, y el que se llegare a lavarme ni a tocarme a un pelo de la cabeza, digo, de mi barba, hablando con el debido acatamiento, le daré tal puñada, que le deje el puño engastado en los cascos; que estas tales ceremonias y jabonaduras más parecen burlas que gasajos [46] de huéspedes.

Perecida de risa estaba la duquesa viendo la cólera y oyendo las razones de Sancho; pero no dio mucho gusto a don Quijote verle tan mal adeliñado [47] con la jaspeada toalla, y tan rodeado de tantos entretenidos de cocina, y así, haciendo una profunda reverencia a los duques, como que les pedía licencia para hablar, con voz reposada dijo a la canalla:

—¡Hola, señores caballeros! Vuesas mercedes dejen al mancebo, y vuélvanse por donde vinieron, o por otra parte si se les antojare; que mi escudero es limpio tanto como otro, y esas artesillas son para él estrechas, y penantes búcaros [48]. Tomen mi consejo y déjenle, porque ni él ni yo sabemos de achaque de burlas.

[45] Disciplinantes (que se azotan).

[46] Agasajos.

[47] Aliñado.

[48] Vasijas de boca estrecha.

Cogióle la razón de la boca Sancho, y prosiguió diciendo:

—¡No, sino lléguense a hacer burla del mostrenco, que así lo sufriré como ahora es de noche! Traigan aquí un peine, o lo que quisieren, y almohácenme [49] estas barbas, y si sacaren dellas cosa que ofenda a la limpieza, que me trasquilen a cruces ▼.

A esta sazón, sin dejar la risa, dijo la duquesa:

—Sancho Panza tiene razón en todo cuanto ha dicho, y la tendrá en todo cuanto dijere: él es limpio, y, como él dice, no tiene necesidad de lavarse, y si nuestra usanza no le contenta, su alma en su palma [50], cuanto más que vosotros, ministros [51] de la limpieza, habéis andado demasiadamente de remisos y descuidados, y no sé si diga atrevidos, a traer a tal personaje y a tales barbas, en lugar de fuentes y aguamaniles de oro puro y de alemanas [52] toallas, artesillas y dornajos de palo y rodillas [53] de aparadores [54]. Pero, en ſin, sois malos y mal nacidos, y no podéis dejar, como malandrines que sois, de mostrar la ojeriza que tenéis con los escuderos de los andantes caballeros.

Creyeron los apicarados ministros, y aun el maestresala, que venía con ellos, que la duquesa hablaba de veras, y así, quitaron el cernadero del pecho de Sancho, y todos confusos y casi corridos se fueron y le dejaron; el cual, viéndose fuera de aquel, a su parecer, sumo peligro, se fue a hincar de rodillas ante la duquesa, y dijo:

—De grandes señoras, grandes mercedes se esperan; esta que la vuestra merced hoy me ha fecho no puede pagarse con menos si no es con desear verme armado caballero andante, para ocu-

[49] Cepíllenme.

[50] Allá él con su conciencia.

[51] Sirvientes.

[52] Extranjeras.

[53] Paños bastos.

[54] Vasares.

▼ «Que me corten el pelo a trasquilones, desigual y groseramente», como se hacía a los tontos (expresión proverbial, con connotaciones de burla o infamia).

parme todos los días de mi vida en servir a tan alta señora. Labrador soy, Sancho Panza me llamo, casado soy, hijos tengo y de escudero sirvo; si con alguna destas cosas puedo servir a vuestra grandeza, menos tardaré yo en obedecer que vuestra señoría en mandar▼.

—Bien parece, Sancho —respondió la duquesa—, que habéis aprendido a ser cortés en la escuela de la misma cortesía; bien parece, quiero decir, que os habéis criado a los pechos del señor don Quijote, que debe de ser la nata de los comedimientos y la flor de las ceremonias, o *cirimonias,* como vos decís▼▼. Bien haya tal señor y tal criado, el uno, por norte de la andante caballería, y el otro, por estrella de la escuderil fidelidad. Levantaos, Sancho amigo, que yo satisfaré vuestras cortesías con hacer que el duque mi señor, lo más presto que pudiere, os cumpla la merced prometida del gobierno.

Con esto cesó la plática, y don Quijote se fue a reposar la siesta, y la duquesa pidió a Sancho que, si no tenía mucha gana de dormir, viniese a pasar la tarde con ella y con sus doncellas en una muy fresca sala. Sancho respondió que, aunque era verdad que tenía por costumbre dormir cuatro o cinco horas las siestas de verano, que, por servir a su bondad, él procuraría con todas sus fuerzas no dormir aquel día ninguna, y vendría obediente a su mandado, y fuese. El duque dio nuevas órdenes como se tratase a don Quijote como a caballero andante, sin salir un punto del estilo como cuentan que se trataban los antiguos caballeros.

▼ El quijotizado Sancho adopta aquí el lenguaje arcaico de la fabla caballeresca, lo cual realza aún más la comicidad de la situación.

▼▼ Véase la primera nota al pie de la pág. 395 en este capítulo.

## CAPÍTULO XXXIII

### De la sabrosa plática que la duquesa y sus doncellas pasaron con Sancho Panza, digna de que se lea y de que se note

Cuenta, pues, la historia▼, que Sancho no durmió aquella siesta, sino que, por cumplir su palabra, vino en comiendo a ver a la duquesa; la cual, con el gusto que tenía de oírle, le hizo sentar junto a sí en una silla baja, aunque Sancho, de puro bien criado, no quería sentarse; pero la duquesa le dijo que se sentase como gobernador y hablase como escudero, puesto que[1] por entrambas cosas merecía el mismo escaño del Cid Ruy Díaz Campeador▼▼.

Encogió Sancho los hombros, obedeció y sentóse, y todas las doncellas y dueñas de la duquesa la rodearon atentas, con grandísimo silencio, a escuchar lo que diría; pero la duquesa fue la que habló primero, diciendo:

—Ahora que estamos solos, y que aquí no nos oye nadie, querría yo que el señor gobernador me absolviese[2] ciertas dudas que tengo, nacidas de la historia que del gran don Quijote anda ya impre-

[1] Aunque.

[2] Resolviese (vulgarismo intencionado).

▼ Véase nota al pie de la pág. 66 en II, 5 y la primera nota al pie de la pág. 19 en II, 1.

▼▼ Expresión proverbial que indica un asiento de sumo honor. Se refiere al legendario escaño de marfil que el Cid ganó al rey Búcar en la consquista de Valencia, y que después regaló a su rey Alfonso VI.

sa; una de las cuales dudas es que, pues el buen Sancho nunca vio a Dulcinea, digo, a la señora Dulcinea del Toboso, ni le llevó la carta del señor don Quijote, porque se quedó en el libro de memoria en Sierra Morena, cómo se atrevió a fingir la respuesta, y aquello de que la halló ahechando [3] trigo, siendo todo burla y mentira, y tan en daño de la buena opinión de la sin par Dulcinea, y todas [4] que no vienen bien con la calidad y fidelidad de los buenos escuderos.

A estas razones, sin responder con alguna se levantó Sancho de la silla, y con pasos quedos, el cuerpo agobiado [5] y el dedo puesto sobre los labios, anduvo por toda la sala levantando los doseles [6]; y luego, esto hecho, se volvió a sentar y dijo:

—Ahora, señora mía, que he visto que no nos escucha nadie de solapa [7], fuera de los circunstantes, sin temor ni sobresalto responderé a lo que se me ha preguntado, y a todo aquello que se me preguntare; y lo primero que digo es que yo tengo a mi señor don Quijote por loco rematado, puesto que algunas veces dice cosas que, a mi parecer, y aun de todos aquellos que le escuchan, son tan discretas y por tan buen carril encaminadas, que el mesmo Satanás no las podría decir mejores; pero, con todo esto, verdaderamente y sin escrúpulo, a mí se me ha asentado que es un mentecato. Pues como yo tengo esto en el magín [8], me atrevo a hacerle creer lo que no lleva pies ni cabeza, como fue aquello de la respuesta de la carta, y lo de habrá seis o ocho días, que aún no está en historia, conviene a saber: lo del encanto de mi señora Dulcinea, que le he dado a entender que está encantada, no siendo más verdad que por los cerros de Úbeda ▼.

[3] Cribando.

[4] Todas burlas y mentiras.

[5] Inclinado.

[6] Tapices.

[7] A escondidas.

[8] Imaginación.

▼ Expresión proverbial con la que se da a entender que lo que se dice es incongruente.

Rogóle la duquesa que le contase aquel encantamento o burla, y Sancho se lo contó todo del mesmo modo que había pasado, de que no poco gusto recibieron los oyentes; y prosiguiendo en su plática, dijo la duquesa:

—De lo que el buen Sancho me ha contado me anda brincando un escrúpulo en el alma y un cierto susurro llega a mis oídos, que me dice: «Pues don Quijote de la Mancha es loco, menguado y mentecato, y Sancho Panza su escudero lo conoce, y, con todo eso, le sirve y le sigue y va atenido a las vanas promesas suyas, sin duda alguna debe de ser él más loco y tonto que su amo; y siendo esto así, como lo es, mal contado te será[9], señora duquesa, si al tal Sancho Panza le das ínsula que gobierne, porque el que no sabe gobernarse a sí, ¿cómo sabrá gobernar a otros?»

—Par[10] Dios, señora —dijo Sancho—, que ese escrúpulo viene con parto derecho[11]; pero dígale vuesa merced que hable claro, o como quisiere, que yo conozco que dice verdad: que si yo fuera discreto, días ha que había de haber dejado a mi amo. Pero ésta fue mi suerte, y ésta mi maladanza; no puedo más; seguirle tengo: somos de un mismo lugar, he comido su pan, quiérole bien, es agradecido, diome sus pollinos y, sobre todo, yo soy fiel, y así, es imposible que nos pueda apartar otro suceso que el de la pala y azadón[12]. Y si vuestra altanería ▼ no quisiere que se me dé el prometido gobierno, de menos me hizo Dios, y podría ser que el no dármele redundase en pro de mi conciencia; que maguera[13] tonto, se me entiende aquel refrán de «por su mal le nacieron alas a

[9] Mal resultado te dará.

[10] Por.

[11] Viene bien.

[12] La muerte (perífrasis).

[13] Aunque (rusticismo).

▼ Véase la primera nota al pie de la pág. 366 en II, 30.

la hormiga»; y aun podría ser que se fuese más aína [14] Sancho escudero al cielo, que no Sancho gobernador. Tan buen pan hacen aquí como en Francia; y de noche todos los gatos son pardos; y asaz de [15] desdichada es la persona que a las dos de la tarde no se ha desayunado; y no hay estómago que sea un palmo mayor que otro, el cual se puede llenar, como suele decirse, de paja y de heno ▼; y las avecitas del campo tienen a Dios por su proveedor y despensero; y más calientan cuatro varas de paño de Cuenca que otras cuatro de límiste [16] de Segovia; y al dejar este mundo y meternos la tierra adentro, por tan estrecha senda va el príncipe como el jornalero, y no ocupa más pies de tierra el cuerpo del Papa que el del sacristán, aunque sea más alto el uno que el otro; que al entrar en el hoyo todos nos ajustamos y encogemos, o nos hacen ajustar y encoger, mal que nos pese y a buenas noches [17]. Y torno a decir que si vuestra señoría no me quisiere dar la ínsula por tonto, yo sabré no dárseme nada por discreto; y yo he oído decir que detrás de la cruz está el diablo, y que no es oro todo lo que reluce, y que de entre los bueyes, arados y coyundas sacaron al labrador Wamba para ser rey de España ▼▼, y de entre los brocados, pasatiempos y riquezas sacaron a Rodri-

[14] Rápidamente.

[15] Muy.

[16] Paño muy fino.

[17] A oscuras.

▼ Alusión al refrán «De paja y de heno, el vientre lleno». Decididamente, Sancho se ha desbordado en su capacidad torrencial de acumular refranes, expresiones proverbiales, rusticismos, etc., sin duda incitado por el vulgarismo *absolviese* y la expresión familiar *mal contado te será,* empleados intencionadamente por la duquesa. Es frecuente que Sancho modifique los refranes para acomodarlos a sus circunstancias. «Pero más que el refrán, lo característico de Sancho, y lo que da una imagen pintoresca y animada a su habla rústica, es la acumulación de refranes, la sarta y retahíla de refranes, con que Cervantes logra notables efectos cómicos» (Rosenblat).

▼▼ Rey visigodo desde el 672 al 680.

go para ser comido de culebras, si es que las trovas [18] de los romances antiguos no mienten.

—Y ¡cómo que no mienten [19]! —dijo a esta sazón doña Rodríguez la dueña, que era una de las escuchantes—: que un romance hay que dice que metieron al rey Rodrigo, vivo vivo [20], en una tumba llena de sapos, culebras y lagartos, y que de allí a dos días dijo el rey desde dentro de la tumba, con voz doliente y baja:

Ya me comen, ya me comen
por do más pecado había▼.

Y según esto, mucha razón tiene este señor en decir que quiere más [21] ser más labrador que rey, si le han de comer sabandijas.

No pudo la duquesa tener la risa oyendo la simplicidad de su dueña, ni dejó de admirarse en oír las razones y refranes de Sancho, a quien dijo:

—Ya sabe el buen Sancho que lo que una vez promete un caballero procura cumplirlo, aunque le cueste la vida. El duque, mi señor y marido, aunque no es de los andantes, no por eso deja de ser caballero, y así, cumplirá la palabra de la prometida ínsula, a pesar de la invidia y de la malicia del mundo. Esté Sancho de buen ánimo; que cuando menos lo piense se verá sentado en la silla de su ínsula y en la de su estado, y empuñará su gobierno, que con otro de brocado de tres altos lo deseche▼▼. Lo que yo le encargo es que mire cómo

[18] Versos.

[19] Por cierto que no mienten.

[20] Reduplicación intensificadora.

[21] Prefiere.

▼ Versos de un romance sobre la muerte del rey don Rodrigo, último de los reyes godos.

▼▼ «Que vaya siempre medrando y ganando», «que no lo cambie por otro de más valor» (expresión proverbial). (Véase la primera nota al pie de la pág. 123 en II, 10.)

gobierna sus vasallos, advirtiendo que todos son leales y bien nacidos.

—Eso de gobernarlos bien —respondió Sancho— no hay para qué encargármelo, porque yo soy caritativo de mío y tengo compasión de los pobres, y a quien cuece y amasa, no le hurtes hogaza, y para mi santiguada [22] que no me han de echar dado falso [23]; soy perro viejo, y entiendo todo tus, tus ▼, y sé despabilarme a sus tiempos, y no consiento que me anden musarañas ante los ojos, porque sé dónde me aprieta el zapato; dígolo porque los buenos tendrán conmigo mano y concavidad [24], y los malos, ni pie ni entrada. Y paréceme a mí que en esto de los gobiernos todo es comenzar, y podría ser que a quince días de gobernador me comiese las manos tras [25] el oficio y supiese más dél que de la labor del campo, en que me he criado.

—Vos tenéis razón, Sancho —dijo la duquesa—; que nadie nace enseñado, y de los hombres se hacen los obispos, que no de las piedras. Pero volviendo a la plática que poco ha tratábamos del encanto de la señora Dulcinea, tengo por cosa cierta y más que averiguada que aquella imaginación que Sancho tuvo de burlar a su señor, y darle a entender que la labradora era Dulcinea, y que si su señor no la conocía debía de ser por estar encantada, toda fue invención de alguno de los encantadores que al señor don Quijote persiguen; porque real y verdaderamente yo sé de buena parte que la villana que dio el brinco sobre la pollina era y es Dulcinea del Toboso, y que el buen Sancho,

[22] Por mi frente santiguada.

[23] No me han de engañar.

[24] Cabida (vulgarismo).

[25] Desease ardientemente.

▼ Sancho adapta a su circunstancia el refrán «A perro viejo, no hay tus, tus». *(tus, tus* se utilizaba para llamar a los perros).

pensando ser el engañador, es el engañado, y no hay poner más duda en esta verdad que en las cosas que nunca vimos; y sepa el señor Sancho Panza que también tenemos acá encantadores que nos quieren bien, y nos dicen lo que pasa por el mundo, pura y sencillamente, sin enredos ni máquinas; y créame Sancho que la villana brincadora era y es Dulcinea del Toboso, que está encantada como la madre que la parió ▼; y cuando menos nos pensemos, la habemos de ver en su propia figura, y entonces saldrá Sancho del engaño en que vive.

—Bien puede ser todo eso —dijo Sancho Panza—; y agora quiero creer lo que mi amo cuenta de lo que vio en la cueva de Montesinos, donde dice que vio a la señora Dulcinea del Toboso en el mesmo traje y hábito que yo dije que la había visto cuando la encanté por solo mi gusto; y todo debió de ser al revés, como vuesa merced, señora mía, dice, porque de mi ruin ingenio no se puede ni debe presumir que fabricase en un instante tan agudo embuste, ni creo yo que mi amo es tan loco, que con tan flaca y magra persuasión como la mía creyese una cosa tan fuera de todo término. Pero, señora, no por esto será bien que vuestra bondad me tenga por malévolo, pues no está obligado un porro [26] como yo a taladrar los pensamientos y malicias de los pésimos encantadores: yo fingí aquello por escaparme de las riñas de mi señor don Quijote, y no con intención de ofenderle; y si ha salido al revés, Dios está en el cielo, que juzga los corazones.

—Así es la verdad —dijo la duquesa—; pero dígame agora, Sancho, qué es esto que dice de la cueva de Montesinos; que gustaría saberlo.

[26] Torpe y necio.

▼ Véase la primera nota al pie de la pág. 140 en I, 9.

Entonces Sancho Panza le contó punto por punto lo que queda dicho acerca de la tal aventura. Oyendo lo cual la duquesa, dijo:

—Deste suceso se puede inferir que pues el gran don Quijote dice que vio allí a la mesma labradora que Sancho vio a la salida del Toboso, sin duda es Dulcinea, y que andan por aquí los encantadores muy listos y demasiadamente curiosos.

—Eso digo yo —dijo Sancho Panza—; que si mi señora Dulcinea del Toboso está encantada, su daño[27]; que yo no me tengo de tomar[28], yo, con los enemigos de mi amo, que deben de ser muchos y malos. Verdad sea que la que yo vi fue una labradora, y por labradora la tuve, y por tal labradora la juzgué; y si aquélla era Dulcinea, no ha de estar a mi cuenta, ni ha de correr por mí o sobre ello, morena▼. No, sino ándese a cada triquete[29] conmigo a dime y direte, «Sancho lo dijo, Sancho lo hizo, Sancho tornó y Sancho volvió», como si Sancho fuese algún quienquiera, y no fuese el mismo Sancho Panza, el que anda ya en libros por ese mundo adelante, según me dijo Sansón Carrasco, que, por lo menos, es persona bachillerada por Salamanca, y los tales no pueden mentir si no es cuando se les antoja o les viene muy a cuento; así que no hay para qué nadie se tome[30] conmigo, y pues que tengo buena fama, y, según oí decir a mi señor, que más vale el buen hombre que las muchas riquezas, encájenme ese gobierno, y verán maravillas; que quien ha sido buen escudero será buen gobernador.

—Todo cuanto aquí ha dicho el buen Sancho —dijo la duquesa— son sentencias catonianas, o, por lo menos, sacadas de las mesmas entrañas del

[27] Peor para ella.

[28] Enfrentar.

[29] A cada momento.

[30] Se meta.

▼ Véase nota la pie de la pág. 382 en I, 26.

mismo Micael Verino, *florentibus occidit annis*▼. En fin en fin, hablando a su modo, debajo de mala capa suele haber buen bebedor.

—En verdad, señora —respondió Sancho—, que en mi vida he bebido de malicia; con sed bien podría ser, porque no tengo nada de hipócrita; bebo cuando tengo gana, y cuando no la tengo, y cuando me lo dan, por no parecer o melindroso o malcriado; que a un brindis de un amigo, ¿qué corazón ha de haber tan de mármol, que no haga la razón [31]? Pero aunque las [32] calzo, no las ensucio; cuanto más que los escuderos de los caballeros andantes casi de ordinario beben agua, porque siempre andan por florestas, selvas y prados, montañas y riscos, sin hallar una misericordia [33] de vino, si dan [34] por ella un ojo.

—Yo lo creo así —respondió la duquesa—. Y por ahora, váyase Sancho a reposar, que después hablaremos más largo, y daremos orden como vaya presto a encajarse, como él dice, aquel gobierno.

De nuevo le besó las manos Sancho a la duquesa, y le suplicó le hiciese merced de que se tuviese buena cuenta con su rucio, porque era la lumbre de sus ojos.

—¿Qué rucio es éste?—preguntó la duquesa.

—Mi asno —respondió Sancho—, que por no nombrarle con este nombre, le suelo llamar el *rucio;* y a esta señora dueña le rogué, cuando entré en este castillo, tuviese cuenta con él, y azoróse de manera como si la hubiera dicho que era fea o vie-

[31] Que no corresponda.

[32] Las bragas, calzones (elipsis).

[33] Limosna.

[34] Aunque den.

▼ «Murió en la flor de sus años», parte del primer verso de un epigrama que Ángelo Poliziano, poeta y humanista italiano del siglo XVI, dedicó al poeta florentino Micael Verino, muerto a los 17 años de edad. Nótese el contraste entre la frase latina y el habla refranesca de Sancho. Para el sintagma *sentencias catonianas*, véase la segunda nota al pie de la pág. 274 en I, 20.

ja, debiendo ser más propio y natural de las dueñas pensar[35] jumentos que autorizar[36] las salas. ¡Oh, válame Dios, y cuán mal estaba con estas señoras un hidalgo de mi lugar!

—Sería algún villano —dijo doña Rodríguez la dueña—; que si él fuera hidalgo y bien nacido, él las pusiera sobre el cuerno de la luna.

—Agora bien —dijo la duquesa—, no haya más: calle doña Rodríguez, y sosiéguese el señor Panza, y quédese a mi cargo el regalo del rucio, que por ser alhaja de Sancho, le pondré yo sobre las niñas de mis ojos.

—En la caballeriza basta que esté —respondió Sancho—, que sobre las niñas de los ojos de vuestra grandeza ni él ni yo somos dignos de estar sólo un momento, y así lo consintiría[37] yo como darme de puñaladas; que aunque dice mi señor que en las cortesías antes se ha de perder por carta de más que de menos, en las jumentiles y así niñas▼ se ha de ir con el compás en la mano y con medido término.

—Llévele —dijo la duquesa— Sancho al gobierno, y allá le podrá regalar[38] como quisiere, y aun jubilarle del trabajo.

—No piense vuesa merced, señora duquesa, que ha dicho mucho —dijo Sancho—; que yo he visto ir más de dos asnos a los gobiernos, y que llevase yo el mío no sería cosa nueva.

Las razones de Sancho renovaron en la duquesa la risa y el contento, y, enviándole a reposar, ella fue a dar cuenta al duque de lo que con él ha-

[35] Dar pienso a.

[36] Dar autoridad a.

[37] Consentiría.

[38] Agasajar.

▼ Aunque algunos editores han corregido *así niñas* por asininas (asnales), debe entenderse *así niñas* como un juego de palabras en el doble sentido de «tan niñas» (niñas de los ojos) y «nimias» (insignificantes).

bía pasado [39], y entre los dos dieron traza y orden de hacer una burla a don Quijote, que fuese famosa y viniese bien con el estilo caballeresco; en el cual le hicieron muchas, tan propias y discretas, que son las mejores aventuras que en esta grande historia se contienen.

[39] Hablado.

## Capítulo XXXIV

### **Que cuenta de la noticia que se tuvo de cómo se había de desencantar la sin par Dulcinea del Toboso, que es una de las aventuras más famosas deste libro**

Grande era el gusto que recebían el duque y la duquesa de la conversación de don Quijote y de la de Sancho Panza, y confirmándose en la intención que tenían de hacerles algunas burlas que llevasen vislumbres y apariencias de aventuras, tomaron motivo de la que don Quijote ya les había contado de la cueva de Montesinos ▼, para hacerle una que fuese famosa —pero de lo que más la duquesa se admiraba era que la simplicidad de Sancho fuese tanta, que hubiese venido a creer ser verdad infalible que Dulcinea del Toboso estuviese encantada, habiendo sido él mesmo el encantador y el embustero de aquel negocio—; y así, habiendo dado orden a sus criados de todo lo que habían de hacer de allí a seis días le llevaron a caza de montería [1], con tanto aparato de monteros [2] y cazadores como pudiera llevar un rey coronado. Diéronle a don Quijote un vestido de monte y a Sancho otro verde, de finísimo paño; pero don

[1] Caza mayor.

[2] Personas que buscan y ojean la caza en el monte.

▼ No fue don Quijote, sino Sancho, quien, en el capítulo anterior, contó a la duquesa la aventura de la cueva de Montesinos.

Quijote no se le quiso poner, diciendo que otro día había de volver al duro ejercicio de las armas y que no podía llevar consigo guardarropas ni reposterías[3]. Sancho sí tomó el que le dieron, con intención de venderle en la primera ocasión que pudiese.

[3] Ropas y objetos de servicio.

Llegado, pues, el esperado día, armóse don Quijote, vistióse Sancho, y encima de su rucio, que no le quiso dejar, aunque le daban un caballo, se metió entre la tropa de los monteros. La duquesa salió bizarramente aderezada, y don Quijote, de puro cortés y comedido, tomó la rienda de su palafrén[4], aunque el duque no quería consentirlo, y, finalmente, llegaron a un bosque que entre dos altísimas montañas estaba, donde tomados los puestos, paranzas[5] y veredas, y repartida la gente por diferentes puestos, se comenzó la caza con grande estruendo, grita y vocería, de manera que unos a otros no podían oírse, así por el ladrido de los perros como por el son de las bocinas.

[4] Caballo manso que solían montar las damas.

[5] Trampas o puestos donde el cazador se oculta y acecha.

Apeóse la duquesa, y, con un agudo venablo en las manos, se puso en un puesto por donde ella sabía que solían venir algunos jabalíes. Apeóse asimismo el duque y don Quijote, y pusiéronse a sus lados; Sancho se puso detrás de todos, sin apearse del rucio, a quien no osara desamparar, porque no le sucediese algún desmán. Y apenas habían sentado el pie y puesto en ala[6] con otros muchos criados suyos, cuando, acosado de los perros y seguido de los cazadores, vieron que hacia ellos venía un desmesurado jabalí, crujiendo dientes y colmillos y arrojando espuma por la boca; y en viéndole, embrazando su escudo y puesta mano a su espada, se adelantó a recebirle don Quijote. Lo mesmo hizo el duque con su venablo; pero a todos se adelantara la duquesa, si el duque no se lo estorbara. Sólo Sancho, en viendo al valiente[7] ani-

[6] En fila.

[7] Robusto.

mal, desamparó al rucio y dio a correr cuanto pudo, y procurando subirse sobre una alta encina, no fue posible; antes, estando ya a la mitad dél▼, asido de una rama, pugnando subir a la cima, fue tan corto de ventura y tan desgraciado, que se desgajó la rama, y al venir al suelo, se quedó en el aire, asido de un gancho de la encina, sin poder llegar al suelo. Y viéndose así, y que el sayo verde se le rasgaba, y pareciéndole que si aquel fiero animal allí allegaba[8] le podía alcanzar, comenzó a dar tantos gritos y a pedir socorro con tanto ahínco, que todos los que le oían y no le veían creyeron que estaba entre los dientes de alguna fiera.

Finalmente, el colmilludo jabalí quedó atravesado de las cuchillas de muchos venablos que se le pusieron delante, y volviendo la cabeza don Quijote a los gritos de Sancho, que ya por ellos le había conocido, viole pendiente de la encina y la cabeza abajo, y al rucio junto a él, que no le desamparó en su calamidad; y dice Cide Hamete que pocas veces vio a Sancho Panza sin ver al rucio, ni al rucio sin ver a Sancho: tal era la amistad y buena fe que entre los dos se guardaban▼▼.

Llegó don Quijote y descolgó a Sancho, el cual, viéndose libre y en el suelo, miró lo desgarrado del sayo de monte, y pesóle en el alma; que pensó que tenía en el vestido un mayorazgo. En esto, atravesaron al jabalí poderoso sobre una acémila[9], y cubriéndole con matas de romero y con ramas de mirto, le llevaron, como en señal de victoriosos despojos, a unas grandes tiendas de cam-

[8] Se acercaba.

[9] Mula o macho de carga.

▼ De él, del árbol, palabra sobreentendida a la que se refiere el pronombre, y no a *encina*.

▼▼ Véase nota al pie de la pág. 66 en II, 5, y la primera nota al pie de la pág. 19 en II, 1.

paña que en la mitad del bosque estaban puestas, donde hallaron las mesas en orden y la comida aderezada, tan sumptuosa [10] y grande, que se echaba bien de ver en ella la grandeza y magnificencia de quien la daba. Sancho, mostrando las llagas a la duquesa de su roto vestido, dijo:

[10] Suntuosa.

—Si esta caza fuera de liebres o de pajarillos, seguro estuviera mi sayo de verse en este extremo. Yo no sé qué gusto se recibe de esperar a un animal que, si os alcanza con un colmillo, os puede quitar la vida; yo me acuerdo haber oído cantar un romance antiguo que dice:

De los osos seas comido
como Favila el nombrado▼.

—Ése fue un rey godo —dijo don Quijote—, que yendo a caza de montería, le comió un oso.

—Eso es lo que yo digo —respondió Sancho—: que no querría yo que los príncipes y los reyes se pusiesen en semejantes peligros, a trueco de [11] un gusto que parece que no le había de ser, pues consiste en matar a un animal que no ha cometido delito alguno.

[11] A condición de.

—Antes os engañáis, Sancho —respondió el duque—, porque el ejercicio de la caza de monte es el más conveniente y necesario para los reyes y príncipes que otro alguno. La caza es una imagen de la guerra; hay en ella estratagemas, astucias, insidias para vencer a su salvo al enemigo; padécense en ella fríos grandísimos y calores intolerables, menoscábase el ocio y el sueño, corrobóranse las

▼ Versos de un romance recogido en un pliego suelto del siglo XVI. Se empleaba como maldición en forma de expresión proverbial. (A Favila, hijo menor del rey don Pelayo, lo mató un oso en una cacería, en el año 739.)

fuerzas, agilítanse los miembros del que la usa, y, en resolución, es ejercicio que se puede hacer sin perjuicio de nadie y con gusto de muchos; y lo mejor que él tiene es que no es para todos, como lo es el de los otros géneros de caza, excepto el de la volatería [12], que también es sólo para reyes y grandes señores. Así que, ¡oh Sancho!, mudad de opinión, y cuando seáis gobernador, ocupaos en la caza y veréis cómo os vale un pan por ciento▼.

—Eso no —respondió Sancho—: el buen gobernador, la pierna quebrada, y en casa. ¡Bueno sería que viniesen los negociantes a buscarle fatigados, y él estuviese en el monte holgándose! ¡Así enhoramala andaría el gobierno! Mía fe [13], señor, la caza y los pasatiempos más han de ser para los holgazanes que para los gobernadores. En lo que yo pienso entretenerme es en jugar al triunfo envidado [14] las pascuas, y a los bolos los domingos y fiestas; que esas cazas ni cazos ▼▼ no dicen con mi condición, ni hacen con mi conciencia.

—Plega a Dios, Sancho, que así sea, porque del dicho al hecho hay gran trecho.

—Haya lo que hubiere —replicó Sancho—, que al buen pagador no le duelen prendas, y más vale al que Dios ayuda que al que mucho madruga, y tripas llevan pies, que no pies a tripas; quiero decir que si Dios me ayuda, y yo hago lo que debo con buena intención, sin duda que gobernaré mejor que un gerifalte ▼▼▼. ¡No, sino pónganme el dedo en la boca, y verán si aprieto o no!

[12] Caza de altanería (con aves de presa).

[13] A fe mía.

[14] Cierto juego de naipes.

▼ Expresión proverbial que equivale a «cómo sacáis gran provecho o ventaja». (A continuación Sancho alude al refrán «La mujer honrada, la pierna quebrada y en casa», que él modifica y aplica a su circunstancia.)

▼▼ Véase nota al pie de la pág. 370 en II, 30.

▼▼▼ Véase nota al pie de la pág. 401 en II, 32.

—¡Maldito seas de Dios y de todos sus santos, Sancho maldito —dijo don Quijote—, y cuándo será el día, como otras muchas veces he dicho, donde yo te vea hablar sin refranes una razón corriente y concertada! Vuestras grandezas dejen a este tonto, señores míos, que les molerá las almas, no sólo puestas entre dos, sino entre dos mil refranes, traídos tan a sazón y tan a tiempo cuanto le dé Dios a él la salud, o a mí si los querría escuchar.

—Los refranes de Sancho Panza —dijo la duquesa—, puesto que [15] son más que los del comendador Griego ▼, no por eso son en menos de estimar, por la brevedad de las sentencias. De mí sé decir que me dan más gusto que otros, aunque sean mejor traídos y con más sazón acomodados.

Con estos y otros entretenidos razonamientos, salieron de la tienda al bosque, y en requerir algunas paranzas [16], presto se les pasó el día y se les vino la noche, y no tan clara ni tan sesga [17] como la sazón del tiempo pedía, que era en la mitad del verano; pero un cierto claroescuro que trujo consigo ayudó mucho a la intención de los duques, y así, como [18] comenzó a anochecer, un poco más adelante del crepúsculo, a deshora [19] pareció que todo el bosque por todas cuatro partes se ardía, y luego se oyeron por aquí y por allí, y por acá y por acullá ▼▼, infinitas cornetas y otros instrumentos de guerra, como de muchas tropas de caballería que por el bosque pasaba. La luz del fuego, el son de los bélicos instrumentos, casi cegaron y atronaron los ojos y los oídos de los circunstan-

[15] Aunque.

[16] Recoger algunas trampas.

[17] Tranquila.

[18] Tan pronto como.

[19] De improviso.

▼ Se refiere a la colección de *Refranes o proverbios en romance,* recopilación de Hernán Núñez de Guzmán, *comendador* porque lo era de la orden de Santiago, y *griego* porque era helenista, catedrático de la Universidad de Salamanca.

▼▼ Véase la primera nota al pie de la pág. 156 en II, 13.

tes, y aun de todos los que en el bosque estaban.

Luego se oyeron infinitos lelilíes [20], al uso de moros cuando entran en las batallas; sonaron trompetas y clarines, retumbaron tambores, resonaron pífaros [21], casi todos a un tiempo, tan contino y tan apriesa, que no tuviera sentido el que no quedara sin él [22] al son confuso de tantos instrumentos. Pasmóse el duque, suspendióse la duquesa, admiróse don Quijote, tembló Sancho Panza, y, finalmente, aun hasta los mesmos sabidores de la causa se espantaron ▼. Con el temor les cogió el silencio, y un postillón [23] que en traje de demonio les pasó por delante, tocando en voz de corneta un hueco y desmesurado cuerno, que un ronco y espantoso son despedía.

—¡Hola, hermano correo! —dijo el duque—; ¿quién sois, adónde vais, y qué gente de guerra es la que por este bosque parece que atraviesa?

A lo que respondió el correo con voz horrísona y desenfadada:

—Yo soy el Diablo; voy a buscar a don Quijote de la Mancha; la gente que por aquí viene son seis tropas de encantadores, que sobre un carro triunfante traen a la sin par Dulcinea del Toboso. Encantada viene con el gallardo francés Montesinos ▼▼, a dar orden a don Quijote de cómo ha de ser desencantada la tal señora.

—Si vos fuérades diablo, como decís y como vuestra figura muestra, ya hubiérades conocido al tal caballero don Quijote de la Mancha, pues le tenéis delante.

[20] Lililíes, voces de guerra de los moros.

[21] Pífanos, flautines.

[22] Sin sentido.

[23] Mozo-guía a caballo.

▼ Nótese el rápido resumen narrativo y la similicadencia. (Véase la primera nota al pie de la pág. 312 en II, 25.)

▼▼ Parece claro que este Diablo se equivoca y confunde a Montesinos con Merlín, como se advertirá luego en el capítulo siguiente. (Véanse la segunda nota de la pág. 276 y la última de la pág. 280 en II, 23.)

—En Dios y en mi conciencia —respondió el Diablo— que no miraba en ello, porque traigo en tantas cosas divertidos [24] los pensamientos, que de la principal a que venía se me olvidaba.

—Sin duda —dijo Sancho— que este demonio debe de ser hombre de bien y buen cristiano, porque, a no serlo, no jurara *en Dios y en mi conciencia.* Ahora yo tengo para mí que aun en el mesmo infierno debe de haber buena gente.

Luego el Demonio, sin apearse, encaminando la vista a don Quijote, dijo:

—A ti, el Caballero de los Leones (que entre las garras dellos te vea yo), me envía el desgraciado pero valiente caballero Montesinos, mandándome que de su parte te diga que le esperes en el mismo lugar que te topare, a causa que trae consigo a la que llaman Dulcinea del Toboso, con orden de darte la [25] que es menester para desencantarla. Y por no ser para más mi venida, no ha de ser más mi estada; los demonios como yo queden contigo, y los ángeles buenos con estos señores.

Y en diciendo esto, tocó el desaforado cuerno, y volvió las espaldas y fuese, sin esperar respuesta de ninguno.

Renovóse la admiración en todos, especialmente en Sancho y don Quijote: en Sancho, en ver que, a despecho de la verdad, querían que estuviese encantada Dulcinea; en don Quijote, por no poder asegurarse si era verdad o no lo que le había pasado en la cueva de Montesinos ▼. Y estando ele-

[24] Entretenidos.

[25] La orden (zeugma).

▼ «El efecto, es, pues, una carambola: quieren hacer creer a Sancho que el encantamiento es cierto, y lo que consiguen es que don Quijote dude de sí mismo.» «¿Hay, pues, que concluir que Sancho, como su amo, es un farsante excelente? ¿Que se ha dado cuenta del juego y que sigue jugando cuando gana, pero no cuando hay amenazas de pérdida?» (Torrente Ballester).

vado[26] en estos pensamientos, el duque le dijo:

—¿Piensa vuestra merced esperar, señor don Quijote?

—Pues ¿no? —respondió él—. Aquí esperaré intrépido y fuerte, si me viniese a embestir todo el infierno.

—Pues si yo veo otro diablo y oigo otro cuerno como el pasado, así esperaré yo aquí como en Flandes —dijo Sancho.

En esto, se cerró más la noche, y comenzaron a discurrir muchas luces por el bosque, bien así como discurren por el cielo las exhalaciones secas de la tierra, que parecen a nuestra vista estrellas que corren. Oyóse asimismo un espantoso ruido, al modo de aquel que se causa de las ruedas macizas que suelen traer los carros de bueyes, de cuyo chirrío áspero y continuado se dice que huyen los lobos y los osos, si los hay por donde pasan. Añadióse a toda esta tempestad otra que las aumentó todas, que fue que parecía verdaderamente que a las cuatro partes del bosque se estaban dando a un mismo tiempo cuatro rencuentros[27] o batallas, porque allí sonaba el duro estruendo de espantosa artillería; acullá se disparaban infinitas escopetas, cerca casi sonaban las voces de los combatientes, lejos se reiteraban los lilíes agarenos[28].

Finalmente, las cornetas, los cuernos, las bocinas, los clarines, las trompetas, los tambores, la artillería, los arcabuces, y, sobre todo, el temeroso[29] ruido de los carros, formaban todos juntos un son tan confuso y tan horrendo, que fue menester que don Quijote se valiese de todo su corazón para sufrirle; pero el de Sancho vino a tierra, y dio con él desmayado en las faldas de la duquesa, la cual le recibió en ellas, y a gran priesa mandó que le echasen agua en el rostro. Hízose así, y él volvió

[26] Absorto.

[27] Choques de tropas.

[28] Mahometanos.

[29] Que infunde temor.

en su acuerdo, a tiempo que ya un carro de las rechinantes ruedas ▼ llegaba a aquel puesto.

Tirábanle cuatro perezosos bueyes, todos cubiertos de paramentos [30] negros; en cada cuerno traían atada y encendida una grande hacha de cera, y encima del carro venía hecho un asiento alto, sobre el cual venía sentado un venerable viejo, con una barba más blanca que la mesma nieve, y tan luenga, que le pasaba de la cintura; su vestidura era una ropa larga de negro bocací [31], que por venir el carro lleno de infinitas luces, se podía bien divisar y discernir todo lo que en él venía. Guiábanle dos feos demonios vestidos del mesmo bocací, con tan feos rostros, que Sancho, habiéndolos visto una vez, cerró los ojos por no verlos otra. Llegando, pues, el carro a igualar al puesto, se levantó de su alto asiento el viejo venerable, y puesto en pie, dando una gran voz, dijo:

—Yo soy el sabio Lirgandeo.

Y pasó el carro adelante, sin hablar más palabra. Tras éste pasó otro carro de la misma manera, con otro viejo entronizado, el cual, haciendo que el carro se detuviese, con voz no menos grave que el otro, dijo:

—Yo soy el sabio Alquife, el grande amigo de Urganda la Desconocida.

Y pasó adelante.

Luego, por el mismo continente [32], llegó otro carro; pero el que venía sentado en el trono no era viejo como los demás, sino hombrón robusto y de mala catadura; el cual, al llegar, levantándo-

[30] Adornos.

[31] Tela de lienzo teñida.

[32] Estilo.

▼ Nótese la aliteración. Y obsérvese también cómo en este episodio —y en otros posteriores— se combinan motivos fantásticos, mitológicos y realistas en torno al modo de vida de los duques, cuyo castillo y su ambiente cumple en la composición de esta segunda parte la misma función estructural que la venta de Juan Palomeque en la primera.

se en pie, como los otros, dijo con voz más ronca y más endiablada:

—Yo soy Arcalaus, el encantador, enemigo mortal de Amadís de Gaula y de toda su parentela▼.

Y pasó adelante. Poco desviados de allí hicieron alto estos tres carros, y cesó el enfadoso ruido de sus ruedas, y luego se oyó otro, no ruido, sino un son de una suave y concertada música formado, con que Sancho se alegró, y lo tuvo a buena señal; y así, dijo a la duquesa, de quien un punto ni un paso se apartaba:

—Señora, donde hay música no puede haber cosa mala.

—Tampoco donde hay luces y claridad —respondió la duquesa.

A lo que replicó Sancho:

—Luz da el fuego, y claridad las hogueras, como lo vemos en las que nos cercan, y bien podría ser que nos abrasasen; pero la música siempre es indicio de regocijos y de fiestas.

—Ello dirá —dijo don Quijote, que todo lo escuchaba.

Y dijo bien, como se muestra en el capítulo siguiente▼▼.

▼ *Lirgandeo:* sabio encantador y cronista del libro de caballerías del *Caballero del Febo; Alquife:* sabio encantador y cronista de *Amadís de Grecia* y esposo de Urganda, maga, encantadora y amiga de Amadís de Gaula; *Arcalaus:* encantador enemigo de Amadís de Gaula.

▼▼ Véase la nota al pie de la pág. 187 en I, 13.

## Capítulo XXXV

### Donde se prosigue la noticia que tuvo don Quijote del desencanto de Dulcinea, con otros admirables sucesos

Al compás de la agradable música vieron que hacia ellos venía un carro de los que llaman triunfales, tirado de seis mulas pardas, encubertadas [1], empero, de lienzo blanco, y sobre cada una venía un diciplinante de luz ▼, asimesmo vestido de blanco, con una hacha de cera grande, encendida, en la mano. Era el carro dos veces, y aun tres, mayor que los pasados, y los lados, y encima dél, ocupaban doce otros diciplinantes albos como la nieve, todos con sus hachas encendidas, vista que admiraba y espantaba juntamente; y en un levantado trono venía sentada una ninfa, vestida de mil velos de tela de plata, brillando por todos ellos infinitas hojas de argentería de oro [2], que la hacían, si no rica, a lo menos vistosamente vestida. Traía el rostro cubierto con un transparente y delicado cendal [3], de modo que, sin impedirlo sus lizos [4], por entre ellos se descubría un hermosísimo rostro de doncella, y las muchas luces daban lugar

[1] Cubiertas.

[2] Lentejuelas.

[3] Tela muy delgada.

[4] Hilos fuertes que sirven de urdimbre.

▼ *Disciplinantes* eran los cofrades que iban en las procesiones dándose azotes o disciplinándose. *Disciplinantes de luz* eran los que llevaban hachas o cirios para alumbrar, frente a los *disciplinantes de sangre,* que eran los que se azotaban.

para distinguir la belleza y los años, que, al parecer, no llegaban a veinte, ni bajaban de diez y siete.

Junto a ella venía una figura vestida de una ropa de las que llaman rozagantes [5], hasta los pies, cubierta la cabeza con un velo negro; pero al punto que llegó el carro a estar frente a frente de los duques y de don Quijote, cesó la música de las chirimías, y luego la de las arpas y laúdes que en el carro sonaban; y levantándose en pie la figura de la ropa, la apartó a entrambos lados, y quitándose el velo del rostro, descubrió patentemente ser la mesma figura de la muerte, descarnada y fea, de que don Quijote recibió pesadumbre, y Sancho miedo, y los duques hicieron algún sentimiento temeroso. Alzada y puesta en pie esta muerte viva, con voz algo dormida y con lengua no muy despierta, comenzó a decir desta manera:

[5] Vestidos largos, de lujo.

—Yo soy Merlín, aquel que las historias
dicen que tuve por mi padre al diablo
(mentira autorizada de los tiempos),
príncipe de la Mágica y monarca
y archivo de la ciencia zoroástrica ▼,
émulo a las edades y a los siglos,
que solapar pretenden las hazañas
de los andantes bravos caballeros
a quien [6] yo tuve y tengo gran cariño.
Y puesto que es de los encantadores,
de los magos o mágicos contino [7]
dura la condición, áspera y fuerte,
la mía es tierna, blanda y amorosa,
y amiga de hacer bien a todas gentes.

[6] A quienes.

[7] Continuamente.

▼ Referencia al rey persa Zoroastro, supuesto inventor de la magia.

En las cavernas lóbregas de Dite [8],
donde estaba mi alma entretenida
en formar ciertos rombos y carácteres ▾,
llegó la voz doliente de la bella
y sin par Dulcinea del Toboso.
Supe su encantamento y su desgracia,
y su transformación de gentil dama
en rústica aldeana; condolíme,
y encerrando mi espíritu en el hueco
desta espantosa y fiera notomía [9],
después de haber revuelto cien mil libros
desta mi ciencia endemoniada y torpe,
vengo a dar el remedio que conviene
a tamaño dolor, a mal tamaño.
¡Oh tú, gloria y honor de cuantos visten
las túnicas de acero y de diamante,
luz y farol, sendero, norte y guía
de aquellos que, dejando el torpe sueño
y las ociosas plumas, se acomodan
a usar el ejercicio intolerable
de las sangrientas y pesadas armas!
A ti digo, ¡oh varón como se debe
por jamás alabado!; a ti, valiente
juntamente y discreto don Quijote,
de La Mancha esplendor, de España estrella,
que para recobrar su estado primo [10]
la sin par Dulcinea del Toboso,
es menester que Sancho, tu escudero,
se dé tres mil azotes y trecientos
en ambas sus valientes [11] posaderas,
al aire descubiertas, y de modo
que le escuezan, le amarguen y le enfaden.

[8] Plutón, dios mitológico de los infiernos.

[9] Anatomía.

[10] Primero.

[11] Grandes.

▾ Se conserva la acentuación antigua de *caracteres* (figuras mágicas), hoy palabra llana pero esdrújula entonces, para mantener el cómputo del endecasílabo.

Y en esto se resuelven [12] todos cuantos
de su desgracia han sido los autores,
y a esto es mi venida, mis señores ▼.

—¡Voto a tal! —dijo a esta sazón Sancho—. No digo yo tres mil azotes; pero así me daré yo tres como tres puñaladas. ¡Válate el diablo por modo de desencantar! ¡Yo no sé qué tienen que ver mis posas [13] con los encantos! ¡Par Dios que si el señor Merlín no ha hallado otra manera como desencantar a la señora Dulcinea del Toboso, encantada se podrá ir a la sepultura!

—Tomaros he [14] yo —dijo don Quijote—, don villano ▼▼, harto de ajos, y amarraros he a un árbol, desnudo como vuestra madre os parió, y no digo yo tres mil y trecientos, sino seis mil y seiscientos azotes os daré, tan bien pegados, que no se os caigan a tres mil y trecientos tirones. Y no me repliquéis palabra, que os arrancaré el alma.

Oyendo lo cual Merlín, dijo:

—No ha de ser así, porque los azotes que ha de recebir el buen Sancho han de ser por su voluntad, y no por fuerza, y en el tiempo que él quisiere; que no se le pone término [15] señalado; pero permítesele que si él quisiere redemir su vejación por la mitad de este vapulamiento [16], puede dejar que se los dé ajena mano, aunque sea algo pesada.

—Ni ajena, ni propia, ni pesada, ni por pesar ▼▼▼

[12] Esto determinan.

[13] Posaderas.

[14] Os tomaré.

[15] Plazo.

[16] Azotamiento.

▼ Recuérdese que en el relato de la bajada a la cueva de Montesinos (II, 23) fue Merlín el encantador de los allí encerrados; sin embargo, ahora, en este episodio burlesco es Merlín quien anuncia el modo de desencantar a Dulcinea. Recuérdese también que, en el capítulo anterior, el diablo había anunciado la venida de Montesinos, y no de Merlín.

▼▼ Véase nota al pie de la pág. 204 en II, 17.

▼▼▼ Véase la nota al pie de la pág. 351 en II, 29.

—replicó Sancho—: a mí no me ha de tocar alguna mano. ¿Parí yo, por ventura, a la señora Dulcinea del Toboso, para que paguen mis posas lo que pecaron sus ojos? El señor mi amo sí que es parte suya; pues la llama a cada paso *mi vida, mi alma,* sustento y arrimo suyo, se puede y debe azotar por ella y hacer todas las diligencias necesarias para su desencanto; pero ¿azotarme yo...? Abernuncio ▼.

Apenas acabó de decir esto Sancho, cuando, levantándose en pie la argentada ninfa que junto al espíritu de Merlín venía, quitándose el sutil velo del rostro, le descubrió tal, que a todos pareció más que demasiadamente hermoso, y con un desenfado varonil y con una voz no muy adamada [17], hablando derechamente con Sancho Panza, dijo:

—¡Oh malaventurado escudero, alma de cántaro, corazón de alcornoque, de entrañas guijeñas [18] y apedernaladas! Si te mandaran, ladrón desuellacaras [19], que te arrojaras de una alta torre al suelo, si te pidieran, enemigo del género humano, que te comieras una docena de sapos, dos de lagartos y tres de culebras, si te persuadieran a que mataras a tu mujer y a tus hijos con algún truculento y agudo alfanje, no fuera maravilla que te mostraras melindroso y esquivo. Pero hacer caso de tres mil y trecientos azotes, que no hay niño de la doctrina ▼▼, por ruin que sea, que no se los lleve cada mes, admira, adarva [20], espanta a todas las entrañas piadosas de los que lo escuchan, y aun las de todos aquellos que lo vinieren a saber con el discurso del tiempo. Pon, ¡oh miserable y endureci-

[17] Femenina (de dama).

[18] Duras.

[19] Desvergonzado.

[20] Asombra.

▼ Véase, más adelante, la primera nota de la pág. 435 en este mismo capítulo.

▼▼ *Niños de la doctrina* se llamaba a los huérfanos recogidos para adoctrinarlos y criarlos, y acomodarlos después a que aprendieran algún oficio.

do animal!, pon, digo, esos tus ojos de machuelo[21] espantadizo en las niñas destos míos, comparados a rutilantes estrellas, y veráslos llorar hilo a hilo y madeja a madeja, haciendo surcos, carreras y sendas por los hermosos campos de mis mejillas▼. Muévate, socarrón y malintencionado monstro[22], que la edad tan florida mía, que aún se está todavía en el diez y... de los años, pues tengo diez y nueve, y no llego a veinte, se consume y marchita debajo de la corteza de una rústica labradora; y si ahora no lo parezco, es merced particular que me ha hecho el señor Merlín, que está presente, sólo porque te enternezca mi belleza; que las lágrimas de una afligida hermosura vuelven en algodón los riscos, y los tigres en ovejas. Date, date en esas carnazas, bestión indómito, y saca de harón[23] ese brío, que a sólo comer y más comer te inclina, y pon en libertad la lisura de mis carnes, la mansedumbre de mi condición y la belleza de mi faz, y si por mí no quieres ablandarte ni reducirte a algún razonable término, hazlo por ese pobre caballero que a tu lado tienes: por tu amo, digo, de quien estoy viendo el alma, que la tiene atravesada en la garganta, no diez dedos de los labios, que no espera sino tu rígida o blanda respuesta, o para salirse por la boca, o para volverse al estómago.

Tentóse, oyendo esto, la garganta don Quijote, y dijo, volviéndose al duque.

—Por Dios, señor, que Dulcinea ha dicho la verdad: que aquí tengo el alma atravesada en la garganta, como una nuez de ballesta.

[21] Mulo (despectivo).

[22] Monstruo.

[23] De la pereza (aviva).

▼ En este juego con el lugar común «no sólo deshace humorísticamente el tópico *hilo a hilo* con el intensivo *madeja a madeja,* sino además el *hacer surcos* con el hacer *carreras y sendas*» (Rosenblat).

—¿Qué decís vos a esto, Sancho? —preguntó la duquesa.

—Digo, señora —respondió Sancho—, lo que tengo dicho: que de los azotes, abernuncio.

—*Abrenuncio* habréis de decir, Sancho, y no como decís —dijo el duque▼.

—Déjeme vuestra grandeza —respondió Sancho—; que no estoy agora para mirar en sotilezas ni en letras más a menos [24], porque me tienen tan turbado estos azotes que me han de dar, o me tengo de dar, que no sé lo que me digo, ni lo que me hago. Pero quería yo saber de la señora mi señora doña Dulcinea del Toboso adónde aprendió el modo de rogar que tiene: viene a pedirme que me abra las carnes a azotes, y llámame alma de cántaro y bestión indómito, con una tiramira [25] de malos nombres, que el diablo los sufra. ¿Por ventura son mis carnes de bronce, o vame a mí algo en que se desencante o no? ¿Qué canasta de ropa blanca, de camisas, de tocadores y de escarpines [26], aunque no los gasto, trae delante de sí para ablandarme, sino un vituperio y otro, sabiendo aquel refrán que dicen por ahí, que un asno cargado de oro sube ligero por una montaña, y que dádivas quebrantan peñas, y a Dios rogando y con el mazo dando, y que más vale un *toma* que dos *te daré*? Pues el señor mi amo, que había de traerme la mano por el cerro▼▼ y halagarme para que yo me hiciese de lana y de algodón cardado, dice que

[24] Más o menos.

[25] Retahíla.

[26] Calcetines.

▼ Una prevaricación idiomática más de Sancho, quien deforma el latinismo *abrenuncio* (renuncio, fórmula litúrgica usada para rechazar a Satanás) en *abernuncio* (metátesis vulgar).

▼▼ «Acariciarme», «tratarme blandamente», como a las caballerías (*cerro:* cuello, lomo o espinazo del animal). Nótese la acumulación de refranes y expresiones proverbiales en el habla de Sancho.

si me coge me amarrará desnudo a un árbol y me doblará la parada [27] de los azotes; y habían de considerar estos lastimados señores que no solamente piden que se azote un escudero, sino un gobernador; como quien dice: «bebe con guindas ▼». Aprendan, aprendan mucho de enhoramala a saber rogar, y a saber pedir, y a tener crianza; que no son todos los tiempos unos, ni están los hombres siempre de un buen humor. Estoy yo ahora reventado de pena por ver mi sayo verde roto, y vienen a pedirme que me azote de mi voluntad, estando ella tan ajena dello como de volverme cacique.

—Pues en verdad, amigo Sancho —dijo el duque—, que si no os ablandáis más que una breva [28] madura, que no habéis de empuñar el gobierno. ¡Bueno sería que yo enviase a mis insulanos [29] un gobernador cruel, de entrañas pedernalinas, que no se doblega a las lágrimas de las afligidas doncellas, ni a los ruegos de discretos, imperiosos y antiguos encantadores y sabios! En resolución, Sancho, o vos habéis de ser azotado, o os han de azotar, o no habéis de ser gobernador.

—Señor —respondió Sancho—, ¿no se me darían dos días de término para pensar lo que me está mejor?

—No, en ninguna manera —dijo Merlín—. Aquí, en este instante y en este lugar, ha de quedar asentado lo que ha de ser deste negocio: o Dulcinea volverá a la cueva de Montesinos y a su prístino [30] estado de labradora, o ya, en el ser que está, será

[27] El número.

[28] Primera de las dos frutas de la higuera.

[29] Isleños.

[30] Anterior.

▼ «Miel sobre hojuelas», expresión proverbial empleada en sentido irónico: el quijotizado Sancho indica que la circunstancia de ser gobernador aumenta la injusticia de los azotes.

llevada a los elíseos campos ▼, donde estará esperando se cumpla el número del vápulo.

—Ea, buen Sancho —dijo la duquesa—, buen ánimo y buena correspondencia al pan que habéis comido del señor don Quijote, a quien todos debemos servir y agradar, por su buena condición y por sus altas caballerías. Dad el sí, hijo, desta azotaina, y váyase el diablo para diablo y el temor para mezquino; que un buen corazón quebranta mala ventura, como vos bien sabéis.

A estas razones respondió con estas disparatadas Sancho, que, hablando con Merlín, le preguntó:

—Dígame vuesa merced, señor Merlín: cuando llegó aquí el diablo correo, y dio a mi amo un recado del señor Montesinos, mandándole de su parte que le esperase aquí, porque venía a dar orden de que la señora doña Dulcinea del Toboso se desencantase, y hasta agora no hemos visto a Montesinos, ni a sus semejas [31].

A lo cual respondió Merlín:

—El Diablo, amigo Sancho, es un ignorante y un grandísimo bellaco: yo le envié en busca de vuestro amo, pero no con recado de Montesinos, sino mío, porque Montesinos se está en su cueva entendiendo, o, por mejor decir, esperando su desencanto, que aún le falta la cola por desollar ▼▼. Si os debe algo, o tenéis alguna cosa que negociar con él, yo os lo traeré y pondré donde vos más quisiéredes. Y por agora, acabad de dar el sí desta di-

[31] Señales.

▼ En la mitología griega, lugar placentero al que iban las almas de los héroes y de todos aquellos que reunían méritos para ello.

▼▼ «Aún le falta lo mas difícil», expresión figurada familiar que contrasta de manera cómica con la situación y con el personaje de este falso Merlín» (Rosenblat).

ciplina[32], y creedme que os será de mucho provecho, así para el alma como para el cuerpo: para el alma, por la caridad con que la haréis; para el cuerpo, porque yo sé que sois de complexión sanguínea, y no os podrá hacer daño sacaros un poco de sangre.

—Muchos médicos hay en el mundo: hasta los encantadores son médicos —replicó Sancho—; pero pues todos me lo dicen, aunque yo no me lo veo, digo que soy contento de darme los tres mil y trecientos azotes, con condición que me los tengo de dar cada y cuando que yo quisiere, sin que se me ponga tasa en los días ni en el tiempo; y yo procuraré salir de la deuda lo más presto que sea posible, porque goce el mundo de la hermosura de la señora doña Dulcinea del Toboso, pues, según parece, al revés de lo que yo pensaba, en efecto es hermosa. Ha de ser también condición que no he de estar obligado a sacarme sangre con la diciplina[33] y que si algunos azotes fueren de mosqueo ▼, se me han de tomar en cuenta. Iten[34], que si me errare en el número, el señor Merlín, pues lo sabe todo, ha de tener cuidado de contarlos y de avisarme los que me faltan o los que me sobran.

—De las sobras no habrá que avisar —respondió Merlín—, porque llegando al cabal número, luego[35] quedará de improviso desencantada la señora Dulcinea, y vendrá a buscar, como agradecida, al buen Sancho, y a darle gracias, y aun premios, por la buena obra. Así que no hay de qué tener escrúpulo de las sobras ni de las faltas, ni el cielo permita que yo engañe a nadie, aunque sea en un pelo de la cabeza.

[32] Disciplina, azotaina.

[33] Látigo.

[34] Añadidura.

[35] Inmediatamente.

▼ «Suaves», como los que se dan los animales con la cola para ahuyentar las moscas.

—¡Ea, pues, a la mano de Dios! —dijo Sancho—. Yo consiento en mi mala ventura, digo que yo acepto la penitencia, con las condiciones apuntadas.

Apenas dijo estas últimas palabras Sancho, cuando volvió a sonar la música de las chirimías y se volvieron a disparar infinitos arcabuces, y don Quijote se colgó del cuello de Sancho, dándole mil besos en la frente y en las mejillas. La duquesa y el duque y todos los circunstantes dieron muestras de haber recebido grandísimo contento, y el carro comenzó a caminar; y al pasar la hermosa Dulcinea inclinó la cabeza a los duques y hizo una gran reverencia a Sancho.

Y ya, en esto, se venía a más andar el alba, alegre y risueña; las florecillas de los campos se descollaban y erguían, y los líquidos cristales de los arroyuelos, murmurando por entre blancas y pardas guijas [36], iban a dar tributo a los ríos que las ▼ esperaban. La tierra alegre, el cielo claro, el aire limpio, la luz serena, cada uno por sí y todos juntos daban manifiestas señales que el día que al aurora venía pisando las faldas había de ser sereno y claro. Y satisfechos los duques de la caza, y de haber conseguido su intención tan discreta y felicemente, se volvieron a su castillo, con prosupuesto [37] de segundar [38] en sus burlas; que para ellos no había veras que más gusto les diesen.

[36] Piedras peladas y pequeñas.

[37] Propósito.

[38] Repetir.

▼ Puede ser una errata (*las* en vez de *los*); pero no necesariamente, ya que puede aceptarse y explicarse *las,* porque *los líquidos cristales* son, metafóricamente, las «aguas». (Véase la primera nota al pie de la pág. 169 en II, 14.

## Capítulo XXXVI

## Donde se cuenta la extraña y jamás imaginada aventura de la dueña Dolorida, alias de la condesa Trifaldi, con una carta que Sancho Panza escribió a su mujer Teresa Panza

Tenía un mayordomo el duque, de muy burlesco y desenfadado ingenio, el cual hizo [1] la figura de Merlín y acomodó todo el aparato de la aventura pasada, compuso los versos y hizo que un paje hiciese a Dulcinea. Finalmente, con intervención de sus señores ordenó otra, del más gracioso y extraño artificio que puede imaginarse.

Preguntó la duquesa a Sancho otro día [2] si había comenzado la tarea de la penitencia que había de hacer por el desencanto de Dulcinea. Dijo que sí, y que aquella noche se había dado cinco azotes. Preguntóle la duquesa que con qué se los había dado. Respondió que con la mano.

—Eso —replicó la duquesa— más es darse de palmadas que de azotes. Yo tengo para mí que el sabio Merlín no estará contento con tanta blandura; menester será que el buen Sancho haga alguna diciplina de abrojos, o de las de canelones ▼,

[1] Representó.

[2] Al día siguiente.

▼ La *disciplina* (látigo) *de abrojos* llevaba en las cuerdas unos abrojillos o botoncillos metálicos para sacar sangre en los azotes; *las de canelones* tenían los extremos gruesos y retorcidos para levantar cardenales.

que se dejen sentir, porque la letra con sangre entra, y no se ha de dar tan barata la libertad de una tan gran señora como lo es Dulcinea por tan poco precio; y advierta Sancho que las obras de caridad que se hacen tibia y flojamente no tienen mérito ni valen nada ▼.

A lo que respondió Sancho:

—Déme vuestra señoría alguna diciplina o ramal conveniente, que yo me daré con él como no me duela demasiado; porque hago saber a vuesa merced que, aunque soy rústico, mis carnes tienen más de algodón que de esparto, y no será bien que yo me descríe [3] por el provecho ajeno.

—Sea en buena hora —respondió la duquesa—; yo os daré mañana una diciplina que os venga muy al justo y se acomode con la ternura de vuestras carnes, como si fueran sus hermanas propias.

A lo que dijo Sancho:

—Sepa vuestra alteza, señora mía de mi ánima, que yo tengo escrita una carta a mi mujer Teresa Panza, dándole cuenta de todo lo que me ha sucedido después que [4] me aparté della; aquí la tengo en el seno, que no le falta más de ponerle el sobreescrito [5]; querría que vuestra discreción la leyese, porque me parece que va conforme a lo de gobernador, digo, al modo que deben de escribir los gobernadores.

—¿Y quién la notó [6]? —preguntó la duquesa.

—¿Quién la había de notar sino yo, pecador de mí? —respondió Sancho.

—¿Y escribístesla vos? —dijo la duquesa.

—Ni por pienso [7] —respondió Sancho—, porque yo no sé leer ni escribir, puesto que [8] sé firmar.

[3] Desmejore.

[4] Desde que.

[5] Sobrescrito.

[6] Dictó.

[7] Ni por el pensamiento.

[8] Aunque.

▼ El *Índice Expurgatorio* del cardenal Zapata (1632) censuró y mandó borrar estas palabras, que no volvieron a aparecer hasta la edición de 1863.

—Veámosla —dijo la duquesa—; que a buen seguro que vos mostréis en ella la calidad y suficiencia de vuestro ingenio.

Sacó Sancho una carta abierta del seno, y tomándola la duquesa, vio que decía desta manera:

### Carta de Sancho Panza a Teresa Panza, su mujer

*Si buenos azotes me daban, bien caballero me iba*▼*; si buen gobierno me tengo, buenos azotes me cuesta. Esto no lo entenderás tú, Teresa mía, por ahora; otra vez lo sabrás. Has de saber, Teresa, que tengo determinado que andes en coche, que es lo que hace al caso, porque todo otro andar es andar a gatas. Mujer de un gobernador eres; ¡mira si te roerá nedie los zancajos*[9]*! Ahí te envío un vestido verde de cazador, que me dio mi señora la duquesa, acomódale en modo que sirva de saya y cuerpos a nuestra hija. Don Quijote, mi amo, según he oído decir en esta tierra, es un loco cuerdo y un mentecato gracioso, y que yo no le voy en zaga. Hemos estado en la cueva de Montesinos, y el sabio Merlín ha echado mano de mí para el desencanto de Dulcinea del Toboso, que por allá se llama Aldonza Lorenzo; con tres mil y trecientos azotes, menos cinco, que me he de dar, quedará desencantada como la madre que la parió. No dirás desto nada a nadie, porque pon lo tuyo en concejo*[10]*, y unos dirán que es blanco y otros que*

[9] Nadie murmurará de ti (expresión proverbial).

[10] Reunión de los vecinos de un pueblo (refrán).

▼ Expresión equivalente a «Si el castigo era grande, lo era también la recompensa», que alude humorísticamente a la costumbre de pasear por las calles a los reos montados en un asno, pregonando sus delitos y azotándolos para exponerlos a la vergüenza pública.

*es negro. De aquí a pocos días me partiré al gobierno, adonde voy con grandísimo deseo de hacer dineros, porque me han dicho que todos los gobernadores nuevos van con este mesmo deseo; tomaréle el pulso, y avisaréte si has de venir a estar conmigo, o no. El rucio está bueno, y se te encomienda mucho, y no le pienso dejar, aunque me llevaran a ser Gran Turco. La duquesa mi señora te besa mil veces las manos; vuélvele el retorno con dos mil, que no hay cosa que menos cueste ni valga más barata, según dice mi amo, que los buenos comedimientos. No ha sido Dios servido de depararme otra maleta con otros cien escudos, como la de marras* [11]*; pero no te dé pena, Teresa mía, que en salvo está el que repica, y todo saldrá en la colada del gobierno* ▼*; sino que me ha dado gran pena que me dicen que si una vez le pruebo, que me tengo de comer las manos tras él* [12]*, y si así fuese, no me costaría muy barato, aunque los estropeados y mancos ya se tienen su calonjía* [13] *en la limosna que piden; así que, por una vía o por otra, tú has de ser rica y de buena ventura. Dios te la dé, como puede, y a mí me guarde para servirte. Deste castillo, a veinte de julio de 1614* ▼▼.

*Tu marido el gobernador,*

**Sancho Panza**

En acabando la duquesa de leer la carta, dijo a Sancho:

[11] La que encontró en I, 23.

[12] Desearlo ardientemente.

[13] Canonjía.

▼ Expresión proverbial que equivale a «mientras repica la campana no hay peligro de invasiones del enemigo [seguro está el que está sobre aviso], y todo se aclarará en el momento del gobierno». Nótese el alarde de naturalidad estilística en esta carta de Sancho.

▼▼ Evidente anacronismo en el desarrollo temporal de la historia novelada.

—En dos cosas anda un poco descaminado el buen gobernador: la una, en decir o dar a entender que este gobierno se le ha dado por los azotes que se ha de dar, sabiendo él, que no lo puede negar, que cuando el duque, mi señor, se le prometió, no se soñaba haber azotes en el mundo; la otra es que se muestra en ella muy codicioso, y no querría que orégano fuese▼; porque la codicia rompe el saco, y el gobernador codicioso hace la justicia desgobernada.

—Yo no lo digo por tanto, señora —respondió Sancho—, y si a vuesa merced le parece que la tal carta no va como ha de ir, no hay sino rasgarla y hacer otra nueva, y podría ser que fuese peor si me lo dejan a mi caletre [14].

—No, no —replicó la duquesa—; buena está ésta, y quiero que el duque la vea.

Con esto se fueron a un jardín, donde habían de comer aquel día. Mostró la duquesa la carta de Sancho al duque, de que recibió grandísimo contento. Comieron, y después de alzado [15] los manteles, y después de haberse entretenido un buen espacio con la sabrosa conversación de Sancho, a deshora [16] se oyó el son tristísimo de un pífaro [17] y el de un ronco y destemplado tambor. Todos mostraron alborotarse con la confusa, marcial y triste armonía, especialmente don Quijote, que no cabía en su asiento de puro alborotado; de Sancho no hay que decir sino que el miedo le llevó a su acostumbrado refugio, que era el lado o faldas de la duquesa, porque real y verdaderamente el son que se escuchaba era tristísimo y malencólico [18].

[14] Capacidad.

[15] De (haber) alzado.

[16] De improviso.

[17] Pífano, flautín.

[18] Melancólico.

▼ «Que fuese cierto» (lo de la codicia de Sancho). (Véase la segunda nota al pie de la pág. 288 en I, 21.)

Y estando todos así suspensos, vieron entrar por el jardín adelante dos hombres vestidos de luto, tan luengo y tendido, que les arrastraba por el suelo; éstos venían tocando dos grandes tambores, asimismo cubiertos de negro. A su lado venía el pífaro, negro y pizmiento [19] como los demás. Seguía a los tres un personaje de cuerpo agigantado, amantado, no que vestido, con una negrísima loba, cuya falda era asimismo desaforada de grande. Por encima de la loba [20] le ceñía y atravesaba un ancho tahelí [21], también negro, de quien pendía un desmesurado alfanje de guarniciones y vaina negra. Venía cubierto el rostro con un trasparente velo negro, por quien se entreparecía una longísima ▾ barba, blanca como la nieve. Movía el paso al son de los tambores con mucha gravedad y reposo. En fin, su grandeza, su contoneo, su negrura y su acompañamiento pudiera y pudo suspender a todos aquellos que sin conocerle le miraron.

Llegó, pues, con el espacio y prosopopeya referida a hincarse de rodillas ante el duque, que en pie, con los demás que allí estaban, le atendía [22]. Pero el duque en ninguna manera le consintió hablar hasta que se levantase. Hízolo así el espantajo prodigioso, y puesto en pie, alzó el antifaz del rostro y hizo patente la más horrenda, la más larga, la más blanca y más poblada barba que hasta entonces humanos ojos habían visto, y luego desencajó y arrancó del ancho y dilatado pecho una voz grave y sonora, y poniendo los ojos en el duque, dijo:

[19] Negro como la pez.

[20] Vestidura talar (especie de sotana).

[21] Cinto ancho que cruza el pecho.

[22] Esperaba.

▾ «Por el cual se entreveía una larguísima»... Recuérdese que el relativo *quien* se empleaba referido a personas, animales y cosas (y también con valor de singular y plural). *Longísima* es un cultismo.

—Altísimo y poderoso señor, a mí me llaman Trifaldín el de la Barba Blanca; soy escudero de la condesa Trifaldi ▼, por otro nombre llamada la dueña Dolorida, de parte de la cual traigo a vuestra grandeza una embajada, y es que la vuestra magnificencia sea servida de darla facultad y licencia para entrar a decirle su cuita[23], que es una de las más nuevas y más admirables que el más cuitado pensamiento del orbe pueda haber pensado. Y primero quiere saber si está en este vuestro castillo el valeroso y jamás vencido caballero don Quijote de la Mancha, en cuya busca viene a pie y sin desayunarse desde el reino de Candaya ▼▼ hasta este vuestro estado, cosa que se puede y debe tener a milagro o a fuerza de encantamento. Ella queda a la puerta desta fortaleza o casa de campo, y no aguarda para entrar sino vuestro beneplácito. Dije.

Y tosió luego, y manoseóse la barba de arriba abajo con entrambas manos, y con mucho sosiego estuvo atendiendo la respuesta del duque, que fue:

—Ya, buen escudero Trifaldín de la Blanca Barba, ha muchos días que tenemos noticia de la desgracia de mi señora la condesa Trifaldi, a quien los encantadores la hacen llamar la dueña Dolorida; bien podéis, estupendo escudero, decirle que entre y que aquí está el valiente caballero don Quijote de la Mancha, de cuya condición generosa puede prometerse con seguridad todo amparo y toda ayuda, y asimismo le podréis decir de mi par-

[23] Aflicción.

▼ *Trifaldín* es, además de nombre paraetimológicamente adecuado a *Trifaldi* (tres faldas), una humorística derivación del italiano *truffare,* que significa «engañar», «burlar».

▼▼ Reino imaginario de las Indias Orientales, probablemente inventado por Cervantes.

te que si mi favor le fuere necesario, no le ha de faltar, pues ya me tiene obligado a dársele el ser caballero, a quien es anejo y concerniente favorecer a toda suerte de mujeres, en especial a las dueñas viudas, menoscabadas y doloridas, cual lo debe estar su señoría.

Oyendo lo cual Trifaldín, inclinó la rodilla hasta el suelo, y haciendo al pífaro y tambores señal que tocasen, al mismo son y al mismo paso que había entrado, se volvió a salir del jardín, dejando a todos admirados de su presencia y compostura. Y volviéndose el duque a don Quijote, le dijo.

—En fin, famoso caballero, no pueden las tinieblas de la malicia ni de la ignorancia encubrir y escurecer la luz del valor y de la virtud. Digo esto porque apenas ha seis días que la vuestra bondad está en este castillo ▼, cuando ya os vienen a buscar de lueñas [24] y apartadas tierras, y no en carrozas ni en dromedarios, sino a pie y en ayunas, los tristes, los afligidos, confiados que han de hallar en ese fortísimo brazo el remedio de sus cuitas y trabajos, merced a vuestras grandes hazañas, que corren y rodean todo lo descubierto de la tierra.

[24] Lejanas (arcaísmo).

—Quisiera yo, señor duque —respondió don Quijote—, que estuviera aquí presente aquel bendito religioso que a la mesa el otro día mostró tener tan mal talante [25] y tan mala ojeriza contra los caballeros andantes, para que viera por vista de ojos si los tales caballeros son necesarios en el mundo; tocara, por lo menos, con la mano que los extraordinariamente afligidos y desconsolados, en casos grandes y en desdichas inormes [26]

[25] Voluntad (sinonimia).

[26] Enormes.

▼ Nótese el tratamiento burlesco del duque a don Quijote: *la vuestra bondad.* (Véase también la segunda nota al pie de la pág. 385 en II, 32.)

no van a buscar su remedio a las casas de los letrados, ni a la de los sacristanes de las aldeas, ni al caballero que nunca ha acertado a salir de los términos de su lugar, ni al perezoso cortesano que antes busca nuevas para referirlas y contarlas, que procura hacer obras y hazañas para que otros las cuenten y las escriban; el remedio de las cuitas, el socorro de las necesidades, el amparo de las doncellas, el consuelo de las viudas, en ninguna suerte de personas se halla mejor que en los caballeros andantes, y de serlo yo doy infinitas gracias al cielo, y doy por muy bien empleado cualquier desmán y trabajo que en este tan honroso ejercicio pueda sucederme. Venga esta dueña, y pida lo que quisiere; que yo le libraré su remedio en ▾ la fuerza de mi brazo y en la intrépida resolución de mi animoso espíritu.

▾ «Le daré su remedio por» (fórmula notarial en uso figurado).

## CAPÍTULO XXXVII

## Donde se prosigue la famosa aventura de la dueña Dolorida

En extremo se holgaron el duque y la duquesa de ver cuán bien iba respondiendo a su intención don Quijote, y a esta sazón dijo Sancho:

—No querría yo que esta señora dueña pusiese algún tropiezo a la promesa de mi gobierno, porque yo he oído decir a un boticario toledano que hablaba como un silguero [1] que donde interviniesen dueñas no podía suceder cosa buena. ¡Válame Dios, y qué mal estaba con ellas el tal boticario! De lo que yo saco que, pues todas las dueñas son enfadosas e impertinentes, de cualquiera calidad y condición que sean, ¿qué serán las que son doloridas, como han dicho que es esta condesa Tres Faldas, o Tres Colas? Que en mi tierra faldas y colas, colas y faldas, todo es uno ▾.

—Calla, Sancho amigo —dijo don Quijote—; que pues esta señora dueña de tan lueñes [2] tierras viene a buscarme, no debe ser de aquellas que el boticario tenía en su número; cuanto más que ésta es condesa, y cuando las condesas sirven de dueñas, será sirviendo a reinas y a emperatrices, que

[1] Jilguero.

[2] Lejanas (paronomasia).

▾ También este personaje es sujeto de polionomasia, con sus nombres de *dueña Dolorida, condesa Trifaldi, condesa Tras Faldas, Tres colas... Tres colas* es nombre formado por derivación sinonímica.

en sus casas son señorísimas que se sirven de otras dueñas.

A esto respondió doña Rodríguez, que se halló presente:

—Dueñas tiene mi señora la duquesa en su servicio, que pudieran ser condesas si la fortuna quisiera; pero allá van leyes do quieren reyes, y nadie diga mal de las dueñas, y más de las antiguas y doncellas, que aunque yo no lo soy, bien se me alcanza y se me trasluce la ventaja que hace una dueña doncella a una dueña viuda; y quien a nosotras trasquiló, las tijeras le quedaron en la mano ▼.

—Con todo eso —replicó Sancho—, hay tanto que trasquilar en las dueñas, según mi barbero, cuanto será mejor no menear el arroz, aunque se pegue [3].

—Siempre los escuderos —respondió doña Rodríguez— son enemigos nuestros; que como son duendes de las antesalas y nos veen a cada paso, los ratos que no rezan, que son muchos, los gastan en murmurar de nosotras, desenterrándonos los huesos [4] y enterrándonos la fama. Pues mándoles yo a los leños movibles ▼▼ que, mal que les pese, hemos de vivir en el mundo, y en las casas principales, aunque muramos de hambre y cubramos con un negro monjil [5] nuestras delicadas o no delicadas carnes, como quien cubre o tapa un mu-

[3] Mejor no insistir (expresión proverbial).

[4] Descubriéndonos antiguos defectos familiares.

[5] Túnica de monja.

▼ «Quien a nosotras perjudicó o burló *[trasquiló]*, las tijeras se le quedaron en la mano para poder seguir *trasquilando* a otros» (expresión proverbial). En este coloquio dueñesco se recoge el motivo de la sátira de las dueñas o mujeres de la servidumbre en casas principales: la literatura de la época las definía por sus chismorreos, habladurías, embustes, tercerías, etc.

▼▼ Dos interpretaciones posibles: «Pues mándoles [les envío o prometo] a las galeras», *leños movibles* (Riquer); y también «Pues les aseguro yo a los escuderos», *leños movibles* (despectivo) por ser pesados y viejos.

ladar[6] con un tapiz en día de procesión. A fe que si me fuera dado, y el tiempo lo pidiera, que yo diera a entender, no sólo a los presentes, sino a todo el mundo, como no hay virtud que no se encierre en una dueña.

—Yo creo —dijo la duquesa— que mi buena doña Rodríguez tiene razón, y muy grande; pero conviene que aguarde tiempo para volver por sí[7] y por las demás dueñas, para confundir la mala opinión de aquel mal boticario, y desarraigar la que tiene en su pecho el gran Sancho Panza.

A lo que Sancho respondió:

—Después que[8] tengo humos de gobernador se me han quitado los vaguidos[9] de escudero, y no se me da por cuantas dueñas hay un cabrahígo▼.

Adelante pasaran con el coloquio dueñesco, si no oyeran que el pífaro y los tambores volvían a sonar, por donde entendieron que la dueña Dolorida entraba. Preguntó la duquesa al duque si sería bien ir a recebirla, pues era condesa y persona principal.

—Por lo que tiene de condesa —respondió Sancho, antes que el duque respondiese—, bien estoy en que vuestras grandezas salgan a recebirla; pero por lo de dueña, soy de parecer que no se muevan un paso.

—¿Quién te mete a ti en esto, Sancho? —dijo don Quijote.

—¿Quién, señor? —respondió Sancho—. Yo me meto, que puedo meterme, como escudero que ha aprendido los términos de la cortesía en la escuela de vuesa merced, que es el más cortés y bien criado caballero que hay en toda la cortesanía; y

[6] Basurero.

[7] Defenderse.

[8] Desde que.

[9] Vahídos.

▼ «No se me da... un higo», es decir, nada (*crabahígo:* higuera silvestre).

en estas cosas, según he oído decir a vuesa merced, tanto se pierde por carta de más como por carta de menos; y al buen entendedor, pocas palabras.

—Así es, como Sancho dice —dijo el duque—; veremos el talle de la condesa, y por él tantearemos la cortesía que se le debe.

En esto, entraron los tambores y el pífaro, como la vez primera.

Y aquí, con este breve capítulo dio fin el autor, y comenzó el otro, siguiendo la mesma aventura, que es una de las más notables de la historia.

## Capítulo XXXVIII

### Donde se cuenta la [1] que dio de su mala andanza la dueña Dolorida

Detrás de los tristes músicos comenzaron a entrar por el jardín adelante hasta cantidad de doce dueñas, repartidas en dos hileras, todas vestidas de unos monjiles [2] anchos, al parecer, de anascote [3] batanado [4], con unas tocas blancas de delgado canequí [5], tan luengas, que sólo el ribete del monjil descubrían. Tras ellas venía la condesa Trifaldi, a quien traía de la mano el escudero Trifaldín de la Blanca Barba, vestida de finísima y negra bayeta por frisar, que a venir frisada, descubriera cada grano del grandor de un garbanzo de los buenos de Martos ▼. La cola, o falda, o como llamarla quisieren, era de tres puntas, las cuales se sustentaban en las manos de tres pajes, asimesmo vestidos de luto, haciendo una vistosa y matemática figura con aquellos tres ángulos acutos [6] que las tres puntas formaban, por lo cual cayeron todos los que la falda puntiaguda miraron que por ella se debía llamar *la condesa Trifaldi,* como si di-

[1] La cuenta (zeugma).

[2] Hábitos de monja.

[3] Tela delgada de lana.

[4] Abatanado, pasado por un batán.

[5] Lienzo delgado de algodón.

[6] Agudos.

▼ Nótese la ridiculización burlesca del tosco traje de la Trifaldi: se le llama *finísima* a una *bayeta* que está sin *frisar* (levantar y retorcer los pelos del paño), que si estuviera *frisada,* descubriera cada grano tan grande como un garbanzo grueso. (Martos es un pueblo de Jaén.)

jésemos *la condesa de las Tres Faldas;* y así dice Benengeli que fue verdad, y que de su propio apellido se llama *la condesa Lobuna,* a causa que se criaban en su condado muchos lobos, y que si como eran lobos fueran zorras, la llamaran *la condesa Zorruna,* por ser costumbre en aquellas partes tomar los señores la denominación de sus nombres de la cosa o cosas en que más sus estados abundan; empero esta condesa, por favorecer la novedad de su falda, dejó el *Lobuna* y tomó el *Trifaldi*▼.

Venían las doce dueñas y la señora a paso de procesión, cubiertos los rostros con unos velos negros y no trasparentes como el de Trifaldín, sino tan apretados [7], que ninguna cosa se traslucían.

Así como acabó de parecer el dueñesco escuadrón, el duque, la duquesa y don Quijote se pusieron en pie, y todos aquellos que la espaciosa [8] procesión miraban. Pararon las doce dueñas, y hicieron calle, por medio de la cual la Dolorida se adelantó, sin dejarla de la mano Trifaldín; viendo lo cual el duque, la duquesa y don Quijote, se adelantaron obra de [9] doce pasos a recebirla. Ella, puesta las rodillas en el suelo, con voz antes basta y ronca que sutil y delicada, dijo:

—Vuestras grandezas sean servidas de no hacer tanta cortesía a este su criado, digo, a esta su criada, porque según soy de dolorida, no acertaré a responder a lo que debo, a causa que mi extraña y jamás vista desdicha me ha llevado el entendimiento no sé adónde, y debe de ser muy lejos, pues cuanto más le busco, menos le hallo.

[7] Espesos.

[8] Lenta.

[9] Aproximadamente.

▼ *Lobuna,* otro nombre más que añadir a la polionomasia de la Trifaldi. Rodríguez Marín interpretó que con la descripción de la falda y sus tres puntas Cervantes apuntaba a la familia Girón, en cuyo escudo heráldico había tres jirones y que poseía la casa ducal de Osuna, nombre al que parecen remitir los de *Lobuna* y *Zorruna.*

—Sin él[10] estaría —respondió el duque—, señora condesa, el que no descubriese por vuestra persona vuestro valor, el cual, sin más ver, es merecedor de toda la nata de la cortesía y de toda la flor de las bien criadas ceremonias.

Y levantándola de la mano, la llevó a asentar en una silla junto a la duquesa, la cual la recibió asimismo con mucho comedimiento.

Don Quijote callaba, y Sancho andaba muerto por ver el rostro de la Trifaldi y de alguna de sus muchas dueñas; pero no fue posible, hasta que ellas de su grado y voluntad se descubrieron.

Sosegados todos y puestos en silencio, estaban esperando quién le[11] había de romper, y fue la dueña Dolorida, con estas palabras:

—Confiada estoy, señor poderosísimo, hermosísima señora y discretísimos circunstantes, que ha de hallar mi cuitísima[12] en vuestros valerosísimos pechos acogimiento, no menos plácido que generoso y doloroso; porque ella es tal, que es bastante a enternecer los mármoles, y a ablandar los diamantes, y a molificar[13] los aceros de los más endurecidos corazones del mundo; pero antes que salga a la plaza de vuestros oídos, por no decir orejas▼, quisiera que me hicieran sabidora si está en este gremio, corro y compañía, el acendradísimo caballero don Quijote de la Manchísima, y su escuderísimo Panza.

—El Panza —antes que otro respondiese, dijo Sancho— aquí está, y el don Quijotísimo asimismo; y así podréis, dolorosísima dueñísima, decir lo que quisieridísimis; que todos estamos prontos

[10] El entendimiento (zeugma).

[11] El silencio (zeugma).

[12] Grandísima aflicción.

[13] Ablandar.

▼ Quizás por cierto decoro expresivo, la Dolorida dice *oídos,* evitando la palabra *orejas,* que muchos encontraban poco respetuosa porque evocaba las orejas del asno (Rosenblat). También puede entenderse como una burla de semejantes convencionalismos.

y aparejadísimos a ser vuestros servidorísimos▼.

En esto se levantó don Quijote, y encaminando sus razones a la Dolorida dueña, dijo:

—Si vuestras cuitas, angustiada señora, se pueden prometer alguna esperanza de remedio por algún valor o fuerzas de algún andante caballero, aquí están las mías, que, aunque flacas y breves, todas se emplearán en vuestro servicio. Yo soy don Quijote de la Mancha, cuyo asumpto[14] es acudir a toda suerte de menesterosos, y siendo esto así, como lo es, no habéis menester, señora, captar benevolencias ni buscar preámbulos, sino a la llana y sin rodeos, decir vuestros males; que oídos os escuchan que sabrán, si no remediarlos, dolerse dellos.

Oyendo lo cual, la Dolorida dueña hizo señal de querer arrojarse a los pies de don Quijote, y aun se arrojó, y pugnando por abrazárselos, decía:

—Ante estos pies y piernas me arrojo, ¡oh caballero invicto!, por ser los que son basas[15] y columnas de la andante caballería; estos pies quiero besar, de cuyos pasos pende y cuelga todo el remedio de mi desgracia, ¡oh valeroso andante, cuyas verdaderas fazañas dejan atrás y escurecen las fabulosas de los Amadises, Esplandianes y Belianises!

Y dejando a don Quijote, se volvió a Sancho Panza y asiéndole de las manos, le dijo:

—¡Oh tú, el más leal escudero que jamás sirvió a caballero andante en los presentes ni en los pasados siglos, más luengo en bondad que la barba

[14] Asunto, profesión.

[15] Asientos de columnas.

▼ Si ya en la intervención de la condesa la acumulación de superlativos e incluso su aplicación a los sustantivos *(cuitísima, Manchísima, escuderísimo)* intensifica la comicidad, la ridiculización paródica llega al punto máximo en la réplica de Sancho, quien lleva el procedimiento hasta el extremo, acumulando superlativos en sustantivos *(Quijotísimo, dueñísima, servidorísimos)* e incluso en una forma verbal *(quisieridísimis)*.

de Trifaldín, mi acompañador, que está presente! Bien puedes preciarte que en servir al gran don Quijote sirves en cifra a toda la caterva de caballeros que han tratado las armas en el mundo. Conjúrote, por lo que debes a tu bondad fidelísima, me seas buen intercesor con tu dueño, para que luego [16] favorezca a esta humilísima [17] y desdichadísima condesa.

A lo que respondió Sancho:

—De que sea mi bondad, señoría mía, tan larga y grande como la barba de vuestro escudero, a mí me hace muy poco al caso; barbada y con bigotes tenga yo mi alma cuando desta vida vaya, que es lo que importa ▼; que de las barbas de acá poco o nada me curo [18]; pero sin esas socaliñas [19] ni plegarias, yo rogaré a mi amo, que sé que me quiere bien, y más agora que me ha menester para cierto negocio, que favorezca y ayude a vuesa merced en todo lo que pudiere. Vuesa merced desembaúle su cuita, y cuéntenosla, y deje hacer; que todos nos entenderemos.

Reventaban de risa con estas cosas los duques, como aquellos que habían tomado el pulso a la tal aventura, y alababan entre sí la agudeza y disimulación de la Trifaldi, la cual, volviéndose a sentar, dijo:

—Del famoso reino de Candaya, que cae entre la gran Trapobana y el mar del Sur, dos leguas más allá del cabo Comorín ▼▼, fue señora la reina

[16] En seguida.

[17] Humildísima (latinismo).

[18] Preocupo.

[19] Artificios.

▼ Expresión proverbial que procede de un cuentecillo popular de la época: «un barbilampiño a quien daban vaya sobre ello, diciéndole que un hombre como él había ya de tener un bigotazo que le diera vuelta por las orejas [...] respondió muy a lo devoto: *Bigotes tengamos en el alma, que estotros no nos importan*» (Clemencín).

▼▼ «El disparate geográfico remeda los de los libros caballerescos» (Murillo). *Candaya* (véase la segunda nota al pie de la pág. 446, en II, 36); *el cabo Comorín* es el extremo sur del Indostán; y al Este queda la isla de Ceilán (antigua Trapobana y actual Sri Lanka).

doña Maguncia, viuda del rey Archipiela, su señor y marido, de cuyo matrimonio tuvieron y procrearon a la infanta Antonomasia, heredera del reino, la cual dicha infanta Antonomasia se crió y creció debajo de mi tutela y doctrina, por ser yo la más antigua y la más principal dueña de su madre. Sucedió, pues, que yendo días y viniendo días [20], la niña Antonomasia llegó a edad de catorce años, con tan gran perfección de hermosura, que no la pudo subir más de punto la naturaleza. ¡Pues digamos agora que la discreción era mocosa [21]! Así era discreta como bella, y era la más bella del mundo, y lo es si ya los hados invidiosos y las parcas▼ endurecidas no la han cortado la estambre de la vida. Pero no habrán, que no han de permitir los cielos que se haga tanto mal a la tierra como sería llevarse en agraz [22] el racimo del más hermoso veduño [23] del suelo. De esta hermosura, y no como se debe encarecida de mi torpe lengua, se enamoró un número infinito de príncipes, así naturales como extranjeros, entre los cuales osó levantar los pensamientos al cielo de tanta belleza un caballero particular que en la corte estaba, confiado en su mocedad y en su bizarría, y en sus muchas habilidades y gracias, y facilidad y felicidad de ingenio; porque hago saber a vuestras grandezas, si no lo tienen por enojo, que tocaba una guitarra que la hacía hablar; y más que era poeta, y gran bailarín, y sabía hacer una jaula de pájaros, que solamente a hacerlas pudiera ganar la vida cuando se viera en extrema necesidad; que todas estas partes [24] y gracias son bastantes a derribar una montaña, no que una delicada doncella. Pero

[20] Andando el tiempo.

[21] Pueril.

[22] Antes de tiempo.

[23] Viduño, vid.

[24] Cualidades.

▼ Las tres deidades mitológicas que presidían la vida de los hombres y su muerte: una hilaba, otra devanaba y otra cortaba el hilo de la vida.

toda su gentileza y buen donaire y todas sus gracias y habilidades fueran poca o ninguna parte para rendir la fortaleza de mi niña, si el ladrón desuellacaras [25] no usara del remedio de rendirme a mí primero. Primero quiso el malandrín y desalmado vagamundo granjearme la voluntad y cohecharme [26] el gusto, para que yo, mal alcaide, le entregase las llaves de la fortaleza que guardaba. En resolución, él me aduló el entendimiento y me rindió la voluntad con no sé qué dijes y brincos [27] que me dio; pero lo que más me hizo postrar y dar conmigo por el suelo fueron unas coplas que le oí cantar una noche desde una reja que caía a una callejuela donde él estaba, que si mal no me acuerdo decían:

[25] Desvergonzado.

[26] Sobornarme.

[27] Joyas pequeñas.

De la dulce mi enemiga
nace un mal que al alma hiere,
y por más tormento, quiere
que se sienta y no se diga ▼.

Parecióme la trova [28] de perlas, y su voz, de almíbar, y después acá, digo, desde entonces, viendo el mal en que caí por estos y otros semejantes versos, he considerado que de las buenas y concertadas repúblicas se habían de desterrar los poetas, como aconsejaba Platón ▼▼, a lo menos, los lascivos, porque escriben unas coplas, no como las del marqués de Mantua, que entretienen y hacen llorar los niños y a las mujeres, sino unas agudezas,

[28] Composición poética.

▼ Esta redondilla es traducción de unos versos del poeta italiano Serafino Aquilano (véase nota al pie de la pág. 181 en I, 13). Nótense también los casos de sinonimia glosada: *me hizo postrar y dar conmigo en el suelo* y, más adelante, *después acá, digo, desde entonces.*

▼▼ Filósofo griego (428-347 a. de C.), discípulo de Sócrates y maestro de Aristóteles.

que a modo de blandas espinas os atraviesan el alma, y como rayos os hieren en ella, dejando sano el vestido. Y otra vez cantó:

Ven, muerte, tan escondida,
que no te sienta venir,
porque el placer del morir
no me torne a dar la vida.

Y deste jaez otras coplitas y estrambotes ▼, que cantados encantan y escritos suspenden. Pues ¿qué cuando se humillan a componer un género de verso que en Candaya se usaba entonces, a quien [29] ellos llamaban seguidillas ▼▼? Allí era el brincar de las almas, el retozar de la risa, el desasosiego de los cuerpos y, finalmente, el azogue de todos los sentidos. Y así, digo, señores míos, que los tales trovadores con justo título los debían desterrar a las islas de los Lagartos ▼▼▼. Pero no tienen ellos la culpa, sino los simples que los alaban y las bobas que los creen. Y si yo fuera la buena dueña que debía, no me habían de mover sus trasnochados conceptos, ni había de creer ser verdad aquel decir: «Vivo muriendo, ardo en el hielo, tiemblo en el fuego, espero sin esperanza, pártome y quédome», con otros imposibles desta ralea, de que están sus escritos llenos ▼▼▼▼. Pues ¿qué

[29] Al cual.

▼ Con el significado antiguo de «estrofas de poesía burlesca». Los cuatro versos citados proceden, con algunas variantes, de una famosa copla del Comendador Escrivá, poeta valenciano del siglo XV.

▼▼ Véase nota al pie de la pág. 299 en II, 24.

▼▼▼ Denominación que se aplicaba a cualquier tierra deshabitada.

▼▼▼▼ Con estos juegos de antítesis, que llegaron a convertirse en lugares comunes en la poesía amorosa de influencia petrarquista (a partir del siglo XV), Cervantes «se burla del mismo recurso que él emplea con tanta insistencia» (Rosenblat).

cuando prometen el fénix [30] de Arabia, la corona de Aridiana▼, los caballos del Sol, del Sur [31] las perlas, de Tíbar [32] el oro y de Pancaya el bálsamo? Aquí es donde ellos alargan más la pluma, como les cuesta poco prometer lo que jamás piensan ni pueden cumplir. Pero ¿dónde me divierto [33]? ¡Ay de mí, desdichada! ¿Qué locura o qué desatino me lleva a contar las ajenas faltas, teniendo tanto que decir de las mías? ¡Ay de mí, otra vez, sin ventura!, que no me rindieron los versos, sino mi simplicidad; no me ablandaron las músicas, sino mi liviandad; mi mucha ignorancia y mi poco advertimiento abrieron el camino y desembarazaron la senda a los pasos de don Clavijo, que éste es el nombre del referido caballero; y así, siendo yo la medianera, él se halló una y muy muchas veces en la estancia de la por mí, y no por él, engañada Antonomasia, debajo del título [34] de verdadero esposo; que, aunque pecadora, no consintiera que sin ser su marido la llegara a la vira [35] de la suela de sus zapatillas. ¡No, no, eso no: el matrimonio ha de ir adelante en cualquier negocio destos que por mí se tratare! Solamente hubo un daño en este negocio, que fue el de la desigualdad, por ser don Clavijo un caballero particular, y la infanta Antonomasia heredera, como ya he dicho, del reino. Algunos días estuvo encubierta y solapada en la sagacidad de mi recato esta maraña, hasta que me pareció que la iba descubriendo a más andar no sé que hinchazón del vientre de Antonomasia, cuyo temor nos hizo entrar en bureo [36] a los tres, y salió dél que antes que se saliese a luz el mal recado, don Clavijo pidiese ante el vicario por su mu-

[30] Lo más exquisito y único (sentido figurado).

[31] Del mar del Sur.

[32] Río que los árabes llaman Etar (oro en polvo).

[33] Extravío.

[34] Con el pretexto.

[35] Badana o tira de cuero.

[36] En deliberación secreta.

▼ La corona de Ariadna, nombre de la constelación en que fue convertida Ariadna al ser abandonada por Teseo. (Véase la segunda nota al pie de la pág. 747 en I, 48.)

jer a Antonomasia, en fe de una cédula que de ser su esposa la infanta le había hecho, notada [37] por mi ingenio, con tanta fuerza, que las de Sansón▼ no pudieran romperla. Hiciéronse las diligencias, vio el vicario la cédula, tomó el tal vicario la confesión a la señora, confesó de plano, mandóla depositar en casa de un alguacil de corte muy honrado...

A esta sazón dijo Sancho:

—También en Candaya hay alguaciles de corte, poetas y seguidillas, por lo que puedo jurar que imagino que todo el mundo es uno. Pero dése vuesa merced priesa, señora Trifaldi, que es tarde, y ya me muero por saber el fin desta tan larga historia.

—Sí haré —respondió la condesa.

[37] Dictada.

▼ Héroe bíblico israelita, de fuerza proverbial: liberó de los filisteos a su pueblo, pereciendo al derribar el templo. Nótese el juego entre la repetición *(salió dél que antes que se saliese a la luz...)* y el zeugma *(con tanta fuerza, que las* [fuerzas] *de Sansón...),* todo ello en un contexto de burla (pedir al vicario eclesiástico la mano de la infanta de Candaya).

## Capítulo XXXIX

## Donde Trifaldi prosigue su estupenda y memorable historia

De cualquiera palabra que Sancho decía, la duquesa gustaba tanto como se desesperaba don Quijote, y, mandándole que callase, la Dolorida prosiguió diciendo:

—En fin, al cabo de muchas demandas y respuestas, como la infanta se estaba siempre en sus trece [1], sin salir ni variar de la primera declaración, el vicario sentenció en favor de don Clavijo, y se la entregó por su legítima esposa, de lo que recibió tanto enojo la reina doña Maguncia, madre de la infanta Antonomasia, que dentro de tres días la enterramos.

—Debió de morir, sin duda —dijo Sancho.

—¡Claro está! —respondió Trifaldín—; que en Candaya no se entierran las personas vivas, sino las muertas.

—Ya se ha visto, señor escudero —replicó Sancho—, enterrar un desmayado creyendo ser muerto, y parecíame a mí que estaba la reina Maguncia obligada a desmayarse antes que a morirse; que con la vida muchas cosas se remedian, y no fue tan grande el disparate de la infanta, que obligase a sentirle tanto. Cuando se hubiera casado esa señora con algún paje suyo, o con otro criado de su casa, como han hecho otras muchas, según he oído decir, fuera el daño sin remedio; pero el

[1] Persistía con pertinacia y terquedad.

haberse casado con un caballero tan gentilhombre y tan entendido como aquí nos le han pintado, en verdad en verdad [2] que, aunque fue necedad, no fue tan grande como se piensa; porque según las reglas de mi señor, que está presente y no me dejará mentir, así como se hacen de los hombres letrados los obispos, se pueden hacer de los caballeros, y más si son andantes, los reyes y los emperadores.

—Razón tienes, Sancho —dijo don Quijote—, porque un caballero andante, como tenga dos dedos de ventura, está en potencia propincua [3] de ser el mayor señor del mundo. Pero pase adelante la señora Dolorida, que a mí se me trasluce que le falta por contar lo amargo desta hasta aquí dulce historia.

—Y ¡cómo si queda lo amargo! —respondió la condesa—. Y tan amargo, que en su comparación son dulces las tueras [4] y sabrosas las adelfas. Muerta, pues la reina, y no desmayada, la enterramos, y apenas la cubrimos con la tierra y apenas le dimos el último *vale* [5], cuando

*quis talia fondo temperet a lacrymis*▼,

puesto sobre un caballo de madera, pareció encima de la sepultura de la reina el gigante Malambruno, primo cormano [6] de Maguncia, que junto con ser cruel era encantador, el cual con sus artes, en venganza de la muerte de su cormana, y por castigo del atrevimiento de don Clavijo, y por despecho de la demasía de Antonomasia, los dejó

[2] Reduplicación intensificadora.

[3] En posibilidad inmediata.

[4] Calabacillas amargas.

[5] Adiós (en latín).

[6] Primo hermano (arcaísmo).

▼ «¿Quién, oyendo esto, contendrá las lágrimas?», verso de la *Eneida*. La cita «es un elemento más de la divertida tramoya que arma el mayordomo de los duques para divertir a todos a costa de don Quijote» (Rosenblat).

encantados sobre la mesma sepultura, a ella, convertida en una jimia[7] de bronce, y a él, en un espantoso cocodrilo de un metal no conocido, y entre los dos está un padrón▼, asimismo de metal, y en él escritas en lengua siríaca unas letras, que habiéndose declarado en la candayesca, y ahora en la castellana, encierran esta sentencia: *No cobrarán su primera forma estos dos atrevidos amantes hasta que el valeroso manchego venga conmigo a las manos en singular batalla; que para solo su gran valor guardan los hados esta nunca vista aventura.* Hecho esto, sacó de la vaina un ancho y desmesurado alfanje, y asiéndome a mí por los cabellos, hizo finta[8] de querer segarme la gola[9] y cortarme cercen[10] la cabeza. Turbéme, pegóseme la voz a la garganta, quedé mohína en todo extremo; pero, con todo, me esforcé lo más que pude, y, con voz tembladora y doliente, le dije tantas y tales cosas, que le hicieron suspender la ejecución de tan riguroso castigo. Finalmente, hizo traer ante sí todas las dueñas de palacio, que fueron estas que están presentes, y después de haber exagerado nuestra culpa y vituperado las condiciones de las dueñas, sus malas mañas y peores trazas, y cargando a todas la culpa que yo sola tenía, dijo que no quería con pena capital castigarnos, sino con otras penas dilatadas, que nos diesen una muerte civil[11] y continua; y en aquel mismo momento y punto que acabó de decir esto, sentimos todas que se nos abrían los poros de la cara, y que por toda ella nos punzaban como con puntas de agujas. Acudimos luego con las manos a los rostros, y hallámonos de la manera que ahora veréis.

Y luego la Dolorida y las demás dueñas alzaron

[7] Simia, mona.

[8] Ademán.

[9] Garganta (italianismo).

[10] Cercén, en redondo.

[11] Cruel, miserable.

▼ «Hay un padrón», inscripción puesta al pie de una columna o un monumento.

los antifaces con que cubiertas venían, y descubrieron los rostros, todos poblados de barbas, cuáles rubias, cuáles negras, cuáles blancas y cuáles albarrazadas [12], de cuya vista mostraron quedar admirados el duque y la duquesa, pasmados don Quijote y Sancho, y atónitos todos los presentes.

Y la Trifaldi prosiguió:

—Desta manera nos castigó aquel follón y malintencionado de Malambruno, cubriendo la blandura y morbidez [13] de nuestros rostros con la aspereza destas cerdas; que plugiera al cielo que antes con su desmesurado alfanje nos hubiera derribado las testas [14], que no que nos asombrara la luz de nuestras caras con esta borra▼ que nos cubre, porque si entramos en cuentas, señores míos (y esto que voy a decir agora lo quisiera decir hechos mis ojos fuentes, pero la consideración de nuestra desgracia, y los mares que hasta aquí han llovido, los tienen sin humor y secos como aristas, y así, lo diré sin lágrimas), digo, pues, que ¿adónde podrá ir una dueña con barbas? ¿Qué padre o qué madre se dolerá della? ¿Quién la dará ayuda? Pues aun cuando tiene la tez lisa y el rostro martirizado con mil suertes de menjurjes y mudas [15] apenas halla quien bien la quiera, ¿qué hará cuando descubra hecho un bosque su rostro? ¡Oh dueñas y compañeras mías, en desdichado punto nacimos, en hora menguada nuestros padres nos engendraron!

Y diciendo esto, dio muestras de desmayarse.

[12] Abigarradas, de color negro y rojo.

[13] Suavidad.

[14] Cabezas (italianismo).

[15] Mejunjes y pinturas para la cara.

▼ «Que nos ensombreciera [oscureciera] la luz de nuestras caras con esta borra» (pelo corto del animal; pelo que el tundidor [artesano que corta e iguala el pelo de los paños] saca del paño con las tijeras).

## CAPÍTULO XL

### **De cosas que atañen y tocan a esta aventura y a esta memorable historia**

Real y verdaderamente, todos los que gustan de semejantes historias como ésta deben de mostrarse agradecidos a Cide Hamete, su autor primero, por la curiosidad que tuvo en contarnos las semínimas ▼ della, sin dejar cosa, por menuda que fuese, que no la sacase a luz distintamente. Pinta los pensamientos, descubre las imaginaciones, responde a las tácitas [1], aclara las dudas, resuelve los argumentos; finalmente, los átomos del más curioso deseo manifiesta. ¡Oh autor celebérrimo! ¡Oh don Quijote dichoso! ¡Oh Dulcinea famosa! ¡Oh Sancho Panza gracioso! Todos juntos y cada uno de por sí viváis siglos infinitos, para gusto y general pasatiempo de los vivientes.

Dice, pues, la historia que así como Sancho vio desmayada a la Dolorida, dijo:

—Por la fe de hombre de bien juro, y por el siglo [2] de todos mis pasados los Panzas, que jamás he oído ni visto, ni mi amo me ha contado, ni en su pensamiento ha cabido, semejante aventura como ésta. Válgate mil satanases, por no malde-

[1] A las preguntas calladas (elipsis).

[2] Por el eterno descanso.

▼ En el sentido figurado de insignificancias o menudencias (*semínima:* nota musical que vale la mitad de una mínima).

cirte, por encantador y gigante, Malambruno, y ¿no hallaste otro género de castigo que dar a estas pecadoras sino el de barbarlas? ¿Cómo y no fuera mejor, y a ellas les estuviera más a cuento, quitarles la mitad de las narices de medio arriba, aunque hablaran gangoso, que no ponerles barbas? Apostaré yo que no tienen hacienda para pagar a quien las rape.

—Así es la verdad, señor —respondió una de las doce—; que no tenemos hacienda para mondarnos; y así, hemos tomado algunas de nosotras por remedio ahorrativo de usar de unos pegotes o parches pegajosos, y aplicándolos a los rostros, y tirando de golpe, quedamos rasas y lisas como fondo de mortero de piedra; que puesto que [3] hay en Candaya mujeres que andan de casa en casa a quitar el vello y a pulir las cejas, y hacer otros menjurjes [4] tocantes a mujeres, nosotras las dueñas de mi señora por jamás quisimos admitirlas, porque las más oliscan a terceras ▼, habiendo dejado de ser primas; y si por el señor don Quijote no somos remediadas, con barbas nos llevarán a la sepultura.

—Yo me pelaría las mías —dijo don Quijote— en tierra de moros ▼▼, si no remediase las vuestras.

A este punto volvió de su desmayo la Trifaldi, y dijo:

—El retintín [5] desa promesa, valeroso caballero, en medio de mi desmayo llegó a mis oídos, y ha

[3] Aunque.

[4] Mejunjes.

[5] Sonido.

▼ «Huelen a alcahuetas.» Nótese el juego de palabras *terceras-primas:* «Habiendo dejado de ser la persona primera *(prima)* en unos amores, han pasado a ser la *tercera*» (Riquer).

▼▼ El énfasis de la expresión de don Quijote venía dado en que «muchos moros se dejan crecer las barbas, y dan por razón que rapar la barba es de ganapanes y bellacos» (Haedo, citado por Clemencín).

sido parte para que yo dél vuelva y cobre todos mis sentidos; y así, de nuevo os suplico, andante ínclito y señor indomable, vuestra graciosa promesa se convierta en obra.

—Por mí no quedará —respondió don Quijote—: ved, señora, qué es lo que tengo de hacer; que el ánimo está muy pronto para serviros.

—Es el caso —respondió la Dolorida— que desde aquí al reino de Candaya, si se va por tierra, hay cinco mil leguas, dos más a menos [6]; pero si se va por el aire y por la línea recta, hay tres mil y docientas y veinte y siete. Es también de saber que Malambruno me dijo que cuando la suerte me deparase al caballero nuestro libertador, que él le enviaría una cabalgadura harto mejor y con menos malicias que las que son de retorno [7], porque ha de ser aquel mesmo caballo de madera sobre quien [8] llevó el valeroso Pierres robada a la linda Magalona, el cual caballo se rige por una clavija que tiene en la frente, que le sirve de freno, y vuela por el aire con tanta ligereza, que parece que los mesmos diablos le llevan. Este tal caballo, según es tradición antigua, fue compuesto por aquel sabio Merlín; prestósele a Pierres, que era su amigo, con el cual hizo grandes viajes, y robó, como se ha dicho, a la linda Magalona, llevándola a las ancas por el aire, dejando embobados a cuantos desde la tierra lo miraban; y no le prestaba sino a quien él quería o mejor se lo pagaba; y desde el gran Pierres hasta ahora no sabemos que haya subido alguno en él ▾. De allí le ha sacado Malambruno con sus artes, y le tiene en su poder, y se

[6] Más o menos.

[7] De alquiler.

[8] El cual.

▾ Se alude aquí a la novela de origen provenzal *Pierres y Magalona,* escrita a finales del siglo XII y traducida al castellano en 1519.

sirve dél en sus viajes, que los hace por momentos, por diversas partes del mundo, y hoy está aquí, y mañana en Francia, y otro día en Potosí; y es lo bueno que el tal caballo ni come, ni duerme, ni gasta herraduras, y lleva un portante[9] por los aires, sin tener alas, que el que lleva encima puede llevar una taza llena de agua en la mano sin que se le derrame gota, según camina llano y reposado; por lo cual la linda Magalona se holgaba mucho de andar caballera[10] en él.

A esto dijo Sancho:

—Para andar reposado y llano, mi rucio, puesto que no anda por los aires; pero por la tierra, yo le cutiré[11] con cuantos portantes hay en el mundo.

Riéronse todos, y la Dolorida prosiguió:

—Y este tal caballo, si es que Malambruno quiere dar fin a nuestra desgracia, antes que sea media hora entrada la noche estará en nuestra presencia; porque él me significó que la señal que me daría por donde yo entendiese que había hallado el caballero que buscaba, sería enviarme el caballo donde fuese, con comodidad y presteza.

—Y ¿cuántos caben en ese caballo? —preguntó Sancho.

La Dolorida respondió:

—Dos personas: la una en la silla y la otra en las ancas; y por la mayor parte, estas tales dos personas son caballero y escudero, cuando falta alguna robada doncella.

—Querría yo saber, señora Dolorida —dijo Sancho—, qué nombre tiene ese caballo.

—El nombre —respondió la Dolorida— no es como el caballo de Belorofonte, que se llamaba Pegaso, ni como el del Magno Alejandro, llamado Bucéfalo, ni como el del furioso Orlando, cuyo nombre fue Brilladoro, ni menos Bayarte, que fue el de Reinaldos de Montalbán, ni Frontino, como

[9] Paso rápido.

[10] A caballo.

[11] Pondré en competencia.

el de Rugero, ni Bootes ni Peritoa, como dicen que se llaman los del Sol, ni tampoco se llama Orelia, como el caballo en que el desdichado Rodrigo, último rey de los godos, entró en la batalla donde perdió la vida y el reino▼.

—Yo apostaré —dijo Sancho— que pues no le han dado ninguno desos famosos nombres de caballos tan conocidos, que tampoco le habrán dado el de mi amo, Rocinante, que en ser propio[12] excede a todos los que se han nombrado.

—Así es —respondió la barbada condesa—; pero todavía le cuadra mucho, porque se llama *Clavileño el Alígero,* cuyo nombre conviene con el ser de leño, y con la clavija que trae en la frente, y con la ligereza con que camina; y así, en cuanto al nombre, bien puede competir con el famoso Rocinante.

—No me descontenta el nombre —replicó Sancho—; ¿pero con qué freno o con qué jáquima[13] se gobierna?

—Ya he dicho —respondió la Trifaldi— que con la clavija, que volviéndola a una parte o a otra, el caballero que va encima le hace caminar como quiere, o ya por los aires, o ya rastreando y casi barriendo la tierra, o por el medio, que es el que se busca y se ha de tener en todas las acciones bien ordenadas.

[12] Apropiado.

[13] Cabezada de cuerda.

▼ Belerofonte, hijo de Poseidón, quiso subir a la morada de Zeus y éste lo precipitó en la tierra. Pegaso (caballo alado de Belerofonte) y Bucéfalo (de Alejandro Magno) son caballos de la mitología y la historia clásica. Brilladoro, Bayardo y Frontino son, respectivamente, los caballos de Orlando, Reinaldos de Montalbán y Bradamante (también de Ruggiero), personajes del *Orlando furioso,* de Ariosto. Bootes y Peritoa parecen deformaciones de los nombres de dos de los cuatro caballos del Sol (Apolo), llamados Eoo y Pireis. Y Orelia es el caballo de don Rodrigo (en el Romancero nuevo), que perdió la vida y el reino en la batalla de Guadalete (711).

—Ya lo querría ver —respondió Sancho—; pero pensar que tengo de subir en él, ni en la silla ni en las ancas, es pedir peras al olmo. ¡Bueno es que apenas puedo tenerme en mi rucio, y sobre una albarda más blanda que la mesma seda, y querrían ahora que me tuviese en unas ancas de tabla, sin cojín ni almohada alguna! Pardiez, yo no me pienso moler por quitar las barbas a nadie; cada cual se rape como más le viniere a cuento; que yo no pienso acompañar a mi señor en tan largo viaje. Cuanto más que yo no debo de hacer al caso para el rapamiento destas barbas como lo soy para el desencanto de mi señora Dulcinea.

—Sí sois, amigo —respondió la Trifaldi—; y tanto, que sin vuestra presencia entiendo que no haremos nada.

—¡Aquí del rey [14]! —dijo Sancho—. ¿Qué tienen que ver los escuderos con las aventuras de sus señores? ¿Hanse de llevar ellos la fama de las que acaban, y hemos de llevar nosotros el trabajo? ¡Cuerpo de mí! Aun si dijesen los historiadores: «El tal caballero acabó la tal y tal aventura; pero con ayuda de fulano su escudero, sin el cual fuera imposible el acabarla...» Pero ¡que escriban a secas: «Don Paralipómenon de las Tres Estrellas acabó la aventura de los seis vestiglos [15]», sin nombrar la persona de su escudero, que se halló presente a todo, como si no fuera en el mundo! Ahora, señores, vuelvo a decir que mi señor se puede ir solo, y buen provecho le haga; que yo me quedaré aquí, en compañía de la duquesa mi señora, y podría ser que cuando volviese hallase mejorada la causa de la señora Dulcinea en tercio y quinto ▼; porque pienso, en los ratos ociosos y desocu-

[14] Fórmula para pedir socorro el agredido.

[15] Monstruos horrendos.

▼ Véase la segunda nota al pie de la pág. 377 en II, 31.

pados, darme una tanda de azotes, que no me la cubra pelo ▼.

—Con todo eso, le habéis de acompañar si fuere necesario, buen Sancho, porque os lo rogarán buenos [16]; que no han de quedar por vuestro inútil temor tan poblados los rostros destas señoras, que cierto sería mal caso.

—¡Aquí del rey otra vez! —replicó Sancho—. Cuando esta caridad se hiciera por algunas doncellas recogidas, o por algunas niñas de la doctrina ▼▼, pudiera el hombre aventurarse a cualquier trabajo; pero que lo sufra por quitar las barbas a dueñas, ¡mal año! Mas que [17] las viese yo a todas con barbas, desde la mayor hasta la menor, y de la más melindrosa hasta la más repulgada.

—Mal estáis con las dueñas, Sancho amigo —dijo la duquesa—; mucho os vais tras la opinión del boticario toledano. Pues a fe que no tenéis razón: que dueñas hay en mi casa que pueden ser ejemplo de dueñas; que aquí está mi doña Rodríguez, que no me dejará decir otra cosa.

—Mas que la diga Vuestra Excelencia —dijo Rodríguez—; que Dios sabe la verdad de todo, y buenas o malas, barbadas o lampiñas que seamos las dueñas, también nos parió nuestra madre como a las otras mujeres, y pues Dios nos echó en el mundo, Él sabe para qué, y a su misericordia me atengo, y no a las barbas de nadie.

—Ahora bien, señora Rodríguez —dijo don Quijote—, y señora Trifaldi y compañía, yo espero en el cielo que mirará con buenos ojos vuestras cuitas [18]; que Sancho hará lo que yo le mandare, ya

[16] Personas de valía, importantes.

[17] Por más que.

[18] Desventuras.

▼ Con esta fórmula vulgar de encarecimiento se refiere Sancho a la gravedad de una herida en cuya cicatriz no vuelva a crecer el pelo.

▼▼ Véase la segunda nota al pie de la pág. 433 en II, 35.

viniese Clavileño, y ya me viese con Malambruno; que yo sé que no habría navaja que con más facilidad rapase a vuestras mercedes como mi espada raparía de los hombros la cabeza de Malambruno; que Dios sufre a los malos, pero no para siempre.

—¡Ay! —dijo a esta sazón la Dolorida—. Con benignos ojos miren a vuestra grandeza, valeroso caballero, todas las estrellas de las regiones celestes, e infundan en vuestro ánimo toda prosperidad y valentía para ser escudo y amparo del vituperoso y abatido género dueñesco, abominado de boticarios, murmurado de escuderos y socaliñado de pajes▼: que mal haya la bellaca que en la flor de su edad no se metió primero a ser monja que a dueña. ¡Desdichadas de nosotras las dueñas; que aunque vengamos por línea recta, de varón en varón, del mismo Héctor el troyano, no dejaran de echarnos un *vos* nuestras señoras, si pensasen por ello ser reinas▼▼! ¡Oh gigante Malambruno, que, aunque eres encantador, eres certísimo en tus promesas!, envíanos ya al sin par Clavileño, para que nuestra desdicha se acabe; que si entra el calor y estas nuestras barbas duran, ¡guay[19] de nuestra aventura!

[19] ¡Ay!

Dijo esto con tanto sentimiento la Trifaldi, que sacó las lágrimas de los ojos de todos los circunstantes, y aun arrasó los de Sancho, y propuso en su corazón de acompañar a su señor hasta las últimas partes del mundo, si es que en ello consistiese quitar la lana de aquellos venerables rostros.

▼ «Engatusado con astucia por los pajes» (quienes eran pobretones y traviesos, y sacaban a las dueñas todo tipo de regalos, especialmente de comida).

▼▼ Ya se ha comentado que, por tradición histórica, en Castilla la nobleza de linaje la transmitían los varones (véase la primera nota al pie de la pág. 571 en I, 36); y que el tratamiento de *vos* se empleaba con inferiores (véase nota al pie de la pág. 189 en II, 16). Héctor es el héroe troyano que lucha —y muere— con Aquiles *(Ilíada)*.

## Capítulo XLI

### De la venida de Clavileño, con el fin desta dilatada aventura

Llegó en esto la noche, y con ella el punto determinado en que el famoso caballo Clavileño viniese, cuya tardanza fatigaba ya a don Quijote, pareciéndole que, pues Malambruno se detenía en enviarle, o que él no era el caballero para quien estaba guardada aquella aventura, o que Malambruno no osaba venir con él a singular batalla. Pero veis aquí cuando a deshora [1] entraron por el jardín cuatro salvajes, vestidos todos de verde yedra ▼, que sobre sus hombros traían un gran caballo de madera. Pusiéronle de pies en el suelo, y uno de los salvajes dijo:

—Suba sobre esta máquina el que tuviere ánimo para ello.

—Aquí —dijo Sancho— yo no subo, porque ni tengo ánimo ni soy caballero.

Y el salvaje prosiguió, diciendo:

—Y ocupe las ancas el escudero, si es que lo [2] tiene, y fíese del valeroso Malambruno, que si no fuere de su espada, de ninguna otra, ni de otra malicia, será ofendido [3]; y no hay más que torcer esta clavija que sobre el cuello trae puesta, que él los

[1] Que de improviso.

[2] El ánimo.

[3] Atacado.

▼ Véase la segunda nota al pie de la pág. 247 en II, 20.

llevará por los aires, adonde los atiende [4] Malambruno; pero porque la alteza [5] y sublimidad del camino no les cause vaguidos, se han de cubrir los ojos hasta que el caballo relinche, que será señal de haber dado fin a su viaje.

Esto dicho, dejando a Clavileño, con gentil continente se volvieron por donde habían venido. La Dolorida, así como vio al caballo, casi con lágrimas dijo a don Quijote:

—Valeroso caballero, las promesas de Malambruno han sido ciertas, el caballo está en casa, nuestras barbas crecen, y cada una de nosotras y con cada pelo dellas te suplicamos nos rapes y tundas ▼, pues no está en más sino en que subas en él con tu escudero y des felice principio a vuestro nuevo viaje.

—Eso haré yo, señora condesa Trifaldi, de muy buen grado y de mejor talante, sin ponerme a tomar cojín [6], ni calzarme espuelas, por no detenerme; tanta es la gana que tengo de veros a vos, señora, y a todas estas dueñas rasas y mondas.

—Eso no haré yo —dijo Sancho—, ni de malo ni de buen talante ▼▼, en ninguna manera; y si es que este rapamiento no se puede hacer sin que yo suba a las ancas, bien puede buscar mi señor otro escudero que le acompañe, y estas señoras otro modo de alisarse los rostros; que yo no soy brujo para gustar de andar por los aires. Y ¿qué dirán mis insulanos [7] cuando sepan que su gobernador se anda paseando por los vientos? Y otra cosa más: que habiendo tres mil y tantas leguas de aquí a

[4] Espera.

[5] Altura.

[6] Maleta de mano.

[7] Isleños.

▼ Nótese el paso del tratamiento de *vuestra merced, vos* al de *tú* (*tundir:* cortar o igualar el pelo de los paños; en este caso, las barbas de las dueñas).

▼▼ He aquí un ejemplo de repetición, empleada como recurso para dar mayor animación, vivacidad y énfasis al diálogo.

Candaya, si el caballo se cansa o el gigante se enoja, tardaremos en dar la vuelta media docena de años, y ya no habrá ínsula, ni ínsulos ▼ en el mundo que me conozcan; y pues se dice comúnmente que en la tardanza va el peligro, y que cuando te dieren la vaquilla acudas con la soguilla, perdónenme las barbas destas señoras, que bien se está San Pedro en Roma; quiero decir que bien me estoy en esta casa, donde tanta merced se me hace y de cuyo dueño tan gran bien espero como es verme gobernador.

A lo que el duque dijo:

—Sancho amigo, la ínsula que yo os he prometido no es movible ni fugitiva: raíces tiene tan hondas, echadas en los abismos de la tierra, que no la arrancarán ni mudarán de donde está a tres tirones; y pues vos sabéis que sé yo que no hay ninguno género de oficio destos de mayor cantía[8] que no se granjee con alguna suerte de cohecho[9], cuál más, cuál menos, el que yo quiero llevar por este gobierno es que vais[10] con vuestro señor don Quijote a dar cima y cabo a esta memorable aventura; que ahora volváis sobre Clavileño con la brevedad que su ligereza promete, ora la contraria fortuna os traiga y vuelva a pie, hecho romero, de mesón en mesón y de venta en venta, siempre que volviéredes hallaréis vuestra ínsula donde la dejáis, y a vuestros insulanos con el mesmo deseo de recebiros por su gobernador que siempre han tenido, y mi voluntad será la mesma, y no pongáis duda en esta verdad, señor Sancho; que sería hacer notorio agravio al deseo que de serviros tengo.

—No más, señor —dijo Sancho—; yo soy un pobre escudero y no puedo llevar a cuestas tantas

[8] Cuantía.

[9] Soborno.

[10] Vayáis.

▼ Véase nota al pie de la pág. 370 en II, 30.

cortesías; suba mi amo, tápenme estos ojos y encomiéndenme a Dios, y avísenme si cuando vamos [11] por esas altanerías [12] podré encomendarme a Nuestro Señor o invocar los ángeles que me favorezcan ▼.

A lo que respondió Trifaldi:

—Sancho, bien podéis encomendaros a Dios o a quien quisiéredes, que Malambruno, aunque es encantador, es cristiano, y hace sus encantamentos con mucha sagacidad y con mucho tiento, sin meterse con nadie.

—¡Ea, pues —dijo Sancho—, Dios me ayude y la Santísima Trinidad de Gaeta ▼▼!

—Desde la memorable aventura de los batanes —dijo don Quijote—, nunca he visto a Sancho con tanto temor como ahora, y si yo fuera tan agorero como otros, su pusilanimidad me hiciera algunas cosquillas en el ánimo. Pero llegaos aquí, Sancho; que con licencia destos señores os quiero hablar aparte dos palabras.

Y apartando a Sancho entre unos árboles del jardín y asiéndole ambas las manos le dijo:

—Ya vees, Sancho hermano, el largo viaje que nos espera, y que sabe Dios cuándo volveremos dél, ni la comodidad y espacio que nos darán los negocios; y así querría que ahora te retirases en tu aposento, como que vas a buscar alguna cosa necesaria para el camino, y en un daca las pajas [13], te dieses, a buena cuenta de los tres mil y trecientos azotes a que estás obligado, siquiera quinientos, que dados te los tendrás, que el comenzar las cosas es tenerlas medio acabadas.

[11] Vayamos.

[12] Alturas.

[13] En un momento.

▼ La advertencia de Sancho obedece a que él teme que, al invocar la ayuda de Dios o de los ángeles, el hechizo brujo se deshaga y Clavileño caiga con todos en el suelo.

▼▼ Véase nota al pie de la pág. 272 en II, 22.

—¡Par [14] Dios —dijo Sancho—, que vuestra merced debe de ser menguado [15]! Esto es como aquello que dicen: «¡En priesa me vees y doncellez me demandas▼!» ¿Ahora que tengo de ir sentado en una tabla rasa, quiere vuestra merced que me lastime las posas [16]? En verdad en verdad que no tiene vuestra merced razón. Vamos ahora a rapar estas dueñas, que a la vuelta yo le prometo a vuestra merced, como quien soy, de darme tanta priesa a salir de mi obligación, que vuestra merced se contente, y no le digo más.

Y don Quijote respondió:

—Pues con esa promesa, buen Sancho, voy consolado, y creo que la cumplirás, porque en efecto, aunque tonto, eres hombre verídico.

—No soy verde, sino moreno▼▼ —dijo Sancho—, pero aunque fuera de mezcla, cumpliera mi palabra.

Y con esto se volvieron a [17] subir en Clavileño, y al subir dijo don Quijote:

—Tapaos, Sancho, y subid, Sancho; que quien de tan lueñes [18] tierras envía por nosotros no será para engañarnos por la poca gloria que le puede redundar de engañar a quien dél se fía; y puesto que todo sucediese al revés de lo que imagino, la gloria de haber emprendido esta hazaña no la podrá escurecer malicia alguna.

—Vamos, señor —dijo Sancho—, que las barbas y lágrimas destas señoras las tengo clavadas en el corazón, y no comeré bocado que bien me sepa hasta verlas en su primera lisura. Suba vuesa mer-

[14] Por.

[15] Falto de juicio.

[16] Posaderas.

[17] Regresaron para.

[18] Lejanas.

▼ «Preñada me ves, y virginidad me pides» (refrán).

▼▼ Otro ejemplo más de encadenamiento entre habla y réplica, pero en este caso con deformación idiomática incluida: el *verídico* pronunciado por don Quijote lo recoge Sancho confundiéndolo con «verdecico» o «verdico», lo que explica que replique con lo de *verde* y *moreno*.

ced y tápese primero, que si yo tengo de ir a las ancas, claro está que primero sube el de la silla.

—Así es la verdad —replicó don Quijote.

Y sacando un pañuelo de la faldriquera [19], pidió a la Dolorida que le cubriese muy bien los ojos, y habiéndoselos cubierto, se volvió a descubrir y dijo:

—Si mal no me acuerdo, yo he leído en Virgilio aquello del Paladión de Troya, que fue un caballo de madera que los griegos presentaron a la diosa Palas, el cual iba preñado de caballeros armados, que después fueron la total ruina de Troya ▼; y así será bien ver primero lo que Clavileño trae en su estómago.

—No hay para qué —dijo la Dolorida—; que yo le fío y sé que Malambruno no tiene nada de malicioso ni de traidor; vuesa merced, señor don Quijote, suba sin pavor alguno, y a mi daño [20] si alguno le sucediere.

Parecióle a don Quijote que cualquiera cosa que replicase acerca de su seguridad sería poner en detrimento su valentía, y así, sin más altercar, subió sobre Clavileño y le tentó la clavija, que fácilmente se rodeaba, y como no tenía estribos, y le colgaban las piernas, no parecía sino figura de tapiz flamenco, pintada o tejida en algún romano triunfo. De mal talante y poco a poco llegó a subir Sancho, y acomodándose lo mejor que pudo en las ancas, las halló algo duras y no nada blandas ▼▼, y pi-

[19] Faltriquera, bolsillo.

[20] Sea para mí el daño.

▼ En el canto II de la *Eneida* Virgilio cuenta la historia del gran caballo de madera, ingeniado por Ulises, que los troyanos recibieron como regalo y en el cual se ocultaban soldados griegos. Paladión no era el nombre del caballo —aunque fue error muy común creerlo así—, sino de la estatua de Palas Atenea, diosa de la mitología que simboliza la inteligencia.

▼▼ Otro ejemplo de «sinonimia que tiene apariencia de antítesis»: «*duras* y *blandas, algo* y *no nada* son términos antitéticos para crear una sinonimia que refuerza humorísticamente el *duras*» (Rosenblat).

dió al duque que, si fuese posible, le acomodasen de algún cojín o de alguna almohada, aunque fuese del estrado [21] de su señora la duquesa, o del lecho de algún paje, porque las ancas de aquel caballo más parecían de mármol que de leño.

[21] Habitación donde las damas recibían visitas.

A esto dijo la Trifaldi que ningún jaez ni ningún género de adorno sufría sobre sí Clavileño; que lo que podía hacer era ponerse a mujeriegas, y que así no sentiría tanto la dureza. Hízolo así Sancho, y diciendo «a Dios», se dejó vendar los ojos, y ya después de vendados se volvió a descubrir, y mirando a todos los del jardín tiernamente y con lágrimas, dijo que le ayudasen en aquel trance con sendos paternostres [22] y sendas avemarías, porque Dios deparase quien por ellos los dijese cuando en semejantes trances se viesen. A lo que dijo don Quijote:

[22] Con un Padrenuestro cada uno.

—Ladrón, ¿estás puesto en la horca por ventura, o en el último término de la vida, para usar de semejantes plegarias? ¿No estás, desalmada y cobarde criatura, en el mismo lugar que ocupó la linda Magalona, del cual decendió, no a la sepultura, sino a ser reina de Francia, si no mienten las historias? Y yo, que voy a tu lado, ¿no puedo ponerme al del valeroso Pierres, que oprimió este mismo lugar que yo ahora oprimo ▼? Cúbrete, cúbrete, animal descorazonado, y no te salga a la boca el temor que tienes, a lo menos en presencia mía.

—Tápenme —respondió Sancho—; y pues no quieren que me encomiende a Dios ni que sea encomendado, ¿qué mucho que tema no ande por

▼ Véase la nota al pie de la pág. 471 en II, 40.

aquí alguna región[23] de diablos, que den con nosotros en Peralvillo▼?

Cubriéronse, y sintiendo don Quijote que estaba como había de estar, tentó la clavija, y apenas hubo puesto los dedos en ella cuando todas las dueñas y cuantos estaban presentes levantaron las voces, diciendo:

—¡Dios te guíe, valeroso caballero!

—¡Dios sea contigo, escudero intrépido!

—¡Ya, ya vais por esos aires, rompiéndolos con más velocidad que una saeta!

—¡Ya comenzáis a suspender y admirar a cuantos desde la tierra os están mirando!

—¡Tente, valeroso Sancho, que te bamboleas! ¡Mira no cayas[24]; que será peor tu caída que la del atrevido mozo que quiso regir el carro del Sol, su padre▼▼!

Oyó Sancho las voces, y apretándose con su amo y ciñiéndole[25] con los brazos, le dijo:

—Señor, ¿cómo dicen éstos que vamos tan altos, si alcanzan acá sus voces, y no parecen sino que están aquí hablando junto a nosotros?

—No repares en eso, Sancho; que como estas cosas y estas volaterías[26] van fuera de los cursos ordinarios, de mil leguas verás y oirás lo que quisieres. Y no me aprietes tanto, que me derribas; y en verdad que no sé de qué te turbas ni te espantas; que osaré jurar que en todos los días de mi vida he subido en cabalgadura de paso más llano. No parece sino que no nos movemos de un lugar. Des-

[23] Legión.

[24] Caigas.

[25] Ciñéndole.

[26] Vuelos.

▼ Lugar —próximo a Ciudad Real— donde la Santa Hermandad asaeteaba a los delincuentes.

▼▼ Don Quijote alude al mito clásico de Faetón o Faetonte (hijo del Sol), quien consiguió que su padre le dejase conducir el carro, pero no supo hacerlo y el Sol lo hizo caer en el río Po.

tierra, amigo, el miedo; que, en efecto, la cosa va como ha de ir, y el viento llevamos en popa.

—Así es la verdad —respondió Sancho—; que por este lado me da un viento tan recio, que parece que con mil fuelles me están soplando.

Y así era ello; que unos grandes fuelles le estaban haciendo aire: tan bien trazada estaba la tal aventura por el duque y la duquesa y su mayordomo, que no le faltó requisito que la dejase de hacer perfecta.

Sintiéndose, pues, soplar don Quijote, dijo:

—Sin duda alguna, Sancho, que ya debemos de llegar a la segunda región del aire, adonde se engendra el granizo, las nieves; los truenos, los relámpagos y los rayos se engendran en la tercera región, y si es que desta manera vamos subiendo, presto daremos en la región del fuego, y no sé yo cómo templar esta clavija para que no subamos donde nos abrasemos ▼.

En esto, con unas estopas ligeras [27] de encenderse y apagarse, desde lejos, pendientes de una caña, les calentaban los rostros. Sancho, que sintió el calor, dijo:

—Que me maten si no estamos ya en el lugar del fuego o bien cerca, porque una gran parte de mi barba se me ha chamuscado, y estoy, señor, por descubrirme y ver en qué parte estamos.

—No hagas tal —respondió don Quijote—, y acuérdate del verdadero cuento del licenciado Torralba, a quien llevaron los diablos en volandas por el aire, caballero [28] en una caña, cerrados los ojos, y en doce horas llegó a Roma, y se apeó en Torre de Nona [29], que es una calle de la ciudad, y

[27] Fáciles.

[28] Montado.

[29] Cárcel de Roma.

▼ Todo esto se basa en el sistema de Ptolomeo (véase nota al pie de la pág. 735 en I, 47).

vio todo el fracaso[30] y asalto y muerte de Borbón, y por la mañana ya estaba de vuelta en Madrid, donde dio cuenta de todo lo que había visto▼; el cual asimismo dijo que cuando iba por el aire le mandó el diablo que abriese los ojos y los abrió, y se vio tan cerca, a su parecer, del cuerpo de la luna, que la pudiera asir con la mano, y que no osó mirar a la tierra por no desvanecerse. Así que, Sancho, no hay para qué descubrirnos; que el que nos lleva a cargo, él dará cuenta de nosotros, y quizá vamos tomando puntas[31] y subiendo en alto para dejarnos caer de una sobre el reino de Candaya, como hace el sacre o neblí[32] sobre la garza para cogerla, por más que se remonte; y aunque nos parece que no ha media hora que nos partimos del jardín, créeme que debemos de haber hecho gran camino.

—No sé lo que es —respondió Sancho Panza—; sólo sé decir que si la señora Magallanes o Magalona se contentó destas ancas, que no debía de ser muy tierna de carnes.

Todas estas pláticas de los dos valientes oían el duque y la duquesa y los del jardín, de que recibían extraordinario contento; y queriendo dar remate a la extraña y bien fabricada aventura, por la cola de Clavileño le pegaron fuego con unas estopas, y al punto, por estar el caballo lleno de cohetes tronadores, voló por los aires, con extraño ruido, y dio con don Quijote y con Sancho Panza en el suelo, medio chamuscados.

[30] Destrozo.

[31] Dando vueltas para caer luego sobre la presa (cetrería).

[32] Aves de rapiña usadas en la caza de cetrería.

▼ El doctor Eugenio de Torralba, médico dedicado a la quiromancia, confesó al Tribunal del Santo Oficio que, con ayuda de un demonio familiar, había ido a Roma (donde vio el saqueo de la ciudad por las tropas de Carlos I en 1527 —*Sacco* de Roma—, en el que murió el condestable Carlos de Borbón, comandante de las tropas españolas) y regresado a Valladolid en sólo hora y media.

En este tiempo ya se habían desaparecido del jardín todo el barbado escuadrón de las dueñas, y la Trifaldi y todo[33], y los del jardín quedaron como desmayados, tendidos por el suelo. Don Quijote y Sancho se levantaron maltrechos, y mirando a todas partes quedaron atónitos de verse en el mesmo jardín de donde habían partido, y de ver tendido por tierra tanto número de gente. Y creció más su admiración cuando a un lado del jardín vieron hincada una gran lanza en el suelo, y pendiente della y de dos cordones de seda verde un pergamino liso y blanco, en el cual, con grandes letras de oro, estaba escrito lo siguiente:

> *El ínclito caballero don Quijote de la Mancha feneció y acabó la aventura de la condesa Trifaldi, por otro nombre llamada la dueña Dolorida, y compañía, con sólo intentarla.*
>
> *Malambruno se da por contento y satisfecho a toda su voluntad, y las barbas de las dueñas ya quedan lisas y mondas; y los reyes don Clavijo y Antonomasia en su prístino[34] estado. Y cuando se cumpliere el escuderil vápulo, la blanca paloma se verá libre de los pestíferos girifaltes*▼ *que la persiguen, y en brazos de su querido arrullador; que así está ordenado por el sabio Merlín, protoencantador de los encantadores.*

Habiendo, pues, don Quijote leído las letras del pergamino, claro entendió que del desencanto de Dulcinea hablaban, y dando muchas gracias al cielo de que con tan poco peligro hubiese acabado tan gran fecho, reduciendo a su pasada tez los rostros de las venerables dueñas, que ya no pare-

[33] También.

[34] Anterior.

▼ Véase nota al pie de la pág. 401 en II, 32.

cían[35], se fue adonde el duque y la duquesa aún no habían vuelto en sí, y trabando de la mano al duque, le dijo:

—¡Ea, buen señor, buen ánimo; buen ánimo, que todo es nada! La aventura es ya acabada, sin daño de barras[36], como lo muestra claro el escrito que en aquel padrón▼ está puesto.

El duque, poco a poco, y como quien de un pesado sueño recuerda[37], fue volviendo en sí, y por el mismo tenor la duquesa y todos los que por el jardín estaban caídos, con tales muestras de maravilla y espanto, que casi se podía dar a entender haberles acontecido de veras lo que tan bien sabían fingir de burlas. Leyó el duque el cartel con los ojos medio cerrados, y luego, con los brazos abiertos, fue a abrazar a don Quijote, diciéndole ser el más buen caballero que en ningún siglo se hubiese visto.

Sancho andaba mirando por la Dolorida, por ver qué rostro tenía sin las barbas, y si era tan hermosa sin ellas como su gallarda disposición prometía; pero dijéronle que así como Clavileño bajó ardiendo por los aires y dio en el suelo, todo el escuadrón de las dueñas, con la Trifaldi, había desaparecido, y que ya iban rapadas y sin cañones[38]. Preguntó la duquesa a Sancho que cómo le había ido en aquel largo viaje. A lo cual Sancho respondió:

—Yo, señora, sentí que íbamos, según mi señor me dijo, volando por la región del fuego, y quise descubrirme un poco los ojos; pero mi amo, a quien pedí licencia para descubrirme, no la consintió; mas yo, que tengo no sé que briznas de curioso y de desear saber lo que me estorba y impi-

[35] No se veían.

[36] Sin perjuicio de tercero.

[37] Despierta.

[38] Partes inferiores de las barbas.

▼ Véase nota al pie de la pág. 467 en II, 39.

de, bonitamente [39] y sin que nadie lo viese, por junto a las narices aparté tanto cuanto [40] el pañizuelo que me tapaba los ojos, y por allí miré hacia la tierra, y parecióme que toda ella no era mayor que un grano de mostaza, y los hombres que andaban sobre ella, poco mayores que avellanas, porque se vea cuán altos debíamos ir entonces.

A esto dijo la duquesa:

—Sancho amigo, mirad lo que decís; que, a lo que parece, vos no vistes la tierra, sino los hombres que andaban sobre ella; y está claro que si la tierra os pareció como un grano de mostaza, y cada hombre como una avellana, un hombre sólo había de cubrir toda la tierra.

—Así es verdad —respondió Sancho—, pero, con todo eso, la descubrí por un ladito, y la vi toda.

—Mirad, Sancho —dijo la duquesa—, que por un ladito no se vee el todo de lo que se mira.

—Yo no sé esas miradas —replicó Sancho—; sólo sé que será bien que vuestra señoría entienda que, pues volábamos por encantamento, por encantamento podía yo ver toda la tierra y todos los hombres por doquiera que los mirara. Y si esto no se me cree, tampoco creerá vuestra merced como, descubriéndome por junto a las cejas, me vi tan junto al cielo, que no había de mí a él palmo y medio, y por lo que puedo jurar, señora mía, que es muy grande además [41]. Y sucedió que íbamos por parte donde están las siete cabrillas ▼, y en Dios y en mi ánima que como yo en mi niñez fui en mi tierra cabrerizo, que así como las vi, me dio una gana de entretenerme con ellas un rato. Y si no le cumpliera me parece que reventara. Vengo, pues,

[39] Disimuladamente.

[40] Algún tanto.

[41] En demasía.

▼ Denominación popular de la constelación de las Pléyades (siete estrellas juntas en el signo de Tauro).

y tomo, y ¿qué hago? Sin decir nada a nadie, ni a mi señor tampoco, bonita y pasitamente [42] me apeé de Clavileño, y me entretuve con las cabrillas, que son como unos alhelíes [43] y como unas flores, casi tres cuartos de hora, y Clavileño no se movió de un lugar, ni pasó adelante▼.

[42] Con gran tiento.

[43] Plantas vivaces y olorosas usadas para adorno.

—Y en tanto que el buen Sancho se entretenía con las cabras —preguntó al duque—, ¿en qué se entretenía el señor don Quijote?

A lo que don Quijote respondió:

—Como todas estas cosas y estos tales sucesos van fuera del orden natural, no es mucho que Sancho diga lo que dice. De mí sé decir que ni me descubrí por alto ni por bajo, ni vi el cielo, ni la tierra, ni la mar, ni las arenas. Bien es verdad que sentí que pasaba por la región del aire, y aun que tocaba a la del fuego, pero que pasásemos de allí no lo puedo creer, pues estando la región del fuego entre el cielo de la luna y la última región del aire, no podíamos llegar al cielo donde están las siete cabrillas que Sancho dice, sin abrasarnos; y pues no nos asuramos [44], o Sancho miente, o Sancho sueña.

[44] Abrasamos.

—Ni miento ni sueño —respondió Sancho—; si no, pregúntenme las señas de las tales cabras, y por ellas verán si digo verdad o no.

—Dígalas, pues, Sancho —dijo la duquesa.

—Son —respondió Sancho— las dos verdes, las dos encarnadas, las dos azules, y la una de mezcla.

—Nueva manera de cabras es ésa —dijo el duque—, y por esta nuestra región del suelo no se usan tales colores, digo, cabras de tales colores.

▼ Como en otras ocasiones, Sancho prueba una vez más su naturalidad en el habla y su maestría en el cuento popular, en lo cual destaca «su avasalladora locuacidad, con su mezcla de simpleza, socarronería y malicia» (Rosenblat).

—Bien claro está eso —dijo Sancho—; sí, que diferencia ha de haber de las cabras del cielo a las del suelo.

—Decidme, Sancho —preguntó el duque—: ¿vistes allá entre esas cabras algún cabrón?

—No, señor —respondió Sancho—, pero oí decir que ninguno pasaba de los cuernos de la luna ▼.

No quisieron preguntarle más de su viaje, porque les pareció que llevaba Sancho hilo de [45] pasearse por todos los cielos, y dar nuevas de cuanto allá pasaba sin haberse movido del jardín.

En resolución, éste fue el fin de la aventura de la dueña Dolorida, que dio que reír a los duques, no sólo aquel tiempo, sino el de toda su vida, y que contar a Sancho siglos, si los viviera; y llegándose don Quijote a Sancho, al oído le dijo:

—Sancho, pues vos queréis que se os crea lo que habéis visto en el cielo, yo quiero que vos me creáis a mí lo que vi en la cueva de Montesinos. Y no os digo más ▼▼.

[45] Traza de.

▼ La respuesta de Sancho encierra un doble sentido basado en el juego de palabras *cabrón-cuernos* (cornudo).

▼▼ Una vez más aparecen fundidos los dos motivos centrales de esta segunda parte: el encantamiento de Dulcinea —con la secuela de azotes para Sancho— y la bajada a la cueva de Montesinos. Ahora lo que don Quijote dice en secreto a Sancho, «al oído y sin testigos, de farsante a farsante, cobra aquí su sentido cabal», mantener la continuación del juego: «si quieres, Sancho; que yo respete tu papel, no intentes destruir el mío» (Torrente Ballester). Pero también ha de advertirse el avance del declive espiritual de don Quijote: ahora se presta a «ajustar la verdad a un innoble cambalache» (Avalle-Arce).

## CAPÍTULO XLII

### **De los consejos que dio don Quijote a Sancho Panza antes que fuese a gobernar la ínsula, con otras cosas bien consideradas**

Con el felice y gracioso suceso[1] de la aventura de la Dolorida quedaron tan contentos los duques, que determinaron pasar con las burlas adelante, viendo el acomodado sujeto[2] que tenían para que se tuviesen por veras; y así, habiendo dado la traza y órdenes que sus criados y sus vasallos habían de guardar con Sancho en el gobierno de la ínsula prometida, otro día, que fue el que sucedió al vuelo de Clavileño, dijo el duque a Sancho que se adeliñase[3] y compusiese para ir a ser gobernador, que ya sus insulanos le estaban esperando como el agua de mayo. Sancho se le humilló, y le dijo:

—Después que[4] bajé del cielo, y después que desde su alta cumbre miré la tierra y la vi tan pequeña, se templó en parte en mí la gana que tenía tan grande de ser gobernador, porque ¿qué grandeza es mandar en un grano de mostaza, o qué dignidad o imperio el gobernar a media docena de hombres tamaños[5] como avellanas que, a mi parecer, no había más en toda la tierra? Si Vuestra Señoría fuese servido de darme una tantica parte del cielo, aunque no fuese más de media legua, la

[1] Éxito.

[2] Asunto.

[3] Se preparase.

[4] Desde que.

[5] Tan grandes.

tomaría de mejor gana que la mayor ínsula del mundo ▼.

—Mirad, amigo Sancho —respondió el duque—, yo no puedo dar parte del cielo a nadie, aunque no sea mayor que una uña; que a solo Dios están reservadas esas mercedes y gracias. Lo que puedo dar os doy, que es una ínsula hecha y derecha, redonda y bien proporcionada, y sobremanera fértil y abundosa, donde si vos os sabéis dar maña podéis con las riquezas de la tierra granjear las del cielo.

—Ahora bien —respondió Sancho—, venga esa ínsula; que yo pugnaré por ser tal gobernador que a pesar de bellacos me vaya al cielo. Y esto no es por codicia que yo tenga de salir de mis casillas ni de levantarme a mayores, sino por el deseo que tengo de probar a qué sabe el ser gobernador.

—Si una vez lo probáis, Sancho —dijo el duque—, comeros heis las manos tras [6] el gobierno, por ser dulcísima cosa el mandar y ser obedecido. A buen seguro que cuando vuestro dueño llegue a ser emperador, que lo será sin duda, según van encaminadas sus cosas, que no se lo arranquen como quiera, y que le duela y le pese en la mitad del alma del tiempo que hubiere dejado de serlo.

—Señor —replicó Sancho—, yo imagino que es bueno mandar, aunque sea a un hato [7] de ganado.

—Con vos me entierren ▼▼, Sancho, que sabéis de todo —respondió el duque—, y yo espero que seréis tal gobernador como vuestro juicio promete, y quédese esto aquí y advertid que mañana en ese mesmo día habéis de ir al gobierno de la ínsula, y esta tarde os acomodarán del traje conve-

[6] Desearéis ardientemente.

[7] Rebaño.

▼ Véase nota al pie de la pág. 423 en II, 34.

▼▼ «Estoy de acuerdo con vos», «opino igual que vos».

niente que habéis de llevar y de todas las cosas necesarias a vuestra partida.

—Vístanme —dijo Sancho— como quisieren; que de cualquier manera que vaya vestido seré Sancho Panza.

—Así es verdad —dijo el duque—, pero los trajes se han de acomodar con el oficio o dignidad que se profesa, que no sería bien que un jurisperito se vistiese como soldado, ni un soldado como un sacerdote. Vos, Sancho, iréis vestido parte de letrado y parte de capitán, porque en la ínsula que os doy tanto son menester las armas como las letras, y las letras como las armas.

—Letras —respondió Sancho—, pocas tengo, porque aún no sé el ABC; pero bástame tener el *Christus* ▼ en la memoria para ser buen gobernador. De las armas manejaré las que me dieren, hasta caer, y Dios delante [8].

—Con tan buena memoria —dijo el duque—, no podrá Sancho errar en nada.

En esto llegó don Quijote, y sabiendo lo que pasaba y la celeridad con que Sancho se había de partir a su gobierno, con licencia del duque le tomó por la mano y se fue con él a su estancia, con intención de aconsejarle cómo se había de haber en su oficio.

Entrados, pues, en su aposento, cerró tras sí la puerta, y hizo casi por fuerza que Sancho se sentase junto a él, y con reposada voz le dijo:

—Infinitas gracias doy al cielo, Sancho amigo, de que antes y primero que yo haya encontrado

[8] Sea lo que Dios quiera.

▼ El *Christus* era la cruz que encabezaba los abecedarios o cartillas en que se aprendía a leer (por metonomia, designaba al abecedario mismo), a los que también se les llamaba el Catón. Sancho parece sugerir que para ser buen gobernador más vale tener a Dios presente que todos los demás conocimientos.

con alguna buena dicha, te haya salido a ti a recebir y a encontrar la buena ventura. Yo, que en mi buena suerte te tenía librada la paga de tus servicios, me veo en los principios de aventajarme [9], y tú, antes de tiempo, contra la ley del razonable discurso, te vees premiado de tus deseos. Otros cohechan [10], importunan, solicitan, madrugan, ruegan, porfían, y no alcanzan lo que pretenden; y llega otro, y sin saber cómo ni cómo no, se halla con el cargo y oficio que otros muchos pretendieron. Y aquí entra y encaja bien el decir que hay buena y mala fortuna en las pretensiones. Tú, que para mí, sin duda alguna, eres un porro [11], sin madrugar ni trasnochar, y sin hacer diligencia alguna, con solo el aliento que te ha tocado de la andante caballería, sin más ni más te vees gobernador de una ínsula como quien no dice nada. Todo esto digo, ¡oh Sancho!, para que no atribuyas a tus merecimientos la merced recebida, sino que des gracias al cielo, que dispone suavemente las cosas, y después las darás a la grandeza que en sí encierra la profesión de la caballería andante. Dispuesto, pues, el corazón a creer lo que te he dicho, está, ¡oh hijo!, atento a este tu Catón ▼, que quiere aconsejarte y ser norte y guía que te encamine y saque a seguro puerto deste mar proceloso donde vas a engolfarte; que los oficios y grandes cargos no son otra cosa sino un golfo profundo de confusiones. Primeramente, ¡oh hijo!, has de temer a Dios, porque en el temerle está la sabiduría, y siendo sabio

[9] Medrar.

[10] Sobornan.

[11] Hombre torpe, rudo y necio.

▼ Para la referencia a Catón —aquí en el sentido de «mentor»—, véase la nota anterior y también la segunda nota al pie de la pág. 274 en I, 20. Don Quijote, caballero cada vez menos andante, es ahora más consejero que nunca en estas recomendaciones que hace a Sancho, en este capítulo y en el siguiente, que, en la composición de la obra, constituyen un intermedio que divide en dos partes la estancia en el castillo de los duques.

no podrás errar en nada. Lo segundo, has de poner los ojos en quien eres, procurando conocerte a ti mismo, que es el más difícil conocimiento que puede imaginarse. Del conocerte saldrá el no hincharte como la rana que quiso igualarse con el buey, que si esto haces, vendrá a ser feos pies de la rueda ▼ de tu locura la consideración de haber guardado puercos en tu tierra.

—Así es la verdad —respondió Sancho—, pero fue cuando muchacho; pero después, algo hombrecillo, gansos fueron los que guardé, que no puercos. Pero esto paréceme a mí que no hace al caso; que no todos los que gobiernan vienen de casta de reyes.

—Así es verdad —replicó don Quijote—; por lo cual los no de principios nobles deben acompañar la gravedad del cargo que ejercitan con una blanda suavidad que, guiada por la prudencia, los libre de la murmuración maliciosa, de quien [12] no hay estado que se escape. Haz gala, Sancho, de la humildad de tu linaje, y no te desprecies [13] de decir que vienes de labradores; porque viendo que no te corres [14], ninguno se pondrá a correrte; y préciate más de ser humilde virtuoso que pecador soberbio. Innumerables son aquellos que de baja estirpe nacidos, han subido a la suma dignidad pontificia e imperatoria, y desta verdad te pudiera traer tantos ejemplos, que te cansaran. Mira, Sancho: si tomas por medio la virtud, y te precias de hacer hechos virtuosos, no hay para qué tener

[12] De la cual.

[13] Desdeñes.

[14] Avergüenzas.

▼ Alude primero don Quijote a la célebre fábula del griego Esopo (siglo VI a. de C.) y del latino Fedro (siglo I), la rana que, por querer ser igual que el buey, se hinchó en demasía y acabó reventando; y, a continuación, alude a la ostentación de la rueda que hace el pavo real cuando abre su cola y a la fealdad de sus patas, que descubre cuando deshace la rueda.

envidia a los que los tienen príncipes y señores ▼; porque la sangre se hereda, y la virtud se aquista [15], y la virtud vale por sí sola lo que la sangre no vale. Siendo esto así, como lo es, que si acaso viniere a verte cuando estés en tu ínsula alguno de tus parientes, no le deseches ni le afrentes; antes le has de acoger, agasajar y regalar; que con esto satisfarás al cielo, que gusta que nadie se desprecie de lo que él hizo, y corresponderás a lo que debes a la naturaleza bien concertada. Si trujeres a tu mujer contigo (porque no es bien que los que asisten a gobiernos de mucho tiempo estén sin las propias), enséñala, doctrínala [16], y desbástala [17] de su natural rudeza, porque todo lo que suele adquirir un gobernador discreto suele perder y derramar una mujer rústica y tonta. Si acaso enviudares, cosa que puede suceder, y con el cargo mejorares de consorte, no la tomes tal que te sirva de anzuelo y de caña de pescar, y del *no quiero* de tu capilla ▼▼; porque en verdad te digo que de todo aquello que la mujer del juez recibiere ha de dar cuenta el marido en la residencia universal ▼▼▼, donde pagará con el cuatro tanto [18] en la muerte las partidas de que no se hubiere hecho cargo en

[15] Se adquiere.

[16] Adoctrínala.

[17] Púlela.

[18] El cuádruplo.

▼ Esta última frase, oscura, ha tenido diversas interpretaciones: «a los que los (hechos virtuosos) tienen principescos y señoriles», considerando *príncipes* y *señores* como adjetivos referidos a *hechos,* sustantivo que aparece pronominalizado en *los* (R. Marín, Riquer); o, también, «a los que los (medios) tienen, príncipes y señores» (Schevill), e incluso «a los (medios) que (los) tienen príncipes y señores» (Avalle-Arce), considerando en estas dos últimas interpretaciones que el pronombre *los* se refiere a *medio* y que *príncipes y señores* es sujeto de *tienen.*

▼▼ Alude al refrán «No quiero, no quiero, pero echádmelo en la capilla» (capucha), aplicado a los que aparentan rechazar algo que desean ardientemente.

▼▼▼ «En el Juicio Final». El juicio de residencia era la rendición de cuentas a que se debían someter quienes terminaban de ejercer un cargo público.

la vida. Nunca te guíes por la ley del encaje ▼, que suele tener mucha cabida con los ignorantes que presumen de agudos. Hallen en ti más compasión las lágrimas del pobre, pero no más justicia, que las informaciones del rico. Procura descubrir la verdad por entre las promesas y dádivas del rico como por entre los sollozos e importunidades del pobre. Cuando pudiere y debiere tener lugar la equidad, no cargues todo el rigor de la ley al delincuente; que no es mejor la fama del juez riguroso que la del compasivo. Si acaso doblares la vara de la justicia, no sea con el peso de la dádiva, sino con el de la misericordia. Cuando te sucediere juzgar algún pleito de algún tu enemigo, aparta las mientes de tu injuria y ponlos[19] en la verdad del caso. No te ciegue la pasión propia en la causa ajena; que los yerros que en ella hicieres, las más veces serán sin remedio, y si le tuvieren, será a costa de tu crédito, y aun de tu hacienda. Si alguna mujer hermosa viniere a pedirte justicia, quita los ojos de sus lágrimas y tus oídos de sus gemidos, y considera de espacio[20] la sustancia de lo que pide, si no quieres que se anegue tu razón en su llanto y tu bondad en sus suspiros. Al que has de castigar con obras no trates mal con palabras, pues le basta al desdichado la pena del suplicio, sin la añadidura de las malas razones. Al culpado que cayere debajo de tu juridicción considérale hombre miserable, sujeto a las condiciones de la depravada naturaleza nuestra, y en todo cuanto fuere de tu parte, sin hacer agravio a la contraria, muéstratele piadoso y clemente; porque aunque los atributos de Dios todos son iguales, más resplandece y campea a nuestro ver el de la

[19] Los pensamientos (implícito en *mientes*).

[20] Despacio.

▼ Véase nota al pie de la pág. 157 en I, 11.

misericordia, que el de la justicia. Si estos preceptos y estas reglas sigues, Sancho, serán luengos[21] tus días, tu fama será eterna, tus premios colmados, tu felicidad indecible, casarás tus hijos como quisieres, títulos tendrán ellos y tus nietos, vivirás en paz y beneplácito de las gentes, y en los últimos pasos de la vida te alcanzará el[22] de la muerte, en vejez suave y madura, y cerrarán tus ojos las tiernas y delicadas manos de tus terceros netezuelos. Esto que hasta aquí te he dicho son documentos[23] que han de adornar tu alma; escucha ahora los que han de servir para adorno del cuerpo.

[21] Largos, muchos.

[22] El paso (zeugma).

[23] Enseñanzas.

## Capítulo XLIII

## De los consejos segundos que dio don Quijote a Sancho Panza

¿Quién oyera el pasado razonamiento de don Quijote que no le tuviera por persona muy cuerda y mejor intencionada? Pero, como muchas veces en el progreso desta grande historia queda dicho, solamente disparaba [1] en tocándole en la caballería, y en los demás discursos mostraba tener claro y desenfadado entendimiento, de manera que a cada paso desacreditaban sus obras su juicio, y su juicio sus obras; pero en ésta destos segundos documentos que dio a Sancho, mostró tener gran donaire, y puso su discreción y su locura en un levantado punto.

Atentísimamente le escuchaba Sancho, y procuraba conservar en la memoria sus consejos, como quien pensaba guardarlos y salir por ellos a buen parto de la preñez de su gobierno. Prosiguió, pues, don Quijote, y dijo:

—En lo que toca a cómo has de gobernar tu persona y casa, Sancho, lo primero que te encargo es que seas limpio, y que te cortes las uñas, sin dejarlas crecer, como algunos hacen, a quien [2] su ignorancia les ha dado a entender que las uñas largas les hermosean las manos, como si aquel excremento y añadidura que se dejan de cortar fuese uña, siendo antes garras de cernícalo [3] lagarti-

[1] Disparataba.

[2] A quienes.

[3] Ave de rapiña.

jero: puerco y extraordinario abuso. No andes, Sancho, desceñido y flojo; que el vestido descompuesto da indicios de ánimo desmazalado [4], si ya la descompostura y flojedad no cae debajo de socarronería, como se juzgó en la de Julio César ▼. Toma con discreción el pulso a lo que pudiere valer tu oficio, y si sufriere que des librea a tus criados, dásela honesta y provechosa más que vistosa y bizarra, y repártela entre tus criados y los pobres: quiero decir que si has de vestir seis pajes, viste tres y otros tres pobres, y así tendrás pajes para el cielo y para el suelo; y este nuevo modo de dar librea no la alcanzan los vanagloriosos. No comas ajos ni cebollas, porque no saquen por el olor tu villanería. Anda despacio; habla con reposo, pero no de manera que parezca que te escuchas a ti mismo; que toda afectación es mala ▼▼. Come poco y cena más poco; que la salud de todo el cuerpo se fragua en la oficina del estómago. Sé templado en el beber, considerando que el vino demasiado ni guarda secreto, ni cumple palabra. Ten cuenta, Sancho, de no mascar a dos carrillos, ni de eructar delante de nadie.

—Eso de *eructar* no entiendo —dijo Sancho.

Y don Quijote le dijo:

—*Eructar,* Sancho, quiere decir *regoldar,* y éste es uno de los más torpes vocablos que tiene la lengua castellana, aunque es muy significativo; y así, la gente curiosa [5] se ha acogido al latín, y al *regol-*

[4] Decaído.

[5] Cuidadosa, culta.

▼ «Lejos de asentir Suetonio (historiador latino) a lo que don Quijote dijo de César (general y cónsul romano, 100-44 a. de C.) lo tachaba a éste de petimetre y prolijo en el adorno de su persona»; también le reprochaba su poca limpieza de costumbres (Clemencín), como ya se dijo en II, 2.

▼▼ Véase la segunda nota al pie de la pág. 323 en II, 26.

*dar* dice *eructar,* y a los *regüeldos, eructaciones*[6], y cuando[7] algunos no entienden estos términos, importa poco, que el uso los irá introduciendo con el tiempo, que con facilidad se entiendan, y esto es enriquecer la lengua, sobre quien[8] tiene poder el vulgo y el uso▼.

—En verdad, señor —dijo Sancho—, que uno de los consejos y avisos que pienso llevar en la memoria ha de ser el de no regoldar, porque lo suelo hacer muy a menudo.

—*Eructar,* Sancho, que no *regoldar* —dijo don Quijote.

—*Eructar* diré de aquí adelante —respondió Sancho—, y a fee que no se me olvide.

—También, Sancho, no has de mezclar en tus pláticas la muchedumbre de refranes que sueles; que puesto que los refranes son sentencias breves, muchas veces los traes tan por los cabellos[9], que más parecen disparates que sentencias.

—Eso Dios lo puede remediar —respondió Sancho—, porque sé más refranes que un libro, y viénenseme tantos juntos a la boca cuando hablo, que riñen, por salir, unos con otros; pero la lengua va arrojando los primeros que encuentra, aunque no vengan a pelo[10]. Mas yo tendré cuenta de aquí adelante de decir los que convengan a la gravedad de mi cargo; que en casa llena, presto se guisa la cena; y quien destaja no baraja; y a buen salvo está el que repica▼▼; y el dar y el tener, seso ha menester.

—¡Eso sí, Sancho! —dijo don Quijote—. ¡Encaja, ensarta, enhila refranes; que nadie te va a la

[6] Eructos.

[7] Aunque.

[8] La cual.

[9] Tan inoportunamente.

[10] No sean oportunos.

▼ Véase nota al pie de la pág. 353 en II, 29.

▼▼ Quien corta (los naipes) no los baraja; y seguro está el que está sobre aviso. (Véanse la primera nota al pie de la pág. 443 en II, 36, y la de la pág. 408 en II, 33.)

mano[11]! ¡Castígame mi madre, y yo trómpogelas▼! Estoyte diciendo que excuses[12] refranes, y en un instante has echado aquí una letanía dellos, que así cuadran con lo que vamos tratando como por los cerros de Úbeda▼▼. Mira, Sancho, no te digo yo que parece mal un refrán traído a propósito; pero cargar y ensartar refranes a troche moche hace la plática desmayada y baja. Cuando subieres a caballo, no vayas echando el cuerpo sobre el arzón postrero, ni lleves las piernas tiesas y tiradas y desviadas de la barriga del caballo, ni tampoco vayas tan flojo, que parezca que vas sobre el rucio; que el andar a caballo a unos hace caballeros; a otros, caballerizos[13]. Sea moderado tu sueño; que el que no madruga con el sol, no goza del día; y advierte, ¡oh Sancho!, que la diligencia es madre de la buena ventura, y la pereza, su contraria, jamás llegó al término que pide un buen deseo. Este último consejo que ahora darte quiero, puesto que no sirva para adorno del cuerpo, quiero que le lleves muy en la memoria, que creo que no te será de menos provecho que los que hasta aquí te he dado; y es que jamás te pongas a disputar de linajes, a lo menos, comparándolos entre sí, pues, por fuerza, en los que se comparan uno ha de ser el mejor, y del que abatieres serás aborrecido, y del que levantares, en ninguna manera premiado. Tu vestido será calza entera[14], ropilla larga[15], herreruelo[16] un poco más largo; gregüescos[17], ni por pienso; que no les están bien ni a los caballeros ni a los gobernadores. Por ahora, esto se me ha ofrecido, Sancho, que aconsejarte;

[11] Te contiene.

[12] Evites.

[13] Mozos de cuadra.

[14] Calzones que cubrían piernas y muslos.

[15] Vestidura corta con mangas.

[16] Capa corta.

[17] Calzones anchos.

▼ «Castígame mi madre y yo me burlo de ella» (trómposelas, se las engaño; arcaísmo. *Trompar:* engañar), refrán empleado para reprender a quien, advertido de una falta, vuelve a incurrir en ella.

▼▼ Véase nota al pie de la pág. 406 en II, 33.

andará el tiempo, y según las ocasiones, así serán mis documentos [18], como tú tengas cuidado de avisarme el estado en que te hallares.

[18] Enseñanzas.

—Señor —respondió Sancho—, bien veo que todo cuanto vuestra merced me ha dicho son cosas buenas, santas y provechosas; pero ¿de qué han de servir, si de ninguna me acuerdo? Verdad sea que aquello de no dejarme crecer las uñas y de casarme otra vez, si se ofreciere, no se me pasará del magín; pero esotros badulaques [19] y enredos y revoltillos, no se me acuerda ni acordará más dellos que de las nubes de antaño, y así, será menester que se me den por escrito; que puesto que no sé leer ni escribir, yo se los daré a mi confesor para que me los encaje y recapacite [20] cuando fuere menester.

[19] Complicaciones.

[20] Recuerde.

—¡Ah, pecador de mí —respondió don Quijote—, y qué mal parece en los gobernadores el no saber leer ni escribir! Porque has de saber, ¡oh Sancho!, que no saber un hombre leer, o ser zurdo ▾, arguye una de dos cosas: o que fue hijo de padres demasiado de humildes y bajos, o él tan travieso y malo, que no pudo entrar en él buen uso ni la buena doctrina. Gran falta es la que llevas contigo, y así, querría que aprendieses a firmar siquiera.

—Bien sé firmar mi nombre —respondió Sancho—; que cuando fui prioste ▾▾ en mi lugar, aprendí a hacer unas letras como de marca de fardo, que decían que decía mi nombre; cuanto más que fingiré que tengo tullida la mano derecha, y haré que firme otro por mí; que para todo hay re-

▾ Se consideraba entonces que ser zurdo era una falta de educación y se atribuía a ignorancia de los padres.

▾▾ Mayordomo de una cofradía. Sin embargo, en I, 21 dijo que sólo había llegado a *muñidor* (véase nota 53 al margen, en I, 21).

medio, si no es para la muerte; y teniendo yo el mando y el palo, haré lo que quisiere; cuanto más que el que tiene el padre alcalde [21]... Y siendo yo gobernador, que es más que ser alcalde, ¡llegaos, que la dejan ver! No, sino popen y calóñenme [22]; que vendrán por lana, y volverán trasquilados; y a quien Dios quiere bien, la casa le sabe; y las necedades del rico por sentencias pasan en el mundo; y siéndolo yo, siendo gobernador y juntamente liberal, como lo pienso ser, no habrá falta que se me parezca [23]. No, sino haceos miel, y paparos han moscas; tanto vales cuanto tienes, decía una mi agüela; y del hombre arraigado no te verás vengado.

—¡Oh, maldito seas de Dios, Sancho! —dijo a esta sazón don Quijote—. ¡Sesenta mil satanases te lleven a ti y a tus refranes! Una hora ha que los estás ensartando y dándome con cada uno tragos de tormento ▼. Yo te aseguro que estos refranes te han de llevar un día a la horca; por ellos te han de quitar el gobierno tus vasallos, o ha de haber entre ellos comunidades [24]. Dime, ¿dónde los hallas, ignorante, o cómo los aplicas, mentecato, que para decir yo uno y aplicarle bien, sudo y trabajo como si cavase?

—Por Dios, señor nuestro amo —replicó Sancho—, que vuesa merced se queja de bien pocas cosas. ¿A qué diablos se pudre de que yo me sirva de mi hacienda, que ninguna otra tengo, ni otro caudal alguno, sino refranes y más refranes? Y ahora se me ofrecen cuatro que venían aquí pintiparados, o como peras en tabaque ▼▼; pero no los diré, porque al buen callar llaman Sancho.

[21] ...seguro va a juicio (refrán).

[22] Desprécienme y calúmnienme (arcaísmo).

[23] Vea.

[24] Rebeliones.

▼ Alude al tormento del agua aplicado, como tortura, por la Inquisición. (Véase nota al pie de la pág. 308 en I, 22.)

▼▼ Otro ejemplo de sinonimia glosada (*tabaque:* cesta o canastillo para guardar fruta).

—Ese Sancho no eres tú —dijo don Quijote—; porque no sólo no eres buen callar, sino mal hablar y mal porfiar; y, con todo eso, querría saber qué cuatro refranes te ocurrían ahora a la memoria, que venían aquí a propósito, que yo ando recorriendo la mía, que la tengo buena, y ninguno se me ofrece.

—¿Qué mejores —dijo Sancho— que «entre dos muelas cordales [25] nunca pongas tus pulgares», y «a idos de mi casa y qué queréis con mi mujer, no hay responder», y «si da el cántaro en la piedra o la piedra en el cántaro, mal para el cántaro», todos los cuales vienen a pelo? Que nadie se tome [26] con su gobernador ni con el que le manda, porque saldrá lastimado, como el que pone el dedo entre dos muelas cordales, y aunque no sean cordales, como sean muelas, no importa; y a lo que dijere el gobernador no hay que replicar, como al «salíos de mi casa y qué queréis con mi mujer». Pues lo de la piedra en el cántaro un ciego lo verá. Así, que es menester que el que vee la mota en el ojo ajeno, vea la viga en el suyo, porque no se diga por él: «Espantóse la muerta de la degollada», y vuestra merced sabe bien que más sabe el necio en su casa que el cuerdo en la ajena.

—Eso no, Sancho —respondió don Quijote—; que el necio en su casa ni en la ajena sabe nada, a causa que sobre el aumento de la necedad no asienta ningún discreto edificio. Y dejemos esto aquí, Sancho; que si mal gobernares, tuya será la culpa, y mía la vergüenza; mas consuélome que he hecho lo que debía en aconsejarte con las veras y con la discreción a mí posible; con esto salgo de mi obligación y de mi promesa. Dios te guíe, Sancho, y te gobierne en tu gobierno, y a mí me saque del escrúpulo que me queda que has de dar con toda la ínsula patas arriba, cosa que pudiera

[25] Muelas del juicio.

[26] Discuta.

yo excusar con descubrir al duque quién eres, diciéndole que toda esa gordura y esa personilla que tienes no es otra cosa que un costal lleno de refranes y de malicias.

—Señor —replicó Sancho—, si a vuestra merced le parece que no soy de pro para este gobierno, desde aquí le suelto; que más quiero un solo negro de la uña de mi alma, que a todo mi cuerpo ▼; y así me sustentaré Sancho a secas con pan y cebolla, como gobernador con perdices y capones; y más, que mientras se duerme, todos son iguales, los grandes y los menores, los pobres y los ricos, y si vuestra merced mira en ello, verá que sólo vuestra merced me ha puesto en esto de gobernar; que yo no sé más de gobiernos de ínsulas que un buitre; y si se imagina que por ser gobernador me ha de llevar el diablo, más me quiero ir Sancho al cielo que gobernador al infierno.

—Por Dios, Sancho —dijo don Quijote—, que por solas estas últimas razones que has dicho juzgo que mereces ser gobernador de mil ínsulas: buen natural tienes, sin el cual no hay ciencia que valga; encomiéndate a Dios, y procura no errar en la primera intención; quiero decir que siempre tengas intento y firme propósito de acertar en cuantos negocios te ocurrieren, porque siempre favorece el cielo los buenos deseos. Y vámonos a comer, que creo que ya estos señores nos aguardan.

▼ La expresión *un solo negro de la uña* (una mínima parte) era frecuente con valor traslaticio. Como metáfora responde también al mundo de la experiencia de Sancho, personaje con el que se incorporan al lenguaje novelesco los giros más expresivos del habla popular (Rosenblat).

## CAPÍTULO XLIV

## **Cómo Sancho Panza fue llevado al gobierno, y de la extraña aventura que en el castillo sucedió a don Quijote**

Dicen que en el propio original desta historia se lee que llegando Cide Hamete a escribir este capítulo, no le tradujo su intérprete como él le había escrito ▼, que fue un modo de queja que tuvo el moro de sí mismo, por haber tomado entre manos una historia tan seca y tan limitada, como esta de don Quijote, por parecerle que siempre había de hablar dél y de Sancho, sin osar extenderse a otras digresiones y episodios más graves y más entretenidos; y decía que el ir siempre atenido el entendimiento, la mano y la pluma a escribir de un solo sujeto [1] y hablar por las bocas de pocas personas era un trabajo incomportable [2], cuyo fruto no redundaba en el [3] de su autor, y que por huir deste inconveniente había usado en la primera parte del artificio de algunas novelas [4], como fueron la del *Curioso impertinente* y la del *Capitán cautivo,* que están como separadas de la historia, puesto que las demás que allí se cuentan son casos su-

[1] Asunto.

[2] No llevadero, insoportable.

[3] En el fruto y provecho.

[4] Narraciones cortas.

▼ ¿Quiénes dicen? ¿Cómo puede opinar y comentar en su manuscrito el autor árabe Cide Hamete sobre la traducción que luego se hizo del original? El comienzo de este capítulo recuerda directamente los comienzos de los capítulos 5 y 24 de esta segunda parte.

cedidos al mismo don Quijote, que no podían dejar de escribirse. También pensó, como él dice, que muchos, llevados de la atención que piden las hazañas de don Quijote, no la darían a las novelas, y pasarían por ellas, o con priesa, o con enfado, sin advertir la gala y artificio que en sí contienen, el cual se mostrara bien al descubierto cuando por sí solas, sin arrimarse a las locuras de don Quijote ni a las sandeces de Sancho, salieran a luz. Y así, en esta segunda parte no quiso ingerir novelas sueltas ni pegadizas, sino algunos episodios que lo pareciesen, nacidos de los mesmos sucesos que la verdad ofrece, y aun éstos, limitadamente y con solas las palabras que bastan a declararlos; y pues se contiene y cierra [5] en los estrechos límites de la narración, teniendo habilidad, suficiencia y entendimiento para tratar del universo todo, pide no se desprecie su trabajo, y se le den alabanzas, no por lo que escribe, sino por lo que ha dejado de escribir▼.

[5] Encierra.

Y luego prosigue la historia diciendo que, en acabando de comer don Quijote, el día que dio los consejos a Sancho, aquella tarde se los dio escritos, para que él buscase quien se los leyese; pero apenas se los hubo dado, cuando se le cayeron y vinieron a manos del duque, que los comunicó con la duquesa, y los dos se admiraron de nuevo de la locura y del ingenio de don Quijote. Y así, llevando adelante sus burlas, aquella tarde enviaron a Sancho con mucho acompañamiento al lugar que para él había de ser ínsula.

▼ A lo ya comentado en la nota anterior se añade ahora este canto de alabanza de Cervantes a su propio poderío y capacidad fabuladora, a su autoridad novelística y a su libertad creadora. Y para todo ello le basta con acudir a las referencias a la primera parte de su propia obra.

Acaeció, pues, que el que le llevaba a cargo era un mayordomo del duque, muy discreto y muy gracioso —que no puede haber gracia donde no hay discreción—, el cual había hecho [6] la persona de la condesa Trifaldi, con el donaire que queda referido; y con esto, y con ir industriado [7] de sus señores de cómo se había de haber [8] con Sancho, salió con su intento maravillosamente. Digo, pues, que acaeció que así como Sancho vio al tal mayordomo, se le figuró en su rostro el mesmo de la Trifaldi, y volviéndose a su señor, le dijo:

—Señor, o a mí me ha de llevar el diablo de aquí de donde estoy, en justo y en creyente [9], o vuestra merced me ha de confesar que el rostro deste mayordomo del duque, que aquí está, es el mesmo de la Dolorida.

Miró don Quijote atentamente al mayordomo, y habiéndole mirado, dijo a Sancho:

—No hay para qué te lleve el diablo, Sancho, ni en justo ni en creyente, que no sé lo que quieres decir; que el rostro de la Dolorida es el del mayordomo, pero no por eso el mayordomo es la Dolorida; que a serlo, implicaría contradicción muy grande, y no es tiempo ahora de hacer estas averiguaciones, que sería entrarnos en intricados [10] laberintos. Créeme, amigo, que es menester rogar a Nuestro Señor muy de veras que nos libre a los dos de malos hechiceros y de malos encantadores.

—No es burla, señor —replicó Sancho—, sino que denantes [11] le oí hablar, y no pareció sino que la voz de la Trifaldi me sonaba en los oídos. Ahora bien, yo callaré; pero no dejaré de andar advertido de aquí adelante, a ver si descubre otra señal que confirme o desfaga ▼ mi sospecha.

[6] Había representado.

[7] Adiestrado.

[8] Conducir.

[9] De repente.

[10] Intrincados.

[11] Antes.

▼ El arcaísmo (deshaga) es una señal más del progreso de la quijotización de Sancho.

—Así lo has de hacer, Sancho —dijo don Quijote—, y darásme aviso de todo lo que en este caso descubrieres y de todo aquello que en el gobierno te sucediere.

Salió, en fin, Sancho, acompañado de mucha gente, vestido a lo letrado, y encima un gabán muy ancho de chamelote de aguas▼ leonado[12], con una montera de lo mesmo, sobre un macho a la jineta[13], y detrás dél, por orden del duque, iba el rucio con jaeces y ornamentos jumentiles de seda y flamantes. Volvía Sancho la cabeza de cuando en cuando a mirar a su asno, con cuya compañía iba tan contento, que no se trocara con el emperador de Alemaña[14].

Al despedirse de los duques, les besó las manos, y tomó la bendición de su señor, que se la dio con lágrimas, y Sancho la recibió con pucheritos[15].

Deja, lector amable, ir en paz y en hora buena al buen Sancho, y espera dos fanegas de risa, que te ha de causar el saber cómo se portó en su cargo, y en tanto, atiende a saber lo que le pasó a su amo aquella noche; que si con ello no rieres, por lo menos desplegarás los labios con risa de jimia[16], porque los sucesos de don Quijote, o se han de celebrar con admiración, o con risa.

Cuéntase, pues, que apenas se hubo partido Sancho, cuando don Quijote sintió su soledad[17], y si le fuera posible revocarle la comisión y quitarle el gobierno, lo hiciera. Conoció la duquesa su melancolía, y preguntóle que de qué estaba triste; que si era por la ausencia de Sancho, que escuderos, dueñas y doncellas había en su casa, que le servirían muy a satisfacción de su deseo.

[12] Rojizo.

[13] Aderezado a la jineta, con los estribos cortos.

[14] Alemania.

[15] Como quien va a romper a llorar.

[16] Simia, mona.

[17] Nostalgia por su ausencia.

▼ *Chamelote* era la tela de piel de camello; *de aguas,* porque los visos ondulados del chamelote parecen ondas del mar.

—Verdad es, señora mía —respondió don Quijote—, que siento la ausencia de Sancho; pero no es ésa la causa principal que me hace parecer que estoy triste, y de los muchos ofrecimientos que Vuestra Excelencia me hace solamente acepto y escojo el de la voluntad con que se me hacen, y en lo demás, suplico a Vuestra Excelencia que dentro de mi aposento consienta y permita que yo solo sea el que me sirva.

—En verdad —dijo la duquesa—, señor don Quijote, que no ha de ser así; que le han de servir cuatro doncellas de las mías, hermosas como unas flores.

—Para mí —respondió don Quijote— no serán ellas como flores, sino como espinas que me punzen el alma. Así entrarán ellas en mi aposento, ni cosa que lo parezca, como volar. Si es que vuestra grandeza quiere llevar adelante el hacerme merced sin yo merecerla, déjeme que yo me las haya conmigo, y que yo me sirva de mis puertas adentro; que yo ponga una muralla en medio de mis deseos y de mi honestidad, y no quiero perder esta costumbre por la liberalidad que vuestra alteza quiere mostrar conmigo. Y, en resolución, antes dormiré vestido que consentir que nadie me desnude.

—No más, no más, señor don Quijote —replicó la duquesa—. Por mí digo que daré orden que ni aun una mosca entre en su estancia, no que una doncella; no soy yo persona, que por mí se ha de descabalar la decencia del señor don Quijote; que, según se me ha traslucido, la que más campea entre sus muchas virtudes es la de la honestidad. Desnúdese vuesa merced y vístase a sus solas y a su modo, como y cuando quisiere; que no habrá quien lo impida, pues dentro de su aposento hallará los vasos [18] necesarios al menester del que

[18] Bacines.

duerme a puerta cerrada, porque ninguna natural necesidad le obligue a que la abra. Viva mil siglos la gran Dulcinea del Toboso, y sea su nombre extendido por toda la redondez de la tierra, pues mereció ser amada de tan valiente y tan honesto caballero, y los benignos cielos infundan en el corazón de Sancho Panza, nuestro gobernador, un deseo de acabar presto sus diciplinas[19], para que vuelva a gozar el mundo de la belleza de tan gran señora.

A lo cual dijo don Quijote:

—Vuestra altitud ▼ ha hablado como quien es; que en la boca de las buenas señoras no ha de haber ninguna ▼▼ que sea mala; y más venturosa y más conocida será en el mundo Dulcinea por haberla alabado vuestra grandeza que por todas las alabanzas que puedan darle los más elocuentes de la tierra.

—Agora bien, señor don Quijote —replicó la duquesa—, la hora de cenar se llega, y el duque debe de esperar; venga vuesa merced, y cenemos, y acostaráse temprano; que el viaje que ayer hizo de Candaya no fue tan corto que no haya causado algún molimiento.

—No siento ninguno, señora —respondió don Quijote—, porque osaré jurar a Vuestra Excelencia que en mi vida he subido sobre bestia más reposada ni de mejor paso que Clavileño, y no sé yo qué le pudo mover a Malambruno para deshacerse de tan ligera y tan gentil cabalgadura, y abrasarla así, sin más ni más.

[19] Disciplinas, azotes.

▼ Véase la primera nota al pie de la pág. 366 en II, 30.

▼▼ Ninguna señora (zeugma). «Las *buenas* señoras no toman en la boca a las *malas,* y así se comprende que la mención de Dulcinea por la duquesa no puede ser sino alabanza» (Schevill).

—A eso se puede imaginar —respondió la duquesa— que arrepentido del mal que había hecho a la Trifaldi y compañía, y a otras personas, y de las maldades que como hechicero y encantador debía de haber cometido, quiso concluir con todos los instrumentos de su oficio, y como a principal y que más le traía desasosegado, vagando de tierra en tierra, abrasó a Clavileño; que con sus abrasadas cenizas y con el trofeo del cartel queda eterno el valor del gran don Quijote de la Mancha.

De nuevo nuevas gracias dio don Quijote a la duquesa, y en cenando, don Quijote se retiró en su aposento, solo, sin consentir que nadie entrase con él a servirle: tanto se temía de encontrar ocasiones que le moviesen o forzasen a perder el honesto decoro que a su señora Dulcinea guardaba, siempre puesta en la imaginación la bondad de Amadís, flor y espejo de los andantes caballeros. Cerró tras sí la puerta, y a la luz de dos velas de cera se desnudó, y al descalzarse —¡oh desgracia indigna de tal persona!— se le soltaron, no suspiros, ni otra cosa, que desacreditasen la limpieza de su policía [20], sino hasta dos docenas de puntos de una media, que quedó hecha celosía. Afligióse en extremo el buen señor, y diera él por tener allí un adarme [21] de seda verde una onza de plata, digo seda verde porque las medias eran verdes.

Aquí exclamó Benengeli, y escribiendo, dijo: «¡Oh pobreza, pobreza! ¡No sé yo con qué razón se movió aquel gran poeta cordobés a llamarte

Dádiva santa desagradecida ▾!

[20] Buena educación.

[21] Cantidad ínfima.

▾ Verso del *Laberinto de Fortuna,* poema alegórico del *gran poeta cordobés* Juan de Mena (1411-1456).

Yo, aunque moro, bien sé, por la comunicación que he tenido con cristianos, que la santidad consiste en la caridad, humildad, fee[22], obediencia y pobreza; pero, con todo eso, digo que ha de tener mucho de Dios el que se viniere a contentar con ser pobre, si no es de aquel modo de pobreza de quien dice uno de sus mayores santos: 'Tened todas las cosas como si no las tuviésedes'▼; y a esto llaman pobreza de espíritu; pero tú, segunda pobreza, que eres de la que yo hablo, ¿por qué quieres estrellarte con los hidalgos y bien nacidos más que con la otra gente? ¿Por qué los obligas a dar pantalia▼▼ a los zapatos, y a que los botones de sus ropillas[23] unos sean de seda, otros de cerdas, y otros de vidro[24]? ¿Por qué sus cuellos, por la mayor parte, han de ser siempre escarolados[25], y no abiertos con molde?» Y en esto se echará de ver que es antiguo el uso del almidón y de los cuellos abiertos. Y prosiguió: «¡Miserable del bien nacido que va dando pistos[26] a su honra, comiendo mal y a puerta cerrada, haciendo hipócrita al palillo de dientes con que sale a la calle después de no haber comido cosa que le obligue a limpiárselos▼▼▼! ¡Miserable de aquel, digo, que tiene la honra espantadiza, y piensa que desde una legua se le descubre el remiendo del zapato, el trasudor del sombrero, la hilaza del herreruelo[27] y la hambre de su estómago!»

Todo esto se le renovó a don Quijote en la soltura de sus puntos; pero consolóse con ver que

[22] Fe.

[23] Vestiduras cortas.

[24] Vidrio.

[25] Rizados (como hojas de escarola).

[26] Alimentando.

[27] Capa corta.

▼ Palabras del apóstol San Pablo, en su *Epístola a los Corintios.*

▼▼ Según Corominas, «Pantalla; porque del hollín recogido en las pantallas de linternas y candeleros se hacía una pasta que servía para dar lustre a los zapatos» (Riquer).

▼▼▼ Recuérdese la figura del hidalgo o escudero toledano en el tratado III de *Lazarillo de Tormes* (1554).

Sancho le había dejado unas botas de camino, que pensó ponerse otro día.

Finalmente, él se recostó pensativo y pesaroso, así de la falta que Sancho le hacía como de la inreparable [28] desgracia de sus medias, a quien tomara los puntos, aunque fuera con seda de otra color, que es una de las mayores señales de miseria que un hidalgo puede dar en el discurso de su prolija estrecheza. Mató las velas, hacía calor y no podía dormir, levantóse del lecho y abrió un poco la ventana de una reja que daba sobre un hermoso jardín, y al abrirla, sintió y oyó que andaba y hablaba gente en el jardín. Púsose a escuchar atentamente. Levantaron la voz los de abajo, tanto que pudo oír estas razones:

—No me porfíes, ¡oh Emerencia!, que cante, pues sabes que desde el punto que este forastero entró en este castillo y mis ojos le miraron, yo no sé cantar, sino llorar, cuanto más que el sueño de mi señora tiene más de ligero que de pesado, y no querría que nos hallase aquí por todo el tesoro del mundo. Y puesto caso que durmiese y no despertase, en vano sería mi canto si duerme y no despierta para oírle este nuevo Eneas, que ha llegado a mis regiones para dejarme escarnida▼.

—No des en eso, Altisidora amiga —respondieron—, que sin duda la duquesa y cuantos hay en esa casa duermen, si no es el señor de tu corazón y el despertador de tu alma; porque ahora sentí que abría la ventana de la reja de su estancia, y sin duda debe de estar despierto. Canta, lastimada mía, en tono bajo y suave al son de tu arpa, y

[28] Irreparable.

▼ Escarnecida, burlada (arcaísmo), como la reina Dido, engañada y abandonada por Eneas a su paso por Cartago, en su camino desde Troya hasta Roma. (*Eneida,* de Virgilio.)

cuando la duquesa nos sienta le echaremos la culpa al calor que hace.

—No está en eso el punto, ¡oh Emerencia! —respondió la Altisidora—, sino en que no querría que mi canto descubriese mi corazón y fuese juzgada de los que no tienen noticia de las fuerzas poderosas de amor por doncella antojadiza y liviana. Pero venga lo que viniere, que más vale vergüenza en cara que mancilla en corazón.

Y en esto, sintió tocar una arpa suavísimamente. Oyendo lo cual quedó don Quijote pasmado, porque en aquel instante se le vinieron a la memoria las infinitas aventuras semejantes a aquélla, de ventanas, rejas y jardines, músicas, requiebros y desvanecimientos que en los sus desvanecidos libros de caballerías había leído▼. Luego imaginó que alguna doncella de la duquesa estaba dél enamorada, y que la honestidad la forzaba a tener secreta su voluntad; temió no[29] le rindiese, y propuso en su pensamiento el no dejarse vencer, y encomendándose de todo buen ánimo y buen talante a su señora Dulcinea del Toboso, determinó de escuchar la música, y para dar a entender que allí estaba, dio un fingido estornudo, de que no poco se alegraron las doncellas, que otra cosa no deseaban sino que don Quijote las oyese. Recorrida, pues, y afinada la arpa, Altisidora dio principio a este romance:

—¡Oh, tú, que estás en tu lecho,
entre sábanas de holanda,
durmiendo a pierna tendida
de la noche a la mañana,

[29] *No* redundante.

▼ En medio de tantos engaños y burlas, lo único verdadero es la nostalgia y melancolía de don Quijote, a quien la realidad ya se le muestra adecuadamente transformada por los demás.

caballero el más valiente
que ha producido La Mancha,
más honesto y más bendito
que el oro fino de Arabia!
Oye a una triste doncella,
bien crecida y mal lograda,
que en la luz de tus dos soles
se siente abrasar el alma.
Tú buscas tus aventuras,
y ajenas desdichas hallas;
das las feridas, y niegas
el remedio de sanarlas.
Dime, valeroso joven,
que Dios prospere tus ansias,
si te criaste en la Libia,
o en las montañas de Jaca [30];
si sierpes te dieron leche;
Si a dicha fueron tus amas
la aspereza de las selvas
y el horror de las montañas.
Muy bien puede Dulcinea,
doncella rolliza y sana,
preciarse de que ha rendido
a una tigre y fiera brava.
Por esto será famosa
desde Henares a Jarama,
desde el Tajo a Manzanares,
desde Pisuerga hasta Arlanza ▼.
Trocáreme yo por ella,
y diera encima una saya
de las más gayadas [31] mías;
que de oro le adornan franjas.

[30] Ciudad de Huesca.

[31] Abigarradas, de varios colores.

▼ Altisidora cita burlescamente nombres de ríos cercanos y que se juntan (Henares y Manzanares son afluentes del Jarama y éste del Tajo; Arlanza es afluente del Arlanzón, que a su vez lo es del Pisuerga) como si se tratase de términos de grandes distancias entre países alejados.

¡Oh, quién se viera en tus brazos,
o si no, junto a tu cama,
rascándote la cabeza
y matándote la caspa ▼!
Mucho pido, y no soy digna
de merced tan señalada:
los pies quisiera traerte [32];
que a una humilde esto le basta.
¡Oh, qué de cofias [33] te diera,
qué de escarpines [34] de plata,
qué de calzas de damasco,
qué de herreruelos de holanda!
¡Qué de finísimas perlas,
cada cual como una agalla,
que a no tener compañeras,
*Las solas* fueran llamadas ▼▼!
No mires de tu Tarpeya
este incendio que me abrasa,
Nerón manchego del mundo.
Ni le avives con tu saña ▼▼▼.
Niña soy, pulcela [35] tierna;
mi edad de quince no pasa:
catorce tengo y tres meses,
te juro en Dios y en mi ánima.
No soy renca [36], ni soy coja;
ni tengo nada de manca;
los cabellos, como lirios,
que, en pie, por el suelo arrastran.

[32] Darles friegas o masaje.

[33] Birretes almohadillados.

[34] Calzado interior.

[35] Doncella (italianismo).

[36] Coja por lesión de caderas.

▼ La burla de Altisidora se vuelve aún más grotesca con el uso de estas —y algunas otras— expresiones vulgares, antipoéticas.

▼▼ Probable alusión a la famosa perla de la casa real española llamada Peregrina, Huérfana, *Sola,* porque no había otra igual (Pellicer).

▼▼▼ Tarpeya es, según algunos romances españoles, la roca de Roma desde donde Nerón contempló el incendio de la ciudad, del cual se hizo responsable al mismo emperador.

Y aunque es mi boca aguileña
y la nariz algo chata,
ser mis dientes de topacios
mi belleza al cielo ensalza.

Mi voz, ya ves, si me escuchas,
que a la que es más dulce iguala,
y soy de disposición
algo menos que mediana.

Estas y otras gracias miras:
son despojos de tu aljaba [37];
desta casa soy doncella,
y Altisidora me llaman.

Aquí dio fin el canto de la malferida Altisidora, y comenzó el asombro del requirido [38] don Quijote, el cual, dando un gran suspiro, dijo entre sí:

—¡Que tengo de ser tan desdichado andante, que no ha de haber doncella que me mire que de mí no se enamore! ¡Que tenga de ser tan corta de ventura la sin par Dulcinea del Toboso, que no la han de dejar a solas gozar de la incomparable firmeza mía! ¿Qué la queréis, reinas? ¿A qué la perseguís, emperatrices? ¿Para qué la acosáis, doncellas de a catorce a quince años? Dejad, dejad a la miserable que triunfe, se goce y ufane con la suerte que Amor quiso darle en rendirle mi corazón y entregarle mi alma. Mirad, caterva enamorada, que para sola Dulcinea soy de masa y de alfeñique [39], y para todas las demás soy de pedernal; para ella soy miel, y para vosotras acíbar, para mí sola Dulcinea es la hermosa, la discreta, la honesta, la gallarda y la bien nacida, y las demás, las feas, las necias, las livianas y las de peor linaje; para ser yo suyo, y no de otra alguna, me arrojó la naturaleza al mundo. Llore, o cante, Altisidora;

[37] Caja para flechas (metonimia).

[38] Requerido.

[39] Véase nota 15 en II, 1.

desespérese Madama▼ por quien me aporrearon en el castillo del moro encantado, que yo tengo de ser de Dulcinea, cocido o asado[40], limpio, bien criado y honesto, a pesar de todas las potestades hechiceras de la tierra.

Y con esto, cerró de golpe la ventana, y despechado y pesaroso como si le hubiera acontecido alguna gran desgracia, se acostó en su lecho, donde le dejaremos por ahora, porque nos está llamando el gran Sancho Panza, que quiere dar principio a su famoso gobierno▼▼.

[40] De cualquier manera que sea.

▼ Señora, galicismo empleado en sentido irónico-burlesco (se refiere a Maritornes y a la trifulca nocturna contada en I, 16). Asistimos, pues, «a la envanecida satisfacción de don Quijote al sentirse adorado, y al temor ridículo de que la adoración pase de las canciones a las obras» (Torrente Ballester); y, por otro lado, expresa y defiende su fidelidad en términos del amor cortés (Avalle-Arce).

▼▼ Con la separación de don Quijote y Sancho, y con la narración de las experiencias de ambos en capítulos alternantes, desarrolla Cervantes uno de los primeros intentos de simultaneísmo temporal en la historia de la novela: atiende a la vez a lo que ocurre en los dos focos espaciales, dedicando alternativamente un capítulo a cada uno.

## Capítulo XLV

### De cómo el gran Sancho Panza tomó la posesión de su ínsula, y del modo que comenzó a gobernar

¡Oh perpetuo descubridor de los antípodas, hacha del mundo, ojo del cielo, meneo dulce de las cantimploras ▼, Timbrio aquí, Febo allí, tirador acá, médico acullá, padre de la Poesía, inventor de la Música, tú que siempre sales y, aunque lo parece, nunca te pones! A ti digo, ¡oh sol, con cuya ayuda el hombre engendra al hombre!, a ti digo que me favorezcas, y alumbres la escuridad de mi ingenio, para que pueda discurrir por sus puntos en la narración del gobierno del gran Sancho Panza; que sin ti, yo me siento tibio, desmazalado [1] y confuso.

Digo, pues, que con todo su acompañamiento llegó Sancho a un lugar de hasta mil vecinos, que era de los mejores que el duque tenía. Diéronle a entender que se llamaba la ínsula Barataria, o ya porque el lugar se llamaba Baratario, o ya por el

[1] Decaído.

▼ Alusión humorística a la costumbre de mover o menear las cantimploras o garrafas en los cubos de nieve para enfriar el agua (y así librarla del calor del sol). Con este apóstrofe al Sol se desarrolla otra de las descripciones del amanecer mitológico (apelativos del Sol [Apolo] en la mitología clásica: Timbrio, Febo, tirador de flechas, inventor de la medicina, de la poesía y de la música). (Véase la primera nota al pie de la pág. 69 en I, 2.)

barato [2] con que se le había dado el gobierno ▼. Al llegar a las puertas de la villa, que era cercada, salió el regimiento [3] del pueblo a recebirle; tocaron las campanas, y todos los vecinos dieron muestras de general alegría, y con mucha pompa le llevaron a la iglesia, mayor a dar gracias a Dios, y luego con algunas ridículas ceremonias le entregaron las llaves del pueblo y le admitieron por perpetuo gobernador de la ínsula Barataria.

El traje, las barbas, la gordura y pequeñez del nuevo gobernador tenía admirada a toda la gente que el busilis [4] del cuento no sabía, y aun a todos los que lo sabían, que eran muchos. Finalmente, en sacándole de la iglesia, le llevaron a la silla del juzgado y le sentaron en ella, y el mayordomo del duque le dijo:

—Es costumbre antigua en esta ínsula, señor gobernador, que el que viene a tomar posesión desta famosa ínsula está obligado a responder a una pregunta que se le hiciere, que sea algo intricada [5] y dificultosa, de cuya respuesta el pueblo toma y toca el pulso del ingenio de su nuevo gobernador, y así, o se alegra o se entristece con su venida.

En tanto que el mayordomo decía esto a Sancho, estaba él mirando unas grandes y muchas letras que en la pared frontera [6] de su silla estaban escritas, y como él no sabía leer, preguntó qué eran aquellas pinturas que en aquella pared estaban. Fuele respondido:

—Señor, allí está escrito y notado el día en que Vuestra Señoría tomó posesión desta ínsula, y dice

[2] Ragalo, engaño.

[3] Ayuntamiento (regidores).

[4] Secreto.

[5] Intrincada.

[6] De enfrente.

▼ Una vez más se dan dos explicaciones de la misma palabra: «aquí la primera etimología es la formal o tautológica que muy mañosamente propone Cervantes (para mantenerse fiel a la dicotomía) como alternativa de la segunda, que es la etimología "real" históricamente» (Spitzer).

el epitafio[7]: *Hoy día, a tantos de tal mes y de tal año, tomó la posesión desta ínsula el señor don Sancho Panza, que muchos años la goce.*

—Y ¿a quién llaman don Sancho Panza? —preguntó Sancho.

—A Vuestra Señoría —respondió el mayordomo—; que en esta ínsula no ha entrado otro Panza sino el que está sentado en esa silla.

—Pues advertid, hermano —dijo Sancho—, que yo no tengo *don,* ni en todo mi linaje le ha habido: Sancho Panza me llaman a secas, y Sancho se llamó mi padre, y Sancho mi agüelo[8], y todos fueron Panzas, sin añadiduras de dones ni donas▼; y yo imagino que en esta ínsula debe de haber más dones que piedras; pero basta: Dios me entiende, y podrá ser que si el gobierno me dura cuatro días, yo escardaré▼▼ estos dones, que, por la muchedumbre, deben de enfadar como los mosquitos. Pase adelante con su pregunta el señor mayordomo; que yo responderé lo mejor que supiere, ora se entristezca o no se entristezca el pueblo.

A este instante entraron en el juzgado dos hombres, el uno vestido de labrador y el otro de sastre, porque traía unas tijeras en la mano, y el sastre dijo:

—Señor gobernador, yo y este hombre labrador venimos ante vuestra merced en razón que este buen hombre llegó a mi tienda ayer (que yo, con perdón de los presentes, soy sastre examinado▼▼▼, que Dios sea bendito), y poniéndome un pedazo

[7] Inscripción.

[8] Abuelo.

▼ Véase nota al pie de la pág. 370 en II, 30.

▼▼ «Entresacaré y arrancaré» (como se hace con las hierbas malas en los sembrados).

▼▼▼ «Examinado para poder entrar en el gremio» de los sastres, cuya fama de ladrones era un motivo literario frecuente. Nótese la ironía y la burla cervantina de la costumbre social de pedir perdón siempre que se cita algo vil o sucio.

de paño en las manos, me preguntó: «Señor, ¿habría en esto paño harto [9] para hacerme una caperuza?» Yo, tanteando el paño, le respondí que sí; él debióse de imaginar, a lo que yo imagino, e imaginé bien, que sin duda yo le quería hurtar alguna parte del paño, fundándose en su malicia y en la mala opinión de los sastres, y replicóme que mirase si habría para dos. Adivinéle el pensamiento y díjele que sí; y él, caballero [10] en su dañada y primera intención, fue añadiendo caperuzas, y yo añadiendo síes, hasta que llegamos a cinco caperuzas, y ahora en este punto acaba de venir por ellas; yo se las doy, y no me quiere pagar la hechura; antes me pide que le pague o vuelva su paño.

—¿Es todo esto así, hermano? —preguntó Sancho.

—Sí, señor —respondió el hombre—; pero hágale vuestra merced que muestre las cinco caperuzas que me ha hecho.

—De buena gana —respondió el sastre.

Y sacando encontinente [11] la mano de bajo del herreruelo [12], mostró en ella cinco caperuzas puestas en las cinco cabezas de los dedos de la mano, y dijo:

—He aquí las cinco caperuzas que este buen hombre me pide, y en Dios y en mi conciencia que no me ha quedado nada del paño, y yo daré la obra a vista de veedores [13] del oficio.

Todos los presentes se rieron de la multitud de las caperuzas y del nuevo pleito. Sancho se puso a considerar un poco, y dijo:

—Paréceme que en este pleito no ha de haber largas dilaciones, sino juzgar luego [14] a juicio de buen varón, y así, yo doy por sentencia que el sastre pierda las hechuras [15], y el labrador el paño, y las caperuzas se lleven a los presos de la cárcel, y no haya más.

[9] Bastante.
[10] Firme.
[11] En seguida.
[12] Capa corta.
[13] Inspectores.
[14] Inmediatamente.
[15] El trabajo.

Si la sentencia pasada de la bolsa del ganadero▼ movió a admiración de los circunstantes, ésta les provocó la risa; pero, en fin, se hizo lo que mandó el gobernador. Ante el cual se presentaron dos hombres ancianos; el uno traía una cañaheja[16] por báculo, y el sin báculo dijo:

—Señor, a este buen hombre le presté días ha diez escudos de oro en oro, por hacerle placer y buena obra, con condición que me los volviese cuando se los pidiese. Pasáronse muchos días sin perdírselos, por no ponerle en mayor necesidad de volvérmelos que la que él tenía cuando yo se los presté; pero por parecerme que se descuidaba en la paga, se los he pedido una y muchas veces, y no solamente no me los vuelve, pero me los niega y dice que nunca tales diez escudos le presté, y que si se los presté, que ya me los ha vuelto. Yo no tengo testigos ni del prestado ni de la vuelta, porque no me los ha vuelto. Querría que vuestra merced le tomase juramento, y si jurase que me los ha vuelto, yo se los perdono para aquí y para delante de Dios.

—¿Qué decís vos a esto, buen viejo del báculo? —dijo Sancho.

A lo que dijo el viejo:

—Yo, señor, confieso que me los prestó, y baje vuestra merced esa vara; y pues él lo deja en mi juramento, yo juraré como se los he vuelto y pagado real y verdaderamente.

Bajó el gobernador la vara, y en tanto, el viejo del báculo dio el báculo al otro viejo, que se le tu-

[16] Caña.

▼ Este suceso se narra más adelante. «Tal vez habría que entender *pasada después* o *que pasó después*. Aunque es más posible que Cervantes hubiese redactado al principio los dos sucesos en diferente orden y al trastrocarlos se olvidara de enmendar esta frase» (Riquer).

viese en tanto que juraba, como si le embarazara mucho, y luego puso la mano en la cruz de la vara ▼, diciendo que era verdad que se le habían prestado aquellos diez escudos que se le pedían; pero que él se los había vuelto de su mano a la suya, y que [17] por no caer en ello se los volvía a pedir por momentos. Viendo lo cual el gran gobernador, preguntó al acreedor qué respondía a lo que decía su contrario; y dijo que sin duda alguna su deudor debía de decir verdad, porque le tenía por hombre de bien y buen cristiano, y que a él se le debía de haber olvidado el cómo y cuándo se los había vuelto, y que desde allí en adelante jamás le pidiría nada. Tornó a tomar su báculo el deudor, y bajando la cabeza, se salió del juzgado. Visto lo cual Sancho, y que sin más ni más se iba, y viendo también la paciencia del demandante, inclinó la cabeza sobre el pecho, y poniéndose el índice de la mano derecha sobre las cejas y las narices, estuvo como pensativo un pequeño espacio, y luego alzó la cabeza y mandó que llamasen al viejo del báculo, que ya se había ido. Trujéronsele [18], y en viéndole Sancho, le dijo:

—Dadme, buen hombre, ese báculo; que le he menester.

—De muy buena gana —respondió el viejo—: hele aquí, señor.

Y púsosele en la mano. Tomóle Sancho, y dándosele al otro viejo, le dijo:

—Andad con Dios, que ya vais pagado.

—¿Yo, señor? —respondió el viejo—. Pues ¿vale esta cañaheja diez escudos de oro?

[17] Y que el acreedor.

[18] Se lo trajeron.

▼ La vara de justicia era el símbolo de la autoridad; y sobre ella —sobre la cruz que llevaba en la parte superior— se prestaba juramento.

—Sí —dijo el gobernador—; o si no, yo soy el mayor porro [19] del mundo. Y ahora se verá si tengo yo caletre para gobernar todo un reino.

Y mandó que allí, delante de todos, se rompiese y abriese la caña. Hízose así, y en el corazón della hallaron diez escudos en oro. Quedaron todos admirados, y tuvieron a su gobernador por un nuevo Salomón▼.

Preguntáronle de dónde había colegido que en aquella cañaheja estaban aquellos diez escudos, y respondió que de haberle visto dar al viejo que juraba, a su contrario, aquel báculo, en tanto que hacía el juramento, y jurar que se lo había dado real y verdaderamente, y que en acabando de jurar le tornó a pedir el báculo, le vino a la imaginación que dentro dél estaba la paga de lo que pedían. De donde se podía colegir que los que gobiernan, aunque sean unos tontos, tal vez [20] los encamina Dios en sus juicios; y más que él había oído contar otro caso como aquél al cura de su lugar, y que él tenía tan gran memoria, que a no olvidársele todo aquello de que quería acordarse, no hubiera tal memoria en toda la ínsula. Finalmente, el un viejo corrido y el otro pagado, se fueron, y los presentes quedaron admirados, y el que escribía las palabras, hechos y movimientos de Sancho no acababa de determinarse si le tendría y pondría por tonto, o por discreto.

Luego, acabado este pleito, entró en el juzgado una mujer asida fuertemente de un hombre vestido de ganadero rico, la cual venía dando grandes voces, diciendo:

—¡Justicia, señor gobernador, justicia, y si no la hallo en la tierra, la iré a buscar al cielo! Señor go-

[19] Hombre torpe y necio.

[20] Alguna vez.

▼ Rey bíblico cuya sabiduría se convirtió en proverbial.

bernador de mi ánima, este mal hombre me ha cogido en la mitad dese campo, y se ha aprovechado de mi cuerpo como si fuera trapo mal lavado, y, ¡desdichada de mí!, me ha llevado lo que yo tenía guardado más de veinte y tres años ha, defendiéndolo de moros y cristianos, de naturales y extranjeros, y yo, siempre dura como un alcornoque, conservándome entera como la salamanquesa [21] en el fuego ▼, o como la lana entre las zarzas, para que este buen hombre llegase ahora con sus manos limpias a manosearme.

—Aun eso está por averiguar, si tiene limpias o no las manos este galán —dijo Sancho.

Y volviéndose al hombre, le dijo qué decía y respondía a la querella de aquella mujer. El cual, todo turbado, respondió:

—Señores, yo soy un pobre ganadero de ganado de cerda, y esta mañana salía deste lugar de vender, con perdón sea dicho, cuatro puercos, que me llevaron de alcabalas y socaliñas [22] poco menos de lo que ellos valían; volvíame a mi aldea, topé en el camino a esta buena dueña, y el diablo, que todo lo añasca [23] y todo lo cuece, hizo que yogásemos [24] juntos; paguéle lo suficiente, y ella, mal contenta, asió de mí, y no me ha dejado hasta traerme a este puesto. Dice que la forcé, y miente, para [25] el juramento que hago o pienso hacer; y ésta es toda la verdad, sin faltar meaja [26].

Entonces el gobernador le preguntó si traía consigo algún dinero en plata. Él dijo que hasta veinte ducados tenía en el seno, en una bolsa de cuero. Mandó que la sacase y se la entregase, así como

[21] Salamandra.

[22] Impuestos y artificios.

[23] Enreda.

[24] Fornicásemos.

[25] Por.

[26] Migaja.

▼ Alude a la antigua creencia popular según la cual la salamandra resiste al fuego sin quemarse. Todas estas anécdotas o cuentecillos, y los tipos que en ellos aparecen, proceden de la tradición y del folclore occidental.

estaba, a la querellante; él lo hizo temblando; tomóla la mujer, y haciendo mil zalemas[27] a todos y rogando a Dios por la vida y salud del señor gobernador, que así miraba por las huérfanas menesterosas y doncellas; y con esto se salió del juzgado, llevando la bolsa asida con entrambas manos, aunque primero miró si era de plata la moneda que llevaba dentro.

Apenas salió, cuando Sancho dijo al ganadero, que ya se le saltaban las lágrimas, y los ojos y el corazón se iban tras su bolsa:

—Buen hombre, id tras aquella mujer, y quitadle la bolsa, aunque no quiera, y volved aquí con ella.

Y no lo dijo a tonto ni a sordo, porque luego partió como un rayo y fue a lo que se le mandaba. Todos los presentes estaban suspensos, esperando el fin de aquel pleito, y de allí poco volvieron el hombre y la mujer más asidos y aferrados que la vez primera, ella la saya levantada y en el regazo puesta la bolsa, y el hombre pugnando por quitársela; mas no era posible, según la mujer la defendía, la cual daba voces diciendo:

—¡Justicia de Dios y del mundo! Mire vuestra merced, señor gobernador, la poca vergüenza y el poco temor deste desalmado, que en mitad de poblado y en mitad de la calle, me ha querido quitar la bolsa que vuestra merced mandó darme.

—Y ¿háosla quitado? —preguntó el gobernador.

—¿Cómo quitar? —respondió la mujer—. Antes me dejara yo quitar la vida que me quiten la bolsa. ¡Bonita es la niña! ¡Otros gatos me han de echar a las barbas, que no este desventurado y asqueroso! ¡Tenazas y martillos, mazos y escoplos[28] no serán bastantes a sacármela de las uñas, ni aun garras de leones: antes el ánima de en mitad en mitad de las carnes!

[27] Gestos de cortesía y sumisión.

[28] Herramientas de hierro.

—Ella tiene razón —dijo el hombre—, y yo me doy por rendido y sin fuerzas, y confieso que las mías no son bastantes para quitársela, y déjola.

Entonces el gobernador dijo a la mujer.

—Mostrad, honrada y valiente, esa bolsa.

Ella se la dio luego, y el gobernador se la volvió al hombre, y dijo a la esforzada y no forzada ▼:

—Hermana mía, si el mismo aliento y valor que habéis mostrado para defender esta bolsa le mostrárades, y aun la mitad menos, para defender vuestro cuerpo, las fuerzas de Hércules no os hicieran fuerza. Andad con Dios, y mucho de enhoramala, y no paréis en toda esta ínsula ni en seis leguas a la redonda, so pena de docientos azotes. ¡Andad luego digo, churrillera [29], desvergonzada y embaidora [30]!

Espantóse la mujer y fuese cabizbaja y mal contenta, y el gobernador dijo al hombre:

—Buen hombre, andad con Dios a vuestro lugar con vuestro dinero, y de aquí adelante, si no le queréis perder, procurad que no os venga en voluntad yogar con nadie.

El hombre le dio las gracias lo peor que supo ▼▼, y fuese, y los circunstantes quedaron admirados de nuevo de los juicios y sentencias de su nuevo gobernador. Todo lo cual, notado [31] de su coronista [32], fue luego escrito al duque, que con gran deseo lo estaba esperando.

Y quédese aquí el buen Sancho, que es mucha la priesa que nos da su amo, alborozado con la música de Altisidora.

[29] Charlatana.

[30] Embaucadora.

[31] Dictado.

[32] Cronista (epéntesis).

▼ «La que tenía fuerzas y no había sido forzada o violada» (juego de palabras).

▼▼ «Por lo turbado y confuso» que estaba (Avalle-Arce).

## Capítulo XLVI

### Del temeroso espanto cencerril y gatuno que recibió don Quijote en el discurso de los amores de la enamorada Altisidora▼

Dejamos al gran don Quijote envuelto en los pensamientos que le habían causado la música de la enamorada doncella Altisidora. Acostóse con ellos y, como si fueran pulgas, no le dejaron dormir ni sosegar un punto, y juntábansele los[1] que le faltaban de sus medias; pero como es ligero el tiempo, y no hay barranco que le detenga, corrió caballero[2] en las horas, y con mucha presteza llegó la de la mañana▼▼. Lo cual visto por don Quijote, dejó las blandas plumas, y, no nada perezoso, se vistió su acamuzado[3] vestido y se calzó sus botas de camino, por encubrir la desgracia de sus medias; arrojóse encima su mantón de escarlata y púsose en la cabeza una montera de terciopelo verde, guarnecida de pasamanos[4] de plata, colgó el tahelí[5] de sus hombros con su buena y tajado-

[1] Los puntos (zeugma dilógico).

[2] Firme, con rapidez.

[3] De piel de gamuza.

[4] Galones o trencillas.

[5] Cinto ancho que cruza el pecho.

▼El humorístico epígrafe de este capítulo —como el de I, 36, el de II, 68 y otros más—corrobora la afirmación de M. de Riquer de que en el *Quijote* hasta la lectura del índice es divertida.

▼▼ «Además de la comparación grotesca, se repite dos veces el mismo recurso: *juntábansele los puntos* (con juego de palabras, que repite en varios pasajes de la obra), y *llegó la hora,* los dos de valor gramatical inverso (singular con plural y plural con singular)» (Rosenblat).

ra espada, asió un gran rosario que consigo contino[6] traía, y con gran prosopopeya y contoneo ▼ salió a la antesala, donde el duque y la duquesa estaban ya vestidos y como esperándole. Y al pasar por una galería, estaban aposta[7] esperándole Altisidora y la otra doncella su amiga, y así como Altisidora vio a don Quijote, fingió desmayarse, y su amiga la recogió en sus faldas, y con gran presteza la iba a desabrochar el pecho. Don Quijote, que lo vio, llegándose a ellas, dijo:

[6] Continuamente.

[7] A propósito.

—Ya sé yo de qué proceden estos accidentes.

—No sé yo de qué —respondió la amiga—, porque Altisidora es la doncella más sana de toda esta casa, y yo nunca la he sentido un ¡ay! en cuanto ha que la conozco; que mal hayan cuantos caballeros andantes hay en el mundo, si es que todos son desagradecidos. Váyase vuesa merced, señor don Quijote, que no volverá en sí esta pobre niña en tanto que vuesa merced aquí estuviere.

A lo que respondió don Quijote:

—Haga vuesa merced, señora, que se me ponga un laúd esta noche en mi aposento; que yo consolaré lo mejor que pudiere a esta lastimada doncella; que en los principios amorosos los desengaños prestos suelen ser remedios calificados.

Y con esto se fue, porque no fuese notado de los que allí le viesen. No se hubo bien apartado, cuando volviendo en sí la desmayada Altisidora, dijo a su compañera.

—Menester será que se le ponga el laúd; que sin duda don Quijote quiere darnos música, y no será mala, siendo suya.

▼ Don Quijote, *alborozado con la música de Altisidora* (final del cap. anterior), sale ahora *con gran prosopopeya y contoneo:* «me parece muy humano que en su fuero interno estuviese *alborozado* por una declaración amorosa con música y en verso». (Avalle-Arce).

Fueron luego a dar cuenta a la duquesa de lo que pasaba y del laúd que pedía don Quijote, y ella, alegre sobremodo, concertó con el duque y con sus doncellas de hacerle una burla que fuese más risueña que dañosa, y con mucho contento esperaban la noche, que se vino tan apriesa como se había venido el día, el cual pasaron los duques en sabrosas pláticas con don Quijote. Y la duquesa aquel día real y verdaderamente despachó a un paje suyo —que había hecho [8] en la selva la figura encantada de Dulcinea— a Teresa Panza, con la carta de su marido Sancho Panza, y con el lío de ropa que había dejado para que se le enviase, encargándole le trujese buena relación de todo lo que con ella pasase [9].

Hecho esto, y llegadas las once horas de la noche, halló don Quijote una vihuela en su aposento; templóla, abrió la reja, y sintió que andaba gente en el jardín, y habiendo recorrido los trastes [10] de la vihuela y afinándola lo mejor que supo, escupió y remondóse [11] el pecho, y luego, con una voz ronquilla, aunque entonada, cantó el siguiente romance, que él mismo aquel día había compuesto:

—Suelen las fuerzas de amor
sacar de quicio a las almas,
tomando por instrumento
la ociosidad descuidada.
Suele el coser y el labrar [12],
y el estar siempre ocupada,
ser antídoto al veneno
de las amorosas ansias.
Las doncellas recogidas
que aspiran a ser casadas,
la honestidad es la dote
y voz de sus alabanzas.

[8] Representado.

[9] Hablase.

[10] Llaves.

[11] Se desembarazó (para aclarar la voz).

[12] Hacer labor.

Los andantes caballeros
y los que en la corte andan,
requiébranse con las libres;
con las honestas se casan.

Hay amores de levante,
que entre huéspedes se tratan,
que llegan presto al poniente,
porque en el partirse acaban.

El amor recién venido,
que hoy llegó y se va mañana,
las imágines [13] no deja
bien impresas en el alma.

Pintura sobre pintura
ni se muestra ni señala;
y do hay primera belleza,
la segunda no hace baza.

Dulcinea del Toboso
del alma en la tabla rasa
tengo pintada de modo,
que es imposible borrarla.

La firmeza en los amantes
es la parte más preciada,
por quien hace Amor milagros,
y asimesmo los levanta ▼.

[13] Imágenes.

Aquí llegaba don Quijote de su canto, a quien estaban escuchando el duque y la duquesa, Altisidora y casi toda la gente del castillo, cuando de improviso, desde encima de un corredor que sobre la reja de don Quijote a plomo caía, descolgaron un cordel donde venían más de cien cencerros asidos, y luego, tras ellos, derramaron un gran saco de gatos, que asimismo traían cencerros menores atados a las colas. Fue tan grande el ruido de los

▼ Dos posibles interpretaciones: «y también los eleva»; o, en diferente sentido, «y hasta sí mismo» (a sí mesmo) los eleva» (Rodríguez Marín).

cencerros y el mayar de los gatos, que aunque los duques habían sido inventores de la burla, todavía les sobresaltó; y, temeroso don Quijote, quedó pasmado. Y quiso la suerte que dos o tres gatos se entraron por la reja de su estancia, y dando de una parte a otra, parecía que una región [14] de diablos andaba en ella. Apagaron las velas que en el aposento ardían, y andaban buscando por do escaparse. El descolgar y el subir del cordel de los grandes cencerros no cesaba; la mayor parte de la gente del castillo, que no sabía la verdad del caso, estaba suspensa y admirada.

Levantóse don Quijote en pie, y poniendo mano a la espada comenzó a tirar estocadas por la reja y a decir a grandes voces:

—¡Afuera, malignos encantadores! ¡Afuera, canalla hechiceresca; que yo soy don Quijote de la Mancha, contra quien no valen ni tienen fuerza vuestras malas intenciones!

Y volviéndose a los gatos que andaban por el aposento, les tiró muchas cuchilladas; ellos acudieron a la reja, y por allí se salieron, aunque uno, viéndose tan acosado de las cuchilladas de don Quijote, le saltó al rostro y le asió de las narices con las uñas y los dientes, por cuyo dolor don Quijote comenzó a dar los mayores gritos que pudo. Oyendo lo cual el duque y la duquesa, y considerando lo que podía ser, con mucha presteza acudieron a su estancia, y abriendo con llave maestra vieron al pobre caballero pugnando con todas sus fuerzas por arrancar el gato de su rostro. Entraron con luces y vieron la desigual pelea [15]; acudió el duque a despartirla [16], y don Quijote dijo a voces:

—¡No me lo quite nadie! ¡Déjenme mano a mano con este demonio, con este hechicero, con este encantador, que yo le daré a entender de mí a él quién es don Quijote de la Mancha!

[14] Legión.

[15] Sin igual.

[16] Separarla.

Pero el gato, no curándose destas [17] amenazas, gruñía y apretaba. Mas, en fin, el duque se le desarraigó y le echó por la reja.

Quedó don Quijote acribado [18] el rostro y no muy sanas las narices, aunque muy despechado porque no le habían dejado fenecer la batalla que tan trabada tenía con aquel maladrín encantador. Hicieron traer aceite de Aparicio ▼, y la misma Altisidora con sus blanquísimas manos le puso unas vendas por todo lo herido, y al ponérselas, con voz baja le dijo:

—Todas estas malandanzas te suceden, empedernido caballero, por el pecado de tu dureza y pertinacia; y plega a Dios que se le olvide a Sancho tu escudero el azotarse, porque nunca salga de su encanto esta tan amada tuya Dulcinea, ni tú lo [19] goces, ni llegues a tálamo con ella, a lo menos viviendo yo, que te adoro.

A todo esto no respondió don Quijote otra palabra si no fue dar un profundo suspiro, y luego se tendió en su lecho, agradeciendo a los duques la merced, no porque él tenía temor de aquella canalla gatesca, encantadora y cencerruna, sino porque había conocido la buena intención con que habían venido a socorrerle. Los duques le dejaron sosegar, y se fueron, pesarosos del mal suceso de la burla; que no creyeron que tan pesada y costosa le saliera a don Quijote aquella aventura, que le costó cinco días de encerramiento y de cama, donde le sucedió otra aventura más gustosa que la pasada, la cual no quiere su historiador contar ahora, por acudir a Sancho Panza, que andaba muy solícito y muy gracioso en su gobierno.

[17] No prestando atención a éstas.

[18] Acribillado.

[19] El desencanto.

▼ Aparicio de Zubia (siglo XVI), inventor de un aceite para curar heridas.

## CAPÍTULO XLVII

# Donde se prosigue cómo se portaba Sancho Panza en su gobierno

Cuenta la historia que desde el juzgado llevaron a Sancho Panza a un suntuoso palacio, adonde en una gran sala estaba puesta una real y limpísima mesa; y así como [1] Sancho entró en la sala, sonaron chirimías, y salieron cuatro pajes a darle aguamanos, que Sancho recibió con mucha gravedad.

Cesó la música, sentóse Sancho a la cabecera de la mesa, porque no había más de aquel asiento, y no otro servicio en toda ella. Púsose a su lado en pie un personaje, que después mostró ser médico, con una varilla de ballena en la mano. Levantaron una riquísima y blanca toalla con que estaban cubiertas las frutas y mucha diversidad de platos de diversos manjares; uno que parecía estudiante echó la bendición, y un paje puso un babador randado [2] a Sancho; otro, que hacía el oficio de maestresala, llegó un plato de fruta del ante ▼, pero apenas hubo comido un bocado, cuando el de la varilla, tocando con ella en el plato, se le quitaron de delante con grandísima celeridad; pero el maestresala le llegó [3] otro de otro manjar. Iba a probarle Sancho, pero antes que llegase a él ni le gus-

[1] Tan pronto como.

[2] Babero con encajes.

[3] Acercó.

▼ «Allegó [acercó] un plato de fruta del principio», de antes de la comida (Avalle-Arce).

tase, ya la varilla había tocado en él, y un paje alzádole con tanta presteza como el de la fruta. Visto lo cual por Sancho, quedó suspenso, y mirando a todos, preguntó si se había de comer aquella comida como juego de maesecoral▼. A lo cual respondió el de la vara:

—No se ha de comer, señor gobernador, sino como es uso y costumbre en las otras ínsulas donde hay gobernadores. Yo, señor, soy médico, y estoy asalariado en esta ínsula para serlo de los gobernadores della, y miro por su salud mucho más que por la mía, estudiando de noche y de día, y tanteando la complexión del gobernador, para acertar a curarle cuando cayere enfermo; y lo principal que hago es asistir a sus comidas y cenas, y a dejarle comer de lo que me parece que le conviene, y a quitarle lo que imagino que le ha de hacer daño y ser nocivo al estómago; y así, mandé quitar el plato de la fruta, por ser demasiadamente húmeda, y el plato del otro manjar también le mandé quitar, por ser demasiadamente caliente y tener muchas especies, que acrecientan la sed; y el que mucho bebe, mata y consume el húmedo radical▼▼, donde consiste la vida.

—Desa manera, aquel plato de perdices que están allí asadas y, a mi parecer, bien sazonadas, no me harán algún daño.

A lo que el médico respondió:

—Ésas no comerá el señor gobernador en tanto que yo tuviere vida.

—Pues ¿por qué? —dijo Sancho.

▼ Juego de prestidigitación en el cual se hacen aparecer y desaparecer rápidamente unas pelotillas dentro de unos cubiletes.

▼▼ «Los médicos de antaño daban este nombre a un cierto humor sutil y balsámico que pretendían que era el que daba vigor y elasticidad» al cuerpo (Clemencín).

Y el médico respondió:

—Porque nuestro maestro Hipócrates[4], norte y luz de la medicina, en un aforismo suyo, dice: *Omnis saturatio mala, perdices autem pessima*▼. Quiere decir: «Toda hartazga es mala; pero la de las perdices, malísima.»

—Si eso es así —dijo Sancho—, vea el señor doctor de cuantos manjares hay en esta mesa cuál me hará más provecho y cuál menos daño, y déjeme comer dél sin que me le apalee; porque por vida del gobernador, y así Dios me le[5] deje gozar, que me muero de hambre, y el negarme la comida, aunque le pese al señor doctor y él más me diga, antes será quitarme la vida que aumentármela.

—Vuestra merced tiene razón, señor gobernador —respondió el médico—, y así, es mi parecer que vuestra merced no coma de aquellos conejos guisados que allí están, porque es manjar peliagudo. De aquella ternera, si no fuera asada y en adobo, aún se pudiera probar; pero no hay para qué.

Y Sancho dijo:

—Aquel platonazo que está más adelante vahando[6] me parece que es olla podrida▼▼, que por la diversidad de cosas que en las tales ollas podridas hay, no podré dejar de topar con alguna que me sea de gusto y de provecho.

—*¡Absit*[7]*!* —dijo el médico—. Vaya lejos de nosotros tan mal pensamiento: no hay cosa en el mundo de peor mantenimiento que una olla po-

[4] Médico griego, padre de la medicina.

[5] El gobierno.

[6] Echando vaho.

[7] ¡Lejos de ti! (ausénte-se, en latín).

▼ «Toda saturación es mala, pero la de perdices es la peor.» El médico socarrón ha deformado el aforismo popular latino, que no es de Hipócrates, insertando macarrónicamente el disparate de las *perdices* —y encima como palabra castellana— en lugar del vocablo *panis* (pan).

▼▼ Olla grande que contiene carnero, vaca, gallinas, capones, longaniza, ajos, cebollas, etc., todo cocido muy despacio hasta que casi llega a deshacerse.

drida. Allá las ollas podridas para los canónigos o para los rectores de colegios o para las bodas labradorescas, y déjennos libres las mesas de los gobernadores, donde ha de asistir todo primor y toda atildadura. Y la razón es porque siempre y a doquiera y de quienquiera son más estimadas las medicinas simples que las compuestas, porque en las simples no se puede errar y en las compuestas sí, alterando la cantidad de las cosas de que son compuestas; mas lo que yo sé que ha de comer el señor gobernador ahora para conservar su salud y corroborarla, es un ciento de cañutillos de suplicaciones [8] y unas tajadicas subtiles [9] de carne de membrillo, que le asienten el estómago y le ayuden a la digestión.

Oyendo esto Sancho, se arrimó sobre el espaldar de la silla y miró de hito en hito al tal médico, y con voz grave le preguntó cómo se llamaba y dónde había estudiado. A lo que él respondió;

—Yo, señor gobernador, me llamo el doctor Pedro Recio de Agüero, y soy natural de un lugar llamado Tirteafuera, que está entre Caracuel y Almodóvar del Campo, a la mano derecha, y tengo el grado de doctor por la universidad de Osuna ▼.

A lo que respondió Sancho, todo encendido en cólera:

—Pues señor doctor Pedro Recio de Mal Agüero, natural de Tirteafuera, lugar que está a la derecha mano como vamos de Caracuel a Almodóvar del Campo, graduado en Osuna, quíteseme luego [10] delante, si no, voto al sol que tome un

[8] Cañutos delgados, hechos de barquillos.

[9] Sutiles.

[10] Inmediatamente.

▼ Tirteafuera y Caracuel son aldeas de Ciudad Real, provincia a la que pertenece también la villa de Almodóvar del Campo. La de Osuna era una de las Universidades Menores, cuyo escaso prestigio era asunto de frecuentes críticas. Véase la tercera nota al pie de la pág. 58 en I, 1.)

garrote y que a garrotazos, comenzando por él, no me ha de quedar médico en toda la ínsula, a lo menos de aquellos que yo entienda que son ignorantes; que a los médicos sabios, prudentes y discretos los pondré sobre mi cabeza[11] y los honraré como a personas divinas. Y vuelvo a decir que se me vaya, Pedro Recio, de aquí; si no, tomaré esta silla donde estoy sentado y se la estrellaré en la cabeza, y pídanmelo en residencia ▼, que yo me descargaré con decir que hice servicio a Dios en matar a un mal médico, verdugo de la república. Y denme de comer, o si no, tómense su gobierno, que oficio que no da de comer a su dueño no vale dos habas.

Alborotóse el doctor viendo tan colérico al gobernador, y quiso hacer tirteafuera ▼▼ de la sala, sino que en aquel instante sonó una corneta de posta[12] en la calle, y asomándose el maestresala a la ventana, volvió diciendo:

—Correo viene del duque mi señor; algún despacho debe de traer de importancia.

Entró el correo sudando y asustado, y sacando un pliego del seno, le puso en las manos del gobernador, y Sancho le puso en las del mayordomo, a quien mandó leyese el sobreescrito, que decía así: *A don Sancho Panza, gobernador de la ínsula Barataria, en su propia mano, o en las de su secretario.* Oyendo lo cual, Sancho dijo:

—¿Quién es aquí mi secretario?

Y uno de los que presentes estaban respondió:

—Yo, señor, porque sé leer y escribir, y soy vizcaíno[13].

[11] Era señal de respeto.

[12] Correo.

[13] Vasco.

▼ Véase la última nota de la pág. 499 en II, 42.

▼▼ Ingenioso juego de palabras con el nombre de la aldea y su parecido fónico con la exclamación rústica *¡Tirte afuera!* o *¡Tírate afuera!* (échate afuera, retírate).

—Con esa añadidura —dijo Sancho—, bien podéis ser secretario del mismo emperador ▼. Abrid ese pliego, y mirad lo que dice.

Hízolo así el recién nacido secretario, y habiendo leído lo que decía, dijo que era negocio[14] para tratarle a solas. Mandó Sancho despejar la sala, y que no quedasen en ella sino el mayordomo y el maestresala, y los demás y el médico se fueron, y luego el secretario leyó la carta, que así decía:

[14] Asunto.

*A mi noticia ha llegado, señor don Sancho Panza, que unos enemigos míos y desa ínsula la han de dar un asalto furioso, no sé qué noche; conviene velar y estar alerta, porque no le tomen desapercebido. Sé también por espías[15] verdaderas que han entrado en ese lugar cuatro personas disfrazadas para quitaros la vida, porque se temen de vuestro ingenio; abrid el ojo, y mirad quién llega a hablaros, y no comáis de cosa que os presentaren. Yo tendré cuidado de socorreros si os viéredes en trabajo, y en todo haréis como se espera de vuestro entendimiento. Deste lugar, a 16 de agosto ▼▼, a las cuatro de la mañana.*

*Vuestro amigo,*
EL DUQUE

[15] Era nombre femenino.

Quedó atónito Sancho, y mostraron quedarlo asimismo los circunstantes, y volviéndose al mayordomo, le dijo:

—Lo que agora se ha de hacer, y ha de ser luego, es meter en un calabozo al doctor Recio, porque si alguno me ha de matar ha de ser él, y de

▼ Alude al prestigio tradicional de los secretarios vascos por su renocida lealtad. Aun así, el elogio de Sancho parece irónico, por hiperbólico.

▼▼ Véanse la segunda nota al pie de la pág. 19 en II, 1 y la nota de la pág. 62 en II, 4.

muerte adminícula[16] y pésima, como es la de la hambre.

—También —dijo el maestresala— me parece a mí que vuesa merced no coma de todo lo que está en esta mesa, porque lo han presentado[17] unas monjas, y como suele decirse, detrás de la cruz está el diablo.

—No lo niego —respondió Sancho—, y por ahora denme un pedazo de pan y obra de[18] cuatro libras de uvas, que en ellas no podrá venir veneno, porque, en efecto, no puedo pasar sin comer, y si es que hemos de estar prontos para estas batallas que nos amenazan, menester será estar bien mantenidos, porque tripas llevan corazón, que no corazón tripas. Y vos, secretario, responded al duque mi señor y decidle que se cumplirá lo que manda como lo manda, sin faltar punto, y daréis de mi parte un besamanos a mi señora la duquesa, y que le suplico no se le olvide de enviar con un propio mi carta y mi lío[19] a mi mujer Teresa Panza, que en ello recibiré mucha merced, y tendré cuidado de servirla con todo lo que mis fuerzas alcanzaren; y de camino podéis encajar un besamanos a mi señor don Quijote de la Mancha, porque vea que soy pan agradecido; y vos, como buen secretario y como buen vizcaíno, podéis añadir todo lo que quisiéredes y más viniere a cuento. Y álcense estos manteles, y denme a mí de comer; que yo me avendré[20] con cuantas espías y matadores y encantadores vinieren sobre mí y sobre mi ínsula ▼.

En esto entró un paje, y dijo:

—Aquí está un labrador negociante que quiere hablar a Vuestra Señoría en un negocio[21], según él dice, de mucha importancia.

[16] Lenta y penosa.

[17] Regalado.

[18] Aproximadamente.

[19] De ropa.

[20] Entenderé.

[21] Asunto que se trata con la autoridad.

▼ El correo del duque no decía nada de *encantadores,* nota que Sancho añade por su cuenta y que es una clara señal de su quijotización.

—Extraño caso es éste —dijo Sancho—, destos negociantes. ¿Es posible que sean tan necios, que no echen de ver que semejantes horas como éstas no son en las que han de venir a negociar? ¿Por ventura los que gobernamos, los que somos jueces, no somos hombres de carne y de hueso, y que es menester que nos dejen descansar el tiempo que la necesidad pide, sino que quieren que seamos hechos de piedra mármol? Por Dios y en mi conciencia que si me dura el gobierno (que no durará, según se me trasluce), que yo ponga en pretina [22] a más de un negociante. Agora decid a ese buen hombre que entre; pero adviértase primero no sea alguno de los espías, o matador mío.

—No, señor —respondió el paje—, porque parece una alma de cántaro [23], y yo sé poco, o él es tan bueno como el buen pan.

—No hay que temer —dijo el mayordomo—; que aquí estamos todos.

—¿Sería posible —dijo Sancho—, maestresala, que agora que no está aquí el doctor Pedro Recio, que comiese yo alguna cosa de peso y de sustancia, aunque fuese un pedazo de pan y una cebolla?

—Esta noche, a la cena, se satisfará la falta de la comida, y quedará Vuestra Señoría satisfecho y pagado —dijo el maestresala.

—Dios lo haga —respondió Sancho.

Y en esto, entró el labrador, que era de muy buena presencia, y de mil leguas se le echaba de ver que era bueno y buena alma. Lo primero que dijo fue:

—¿Quién es aquí el señor gobernador?

—¿Quién ha de ser —respondió el secretario—, sino el que está sentado en la silla?

—Humíllome, pues, a su presencia —dijo el labrador.

[22] Ponga en cintura.

[23] Infeliz.

Y poniéndose de rodillas, le pidió la mano para besársela. Negósela Sancho, y mandó que se levantase y dijese lo que quisiese. Hízolo así el labrador, y luego dijo:

—Yo, señor, soy labrador, natural de Miguel Turra[24], un lugar que está a dos leguas de Ciudad Real.

—¡Otro Tirteafuera tenemos! —dijo Sancho—. Decid, hermano, que lo que yo os sé decir es que sé muy bien a Miguel Turra, y que no está muy lejos de mi pueblo.

—Es, pues, el caso, señor —prosiguió el labrador—, que yo, por la misericordia de Dios, soy casado en paz y en haz[25] de la Santa Iglesia Católica Romana; tengo dos hijos estudiantes que el menor estudia para bachiller y el mayor para licenciado; soy viudo, porque se murió mi mujer, o, por mejor decir, me la mató un mal médico, que la purgó estando preñada, y si Dios fuera servido que saliera a luz el parto, y fuera hijo, yo le pusiere a estudiar para doctor, porque no tuviera invidia a sus hermanos el bachiller y el licenciado▼.

—De modo —dijo Sancho—, que si vuestra mujer no se hubiera muerto, o la hubieran muerto, vos no fuérades agora viudo.

—No, señor; en ninguna manera —respondió el labrador.

—¡Medrados estamos! —replicó Sancho—. Adelante, hermano, que es hora de dormir más que de negociar.

—Digo, pues —dijo el labrador—, que este mi hijo que ha de ser bachiller se enamoró en el mesmo pueblo de una doncella llamada Clara Perleri-

[24] Miguelturra.

[25] En faz, ante.

▼ De los títulos que otorgaban las universidades, el de bachiller era el menor. (Véase la primera nota al pie de la pág. 262 en I, 19.)

na, hija de Andrés Perlerino, labrador riquísimo; y este nombre de Perlerines no les viene de abolengo ni otra alcurnia, sino porque todos los deste linaje son perláticos [26], y por mejorar el nombre los llaman Perlerines, aunque si va decir la verdad, la doncella es como una perla▼ oriental, y mirada por el lado derecho, parece una flor del campo; por el izquierdo no tanto, porque le falta aquel ojo, que se le saltó de viruelas; y aunque los hoyos del rostro son muchos y grandes, dicen los que la quieren bien que aquéllos no son hoyos, sino sepulturas donde se sepultan las almas de sus amantes. Es tan limpia, que por no ensuciar la cara, trae las narices, como dicen, arremangadas, que no parece sino que van huyendo de la boca, y, con todo esto, parece bien por extremo, porque tiene la boca grande, y a no faltarle diez o doce dientes y muelas, pudiera pasar y echar raya [27] entre las más bien formadas. De los labios no tengo que decir, porque son tan sutiles y delicados, que si se usaran aspar [28] labios, pudieran hacer dellos una madeja; pero como tienen diferente color de la que en los labios se usa comúnmente, parecen milagrosos, porque son jaspeados [29] de azul y verde y aberenjenado; y perdóneme el señor gobernador si por tan menudo voy pintando las partes de la que al fin al fin ha de ser mi hija, que la quiero bien y no me parece mal.

—Pintad lo que quisiéredes —dijo Sancho—, que yo me voy recreando en la pintura, y si hubiera comido, no hubiera mejor postre para mí que vuestro retrato.

—Eso tengo yo por servir —respondió el labrador—; pero tiempo vendrá en que seamos [30], si

[26] Paralíticos.

[27] Aventajarse.

[28] Enmadejar hilo.

[29] Veteados, salpicados.

[30] Seamos servidos (elipsis).

▼ Véase nota al pie de la pág. 527 en II, 45.

ahora no somos. Y digo, señor, que si pudiera pintar su gentileza y la altura de su cuerpo, fuera cosa de admiración, pero no puede ser, a causa de que ella está agobiada[31] y encogida, y tiene las rodillas con la boca, y, con todo eso, se echa bien de ver que si se pudiera levantar, diera con la cabeza en el techo; y ya ella hubiera dado la mano de esposa a mi bachiller, sino que no la puede extender, que está añudada; y, con todo, en las uñas largas y acanaladas se muestra su bondad y buena hechura.

—Está bien —dijo Sancho—, y haced cuenta, hermano, que ya la habéis pintado de los pies a la cabeza. ¿Qué es lo que queréis ahora? Y venid al punto sin rodeos ni callejuelas, ni retazos ni añadiduras.

—Querría, señor —respondió el labrador—, que vuestra merced me hiciese merced de darme una carta de favor[32] para mi consuegro, suplicándole sea servido de que este casamiento se haga, pues no somos desiguales en los bienes de fortuna, ni en los de la naturaleza; porque, para decir la verdad, señor gobernador, mi hijo es endemoniado, y no hay día en que tres o cuatro veces no le atormenten los malignos espíritus; y de haber caído una vez en el fuego, tiene el rostro arrugado como pergamino, y los ojos algo llorosos y manantiales; pero tiene una condición de un ángel, y si no es que se aporrea y se da de puñadas él mesmo a sí mesmo, fuera un bendito.

—¿Queréis otra cosa, buen hombre? —replicó Sancho.

—Otra cosa querría —dijo el labrador—; sino que no me atrevo a decirlo; pero, vaya, que, en fin, no se me ha de podrir[33] en el pecho, pegue o no pegue. Digo, señor, que querría que vuesa merced me diese trecientos o seiscientos ducados para

[31] Encorvada.

[32] De recomendación.

[33] Consumir.

ayuda a la dote de mi bachiller; digo para ayuda de poner su casa, porque, en fin, han de vivir por sí, sin estar sujetos a las impertinencias de los suegros.

—Mirad si queréis otra cosa —dijo Sancho—, y no la dejéis de decir por empacho ni por vergüenza.

—No, por cierto —respondió el labrador.

Y apenas dijo esto, cuando levantándose en pie el gobernador, asió de la silla en que estaba sentado, y dijo:

—¡Voto a tal, don ▼patán rústico y mal mirado, que si no os apartáis y ascondéis luego [34] de mi presencia, que con esta silla os rompa y abra la cabeza! Hideputa bellaco, pintor del mesmo demonio, ¿y a estas horas te vienes a pedirme seiscientos ducados? Y ¿dónde los tengo yo, hediondo? Y ¿por qué te los había de dar aunque los tuviera, socarrón y mentecato? Y ¿qué se me da a mí de Miguel Turra, ni de todo el linaje de los Perlerines? ¡Va [35] de mí, digo; si no, por vida del duque mi señor que haga lo que tengo dicho! Tú no debes de ser de Miguel Turra, sino algún socarrón que para tentarme te ha enviado aquí el infierno. Dime, desalmado, aún no ha día y medio que tengo el gobierno, y ¿ya quieres que tenga seiscientos ducados?

Hizo de señas el maestresala al labrador que se saliese de la sala, el cual lo hizo cabizbajo y, al parecer, temeroso de que el gobernador no [36] ejecutase su cólera, que el bellacón supo hacer muy bien su oficio [37].

[34] Escondéis inmediatamente.

[35] Vete, apártate (arcaísmo).

[36] *No* redundante.

[37] Su papel.

▼ Véase nota al pie de la pág. 204 en II, 17.

Pero dejemos con su cólera a Sancho, y ándese la paz en el corro ▼, y volvamos a don Quijote, que le dejamos vendado el rostro y curado [38] de las gatescas heridas, de las cuales no sanó en ocho días, en uno de los cuales le sucedió lo que Cide Hamete promete de contar con la puntualidad y verdad que suele contar las cosas desta historia, por mínimas que sean.

[38] Puesto en cura.

▼ «Haya paz en la reunión», refrán que se aplica a las reuniones o corros en que hay disputas o riñas.

## Capítulo XLVIII

# De lo que sucedió a don Quijote con doña Rodríguez, la dueña de la duquesa, con otros acontecimientos dignos de escritura y de memoria eterna

Además [1] estaba mohíno y malencólico [2] el mal ferido don Quijote, vendado el rostro y señalado, no por la mano de Dios ▼, sino por la uñas de un gato, desdichas anejas a la andante caballería. Seis días estuvo sin salir en público, en una noche de las cuales, estando despierto y desvelado, pensando en sus desgracias y en el perseguimiento de Altisidora, sintió que con una llave abrían la puerta de su aposento, y luego imaginó que la enamorada doncella venía para sobresaltar su honestidad y ponerle en condición de faltar a la fee que guardar debía a su señora Dulcinea del Toboso.

—No —dijo creyendo a su imaginación, y esto, con voz que pudiera ser oída—; no ha de ser parte la mayor hermosura de la tierra para que yo deje de adorar la [3] que tengo grabada y estampada en la mitad de mi corazón y en lo más escondido de mis entrañas, ora estés, señora mía, transformada en cebolluda labradora, ora en ninfa del dorado

[1] En demasía.

[2] Melancólico.

[3] La hermosura (zeugma).

▼ «Señalado de la mano de Dios» era expresión con que se solía mortificar a quien tenía un defecto físico.

Tajo, tejiendo telas de oro y sirgo[4] compuestas ▼, ora te tenga Merlín, o Montesinos, donde ellos quisieren; que adondequiera eres mía, y adoquiera he sido yo, y he de ser, tuyo.

El acabar estas razones y el abrir de la puerta fue todo uno. Púsose en pie sobre la cama, envuelto de arriba abajo en una colcha de raso amarillo, una galocha[5] en la cabeza, y el rostro y los bigotes vendados: el rostro, por los aruños, los bigotes, porque no se le desmayasen y cayesen, en el cual traje parecía la más extraordinaria fantasma que se pudiera pensar.

Clavó los ojos en la puerta, y cuando esperaba ver entrar por ella a la rendida y lastimada Altisidora, vio entrar a una reverendísima dueña con unas tocas blancas repulgadas[6] y luengas, tanto, que la cubrían y enmantaban desde los pies a la cabeza. Entre los dedos de la mano izquierda traía una media vela encendida, y con la derecha se hacía sombra, porque no le diese la luz en los ojos, a quien[7] cubrían unos muy grandes antojos[8]. Venía pisando quedito, y movía los pies blandamente.

Miróla don Quijote desde su atalaya, y cuando vio su adeliño[9] y notó su silencio, pensó que alguna bruja o maga venía en aquel traje a hacer en él alguna mala fechuría, y comenzó a santiguarse con mucha priesa. Fuese llegando la visión, y cuando llegó a la mitad del aposento, alzó los ojos y vio la priesa con que se estaba haciendo cruces don Quijote, y si él quedó medroso en ver tal figura, ella quedó espantada en ver la suya, porque así como le vio tan alto y tan amarillo, con la col-

[4] Seda.

[5] Gorra que cubre las orejas.

[6] Retorcidas.

[7] A los cuales.

[8] Anteojos, antifaces.

[9] Aderezo.

▼ Estas ninfas del Tajo proceden de la *Égloga III,* de Garcilaso. Nótese el contraste entre lo grotesco *(cebolluna labradora)* y lo poético *(ninfa del dorado Tajo...)*. (Véase nota al pie de la pág. 85 en II, 6.)

cha y con las vendas, que le desfiguraban, dio una gran voz, diciendo:

—¡Jesús! ¿Qué es lo que veo?

Y con el sobresalto se le cayó la vela de las manos, y viéndose a escuras, volvió las espaldas para irse, y con el miedo tropezó en sus faldas y dio consigo una gran caída. Don Quijote, temeroso, comenzó a decir:

—Conjúrote, fantasma, o lo que eres, que me digas quién eres, y que me digas qué es lo que de mí quieres. Si eres alma en pena, dímelo; que yo haré por ti todo cuanto mis fuerzas alcanzaren, porque soy católico cristiano y amigo de hacer bien a todo el mundo; que para esto tomé la orden de la caballería andante que profeso, cuyo ejercicio aun hasta hacer bien a las ánimas del purgatorio se extiende.

La brumada [10] dueña, que oyó conjurarse, por su temor coligió el de don Quijote, y con voz afligida y baja le respondió:

—Señor don Quijote, si es que acaso vuestra merced es don Quijote, yo no soy fantasma, ni visión, ni alma de purgatorio, como vuestra merced debe de haber pensado, sino doña Rodríguez, la dueña de honor de mi señora la duquesa, que con una necesidad de aquellas que vuestra merced suele remediar, a vuestra merced vengo.

—Dígame, señora doña Rodríguez —dijo don Quijote—: ¿por ventura viene vuestra merced a hacer alguna tercería ▼? Porque le hago saber que no soy de provecho para nadie, merced a la sin par belleza de mi señora Dulcinea del Toboso. Digo, en fin, señora doña Rodríguez, que como vuestra merced salve y deje a una parte todo recado amo-

[10] Golpeada.

▼ Alcahuetería o mediación en amores ilícitos.

roso, puede volver a encender su vela, y vuelva, y departiremos de todo lo que más mandare y más en gusto le viniere, salvando, como digo, todo incitativo melindre.

—¿Yo recado de nadie, señor mío? —respondió la dueña—. Mal me conoce vuestra merced; sí, que aún no estoy en edad tan prolongada, que me acoja a semejantes niñerías, pues, Dios loado, mi alma me tengo en las carnes [11], y todos mis dientes y muelas en la boca, amén de [12] unos pocos que me han usurpado unos catarros, que en esta tierra de Aragón son tan ordinarios. Pero espéreme vuestra merced un poco; saldré a encender mi vela, y volveré en un instante a contar mis cuitas [13], como a remediador de todas las del mundo.

Y sin esperar respuesta, se salió del aposento, donde quedó don Quijote sosegado y pensativo esperándola; pero luego le sobrevinieron mil pensientos acerca de aquella nueva aventura, y parecíale ser mal hecho y peor pensado ponerse en peligro de romper a su señora la fee prometida, y decíase a sí mismo:

—¿Quién sabe si el diablo, que es sutil y mañoso, querrá engañarme agora con una dueña, lo que no ha podido con emperatrices, reinas, duquesas, marquesas ni condesas? Que yo he oído decir muchas veces y a muchos discretos que, si él puede, antes os la dará roma que aguileña ▼. Y ¿quién sabe si esta soledad, esta ocasión y este silencio despertará mis deseos que duermen, y harán que al cabo de mis años venga a caer donde nunca he tropezado? Y en casos semejantes, mejor es huir

[11] Conservo el vigor de la juventud.

[12] A excepción de.

[13] Desventuras.

▼ «Antes os dará algo inferior a lo esperado», alusión al refrán «Si la podemos dar roma [chata], no la demos aguileña», que se aplica a los que gustan de regatear.

que esperar la batalla. Pero yo no debo de estar en mi juicio, pues tales disparates digo y pienso, que no es posible que una dueña toquiblanca, larga y antojuna [14] pueda mover ni levantar pensamiento lascivo en el más desalmado pecho del mundo. ¿Por ventura hay dueña en la tierra que tenga buenas carnes? ¿Por ventura hay dueña en el orbe que deje de ser impertinente, fruncida y melindrosa? ¡Afuera, pues, caterva dueñesca, inútil para ningún humano regalo! ¡Oh, cuán bien hacía aquella señora de quien se dice que tenía dos dueñas de bulto [15] con sus antojos y almohadillas al cabo de su estrado [16], como que estaban labrando [17], y tanto le servían para la autoridad de la sala aquellas estatuas como las dueñas verdaderas!

Y diciendo esto, se arrojó del lecho, con intención de cerrar la puerta y no dejar entrar a la señora Rodríguez; mas cuando la llegó a cerrar, ya la señora Rodríguez volvía, encendida una vela de cera blanca, y cuando ella vio a don Quijote de más cerca, envuelto en la colcha, con la vendas, galocha o becoquín [18], temió de nuevo, y retirándose atrás como dos pasos, dijo:

—¿Estamos seguras, señor caballero? Porque no tengo a muy honesta señal haberse vuesa merced levantado de su lecho.

—Eso mesmo es bien que yo pregunte, señora —respondió don Quijote—, y así, pregunto si estaré yo seguro de ser acometido y forzado.

—¿De quién o a quién pedís, señor caballero, esa seguridad? —respondió la dueña.

—A vos y de vos la pido —replicó don Quijote—; porque ni yo soy de mármol ni vos de bronce, ni ahora son las diez del día, sino media noche, y aun un poco más, según imagino, y en una estancia más cerrada y secreta que lo debió de ser la cueva donde el traidor y atrevido Eneas gozó a

[14] Anteojuna.

[15] De estatua.

[16] Habitación de visitas.

[17] Haciendo labor.

[18] Gorra.

la hermosa y piadosa Dido ▼. Pero dadme, señora, la mano, que yo no quiero otra seguridad mayor que la de mi continencia y recato, y la que ofrecen esas reverendísimas tocas.

Y diciendo esto, besó su derecha mano, y le asió de la suya, que ella le dio con las mesmas ceremonias ▼▼.

Aquí hace Cide Hamete un paréntensis, y dice que por Mahoma que diera, por ver ir a los dos así asidos y trabados desde la puerta al lecho, la mejor almalafa [19] de dos que tenía ▼▼▼.

Entróse, en fin, don Quijote en su lecho, y quedóse doña Rodríguez sentada en una silla, algo desviada de la cama, no quitándose los antojos ni la vela. Don Quijote se acurrucó y se cubrió todo, no dejando más del rostro descubierto, y habiéndose los dos sosegado, el primero que rompió el silencio fue don Quijote, diciendo:

—Puede vuesa merced ahora, mi señora doña Rodríguez, descoserse y desbuchar [20] todo aquello que tiene dentro de su cuitado corazón y lastimadas entrañas, que será de mí escuchada con castos oídos, y socorrida con piadosas obras.

—Así lo creo yo —respondió la dueña—, que de la gentil y agradable presencia de vuesa merced no se podía esperar sino tan cristiana respuesta Es, pues, el caso, señor don Quijote, que aunque vuesa merced me vee sentada en esta silla y en la mitad del reino de Aragón, y en hábito de dueña aniquilada y asendereada [21], soy natural de las As-

[19] Vestidura mora (cubre el cuerpo hasta los pies).

[20] Desembuchar.

[21] Afligida.

▼ Véase nota al pie de la pág. 520 en II, 44.

▼▼ En esta «especie de seguro y protesta de buena fe», debe entenderse que «don Quijote besó su propia mano, y que lo mismo hizo la dueña antes de dársela a don Quijote» (Clemencín).

▼▼▼ Véase nota al pie de la pág. 66 en II, 5, y la primera nota al pie de la pág. 19 en II, 1.

turias de Oviedo▼, y de linaje, que atraviesan por él muchos de los mejores de aquella provincia. Pero mi corta suerte y el descuido de mis padres, que empobrecieron antes de tiempo, sin saber cómo ni cómo no, me trujeron a la corte a Madrid, donde, por bien de paz y por excusar mayores desventuras, mis padres me acomodaron a servir de doncella de labor a una principal señora; y quiero hacer sabidor a vuesa merced que en hacer vainillas y labor blanca ninguna me ha echado el pie adelante[22] en toda la vida. Mis padres me dejaron sirviendo y se volvieron a su tierra, y de allí a pocos años se debieron de ir al cielo, porque eran además buenos y católicos cristianos. Quedé huérfana, y atenida al miserable salario y a las angustiadas mercedes que a las tales criadas se suele dar en palacio; y en este tiempo, sin que diese yo ocasión a ello, se enamoró de mí un escudero de casa, hombre ya en días[23], barbudo y apersonado[24], y, sobre todo, hidalgo como el rey, porque era montañés▼▼. No tratamos tan secretamente nuestros amores, que no viniesen a noticia de mi señora, la cual, por excusar dimes y diretes, nos casó en paz y en haz de[25] la santa madre Iglesia católica romana, de cuyo matrimonio nació una hija para rematar con mi ventura, si alguna tenía, no porque yo muriese del parto, que le tuve derecho y en sazón, sino porque desde allí a poco murió mi esposo de un cierto espanto que tuvo, que, a tener ahora lugar para contarle, yo sé que vuestra merced se admirara.

[22] Me ha aventajado.

[23] Entrado en días, maduro.

[24] De aspecto respetable.

[25] Ante.

▼ Se llamaba así la parte occidental del principado; la oriental se llamaba Asturias de Santillana.

▼▼ De la montaña de Santander. El montañés se consideraba noble por no haber mezclado su sangre con judíos o moros.

Y en esto comenzó a llorar tiernamente, y dijo:

—Perdóneme vuestra merced, señor don Quijote, que no va más en mi mano [26], porque todas las veces que me acuerdo de mi mal logrado se me arrasan los ojos de lágrimas. ¡Válame Dios, y con qué autoridad llevaba a mi señora a las ancas de una poderosa mula, negra como el mismo azabache! Que entonces no se usaban coches ni sillas [27], como agora dicen que se usan, y las señoras iban a las ancas de sus escuderos. Esto, a lo menos, no puedo dejar de contarlo, porque se note la crianza y puntualidad de mi buen marido. Al entrar de la calle de Santiago, en Madrid, que es algo estrecha, venía a salir por ella un alcalde de corte con dos alguaciles delante, y así como mi buen escudero le vio, volvió las riendas a la mula, dando señal de volver a acompañarle ▼. Mi señora, que iba a las ancas, con voz baja le decía: «—¿Qué hacéis, desventurado? ¿No veis que voy aquí?» El alcalde, de comedido, detuvo la rienda al caballo, y díjole: «—Seguid, señor, vuestro camino, que yo soy el que debo acompañar a mi señora doña Casilda», que así era el nombre de mi ama. Todavía porfiaba mi marido, con la gorra en la mano, a querer ir acompañando al alcalde; viendo lo cual mi señora, llena de cólera y enojo, sacó un alfiler gordo, o creo que un punzón, del estuche, y clavósele por los lomos, de manera que mi marido dio una gran voz y torció el cuerpo, de suerte que dio con su señora en el suelo. Acudieron dos lacayos suyos a levantarla, y lo mismo hizo el alcalde y los alguaciles; alborotóse la Puerta de Guadalajara,

[26] Que no me pueda contener.

[27] Sillas de manos.

▼ «Dar la vuelta para acompañarle.» Era costumbre halagar a las personas de jerarquía que se encontraban por la calle, acompañándolas hasta su casa o al lugar adonde iban.

digo, la gente baldía que en ella estaba. Vínose a pie mi ama, y mi marido acudió en casa de un barbero diciendo que llevaba pasadas de parte a parte las entrañas. Divulgóse la cortesía de mi esposo, tanto, que los muchachos le corrían por las calles, y por esto y porque él era algún tanto corto de vista, mi señora la duquesa ▼ le despidió, de cuyo pesar, sin duda alguna, tengo para mí que se le causó el mal de la muerte. Quedé yo viuda y desamparada, y con hija a cuestas, que iba creciendo en hermosura como la espuma de la mar. Finalmente, como yo tuviese fama de gran labrandera [28], mi señora la duquesa, que estaba recién casada con el duque mi señor, quiso traerme consigo a este reino de Aragón y a mi hija ni más ni menos, adonde yendo días y viniendo días, creció mi hija, y con ella todo el donaire del mundo: canta como una calandria, danza con el pensamiento, baila como una perdida, lee y escribe como un maestro de escuela, y cuenta [29] como un avariento. De su limpieza no digo nada: que el agua que corre no es más limpia, y debe de tener agora, si mal no me acuerdo, diez y seis años, cinco meses y tres días, uno más a menos. En resolución, desta mi muchacha se enamoró un hijo de un labrador riquísimo que está en un aldea del duque mi señor, no muy lejos de aquí. En efecto, no sé cómo ni cómo no, ellos se juntaron, y debajo de la palabra [30] de ser su esposo, burló a mi hija, y no se la quiere cumplir, y aunque el duque mi señor lo sabe, porque yo me he quejado a él, no una, sino muchas veces, y pedídole mande que el tal labra-

[28] Muy hábil en las labores de aguja.

[29] Sabe de cuentas.

[30] Con la promesa.

▼ Nada se ha dicho acerca de que doña Casilda fuese duquesa. Es probable que doña Rodríguez confunda a su antigua señora con la actual, la duquesa. La Puerta de Guadalajara, citada antes, estaba en la madrileña calle Mayor, y era lugar donde la gente se reunía para conversar.

dor se case con mi hija, hace orejas de mercader y apenas quiere oírme; y es la causa que como el padre del burlador es tan rico y le presta dineros, y le sale por fiador de sus trampas por momentos, no le quiere descontentar, ni dar pesadumbre en ningún modo. Querría, pues, señor mío, que vuesa merced tomase a cargo el deshacer este agravio, o ya por ruegos, o ya por armas, pues según todo el mundo dice, vuesa merced nació en él para deshacerlos y para enderezar los tuertos y amparar los miserables; y póngasele a vuesa merced por delante la orfandad de mi hija, su gentileza, su mocedad, con todas las buenas partes[31] que he dicho que tiene, que en Dios y en mi conciencia que de cuantas doncellas tiene mi señora, que no hay ninguna que llegue a la suela de su zapato, y que una que llaman Altisidora, que es la que tienen por más desenvuelta y gallarda, puesta en comparación con mi hija, no la llega con dos leguas. Porque quiero que sepa vuesa merced, señor mío, que no es todo oro lo que reluce, porque esta Altisidorilla tiene más de presunción que de hermosura, y más de desenvuelta que de recogida, además que no está muy sana; que tiene un cierto allento[32] cansado, que no hay sufrir el estar junto a ella un momento. Y aun mi señora la duquesa... Quiero callar, que se suele decir que las paredes tienen oídos▼.

—¿Qué tiene mi señora la duquesa, por vida mía, señora doña Rodríguez? —preguntó don Quijote.

—Con ese conjuro —respondió la dueña—, no puedo dejar de responder a lo que se me pregun-

[31] Cualidades.

[32] Aliento (rusticismo).

▼ Obsérvese que la historia de la hija de doña Rodríguez es una breve narración intercalada en la segunda parte del *Quijote*. (Véase la primera nota al pie de la pág. 246 en II, 20.)

ta con toda verdad. ¿Vee vuesa merced, señor don Quijote, la hermosura de mi señora la duquesa, aquella tez de rostro, que no parece sino de una espada acicalada y tersa, aquellas dos mejillas de leche y de carmín, que en la una tiene el sol y en la otra la luna, y aquella gallardía con que va pisando y aun despreciando el suelo, que no parece sino que va derramando salud donde pasa? Pues sepa vuesa merced que lo puede agradecer, primero, a Dios, y luego, a dos fuentes[33] que tiene en las dos piernas, por donde se desagua todo el mal humor de quien dicen los médicos que está llena.

—¡Santa María! —dijo don Quijote—. Y ¿es posible que mi señora la duquesa tenga tales desaguaderos? No lo creyera si[34] me lo dijeran frailes descalzos, pero pues la señora doña Rodríguez lo dice, debe de ser así. Pero tales fuentes, y en tales lugares, no deben de manar humor, sino ámbar líquido. Verdaderamente que ahora acabo de creer que esto de hacerse fuentes debe de ser cosa importante para salud▼.

Apenas acabó don Quijote de decir esta razón, cuando con un gran golpe abrieron las puertas del aposento, y del sobresalto del golpe se le cayó a doña Rodríguez la vela de la mano, y quedó la estancia como boca de lobo[35], como suele decirse. Luego sintió la pobre dueña que la asían de la garganta con dos manos, tan fuertemente, que no la dejaban gañir[36], y que otra persona, con mucha presteza, sin hablar palabra, le alzaba las faldas, y con una, al parecer, chinela[37], le comenzó a dar tantos azotes, que era una compasión; y aunque

[33] Llagas, úlceras supurantes.

[34] Aunque.

[35] En oscuridad total.

[36] Resollar, respirar.

[37] Especie de zapatilla.

▼ En efecto, fue práctica común en la época. A estas *fuentes* «por manar podre y materia les dieron este nombre, y algunas son hechas a sabiendas, para descargar por ellas el mal humor» (Covarrubias).

don Quijote se la tenía, no se meneaba del lecho, y no sabía qué podía ser aquello, y estábase quedo y callando, y aun temiendo no viniese por él la tanda y tunda azotesca. Y no fue vano su temor, porque en dejando molida a la dueña los callados verdugos —la cual no osaba quejarse—, acudieron a don Quijote, y desenvolviéndole de la sábana y de la colcha, le pellizcaron tan a menudo y tan reciamente que no pudo dejar de defenderse a puñadas, y todo esto en silencio admirable. Duró la batalla casi media hora, saliéronse las fantasmas, recogió doña Rodríguez sus faldas, y, gimiendo su desgracia, se salió por la puerta afuera, sin decir palabra a don Quijote, el cual, doloroso y pellizcado, confuso y pensativo, se quedó solo, donde le dejaremos deseoso de saber quién había sido el perverso encantador que tal le había puesto. Pero ello se dirá a su tiempo, que Sancho Panza nos llama, y el buen concierto de la historia lo pide.

## CAPÍTULO XLIX

### De lo que le sucedió a Sancho Panza rondando [1] su ínsula

Dejamos al gran gobernador enojado y mohíno con el labrador pintor y socarrón, el cual industriado [2] del mayordomo y el mayordomo del duque, se burlaban de Sancho; pero él se las tenía tiesas a [3] todos, maguera [4] tonto, bronco [5] y rollizo, y dijo a los que con él estaban, y al doctor Pedro Recio, que como se acabó el secreto de la carta del duque había vuelto a entrar en la sala:

—Ahora verdaderamente que entiendo que los jueces y gobernadores deben de ser, o han de ser, de bronce, para no sentir las importunidades de los negociantes, que a todas horas y a todos tiempos quieren que los escuchen y despachen, atendiendo sólo a su negocio [6], venga lo que viniere. Y si el pobre del juez no los escucha y despacha, o porque no puede o porque no es aquél el tiempo diputado para darles audiencia, luego les ▼ maldicen y murmuran, y les roen los huesos, y aún les deslindan los linajes. Negociante necio, negociante mentecato, no te apresures; espera sazón y

[1] Haciendo la ronda.

[2] Adiestrado.

[3] Se mantenía fuerte contra.

[4] Aunque (arcaísmo).

[5] Rústico.

[6] Asunto que se trata con la autoridad.

▼ «A los jueces», palabra que aparece al comienzo del parlamento de Sancho, en plural *(entiendo que los jueces...)*, número al que vuelve ahora *(les)*, después de haberla utilizado en singular *(pobre del juez)*.

coyuntura para negociar: no vengas a la hora del comer ni a la del dormir, que los jueces son de carne y de hueso, y han de dar a la naturaleza lo que naturalmente les pide, si no es yo, que no le doy de comer a la mía, merced al señor doctor Pedro Recio Tirteafuera, que está delante, que quiere que muera de hambre, y afirma que esta muerte es vida, que así se la dé Dios a él y a todos los de su ralea: digo, a la de los malos médicos, que la de los buenos, palmas y lauros merecen.

Todos los que conocían a Sancho Panza se admiraban oyéndole hablar tan elegantemente, y no sabían a qué atribuirlo, sino a que los oficios y cargos graves, o adoban, o entorpecen los entendimientos. Finalmente, el doctor Pedro Recio Agüero de Tirteafuera prometió darle de cenar aquella noche, aunque excediese de todos los aforismos de Hipócrates▼. Con esto quedó contento el gobernador, y esperaba con grande ansia llegase la noche y la hora de cenar, y aunque el tiempo, al parecer suyo, se estaba quedo, sin moverse de un lugar, todavía se llegó por él el tanto deseado, donde le dieron de cenar un salpicón[7] de vaca, con cebolla, y unas manos cocidas de ternera algo entrada en días. Entregóse en todo, con más gusto que si le hubieran dado francolines[8] de Milán, faisanes de Roma, ternera de Sorrento, perdices de Morón, o gansos de Lavajos▼▼, y entre la cena, volviéndose al doctor, le dijo:

—Mirad, señor doctor: de aquí adelante no os curéis de darme a comer cosas regaladas ni manjares exquisitos, porque será sacar a mi estómago

[7] Carne picada con sal.

[8] Especie de perdices.

▼ Véase la primera nota al pie de la pág. 544 en II, 47.

▼▼ Sorrento es un pueblo italiano del golfo de Nápoles; y Morón y Lavajos son dos lagunas de Segovia.

de sus quicios, el cual está acostumbrado a cabra, a vaca, a tocino, a cecina, a nabos y a cebollas, y si acaso le dan otros manjares de palacio, los recibe con melindre, y algunas veces con asco. Lo que el maestresala puede hacer es traerme estas que llaman ollas podridas ▼, que mientras más podridas son, mejor huelen, y en ellas puede embaular [9] y encerrar todo lo que él quisiere, como sea de comer, que yo se lo agradeceré, y se lo pagaré algún día; y no se burle nadie conmigo, porque o somos, o no somos: vivamos todos, y comamos en buena paz compaña [10], pues cuando Dios amanece, para todos amanece. Yo gobernaré esta ínsula sin perdonar derecho ni llevar cohecho [11], y todo el mundo traiga el ojo alerta y mire por el virote, porque les hago saber que el diablo está en Cantillana ▼▼, y que si me dan ocasión, han de ver maravillas. No, sino haceos miel, y comeros han [12] moscas.

—Por cierto, señor gobernador —dijo el maestresala—, que vuesa merced tiene mucha razón en cuanto ha dicho, y que yo ofrezco en nombre de todos los insulanos desta ínsula que han de servir a vuestra merced con toda puntualidad, amor y benevolencia, porque el suave modo de gobernar que en estos principios vuesa merced ha dado no les da lugar de hacer ni de pensar cosa que en deservicio de vuesa merced redunde.

—Yo lo creo —respondió Sancho—, y serían ellos unos necios si otra cosa hiciesen o pensasen.

[9] Meter.

[10] Y compañía.

[11] Soborno.

[12] Os comerán.

▼ Véase la última nota al pie de la pág. 544 en II, 47.

▼▼ «Atienda a lo que tiene que hacer, porque les hago saber que el diablo está donde menos se piensa.». Se trata de una cadena de expresiones proverbiales. La última alude al refrán «El diablo está en Cantillana, urdiendo la tela y tramando la lana».

Y vuelvo a decir que se tenga cuenta con mi sustento y con el de mi rucio, que es lo que en este negocio importa y hace más al caso, y en siendo hora, vamos a rondar, que es mi intención limpiar esta ínsula de todo género de inmundicia y de gente vagamunda[13], holgazanes y mal entretenida; porque quiero que sepáis, amigos, que la gente baldía y perezosa es en la república lo mesmo que los zánganos en las colmenas, que se comen la miel que las trabajadoras abejas hacen. Pienso favorecer a los labradores, guardar sus preeminencias a los hidalgos, premiar a los virtuosos, y, sobre todo, tener respeto a la religión y a la honra de los religiosos. ¿Qué os parece desto, amigos? ¿Digo algo, o quiébrome la cabeza?

—Dice tanto vuesa merced, señor gobernador —dijo el mayordomo—, que estoy admirado de ver que un hombre tan sin letras como vuesa merced, que, a lo que creo, no tiene ninguna, diga tales y tantas cosas llenas de sentencias y de avisos, tan fuera de todo aquello que del ingenio de vuesa merced esperaban los que nos enviaron y los que aquí venimos. Cada día se veen cosas nuevas en el mundo; las burlas se vuelven en veras y los burladores se hallan burlados.

Llegó la noche, y cenó el gobernador, con licencia del señor doctor Recio. Aderezaron de ronda; salió con el mayordomo, secretario y maestresala, y el coronista[14] que tenía cuidado de poner en memoria sus hechos, y alguaciles y escribanos, tantos, que podían formar un mediano escuadrón. Iba Sancho en medio, con su vara, que no había más que ver, y pocas calles andadas del lugar, sintieron ruido de cuchilladas; acudieron allá, y hallaron que eran dos solos hombres los que reñían, los cuales, viendo venir a la justicia, se estuvieron quedos, y el uno dellos dijo:

[13] Vagabunda.

[14] Cronista (epéntesis).

—¡Aquí de Dios y del rey! ¿Cómo y qué se ha de sufrir que roben en poblado en este pueblo, y que salga [15] a saltear en él en la mitad de las calles?

—Sosegaos, hombre de bien —dijo Sancho—, y contadme qué es la causa desta pendencia, que yo soy el gobernador.

El otro contrario dijo:

—Señor gobernador, yo la diré con toda brevedad. Vuestra merced sabrá que este gentil hombre acaba de ganar ahora en esta casa de juego que está aquí frontero [16] más de mil reales, y sabe Dios cómo, y hallándome yo presente, juzgué más de una suerte dudosa en su favor, contra todo aquello que me dictaba la conciencia; alzóse con la ganancia, y cuando esperaba que me había de dar algún escudo, por lo menos, de barato [17], como es uso y costumbre darle a los hombres principales como yo, que estamos asistentes para bien y mal pasar, y para apoyar sinrazones y evitar pendencias, él embolsó su dinero y se salió de la casa. Yo vine despechado tras él, y con buenas y corteses palabras le he pedido que me diese siquiera ochos reales, pues sabe que yo soy hombre honrado y que no tengo oficio ni beneficio, porque mis padres no me le enseñaron ni me le dejaron, y el socarrón, que no es más ladrón que Caco, ni más fullero [18] que Andradilla ▼, no quería darme más de cuatro reales; ¡porque vea vuestra merced, señor gobernador, qué poca vergüenza y qué poca conciencia! Pero a fee que si vuesa merced no llegara, que yo le hiciera vomitar la ganancia, y que había de saber con cuántas entraba la romana [19].

[15] Cualquiera salga (sujeto mental).

[16] Enfrente.

[17] Regalo.

[18] Tramposo.

[19] Si yo le ajustaba las cuentas (*romana* = balanza).

▼ O sobran los *que* ante Caco y Andradilla o hay que leer *no es menos... ni menos.* Este Andradilla o Andrada, debió de ser un ladrón famoso (Riquer). Caco es el personaje mitológico conocido por sus robos, hasta que Hércules lo mató.

—¿Qué decís vos a esto? —preguntó Sancho.

Y el otro respondió que era verdad cuanto su contrario decía, y no había querido darle más de cuatro reales porque se los daba muchas veces; y los que esperan barato han de ser comedidos y tomar con rostro alegre lo que les dieren, sin ponerse en cuentas con los gananciosos, si ya no supiesen de cierto que son fulleros y que lo que ganan es mal ganado; y que para señal que él era hombre de bien, y no ladrón, como decía, ninguna había mayor que el no haberle querido dar nada; que siempre los fulleros son tributarios de los mirones que los conocen.

—Así es —dijo el mayordomo—. Vea vuestra merced, señor gobernador, qué es lo que se ha de hacer destos hombres.

—Lo que se ha de hacer es esto —respondió Sancho—: vos, ganancioso, bueno, o malo, o indiferente, dad luego a este vuestro acuchillador cien reales, y más habéis de desembolsar treinta para los pobres de la cárcel; y vos, que no tenéis oficio ni beneficio, y andáis de nones [20] en esta ínsula, tomad luego esos cien reales, y mañana en todo el día salid desta ínsula desterrado por diez años, so pena, si lo quebrantáredes, los cumpláis en la otra vida, colgándoos yo de una picota, o, a lo menos, el verdugo por mi mandado. Y ninguno me replique, que le asentaré la mano.

Desembolsó el uno, recibió el otro, éste se salió de la ínsula, y aquél se fue a su casa, y el gobernador quedó diciendo:

—Ahora, yo podré poco, o quitaré estas casas de juego, que a mí se me trasluce que son muy perjudiciales.

—Ésta, a lo menos —dijo un escribano—, no la podrá vuesa merced quitar, porque la tiene un gran personaje, y más es, sin comparación, lo que

[20] De sobra.

él pierde al año que lo que saca de los naipes. Contra otros garitos de menor cantía [21] podrá vuestra merced mostrar su poder, que son los que más daño hacen y más insolencias encubren; que en las casas de los caballeros principales y de los señores no se atreven los famosos fulleros a usar de sus tretas, y pues el vicio del juego se ha vuelto en ejercicio común, mejor es que se juegue en casas principales que no en la de algún oficial [22], donde cogen a un desdichado de media noche abajo y le desuellan vivo.

—Agora, escribano —dijo Sancho—, yo sé que hay mucho que decir en eso.

Y en esto llegó un corchete [23], que traía asido a un mozo, y dijo:

—Señor gobernador, este mancebo venía hacia nosotros, y así como columbró la justicia, volvió las espaldas y comenzó a correr como un gamo, señal que debe de ser algún delincuente. Yo partí tras él, y si no fuera porque tropezó y cayó no le alcanzara jamás.

—¿Por qué huías, hombre? —preguntó Sancho.

A lo que el mozo respondió:

—Señor, por excusar de responder a las muchas preguntas que las justicias hacen.

—¿Qué oficio tienes?

—Tejedor.

—¿Y qué tejes?

—Hierros de lanzas, con licencia de vuestra merced.

—¿Graciosico me sois? ¿De chocarrero os picáis? ¡Está bien! Y ¿adónde íbades [24] ahora?

—Señor, a tomar el aire.

—Y ¿adónde se toma el aire en esta ínsula?

—Adonde sopla.

—¡Bueno: respondéis muy a propósito! Discreto sois, mancebo; pero haced cuenta que yo soy el

[21] Cuantía.

[22] Artesano.

[23] Agente de la justicia.

[24] Ibais.

aire, y que os soplo en popa, y os encamino a la cárcel. ¡Asilde [25], hola, y llevadle; que yo haré que duerma allí sin aire esta noche!

—¡Par [26] Dios —dijo el mozo—, así me haga vuestra merced dormir en la cárcel como hacerme rey!

—Pues ¿por qué no te haré yo dormir en la cárcel? —respondió Sancho— ¿No tengo yo poder para prenderte y soltarte cada y cuando que quisiere?

—Por más poder que vuestra merced tenga —dijo el mozo—, no será bastante para hacerme dormir en la cárcel.

—¿Cómo que no? —replicó Sancho—. Llevalde luego [27] donde verá por sus ojos el desengaño, aunque más [28] el alcaide quiera usar con él de su interesal [29] liberalidad; que yo le pondré pena de dos mil ducados si te deja salir un paso de la cárcel.

—Todo eso es cosa de risa —respondió el mozo—. El caso es que no me harán dormir en la cárcel cuantos hoy viven.

—Dime, demonio —dijo Sancho—, ¿tienes algún ángel que te saque y que te quite los grillos [30] que te pienso mandar echar?

—Ahora, señor gobernador —respondió el mozo con muy buen donaire—, estemos a razón y vengamos al punto. Prosuponga vuestra merced que me manda llevar a la cárcel, y que en ella me echan grillos y cadenas, y que me meten en un calabozo, y se le ponen al alcaide graves penas si me deja salir, y que él lo cumple como se le manda; con todo esto, si yo no quiero dormir, y estarme despierto toda la noche, sin pegar pestaña, ¿será vuestra merced bastante con todo su poder para hacerme dormir, si yo no quiero?

—No, por cierto —dijo el secretario—, y el hombre ha salido con su intención.

[25] Asidle (metátesis).

[26] Por.

[27] Llevadle en seguida.

[28] Por más que.

[29] Interesada.

[30] Grilletes.

—De modo —dijo Sancho—, que no dejaréis de dormir por otra cosa que por vuestra volundad, y no por contravenir a la mía.

—No, señor —dijo el mozo—, ni por pienso [31].

—Pues andad con Dios —dijo Sancho—; idos a dormir a vuestra casa, y Dios os dé buen sueño, que yo no quiero quitárosle; pero aconséjoos que de aquí adelante no os burléis con la justicia, porque toparéis con alguna que os dé con la burla en los cascos.

Fuese el mozo, y el gobernador prosiguió con su ronda, y de allí a poco vinieron dos corchetes que traían a un hombre asido, y dijeron:

—Señor gobernador, este que parece hombre no lo es, sino mujer, y no fea, que viene vestida en hábito de hombre.

Llegáronle a los ojos dos o tres lanternas [32], a cuyas luces descubrieron un rostro de una mujer, al parecer, de diez y seis o pocos más años, recogidos los cabellos con una redecilla de oro y seda verde, hermosa como mil perlas. Miráronla de arriba abajo, y vieron que venía con unas medias de seda encarnada, con ligas de tafetán blanco y rapacejos [33] de oro y aljófar [34]; los gregüescos eran verdes, de tela de oro, y una saltaembarca [35] o ropilla de lo mesmo, suelta, debajo de la cual traía un jubón de tela finísima de oro y blanco, y los zapatos eran blancos y de hombre. No traía espada ceñida, sino una riquísima daga, y en los dedos, muchos y muy buenos anillos. Finalmente, la moza parecía bien a todos, y ninguno la conoció de cuantos la vieron, y los naturales del lugar dijeron que no podían pensar quién fuese, y los consabidores de las burlas que se habían de hacer a Sancho fueron los que más se admiraron, porque aquel suceso y hallazgo no venía ordenado por ellos, y así, estaban dudosos, esperando en qué pararía el caso.

[31] Ni por pensamiento.

[32] Linternas.

[33] Flecos.

[34] Perlas pequeñas.

[35] Casaca corta.

Sancho quedó pasmado de la hermosura de la moza, y preguntóle quién era, adónde iba y qué ocasión le había movido para vestirse en aquel hábito. Ella, puestos los ojos en tierra con honestísima vergüenza, respondió:

—No puedo, señor, decir tan en público lo que tanto me importaba fuera secreto; una cosa quiero que se entienda: que no soy ladrón ni persona facinorosa, sino una doncella desdichada a quien la fuerza de unos celos ha hecho romper el decoro que a la honestidad se debe.

Oyendo esto el mayordomo, dijo a Sancho:

—Haga, señor gobernador, apartar la gente, porque esta señora con menos empacho pueda decir lo que quisiere.

Mandólo así el gobernador; apartáronse todos, si no fueron el mayordomo, maestresala y el secretario. Viéndose, pues, solos, la doncella prosiguió diciendo:

—Yo, señores, soy hija de Pedro Pérez Mazorca, arrendador de las lanas▼ deste lugar, el cual suele muchas veces ir en casa de mi padre.

—Eso no lleva camino —dijo el mayordomo—, señora, porque yo conozco muy bien a Pedro Pérez, y sé que no tiene hijo ninguno, ni varón ni hembra; y más, que decís que es vuestro padre, y luego añadís que suele ir muchas veces en casa de vuestro padre.

—Yo ya había dado en ello —dijo Sancho.

—Ahora, señores, estoy turbada, y no sé lo que me digo —respondió la doncella—; pero la verdad es que yo soy hija de Diego de la Llana, que todas vuesas mercedes deben de conocer.

▼ Era el que tenía en arriendo el arbitrio sobre las lanas, y, por tanto, el encargado de cobrar el impuesto sobre dicha mercancía.

—Aún eso[36] lleva camino —respondió el mayordomo—, que yo conozco a Diego de la Llana, y sé que es un hidalgo principal y rico, y que tiene un hijo y una hija, y que después que[37] enviudó no ha habido nadie en todo este lugar que pueda decir que ha visto el rostro de su hija; que la tiene tan encerrada, que no da lugar al sol que la vea, y, con todo esto, la fama dice que es en extremo hermosa.

—Así es la verdad —respondió la doncella—, y esa hija soy yo; si la fama miente o no en mi hermosura, ya os habréis, señores, desengañado, pues me habéis visto.

Y en esto, comenzó a llorar tiernamente. Viendo lo cual el secretario, se llegó al oído del maestresala, y le dijo muy paso[38]:

—Sin duda alguna que a esta pobre doncella le debe de haber sucedido algo de importancia, pues en tal traje, y a tales horas, y siendo tan principal, anda fuera de su casa.

—No hay dudar en eso —respondió el maestresala—, y más, que esa sospecha la confirman sus lágrimas.

Sancho la consoló con las mejores razones que él supo, y le pidió que sin temor alguno les dijese lo que le había sucedido; que todos procurarían remediarlo con muchas veras y por todas las vías posibles.

—Es el caso, señores —respondió ella—, que mi padre me ha tenido encerrada diez años ha, que son los mismos que a mi madre come la tierra. En casa dicen misa en un rico oratorio, y yo en todo este tiempo no he visto que[39] el sol del cielo de día, y la luna y las estrellas de noche, ni sé qué son calles, plazas, ni templos, ni aun hombres, fuera de mi padre y de un hermano mío, y de Pedro Pérez el arrendador, que por entrar de ordinario en mi casa, se me antojó decir que era mi padre,

[36] Eso ya.

[37] Desde que.

[38] Muy bajo.

[39] Más que.

por no declarar el mío. Este encerramiento y este negarme el salir de casa, siquiera a la iglesia, ha muchos días y meses que me trae muy desconsolada; quisiera yo ver el mundo, o, a lo menos, el pueblo donde nací, pareciéndome que este deseo no iba contra el buen decoro que las doncellas principales deben guardar a sí mesmas. Cuando oía decir que corrían toros y jugaban cañas ▼, y se representaban comedias, preguntaba a mi hermano, que es un año menor que yo, que me dijese qué cosas eran aquéllas y otras muchas que yo no he visto; él me lo declaraba por los mejores modos que sabía, pero todo era encenderme más el deseo de verlo. Finalmente, por abreviar el cuento de mi perdición, digo que yo rogué y pedí a mi hermano, que nunca tal pidiera ni tal rogara...

Y tornó a renovar el llanto. El mayordomo le dijo:

—Prosiga vuestra merced, señora, y acabe de decirnos lo que le ha sucedido, que nos tienen a todos suspensos sus palabras y sus lágrimas.

—Pocas me quedan por decir —respondió la doncella—, aunque muchas lágrimas sí que llorar, porque los mal colocados deseos no pueden traer consigo otros descuentos [40] que los semejantes.

Habíase sentado en el alma del maestresala la belleza de la doncella, y llegó otra vez su lanterna para verla de de nuevo ▼▼, y parecióle que no eran lágrimas las que lloraba, sino aljófar o rocío de los prados, y aun las subía de punto, y las llegaba a

[40] Compensaciones.

▼ «Los *juegos de cañas* eran torneos públicos en que los caballeros, divididos en cuadrillas, se arrojaban lanzas o cañas, resguardándose con adargas» o escudos (Murillo).

▼▼ Así, *de de nuevo* (como *por de dentro*), quizás por considerar *de nuevo* como frase hecha.

perlas orientales▼, y estaba deseando que su desgracia no fuese tanta como daban a entender los indicios de su llanto y de sus suspiros. Desesperábase el gobernador de la tardanza que tenía la moza en dilatar su historia, y díjole que acabase de tenerlos más[41] suspensos, que era tarde y faltaba mucho que andar del pueblo. Ella, entre interrotos[42] sollozos y mal formados suspiros, dijo:

—No es otra mi desgracia, ni mi infortunio es otro sino que yo rogué a mi hermano que me vistiese en hábitos de hombre con uno de sus vestidos y que me sacase una noche a ver todo el pueblo, cuando nuestro padre durmiese. Él, importunado de mis ruegos, condecendió[43] con mi deseo, y poniéndome este vestido, y él vistiéndose de otro mío, que le está como nacido, porque él no tiene pelo de barba y no parece sino una doncella hermosísima, esta noche, debe de haber una hora, poco más o menos, nos salimos de casa, y guiados de nuestro mozo y desbaratado discurso, hemos rodeado todo el pueblo, y cuando queríamos volver a casa, vimos venir un gran tropel de gente, y mi hermano me dijo: «Hermana, ésta debe ser la ronda; aligera los pies y pon alas en ellos, y vente tras mí corriendo, porque no nos conozcan, que nos será mal contado[44].» Y diciendo esto, volvió las espaldas y comenzó, no digo a correr, sino a volar; yo, a menos de seis pasos, caí con el sobresalto, y entonces llegó el ministro[45] de la justicia que me trujo ante vuestras mercedes, adonde por mala y antojadiza me veo avergonzada ante tanta gente.

—¿En efecto, señora —dijo Sancho—, no os ha sucedido otro desmán alguno, ni celos, como vos

[41] Más tiempo.

[42] Interrumpidos.

[43] Condescendió.

[44] Será perjudicial.

[45] Servidor.

▼ Parece claro que todo este juego metafórico es parodia, de intención burlesca.

al principio de vuestro cuento dijistes, no os sacaron de vuestra casa?

—No me ha sucedido nada, ni me sacaron celos, sino sólo el deseo de ver mundo, que no se extendía a más que ver las calles de este lugar.

Y acabó de confirmar ser verdad lo que la doncella decía llegar los corchetes con su hermano preso, a quien alcanzó uno dellos cuando se huyó de su hermana. No traía sino un faldellín[46] rico y una mantellina de damasco azul con pasamanos[47] de oro fino, la cabeza sin toca ni otra cosa adornada que con sus mesmos cabellos, que eran sortijas de oro, según eran rubios y enrizados. Apartáronse con él gobernador, mayordomo y maestresala, y sin que lo oyese su hermana, le preguntaron cómo venía en aquel traje, y él, con no menos vergüenza y empacho contó lo mesmo que su hermana había contado, de que recibió gran gusto el enamorado maestresala. Pero el gobernador les dijo:

—Por cierto, señores, que ésta ha sido una gran rapacería[48] y para contar esta necedad y atrevimiento no eran menester tantas largas ni tantas lágrimas y suspiros; que con decir: «Somos fulano y fulana, que nos salimos a espaciar[49] de casa de nuestros padres con esta invención, sólo por curiosidad, sin otro designio alguno», se acabara el cuento, y no gemidicos, y lloramicos y darle▼.

—Así es la verdad —respondió la doncella—; pero sepan vuesas mercedes que la turbación que he tenido ha sido tanta, que no me ha dejado guardar el término que debía.

[46] Falda corta.

[47] Galones.

[48] Niñería.

[49] Recrear.

▼ «Y no gemidicos, y lloriqueos, y porfiar.» «Dada la afición de Cervantes al habla popular, era natural que jugara frecuentemente con el diminutivo» (Rosenblat).

—No se ha perdido nada —respondió Sancho—. Vamos, y dejaremos a vuesas mercedes en casa de su padre; quizá no los habrá echado menos [50]. Y de aquí adelante no se muestren tan niños, ni tan deseosos de ver mundo; que la doncella honrada, la pierna quebrada, y en casa; y la mujer y la gallina, por andar se pierden aína [51]; y la que es deseosa de ver, también tiene deseo de ser vista. No digo más.

El mancebo agradeció al gobernador la merced que quería hacerles de volverlos a su casa, y así, se encaminaron hacia ella, que no estaba muy lejos de allí. Llegaron, pues, y tirando el hermano una china a una reja, al momento bajó una criada, que los estaba esperando, y les abrió la puerta, y ellos se entraron, dejando a todos admirados así de su gentileza y hermosura como del deseo que tenía de ver mundo, de noche y sin salir del lugar; pero todo lo atribuyeron a su poca edad.

Quedó el maestresala traspasado su corazón, y propuso de luego otro día pedírsela por mujer a su padre, teniendo por cierto que no se la negaría, por ser él criado del duque, y aun a Sancho le vinieron deseos y barruntos de casar al mozo con Sanchica su hija, y determinó de ponerlo en plática [52] a su tiempo, dándose a entender que a una hija de un gobernador ningún marido se le podía negar.

Con esto se acabó la ronda de aquella noche, y de allí a dos días el gobierno, con que se destroncaron y borraron todos sus designios, como se verá adelante.

[50] De menos.

[51] Pronto.

[52] En práctica.

## CAPÍTULO L

### **Donde se declara quién [1] fueron los encantadores y verdugos que azotaron a la dueña y pellizcaron y arañaron a don Quijote, con el suceso [2] que tuvo el paje que llevó la carta a Teresa Sancha ▼, mujer de Sancho Panza**

[1] Quienes.

[2] Éxito.

Dice Cide Hamete, puntualísimo escudriñador de los átomos desta verdadera historia ▼▼, que al tiempo que doña Rodríguez salió de su aposento para ir a la estancia de don Quijote, otra dueña que con ella dormía lo sintió [3], y que como todas las dueñas son amigas de saber, entender y oler, se fue tras ella, con tanto silencio, que la buena Rodríguez no lo echó de ver, y así como la dueña la vio entrar en la estancia de don Quijote, porque no faltase en ella la general costumbre que todas las dueñas tienen de ser chismosas ▼▼▼, al momento lo fue a poner en pico [4] a su señora la duquesa, de cómo doña Rodríguez quedaba en el aposento de don Quijote.

[3] Oyó.

[4] Contar.

La duquesa se lo dijo al duque, y le pidió licencia para que ella y Altisidora viniesen a ver lo que

▼ Era costumbre extendida en el pueblo llamar a la mujer casada con el nombre del marido, en femenino.

▼▼ Véase nota al pie de la pág. 66 en II, 5 y la primera nota al pie de la pág. 19 en II, 1.

▼▼▼ Véase la primera nota al pie de la pág. 450 en II, 37.

aquella dueña quería con don Quijote. El duque se la dio, y las dos, con gran tiento y sosiego, paso ante paso, llegaron a ponerse junto a la puerta del aposento, y tan cerca, que oían todo lo que dentro hablaban, y cuando oyó la duquesa que Rodríguez había echado en la calle el Aranjuez de sus fuentes ▼ no lo pudo sufrir, ni menos Altisidora, y así llenas de cólera y deseosas de venganza, entraron de golpe en el aposento, y acrebillaron [5] a don Quijote y vapularon a la dueña del modo que queda contado; porque las afrentas que van derechas contra la hermosura y presunción de las mujeres, despierta en ellas en gran manera la ira y enciende el deseo de vengarse.

[5] Acribillaron.

Contó la duquesa al duque lo que le había pasado, de lo que se holgó mucho, y la duquesa, prosiguiendo con su intención de burlarse y recibir pasatiempo con don Quijote, despachó al paje que había hecho la figura de Dulcinea en el concierto de su desencanto —que tenía bien olvidado Sancho Panza con la ocupación de su gobierno— a Teresa Panza, su mujer, con la carta de su marido, y con otra suya, y con una gran sarta de corales ricos presentados [6].

[6] Regalados.

Dice, pues, la historia, que el paje era muy discreto y agudo, y con deseo de servir a sus señores, partió de muy buena gana al lugar de Sancho, y antes de entrar en él vio en un arroyo estar lavando cantidad de mujeres, a quien [7] preguntó si le sabrían decir si en aquel lugar vivía una mujer llamada Teresa Panza, mujer de un cierto Sancho Panza, escudero de un caballero llamado don Quijote de la Mancha, a cuya pregunta se levantó en pie una mozuela que estaba lavando, y dijo:

[7] A quienes.

▼ «Había hecho público lo de sus fuentes» (véase nota al pie de la pág. 567 en II, 48). La expresión se debe a la fama de que gozaban las fuentes y jardines de Aranjuez.

—Esa Teresa Panza es mi madre, y ese tal Sancho, mi señor padre, y el tal caballero, nuestro amo.

—Pues venid, doncella —dijo el paje—, y mostradme a vuestra madre, porque le traigo una carta y un presente del tal vuestro padre.

—Eso haré yo de muy buena gana, señor mío —respondió la moza, que mostraba ser de edad de catorce años, poco más a menos.

Y dejando la ropa que lavaba a otra compañera, sin tocarse [8] ni calzarse, que estaba en piernas [9] y desgreñada, saltó delante de la cabalgadura del paje, y dijo:

—Venga vuesa merced; que a la entrada del pueblo está nuestra casa, y mi madre en ella, con harta pena por no haber sabido muchos días ha de mi señor padre.

—Pues yo se las [10] llevo tan buenas —dijo el paje—, que tiene que dar bien gracias a Dios por ellas.

Finalmente, saltando, corriendo y brincando, llegó al pueblo la muchacha, y antes de entrar en su casa dijo a voces desde la puerta:

—Salga, madre Teresa, salga, salga, que viene aquí un señor que trae cartas y otras cosas de mi buen padre.

A cuyas voces salió Teresa Panza, su madre, hilando un copo de estopa, con una saya parda. Parecía, según era de corta, que se la habían cortado por vergonzoso lugar ▼, con un corpezuelo [11] asimismo pardo y una camisa de pechos [12]. No era muy vieja aunque mostraba pasar de los cuaren-

[8] Arreglarse la cabeza.

[9] Descalza.

[10] Las nuevas o noticias.

[11] Corpiño.

[12] Camisa escotada.

▼ Alude al castigo vergonzoso que, según consta en un romance viejo del Cid, se imponía a las malas mujeres.

ta, pero fuerte, tiesa, nervuda y avellanada; la cual, viendo a su hija, y al paje a caballo, le dijo:

—¿Qué es esto, niña? ¿Qué señor es éste?

—Es un servidor de mi señora doña Teresa Panza —respondió el paje.

Y diciendo y haciendo, se arrojó del caballo y se fue con mucha humildad a poner de hinojos ante la señora Teresa, diciendo:

—Déme vuestra merced sus manos, mi señora doña Teresa, bien así como mujer legítima y particular del señor don Sancho Panza, gobernador propio de la ínsula Barataria.

—¡Ay, señor mío, quítese de ahí: no haga eso —respondió Teresa—; que yo no soy nada palaciega, sino una pobre labradora, hija de un estripaterrones [13] y mujer de un escudero andante, y no de gobernador alguno!

—Vuesa merced —respondió el paje— es mujer dignísima de un gobernador archidignísimo, y para prueba desta verdad, reciba vuesa merced esta carta y este presente.

Y sacó al instante de la faldriquera una sarta de corales con extremos de oro, y se la echó al cuello, y dijo:

—Esta carta es del señor gobernador, y otra que traigo y estos corales son de mi señora la duquesa, que a vuestra merced me envía.

Quedó pasmada Teresa, y su hija ni más ni menos, y la muchacha dijo:

—Que me maten si no anda por aquí nuestro señor amo don Quijote, que debe de haber dado a padre el gobierno o condado que tantas veces le había prometido.

—Así es la verdad —respondió el paje—; que por respeto del señor don Quijote es ahora el señor Sancho gobernador de la ínsula Barataria, como se verá por esta carta.

[13] Destripaterrones.

—Léamela vuesa merced, señor gentilhombre ▾ —dijo Teresa—, porque aunque yo sé hilar, no sé leer migaja.

—Ni yo tampoco —añadió Sanchica—; pero espérenme aquí que yo iré a llamar quien la lea, ora sea el cura mesmo, o el bachiller Sansón Carrasco, que vendrán de muy buena gana, por saber nuevas de mi padre.

—No hay para qué se llame a nadie; que yo no sé hilar, pero sé leer, y la leeré.

Y así, se la leyó toda, que por quedar ya referida, no se pone aquí, y luego sacó otra de la duquesa, que decía desta manera:

*Amiga Teresa: Las buenas partes* [14] *de la bondad y del ingenio de vuestro marido Sancho me movieron y obligaron a pedir a mi marido el duque le diese un gobierno de una ínsula, de muchas que tiene. Tengo noticia que gobierna como un girifalte* ▾▾*, de lo que yo estoy muy contenta, y el duque mi señor, por el consiguiente, por lo que doy muchas gracias al cielo de no haberme engañado en haberle escogido para el tal gobierno; porque quiero que sepa la señora Teresa que con dificultad se halla un buen gobernador en el mundo, y tal me haga a mí Dios como Sancho gobierna.*

*Ahí le envío, querida mía, una sarta de corales con extremos de oro; yo me holgara que fuera de perlas orientales; pero quien te da el hueso, no te querría ver muerta* [15]*: tiempo vendrá en que nos*

[14] Cualidades.

[15] El refrán dice *muerto* (para conservar la asonancia).

▾ Nótese la comicidad de este tratamiento, ridículo como otros ya vistos.

▾▾ Véase nota al pie de la pág. 401 en II, 32. Nótese que en esta graciosa carta la duquesa adopta deliberadamente el estilo popular y la naturalidad epistolar que ya hemos visto en la de Sancho y que veremos después en la de su mujer.

*conozcamos y nos comuniquemos, y Dios sabe lo que será. Encomiéndeme a Sanchica, su hija, y dígale de mi parte que se apareje, que la tengo de casar altamente cuando menos lo piense.*

*Dícenme que en ese lugar hay bellotas gordas; envíeme hasta dos docenas, que las estimaré en mucho, por ser de su mano, y escríbame largo, avisándome de su salud y de su bienestar, y si hubiere menester alguna cosa, no tiene que hacer más que boquear: que su boca será medida, y Dios me la guarde. Deste lugar.*

*Su amiga que bien la quiere,*
LA DUQUESA

—¡Ay —dijo Teresa en oyendo la carta—, y qué buena y qué llana y qué humilde señora! Con estas tales señoras me entierren a mí, y no las hidalgas que en este pueblo se usan, que piensan que por ser hidalgas no las ha de tocar el viento, y van a la iglesia con tanta fantasía [16] como si fuesen las mesmas reinas, que no parece sino que tienen a deshonra el mirar a una labradora. Y veis aquí donde esta buena señora, con ser duquesa, me llama amiga, y me trata como si fuera su igual, que igual la vea yo con el más alto campanario que hay en La Mancha. Y en lo que toca a las bellotas, señor mío, yo le enviaré a su señoría un celemín [17], que por gordas las pueden venir a ver a la mira y a la maravilla ▼. Y por ahora, Sanchica, atiende a que se regale este señor: pon en orden este caballo, y saca de la caballeriza güevos, y corta tocino adunia [18], y démosle de comer como a un prínci-

[16] Presunción.

[17] Unos cuatro litros y medio.

[18] En abundancia.

▼ «A mirarlas y maravillarse», «con atención y pasmo» (expresión proverbial).

pe, que las buenas nuevas que nos ha traído y la buena cara que él tiene lo merece todo; y en tanto, saldré yo a dar a mis vecinas las nuevas de nuestro contento, y al padre cura y a maese Nicolás el barbero, que tan amigos son y han sido de tu padre.

—Sí haré, madre —respondió Sanchica—; pero mire que me ha de dar la mitad desa sarta; que no tengo yo por tan boba a mi señora la duquesa, que se la había de enviar a ella[19] toda.

—Todo es para ti, hija —respondió Teresa—; pero déjamela traer algunos días al cuello, que verdaderamente parece que me alegra el corazón.

—También se alegrarán —dijo el paje— cuando vean el lío que viene en este portamanteo[20], que es un vestido de paño finísimo que el gobernador sólo un día llevó a caza, el cual todo le envía para la señora Sanchica.

—Que me viva él mil años —respondió Sanchica—, y el que lo trae, ni más ni menos, y aun dos mil, si fuere necesidad.

Salióse en esto Teresa fuera de casa, con las cartas, y con la sarta al cuello, y iba tañendo en las cartas como si fuera en un pandero, y encontrándose acaso[21] con el cura y Sansón Carrasco, comenzó a bailar y a decir:

—¡A fee que agora que no hay pariente pobre! ¡Gobiernito tenemos! ¡No, sino tómese conmigo la más pintada hidalga, que yo la pondré como nueva!

—¿Qué es esto, Teresa Panza? ¿Qué locuras son éstas, y qué papeles son ésos?

—No es otra la locura sino que éstas son cartas de duquesas y de gobernadores, y estos que traigo al cuello son corales finos, las avemarías, y los padres nuestros son de oro de martillo[22], y yo soy gobernadora.

[19] A usted (rusticismo).

[20] Maleta.

[21] Por casualidad.

[22] Batido a golpe de martillo.

—De Dios en ayuso, no os entendemos ▼, Teresa, ni sabemos lo que os decís.

—Ahí lo podrán ver ellos [23] —respondió Teresa.

Y dioles las cartas. Leyólas el cura de modo que las oyó Sansón Carrasco, y Sansón y el cura se miraron el uno al otro, como admirados, de lo que habían leído, y preguntó el bachiller quién había traído aquellas cartas. Respondió Teresa que se viniesen con ella a su casa y verían el mensajero, que era un mancebo como un pino de oro ▼▼, y que le traía otro presente que valía más de tanto [24]. Quitóle el cura los corales del cuello, y mirólos y remirólos, y certificándose que eran finos, tornó a admirarse de nuevo, y dijo:

—Por el hábito que tengo, que no sé qué me diga ni qué me piense de estas cartas y destos presentes; por una parte, veo y toco la fineza de estos corales, y por otra, leo que una duquesa envía a pedir dos docenas de bellotas.

—¡Aderézame esas medidas! [25] —dijo entonces Carrasco—. Agora bien, vamos a ver al portador deste pliego; que dél nos informaremos de las dificultades que se nos ofrecen.

Hiciéronlo así, y volvióse Teresa con ellos. Hallaron al paje cribando un poco de cebada para su cabalgadura, y a Sanchica cortando un torrezno para empedrarle [26] con güevos y dar de comer al paje, cuya presencia y buen adorno contentó mucho a los dos; y después de haberle saludado cortésmente, y él a ellos, le preguntó Sansón les di-

[23] Ustedes (rusticismo).

[24] De otro tanto.

[25] ¡Qué disparate! (exclamación proverbial).

[26] Mezclarle.

▼ «Salvo Dios [que lo entiende todo], de Él abajo [*en ayuso,* arcaísmo] no hay quien os entienda.»

▼▼ Como una piedra dorada que era antiguo adorno del tocado de las mujeres. Aquí es expresión de alabanza del buen talle del mozo.

jese nuevas así de don Quijote como de Sancho Panza; que puesto que habían leído las cartas de Sancho y de la señora duquesa, todavía estaban confusos y no acababan de atinar qué sería aquello del gobierno de Sancho, y más de una ínsula, siendo todas o las más que hay en el mar Mediterráneo de Su Majestad. A lo que el paje respondió:

—De que el señor Sancho Panza sea gobernador, no hay que dudar en ello; de que sea ínsula o no la que gobierna, en eso no me entremeto, pero basta que sea un lugar de más de mil vecinos, y en cuanto a lo de las bellotas, digo que mi señora la duquesa es tan llana y tan humilde que no —decía él— enviar a pedir bellotas a una labradora, pero que le acontecía enviar a pedir un peine prestado a una vecina suya▼. Porque quiero que sepan vuestras mercedes que las señoras de Aragón, aunque son tan principales, no son tan puntuosas y levantadas como las señoras castellanas; con más llaneza tratan con las gentes.

Estando en la mitad destas pláticas saltó Sanchica con un halda [27] de güevos, y preguntó al paje:

—Dígame, señor: ¿mi señor padre trae por ventura calzas atacadas [28] después que es gobernador?

—No he mirado en ello —respondio el paje—, pero sí debe de traer.

—¡Ay Dios mío —replicó Sanchica—, y que será de ver a mi padre con pedorreras [29]! ¿No es bueno sino que desde que nací tengo deseo de ver a mi padre con calzas atacadas?

—Como con esas cosas le verá vuestra merced si vive —respondió el paje—. Par Dios, términos lle-

[27] Una falda.

[28] Calzas enteras, que cubrían muslos y piernas.

[29] Calzas ajustadas, enteras.

▼ Nótese que, tanto si *decía él* se incluye entre guiones como si no, se produce aquí un cambio del estilo directo al indirecto.

va de caminar con papahígo▼, con solos dos meses que le dure el gobierno.

Bien echaron de ver el cura y el bachiller que el paje hablaba socarronamente; pero la fineza de los corales y el vestido de caza que Sancho enviaba lo deshacía todo; que ya Teresa les había mostrado el vestido. Y no dejaron de reírse del deseo de Sanchica, y más cuando Teresa dijo:

—Señor cura, eche cata[30] por ahí si hay alguien que vaya a Madrid, o a Toledo, para que me compre un verdugado▼▼ redondo, hecho y derecho, y sea al uso[31] y de los mejores que hubiere; que en verdad en verdad que tengo de honrar el gobierno de mi marido en cuanto yo pudiere, y aun que si me enojo, me tengo de ir a esa corte, y echar un coche, como todas; que la que tiene marido gobernador muy bien le puede traer y sustentar.

—Y ¡cómo, madre! —dijo Sanchica—. Pluguiese a Dios que fuese antes hoy que mañana, aunque dijesen los que me viesen ir sentada con mi señora madre en aquel coche: «¡Mirad la tal por cual, hija del harto de ajos, y cómo va sentada y tendida en el coche, como si fuera una papesa!» Pero pisen ellos los lodos, y ándeme yo en mi coche, levantados los pies del suelo. ¡Mal año y mal mes para cuantos murmuradores hay en el mundo, y ándeme yo caliente, y ríase la gente! ¿Digo bien, madre mía?

—Y ¡cómo que dices bien, hija! —respondió Teresa—. Y todas estas venturas, y aun mayores, me las tiene profetizadas mi buen Sancho, y verás tú, hija, cómo no para hasta hacerme condesa; que

[30] Mire.

[31] Esté de moda.

▼ Especie de gorro o mascarilla de paño que cubría el cuello y parte de la cara para protegerse del viento y del frío.

▼▼ Véase nota al pie de la pág. 69 en II, 5.

todo es comenzar a ser venturosas, y como yo he oído decir muchas veces a tu buen padre, que así como lo es tuyo lo es de los refranes, cuando te dieren la vaquilla, corre con soguilla; cuando te dieren un gobierno, cógele; cuando te dieren un condado, agárrale, y cuando te hicieren tus, tus ▼, con alguna buena dádiva, envásala. ¡No, sino dormíos, y no respondáis a las venturas y buenas dichas que están llamando a la puerta de vuestra casa!

—Y ¿qué se me da a mí —añadió Sanchica— que diga el que quisiere cuando me vea entonada y fantasiosa: «Viose el perro en bragas de cerro... ▼▼», y lo demás?

Oyendo lo cual el cura, dijo:

—Yo no puedo creer sino que todos los deste linaje de los Panzas nacieron cada uno con un costal de refranes en el cuerpo; ninguno dellos, he visto que no los derrame a todas horas y en todas las pláticas que tienen.

—Así es la verdad —dijo el paje—; que el señor gobernador Sancho a cada paso los dice, y aunque muchos no vienen a propósito, todavía [32] dan gusto, y mi señora la duquesa y el duque los celebran mucho.

—¿Que todavía se afirma vuestra merced, señor mío —dijo el bachiller—, ser verdad esto del gobierno de Sancho, y de que hay duquesa en el mundo que le envíe presentes y le escriba? Porque nosotros, aunque tocamos los presentes y hemos leído las cartas, no lo creemos, y pensamos

[32] Siempre.

▼ *Tus, tus* era voz empleada para llamar al perro.

▼▼ Refrán del que se omite la segunda parte: ... «y no conoció a su compañero», o también «y él, fiero que fiero». Se aplica a los que una vez enriquecidos desprecian a quienes fueron sus iguales.

que ésta es una de las cosas de don Quijote nuestro compatrioto[33], que todas piensa que son hechas por encantamento; y así estoy por decir que quiero tocar y palpar a vuestra merced, por ver si es embajador fantástico o hombre de carne y hueso.

—Señores, yo no sé más de mí —respondió el paje— sino que soy embajador verdadero, y que el señor Sancho Panza es gobernador efectivo, y que mis señores duque y duquesa pueden dar, y han dado, el tal gobierno, y que he oído decir que en él se porta valentísimamente el tal Sancho Panza. Si en esto hay encantamiento, o no, vuestras mercedes lo disputen allá entre ellos; que yo no sé otra cosa, para[34] el juramento que hago, que es por vida de mis padres, que los tengo vivos y los amo y los quiero mucho.

—Bien podrá ello ser así —replicó el bachiller—; pero *dubitat Augustinus*▼.

—Dude quien dudare —respondió el paje—, la verdad es la que he dicho, y esta que ha de andar siempre sobre la mentira, como el aceite sobre el agua; y si no, *operibus credite, et non verbis*▼▼; véngase alguno de vuesas mercedes conmigo, y verán con los ojos lo que no creen por los oídos.

—Esa ida a mí toca —dijo Sanchica—; lléveme vuestra merced, señor, a las ancas de su rocín, que yo iré de muy buena gana a ver a mi señor padre.

—Las hijas de los gobernadores no han de ir solas por los caminos, sino acompañadas de carrozas y literas y de gran número de sirvientes.

[33] Compatriota.

[34] Por.

▼ «Pero lo pone en duda San Agustín», expresión proverbial frecuentemente usada en disputas entre estudiantes.

▼▼ Véase la segunda nota al pie de la pág. 316 en II, 25.

—Par Dios —respondió Sancha—, también[35] me vaya yo sobre una pollina como sobre un coche. ¡Hallado la habéis la melindrosa!

—Calla, mochacha —dijo Teresa—, que no sabes lo que te dices, y este señor está en lo cierto; que tal el tiempo, tal el tiento; cuando Sancho, Sancha, y cuando gobernador, señora, y no sé si diga algo.

—Más dice la señora Teresa de lo que piensa —dijo el paje—; y denme de comer y despáchenme luego, porque pienso volverme esta tarde.

A lo que dijo el cura:

—Vuestra merced se vendrá a hacer penitencia conmigo▼; que la señora Teresa más tiene voluntad que alhajas[36] para servir a tan buen huésped.

Rehusólo el paje; pero, en efecto, lo hubo de conceder por su mejora, y el cura le llevó consigo de buena gana, por tener lugar de preguntarle de espacio[37] por don Quijote y sus hazañas.

El bachiller se ofreció de escribir las cartas a Teresa, de la respuesta; pero ella no quiso que el bachiller se metiese en sus cosas, que le tenía por algo burlón, y así, dio un bollo y dos huevos a un monacillo[38] que sabía escribir, el cual le escribió dos cartas, una para su marido y otra para la duquesa, notadas[39] de su mismo caletre, que no son las peores que en esta grande historia se ponen, como se verá adelante.

[35] Así, tan bien.

[36] Ajuar, servicio de mesa.

[37] Ocasión de preguntarle despacio.

[38] Monaguillo.

[39] Dictadas.

▼ Véase la primera nota al pie de la pág. 57 en II, 3.

## CAPÍTULO LI

### Del progreso del gobierno de Sancho Panza, con otros sucesos tales como buenos [1]

Amaneció el día que se siguió a la noche de la ronda del gobernador, la cual el maestresala pasó sin dormir, ocupado el pensamiento en el rostro, brío y belleza de la disfrazada doncella; y el mayordomo ocupó lo que della faltaba en escribir a sus señores lo que Sancho Panza hacía y decía, tan admirado de sus hechos como de sus dichos; porque andaban mezcladas sus palabras y sus acciones, con asomos discretos y tontos.

Levantóse, en fin, el señor gobernador, y por orden del doctor Pedro Recio le hicieron desayunar un poco de conserva y cuatro tragos de agua fría, cosa que la trocara Sancho con un pedazo de pan y un racimo de uvas. Pero viendo que aquello era más fuerza que voluntad, pasó por ello, con harto dolor de su alma y fatiga de su estómago, haciéndole creer Pedro Recio que los manjares pocos y delicados avivaban el ingenio, que era lo que más convenía a las personas constituidas en mandos y en oficios graves, donde se han de aprovechar no tanto de las fuerzas corporales como de las del entendimiento.

Con esta sofistería [2] padecía hambre Sancho, y tal, que en su secreto maldecía el gobierno y aun a quien se le había dado; pero con su hambre y con su conserva [3] se puso a juzgar aquel día, y lo

[1] Buenos de veras.

[2] Raciocinios sofísticos o fingidos con sutileza.

[3] Fruta aderezada con azúcar o miel.

primero que se le ofreció fue una pregunta[4] que un forastero le hizo, estando presentes a todo el mayordomo y los demás acólitos, que fue:

—Señor, un caudaloso río dividía dos términos de un mismo señorío (y esté vuestra merced atento, porque el caso es de importancia y algo dificultoso). Digo, pues, que sobre este río estaba una puente ▼, y al cabo della, una horca y una como casa de audiencia, en la cual de ordinario había cuatro jueces que juzgaban[5] la ley que puso el dueño del río, de la puente y del señorío, que era en esta forma: «Si alguno pasare por esta puente de una parte a otra, ha de jurar primero adónde y a qué va; y si jurare verdad, déjenle pasar, y si dijere mentira, muera por ello ahorcado en la horca que allí se muestra, sin remisión alguna.» Sabida esta ley y la rigurosa condición della, pasaban muchos, y luego[6] en lo que juraban se echaba de ver que decían verdad, y los jueces los dejaban pasar libremente. Sucedió, pues, que tomando juramento a un hombre, juró y dijo que para[7] el juramento que hacía, que iba a morir en aquella horca que allí estaba, y no a otra cosa. Repararon los jueces en el juramento, y dijeron: «Si a este hombre le dejamos pasar libremente, mintió en su juramento, y, conforme a la ley, debe morir; y si le ahorcamos, él juró que iba a morir en aquella horca, y, habiendo jurado verdad, por la misma ley debe ser libre.» Pídese a vuesa merced, señor gobernador, qué harán los jueces de tal hombre; que aun hasta agora están dudosos y suspensos. Y habiendo tenido noticia del agudo y elevado entendimiento de vuestra merced, me enviaron a mí a que suplicase a vuestra merced de su parte diese su parecer en tan intricado[8] y dudoso caso.

[4] Problema difícil.

[5] Aplicaban.

[6] Inmediatamente.

[7] Por.

[8] Intrincado.

▼ Véase la nota al pie de la pág. 624 en I, 40.

A lo que respondió Sancho:

—Por cierto que esos señores jueces que a mí os envían lo pudieran haber excusado, porque yo soy un hombre que tengo más de mostrenco que de agudo; pero, con todo eso, repetidme otra vez el negocio de modo que yo le entienda; quizá podría ser que diese en el hito [9].

[9] En el blanco.

Volvió otra y otra vez el preguntante a referir lo que primero había dicho, y Sancho dijo:

—A mi parecer, este negocio en dos paletas le declararé yo, y es así: el tal hombre jura que va a morir en la horca, y si muere en ella, juró verdad, y por la ley puesta merece ser libre y que pase la puente; y si no le ahorcan, juró mentira, y por la misma ley merece que le ahorquen▼.

—Así es como el señor gobernador dice —dijo el mensajero—; y cuanto a la entereza y entendimiento [10] del caso, no hay más que pedir ni que dudar.

[10] La entera inteligencia (hendíadis).

—Digo yo, pues, agora —replicó Sancho— que deste hombre aquella parte que juró verdad la dejen pasar, y la que dijo mentira la ahorquen, y desta manera se cumplirá al pie de la letra la condición del pasaje.

—Pues, señor gobernador —replicó el preguntador—, será necesario que tal hombre se divida en partes, en mentirosa y verdadera, y si se divide, por fuerza ha de morir, y así no se consigue cosa alguna de lo que la ley pide, y es de necesidad expresa que se cumpla con ella.

—Venid acá, señor buen hombre —respondió Sancho—; este pasajero que decís, o yo soy un porro [11], o él tiene la misma razón para morir que para vivir y pasar la puente; porque si la verdad

[11] Hombre torpe, rudo y necio.

▼ Esta anécdota y la consiguiente sentencia del gobernador Sancho están basadas también en una historia de larga tradición folclórica.

le salva, la mentira le condena igualmente; y siendo esto así, como lo es, soy de parecer que digáis a esos señores que a mí os enviaron que, pues están en un fil ▼ las razones de condenarle o absolverle, que le dejen pasar libremente, pues siempre es alabado más el hacer bien que mal; y esto lo diera firmado de mi nombre, si supiera firmar ▼▼, y yo en este caso no he hablado de mío [12], sino que se me vino a la memoria un precepto, entre otros muchos que me dio mi amo don Quijote la noche antes que viniese a ser gobernador desta ínsula, que fue que cuando la justicia estuviese en duda, me decantase [13] y acogiese a la misericordia; y ha querido Dios que agora se me acordase, por venir en este caso como de molde.

—Así es —respondió el mayordomo—, y tengo para mí que el mismo Licurgo ▼▼▼, que dio leyes a los lacedemonios, no pudiera dar mejor sentencia que la que el gran Panza ha dado. Y acábase con esto la audiencia desta mañana, y yo daré orden cómo el señor gobernador coma muy a su gusto.

—Eso pido, y barras derechas [14] —dijo Sancho—; denme de comer, y lluevan casos y dudas sobre mí, que yo las despabilaré en el aire.

Cumplió su palabra el mayordomo, pareciéndole ser cargo de conciencia matar de hambre a tan discreto gobernador; y más, que pensaba concluir con él aquella misma noche haciéndole la burla última que traía en comisión de hacerle.

Sucedió, pues, que habiendo comido aquel día contra las reglas y aforismos del doctor Tirteafue-

[12] Por mi cuenta.

[13] Inclinase.

[14] Sin trampas.

▼ «Están en un fiel de la balanza», es decir, tienen el mismo peso.

▼▼ Recuérdese que, en dos ocasiones anteriores, Sancho afirmó que sabía firmar, en II, 36 y en II, 43.

▼▼▼ Véase nota al pie de la pág. 20 en II, 1.

ra, al levantar de los manteles, entró un correo con una carta de don Quijote para el gobernador. Mandó Sancho al secretario que la leyese para sí, y que si no viniese en ella alguna cosa digna de secreto, la leyese en voz alta. Hízolo así el secretario, y repasándola primero, dijo:

—Bien se puede leer en voz alta; que lo que el señor don Quijote escribe a vuestra merced merece estar estampado[15] y escrito con letras de oro, y dice así:

[15] Impreso.

### Carta de don Quijote de la Mancha a Sancho Panza, gobernador de la ínsula Barataria

*Cuando esperaba oír nuevas de tus descuidos e impertinencias, Sancho amigo, las oí de tus discreciones, de que di por ello gracias particulares al cielo, el cual del estiércol sabe levantar los pobres, y de los tontos hacer discretos. Dícenme que gobiernas como si fueses hombre, y que eres hombre como si fueses bestia, según es la humildad con que te tratas; y quiero que adviertas, Sancho, que muchas veces conviene y es necesario, por la autoridad del oficio, ir contra la humildad del corazón; porque el buen adorno de la persona que está puesta en graves cargos ha de ser conforme a lo que ellos piden, y no a la medida de lo que su humilde condición le inclina. Vístete bien, que un palo compuesto no parece palo. No digo que traigas dijes ni galas, ni que siendo juez te vistas como soldado, sino que te adornes con el hábito que tu oficio requiere, con tal que sea limpio y bien compuesto.*

*Para ganar la voluntad del pueblo que gobiernas, entre otras has de hacer dos cosas: la una, ser bien criado con todos, aunque esto ya otra vez te lo he dicho, y la otra, procurar la abundancia de los mantenimientos; que no hay cosa que más fatigue el corazón de los pobres que la hambre y la carestía.*

*No hagas muchas pragmáticas*[16]*, y si las hicieres, procura que sean buenas, y, sobre todo, que se guarden y cumplan; que las pragmáticas que no se guardan, lo mismo es que si no lo fuesen; antes dan a entender que el príncipe que tuvo discreción y autoridad para hacerlas no tuvo valor para hacer que se guardasen, y las leyes que atemorizan y no se ejecutan, vienen a ser como la viga, rey de las ranas, que al principio las espantó, y con el tiempo la menospreciaron y se subieron sobre ella*▼.

*Sé padre de las virtudes y padrastro de los vicios. No seas siempre riguroso, ni siempre blando, y escoge el medio entre estos dos extremos; que en esto está el punto de la discreción. Visita las cárceles, las carnicerías y las plazas; que la presencia del gobernador en lugares tales es de mucha importancia: consuela a los presos, que esperan la brevedad de su despacho, es*▼▼ *coco a los carniceros*[17]*, que por entonces igualan los pesos, y es espantajo a las placeras*[18]*, por la misma razón. No te muestres, aunque por ventura lo seas —lo cual yo no creo—, codicioso, mujeriego ni glotón; porque en sabiendo el pueblo y los que te tratan tu inclinación determinada, por allí te darán batería*[19]*, hasta derribarte en el profundo de la perdición.*

*Mira y remira, pasa y repasa los consejos y documentos*[20] *que te di por escrito antes que de aquí*

[16] Leyes.

[17] Los que pesan la carne.

[18] Vendedoras de plaza.

[19] Te atacarán.

[20] Enseñanzas.

▼ Alude a la fábula de las ranas que pidieron rey a Júpiter; éste les echó una viga y las ranas se asustaron, pero después treparon sobre ella y la usaron de estercolero.

▼▼ El sujeto de estos verbos sigue siendo «la presencia del gobernador».

*partieses a tu gobierno, y verás como hallas en ellos, si los guardas, una ayuda de costa que te sobrelleve los trabajos y dificultades que a cada paso a los gobernadores se les ofrecen. Escribe a tus señores y muéstrateles agradecido; que la ingratitud es hija de la soberbia, y uno de los mayores pecados que se sabe, y la persona que es agradecida a los que bien le han hecho, da indicio que también lo será a Dios, que tantos bienes le hizo y de contino*[21] *le hace.*

*La señora duquesa despachó un propio con tu vestido y otro presente a tu mujer Teresa Panza; por momentos esperamos respuesta.*

*Yo he estado un poco mal dispuesto de un cierto gateamiento que me sucedió no muy a cuento de mis narices, pero no fue nada; que si hay encantadores que me maltraten, también los hay que me defiendan.*

*Avísame si el mayordomo que está contigo tuvo que ver en las acciones de la Trifaldi, como tú sospechaste, y de todo lo que te sucediere me irás dando aviso, pues es tan corto el camino; cuanto más, que yo pienso dejar presto esta vida ociosa en que estoy, pues no nací para ella*▼.

*Un negocio*[22] *se me ha ofrecido, que creo que me ha de poner en desgracia destos señores. Pero aunque se me da mucho, no se me da nada, pues, en fin en fin, tengo de cumplir antes con mi profesión que con su gusto, conforme a lo que suele decirse:* amicus Plato, sed magis amica veritas ▼▼ *Dígote este latín porque me doy a entender que*

[21] Continuamente.

[22] Asunto.

▼ Véase nota al pie de la pág. 497 en II, 42.

▼▼ «Amigo de Platón, pero más amigo de la verdad», adagio latino usado aquí con intención cómico-burlesca (véase la primera nota al pie de la pág. 91 en II, 7).

*después que*[23] *eres gobernador lo habrás aprendido. Y a Dios, el cual te guarde de que ninguno te tenga lástima.*

*Tu amigo,*

**Don Quijote de la Mancha**

Oyó Sancho la carta con mucha atención, y fue celebrada y tenida por discreta de los que la oyeron, y luego Sancho se levantó de la mesa, y llamando al secretario se encerró con él en su estancia, y sin dilatarlo más, quiso responder luego[24] a su señor don Quijote, y dijo al secretario que, sin añadir ni quitar cosa alguna, fuese escribiendo lo que él le dijese, y así lo hizo, y la carta de la respuesta fue del tenor siguiente:

**Carta de Sancho Panza a don Quijote de la Mancha**

*La ocupación de mis negocios es tan grande, que no tengo lugar para rascarme la cabeza, ni aun para cortarme las uñas, y así, las traigo tan crecidas cual Dios lo remedie. Digo esto, señor mío de mi alma, porque vuesa merced no se espante si hasta agora no he dado aviso de mi bien o mal estar en este gobierno, en el cual tengo más hambre que cuando andábamos los dos por las selvas y por los despoblados.*

*Escribióme el duque, mi señor, el otro día, dándome aviso que habían entrado en esta ínsula ciertas espías* ▼ *para matarme, y hasta agora yo no he descubierto otra que un cierto doctor que está en este lugar asalariado para matar a cuantos gober-*

[23] Desde que.

[24] En seguida.

▼ Véase la nota al pie de la pág. 624 en I, 40.

*nadores aquí vinieren: llámase el doctor Pedro Recio, y es natural de Tirteafuera: ¡porque vea vuesa merced qué nombre para no temer que he de morir a sus manos! Este tal doctor dice él mismo de sí mismo que él no cura las enfermedades cuando las hay, sino que las previene, para que no vengan, y las medecinas que usa son dieta y más dieta, hasta poner la persona en los huesos mondos, como si no fuese mayor mal la flaqueza que la calentura. Finalmente, él me va matando de hambre, y yo me voy muriendo de despecho, pues cuando pensé venir a este gobierno a comer caliente y a beber frío, y a recrear el cuerpo entre sábanas de holanda, sobre colchones de pluma, he venido a hacer penitencia, como si fuera ermitaño, y como no la hago de mi voluntad, pienso que al cabo al cabo* [25] *me ha de llevar el diablo.*

*Hasta agora no he tocado derecho ni llevado cohecho* [26]*, y no puedo pensar en qué va esto; porque aquí me han dicho que los gobernadores que a esta ínsula suelen venir, antes de entrar en ella, o les han dado o les han prestado los del pueblo muchos dineros, y que ésta es ordinaria usanza en los demás que van a gobiernos, no solamente en éste.*

*Anoche, andando de ronda, topé una muy hermosa doncella en traje de varón y un hermano suyo en hábito de mujer; de la moza se enamoró mi maestresala, y la escogió en su imaginación para su mujer, según él ha dicho, y yo escogí al mozo para mi yerno; hoy los dos pondremos en plática* [27] *nuestros pensamientos con el padre de entrambos, que es un tal Diego de la Llana, higaldo y cristiano viejo cuanto se quiere*▼.

[25] Reduplicación intensificadora.

[26] Soborno.

[27] En práctica.

▼ Véase nota al pie de la pág. 64 en II, 4.

*Yo visito las plazas, como vuestra merced me lo aconseja, y ayer hallé una tendera que vendía avellanas nuevas, y averigüéle que había mezclado con una hanega de avellanas nuevas otra de viejas, vanas y podridas; apliquélas todas para los niños de la doctrina*▼*, que las sabrían bien distinguir, y sentenciéla que por quince días no entrase en la plaza. Hanme dicho que lo hice valerosamente; lo que sé decir a vuestra merced es que es fama en este pueblo que no hay gente más mala que las placeras, porque todas son desvergonzadas, desalmadas y atrevidas, y yo así lo creo, por las que he visto en otros pueblos.*

*De que mi señora la duquesa haya escrito a mi mujer Teresa Panza y enviádole el presente que vuestra merced dice, estoy muy satisfecho, y procuraré de mostrarme agradecido a su tiempo: bésele vuestra merced las manos de mi parte, diciendo que digo yo que no lo ha echado en saco roto, como lo verá por la obra.*

*No querría que vuestra merced tuviese trabacuentas*[28] *de disgusto con esos mis señores, porque si vuestra merced se enoja con ellos, claro está que ha de redundar en mi daño, y no será bien que pues se me da a mí por consejo que sea agradecido, que vuestra merced no lo sea con quien tantas mercedes le tiene hechas y con tanto regalo ha sido tratado en su castillo.*

*Aquello del gateado no entiendo, pero imagino que debe de ser alguna de las malas fechorías que con vuestra merced suelen usar los malos encantadores; yo lo sabré cuando nos veamos.*

*Quisiera enviarle a vuestra merced alguna cosa, pero no sé qué envíe, si no es algunos cañutos de*

[28] Disputas.

▼ Véase la última nota al pie de la pág. 433 en II, 35.

[29] Construcción vulgar.

*jeringas* ▼*, que para con* [29] *vejigas los hacen en esta ínsula muy curiosos, aunque si me dura el oficio, yo buscaré qué enviar de haldas o de mangas* ▼▼.

*Si me escribiere mi mujer Teresa Panza, pague vuestra merced el porte, y envíeme la carta, que tengo grandísimo deseo de saber del estado de mi casa, de mi mujer y de mis hijos. Y con esto, Dios libre a vuestra merced de mal intencionados encantadores, y a mí me saque con bien y en paz deste gobierno, que lo dudo, porque le pienso dejar con la vida, según me trata el doctor Pedro Recio.*

*Criado de vuestra merced,*
**Sancho Panza el gobernador**

Cerró la carta el secretario y despachó luego al correo, y juntándose los burladores de Sancho, dieron orden entre sí cómo despacharle del gobierno; y aquella tarde la pasó Sancho en hacer algunas ordenanzas tocantes al buen gobierno de la que él imaginaba ser ínsula, y ordenó que no hubiese regatones [30] de los bastimentos [31] en la república, y que pudiesen meter en ella vino de las partes que quisiesen, con aditamento que declarasen el lugar de donde era, para ponerle el precio según su estimación, bondad y fama, y el que lo aguase o le mudase el nombre, perdiese la vida por ello.

[30] Revendedores.

[31] Provisiones de alimentos.

Moderó el precio de todo calzado, principalmente el de los zapatos, por parecerle que corría con exorbitancia. Puso tasa en los salarios de los criados, que caminaban a rienda suelta por el ca-

▼ «Probablemente se refiere a los cañutos del arbusto llamado *jeringuilla,* que se usaban (con una vejiga o bolsa) para enemas» o lavativas (Murillo).

▼▼ Véase la segunda nota al pie de la pág. 596 en I, 39.

mino del interese[32]. Puso gravísimas penas a los que cantasen cantares lascivos y descompuestos, ni de noche ni de día. Ordenó que ningún ciego cantase milagro en coplas si no trujese testimonio auténtico de ser verdadero, por parecerle que los más que los ciegos cantan son fingidos, en perjuicio de los verdaderos.

Hizo y creó un alguacil de pobres, no para que los persiguiese, sino para que los examinase si lo eran, porque a la sombra de la manquedad fingida y de la llaga falsa andan los brazos ladrones y la salud borracha. En resolución, él ordenó cosas tan buenas, que hasta hoy se guardan en aquel lugar, y se nombran *Las constituciones del gran gobernador Sancho Panza.*

[32] Interés (paragoge).

## CAPÍTULO LII

## Donde se cuenta la aventura de la segunda dueña Dolorida, o Angustiada, llamada por otro nombre doña Rodríguez

Cuenta Cide Hamete ▼ que estando ya don Quijote sano de sus aruños [1], le pareció que la vida que en aquel castillo tenía era contra toda la orden de caballería que profesaba, y así, determinó de pedir licencia a los duques para partirse a Zaragoza, cuyas fiestas llegaban cerca, adonde pensaba ganar el arnés [2] que en las tales fiestas se conquista ▼▼.

Y estando un día a la mesa con los duques, y comenzando a poner en obra su intención y pedir la licencia, veis aquí a deshora [3] entrar por la puerta de la gran sala dos mujeres, como después pareció [4], cubiertas de luto de los pies a la cabeza, y la una dellas, llegándose a don Quijote, se le echó a los pies tendida de largo a largo, la boca cosida con los pies de don Quijote, y daba unos gemidos tan tristes, tan profundos y tan dolorosos, que puso en confusión a todos los que la oían y miraban; y aunque los duques pensaron que sería al-

[1] Arañazos.

[2] Armadura.

[3] De improviso.

[4] Se vio.

▼ Véanse nota al pie de la pág. 66 en II, 5, y la primera nota de la pág. 19, en II, 1.

▼▼ Véanse nota al pie de la pág. 62 en II, 4, y la segunda nota de la pág. 19 en II, 1.

guna burla que sus criados querían hacer a don Quijote, todavía viendo con el ahínco que la mujer suspiraba, gemía y lloraba, los tuvo dudosos y suspensos, hasta que don Quijote, compasivo, la levantó del suelo y hizo que se descubriese y quitase el manto de sobre la faz llorosa.

Ella lo hizo así, y mostró ser lo que jamás se pudiera pensar, porque descubrió el rostro de doña Rodríguez, la dueña de la casa, y la otra enlutada era su hija, la burlada del hijo del labrador rico. Admiráronse todos aquellos que la conocían, y más los duques que ninguno; que puesto que [5] la tenían por boba y de buena pasta, no por tanto, que viniese a hacer locuras. Finalmente, doña Rodríguez, volviéndose a los señores, les dijo:

—Vuesas excelencias sean servidos de darme licencia que yo departa un poco con este caballero, porque así conviene para salir con bien del negocio en que me ha puesto el atrevimiento de un mal intencionado villano.

El duque dijo que él se la daba, y que departiese con el señor don Quijote cuanto le viniese en deseo. Ella, enderezando la voz y el rostro a don Quijote, dijo:

—Días ha, valeroso caballero, que os tengo dada cuenta de la sinrazón y alevosía que un mal labrador tiene fecha a mi muy querida y amada fija [▼], que es esta desdichada que aquí está presente, y vos me habedes prometido de volver por ella [6], enderezándole el tuerto que le tienen fecho, y agora ha llegado a mi noticia que os queredes partir deste castillo, en busca de las buenas venturas que Dios os depare; y así, querría que antes que os escurriésedes [7] por esos caminos, desafiásedes a este

[5] Aunque.

[6] Defenderla

[7] Escapaseis.

▼ Nótense los arcaísmos de la fabla caballeresca, aquí adoptada por doña Rodríguez.

rústico indómito, y le hiciésedes que se casase con mi hija, en cumplimiento de la palabra que le dio de ser su esposo, antes y primero que yogase[8] con ella; porque pensar que el duque mi señor me ha de hacer justicia es pedir peras al olmo, por la ocasión que ya a vuesa merced en puridad[9] tengo declarada. Y con esto, Nuestro Señor dé a vuesa merced mucha salud, y a nosotras no nos desampare.

A cuyas razones respondió don Quijote, con mucha gravedad y prosopopeya:

—Buena dueña, templad vuestras lágrimas, o, por mejor decir, enjugadlas y ahorrad de vuestros suspiros, que yo tomo a mi cargo el remedio de vuestra hija, a la cual le hubiera estado mejor no haber sido tan fácil en creer promesas de enamorados, las cuales, por la mayor parte, son ligeras de prometer y muy pesadas de cumplir; y así, con licencia del duque mi señor, yo me partiré luego[10] en busca dese desalmado mancebo, y le hallaré, y le desafiaré, y le mataré cada y cuando[11] que se excusare de cumplir la prometida palabra; que el principal asumpto[12] de mi profesión es perdonar a los humildes y castigar a los soberbios; quiero decir: acorrer[13] a los miserables y destruir a los rigurosos.

—No es menester —respondió el duque— que vuesa merced se ponga en trabajo de buscar al rústico de quien esta buena dueña se queja, ni es menester tampoco que vuesa merced me pida a mí licencia para desafiarle; que yo le doy por desafiado, y tomo a mi cargo de hacerle saber este desafío, y que le acepte, y venga a responder por sí a este mi castillo, donde a entrambos daré campo seguro▼, guardando todas las condiciones que en

[8] Holgase.

[9] En secreto.

[10] En seguida.

[11] Siempre y cuando.

[12] Asunto.

[13] Socorrer.

▼ «Campo de batalla asegurado por algún príncipe, en este caso el duque» (Avalle-Arce).

tales actos suelen y deben guardarse, guardando igualmente su justicia a cada uno, como están obligados a guardarla todos aquellos príncipes que dan campo franco a los que se combaten en los términos de sus señoríos.

—Pues con ese seguro y con buena licencia de vuestra grandeza —replicó don Quijote—, desde aquí digo que por esta vez renuncio mi hidalguía, y me allano y ajusto con la llaneza del dañador, y me hago igual con él, habilitándole para poder combatir conmigo; y así, aunque ausente, le desafío y repto [14], en razón de que hizo mal en defraudar a esta pobre que fue doncella, y ya por su ▼ culpa no lo es, y que le ha de cumplir la palabra que le dio de ser su legítimo esposo, o morir en la demanda.

Y luego, descalzándose un guante, le arrojó en mitad de la sala, y el duque le alzó, diciendo que, como ya había dicho, él aceptaba el tal desafío en nombre de su vasallo, y señalaba el plazo de allí a seis días, y el campo, en la plaza de aquel castillo, y las armas, las acostumbradas de los caballeros: lanza y escudo, y arnés tranzado [15], con todas las demás piezas, sin engaño, superchería o superstición ▼▼ alguna, examinadas y vistas por los jueces del campo.

—Pero ante todas cosas, es menester que esta buena dueña y esta mala doncella pongan el derecho de su justicia en manos del señor don Qui-

[14] Reto (arcaísmo).

[15] Armadura de varias piezas para facilitar los movimientos.

▼ Nótese la ambigüedad, probablemente deliberada, en el uso del posesivo *su:* «por culpa del mozo», o también «por culpa de la ex-doncella».

▼▼ Es decir, «sin llevar conjuros, amuletos y otros objetos mágicos» que solían usarse para vencer en estos combates (pero que estaban prohibidos).

jote; que de otra manera no se hará nada, ni llegará a debida ejecución el tal desafío.

—Yo sí pongo —respondió la dueña.

—Y yo también —añadió la hija, toda llorosa y toda vergonzosa y de mal talante.

Tomado, pues, este apuntamiento, y habiendo imaginado el duque lo que había de hacer en el caso, las enlutadas se fueron, y ordenó la duquesa que de allí adelante no las tratasen como a sus criadas, sino como a señoras aventureras que venían a pedir justicia a su casa; y así, les dieron cuarto aparte y las sirvieron como a forasteras, no sin espanto de las demás criadas, que no sabían en qué había de parar la sandez y desenvoltura de doña Rodríguez y de su malandante hija.

Estando en esto, para acabar de regocijar la fiesta y dar buen fin a la comida, veis aquí donde entró por la sala el paje que llevó las cartas y presentes a Teresa Panza, mujer del gobernador Sancho Panza, de cuya llegada recibieron gran contento los duques, deseosos de saber lo que le había sucedido en su viaje, y preguntándoselo, respondió el paje que no lo podía decir tan en público ni con breves palabras: que sus excelencias fuesen servidos de dejarlo para a solas, y que entretanto se entretuviesen con aquellas cartas. Y sacando dos cartas las puso en manos de la duquesa. La una decía en el sobreescrito: *Carta para mi señora la duquesa tal, de no sé dónde,* y la otra: *A mi marido Sancho Panza, gobernador de la ínsula Barataria, que Dios prospere más años que a mí.* No se le cocía el pan [16], como suele decirse, a la duquesa hasta leer su carta, y abriéndola y leído para sí, y viendo que la podía leer en voz alta para que el duque y los circunstantes la oyesen, leyó desta manera:

[16] Estaba muy impaciente.

## Carta de Teresa Panza a la duquesa

*Mucho contento me dio, señora mía, la carta que vuesa grandeza me escribió, que en verdad que la tenía bien deseada. La sarta de corales es muy buena, y el vestido de caza de mi marido no le va en zaga. De que vuestra señoría haya hecho gobernador a Sancho, mi consorte, ha recebido mucho gusto todo este lugar, puesto que no hay quien lo crea, principalmente el cura, y maese Nicolás el barbero, y Sansón Carrasco el bachiller; pero a mí no se me da nada; que como ello sea así, como lo es, diga cada uno lo que quisiere; aunque, si va a decir verdad, a no venir los corales y el vestido, tampoco yo lo creyera, porque en este pueblo todos tienen a mi marido por un porro* [17]*, y que sacado de gobernar un hato* [18] *de cabras, no pueden imaginar para qué gobierno pueda ser bueno. Dios lo haga, y lo encamine como vee que lo han menester sus hijos.*

*Yo, señora de mi alma, estoy determinada, con licencia de vuesa merced, de meter este buen día en mi casa*▼*, yéndome a la corte a tenderme en un coche, para quebrar los ojos* [19] *a mil envidiosos que ya tengo. Y así, suplico a vuesa excelencia mande a mi marido me envíe algún dinerillo, y que sea algo qué* [20]*, porque en la corte son los gastos grandes; que el pan vale a real, y la carne, la libra, a treinta maravedís, que es un juicio* [21]*, y si quisiere que no vaya, que me lo avise con tiempo, porque me están bullendo los pies por ponerme en camino; que me dicen mis amigas y mis vecinas que si yo y mi hija andamos orondas y pomposas en la corte, vendrá a ser conocido mi marido por*

[17] Torpe y necio.

[18] Rebaño.

[19] Mortificar.

[20] Algo de consideración.

[21] Una gran cantidad.

▼ Alude al refrán «El buen día, mételo en casa».

[22] Quiénes.

[23] Infinitivo histórico.

*mí más que yo por él, siendo forzoso que pregunten muchos: «—¿Quién*[22] *son estas señoras deste coche?» Y un criado mío responder*[23]*: «—La mujer y la hija de Sancho Panza, gobernador de la ínsula Barataria», y desta manera será conocido Sancho, y yo seré estimada, y a Roma por todo*▼.

*Pésame cuanto pesarme puede que este año no se han cogido bellotas en este pueblo; con todo eso, envío a vuesa alteza hasta medio celemín, que una a una las fui yo a coger y a escoger al monte, y no las hallé más mayores; yo quisiera que fueran como huevos de avestruz.*

*No se le olvide a vuestra pomposidad*▼▼ *de escribirme, que yo tendré cuidado de la respuesta, avisando de mi salud y de todo lo que hubiere que avisar deste lugar, donde quedo rogando a Nuestro Señor guarde a vuestra grandeza, y a mí no olvide. Sancha mi hija y mi hijo*▼▼▼ *besan a vuestra merced las manos.*

*La que tiene más deseo de ver a vuestra señoría que de escribirla, su criada*

**Teresa Panza**

Grande fue el gusto que todos recibieron de oír la carta de Teresa Panza, principalmente los duques, y la duquesa pidió parecer a don Quijote si sería bien abrir la carta que venía para el gobernador, que imaginaba debía de ser bonísima. Don Quijote dijo que él la abriría por darles gusto, y así lo hizo, y vio que decía desta manera:

▼ Refrán, equivalente aquí a «Y a la corte con todo rumbo».

▼▼ Véase la primera nota al pie de la pág. 380 en II, 31.

▼▼▼ Nada sabemos de este hijo de Sancho; nunca aparece en la obra.

## Carta de Teresa Panza a Sancho Panza su marido

*Tu carta recibí, Sancho mío de mi alma, y yo te prometo*[24] *y juro como católica cristiana que no faltaron dos dedos para volverme loca de contento. Mira, hermano: cuando yo llegué a oír que eres gobernador, me pensé allí caer muerta de puro gozo, que ya sabes tú que dicen que así mata la alegría súbita como el dolor grande. A Sanchica tu hija se le fueron las aguas sin sentirlo, de puro contento. El vestido que me enviaste tenía delante, y los corales que me envió mi señora la duquesa al cuello, y las cartas en las manos, y el portador dellas allí presente, y con todo eso, creía y pensaba que era todo sueño lo que veía y lo que tocaba; porque ¿quién podía pensar que un pastor de cabras había de venir a ser gobernador de ínsulas? Ya sabes tú, amigo, que decía mi madre que era menester vivir mucho para ver mucho; dígolo porque pienso ver más si vivo más, porque no pienso parar hasta verte arrendador o alcabalero*[25]*, que son oficios que aunque lleva el diablo a quien mal los usa, en fin en fin, siempre tienen y manejan dineros. Mi señora la duquesa te dirá el deseo que tengo de ir a la corte; mírate en ello, y avísame de tu gusto, que yo procuraré honrarte en ella andando en coche.*

*El cura, el barbero, el bachiller y aun el sacristán no pueden creer que eres gobernador, y dicen que todo es embeleco, o cosas de encantamento, como son todas las de don Quijote tu amo, y dice Sansón que ha de ir a buscarte y a sacarte el gobierno de la cabeza, y a don Quijote la locura de los cascos; yo no hago sino reírme, y mirar mi sar-*

[24] Aseguro.

[25] Cobrador de tributos y arbitrios.

*ta, y dar traza del vestido que tengo de hacer del tuyo a nuestra hija*▼.

*Unas bellotas envié a mi señora la duquesa; yo quisiera que fueran de oro. Envíame tú algunas sartas de perlas, si se usan en esa ínsula.*

*Las nuevas deste lugar son que la Berrueca casó a su hija con un pintor de mala mano, que llegó a este pueblo a pintar lo que saliese; mandóle el Concejo pintar las armas*[26] *de Su Majestad sobre las puertas del Ayuntamiento, pidió dos ducados, diéronselos adelantados, trabajó ocho días, al cabo de los cuales no pintó nada, y dijo que no acertaba a pintar tantas baratijas; volvió el dinero, y, con todo eso, se casó a título de buen oficial; verdad es que ya ha dejado el pincel y tomado el azada, y va al campo como gentilhombre. El hijo de Pedro de Lobo se ha ordenado de grados y corona*[27]*, con intención de hacerse clérigo; súpolo Minguilla, la nieta de Mingo Silvato, y hale puesto demanda de que la tiene dada palabra de casamiento; malas lenguas quieren decir que ha estado encinta dél, pero él lo niega a pies juntillas.*

*Hogaño*[28] *no hay aceitunas, ni se halla una gota de vinagre en todo este pueblo. Por aquí pasó una compañía de soldados; lleváronse de camino tres mozas deste pueblo; no te quiero decir quién son; quizá volverán, y no faltará quien las tome por mujeres, con sus tachas buenas o malas.*

*Sanchica hace puntas de randas*[29]*; gana cada día ocho maravedís horros*[30]*, que los va echando en una alcancía para ayuda a su ajuar; pero aho-*

[26] El escudo de armas.

[27] De órdenes menores y tonsura.

[28] Este año.

[29] Encajes.

[30] Libres.

▼ Cuanto se ha dicho de las cartas de Sancho puede aplicarse también a éstas de su mujer.

*ra que es hija de un gobernador, tú le darás la dote sin que ella lo trabaje. La fuente de la plaza se secó; un rayo cayó en la picota, y allí me las den todas*▼.

*Espero respuesta désta y la resolución de mi ida a la corte; y con esto, Dios te me guarde más años que a mí o tantos, porque no querría dejarte sin mí en este mundo.*

*Tu mujer,*

**Teresa Panza**

Las cartas fueron solemnizadas, reídas, estimadas y admiradas, y para acabar de echar el sello [31], llegó el correo, el que traía la que Sancho enviaba a don Quijote, que asimesmo se leyó públicamente, la cual puso en duda la sandez del gobernador.

Retiróse la duquesa, para saber del paje lo que le había sucedido en el lugar de Sancho, el cual se lo contó muy por extenso, sin dejar circunstancia que no refiriese; diole las bellotas, y más un queso que Teresa le dio, por ser muy bueno, que se aventajaba a los de Tronchón [32]. Recibiólo la duquesa con grandísimo gusto, con el cual la dejaremos, por contar el fin que tuvo el gobierno del gran Sancho Panza, flor y espejo de todos los insulanos gobernadores.

[31] Para completarlo.

[32] Pueblo de Teruel.

▼ «Y a mí me tiene sin cuidado» (expresión proverbial). La *picota* era una columna en la que, en algunos lugares, se exponían los reos a la vergüenza pública. Para el significado de *alcancía*, véase la primera nota al pie de la pág. 250 en II, 20.

## CAPÍTULO LIII

## Del fatigado fin y remate que tuvo el gobierno de Sancho Panza

Pensar que en esta vida las cosas della han de durar siempre en un estado, es pensar en lo excusado. Antes parece que ella anda todo en redondo, digo, a la redonda: la primavera sigue[1] al verano, el verano al estío, el estío al otoño, y el otoño al invierno, y el invierno a la primavera, y así torna a andarse el tiempo con esta rueda continua▼. Sola la vida humana corre a su fin ligera más que el tiempo, sin esperar renovarse si no es en la otra, que no tiene términos que la limiten. Esto dice Cide Hamete, filósofo mahomético; porque esto de entender la ligereza e instabilidad[2] de la vida presente, y de la duración de la eterna que se espera, muchos sin lumbre de fe, sino con la luz natural, lo han entendido; pero aquí nuestro autor lo dice por la presteza con que se acabó, se consumió, se deshizo, se fue como en sombra y humo el gobierno de Sancho▼▼.

[1] Persigue.

[2] Inestabilidad.

▼ Recuérdese que hasta el Siglo de Oro se distinguieron cinco estaciones: primavera (el comienzo de la misma), verano (fin de la primavera y principio del verano), estío (resto del verano), otoño e invierno (Corominas).

▼▼ Nótese la acumulación de sinónimos o cuasi-sinónimos, y véase la primera nota al pie de la pág. 93 en II, 7.

El cual, estando la séptima noche de los días de su gobierno en su cama, no harto de pan ni de vino, sino de juzgar y dar pareceres y de hacer estatutos y pragmáticas [3], cuando el sueño, a despecho y pesar de la hambre, le comenzaba a cerrar los párpados, oyó tan gran ruido de campanas y de voces, que no parecía sino que toda la ínsula se hundía. Sentóse en la cama, y estuvo atento y escuchando, por ver si daba en la cuenta de lo que podía ser la causa de tan grande alboroto; pero no sólo no lo supo, pero añadiéndose al ruido de voces y campanas el de infinitas trompetas y atambores [4], quedó más confuso y lleno de temor y espanto, y levantándose en pie, se puso unas chinelas [5], por la humedad del suelo, y sin ponerse sobrerropa de levantar, ni cosa que se pareciese, salió a la puerta de su aposento a tiempo cuando vio venir por unos corredores más de veinte personas con hachas encendidas en las manos y con las espadas desenvainadas, gritando todos a grandes voces:

—¡Arma [6], arma, señor gobernador, arma!; que han entrado infinitos enemigos en la ínsula, y somos perdidos si vuestra industria [7] y valor no nos socorre.

Con este ruido, furia y alboroto, llegaron donde Sancho estaba atónito y embelesado de lo que oía y veía, y cuando llegaron a él, uno le dijo:

—¡Ármese luego vuestra señoría, si no quiere perderse y que toda esta ínsula se pierda!

—¿Qué me tengo de armar —respondió Sancho—, ni qué sé yo de armas ni de socorros? Estas cosas mejor será dejarlas para mi amo don Quijote, que en dos paletas las despachará y pondrá en cobro; que yo, pecador fui a Dios, no se me entiende nada destas priesas.

[3] Leyes.

[4] Tambores.

[5] Especie de zapatillas.

[6] Alarma.

[7] Habilidad.

—¡Ah, señor gobernador! —dijo otro—. ¿Qué relente[8] es ése? Ármese vuesa merced, que aquí le traemos armas ofensivas y defensivas, y salga a esa plaza, y sea nuestra guía y nuestro capitán, pues de derecho le toca el serlo, siendo nuestro gobernador.

—Ármenme norabuena —replicó Sancho.

Y al momento le trujeron dos paveses ▼, que venían proveídos dellos, y le pusieron encima de la camisa, sin dejarle tomar otro vestido, un pavés delante y otro detrás, y por unas concavidades que traían hechas le sacaron los brazos, y le liaron muy bien con unos cordeles, de modo que quedó emparedado y entablado, derecho como un huso, sin poder doblar las rodillas ni menearse un solo paso. Pusiéronle en las manos una lanza, a la cual se arrimó para poder tenerse en pie. Cuando así le tuvieron, le dijeron que caminase, y los guiase, y animase a todos; que siendo él su norte, su lanterna[9] y su lucero, tendrían buen fin sus negocios.

—¿Cómo tengo de caminar, desventurado yo —respondió Sancho—, que no puedo jugar las choquezuelas[10] de las rodillas, porque me lo impiden estas tablas que tan cosidas tengo con mis carnes? Lo que han de hacer es llevarme en brazos y ponerme, atravesado o en pie, en algún postigo, que yo le guardaré, o con esta lanza o con mi cuerpo.

—Ande, señor gobernador —dijo otro—, que más el miedo que las tablas le impiden el paso; acabe y menéese[11], que es tarde, y los enemigos crecen, y las voces aumentan, y el peligro carga.

Por cuyas persuasiones y vituperios probó el pobre gobernador a moverse, y fue dar consigo en el suelo tan gran golpe, que pensó que se había he-

[8] Lentitud.

[9] Linterna, faro.

[10] Rótulas.

[11] Dése prisa.

▼ Escudos largos y oblongos que cubrían todo el cuerpo del soldado.

cho pedazos. Quedó como galápago [12] encerrado y cubierto con sus conchas, o como medio tocino metido entre dos artesas, o bien así como barca que da al través en la arena, y no por verle caído aquella gente burladora le tuvieron compasión alguna; antes, apagando las antorchas, tornaron a reforzar las voces, y a reiterar el *¡arma!* con tan gran priesa, pasando por encima del pobre Sancho, dándole infinitas cuchilladas sobre los paveses, que si él no se recogiera y encogiera metiendo la cabeza entre los paveses, lo pasara muy mal el pobre gobernador, el cual, en aquella estrecheza recogido, sudada y trasudaba, y de todo corazón se encomendaba a Dios que de aquel peligro le sacase.

Unos tropezaban en él, otros caían, y tal hubo que se puso encima un buen espacio, y desde allí, como desde atalaya, gobernaba los ejércitos, y a grandes voces decía:

—¡Aquí de los nuestros, que por esta parte cargan más los enemigos! ¡Aquel portillo se guarde, aquella puerta se cierre, aquellas escalas se tranquen! ¡Vengan alcancías [▼], pez y resina en calderas de aceite ardiendo! ¡Trinchéense [13] las calles con colchones!

En fin, él nombraba con todo ahínco todas las baratijas e instrumentos y pertrechos de guerra con que suele defenderse [14] el asalto de una ciudad, y el molido Sancho, que lo escuchaba y sufría todo, decía entre sí:

—¡Oh, si mi Señor fuese servido que se acabase ya de perder esta ínsula, y me viese yo o muerto o fuera desta grande angustia!

[12] Especie de tortuga.

[13] Atrinchérense.

[14] Impedirse.

▼ Ollas llenas de alquitrán hirviente y otras materias inflamables que se lanzaban contra los enemigos, a modo de granadas. (Véase también la primera nota al pie de la pág. 250 en II, 20.)

Oyó el cielo su petición, y cuando menos lo esperaba, oyó voces que decían:

—¡Victoria, victoria! ¡Los enemigos van de vencida! ¡Ea, señor gobernador, levántese vuesa merced y venga a gozar del vencimiento y a repartir los despojos que se han tomado a los enemigos, por el valor dese invencible brazo!

—Levántenme —dijo con voz doliente el dolorido Sancho.

Ayudáronle a levantar, y puesto en pie, dijo.

—El enemigo que yo hubiere vencido quiero que me le claven en la frente▼. Yo no quiero repartir despojos de enemigos, sino pedir y suplicar a algún amigo, si es que le tengo, que me dé un trago de vino, que me seco, y me enjugue este sudor, que me hago agua.

Limpiáronle, trujéronle el vino, desliáronle los paveses, sentóse sobre su lecho y desmayóse del temor, del sobresalto y del trabajo. Ya les pesaba a los de la burla de habérsela hecho tan pesada; pero el haber vuelto en sí Sancho les templó la pena que les había dado su desmayo. Preguntó qué hora era; respondiéronle que ya amanecía. Calló, y sin decir otra cosa, comenzó a vestirse, todo sepultado en silencio, y todos le miraban y esperaban en qué había de parar la priesa con que se vestía. Vistióse, en fin, y poco a poco, porque estaba molido y no podía ir mucho a mucho▼▼, se fue a la caballeriza, siguiéndole todos los que allí se hallaban, y llegándose al rucio, le abrazó y le dio un beso de paz en la frente, y no sin lágrimas en los ojos, le dijo:

▼ Véase la primera nota al pie de la pág. 349 en II, 28.

▼▼ He aquí otro ejemplo de juego con el lugar común, *poco a poco,* que se deshace con una antítesis, *mucho a mucho.*

—Venid vos acá, compañero mío y amigo mío, y conllevador de mis trabajos y miserias; cuando yo me avenía[15] con vos y no tenía otros pensamientos que los que me daban los cuidados de remendar vuestros aparejos y de sustentar vuestro corpezuelo, dichosas eran mis horas, mis días y mis años; pero después que[16] os dejé y me subí sobre las torres de la ambición y de la soberbia, se me han entrado por el alma adentro mil miserias, mil trabajos y cuatro mil desasosiegos.

Y en tanto que estas razones iba diciendo, iba asimesmo enalbardando el asno, sin que nadie nada le dijese. Enalbardado, pues, el rucio, con gran pena y pesar subió sobre él, y encaminando sus palabras y razones al mayordomo, al secretario, al maestresala y a Pedro Recio el doctor, y a otros muchos que allí presentes estaban, dijo:

—Abrid camino, señores míos, y dejadme volver a mi antigua libertad; dejadme que vaya a buscar la vida pasada, para que me resucite de esta muerte presente. Yo no nací para ser gobernador, ni para defender ínsulas ni ciudades de los enemigos que quisieren acometerlas. Mejor se me entiende a mí de arar y cavar, podar y ensarmentar las viñas, que de dar leyes ni de defender provincias ni reinos. Bien se está San Pedro en Roma: quiero decir, que bien se está cada uno usando el oficio para que fue nacido. Mejor me está a mí una hoz en la mano que un cetro de gobernador; más quiero hartarme de gazpachos que estar sujeto a la miseria de un médico impertinente que me mate de hambre, y más quiero recostarme a la sombra de una encina en el verano y arroparme con un zamarro de dos pelos[17] en el invierno, en mi libertad, que acostarme con la sujeción del gobierno entre sábanas de holanda y vestirme de

[15] Arreglaba.

[16] Desde que.

[17] Piel de borrego con lana de dos años.

martas cebollinas▼. Vuestras mercedes se queden con Dios, y digan al duque mi señor que, desnudo nací, desnudo me hallo: ni pierdo ni gano; quiero decir, que sin blanca entré en este gobierno, y sin ella salgo, bien al revés de como suelen salir los gobernadores de otras ínsulas. Y apártense: déjenme ir, que me voy a bizmar [18], que creo que tengo brumadas [19] todas las costillas, merced a los enemigos que esta noche se han paseado sobre mí.

—No ha de ser así, señor gobernador —dijo el doctor Recio—, que yo le daré a vuesa merced una bebida contra caídas y molimientos, que luego le vuelva en su prístina [20] entereza y vigor, y en lo de la comida, yo prometo a vuesa merced de enmendarme, dejándole comer abundantemente de todo aquello que quisiere.

—¡Tarde piache▼▼! —respondió Sancho—. Así dejaré de irme como volverme turco. No son estas burlas para dos veces. Por Dios que así me quede en éste, ni admita otro gobierno, aunque me le diesen entre dos platos [21], como volar al cielo sin alas. Yo soy del linaje de los Panzas, que todos son testarudos, y si una vez dicen nones, nones han de ser, aunque sean pares, a pesar de todo el mundo. Quédense en esta caballeriza las alas de la hormiga, que me levantaron en el aire para que me comiesen vencejos [22] y otros pájaros▼▼▼, y volvámonos a andar por el suelo con pie llano, que si no le adornaren zapatos picados [23] de cordobán [24], no le faltarán alpargatas toscas de cuerda. Cada oveja con su pareja, y nadie tienda más la

[18] Poner emplastos.

[19] Golpeadas.

[20] Anterior.

[21] Véase nota 12 en II, 16.

[22] Pájaros parecidos a las golondrinas.

[23] Adornados con agujerillos.

[24] Piel curtida.

▼ Véase nota al pie de la pág. 167 en II, 14.

▼▼ «Tarde piaste, o hablaste», «tarde has llegado».

▼▼▼ Sancho alude al refrán «Nacen (o da Dios) alas a la hormiga, para morir más aína» (pronto, fácilmente).

pierna de cuanto fuere larga la sábana, y déjenme pasar, que se me hace tarde.

A lo que el mayordomo dijo:

—Señor gobernador, de muy buena gana dejáramos ir a vuesa merced, puesto que nos pesará mucho de perderle; que su ingenio y su cristiano proceder obligan a desearle. Pero ya se sabe que todo gobernador está obligado, antes que se ausente de la parte donde ha gobernado, dar primero residencia▼: déla vuesa merced de los diez días que ha que tiene gobierno, y váyase a la paz de Dios.

—Nadie me la puede pedir —respondió Sancho— si no es quien ordenare el duque mi señor. Yo voy a verme con él, y a él se la daré de molde; cuanto más que saliendo yo desnudo, como salgo, no es menester otra señal para dar a entender que he gobernado como un ángel.

—Par Dios que tiene razón el gran Sancho —dijo el doctor Recio—, y que soy de parecer que le dejemos ir, porque el duque ha de gustar infinito de verle.

Todos vinieron en ello, y le dejaron ir, ofreciéndole primero compañía y todo aquello que quisiese para el regalo de su persona y para la comodidad de su viaje. Sancho dijo que no quería más de un poco de cebada para el rucio y medio queso y medio pan para él; que pues el camino era tan corto, no había menester mayor ni mejor repostería. Abrazáronle todos, y él, llorando, abrazó a todos, y los dejó admirados, así de sus razones como de su determinación tan resoluta [25] y tan discreta.

[25] Resuelta (arcaísmo).

▼ Véase la última nota de la pág. 499 en II, 42.

## CAPÍTULO LIV

# Que trata de cosas tocantes a esta historia, y no a otra alguna

Resolviéronse el duque y la duquesa de que el desafío que don Quijote hizo a su vasallo por la causa ya referida pasase adelante; y puesto que el mozo estaba en Flandes, adonde se había ido huyendo, por no tener por suegra a doña Rodríguez, ordenaron de poner en su lugar a un lacayo gascón, que se llamaba Tosilos, industriándole [1] primero muy bien de todo lo que había de hacer.

De allí a dos días dijo el duque a don Quijote como desde allí a cuatro vendría su contrario, y se presentaría en el campo, armado como caballero, y sustentaría cómo la doncella mentía por mitad de la barba, y aun por toda la barba entera ▼, si se afirmaba que él le hubiese dado palabra de casamiento. Don Quijote recibió mucho gusto con las tales nuevas, y se prometió a sí mismo de hacer maravillas en el caso, y tuvo a gran ventura habérsele ofrecido ocasión donde aquellos señores pudiesen ver hasta dónde se extendía el valor de su poderoso brazo. Y así, con alborozo y contento, esperaba los cuatro días, que se le iban haciendo, a la cuenta de su deseo, cuatrocientos siglos.

[1] Adiestrándole.

▼ Fórmula de juramento («por mi barba», «por la mitad de vuestra barba», etc.) que aquí se emplea con intención cómico-burlesca.

Dejémoslos pasar nosotros, como dejamos pasar otras cosas, y vamos a acompañar a Sancho, que entre alegre y triste venía caminando sobre el rucio a buscar a su amo, cuya compañía le agradaba más que ser gobernador de todas las ínsulas del mundo.

Sucedió, pues, que no habiéndose alongado [2] mucho de la ínsula del su gobierno —que él nunca se puso a averiguar si era ínsula, ciudad, villa o lugar la que gobernaba—, vio que por el camino por donde él iba venían seis peregrinos con sus bordones [3], de estos extranjeros que piden la limosna cantando, los cuales en llegando a él se pusieron en ala [4], y levantando las voces todos juntos, comenzaron a cantar en su lengua lo que Sancho no pudo entender, si no fue una palabra que claramente pronunciaba *limosna*, por donde entendió que era limosna la que en su canto pedían; y como él, según dice Cide Hamete ▼, era caritativo además [5], sacó de sus alforjas medio pan y medio queso, de que venía proveído, y dióselo, diciéndoles por señas que no tenía otra cosa que darles. Ellos lo recibieron de muy buena gana, y dijeron:

—*¡Guelte! ¡Guelte* ▼▼*!*

—No entiendo —respondió Sancho— qué es lo que me pedís, buena gente.

Entonces uno de ellos sacó una bolsa del seno y mostrósela a Sancho, por donde entendió que le pedían dineros, y él poniéndose el dedo pulgar en la garganta y extendiendo la mano arriba, les dio a entender que no tenía ostugo [6] de moneda, y picando al rucio, rompió por ellos; y al pasar, ha-

[2] Alejado.

[3] Bastones.

[4] En fila.

[5] Muy caritativo.

[6] Ni pizca.

▼ Véase nota al pie de la pág. 66 en II, 5, y la primera nota al pie de la pág. 19 en II, 1.

▼▼ Dinero (del alemán *Geld*). En la España de la época era muy frecuente el paso de falsos peregrinos, que realizaban diversas actividades ilegales (robos, espionaje, etc.).

biéndole estado mirando uno dellos con mucha atención, arremetió a él, echándole los brazos por la cintura, en voz alta y muy castellana, dijo:

—¡Válame Dios! ¿Qué es lo que veo? ¿Es posible que tengo en mis brazos al mi caro amigo, al mi buen vecino Sancho Panza? Sí tengo, sin duda, porque yo ni duermo, ni estoy ahora borracho.

Admiróse Sancho de verse nombrar por su nombre y de verse abrazar del extranjero peregrino, y después de haberle estado mirando sin hablar palabra, con mucha atención, nunca pudo conocerle; pero viendo su suspensión el peregrino, le dijo:

—¿Cómo y es posible, Sancho Panza hermano, que no conoces a tu vecino Ricote el morisco, tendero de tu lugar?

Entonces Sancho le miró con más atención y comenzó a rafigurarle [7], y, finalmente, le vino a conocer de todo punto, y sin apearse del jumento, le echó los brazos al cuello, y le dijo:

—¿Quién diablos te había de conocer, Ricote, en ese traje de moharracho [8] que traes? Dime: ¿quién te ha hecho franchote ▼, y cómo tienes atrevimiento de volver a España, donde si te cogen y conocen tendrás harta mala ventura?

—Si tú no me descubres, Sancho —respondió el peregrino—, seguro estoy que en este traje no habrá nadie que me conozca; y apartémonos del camino a aquella alameda que allí parece, donde quieren comer y reposar mis compañeros, y allí comerás con ellos, que son muy apacible gente. Yo tendré lugar de contarte lo que me ha sucedido después que me partí de nuestro lugar, por

[7] Reconocerle.

[8] Mamarracho.

▼ «Franchute», término despectivo que se aplicaba a los franceses y, en general, a los extranjeros.

obedecer el bando de Su Majestad, que con tanto rigor a los desdichados de mi nación [9] amenazaba, según oíste ▼.

Hízolo así Sancho, y hablando Ricote a los demás peregrinos, se apartaron a la alameda que se parecía [10], bien desviados del camino real. Arrojaron los bordones, quitáronse las mucetas o esclavinas y quedaron en pelota [11], y todos ellos eran mozos y muy gentileshombres, excepto Ricote, que ya era hombre entrado en años. Todos traían alforjas, y todas, según pareció, venían bien proveídas, a lo menos, de cosas incitativas y que llaman a la sed de dos leguas.

Tendiéronse en el suelo, y haciendo manteles de las yerbas, pusieron sobre ellas pan, sal, cuchillos, nueces, rajas de queso, huesos mondos de jamón, que si no se dejaban mascar, no defendían [12] el ser chupados. Pusieron asimismo un manjar negro que dicen que se llama *cabial* [13], y es hecho de huevos de pescados, gran despertador de la colambre [14]. No faltaron aceitunas, aunque secas y sin adobo alguno, pero sabrosas y entretenidas. Pero lo que más campeó en el campo de aquel banquete fueron seis botas de vino, que cada uno sacó la suya de su alforja; hasta el buen Ricote, que se había transformado de morisco en alemán o en tudesco, sacó la suya, que en grandeza podía competir con las cinco.

Comenzaron a comer con grandísimo gusto y muy de espacio, saboreándose con cada bocado, que le tomaban con la punta del cuchillo, y muy

[9] Raza.

[10] Se veía.

[11] En mangas de camisa.

[12] No impedían.

[13] Caviar.

[14] Sed.

▼ Este capítulo se centra en uno de los aspectos sociales importantes en la época. Su actualidad en el *Quijote* de 1615 se refleja en estos datos: los moriscos habían protagonizado la sublevación de las Alpujarras contra Felipe II; con Felipe III, entre 1609 y 1613 se decretaron los bandos de su expulsión de España.

poquito de cada cosa, y luego al punto, todos a una, levantaron los brazos y las botas en el aire; puestas las bocas en su boca, clavados los ojos en el cielo, no parecía sino que ponían en él la puntería, y desta manera, meneando las cabezas a un lado y a otro, señales que acreditaban el gusto que recebían, se estuvieron un buen espacio, trasegando en sus estómagos las entrañas de las vasijas.

Todo lo miraba Sancho, y de ninguna cosa se dolía▼; antes, por cumplir con el refrán, que él muy bien sabía, de «cuando a Roma fueres, haz como vieres», pidió a Ricote la bota, y tomó su puntería como los demás, y no con menos gusto que ellos.

Cuatro veces dieron lugar las botas para ser empinadas; pero la quinta no fue posible, porque ya estaban más enjutas y secas que un esparto, cosa que puso mustia la alegría que hasta allí habían mostrado. De cuando en cuando juntaba alguno su mano derecha con la de Sancho, y decía:

—*Español y tudesqui, tuto uno: bon compaño.*

Y Sancho respondía:

—*¡Bon compaño, jura Di*▼▼*!*—, y disparaba[15] con una risa que le duraba un hora, sin acordarse entonces de nada de lo que le había sucedido en su gobierno; porque sobre el rato y tiempo cuando se come y bebe, poca jurisdicción suelen tener los cuidados. Finalmente, el acabársele el vino fue principio de un sueño que dio a todos, quedándose dormidos sobre las mismas mesas y manteles.

[15] Disparataba.

▼ Cómica alusión y juego con los versos del conocido romance «Mira Nero de Tarpeya/a Roma cómo se ardía;/gritos dan niños y viejos,/y él de nada se dolía». (Véase la última nota al pie de la pág. 523 en II, 44.

▼▼ «Españoles y alemanes, todo uno: buen compañero»; «¡Buen compañero, juro a Dios!» (vive Dios), expresiones en jerga italianizada.

Solos Ricote y Sancho quedaron alerta, porque habían comido más y bebido menos; y apartando Ricote a Sancho, se sentaron al pie de una haya, dejando a los peregrinos sepultados en dulce sueño, y Ricote, sin tropezar nada en su lengua morisca, en la pura castellana le dijo las siguientes razones:

—Bien sabes, ¡oh Sancho Panza, vecino y amigo mío!, como el pregón y bando que Su Majestad mandó publicar contra los de mi nación puso terror y espanto en todos nosotros, a lo menos, en mí le puso de suerte, que me parece que antes del tiempo que se nos concedía para que hiciésemos ausencia de España, ya tenía el rigor de la pena ejecutado en mi persona y en la de mis hijos. Ordené, pues, a mi parecer, como prudente, bien así como el que sabe que para tal tiempo le han de quitar la casa donde vive y se provee de otra donde mudarse; ordené, digo, de salir yo solo, sin mi familia, de mi pueblo, y ir a buscar donde llevarla con comodidad y sin la priesa con que los demás salieron. Porque bien vi, y vieron todos nuestros ancianos, que aquellos pregones no eran sólo amenazas, como algunos decían, sino verdaderas leyes, que se habían de poner en ejecución a su determinado tiempo. Y forzábame a creer esta verdad saber yo los ruines y disparatados intentos que los nuestros tenían, y tales, que me parece que fue inspiración divina la que movió a Su Majestad a poner en efecto tan gallarda resolución, no porque todos fuésemos culpados, que algunos había cristianos firmes y verdaderos. Pero eran tan pocos, que no se podían oponer a los que no lo eran, y no era bien criar la sierpe [16] en el seno, teniendo los enemigos dentro de casa. Finalmente, con justa razón fuimos castigados con la pena del destierro, blanda y suave al parecer de algunos, pero al nuestro, la más terrible que se nos

[16] Serpiente.

podía dar. Doquiera que estamos lloramos por España; que, en fin, nacimos en ella y es nuestra patria natural▼. En ninguna parte hallamos el acogimiento que nuestra desventura desea, y en Berbería, y en todas las partes de África donde esperábamos ser recebidos, acogidos y regalados[17], allí es donde más nos ofenden y maltratan. No hemos conocido el bien hasta que le hemos perdido, y es el deseo tan grande que casi todos tenemos de volver a España, que los más de aquellos, y son muchos, que saben la lengua como yo, se vuelven a ella, y dejan allá sus mujeres y sus hijos desamparados: tanto es el amor que la tienen; y agora conozco y experimento lo que suele decirse: que es dulce el amor de la patria. Salí, como digo, de nuestro pueblo, entré en Francia y aunque allí nos hacían buen acogimiento, quise verlo todo. Pasé a Italia y llegué a Alemania, y allí me pareció que se podía vivir con más libertad, porque sus habitadores no miran en muchas delicadezas; cada uno vive como quiere, porque en la mayor parte della se vive con libertad de conciencia▼▼. Dejé tomada casa en un pueblo junto a Augusta[18]; juntéme con estos peregrinos, que tienen por costumbre de venir a España muchos dellos, cada año, a visitar los santuarios della, que los tienen por sus Indias, y por certísima granjería y conocida ganancia. Ándanla casi toda, y no hay pueblo ninguno de donde no salgan comidos y bebidos, como suele decirse, y con un real por lo menos, en dineros, y al

[17] Agasajados.

[18] Augsburgo (Baviera).

▼ Nótese la habilidad con que Cervantes aborda un problema tan actual entonces como la expulsión de los moriscos y la tragedia de sus familias: es uno de los moriscos desterrados quien justifica la expulsión de los suyos, a la vez que insiste en el drama de los desterrados.

▼▼ En el sentido peyorativo, equivalente a «con licencioso desenfreno» (Casalduero).

cabo de su viaje salen con más de cien escudos de sobra que, trocados en oro, o ya en el hueco de los bordones, o entre los remiendos de las esclavinas, o con la industria [19] que ellos pueden, los sacan del reino y los pasan a sus tierras, a pesar de las guardas de los puestos y puertos [20] donde se registran. Ahora es mi intención, Sancho, sacar el tesoro que dejé enterrado, que por estar fuera del pueblo lo podré hacer sin peligro, y escribir o pasar desde Valencia a mi hija y a mi mujer, que sé que está en Argel, y dar traza como traerlas a algún puerto de Francia, y desde allí llevarlas a Alemania, donde esperaremos lo que Dios quisiere hacer de nosotros; que, en resolución, Sancho, yo sé cierto que la Ricota mi hija y Francisca Ricota mi mujer son católicas cristianas, y aunque yo no lo soy tanto, todavía tengo más de cristiano que de moro, y ruego siempre a Dios me abra los ojos del entendimiento y me dé a conocer cómo le tengo de servir. Y lo que me tiene admirado es no saber por qué se fue mi mujer y mi hija antes a Berbería que a Francia, donde podía vivir como cristiana.

A lo que respondió Sancho:

—Mira, Ricote, eso no debió estar en su mano, porque las llevó Juan Tiopieyo, el hermano de tu mujer, y como debe de ser fino moro, fuese a lo más bien parado, y séte decir otra cosa: que creo que vas en balde a buscar lo que dejaste encerrado, porque tuvimos nuevas que habían quitado a tu cuñado y tu mujer muchas perlas y mucho dinero en oro que llevaban por registrar.

—Bien puede ser eso —replicó Ricote—, pero yo sé, Sancho, que no tocaron a mi encierro, porque yo no les descubrí dónde estaba, temeroso de algún desmán; y así, si tú, Sancho, quieres venir conmigo y ayudarme a sacarlo y a encubrirlo, yo te

[19] Habilidad.

[20] Pasos entre montañas.

daré docientos escudos, con que podrás remediar tus necesidades, que ya sabes, que sé yo que las tienes muchas.

—Yo lo hiciera —respondió Sancho—; pero no soy nada codicioso, que a serlo, un oficio dejé yo esta mañana de las manos, donde pudiera hacer las paredes de mi casa de oro, y comer antes de seis meses en platos de plata; y así por esto, como por parecerme haría traición a mi rey en dar favor a sus enemigos, no fuera contigo, si como me prometes docientos escudos, me dieras aquí de contado cuatrocientos.

—Y ¿qué oficio es el que has dejado, Sancho? —preguntó Ricote.

—He dejado de ser gobernador de una ínsula —respondió Sancho—, y tal, que a buena fee que no hallen otra como ella a tres tirones.

—¿Y dónde está esa ínsula? —preguntó Ricote.

—¿Adónde? —respondió Sancho—. Dos leguas de aquí, y se llama la ínsula Barataria.

—Calla, Sancho —dijo Ricote—; que las ínsulas están allá dentro de la mar; que no hay ínsulas en la tierra firme.

—¿Cómo no? —replicó Sancho—. Dígote, Ricote amigo, que esta mañana me partí della, y ayer estuve en ella gobernando a mi placer, como un sagitario [21]; pero, con todo eso, la he dejado, por parecerme oficio peligroso el de los gobernadores.

—Y ¿qué has ganado en el gobierno? —preguntó Ricote.

—He ganado —respondió Sancho— el haber conocido que no soy bueno para gobernar, si no es un hato [22] de ganado, y que las riquezas que se ganan en los tales gobiernos son a costa de perder el descanso y el sueño, y aun el sustento; porque en las ínsulas deben de comer poco los goberna-

[21] Con habilidad (probable disparate lingüístico de Sancho).

[22] Rebaño.

dores, especialmente si tienen médicos que miren por su salud.

—Yo no te entiendo, Sancho —dijo Ricote—; pero paréceme que todo lo que dices es disparate; que ¿quién te había de dar a ti ínsulas que gobernases? ¿Faltaban hombres en el mundo más hábiles para gobernadores que tú eres? Calla, Sancho, y vuelve en ti, y mira si quieres venir conmigo, como te he dicho, a ayudarme a sacar el tesoro que dejé escondido; que en verdad que es tanto, que se puede llamar tesoro, y te daré con que vivas, como te he dicho.

—Ya te he dicho, Ricote —replicó Sancho—, que no quiero; conténtate que por mí no serás descubierto, y prosigue en buena hora tu camino, y déjame seguir el mío ▼; que yo sé que lo bien ganado se pierde, y lo malo, ello y su dueño.

—No quiero porfiar, Sancho —dijo Ricote—. Pero dime: ¿hallástete en nuestro lugar cuando se partió dél mi mujer, mi hija y mi cuñado?

—Sí hallé —respondió Sancho—, y séte decir que salió tu hija tan hermosa, que salieron a verla cuantos había en el pueblo, y todos decían que era la más bella criatura del mundo. Iba llorando y abrazada a todas sus amigas y conocidas, y a cuantos llegaban a verla, y a todos pedía la encomendasen a Dios y a Nuestra Señora su madre; y esto, con tanto sentimiento, que a mí me hizo llorar, que no suelo ser muy llorón. Y a fee que muchos tuvieron deseo de esconderla y salir a quitársela [23] en el camino; pero el miedo de ir contra el mandado del rey los detuvo. Principalmente se mos-

[23] A quitársela a quienes la llevaban.

▼ Nótese también la noble actitud de Sancho ante la citada cuestión político-social: muestra compasión por su vecino y amigo Ricote y promete no delatarle, pero no acepta el soborno.

tró más apasionado don Pedro Gregorio▼, aquel mancebo mayorazgo rico que tú conoces, que dicen que la quería mucho, y después que ella se partió, nunca más él ha parecido en nuestro lugar, y todos pensamos que iba tras ella para robarla; pero hasta ahora no se ha sabido nada.

—Siempre tuve yo mala sospecha —dijo Ricote— de que ese caballero adamaba[24] a mi hija; pero fiado en el valor de mi Ricota, nunca me dio pesadumbre el saber que la quería bien; que ya habrás oído decir, Sancho, que las moriscas pocas o ninguna vez se mezclaron por amores con cristianos viejos, y mi hija, que, a lo que yo creo, atendía a ser más cristiana que enamorada, no se curaría de[25] las solicitudes de ese señor mayorazgo.

—Dios lo haga —replicó Sancho—; que a entrambos les estaría mal. Y déjame partir de aquí, Ricote amigo; que quiero llegar esta noche adonde está mi señor don Quijote.

—Dios vaya contigo, Sancho hermano; que ya mis compañeros se rebullen, y también es hora que prosigamos nuestro camino.

Y luego se abrazaron los dos, y Sancho subió en su rucio, y Ricote se arrimó a su bordón, y se apartaron.

[24] Amaba con pasión.

[25] No prestaría atención a.

▼ El prometido de la hija de Ricote volverá a aparecer, con el nombre de Gaspar Gregorio, en II, 63 y 64.

## Capítulo LV

## De cosas sucedidas a Sancho en el camino y otras que no hay más que ver

El haberse detenido Sancho con Ricote no le dio lugar a que aquel día llegase al castillo del duque, puesto que [1] llegó media legua dél, donde le tomó la noche, algo escura y cerrada. Pero como era verano, no le dio mucha pesadumbre, y así, se apartó del camino con intención de esperar la mañana, y quiso su corta y desventurada suerte que buscando lugar donde mejor acomodarse, cayeron él y el rucio en una honda y escurísima sima que entre unos edificios muy antiguos estaba, y al tiempo del caer, se encomendó a Dios de todo corazón, pensando que no había de parar hasta el profundo de los abismos. Y no fue así, porque a poco más de tres estados [2] dio fondo el rucio, y él se halló encima dél, sin haber recebido lisión [3] ni daño alguno.

Tentóse todo el cuerpo, y recogió el aliento, por ver si estaba sano o agujereado por alguna parte, y viéndose bueno, entero y católico de salud, no se hartaba de dar gracias a Dios Nuestro Señor de la merced que le había hecho; porque sin duda pensó que estaba hecho mil pedazos. Tentó asimismo con las manos por las paredes de la sima, por ver si sería posible salir della sin ayuda de nadie; pero todas las halló rasas y sin asidero alguno, de lo que Sancho se congojó [4] mucho, espe-

[1] Aunque.

[2] Véase nota 2 en II; 23.

[3] Lesión.

[4] Acongojó.

cialmente cuando oyó que el rucio se quejaba tierna y dolorosamente; y no era mucho, ni se lamentaba de vicio, que, a la verdad, no estaba muy bien parado.

—¡Ay —dijo entonces Sancho Panza—, y cuán no pensados sucesos suelen suceder a cada paso a los que viven en este miserable mundo! ¿Quién dijera que el que ayer se vio entronizado gobernador de una ínsula, mandando a sus sirvientes y a sus vasallos, hoy se había de ver sepultado en una sima, sin haber persona alguna que le remedie, ni criado ni vasallo que acuda a su socorro? Aquí habremos de perecer de hambre yo y mi jumento, si ya no nos morimos antes, él de molido y quebrantado, y yo de pesaroso. A lo menos, no seré yo tan venturoso como lo fue mi señor don Quijote de la Mancha cuando decendió [5] y bajó a la cueva de aquel encantado Montesinos, donde halló quien le regalase mejor que en su casa, que no parece sino que se fue a mesa puesta y a cama hecha. Allí vio él visiones hermosas y apacibles, y yo veré aquí, a lo que creo, sapos y culebras. ¡Desdichado de mí, y en qué han parado mis locuras y fantasías ▼! De aquí sacarán mis huesos, cuando el cielo sea servido que me descubran, mondos, blancos y raídos, y los de mi buen rucio con ellos, por donde quizá se echará de ver quien somos, a lo memos, de los que tuvieren noticia que nunca Sancho Panza se apartó de su asno, ni su asno de Sancho Panza. Otra vez digo: ¡miserables de nosotros, que no ha querido nuestra corta suerte que muriésemos en nuestra patria y entre los nuestros,

[5] Descendió.

▼ La caída de Sancho en la sima es su personal descenso a su peculiar cueva de Montesinos, experiencias paralelas, las de caballero y escudero, pero con rasgos bien diferentes.

donde ya que no hallara remedio nuestra desgracia, no faltara quien dello se doliera, y en la hora última de nuestro pasamiento[6] nos cerrara los ojos! ¡Oh compañero y amigo mío, qué mal pago te he dado de tus buenos servicios! Perdóname y pide a la fortuna, en el mejor modo que supieres, que nos saque deste miserable trabajo[7] en que estamos puestos los dos; que yo prometo de ponerte una corona de laurel en la cabeza, que no parezcas sino un laureado poeta, y de darte los piensos doblados▼.

Desta manera se lamentaba Sancho Panza, y su jumento le escuchaba sin responderle palabra alguna: tal era el aprieto y angustia en que el pobre se hallaba. Finalmente, habiendo pasado toda aquella noche en miserables quejas y lamentaciones, vino el día, con cuya claridad y resplandor vio Sancho que era imposible de toda imposibilidad salir de aquel pozo sin ser ayudado, y comenzó a lamentarse y dar voces, por ver si alguno le oía; pero todas sus voces eran dadas en desierto, pues por todos aquellos contornos no había persona que pudiese escucharle, y entonces se acabó de dar por muerto.

Estaba el rucio boca arriba, y Sancho Panza le acomodó de modo que le puso en pie, que apenas se podía tener; y sacando de las alforjas, que también habían corrido la mesma fortuna de la caída, un pedazo de pan, lo dio a su jumento, que no le supo mal, y díjole Sancho, como si lo entendiera:

—Todos los duelos con pan son buenos▼▼.

[6] Muerte.

[7] Adversidad.

▼ Nótese la intencionalidad cómica o de remedo en esta amplia tirada retórica en boca de Sancho, que termina con una invocación a su rucio.

▼▼ Una vez más, Sancho modifica un refrán para acomodarlo a sus circunstancias: «Los duelos con pan son menos».

En esto, descubrió a un lado de la sima un agujero, capaz de [8] caber por él una persona, si se agobiaba [9] y encogía. Acudió a él Sancho Panza, y agazapándose se entró por él y vio que por de dentro [10] era espacioso y largo, y púdolo ver porque por lo que se podía llamar techo entraba un rayo de sol que lo descubría todo. Vio también que se dilataba y alargaba por otra concavidad espaciosa; viendo lo cual volvió a salir adonde estaba el jumento, y con una piedra comenzó a desmoronar la tierra del agujero, de modo que en poco espacio hizo lugar donde con facilidad pudiese entrar el asno, como lo hizo; y cogiéndole del cabestro, comenzó a caminar por aquella gruta adelante, por ver si hallaba alguna salida por otra parte. A veces iba a escuras, y a veces sin luz, pero ninguna vez sin miedo ▼.

—¡Válame Dios todopoderoso! —decía entre sí—. Esta que para mí es desventura, mejor fuera para aventura de mi amo don Quijote. Él sí que tuviera estas profundidades y mazmorras por jardines floridos y por palacios de Galiana ▼▼, y esperara salir de esta escuridad y estrecheza a algún florido prado. Pero yo, sin ventura, falto de consejo y menoscabado de ánimo, a cada paso pienso que debajo de los pies de improviso se ha de abrir otra sima más profunda que la otra, que acabe de tragarme. Bien vengas mal, si vienes solo.

Desta manera y con estos pensamientos le pareció que habría caminado poco más de media le-

[8] Con capacidad para.

[9] Encorvaba.

[10] Por dentro.

▼ Otro puro juego de antítesis y sinonimia: «*A escuras* y *sin luz* son sinónimos, aunque aparecen en una contraposición aparente. La antítesis real está en *a veces* y *ninguna vez*» (Rosenblat).

▼▼ Legendaria princesa mora hija del rey Gadalfe, quien mandó edificar unos maravillosos palacios a la orilla del Tajo, en Toledo, para recreo de su hija.

gua, al cabo de la cual descubrió una confusa claridad, que pareció ser ya de día, y que por alguna parte entraba, que daba indicio de tener fin abierto aquel para él camino de la otra vida.

Aquí le deja Cide Hamete Benengeli, y vuelve a tratar de don Quijote, que, alborozado y contento, esperaba el plazo de la batalla que había de hacer con el robador de la honra de la hija de doña Rodríguez, a quien pensaba enderezar el tuerto y desaguisado que malamente le tenía fecho.

Sucedió, pues, que saliéndose una mañana a imponerse [11] y ensayarse en lo que había de hacer en el trance en que otro día pensaba verse, dando un repelón o arremetida a Rocinante [12], llegó a poner los pies tan junto a una cueva, que a no tirarle fuertemente las riendas, fuera imposible no caer en ella. En fin, le detuvo, y no cayó, y llegándose algo más cerca, sin apearse, miró aquella hondura, y estándola mirando, oyó grandes voces dentro, y escuchando atentamente, pudo percebir y entender que el que las daba decía:

—¡Ah de arriba! ¿Hay algún cristiano que me escuche, o algún caballero caritativo que se duela de un pecador enterrado en vida, o un desdichado desgobernado gobernador?

Parecióle a don Quijote que oía la voz de Sancho Panza, de que quedó suspenso y asombrado, y levantando la voz todo lo que pudo, dijo:

—¿Quién está allá bajo? ¿Quién se queja?

—¿Quién puede estar aquí, o quién se ha de quejar —respondieron—, sino el asendereado [13] de Sancho Panza, gobernador, por sus pecados y por su mala andanza, de la ínsula de Barataria, escudero que fue del famoso caballero don Quijote de la Mancha?

Oyendo lo cual don Quijote, se le dobló la admiración y se le acrecentó el pasmo, viniéndosele

[11] Prepararse.

[12] Haciendo que Rocinante diese una carrera impetuosa.

[13] Afligido.

al pensamiento que Sancho Panza debía de ser muerto, y que estaba allí penando su alma; y llevado desta imaginación, dijo:

—Conjúrote por todo aquello que puedo conjurarte como católico cristiano, que me digas quién eres; y si eres alma en pena, dime qué quieres que haga por ti; que pues es mi profesión favorecer y acorrer[14] a los necesitados deste mundo, también lo seré[15] para acorrer y ayudar a los menesterosos del otro mundo, que no pueden ayudarse por sí propios.

—Desa manera —respondieron—, vuestra merced que me habla debe de ser mi señor don Quijote de la Mancha, y aun en el órgano de la voz no es otro, sin duda.

—Don Quijote soy —replicó don Quijote—; el que profeso socorrer y ayudar en sus necesidades a los vivos y a los muertos. Por eso dime quién eres, que me tienes atónito. Porque si eres mi escudero Sancho Panza, y te has muerto, como no te hayan llevado los diablos, y, por la misericordia de Dios, estés en el purgatorio, sufragios tiene nuestra santa madre la Iglesia Católica Romana bastantes a sacarte de las penas en que estás, y yo, que lo solicitaré con ella, por mi parte, con cuanto mi hacienda alcanzare; por eso, acaba de declararte y dime quién eres.

—¡Voto a tal! —respondieron—, y por el nacimiento de quien vuesa merced quisiere, juro, señor don Quijote de la Mancha, que yo soy su escudero Sancho Panza, y que nunca me he muerto en todos los días de mi vida, sino que habiendo dejado mi gobierno por cosas y causas que es menester más espacio para decirlas, anoche caí en esta sima donde yago[16], el rucio conmigo, que no me dejará mentir, pues por más señas, está aquí conmigo.

[14] Socorrer.

[15] Seré católico cristiano.

[16] Yazgo.

Y hay más: que no parece sino que el jumento entendió lo que Sancho dijo, porque al momento comenzó a rebuznar, tan recio, que toda la cueva retumbaba.

—¡Famoso testigo! —dijo don Quijote—. El rebuzno conozco, como si le pariera, y tu voz oigo, Sancho mío. Espérame; iré al castillo del duque, que está aquí cerca, y traeré quien te saque desta sima, donde tus pecados te deben de haber puesto.

—Vaya vuesa merced —dijo Sancho—, y vuelva presto, por un solo Dios; que ya no lo puedo llevar el estar aquí sepultado en vida, y me estoy muriendo de miedo.

Dejóle don Quijote, y fue al castillo a contar a los duques el suceso de Sancho Panza, de que no poco se maravillaron, aunque bien entendieron que debía de haber caído por la correspondencia [17] de aquella gruta que de tiempos inmemoriales estaba allí hecha; pero no podían pensar cómo había dejado el gobierno sin tener ellos aviso de su venida. Finalmente, como dicen ▼, llevaron sogas y maromas, y a costa de mucha gente y de mucho trabajo, sacaron al rucio y a Sancho Panza de aquellas tinieblas a la luz del sol. Viole un estudiante, y dijo:

—Desta manera habían de salir de sus gobiernos todos los malos gobernadores, como sale este pecador del profundo del abismo: muerto de hambre, descolorido, y sin blanca, a lo que yo creo.

Oyólo Sancho, y dijo:

—Ocho días o diez ha, hermano murmurador, que entré a gobernar la ínsula que me dieron, en

[17] La otra entrada.

▼ *Como dicen* alude a algún romance o alguna cancioncilla en que se habla de *sogas y maromas* (cuerdas gruesas).

los cuales no me vi harto de pan siquiera un hora; en ellos me han perseguido médicos, y enemigos me han brumado los güesos [18]; ni he tenido lugar de hacer cohechos [19], ni de cobrar derechos, y siendo esto así, como lo es, no merecía yo, a mi parecer, salir de esta manera. Pero el hombre pone y Dios dispone, y Dios sabe lo mejor y lo que le está bien a cada uno, y cual el tiempo, tal el tiento; y nadie diga «desta agua no beberé»; que adonde se piensa que hay tocinos, no hay estacas; y Dios me entiende, y basta, y no digo más, aunque pudiera ▼.

—No te enojes, Sancho, ni recibas pesadumbre de lo que oyeres, que será nunca acabar. Ven tú con segura conciencia, y digan lo que dijeren; y es querer atar las lenguas de los maldicientes lo mesmo que querer poner puertas al campo. Si el gobernador sale rico de su gobierno, dicen dél que ha sido un ladrón, y si sale pobre, que ha sido un parapoco y un mentecato.

—A buen seguro —respondió Sancho— que por esta vez antes me han de tener por tonto que por ladrón.

En estas pláticas llegaron, rodeados de muchachos y de otra mucha gente, al castillo, adonde en unos corredores estaban ya el duque y la duquesa esperando a don Quijote y a Sancho, el cual no quiso subir a ver al duque sin que primero no hubiese acomodado al rucio en la caballeriza, porque decía que había pasado muy mala noche en la posada, y luego subió a ver a sus señores, ante los cuales, puesto de rodillas, dijo:

—Yo, señores, porque lo quiso así vuestra grandeza, sin ningún merecimiento mío, fui a gober-

[18] Apaleado los huesos.

[19] Sobornos.

▼ Véase la primera nota al pie de la pág. 408 en II, 33.

nar vuestra ínsula Barataria, en la cual entré desnudo, y desnudo me hallo; ni pierdo, ni gano. Si he gobernado bien o mal, testigos he tenido delante, que dirán lo que quisieren. He declarado dudas, sentenciado pleitos, y siempre muerto de hambre, por haberlo querido así el doctor Pedro Recio, natural de Tirteafuera, médico insulano y gobernadoresco. Acometiéronnos enemigos de noche, ya habiéndonos puesto en grande aprieto, dicen los de la ínsula que salieron libres y con victoria por el valor de mi brazo, que tal salud les dé Dios como ellos dicen verdad. En resolución, en este tiempo yo he tanteado las cargas que trae consigo, y las obligaciones, el gobernar, y he hallado por mi cuenta que no las podrán llevar mis hombros, ni son peso de mis costillas, ni flechas de mi aljaba [20]; y así, antes que diese conmigo al través el gobierno, he querido yo dar con el gobierno al través, y ayer de mañana dejé la ínsula como la hallé, con las mismas calles, casas y tejados que tenía cuando entré en ella. No he pedido prestado a nadie, ni metídome en granjerías [21], y aunque pensaba hacer algunas ordenanzas provechosas, no hice ninguna, temeroso que no se habían de guardar: que es lo mesmo hacerlas que no hacerlas. Salí, como digo, de la ínsula sin otro acompañamiento que el de mi rucio; caí en una sima, víneme por ella adelante, hasta que, esta mañana, con la luz del sol, vi la salida, pero no tan fácil, que a no depararme el cielo a mi señor don Quijote, allí me quedara hasta la fin del mundo. Así que, mis señores duque y duquesa, aquí está vuestro gobernador Sancho Panza, que ha granjeado en solo diez días que ha tenido el gobierno a conocer que no se le ha de dar nada por ser gobernador, no que de una ínsula, sino de todo el mundo. Y con este presupuesto [22], besando a vues-

[20] Caja para flechas.

[21] Ganancias obtenidas traficando y negociando.

[22] Propósito.

tras mercedes los pies, imitando al juego de los muchachos, que dicen: «Salta tú, y dámela tú ▼», doy un salto del gobierno, y me paso al servicio de mi señor don Quijote; que, en fin, en él, aunque como el pan con sobresalto, hártome, a lo menos; y para mí, como yo esté harto, eso me hace [23] que sea de zanahorias que de perdices.

[23] Lo mismo me da.

Con esto dio fin a su larga plática Sancho, temiendo siempre don Quijote que había de decir en ella millares de disparates, y cuando le vio acabar con tan pocos, dio en su corazón gracias al cielo, y el duque abrazó a Sancho, y le dijo que le pesaba en el alma de que hubiese dejado tan presto el gobierno; pero que él haría de suerte que se le diese en su estado otro oficio de menos carga y de más provecho. Abrazóle la duquesa asimismo, y mandó que le regalasen [24], porque daba señales de venir mal molido y peor parado.

[24] Agasajasen.

▼ Palabras de los niños pidiendo una china, en el juego de las cuatro esquinas (Rodríguez Marín).

## Capítulo LVI

**De la descomunal y nunca vista batalla que pasó entre don Quijote de la Mancha y el lacayo Tosilos, en la defensa de la hija de la dueña doña Rodríguez ▼**

No quedaron arrepentidos los duques de la burla hecha a Sancho Panza del gobierno que le dieron, y más que aquel mismo día vino su mayordomo, y les contó punto por punto, todas casi, las palabras y acciones que Sancho había dicho y hecho en aquellos días, y finalmente les encareció el asalto de la ínsula y el miedo de Sancho, y su salida, de que no pequeño gusto recibieron.

Después desto, cuenta la historia que se llegó el día de la batalla aplazada [1], y habiendo el duque una y muy muchas veces advertido a su lacayo Tosilos cómo se había de avenir [2] con don Quijote para vencerle sin matarle ni herirle, ordenó que se quitasen los hierros a las lanzas, diciendo a don Quijote que no permitía la cristiandad, de que él se preciaba, que aquella batalla fuese con tanto riesgo y peligro de las vidas, y que se contentase con que le daba campo franco en su tierra, puesto que iba contra el decreto del Santo Concilio,

[1] Con plazo fijado.

[2] Arreglar.

▼ La ironía, recurso que domina todo este capítulo, aparece ya en la *descomunal y nunca vista batalla* del epígrafe. (Véase la primera nota al pie de la pág. 536 en II, 46.)

que prohíbe los tales desafíos, y no quisiese llevar por todo rigor aquel trance tan fuerte ▼.

Don Quijote dijo que Su Excelencia dispusiese las cosas de aquel negocio como más fuese servido; que él le obedecería en todo. Llegado, pues, el temeroso día, y habiendo mandado el duque que delante de la plaza del castillo se hiciese un espacioso cadahalso [3], donde estuviesen los jueces del campo y las dueñas, madre y hija, demandantes, había acudido de todos los lugares y aldeas circunvecinas infinita gente, a ver la novedad de aquella batalla; que nunca otra tal no habían visto, ni oído decir, en aquella tierra los que vivían ni los que habían muerto.

[3] Tablado para las ceremonias.

El primero que entró en el campo y estacada [4] fue el maestro de las ceremonias, que tanteó el campo y le paseó todo, porque en él no hubiese algún engaño, ni cosa encubierta donde se tropezase y cayese. Luego entraron las dueñas y se sentaron en sus asientos, cubiertas con los mantos hasta los ojos y aun hasta los pechos, con muestras de no pequeño sentimiento. Presente don Quijote en la estacada, de allí a poco, acompañado de muchas trompetas, asomó por una parte de la plaza, sobre un poderoso caballo, hundiéndola [5] toda, el grande lacayo Tosilos, calada la visera y todo encambronado [6], con unas fuertes y lucientes armas. El caballo mostraba ser frisón ▼▼, ancho y de color tordillo; de cada mano y pie le pendía una arroba de lana.

[4] Espacio cerrado para luchar.

[5] Atronándola.

[6] Tieso y erguido.

Venía el valeroso combatiente bien informado del duque su señor, de cómo se había de portar

▼ Efectivamente, los duelos habían sido prohibidos por el Concilio de Trento (1545-1563).

▼▼ Caballo grande y fuerte, de pies muy anchos.

con el valeroso don Quijote de la Mancha, advertido que en ninguna manera le matase, sino que procurase huir el primer encuentro por excusar el peligro de su muerte, que estaba cierto si de lleno en lleno le encontrase [7]. Paseó la plaza, y llegando donde las dueñas estaban, se puso algún tanto a mirar a la que por esposo le pedía. Llamó el maese de campo a don Quijote, que ya se había presentado en la plaza, y junto con Tosilos habló a las dueñas, preguntándoles si consentían que volviese por [8] su derecho don Quijote de la Mancha. Ellas dijeron que sí, y que todo lo que en aquel caso hiciese lo daban por bien hecho, por firme y por valedero.

Ya en este tiempo estaban el duque y la duquesa puestos en una galería que caía sobre la estacada, toda la cual estaba coronada de infinita gente, que esperaba ver el riguroso trance, nunca visto. Fue condición de los combatientes que si don Quijote vencía, su contrario se había de casar con la hija de doña Rodríguez; y si él fuese vencido, quedaba libre su contendor [9] de la palabra que se le pedía, sin dar otra satisfacción alguna.

Partióles el maestro de las ceremonias el sol ▼, y puso a los dos cada uno en el puesto donde habían de estar. Sonaron los atambores, llenó el aire el son de las trompetas, temblaba debajo de los pies la tierra; estaban suspensos los corazones de la mirante turba ▼▼, temiendo unos y esperando otros el bueno o el mal suceso [10] de aquel caso. Finalmente, don Quijote, encomendándose de todo su corazón a Dios Nuestro Señor y a la señora Dul-

[7] Enfrentase.

[8] Defendiese.

[9] Contendiente.

[10] Resultado.

▼ Véase la nota al pie de la pág. 80 en II, 6.

▼▼ Véase la primera nota al pie de la pág. 312 en II, 25.

cinea del Toboso, estaba aguardando que se le diese señal precisa de la arremetida. Empero, nuestro lacayo tenía diferentes pensamientos; no pensaba él sino en lo que agora diré:

Parece ser que cuando estuvo mirando a su enemiga le pareció la más hermosa mujer que había visto en toda su vida, y el niño ceguezuelo a quien suelen llamar de ordinario Amor por esas calles, no quiso perder la ocasión que se le ofreció de triunfar de un alma lacayuna y ponerla en la lista de sus trofeos; y así, llegándose a él bonitamente, sin que nadie le viese, le envasó al pobre lacayo una flecha de dos varas por el lado izquierdo, y le pasó el corazón de parte a parte, y púdolo hacer bien al seguro, porque el Amor es invisible, y entra y sale por do quiere, sin que nadie le pida cuentas de sus hechos ▼.

Digo, pues, que cuando dieron la señal de la arremetida estaba nuestro lacayo transportado, pensando en la hermosura de la que ya había hecho señora de su libertad, y así, no atendió al son de la trompeta, como hizo don Quijote, que apenas la hubo oído, cuando arremetió, y a todo el correr que permitía Rocinante, partió contra su enemigo; y viéndole partir su buen escudero Sancho, dijo a grandes voces:

—¡Dios te guíe, nata y flor de los andantes caballeros! ¡Dios te dé la victoria, pues llevas la razón de tu parte!

Y aunque Tosilos vio venir contra sí a don Quijote, no se movió un paso de su puesto; antes, con

▼ La ironía continúa dominando el episodio, pues, de momento, aquí la única «batalla» que se produce es la del enamoramiento de Tosilos, traspasado por las flechas del amor.

grandes voces, llamó al maese de campo, el cual venido a ver lo que quería, le dijo:

—Señor, ¿esta batalla no se hace porque yo me case, o no me case, con aquella señora?

—Así es —le fue respondido.

—Pues yo —dijo el lacayo— soy temeroso de mi conciencia, y pondríala en gran cargo si pasase adelante en esta batalla, y así, digo que yo me doy por vencido y que quiero casarme luego[11] con aquella señora.

Quedó admirado el maese de campo de las razones de Tosilos, y como era uno de los sabidores de la máquina[12] de aquel caso, no le supo responder palabra. Detúvose don Quijote en la mitad de su carrera, viendo que su enemigo no le acometía. El duque no sabía la ocasión por que no se pasaba adelante en la batalla; pero el maese de campo le fue a declarar lo que Tosilos decía, de lo que quedó suspenso y colérico en extremo▼.

En tanto que esto pasaba, Tosilos se llegó adonde doña Rodríguez estaba, y dijo a grandes voces:

—Yo, señora, quiero casarme con vuestra hija, y no quiero alcanzar por pleitos ni contiendas lo que puedo alcanzar por paz y sin peligro de la muerte.

Oyó esto el valeroso don Quijote, y dijo:

—Pues esto así es, yo quedo libre y suelto de mi promesa; cásense en hora buena, y pues Dios Nuestro Señor se la dio, San Pedro se la bendiga.

El duque había bajado a la plaza del castillo, y llegándose a Tosilos, le dijo:

—¿Es verdad, caballero, que os dais por vencido, y que, instigado de vuestra temerosa conciencia, os queréis casar con esta doncella?

[11] En seguida.

[12] Sabedores del artificio.

▼ «Porque éste es un buen ejemplo del burlador burlado» (Avalle-Arce).

—Sí, señor —respondió Tosilos.

—Él hace muy bien —dijo a esta sazón Sancho Panza—; porque lo que has de dar al mur [13], dalo al gato, y sacarte ha [14] de cuidado.

Íbase Tosilos desenlazando la celada, y rogaba que apriesa le ayudasen, porque le iban faltando los espíritus del aliento, y no podía verse encerrado tanto tiempo en la estrecheza de aquel aposento. Quitáronsela apriesa, y quedó descubierto y patente su rostro de lacayo. Viendo lo cual doña Rodríguez y su hija, dando grandes voces, dijeron:

—¡Éste es engaño; engaño es éste ▼! ¡A Tosilos, el lacayo del duque mi señor, nos han puesto en lugar de mi verdadero esposo! ¡Justicia de Dios y del Rey de tanta malicia, por no decir bellaquería!

—No vos acuitéis [15], señoras —dijo don Quijote—; que ni ésta es malicia ni es bellaquería; y si la es, y no ha sido la causa el duque, sino los malos encantadores que me persiguen, los cuales, invidiosos de que yo alcanzase la gloria deste vencimiento, han convertido el rostro de vuestro esposo en el de este que decís que es lacayo del duque. Tomad mi consejo, y a pesar de la malicia de mis enemigos, casaos con él; que sin duda es el mismo que vos deseáis alcanzar por esposo.

El duque, que esto oyó, estuvo por romper en risa toda su cólera, y dijo:

—Son tan extraordinarias las cosas que suceden al señor don Quijote, que estoy por creer que este mi lacayo no lo es; pero usemos deste ardid y maña: dilatemos el casamiento quince días si quieren, y tengamos encerrado a este personaje que nos tiene dudosos, en los cuales podría ser que volviese a su prístina [16] figura; que no ha de durar tan-

[13] Ratón.

[14] Te sacará (refrán).

[15] No os aflijáis (arcaísmo).

[16] Primitiva.

▼ Veáse la última nota al pie de la pág. 203 en II, 17.

to el rancor [17] que los encantadores tienen al señor don Quijote, y más yéndoles tan poco en usar estos embelecos y transformaciones.

—¡Oh señor! —dijo Sancho—, que ya tienen estos malandrines por uso y costumbre de mudar las cosas, de unas en otras, que tocan a mi amo. Un caballero que venció los días pasados, llamado el de los Espejos, le volvieron en la figura del bachiller Sansón Carrasco, natural de nuestro pueblo y grande amigo nuestro, y a mi señora Dulcinea del Toboso la han vuelto en una rústica labradora, y así, imagino que este lacayo ha de morir y vivir lacayo todos los días de su vida▼.

A lo que dijo la hija de Rodríguez:

—Séase quien fuere este que me pide por esposa, que yo se lo agradezco; que más quiero ser mujer legítima de un lacayo que no amiga y burlada de un caballero, puesto que el que a mí me burló no lo es.

En resolución, todos estos cuentos y sucesos pararon en que Tosilos se recogiese, hasta ver en qué paraba su transformación; aclamaron todos la victoria por don Quijote, y los más quedaron tristes y melancólicos, de ver que no se habían hecho pedazos los tan esperados combatientes, bien así como los muchachos quedan tristes cuando no sale el ahorcado que esperan, porque le ha perdonado, o la parte [18], o la justicia. Fuese la gente, volviéronse el duque y don Quijote al castillo, encerraron a Tosilos, quedaron doña Rodríguez y su hija contentísimas de ver que por una vía o por otra, aquel caso había de parar en casamiento, y Tosilos no esperaba menos.

[17] Rencor.

[18] La parte acusadora.

▼ Véase la última nota al pie de la pág. 173 en II, 14.

## CAPÍTULO LVII

### Que trata de cómo don Quijote se despidió del duque y de lo que le sucedió con la discreta y desenvuelta Altisidora, doncella de la duquesa

Ya le pareció a don Quijote que era bien salir de tanta ociosidad como la que en aquel castillo tenía; que se imaginaba ser grande la falta que su persona hacía [1] en dejarse estar encerrado y perezoso entre los infinitos regalos y deleites que como a caballero andante aquellos señores le hacían, y parecíale que había de dar cuenta estrecha al cielo de aquella ociosidad y encerramiento ▼; y así, pidió un día licencia a los duques para partirse. Diéronsela, con muestras de que en gran manera les pesaba de que los dejase. Dio la duquesa las cartas de su mujer a Sancho Panza, el cual lloró con ellas, y dijo:

—¿Quién pensara que esperanzas tan grandes como las que en el pecho de mi mujer Teresa Panza engendraron las nuevas de mi gobierno habían de parar en volverme yo agora a las arrastradas [2] aventuras de mi amo don Quijote de la Mancha?

[1] Causaba.

[2] Azarosas.

▼ «La *falta* o pecado que su persona hacía o causaba» tanto puede referirse a la falta que su ausencia de los caminos causaba a los necesitados de su ayuda de caballero andante, como también a «la falta o pecado» que don Quijote cometía contra sí mismo en *aquella ociosidad y encerramiento* en el castillo de los duques.

Con todo esto, me contento de ver que mi Teresa correspondió a ser quien es, enviando las bellotas a la duquesa; que a no habérselas enviado, quedando yo pesaroso, se mostrara ella desagradecida. Lo que me consuela es que esta dádiva no se le puede dar nombre de cohecho [3], porque ya tenía yo el gobierno cuando ella las envió, y está puesto en razón que los que reciben algún beneficio, aunque sea con niñerías, se muestren agradecidos. En efecto, yo entré desnudo en el gobierno y salgo desnudo dél; y así, podré decir con segura conciencia, que no es poco: «Desnudo nací, desnudo me hallo; ni pierdo ni gano.»

Esto pasaba [4] entre sí Sancho el día de la partida; y saliendo don Quijote, habiéndose despedido la noche antes de los duques, una mañana se presentó armado en la plaza del castillo. Mirábanle de los corredores toda la gente del castillo, y asimismo los duques salieron a verle. Estaba Sancho sobre su rucio, con sus alforjas, maleta y repuesto, contentísimo, porque el mayordomo del duque, el que fue de la Trifaldi, le había dado un bolsico con docientos escudos de oro, para suplir los menesteres del camino, y esto aún no lo sabía don Quijote.

Estando, como queda dicho, mirándole todos, a deshora [5], entre las otras dueñas y doncellas de la duquesa, que le miraban, alzó la voz la desenvuelta y discreta Altisidora, y en son lastimero dijo ▼:

[3] Soborno.

[4] Hablaba.

[5] De improviso.

▼ El romance —con estribillo— que sigue es una composición burlesca llena de frivolidades de la picarona Altisidora, quien «remeda burlonamente los relatos de otras heroínas abandonadas» (Murillo): Ariadna abandonada por Teseo; Dido, por Eneas; Olimpia, por Vireno...

Escucha, mal caballero;
detén un poco las riendas;
no fatigues las ijadas [6]
de tu mal regida bestia.
Mira, falso, que no huyes
de alguna serpiente fiera,
sino de una corderilla
que está muy lejos de oveja ▼.
Tú has burlado, monstruo horrendo,
la más hermosa doncella
que Diana vio en sus montes,
que Venus miró en sus selvas.
*Cruel Vireno, fugitivo Eneas,*
*Barrabás te acompañe; allá te avengas* ▼▼.

Tú llevas, ¡llevar impío!,
en la garras de tus cerras [7]
las entrañas de una humilde,
como enamorada, tierna.
Llévaste tres tocadores [8],
y unas ligas (de unas piernas
que al mármol puro se igualan
en lisas) blancas y negras.
Llévaste dos mil suspiros,
que, a ser de fuego, pudieran
abrasar a dos mil Troyas,
si dos mil Troyas hubiera.
*Cruel Vireno, fugitivo Eneas,*
*Barrabás te acompañe; allá te avengas.*

[6] Cavidades entre las costillas falsas y las caderas.

[7] Manos (en germanía). Paronomasia.

[8] Gorros de dormir.

▼ Insinuaciones burlescas como ésta intensifican el carácter grotesco del romance.

▼▼ Estas referencias mitológicas, mezcladas con frecuentes voces de germanía rufianesca y con términos vulgares, acentúan aún más la burla. Diana es la diosa mitológica de la caza y de la castidad; Venus, la diosa de la belleza y de los placeres (y madre del amor, Cupido); Vireno o Bireno, un personaje del *Orlando furioso* (de Ariosto), el duque de Zelanda, que abandonó a su esposa en una costa; Eneas, protagonista de la *Eneida,* que abandonó a Dido; Barrabás es, según la superstición popular, uno de los cuatro diablos mayores del infierno.

De ese Sancho tu escudero
las entrañas sean tan tercas
y tan duras, que no salga
de su encanto Dulcinea.
De la culpa que tú tienes
lleve la triste la pena;
que justos por pecadores
tal vez [9] pagan en mi tierra.
Tus más finas aventuras
en desventuras se vuelvan,
en sueños tus pasatiempos,
en olvidos tus firmezas.
*Cruel Vireno, fugitivo Eneas,*
*Barrabás te acompañe; allá te avengas.*

[9] Alguna vez.

Seas tenido por falso
desde Sevilla a Marchena,
desde Granada hasta Loja,
de Londres a Inglaterra ▼.
Si jugares al reinado,
los cientos, o la primera,
los reyes huyan de ti;
ases ni sietes no veas ▼▼.
Si te cortares los callos,
sangre las heridas viertan,
y quédente los raigones [10]
si te sacares las muelas.
*Cruel Vireno, fugitivo Eneas,*
*Barrabás te acompañe; allá te avengas.*

[10] Raíces de las muelas (vulgarismo).

▼ Este verso es un falso octosílabo, salvo que *Inglaterra* —que aparece así en la edición príncipe— deba leerse *Ingalaterra,* con una epéntesis que es muy frecuente en el texto. En todo caso, la comicidad y la burla quedan intensificadas por la humorística ponderación de grandes distancias entre lugares cercanos (Marchena es una ciudad de Sevilla; y Loja, de Granada) y por el evidente disparate *de Londres a Inglaterra.*

▼▼ Comicidad y burla quedan subrayadas también por esta referencia a tres juegos de naipes en que reyes, ases y sietes eran, respectivamente, las cartas de más valor.

En tanto que de la suerte que se ha dicho se quejaba la lastimada Altisidora, la estuvo mirando don Quijote, y sin responderla palabra, volviendo el rostro a Sancho, le dijo:

—Por el siglo de tus pasados [11], Sancho mío, te conjuro que me digas una verdad. Dime, ¿llevas por ventura los tres tocadores y las ligas que esta enamorada doncella dice?

A lo que Sancho respondió:

—Los tres tocadores sí llevo; pero las ligas, como por los cerros de Úbeda ▼.

Quedó la duquesa admirada de la desenvoltura de Altisidora, que aunque la tenía por atrevida, graciosa y desenvuelta, no en grado que se atreviera a semejantes desenvolturas; y como no estaba advertida desta burla, creció más su admiración. El duque quiso reforzar el donaire, y dijo:

—No me parece bien, señor caballero, que habiendo recebido en este mi castillo el buen acogimiento que en él se os ha hecho, os hayáis atrevido a llevaros tres tocadores, por lo menos, si por lo más las ligas de mi doncella; indicios son de mal pecho y muestras que no corresponden a vuestra fama. Volvedle las ligas; si no, yo os desafío a mortal batalla, sin tener temor que malandrines encantadores me vuelvan ni muden el rostro, como han hecho en el de Tosilos mi lacayo, el que entró con vos en batalla.

—No quiera Dios —respondió don Quijote— que yo desenvaine mi espada contra vuestra ilustrísima persona, de quien tantas mercedes he recebido. Los tocadores volveré, porque dice Sancho que los tiene; las ligas es imposible, porque ni yo las he recebido ni él tampoco, y si esta vuestra don-

[11] Por el descanso de tus antepasados.

▼ Véase la nota al pie de la pág. 406 en II, 33.

cella quisiere mirar sus escondrijos, a buen seguro que las halle. Yo, señor duque, jamás he sido ladrón, ni lo pienso ser en toda mi vida, como Dios no me deje de su mano [12]. Esta doncella habla, como ella dice, como enamorada, de lo que yo no le tengo culpa, y así, no tengo de qué pedirle perdón ni a ella ni a Vuestra Excelencia, a quien suplico me tenga en mejor opinión, y me dé de nuevo licencia para seguir mi camino.

—Déosle Dios tan bueno —dijo la duquesa—, señor don Quijote, que siempre oigamos buenas nuevas de vuestras fechurías [13]. Y andad con Dios, que mientras más os detenéis, más aumentáis el fuego en los pechos de las doncellas que os miran. Y a la mía yo la castigaré de modo, que de aquí adelante no se desmande con la vista ni con las palabras.

—Una ▼ no más quiero que me escuches, ¡oh valeroso don Quijote! —dijo entonces Altisidora—, y es que te pido perdón del latrocinio de las ligas, porque en Dios y en mi ánima que las tengo puestas, y he caído en el descuido del que yendo sobre el asno, le buscaba.

—¿No lo dije yo? —dijo Sancho—. ¡Bonico soy yo para encubrir hurtos! Pues, a quererlos hacer, de paleta [14] me había venido la ocasión en mi gobierno.

Abajó la cabeza don Quijote y hizo reverencia a los duques y a todos los circunstantes, y volviendo las riendas a Rocinante, siguiéndole Sancho sobre el rucio, se salió del castillo, enderezando su camino a Zaragoza ▼▼.

[12] No me abandone.

[13] Fechorías, hazañas (con intención de burla).

[14] De molde, a pedir de boca.

▼ Véase la primera nota al pie de la pág. 369 en II, 30.

▼▼ Véase nota al pie de la pág. 62 en II, 4.

## Capítulo LVIII

# Que trata de cómo menudearon sobre don Quijote aventuras tantas que no se daban vagar [1] unas a otras

[1] Tiempo.

Cuando don Quijote se vio en la campaña rasa, libre y desembarazado de los requiebros de Altisidora, le pareció que estaba en su centro, y que los espíritus se le renovaban para proseguir de nuevo el asumpto [2] de sus caballerías, y volviéndose a Sancho, le dijo:

[2] Asunto.

—La libertad, Sancho, es uno de los más preciosos dones que a los hombres dieron los cielos; con ella no pueden igualarse los tesoros que encierra la tierra ni el mar encubre; por la libertad, así como por la honra, se puede y debe aventurar la vida, y, por el contrario, el cautiverio es el mayor mal que puede venir a los hombres ▼. Digo esto, Sancho, porque bien has visto el regalo, la abundancia que en este castillo que dejamos hemos tenido; pues en metad [3] de aquellos banquetes sazonados y de aquellas bebidas de nieve, me parecía a mí que estaba metido entre las estrechezas de la hambre, porque no lo gozaba con la libertad que lo gozara si fueran míos; que las obligaciones de las recompensas de los beneficios y mercedes re-

[3] Mitad.

▼ Por boca de don Quijote, habla también Cervantes, que tantos sufrimientos padeció en su cautiverio en Argel y en las cárceles españolas.

cebidas son ataduras que no dejan campear al ánimo libre. ¡Venturoso aquel a quien el cielo dio un pedazo de pan, sin que le quede obligación de agradecerlo a otro que al mismo cielo!

—Con todo eso —dijo Sancho— que vuesa merced me ha dicho, no es bien que se quede sin agradecimiento de nuestra parte docientos escudos de oro que en una bolsilla me dio el mayordomo del duque, que como píctima [4] y confortativo la llevo puesta sobre el corazón, para lo que se ofreciere; que no siempre hemos de hallar castillos donde nos regalen, que tal vez [5] toparemos con algunas ventas donde nos apaleen.

En estos y otros razonamientos iban los andantes, caballero y escudero, cuando vieron, habiendo andado poco más de una legua, que encima de la yerba de un pradillo verde, encima de sus capas, estaban comiendo hasta una docena de hombres vestidos de labradores. Junto a sí tenían unas como sábanas blancas, con que cubrían alguna cosa que debajo estaba; estaban empinadas y tendidas ▼, y de trecho a trecho puestas. Llegó don Quijote a los que comían, y saludándolos primero cortésmente, les preguntó que qué era lo que aquellos lienzos cubrían. Uno dellos le respondió:

—Señor, debajo destos lienzos están unas imágines [6] de relieve y entabladura [7] que han de servir en un retablo que hacemos en nuestra aldea; llevámoslas cubiertas, porque no se desfloren, y en hombros, porque no se quiebren.

—Si sois servidos —respondió don Quijote—, holgaría de verlas, pues imágines que con tanto recato se llevan, sin duda deben de ser buenas.

[4] Emplasto.

[5] Alguna vez.

[6] Imágenes.

[7] Hechas de buena madera.

▼ «Extendidas»; seguramente, el sentido es: «unas empinadas y otras tendidas» (Clemencín).

—Y ¡cómo si lo son! —dijo otro—. Si no, dígalo lo que cuesta: que en verdad que no hay ninguna que no esté en más de cincuenta ducados, y porque vea vuestra merced esta verdad, espere vuestra merced, y verla ha[8] por vista de ojos.

[8] La verá.

Y levantándose, dejó de comer y fue a quitar la cubierta de la primera imagen, que mostró ser la de San Jorge puesto a caballo, con una serpiente enroscada a los pies y la lanza atravesada por la boca, con la fiereza que suele pintarse. Toda la imagen parecía una ascua de oro, como suele decirse. Viéndola don Quijote, dijo:

—Este caballero fue uno de los mejores andantes que tuvo la milicia divina; llamóse don San Jorge▼, y fue además defendedor de doncellas. Veamos esta otra.

Descubrióla el hombre, y pareció ser la de San Martín puesto a caballo, que partía la capa con el pobre; y apenas la hubo visto don Quijote, cuando dijo:

—Este caballero también fue de los aventureros cristianos y creo que fue el más liberal y valiente, como lo puedes echar de ver, Sancho, en que está partiendo la capa con el pobre y le da la mitad, y sin duda debía de ser entonces invierno, que si no él se la diera toda, según era de caritativo▼▼.

—No debió de ser eso —dijo Sancho—, sino que se debió de atener al refrán que dicen: que para dar y tener, seso es menester.

Ríóse don Quijote y pidió que quitasen otro lienzo, debajo del cual se descubrió la imagen del

▼ Era frecuente en la Edad Media el uso del *don* o de *señor* ante el nombre de los santos. San Jorge, legendario vencedor del dragón, era el santo patrono de los soldados.

▼▼ San Martín, soldado y obispo de Tours (siglo IV), fue bien conocido por su práctica de la caridad, como prueba el célebre episodio de la capa compartida con un pobre.

Patrón de las Españas a caballo, la espada ensangrentada, atropellando moros y pisando cabezas; y en viéndola, dijo don Quijote.

—Éste sí que es caballero, y de las escuadras de Cristo; éste se llama don San Diego Matamoros, uno de los más valientes santos y caballeros que tuvo el mundo y tiene agora el cielo ▼.

Luego descubrieron otro lienzo, y pareció [9] que encubría la caída de San Pablo del caballo abajo, con todas las circunstancias que en el retablo de su conversión suelen pintarse. Cuando le vido [10] tan al vivo, que dijeran que Cristo le hablaba y Pablo respondía.

—Éste —dijo don Quijote— fue el mayor enemigo que tuvo la Iglesia de Dios Nuestro Señor en su tiempo y el mayor defensor suyo que tendrá jamás, caballero andante por la vida, y santo a pie quedo por la muerte, trabajador incansable en la viña del Señor, doctor de las gentes, a quien sirvieron de escuelas los cielos y de catedrático y maestro que le enseñase el mismo Jesucristo ▼▼.

No había más imágines, y así, mandó don Quijote que las volviesen a cubrir, y dijo a los que las llevaban:

—Por buen agüero he tenido, hermanos, haber visto lo que he visto, porque todos estos santos y caballeros profesaron lo que yo profeso, que es el ejercicio de las armas; sino que la diferencia que hay entre mí y ellos es que ellos fueron santos y pelearon a lo divino, y yo soy pecador y peleo a

[9] Se vio.

[10] Vio.

▼ San Diego Matamoros, el apóstol Santiago el Mayor (patrón de España), a quien la leyenda canta como el liberador de España porque apareció sobre un caballo blanco luchando en una batalla contra los moros.

▼▼ El apóstol San Pablo se convirtió al cristianismo cuando, camino de Damasco, cayó fulminado por un rayo y escuchó la voz de Cristo.

lo humano. Ellos conquistaron el cielo a fuerza de brazos, porque el cielo padece fuerza [11], y yo hasta agora no sé lo que conquisto a fuerza de mis trabajos ▼; pero si mi Dulcinea del Toboso saliese de los que padece, mejorándose mi ventura y adobándoseme el juicio, podría ser que encaminase mis pasos por mejor camino del que llevo.

—Dios lo oiga y el pecado [12] sea sordo —dijo Sancho a esta ocasión.

Admiráronse los hombres así de la figura como de las razones de don Quijote, sin entender la mitad de lo que en ellas decir quería. Acabaron de comer, cargaron con sus imágines, y despidiéndose de don Quijote, siguieron su viaje.

Quedó Sancho de nuevo como si jamás hubiera conocido a su señor, admirado de lo que sabía, pareciéndole que no debía de haber historia en el mundo ni suceso que no lo tuviese cifrado en la uña y clavado en la memoria, y díjole:

—En verdad, señor nuestramo [13], que si esto que nos ha sucedido hoy se puede llamar aventura, ella ha sido de las más suaves y dulces que en todo el discurso de nuestra peregrinación nos ha sucedido: della habemos salido sin palos y sobresalto alguno, ni hemos echado manos a las espadas, ni hemos batido la tierra con los cuerpos, ni quedamos hambrientos. Bendito sea Dios, que tal me ha dejado ver con mis propios ojos.

—Tú dices bien, Sancho —dijo don Quijote—; pero has de advertir que no todos los tiempos son unos, ni corren de una misma suerte, y esto que el vulgo suele llamar comúnmente agüeros, que no se fundan sobre natural razón alguna, del que

[11] Cita del Evangelio de San Mateo.

[12] Diablo (que todo salga bien).

[13] Nuestro amo (rusticismo).

▼ Nótese que, en este mismo capítulo, se pasa del sentido canto inicial a la libertad al derrumbamiento espiritual implícito en esta desengañada confesión, que Unamuno consideró como la que produce «más honda pesadumbre en el corazón».

es discreto han de ser tenidos y juzgar[14] por buenos acontecimientos. Levántase uno destos agoreros por la mañana, sale de su casa, encuéntrase con un fraile de la Orden del bienaventurado San Francisco▼, y como si hubiera encontrado con un grifo[15], vuelve las espaldas y vuélvese a su casa. Derrámasele al otro Mendoza▼▼ la sal encima de la mesa, y derrámasele a él la melancolía por el corazón; como si estuviese obligada la naturaleza a dar señales de las venideras desgracias con cosas tan de poco momento como las referidas. El discreto y cristiano no ha de andar en puntillos[16] con lo que quiere hacer el cielo. Llega Cipión a África, tropieza en saltando en tierra, tiénenlo por mal agüero sus soldados; pero él, abrazándose con el suelo, dijo: «No te me podrás huir, África, porque te tengo asida y entre mis brazos▼▼▼.» Así que, Sancho, el haber encontrado con estas imágines ha sido para mí felicísimo acontecimiento.

—Yo así lo creo —respondió Sancho—, y querría que vuestra merced me dijese qué es la causa por que dicen los españoles cuando quieren dar alguna batalla, invocando aquel San Diego Matamoros: «¡Santiago, y cierra[17] España!» ¿Está por ventura España abierta, y de modo que es menester cerrarla, o qué ceremonia es ésta?

—Simplicísimo eres, Sancho —respondió don Quijote—; y mira que este gran caballero de la cruz

[14] Y se han de juzgar.

[15] Animal fabuloso, medio águila y medio león.

[16] Reparar en minucias.

[17] Véase nota 13 en II, 4.

▼ San Francisco de Asís, fundador de la orden de los Franciscanos (1209), conocido por su humildad y amor a los animales. (Alude a la superstición popular que considera de mal agüero el encontrarse con frailes por la mañana.)

▼▼ «Al otro agorero», «a alguno de los Mendoza», familia cuya fama de supersticiosos era proverbial.

▼▼▼ Escipión el Africano (siglo III-II a. de C.) fue el general romano encargado de la destrucción de Cartago (África) y de Numancia (España).

bermeja háselo dado Dios a España por patrón y amparo suyo, especialmente en los rigurosos trances que con los moros los españoles han tenido, y así, le invocan y llaman como a defensor suyo en todas las batallas que acometen, y muchas veces le han visto visiblemente en ellas, derribando, atropellando, destruyendo y matando los agarenos[18] escuadrones; y desta verdad te pudiera traer muchos ejemplos que en las verdaderas historias españolas se cuentan.

[18] Mahometanos (del linaje de Agar).

Mudó Sancho plática, y dijo a su amo:

—Maravillado estoy, señor, de la desenvoltura de Altisidora, la doncella de la duquesa; bravamente la debe de tener herida y traspasada aquel que llaman Amor▼, que dicen que es un rapaz ceguezuelo que, con estar lagañoso[19], o por mejor decir sin vista, si toma por blanco un corazón, por pequeño que sea, le acierta y traspasa de parte a parte con sus flechas. He oído decir también que en la vergüenza y recato de las doncellas se despuntan y embotan las amorosas saetas; pero en esta Altisidora más parece que se aguzan que despuntan.

[19] Legañoso, con muchas legañas.

—Advierte, Sancho —dijo don Quijote—, que el amor ni mira respetos ni guarda términos de razón en sus discursos, y tiene la misma condición que la muerte: que así acomete los altos alcázares de los reyes como las humildes chozas de los pastores▼▼, y cuando toma entera posesión de un alma, lo primero que hace es quitarle el temor y la vergüenza; y así, sin ella declaró Altisidora sus

▼ A la figura mitológica del Amor (y también a la de Cupido) se la representa plásticamente como un niño malicioso, con arco y carcaj lleno de flechas, y, a veces, con una venda sobre los ojos (porque el amor es ciego).

▼▼ Véase la segunda nota al pie de la pág. 41 en *Prólogo* a la primera parte.

deseos, que engendraron en mi pecho antes confusión que lástima.

—¡Crueldad notoria! —dijo Sancho—. ¡Desagradecimiento inaudito! Yo de mí sé decir que me rindiera y avasallara la más mínima razón amorosa suya. ¡Hideputa, y qué corazón de mármol, qué entrañas de bronce y qué alma de argamasa! Pero no puedo pensar qué es lo que vio esta doncella en vuestra merced que así la rindiese y avasallase: qué gala, qué brío, qué donaire, qué rostro, qué cada cosa por sí déstas, o todas juntas, le enamoraron; que en verdad en verdad que muchas veces me paro a mirar a vuestra merced desde la punta del pie hasta el último cabello de la cabeza, y que veo más cosas para espantar que para enamorar; y habiendo yo también oído decir que la hermosura es la primera y principal parte que enamora, no teniendo vuestra merced ninguna, no sé yo de qué se enamoró la pobre.

—Advierte, Sancho —respondió don Quijote—, que hay dos maneras de hermosura: una del alma y otra del cuerpo; la del alma campea y se muestra en el entendimiento, en la honestidad, en el buen proceder, en la liberalidad y en la buena crianza, y todas estas partes caben y pueden estar en un hombre feo, y cuando se pone la mira en esta hermosura, y no en la del cuerpo, suelen hacer el amor ▾ con ímpetu y con ventajas. Yo, Sancho, bien veo que no soy hermoso, pero también conozco que no soy disforme, y bástale a un hombre de bien no ser monstruo para ser bien querido, como tenga los dotes del alma que te he dicho.

▾ Es decir, «el entendimiento, la honestidad, el buen proceder, la liberalidad y la buena crianza *suelen hacer al amor nacer*» (Avalle-Arce).

En estas razones y pláticas, se iban entrando por una selva que fuera del camino estaba, y a deshora, sin pensar en ello, se halló don Quijote enredado entre unas redes de hilo verde, que desde unos árboles a otros estaban tendidas; y sin poder imaginar qué pudiese ser aquello, dijo a Sancho:

—Paréceme, Sancho, que esto destas redes debe de ser una de las más nuevas aventuras que pueda imaginar. Que me maten si los encantadores que me persiguen no quieren enredarme en ellas y detener mi camino, como en venganza de la riguridad [20] que con Altisidora he tenido. Pues mándoles [21] yo que aunque estas redes, si como son hechas de hilo verde fueran de durísimos diamantes, o más fuertes que aquellas con que el celoso dios de los herreros ▼ enredó a Venus y a Marte, así la rompiera como si fuera de juncos marinos o de hilachas de algodón.

Y queriendo pasar adelante y romperlo todo, al improviso se le ofrecieron delante, saliendo de entre unos árboles, dos hermosísimas pastoras; a lo menos, vestidas como pastoras, sino que los pellicos y sayas eran de fino brocado, digo, que las sayas eran riquísimos faldellines de tabí [22] de oro. Traían los cabellos sueltos por las espaldas, que en rubios podían competir con los rayos del mismo sol; los cuales se coronaban con dos guirnaldas de verde laurel y de rojo amaranto tejidas. La edad, al parecer, ni bajaba de los quince ni pasaba de los diez y ocho.

Vista fue ésta que admiró a Sancho, suspendió a don Quijote, hizo parar al sol en su carrera para verlas, y tuvo en maravilloso silencio a todos cua-

[20] Rigurosidad.

[21] Asegúroles.

[22] Faldas de tela de seda con labores.

▼ Véase la segunda nota al pie de la pág. 291 en I, 21.

tro. En fin, quien primero habló fue una de las dos zagalas, que dijo a don Quijote:

—Detened, señor caballero, el paso, y no rompáis las redes que no para daño vuestro, sino para nuestro pasatiempo, ahí están tendidas; y porque sé que nos habéis de preguntar para qué se han puesto y quién[23] somos, os lo quiero decir en breves palabras. En una aldea que está hasta dos leguas de aquí, donde hay mucha gente principal y muchos hidalgos y ricos, entre muchos amigos y parientes se concertó que con sus hijos, mujeres y hijas, vecinos, amigos y parientes, nos viniésemos a holgar a este sitio, que es uno de los más agradables de todos estos contornos, formando entre todos una nueva y pastoril Arcadia, vistiéndonos las doncellas de zagalas y los mancebos de pastores. Traemos estudiadas dos églogas, una del famoso poeta Garcilaso, y otra del excelentísimo Camoes, en su misma lengua portuguesa, las cuales hasta agora no hemos representado ▼. Ayer fue el primero día que aquí llegamos; tenemos entre estos ramos plantadas algunas tiendas, que dicen se llaman de campaña, en el margen de un abundoso arroyo que todos estos prados fertiliza; tendimos la noche pasada estas redes de estos árboles para engañar los simples pajarillos que, ojeados[24] con nuestro ruido, vinieren a dar en ellas. Si gustáis, señor, de ser nuestro huésped, seréis agasajado liberal y cortésmente; porque por agora en este sitio no ha de entrar la pesadumbre ni la melancolía.

[23] Quiénes.

[24] Espantados (en la caza de ojeo).

▼ Arcadia es la región del Peloponeso (Grecia) donde los clásicos localizaron el mito literario de la perfección de la vida pastoril, bucólica. Luis de Camoens es el gran poeta épico y lírico portugués del siglo XVI. Para Garcilaso, véase nota al pie de la pág. 85 en II, 6.

Calló y no dijo más. A lo que respondió don Quijote:

—Por cierto, hermosísima señora, que no debió de quedar más suspenso ni admirado Anteón▼ cuando vio al improviso bañarse en las aguas a Diana, como yo he quedado atónito en ver vuestra belleza. Alabo el asumpto[25] de vuestros entretenimientos, y el de vuestros ofrecimientos agradezco, y si os puedo servir, con seguridad de ser obedecidas me lo podéis mandar; porque no es ésta[26] la profesión mía sino de mostrarme agradecido y bienhechor con todo género de gente, en especial con la principal que vuestras personas representa; y si como estas redes, que deben ocupar algún pequeño espacio, ocuparan toda la redondez de la tierra, buscara yo nuevos mundos por do pasar sin romperlas; y porque deis algún crédito a esta mi exageración, ved que os lo promete, por lo menos[27], don Quijote de la Mancha, si es que ha llegado a vuestros oídos este nombre.

—¡Ay, amiga de mi alma —dijo entonces la otra zagala—, y qué ventura tan grande nos ha sucedido! ¿Ves este señor que tenemos delante? Pues hágote saber que es el más valiente, y el más enamorado, y el más comedido que tiene el mundo, si no es que nos miente, y nos engaña una historia que de sus hazañas anda impresa, y yo he leído. Yo apostaré que este buen hombre que viene consigo es un tal Sancho Panza, su escudero, a cuyas gracias no hay ningunas que se le igualen.

—Así es la verdad —dijo Sancho—: que yo soy ese gracioso y ese escudero que vuestra merced

[25] Asunto.

[26] La de histrión.

[27] Nada menos.

▼ Confunde don Quijote a Anteón (véase la primera nota al pie de la pág. 399 en II, 32) con Acteón, cazador mitológico convertido en ciervo por Diana, diosa de la caza y la castidad, por haberla sorprendido bañándose en una fuente de Beocia (Grecia).

dice, y este señor es mi amo, el mismo don Quijote de la Mancha historiado y referido.

—¡Ay! —dijo la otra—. Supliquémosle, amiga, que se quede; que nuestros padres y nuestros hermanos gustarán infinito dello; que también he oído yo decir de su valor y de sus gracias lo mismo que tú me has dicho, y, sobre todo, dicen dél que es el más firme y más leal enamorado que se sabe, y que su dama es una tal Dulcinea del Toboso, a quien en toda España la dan la palma de la hermosura.

—Con razón se la dan —dijo don Quijote—, si ya no lo pone en duda vuestra sin igual belleza. No os canséis, señoras, en detenerme, porque las precisas obligaciones de mi profesión no me dejan reposar en ningún cabo.

Llegó, en esto, adonde los cuatro estaban un hermano de una de las dos pastoras, vestido asimismo de pastor, con la riqueza y galas que a las de las zagalas correspondía. Contáronle ellas que el que con ellas estaba era el valeroso don Quijote de la Mancha, y el otro, su escudero Sancho, de quien tenía él ya noticia, por haber leído su historia. Ofreciósele el gallardo pastor, pidióle que se viniese con él a sus tiendas, húbolo de conceder don Quijote, y así lo hizo.

Llegó, en esto, el ojeo [28], llenáronse las redes de pajarillos diferentes que, engañados de la color de las redes, caían en el peligro de que iban huyendo. Juntáronse en aquel sitio más de treinta personas, todas bizarramente de pastores y pastoras vestidas, y en un instante quedaron enteradas de quiénes eran don Quijote y su escudero, de que no poco contento recibieron, porque ya tenían dél noticia por su historia. Acudieron a las tiendas, hallaron las mesas puestas, ricas, abundantes y limpias; honraron a don Quijote dándole el primer lu-

[28] La caza de ojeo.

gar en ellas; mirábanle todos, y admirábanse de verle ▼.

Finalmente, alzados los manteles, con gran reposo alzó don Quijote la voz, y dijo:

—Entre los pecados mayores que los hombres cometen, aunque algunos dicen que es la soberbia, yo digo que es el desagradecimiento, ateniéndome a lo que suele decirse: que de los desagradecidos, está lleno el infierno. Este pecado, en cuanto me ha sido posible, he procurado yo huir desde el instante que tuve uso de razón, y si no puedo pagar las buenas obras que me hacen con otras obras, pongo en su lugar los deseos de hacerlas, y cuando éstos no bastan, las publico [29], porque quien dice y publica las buenas obras que recibe, también las recompensara con otras, si pudiera; porque, por la mayor parte, los que reciben son inferiores a los que dan, y así, es Dios sobre todos, porque es dador sobre todos, y no pueden corresponder las dádivas del hombre a las de Dios con igualdad, por infinita distancia; y esta estrecheza y cortedad, en cierto modo, la suple el agradecimiento. Yo, pues, agradecido a la merced que aquí se me ha hecho, no pudiendo corresponder a la misma medida, conteniéndome en los estrechos límites de mi poderío, ofrezco lo que puedo, y lo que tengo de mi cosecha; y así, digo que sustentaré dos días naturales en metad de ese camino real que va a Zaragoza, que estas señoras zagalas contrahechas [30] que aquí están son las más hermosas doncellas y más corteses que hay en el mundo, exceptado [31] sólo a la sin par Dulcinea del Toboso, única señora de mis pensamientos, con paz sea dicho de cuantos y cuantas me escuchan.

[29] Las hago públicas.

[30] Fingidas, disfrazadas.

[31] Exceptuado, exceptuando.

▼ Una vez más, en esta Arcadia fingida don Quijote encuentra el reconocimiento que tanto busca en esta segunda parte.

Oyendo lo cual, Sancho, que con grande atención le había estado escuchando, dando una gran voz dijo:

—¿Es posible que haya en el mundo personas que se atrevan a decir y a jurar que este mi señor es loco? Digan vuestras mercedes, señores pastores: ¿hay cura de aldea, por discreto y por estudiante que sea, que pueda decir lo que mi amo ha dicho, ni hay caballero andante, por más fama que tenga de valiente, que pueda ofrecer lo que mi amo aquí ha ofrecido?

Volvióse don Quijote a Sancho, y encendido el rostro y colérico, le dijo:

—¿Es posible, ¡oh Sancho!, que haya en todo el orbe alguna persona que diga que no eres tonto, aforrado[32] de lo mismo, con no sé qué ribetes de malicioso y de bellaco? ¿Quién te mete a ti en mis cosas, y en averiguar si soy discreto o majadero? Calla y no me repliques, sino ensilla, si está desensillado Rocinante; vamos a poner en efecto mi ofrecimiento; que con la razón que va de mi parte puedes dar por vencidos a todos cuantos quisieren contradecirla.

Y con gran furia y muestras de enojo, se levantó de la silla, dejando admirados a los circunstantes, haciéndoles dudar si le podían tener por loco o por cuerdo. Finalmente, habiéndole persuadido que no se pusiese en tal demanda, que ellos daban por bien conocida su agradecida voluntad y que no eran menester nuevas demostraciones para conocer su ánimo valeroso, pues bastaban las que en la historia de sus hechos se referían, con todo esto, salió don Quijote con su intención, y puesto sobre Rocinante, embrazando su escudo y tomando su lanza, se puso en la mitad de un real camino que no lejos del verde prado estaba. Siguióle Sancho sobre su rucio, con toda la gente

[32] Cubierto.

del pastoral rebaño, deseosos de ver en qué paraba su arrogante y nunca visto ofrecimiento.

Puesto, pues, don Quijote en mitad del camino —como os he dicho—, hirió el aire con semejantes palabras:

—¡Oh vosotros, pasajeros y viandantes, caballeros y escuderos, gente de a pie y de a caballo que por este camino pasáis, o habéis de pasar en estos dos días siguientes! Sabed que don Quijote de la Mancha, caballero andante, está aquí puesto para defender que a todas las hermosuras y cortesías del mundo exceden las que se encierran en las ninfas habitadoras destos prados y bosques, dejando a un lado a la señora de mi alma Dulcinea del Toboso. Por eso, el que fuere de parecer contrario, acuda; que aquí le espero.

Dos veces repitió estas mismas razones, y dos veces no fueron oídas de ningún aventurero. Pero la suerte, que sus cosas iba encaminando de mejor en mejor, ordenó que de allí a poco se descubriese por el camino muchedumbre de hombres de a caballo, y muchos dellos con lanzas en las manos, caminando todos apiñados, de tropel y a gran priesa. No los hubieron bien visto los que con don Quijote estaban, cuando, volviendo las espaldas, se apartaron bien lejos del camino, porque conocieron que si esperaban les podía suceder algún peligro. Sólo don Quijote, con intrépido corazón, se estuvo quedo, y Sancho Panza se escudó con las ancas de Rocinante.

Llegó el tropel de los lanceros, y uno dellos, que venía más delante, a grandes voces comenzó a decir a don Quijote:

—¡Apártate, hombre del diablo, del camino, que te harán pedazos estos toros!

—¡Ea, canalla —respondió don Quijote—, para mí no hay toros que valgan, aunque sean de los más bravos que cría Jarama[33] en sus riberas! Confesad, malandrines, así, a carga cerrada[34], que es verdad lo que yo aquí he publicado; si no, conmigo sois en batalla.

No tuvo lugar de responder el vaquero, ni don Quijote le tuvo de desviarse, aunque quisiera; y así, el tropel de los toros bravos y el de los mansos cabestros[35], con la multitud de los vaqueros y otras gentes que a encerrar los llevaban a un lugar donde otro día habían de correrse, pasaron sobre don Quijote y sobre Sancho, Rocinante y el rucio, dando con todos ellos en tierra, echándole a rodar por el suelo. Quedó molido Sancho, espantado don Quijote, aporreado el rucio y no muy católico Rocinante▼; pero, en fin, se levantaron todos, y don Quijote, a gran priesa, tropezando aquí y cayendo allí, comenzó a correr tras la vacada, diciendo a voces:

—¡Deteneos y esperad, canalla malandrina; que un solo caballero os espera, el cual no tiene condición ni es de parecer de los que dicen que al enemigo que huye, hacerle la puente de plata▼▼!

Pero no por eso se detuvieron los apresurados corredores, ni hicieron más caso de sus amenazas que de las nubes de antaño[36]. Detúvole el cansancio a don Quijote, y, más enojado que vengado, se sentó en el camino, esperando a que Sancho, Rocinante y el rucio llegasen. Llegaron, volvieron a subir amo y mozo, y sin volver a despedirse de la Arcadia fingida o contrahecha, y con más vergüenza que gusto, siguieron su camino▼▼▼.

[33] Río de Madrid, afluente del Tajo.

[34] Sin pensarlo.

[35] Bueyes mansos que sirven de guía en las toradas.

[36] Comparación proverbial.

▼ Véase la primera nota al pie de la pág. 312 en II, 25.

▼▼ Expresión proverbial cuyo origen parece haber sido un dicho militar atribuido al Gran Capitán.

▼▼▼ Nótese que don Quijote ya no cumple la promesa de *sustentar* durante *dos días naturales* la afirmación de la hermosura de las zagalas. Simplemente, se va; y sin despedirse.

## CAPÍTULO LIX

### Donde se cuenta del extraordinario suceso, que se puede tener por aventura, que le sucedió a don Quijote

Al polvo y al cansancio que don Quijote y Sancho sacaron del descomedimiento de los toros, socorrió una fuente clara y limpia que entre una fresca arboleda hallaron, en el margen de la cual, dejando libres, sin jáquima [1] y freno, al rucio y a Rocinante, los dos asendereados [2] amo y mozo se sentaron. Acudió Sancho a la repostería ▼ de sus alforjas, y dellas sacó de lo que él solía llamar condumio [3]; enjuagóse la boca, lavóse don Quijote el rostro, con cuyo refrigerio cobraron aliento los espíritus desalentados. No comía don Quijote, de puro pesaroso, ni Sancho no osaba tocar a los manjares que delante tenía, de puro comedido, y esperaba a que su señor hiciese la salva [4], pero viendo que, llevado de sus imaginaciones, no se acordaba de llevar el pan a la boca, no abrió la suya, y atropellando por todo género de crianza, comenzó a embaular en el estómago el pan y queso que se le ofrecía.

—Come, Sancho amigo —dijo don Quijote—, sustenta la vida, que más que a mí te importa, y

[1] Cabezada de cordel.

[2] Afligidos.

[3] Comida (arcaísmo rústico).

[4] Empezase a comer o beber.

▼ Nótese el uso irónico del término *repostería:* lugar donde el repostero guardaba la vajilla de mesa de su señor.

déjame morir a mí a manos de mis pensamientos y a fuerzas de mis desgracias. Yo, Sancho, nací para vivir muriendo ▾, y tú para morir comiendo, y porque veas que te digo verdad en esto, considérame impreso en historias, famoso en las armas, comedido en mis acciones, respetado de príncipes, solicitado de doncellas; al cabo al cabo, cuando esperaba palmas, triunfos y coronas, granjeadas y merecidas por mis valerosas hazañas, me he visto esta mañana pisado y acoceado y molido, de los pies de animales inmundos y soeces. Esta consideración me embota los dientes, entorpece las muelas, y entomece [5] las manos, y quita de todo en todo la gana del comer, de manera que pienso dejarme morir de hambre, muerte la más cruel de las muertes.

—Desa manera —dijo Sancho, sin dejar de mascar apriesa—, no aprobará vuestra merced aquel refrán que dicen: «Muera Marta, y muera harta.» Yo, a lo menos, no pienso matarme a mí mismo. Antes pienso hacer como el zapatero, que tira el cuero con los dientes hasta que le hace llegar donde él quiere; yo tiraré mi vida comiendo hasta que llegue al fin que le tiene determinado el cielo; y sepa, señor, que no hay mayor locura que la que toca en querer desesperarse [6] como vuestra merced, y créame, y después de comido, échese a dormir un poco sobre los colchones verdes destas yerbas, y verá cómo cuando despierte se halla algo más aliviado.

Hízolo así don Quijote, pareciéndole que las razones de Sancho más eran de filósofo que de mentecato, y díjole:

[5] Entumece.

[6] Suicidarse.

▾ Palabras bien reveladoras del derrumbamiento espiritual y vital de don Quijote. Nótese también el juego de antítesis *muerte-vida*.

—Si tú, ¡oh Sancho!, quisieses hacer por mí lo que yo ahora te diré, serían mis alivios más ciertos y mis pesadumbres no tan grandes, y es que mientras yo duermo, obedeciendo tus consejos, tú te desviases un poco lejos de aquí, y con las riendas de Rocinante, echando al aire tus carnes, te dieses trecientos o cuatrocientos azotes a buena cuenta de los tres mil y tantos que te has de dar por el desencanto de Dulcinea; que es lástima no pequeña que aquella pobre señora esté encantada por tu descuido y negligencia.

—Hay mucho que decir en eso —dijo Sancho—. Durmamos, por ahora, entrambos, y después, Dios dijo lo que será [7]. Sepa vuestra merced que esto de azotarse un hombre a sangre fría es cosa recia, y más si caen los azotes sobre un cuerpo mal sustentado y peor comido; tenga paciencia mi señora Dulcinea, que cuando menos se cate [8], me verá hecho una criba, de azotes; y hasta la muerte, todo es vida; quiero decir, que aún yo la tengo, junto con el deseo de cumplir con lo que he prometido.

Agradeciéndoselo don Quijote, comió algo, y Sancho mucho, y echáronse a dormir entrambos, dejando a su albedrío y sin orden alguna ▼ pacer del abundosa yerba de que aquel prado estaba lleno a los dos continuos compañeros y amigos Rocinante y el rucio. Despertaron algo tarde, volvieron a subir y a seguir su camino, dándose priesa para llegar a una venta que, al parecer [9], una legua de allí se descubría. Digo que era venta porque don Quijote la llamó así, fuera del uso que tenía de llamar a todas las ventas castillos.

[7] Sabe Dios lo que será.

[8] Cuando menos se lo imagine.

[9] Por lo que se veía.

▼ *A su albedrío y sin orden alguna* es el primer endecasílabo de una octava anónima muy popular en la época. Cervantes aprovecha el contenido idílico pastoril, de dicha octava, jugando con él y utilizándolo al servicio de una intención burlesca (L. A. Blecua).

Llegaron, pues, a ella; preguntaron al huésped[10] si había posada. Fueles respondido que sí, con toda la comodidad y regalo que pudiera hallar en Zaragoza. Apeáronse y recogió Sancho su repostería en un aposento, de quien[11] el huésped le dio la llave; llevó las bestias a la caballeriza, echóles sus piensos, salió a ver lo que don Quijote, que estaba sentado sobre un poyo, le mandaba, dando particulares gracias al cielo de que a su amo no le hubiese parecido castillo aquella venta.

Llegóse la hora del cenar; recogiéronse a su estancia. Preguntó Sancho al huésped que qué tenía para darles de cenar. A lo que el huésped respondió que su boca sería medida[12], y así, que pidiese lo que quisiese: que de las pajaricas del aire, de las aves de la tierra y de los pescados del mar estaba proveída aquella venta▾.

—No es menester tanto —respondió Sancho—; que con un par de pollos que nos asen tendremos lo suficiente, porque mi señor es delicado y come poco, y yo no soy tragantón en demasía.

Respondióle el huésped que no tenía pollos, porque los milanos los tenían asolados.

—Pues mande el señor huésped —dijo Sancho— asar una polla que sea tierna.

—¿Polla? ¡Mi padre! —respondió el huésped—. En verdad en verdad que envié ayer a la ciudad a vender más de cincuenta; pero fuera de pollas, pida vuestra merced lo que quisiere.

—Desa manera —dijo Sancho—, no faltará ternera o cabrito.

—En casa, por ahora —respondió el huésped—, no lo hay, porque se ha acabado; pero la semana que viene lo habrá de sobra.

[10] Amo de la venta.

[11] Del cual.

[12] Que obtendría cuanto pidiese.

▾ Comienza aquí una breve escena, casi entremesil, entre Sancho y este ventero socarrón.

—¡Medrados estamos con eso! —respondió Sancho—. Yo pondré[13] que se vienen a resumirse todas estas faltas en las sobras que debe de haber de tocino y huevos.

—¡Por Dios —respondió el huésped—, que es gentil relente[14] el que mi huésped tiene! Pues hele dicho que ni tengo pollas ni gallinas, y ¿quiere que tenga huevos? Discurra, si quiere, por otras delicadezas, y déjese de pedir gallinas.

—Resolvámonos, cuerpo de mí —dijo Sancho—, y dígame finalmente lo que tiene, y déjese de discurrimientos, señor huésped.

Dijo el ventero:

—Lo que real y verdaderamente tengo son dos uñas de vaca que parecen manos de ternera, o dos manos de ternera que parecen uñas de vaca; están cocidas con sus garbanzos, cebollas y tocino, y la hora de ahora están diciendo: «¡Coméme[15]! ¡Coméme[▼]!»

—Por mías las marco desde aquí —dijo Sancho—, y nadie las toque, que yo las pagaré mejor que otro, porque para mí ninguna otra cosa pudiera esperar de más gusto, y no se me daría nada que fuesen manos, como fuesen uñas.

—Nadie las tocará —dijo el ventero—, porque otros huéspedes que tengo, de puro principales, traen consigo cocinero, despensero y repostería.

—Si por principales va —dijo Sancho—, ninguno más que mi amo; pero el oficio que él trae no permite despensas ni botillerías[16], ahí nos tendemos en mitad de un prado y nos hartamos de bellotas o de nísperos.

Ésta fue la plática que Sancho tuvo con el ven-

[13] Apostaré.

[14] Lentitud, cortedad.

[15] Comedme (vulgarismo).

[16] Despensas (sinonimia).

▼ «Este pasaje está imitado, casi literalmente, de otro del *Quijote* de Avellaneda (cap. 4), que Cervantes es seguro que ya conocía» (Riquer). Constituye pues una deliberada introducción al tema del *Quijote* apócrifo, del que se va a tratar a continuación.

tero, sin querer Sancho pasar adelante en responderle; que ya le había preguntado qué oficio o qué ejercicio era el de su amo.

Llegóse, pues, la hora del cenar, recogióse a su estancia don Quijote, trujo el huésped la olla, así como estaba, y sentóse a cenar muy de propósito. Parece ser que en otro aposento que junto al de don Quijote estaba, que no le dividía más que un sutil tabique, oyó decir don Quijote:

—Por vida de vuestra merced, señor don Jerónimo, que en tanto que trae [17] la cena leamos otro capítulo de la segunda parte de *Don Quijote de la Mancha.*

Apenas oyó su nombre don Quijote, cuando se puso en pie, y con oído alerto [18] escuchó lo que dél trataban, y oyó que el tal don Jerónimo referido respondió:

—¿Para qué quiere vuestra merced, señor don Juan, que leamos estos disparates? Y el que hubiere leído la primera parte de la historia de don Quijote de la Mancha no es posible que pueda tener gusto en leer esta segunda.

—Con todo eso —dijo el don Juan—, será bien leerla, pues no hay libro tan malo, que no tenga alguna cosa buena. Lo que a mí en éste más desplace [19] es que pinta a don Quijote ya desenamorado de Dulcinea del Toboso▼.

Oyendo lo cual don Quijote, lleno de ira y de despecho, alzó la voz y dijo:

—Quienquiera que dijere que don Quijote de la Mancha ha olvidado, ni puede olvidar, a Dulcinea del Toboso, yo le haré entender con armas iguales que va muy lejos de la verdad, porque la sin

[17] El ventero trae.

[18] Atento.

[19] Desagrada.

▼ «En efecto, el continuador Avellaneda, incapaz de mantener la sutil figura de Dulcinea, hizo que don Quijote renunciara a ella y adoptara el nombre de *el caballero desamorado*» (Riquer).

par Dulcinea del Toboso ni puede ser olvidada, ni en don Quijote puede caber olvido. Su blasón es la firmeza, y su profesión, el guardarla con suavidad y sin hacerse fuerza alguna.

—¿Quién es el que nos responde? —respondieron del otro aposento.

—¿Quién ha de ser —respondió Sancho— sino el mismo don Quijote de la Mancha, que hará bueno cuanto ha dicho, y aun cuanto dijere?; que al buen pagador no le duelen prendas.

Apenas hubo dicho esto Sancho, cuando entraron por la puerta de su aposento dos caballeros, que tales lo parecían, y uno dellos echando los brazos al cuello de don Quijote, le dijo:

—Ni vuestra presencia puede desmentir vuestro nombre, ni vuestro nombre puede no acreditar vuestra presencia: sin duda vos, señor, sois el verdadero don Quijote de la Mancha, norte y lucero de la andante caballería, a despecho y pesar del que ha querido usurpar vuestro nombre y aniquilar vuestras hazañas como lo ha hecho el autor deste libro que aquí os entrego▼.

Y poniéndole un libro en las manos, que traía su compañero, le tomó don Quijote, y sin responder palabra, comenzó a hojearle, y de allí a un poco se le volvió, diciendo:

—En esto poco que he visto he hallado tres cosas en este autor dignas de reprehensión. La primera, es algunas palabras que he leído en el prólogo▼▼; la otra, que el lenguaje es aragonés, por-

▼ Nótese que, en este ajuste de cuentas con el *Quijote* apócrifo, Cervantes concede suma importancia al «hecho fundamental de que su héroe estuviese ahora desamorado en manos del ladrón y malandrín de Avellaneda», porque con ello quebraba de golpe la estructura psicológica del personaje (Avalle-Arce).

▼▼ Los insultos que Avellaneda dirigió contra Cervantes. (Véanse las notas a pie de pág. 11 en *Prólogo* a esta segunda parte.)

que tal vez [20] escribe sin artículos ▼, y la tercera, que más le confirma por ignorante, es que yerra y se desvía de la verdad en lo más principal de la historia, porque aquí dice que la mujer de Sancho Panza mi escudero se llama Mari Gutiérrez, y no llama tal, sino Teresa Panza; y quien en esta parte tan principal yerra, bien se podrá temer que yerra en todas las demás de la historia.

A esto dijo Sancho:

—¡Donosa [21] cosa de historiador! ¡Por cierto, bien debe de estar en el cuento de nuestros sucesos, pues llama a Teresa Panza, mi mujer, Mari Gutiérrez ▼▼! Torne a tomar el libro, señor, y mire si ando yo por ahí y si me ha mudado el nombre.

—Por lo que he oído hablar, amigo —dijo don Jerónimo—, sin duda debéis de ser Sancho Panza, el escudero del señor don Quijote.

—Sí soy —respondió Sancho—, y me precio dello.

—Pues a fe —dijo el caballero— que no os trata este autor moderno [22] con la limpieza que en vuestra persona se muestra: píntaos comedor, y simple, y no nada gracioso, y muy otro del Sancho que en la primera parte de la historia de vuestro amo se describe ▼▼▼.

—Dios se lo perdone —dijo Sancho—. Dejárame en mi rincón, sin acordarse de mí, porque quien

[20] Alguna vez.

[21] Graciosa.

[22] Novato.

▼ Lo único seguro es que en el *Quijote* apócrifo son frecuentes los aragonesismos. Pero no hay ninguna seguridad de que Avellaneda fuese aragonés, ni tampoco hay acuerdo acerca del significado del término *artículos:* quizás artículos determinados, quizás otras partículas llamadas «artículos» por algunos gramáticos de antaño (Riquer).

▼▼ Y sin embargo, Cervantes —precisamente por boca de Sancho— también le dio este nombre, entre otros. (Véase nota a pie de pág. 122 en I, 7.)

▼▼▼ Otro de «los mayores desaciertos de Avellaneda está en la figura de Sancho, que convierte en un ser soez, estúpido, sucio y glotón» (Riquer).

las sabe las tañe, y bien se está San Pedro en Roma.

Los dos caballeros pidieron a don Quijote se pasase a su estancia a cenar con ellos, que bien sabían que en aquella venta no había cosas pertenecientes para [23] su persona. Don Quijote, que siempre fue comedido, condecendió [24] con su demanda y cenó con ellos; quedóse Sancho con la olla con mero mixto imperio ▼; sentóse en cabecera de mesa, y con él el ventero, que no menos que Sancho estaba de sus manos y de sus uñas aficionado.

En el discurso de la cena preguntó don Juan a don Quijote qué nuevas tenía de la señora Dulcinea del Toboso: si se había casado, si estaba parida o preñada, o si, estando en su entereza, se acordaba —guardando su honestidad y buen decoro— de los amorosos pensamientos del señor don Quijote. A lo que él respondió:

—Dulcinea se está entera, y mis pensamientos, más firmes que nunca; las correspondencias, en su sequedad antigua; su hermosura, en la de una soez labradora transformada.

Y luego les fue contando punto por punto el encanto de la señora Dulcinea, y lo que le había sucedido en la cueva de Montesinos, con la orden que el sabio Merlín le había dado para desencantarla, que fue la de los azotes de Sancho ▼▼.

Sumo fue el contento que los dos caballeros recibieron de oír contar a don Quijote los extraños sucesos de su historia, y así quedaron admirados de sus disparates como del elegante modo con que los contaba. Aquí le tenían por discreto, y allí se

[23] Dignas de.

[24] Condescendió.

▼ Términos del lenguaje jurídico, equivalentes a «con jurisdicción y dominio absoluto».

▼▼ Véase la primera nota al pie de la pág. 432 en II, 35.

les deslizaba por mentecato, sin saber determinarse qué grado le darían entre la discreción y la locura.

Acabó de cenar Sancho, y dejando hecho equis [25] al ventero, se pasó a la estancia de su amo, y en entrando, dijo:

—Que me maten, señores, si el autor deste libro que vuesas mercedes tienen quiere que no comamos buenas migas juntos; yo querría que ya que me llama comilón, como vuesas mercedes dicen, no me llamase también borracho.

—Sí llama —dijo don Jerónimo—; pero no me acuerdo en qué manera, aunque sé que son malsonantes las razones, y además, mentirosas, según yo echo de ver en la fisonomía del buen Sancho que está presente.

—Créanme vuesas mercedes —dijo Sancho— que el Sancho y el don Quijote desa historia deben de ser otros que los que andan en aquella que compuso Cide Hamete Benengeli, que somos nosotros: mi amo, valiente, discreto y enamorado, y yo, simple gracioso, y no comedor ni borracho ▼.

—Yo así lo creo —dijo don Juan—, y si fuera posible, se había de mandar que ninguno fuera osado a tratar de las cosas del gran don Quijote, si no fuese Cide Hamete su primer autor, bien así como mandó Alejandro que ninguno fuese osado a retratarle sino Apeles ▼▼.

—Retráteme el que quisiere —dijo don Quijote—, pero no me maltrate; que muchas veces sue-

[25] Borracho (con las piernas atravesadas, en x).

▼ Al actuar aquí como personajes de ficción que juzgan otra ficción, don Quijote y Sancho, además de la afirmación de su propia autenticidad y de la falsedad de los personajes de Avellaneda, ven aquí intensificada su ilusión de realidad, pues su reconocimiento se produce en una reunión con otros personajes supuestamente reales.

▼▼ El griego Apeles (siglo IV a. de C.) fue el pintor de Alejandro Magno.

le caerse la paciencia cuando la cargan de injurias.

—Ninguna —dijo don Juan— se le puede hacer al señor don Quijote de quien él no se pueda vengar, si no la repara en el escudo de su paciencia, que a mi parecer, es fuerte y grande.

En estas y otras pláticas se pasó gran parte de la noche, y aunque don Juan quisiera que don Quijote leyera más del libro, por ver lo que discantaba[26], no lo pudieron acabar con él[27], diciendo que él lo daba por leído y lo confirmaba por todo necio, y que no quería, si acaso llegase a noticia de su autor que le había tenido en sus manos, se alegrase con pensar que le había leído, pues de las cosas obscenas y torpes, los pensamientos se han de apartar, cuanto más los ojos. Preguntáronle que adónde llevaba determinado su viaje. Respondió que a Zaragoza, a hallarse en las justas del arnés[28], que en aquella ciudad suelen hacerse todos los años. Díjole don Juan que aquella nueva historia contaba como don Quijote, sea quien se quisiere, se había hallado en ella en una sortija▼, falta de invención, pobre de letras[29], pobrísima de libreas▼▼, aunque rica de simplicidades.

—Por el mismo caso —respondió don Quijote— no pondré los pies en Zaragoza, y así sacaré a la plaza del mundo la mentira dese historiador moderno, y echarán de ver las gentes cómo yo no soy el don Quijote que él dice.

—Hará muy bien —dijo don Jerónimo—; y otras justas hay en Barcelona, donde podrá el señor don Quijote mostrar su valor.

[26] Comentaba.

[27] Convencer.

[28] Armadura.

[29] Motes y letrillas pintados en los escudos.

▼ Juego ecuestre, de gente militar, en el que el jinete intentaba pasar la lanza por una sortija. Todo esto ocurre en el *Quijote* de Avellaneda.

▼▼ Véase la primera nota al pie de la pág. 267 en II, 22.

—Así lo pienso hacer —dijo don Quijote—, y vuesas mercedes me den licencia, pues ya es hora para irme al lecho, y me tengan y pongan en el número de sus mayores amigos y servidores.

—Y a mí también —dijo Sancho—: quizá seré bueno para algo.

Con esto, se despidieron, y don Quijote y Sancho se retiraron a su aposento, dejando a don Juan y a don Jerónimo admirados de ver la mezcla que había hecho de su discreción y de su locura, y verdaderamente creyeron que éstos eran los verdaderos don Quijote y Sancho, y no los que describía su autor aragonés ▼.

Madrugó don Quijote, y dando golpes al tabique del otro aposento, se despidió de sus huéspedes. Pagó Sancho al ventero magníficamente, y aconsejóle que alabase menos la provisión de su venta, o la tuviese más proveída.

▼ El reconocimiento, que tanto busca don Quijote, se confirma de nuevo, pero de otra manera: el *yo soy ése,* ante Sansón Carrasco, los duques o los pastores de la Arcadia fingida, se completa ahora con este *yo no soy ése* ante estos lectores del *Quijote* apócrifo (Torrente Ballester).

## CAPÍTULO LX

### De lo que sucedió a don Quijote yendo a Barcelona

Era fresca la mañana, y daba muestras de serlo asimesmo el día en que don Quijote salió de la venta, informándose primero cuál era el más derecho [1] camino para ir a Barcelona sin tocar en Zaragoza: tal era el deseo que tenía de sacar mentiroso aquel nuevo historiador que tanto decían que le vituperaba ▼.

Sucedió, pues, que en más de seis días no le sucedió cosa digna de ponerse en escritura, al cabo de los cuales, yendo fuera de camino, le tomó la noche entre unas espesas encinas o alcornoques; que en esto no guarda la puntualidad Cide Hamete que en otras cosas suele ▼▼.

Apeáronse de sus bestias amo y mozo, y acomodándose a los troncos de los árboles, Sancho, que había merendado aquel día, se dejó entrar de rondón por las puertas del sueño, pero don Quijote, a quien desvelaban sus imaginaciones mucho más que la hambre, no podía pegar sus ojos, antes iba y venía con el pensamiento por mil géne-

[1] Recto.

▼ Véase la última nota al pie de la pág. anterior, 694, en II, 59.

▼▼ Cervantes se burla aquí de la exactitud que resulta innecesaria en detalles que no tienen importancia.

ros de lugares. Ya le parecía hallarse en la cueva de Montesinos; ya ver brincar y subir sobre su pollina a la convertida en labradora Dulcinea; ya que le sonaban en los oídos las palabras del sabio Merlín, que le referían las condiciones y diligencias que se habían de hacer y tener en el desencanto de Dulcinea ▼. Desesperábase de ver la flojedad y caridad poca de Sancho su escudero, pues, a lo que creía, solos cinco azotes se había dado, número desigual [2] y pequeño para los infinitos que le faltaban, y desto recibió tanta pesadumbre y enojo, que hizo este discurso:

—Si nudo gordiano cortó el Magno Alejandro ▼▼, diciendo: «Tanto monta cortar como desatar», y no por eso dejó de ser universal señor de toda la Asia, ni más ni menos podría suceder ahora en el desencanto de Dulcinea, si yo azotase a Sancho a pesar suyo; que si la condición deste remedio está en que Sancho reciba los tres mil y tantos azotes, ¿qué se me da a mí que se los dé él o que se los dé otro, pues la sustancia está en que él los reciba, lleguen por do [3] llegaren?

Con esta imaginación se llegó a Sancho, habiendo primero tomado las riendas de Rocinante, y acomodádolas en modo que pudiese azotarle con ellas, comenzóle a quitar las cintas, que es opinión que no tenía más que la delantera, en que se sustentaban los gregüescos [4], pero apenas hubo llegado, cuando Sancho despertó en todo su acuerdo, y dijo:

—¿Qué es esto? ¿Quién me toca y desencinta?

—Yo soy —respondió don Quijote—, que vengo a suplir tus faltas y a remediar mis trabajos: vén-

[2] Desproporcionado.

[3] Donde.

[4] Calzones anchos.

▼ Véase la primera nota al pie de la pág. 432 en II, 35.

▼▼ Véase la nota al pie de la pág. 232 en II, 19.

gote a azotar, Sancho, y a descargar, en parte, la deuda a que te obligaste. Dulcinea perece, tú vives en descuido, yo muero deseando▼, y así, desatácate [5] por tu voluntad; que la mía es de darte en esta soledad, por lo menos, dos mil azotes.

[5] Desátate (las *calzas atacadas*).

—Eso no —dijo Sancho—; vuesa merced se esté quedo: si no, por Dios verdadero que nos han de oír los sordos. Los azotes a que yo me obligué han de ser voluntarios, y no por fuerza, y ahora no tengo gana de azotarme. Basta que doy a vuesa merced mi palabra de vapularme y mosquearme [6] cuando en voluntad me viniere.

[6] Azotarme y darme latigazos suaves.

—No hay dejarlo a tu cortesía, Sancho —dijo don Quijote—, porque eres duro de corazón, y aunque villano, blando de carnes.

Y así, procuraba y pugnaba por desenlazarle, viendo lo cual Sancho Panza, se puso en pie, y arremetiendo a su amo, se abrazó con él a brazo partido, y echándole una zancadilla, dio con él en el suelo boca arriba; púsole la rodilla derecha sobre el pecho, y con las manos le tenía las manos, de modo que ni le dejaba rodear [7] ni alentar. Don Quijote le decía:

[7] Dar la vuelta.

—¿Cómo, traidor? ¿Contra tu amo y señor natural te desmandas? ¿Con quien te da su pan te atreves?

—Ni quito rey, ni pongo rey —respondió Sancho—, sino ayúdome a mí, que soy mi señor▼▼. Vuesa merced me prometa que se estará quedo,

▼ Véase la nota al pie de la pág. 671 en II, 58.

▼▼ Alusión al dicho con que el mercenario Beltrán Duguesclín justificó su ayuda a Enrique de Trastámara contra su medio hermano Pedro I el Cruel: *Ni quito ni pongo rey, pero ayudo a mi señor,* que Sancho adapta aquí a su propia situación (con notorio efecto cómico).

y no tratará de azotarme por agora, que yo le dejaré libre y desembarazado; donde no,

aquí morirás, traidor,
enemigo de doña Sancha.

Prometióselo don Quijote, y juró por vida de sus pensamientos no tocarle en el pelo de la ropa, y que dejaría en toda su voluntad y albedrío el azotarse cuando quisiese▼.

Levantóse Sancho, y desvióse de aquel lugar un buen espacio, y yendo a arrimarse a otro árbol, sintió que le tocaban en la cabeza, y alzando las manos topó con dos pies de persona, con zapatos y calzas [8]. Tembló de miedo, acudió a otro árbol, y sucedióle lo mesmo. Dio voces llamando a don Quijote, que le favoreciese. Hízolo así don Quijote, y preguntándole qué le había sucedido y de qué tenía miedo, le respondió Sancho que todos aquellos árboles estaban llenos de pies y de piernas humanas. Tentólos don Quijote, y cayó luego en la cuenta de lo que podía ser, y díjole a Sancho:

—No tienes de qué tener miedo, porque estos pies y piernas que tientas y no vees, sin duda son de algunos forajidos y bandoleros que en estos árboles están ahorcados; que por aquí los suele ahorcar la justicia cuando los coge, de veinte en veinte y de treinta en treinta, por donde me doy a entender que debo de estar cerca de Barcelona.

Y así era la verdad como él había imaginado▼▼.

[8] Calzones.

▼ Los dos versos antes citados son los últimos de un romance de Mudarra y los siete infantes de Salas (doña Sancha era la madre de los infantes muertos por traición, y Mudarra, hermano de ellos, fue su vengador).

▼▼ Efectivamente, en el episodio que ahora se inicia se reflejan abundantes aspectos históricos del bandolerismo catalán —real en aquella época— en cuyas filas había muchos gascones.

Al parecer [9] alzaron los ojos, y vieron los racimos de aquellos árboles, que eran cuerpos de bandoleros. Ya, en esto, amanecía, y si los muertos los habían espantado, no menos los atribularon más de cuarenta bandoleros vivos que de improviso les rodearon, diciéndoles en lengua catalana que estuviesen quedos, y se detuviesen hasta que llegase su capitán.

Hallóse don Quijote a pie, su caballo sin freno, su lanza arrimada a un árbol, y, finalmente, sin defensa alguna, y así tuvo por bien de cruzar las manos e inclinar la cabeza, guardándose para mejor sazón y coyuntura.

Acudieron los bandoleros a espulgar al rucio, y a no dejarle ninguna cosa de cuantas en las alforjas y la maleta traía, y avínole bien a Sancho que en una ventrera [10] que tenía ceñida venían los escudos del duque y los que habían sacado de su tierra, y, con todo eso, aquella buena gente le escardara y le mirara hasta lo que entre el cuero y la carne tuviera escondido, si no llegara en aquella sazón su capitán, el cual mostró ser de hasta edad de treinta y cuatro años, robusto, más que de mediana proporción, de mirar grave y color morena. Venía sobre un poderoso caballo, vestida la acerada cota, y con cuatro pistoletes —que en aquella tierra se llaman pedreñales [11]— a los lados. Vio que sus escuderos, que así llaman a los que andan en aquel ejercicio, iban a despojar a Sancho Panza; mandóles que no lo hiciesen, y fue luego obedecido, y así se escapó la ventrera. Admiróle ver lanza arrimada al árbol, escudo en el suelo, y a don Quijote armado y pensativo, con la más triste y melancólica figura que pudiera formar la misma tristeza. Llegóse a él, diciéndole:

—No estéis tan triste, buen hombre, porque no habéis caído en las manos de algún cruel Osiris,

[9] Al aparecer el alba (?).

[10] Faja.

[11] Arcabuces pequeños.

sino en las de Roque Guinart, que tienen más de compasivas que de rigurosas▼.

—No es mi tristeza —respondió don Quijote— haber caído en tu poder, ¡oh valeroso Roque, cuya fama no hay límites en la tierra que la encierren!, sino por haber sido tal mi descuido, que me hayan cogido tus soldados sin el freno [12], estando yo obligado, según la orden de la andante caballería, que profeso, a vivir contino [13] alerta, siendo a todas horas centinela de mí mismo; porque te hago saber, ¡oh gran Roque!, que si me hallaran sobre mi caballo, con mi lanza y con mi escudo, no les fuera muy fácil rendirme, porque yo soy don Quijote de la Mancha, aquel que de sus hazañas tiene lleno todo el orbe.

Luego [14] Roque Guinart conoció que la enfermedad de don Quijote tocaba más en locura que en valentía, y aunque algunas veces le había oído nombrar, nunca tuvo por verdad sus hechos, ni se pudo persuadir a que semejante humor reinase en corazón de hombre, y holgóse en extremo de haberle encontrado, para tocar de cerca lo que de lejos dél había oído, y así le dijo:

—Valeroso caballero, no os despechéis ni tengáis a siniestra fortuna esta en que os halláis; que podía ser que en estos tropiezos vuestra torcida suerte se enderezase; que el cielo, por extraños y nunca vistos rodeos, de los hombres no imaginados, suele levantar los caídos y enriquecer los pobres.

Ya le iba a dar las gracias don Quijote, cuando sintieron a sus espaldas un ruido como de tropel

[12] Sin el caballo (metonimia).

[13] Continuamente.

[14] En seguida.

▼ Nótese que Roque Guinart confunde a Osiris, dios egipcio que personifica el sol nocturno y es señor del infierno, con Busiris, legendario rey egipcio —su crueldad era proverbial— que mataba a los extranjeros que llegaban a su país.

de caballos, y no era sino uno solo, sobre el cual venía a toda furia un mancebo, al parecer de hasta veinte años, vestido de damasco verde, con pasamanos [15] de oro, gregüecos y saltaembarca [16], con sombrero terciado, a la valona [17], botas enceradas y justas, espuelas, daga y espada doradas, una escopeta pequeña en las manos y dos pistolas a los lados. Al ruido volvió Roque la cabeza y vio esta hermosa figura, la cual, en llegando a él, dijo:

—En tu busca venía, ¡oh valeroso Roque!, para hallar en ti, si no remedio, a lo menos alivio en mi desdicha, y por no tenerte suspenso, porque sé que no me has conocido, quiero decirte quién soy: y soy Claudia Jerónima, hija de Simón Forte, tu singular amigo y enemigo particular de Clauquel Torrellas, que asimismo lo es tuyo, por ser uno de los de tu contrario bando; y ya sabes que este Torrellas tiene un hijo que don Vicente Torrellas se llama, o, a lo menos, se llamaba no ha dos horas. Éste, pues, por abreviar el cuento de mi desventura, te diré en breves palabras la que me ha causado. Viome, requebróme, escuchéle, enamoréme ▼, a hurto de mi padre, porque no hay mujer, por retirada que esté y recatada que sea, a quien no le sobre tiempo para poner en ejecución y efecto sus atropellados deseos. Finalmente, él me prometió de ser mi esposo, y yo le di la palabra de ser suya, sin que en obras pasásemos adelante. Supe ayer que, olvidado de lo que me debía, se casaba con otra, y que esta mañana iba a desposarse, nueva [18] que me turbó el sentido y acabó la paciencia; y por no estar mi padre en el lugar, le [19] tuve yo de ponerme en el traje que vees, y apresurando el paso a este caballo, alcancé a don

[15] Galones.

[16] Casaca corta.

[17] Con plumas.

[18] Noticia.

[19] El lugar, ocasión (zeugma).

▼ Véase la primera nota al pie de la pág. 162 en II, 14.

Vicente obra de [20] una legua de aquí, y, sin ponerme a dar quejas ni a oír disculpas, le disparé esta escopeta y, por añadidura, estas dos pistolas, y, a lo que creo, le debí de encerrar más de dos balas en el cuerpo, abriéndole puertas por donde envuelta en su sangre saliese mi honra. Allí le dejo entre sus criados, que no osaron ni pudieron ponerse en su defensa. Vengo a buscarte para que me pases a Francia, donde tengo parientes con quien viva, y asimesmo a rogarte defiendas a mi padre, porque los muchos [21] de don Vicente no se atrevan a tomar en él desaforada venganza.

Roque, admirado de la gallardía, bizarría, buen talle y suceso de la hermosa Claudia, le dijo:

—Ven, señora, y vamos a ver si es muerto tu enemigo, que después veremos lo que más te importare.

Don Quijote, que estaba escuchando atentamente lo que Claudia había dicho y lo que Roque Guinart respondió, dijo:

—No tiene nadie para qué tomar trabajo en defender a esta señora; que lo tomo yo a mi cargo; denme mi caballo y mis armas, y espérenme aquí, que yo iré a buscar a ese caballero y, muerto o vivo, le haré cumplir la palabra prometida a tanta belleza.

—Nadie dude de esto —dijo Sancho—, porque mi señor tiene muy buena mano para casamentero, pues no ha muchos días que hizo casar a otro que también negaba a otra doncella su palabra, y si no fuera porque los encantadores que le persiguen le mudaron su verdadera figura en la de un lacayo, ésta fuera la hora que ya la tal doncella no lo fuera ▼.

[20] Cosa de.

[21] Muchos parientes (zeugma).

▼ Véase nota al pie de la pág. 427 en I, 28.

Roque, que atendía más a pensar en el suceso de la hermosa Claudia que en las razones de amo y mozo, no las entendió [22]; y mandando a sus escuderos que volviesen a Sancho todo cuanto le habían quitado del rucio, mandándoles asimesmo que se retirasen a la parte donde aquella noche habían estado alojados, y luego se partió con Claudia a toda priesa a buscar al herido, o muerto, don Vicente. Llegaron al lugar donde le encontró Claudia, y no hallaron en él sino recién derramada sangre; pero tendiendo la vista por todas partes, descubrieron por un recuesto [23] arriba alguna gente, y diéronse a entender, como era la verdad, que debía de ser don Vicente, a quien sus criados, o muerto o vivo, llevaban, o para curarle, o para enterrarle; diéronse priesa a alcanzarlos, que, como iban de espacio [24], con facilidad lo hicieron.

Hallaron a don Vicente en los brazos de sus criados, a quien [25] con cansada y debilitada voz rogaba que le dejasen allí morir, porque el dolor de las heridas no consentía que más adelante pasase.

Arrojáronse de los caballos Claudia y Roque, llegáronse a él, temieron los criados la presencia de Roque, y Claudia se turbó en ver la de don Vicente, y así, entre enternecida y rigurosa, se llegó a él, y asiéndole de las manos, le dijo:

—Si tú me dieras éstas ▾, conforme a nuestro concierto, nunca tú te vieras en este paso.

Abrió los casi cerrados ojos el herido caballero, y conociendo a Claudia, le dijo:

—Bien veo, hermosa y engañada señora, que tú has sido la que me has muerto, pena no merecida ni debida a mis deseos, con los cuales, ni con mis obras, jamás quise ni supe ofenderte.

[22] Oyó.

[23] Paraje que está en declive.

[24] Despacio.

[25] A quienes.

▾ «Estas manos» (zeugma). (Véase la primera nota al pie de la pág. 369 en II, 30.

—Luego ¿no es verdad —dijo Claudia— que ibas esta mañana a desposarte con Leonora, la hija del rico Balvastro?

—No, por cierto —respondió don Vicente—; mi mala fortuna te debió de llevar estas nuevas, para que, celosa, me quitases la vida, la cual pues la dejo en tus manos y en tus brazos, tengo mi suerte por venturosa. Y para asegurarte desta verdad, aprieta la mano y recíbeme por esposo, si quieres, que no tengo otra mayor satisfacción que darte del agravio que piensas que de mí has recebido.

Apretóle la mano Claudia, y apretósele a ella el corazón, de manera que sobre la sangre y pecho de don Vicente, se quedó desmayada, y a él le tomó un mortal parasismo [26]. Confuso estaba Roque, y no sabía qué hacerse. Acudieron los criados a buscar agua que echarles en los rostros, y trujéronla, con que se los bañaron. Volvió de su desmayo Claudia, pero no de su parasismo don Vicente, porque se le acabó la vida. Visto lo cual de Claudia, habiéndose enterado que ya su dulce esposo no vivía, rompió los aires con suspiros, hirió los cielos con quejas, maltrató sus cabellos, entregándolos al viento, afeó su rostro con sus propias manos, con todas las muestras de dolor y sentimiento que de un lastimado pecho pudieran imaginarse.

—¡Oh cruel e inconsiderada mujer —decía—, con qué facilidad te moviste a poner en ejecución tan mal pensamiento! ¡Oh fuerza rabiosa de los celos, a qué desesperado fin conducís a quien os da acogida en su pecho! ¡Oh esposo mío, cuya desdichada suerte, por ser prenda mía, te ha llevado del tálamo a la sepultura?

Tales y tan tristes eran las quejas de Claudia, que sacaron las lágrimas de los ojos de Roque, no acostumbrados a verterlas en ninguna ocasión.

[26] Paroxismo.

Lloraban los criados, desmayábase a cada paso Claudia, y todo aquel circuito parecía campo de tristeza y lugar de desgracia. Finalmente, Roque Guinart ordenó a los criados de don Vicente que llevasen su cuerpo al lugar de su padre, que estaba allí cerca, para que le diesen sepultura. Claudia dijo a Roque que querría irse a un monasterio donde era abadesa una tía suya, en el cual pensaba acabar la vida, de otro mejor esposo y más eterno acompañada. Alabóle Roque su buen propósito, ofreciósele de acompañarla hasta donde quisiese, y de defender a su padre de los parientes y de todo el mundo, si ofenderle quisiese. No quiso su compañía Claudia, en ninguna manera, y agradeciendo sus ofrecimientos con las mejores razones que supo, se despedió [27] dél llorando. Los criados de don Vicente llevaron su cuerpo, y Roque se volvió a los suyos, y este fin tuvieron los amores de Claudia Jerónima. Pero ¿qué mucho, si tejieron la trama de su lamentable historia las fuerzas invencibles y rigurosas de los celos▼?

Halló Roque Guinart a sus escuderos en la parte donde les había ordenado, y a don Quijote entre ellos, sobre Rocinante, haciéndoles una plática en que les persuadía dejasen aquel modo de vivir tan peligroso así para el alma como para el cuerpo; pero como los más eran gascones [28], gente rústica y desbaratada, no les entraba bien la plática de don Quijote. Llegado que fue Roque, preguntó a Sancho Panza si le habían vuelto y restituido las alhajas y preseas [29] que los suyos del rucio le habían quitado. Sancho respondió que sí, sino que le faltaban tres tocadores [30] que valían tres ciudades.

[27] Despidió.

[28] De la Gascuña.

[29] Objetos valiosos.

[30] Gorros de dormir.

▼ La trágica historia de Claudia Jerónima es otra de las narraciones intercaladas en esta segunda parte de la novela. (Véase la primera nota al pie de la pág. 246 en II, 20.)

—¿Qué es lo que dices, hombre? —dijo uno de los presentes—; que yo los tengo, y no valen tres reales.

—Así es —dijo don Quijote—, pero estímalos mi escudero en lo que ha dicho, por habérmelos dado quien me los dio▼.

Mandóselos volver al punto Roque Guinart, y mandando poner los suyos en ala, mandó traer allí delante todos los vestidos, joyas y dineros, y todo aquello que desde la última repartición habían robado, y haciendo brevemente el tanteo, volviendo lo no repartible y reduciéndolo a dineros▼▼, lo repartió por toda su compañía, con tanta legalidad y prudencia, que no pasó un punto ni defraudó nada de la justicia distributiva. Hecho esto, con lo cual todos quedaron contentos, satisfechos y pagados, dijo Roque a don Quijote:

—Si no se guardase esta puntualidad con éstos, no se podría vivir con ellos.

A lo que dijo Sancho:

—Según lo que aquí he visto, es tan buena la justicia, que es necesaria que se use aun entre los mesmos ladrones.

Oyólo un escudero, y enarboló el mocho[31] de un arcabuz, con el cual, sin duda, le abriera la cabeza a Sancho, si Roque Guinart no le diera voces que se detuviese. Pasmóse Sancho, y propuso de no descoser los labios en tanto que entre aquella gente estuviese.

Llegó, en esto, uno o algunos de aquellos escuderos que estaban puestos por centinelas por los

[31] Culata.

▼ Adviértase que dice «estímalos mi escudero [...] por haber*me*los dado»... (Véase la nota al pie de la pág. 537 en II, 46.)

▼▼ Es decir, «apartando lo que no se podía dividir y sustituyéndolo por dinero en efectivo» (para facilitar el reparto).

caminos para ver la gente que por ellos venía y dar aviso a su mayor[32] de lo que pasaba, y éste dijo:

—Señor, no lejos de aquí, por el camino que va a Barcelona, viene un gran tropel de gente.

A lo que respondió Roque:

—¿Has echado de ver si son de los que nos buscan, o de los que nosotros buscamos?

—No sino de los que buscamos —respondió el escudero.

—Pues salid todos —replicó Roque—, y traédmelos aquí luego, sin que se os escape ninguno.

Hiciéronlo así, y quedándose solos don Quijote, Sancho y Roque, aguardaron a ver lo que los escuderos traían, y en este entretanto dijo Roque a don Quijote:

—Nueva manera de vida le debe de parecer al señor don Quijote la nuestra, nuevas aventuras, nuevos sucesos, y todos peligrosos; y no me maravillo que así le parezca, porque realmente le confieso que no hay modo de vivir más inquieto ni más sobresaltado que el nuestro. A mí me han puesto en él no sé qué deseos de venganza, que tienen fuerza de turbar los más sosegados corazones. Yo, de mi natural, soy compasivo y bien intencionado; pero, como tengo dicho, el querer vengarme de un agravio que se me hizo, así da con todas mis buenas inclinaciones en tierra, que persevero en este estado, a despecho y pesar de lo que entiendo. Y como un abismo llama a otro ▼ y un pecado a otro pecado, hanse eslabonado las venganzas de manera que no sólo las mías, pero las ajenas tomo a mi cargo. Pero Dios es servido de que, aunque me veo en la mitad del laberinto de mis

[32] Jefe.

▼ Estas palabras de los Salmos (Biblia) se convirtieron en expresión proverbial.

confusiones, no pierdo la esperanza de salir dél a puerto seguro.

Admirado quedó don Quijote de oír hablar a Roque tan buenas y concertadas razones, porque él se pensaba que entre los de oficios semejantes de robar, matar y saltear[33] no podía haber alguno que tuviese buen discurso, y respondióle:

—Señor Roque, el principio de la salud está en conocer la enfermedad y en querer tomar el enfermo las medicinas que el médico le ordena: vuestra merced está enfermo, conoce su dolencia, y el cielo, o Dios, por mejor decir, que es nuestro médico, le aplicará medicinas que le sanen, las cuales suelen sanar poco a poco y no de repente y por milagro; y más, que los pecadores discretos están más cerca de enmendarse que los simples, y pues vuestra merced ha mostrado en sus razones su prudencia, no hay sino tener buen ánimo y esperar mejoría de la enfermedad de su conciencia. Y si vuestra merced quiere ahorrar camino y ponerse con facilidad en el de su salvación, véngase conmigo, que yo le enseñaré a ser caballero andante, donde se pasan tantos trabajos y desventuras, que, tomándolas por penitencia, en dos paletas[34] le pondrán en el cielo▼.

Rióse Roque del consejo de don Quijote, a quien, mudando plática, contó el trágico suceso de Claudia Jerónima, de que le pesó en extremo a Sancho, que no le había parecido mal la belleza, desenvoltura y brío de la moza.

Llegaron, en esto, los escuderos de la presa[35], trayendo consigo dos caballeros a caballo, y dos peregrinos a pie, y un coche de mujeres con hasta seis criados, que a pie y a caballo las acompaña-

[33] Asaltar.

[34] Fácilmente.

[35] Apresamiento.

▼ Véase nota al pie de la pág. 497 en II, 42.

ban, con otros dos mozos de mulas que los caballeros traían. Cogiéronlos los escuderos en medio, guardando vencidos y vencedores gran silencio, esperando a que el gran Roque Guinart hablase, el cual preguntó a los caballeros que quién[36] eran y adónde iban, y qué dinero llevaban. Uno dellos le respondió:

—Señor, nosotros somos dos capitanes de infantería española; tenemos nuestras compañías en Nápoles y vamos a embarcarnos en cuatro galeras, que dicen están en Barcelona con orden de pasar a Sicilia. Llevamos hasta docientos o trecientos escudos, con que, a nuestro parecer, vamos ricos y contentos, pues la estrecheza ordinaria de los soldados no permite mayores tesoros.

Preguntó Roque a los peregrinos lo mesmo que a los capitanes; fuele respondido que iban a embarcarse para pasar a Roma, y que entre entrambos podían llevar hasta sesenta reales. Quiso saber también quién iba en el coche, y adónde, y el dinero que llevaban, y uno de los de a caballo dijo:

—Mi señora doña Guiomar de Quiñones, mujer del regente de la Vicaría de Nápoles▼, con una hija pequeña, una doncella y una dueña, son las que van en el coche; acompañámosla seis criados, y los dineros son seiscientos escudos.

—De modo —dijo Roque Guinart—, que ya tenemos aquí novecientos escudos y sesenta reales; mis soldados deben ser hasta sesenta; mírese a cómo le cabe a cada uno, porque yo soy mal contador.

Oyendo decir esto los salteadores, levantaron la voz, diciendo:

[36] Quiénes.

▼ Del presidente del tribunal establecido en el edificio de la Vicaría de Nápoles (Rodríguez Marín).

—¡Viva Roque Guinart muchos años, a pesar de los *lladres* [37] que su perdición procuran!

Mostraron afligirse los capitanes, entristecióse la señora regenta, y no se holgaron nada los peregrinos, viendo la confiscación de sus bienes. Túvolos así un rato suspensos Roque; pero no quiso que pasase adelante su tristeza, que ya se podía conocer a tiro de arcabuz, y volviéndose a los capitanes, dijo:

—Vuesas mercedes, señores capitanes, por cortesía, sean servidos de prestarme sesenta escudos, y la señora regenta ochenta, para contentar esta escuadra que me acompaña, porque el abad, de lo que canta yanta [38], y luego puédense ir su camino libre y desembarazadamente, con un salvoconducto que yo les daré, para que si toparen otras de algunas escuadras mías que tengo divididas por estos contornos, no les hagan daño; que no es mi intención de agraviar a soldados ni a mujer alguna, especialmente a las que son principales.

Infinitas y bien dichas fueron las razones con que los capitanes agradecieron a Roque su cortesía y liberalidad, que por tal la tuvieron, en dejarles su mismo dinero. La señora doña Guiomar de Quiñones se quiso arrojar del coche para besar los pies y las manos del gran Roque; pero él no lo consintió en ninguna manera; antes le pidió perdón del agravio que le hacía, forzado de cumplir con las obligaciones precisas de su mal oficio. Mandó la señora regenta a un criado suyo diese luego los ochenta escudos que le habían repartido [39], y ya los capitanes habían desembolsado los sesenta. Iban los peregrinos a dar toda su miseria, pero Roque les dijo que se estuviesen quedos, y volviéndose a los suyos, les dijo:

—Destos escudos dos tocan a cada uno, y sobran veinte; los diez se den a estos peregrinos, y

[37] Ladrones (en catalán, aquí como insulto).

[38] Come (refrán).

[39] Que le tocaba pagar.

los otros diez a este buen escudero, porque pueda decir bien de esta aventura.

[40] Material.

Y trayéndole aderezo [40] de escribir, de que siempre andaba proveído, Roque les dio por escrito un salvoconducto para los mayorales de sus escuadras, y despidiéndose dellos, los dejó ir libres, y admirados de su nobleza, de su gallarda disposición y extraño proceder, teniéndole más por un Alejandro Magno que por ladrón conocido ▼. Uno de los escuderos dijo en su lengua gascona y catalana:

—Este nuestro capitán más es para *frade* ▼▼ que para bandolero; si de aquí adelante quisiere mostrarse liberal, séalo con su hacienda, y no con la nuestra.

[41] Tan bajo.

No lo dijo tan paso [41] el desventurado, que dejase de oírlo Roque, el cual, echando mano a la espada, le abrió la cabeza casi en dos partes, diciéndole:

—Desta manera castigo yo a los deslenguados y atrevidos.

Pasmáronse todos, y ninguno le osó decir palabra: tanta era la obediencia que le tenían.

Apartóse Roque a una parte y escribió una carta a un su amigo, a Barcelona, dándole aviso como estaba consigo el famoso don Quijote de la Mancha, aquel caballero andante de quien tantas cosas se decían, y que le hacía saber que era el más gracioso y el más entendido hombre del mundo, y que de allí a cuatro días, que era el de San Juan Bautista ▼▼▼, se le pondría en mitad de la playa de

▼ Véase nota al pie de la pág. 603 en I, 39.

▼▼ Fraile (en gallego y en portugués). «Esto no es ni catalán *(frare),* ni gascón *(frayre);* pero ¿qué autoridad lingüística se puede esperar de Cide Hamete Benengeli?» (Avalle-Arce). Quizás se trate de una deformación del vocablo catalán, o una errata.

▼▼▼ Seguramente, se refiere a la festividad de la Degollación de San Juan Bautista, que se celebra el 29 de agosto.

la ciudad, armado con todas sus armas, sobre Rocinante su caballo, y a su escudero Sancho sobre un asno, y que diese noticia desto a sus amigos los Niarros, para que con él se solazasen; que él quisiera que carecieran deste gusto los Cadells, sus contrarios ▼; pero que esto era imposible, a causa que las locuras y discreciones de don Quijote y los donaires de su escudero Sancho Panza no podían dejar de dar gusto general a todo el mundo. Despachó estas cartas con uno de sus escuderos, que mudando el traje de bandolero en el de un labrador, entró en Barcelona y la dio a quien iba.

▼ Niarros (o Nyerros) y Cadells eran bandos históricos, enemigos bien conocidos en la Cataluña de la época. Nótese la crítica social implícita.

## Capítulo LXI

### De lo que le sucedió a don Quijote en la entrada de Barcelona, con otras [1] que tienen más de lo verdadero que de lo discreto

Tres días y tres noches estuvo don Quijote con Roque, y si estuviera trecientos años, no le faltara qué mirar y admirar en el modo de su vida: aquí amanecían, acullá comían, unas veces huían, sin saber de quién, y otras esperaban, sin saber a quién. Dormían en pie, interrompiendo el sueño, mudándose de un lugar a otro. Todo era poner espías, escuchar centinelas, soplar las cuerdas [2] de los arcabuces, aunque traían pocos, porque todos se servían de pedreñales [3]. Roque pasaba las noches apartado de los suyos, en partes y lugares donde ellos no pudiesen saber dónde estaba, porque los muchos bandos que el visorrey de Barcelona [4] había echado sobre su vida le traían inquieto y temeroso, y no se osaba fiar de ninguno, temiendo que los mismos suyos, o le habían de matar, o entregar a la justicia: vida, por cierto, miserable y enfadosa.

En fin, por caminos desusados, por atajos y sendas encubiertas, partieron Roque, don Quijote y Sancho con otros seis escuderos a Barcelona. Llegaron a su playa la víspera de San Juan ▼ en la no-

[1] Otras cosas.

[2] Mechas.

[3] Escopetas cortas.

[4] El virrey de Cataluña.

▼ Véase la última nota al pie de la pág. 713 en el capítulo anterior, 60.

che, y abrazando Roque a don Quijote y a Sancho, a quien dio los diez escudos prometidos, que hasta entonces no se los había dado, los dejó, con mil ofrecimientos que de la una a la otra parte se hicieron.

Volvióse Roque; quedóse don Quijote esperando el día, así, a caballo, como estaba, y no tardó mucho cuando comenzó a descubrirse por los balcones del Oriente la faz de la blanca aurora, alegrando las yerbas y las flores, en lugar de alegrar el oído, aunque al mesmo instante alegraron también el oído el son de muchas chirimías y atabales [5], ruido de cascabeles, «¡trapa, trapa ▼, aparta, aparta!» de corredores, que al parecer, de la ciudad salían. Dio lugar la aurora al sol, que, un rostro mayor que el de una rodela [6], por el más bajo horizonte poco a poco se iba levantando ▼▼.

Tendieron don Quijote y Sancho la vista por todas partes: vieron el mar, hasta entonces dellos no visto; parecióles espaciosísimo y largo, harto más que las lagunas de Ruidera, que en La Mancha habían visto; vieron las galeras que estaban en la playa, las cuales, abatiendo las tiendas [7], se descubrieron llenas de flámulas [8] y gallardetes [9], que tremolaban al viento y besaban y barrían el agua. Dentro sonaban clarines, trompetas y chirimías, que cerca y lejos llevaban el aire [10] de suaves y belicosos acentos. Comenzaron a moverse y a hacer modo de escaramuza por las sosegadas aguas, correspondiéndoles casi al mismo modo infinitos caballeros que de la ciudad sobre hermosos caballos y con vistosas libreas salían. Los soldados de

[5] Timbales, tambores.

[6] Escudo pequeño.

[7] Recogiendo los toldos.

[8] Banderines con puntas en forma de llamas.

[9] Banderitas partidas.

[10] El sonido.

▼ Era una voz empleada para dejar el paso libre a personas de categoría.

▼▼ Esta es la sexta y última descripción del amanecer mitológico en el *Quijote.* (Véase la primera nota al pie de la pág. 69 en I, 2.)

las galeras disparaban infinita artillería, a quien respondían los que estaban en las murallas y fuertes de la ciudad, y la artillería gruesa con espantoso estruendo rompía las vientos, a quien respondían los cañones de crujía [11] de las galeras. El mar alegre, la tierra jocunda, el aire claro, sólo tal vez turbio del humo de la artillería, parece que iba infundiendo y engendrando gusto súbito en todas las gentes.

No podía imaginar Sancho cómo pudiesen tener tantos pies aquellos bultos que por el mar se movían. En esto, llegaron corriendo, con grita [12], lililíes [13] y algazara, los de las libreas ▼ adonde don Quijote suspenso y atónito estaba, y uno dellos, que era el avisado de Roque, dijo en alta voz a don Quijote:

—Bien sea venido a nuestra ciudad el espejo, el farol, la estrella y el norte de toda la caballería andante, donde más largamente se contiene ▼▼. Bien sea venido, digo, el valeroso don Quijote de la Mancha, no el falso, no el ficticio, no el apócrifo que en falsas historias estos días nos han mostrado, sino el verdadero, el legal y el fiel que nos describió Cide Hamete Benengeli, flor de los historiadores.

No respondió don Quijote palabra, ni los caballeros esperaron a que la respondiese, sino, volviéndose y revolviéndose con los demás que los seguían, comenzaron a hacer un revuelto caracol al derredor de don Quijote, el cual, volviéndose a Sancho, dijo:

[11] Cañones pesados.

[12] Griterío.

[13] Véase nota 20 en II, 34.

▼ Entre otras expresivas aliteraciones de este bello pasaje, «la aliteración propiamente dicha, como armonía imitativa, se ejemplifica» perfectamente con ésta (Rosenblat).

▼▼ Nótese la comicidad y la burla en esta fórmula de juramento (véase nota 12 en el margen, pág. 149, en I,10), cuya aplicación en estas circunstancias es disparatada.

—Éstos bien nos han conocido; yo apostaré que han leído nuestra historia y aun la del aragonés recién impresa ▼.

Volvió otra vez el caballero que habló a don Quijote, y díjole:

—Vuesa merced, señor don Quijote, se venga con nosotros; que todos somos sus servidores y grandes amigos de Roque Guinart.

A lo que don Quijote respondió:

—Si cortesías engendran cortesías, la vuestra, señor caballero, es hija o parienta muy cercana de las del gran Roque. Llevadme do quisiéredes, que yo no tendré otra voluntad que la vuestra, y más si la queréis ocupar en vuestro servicio.

Con palabras no menos comedidas que éstas le respondió el caballero, y encerrándole todos en medio, al son de las chirimías y de los atabales, se encaminaron con él a la ciudad, al entrar de la cual, el malo [14], que todo lo malo ordena, y los muchachos, que son más malos que el malo, dos dellos traviesos y atrevidos se entraron por toda la gente, y alzando el uno de la cola del rucio y el otro la de Rocinante, les pusieron y encajaron sendos manojos de aliagas [15]. Sintieron los pobres animales las nuevas espuelas, y apretando las colas, aumentaron su disgusto de manera que, dando mil corcovos [16], dieron con sus dueños en tierra. Don Quijote, corrido y afrentado, acudió a quitar el plumaje de la cola de su matalote [17], y Sancho, el de su rucio. Quisieran los que guiaban a don Quijote castigar el atrevimiento de los muchachos, y no fue posible porque se encerraron entre más de otros mil que los seguían.

[14] El diablo (eufemismo y juego de palabras).

[15] Plantas espinosas.

[16] Saltos encorvando el lomo.

[17] Caballo flaco.

▼ Abundan, a partir de II, 59, las referencias y alusiones despectivas al *Quijote* de Avellaneda.

Volvieron a subir don Quijote y Sancho; con el mismo aplauso [18] y música llegaron a la casa de su guía, que era grande y principal, en fin, como de caballero rico; donde le dejaremos por agora, porque así lo quiere Cide Hamete.

[18] Solemnidad.

## Capítulo LXII

### Que trata de la aventura de la cabeza encantada, con otras niñerías que no pueden dejar de contarse

Don Antonio Moreno se llamaba el huésped [1] de don Quijote, caballero rico y discreto, y amigo de holgarse a lo honesto y afable, el cual, viendo en su casa a don Quijote, andaba buscando modos como, sin su perjuicio, sacase a plaza [2] sus locuras. Porque no son burlas las que duelen, ni hay pasatiempos que valgan si son con daño de tercero. Lo primero que hizo fue hacer desarmar a don Quijote y sacarle a vistas con aquel su estrecho y acamuzado [3] vestido —como ya otras veces le hemos descrito y pintado ▼— a un balcón que salía a una calle de las más principales de la ciudad, a vista de las gentes y de los muchachos, que como a mona le miraban. Corrieron de nuevo delante dél los de las libreas, como si para él solo, no para alegrar aquel festivo día, se las hubieran puesto, y Sancho estaba contentísimo, por parecerle que se había hallado, sin saber cómo ni cómo no, otras bodas de Camacho, otra casa como la de don Diego de Miranda y otro castillo como el del duque ▼▼.

[1] El hospedador.

[2] Hiciese pública.

[3] De piel de gamuza.

▼ Véanse las primeras páginas de II, 18.

▼▼ También como allí, todo vuelve a ser un escenario teatral en el que la realidad se le muestra a don Quijote deformada por los demás.

Comieron aquel día con don Antonio algunos de sus amigos, honrando todos y tratando a don Quijote como a caballero andante, de lo cual, hueco y pomposo, no cabía en sí de contento. Los donaires de Sancho fueron tantos, que de su boca andaban como colgados todos los criados de casa y todos cuantos le oían. Estando a la mesa, dijo don Antonio a Sancho:

—Acá tenemos noticia, buen Sancho, que sois tan amigo de manjar blanco[4] y de albondiguillas, que si os sobran las guardáis en el seno para el otro día▼.

[4] Plato de pechugas de ave, leche, harina de arroz y azúcar.

—No, señor, no es así —respondió Sancho—, porque tengo más de limpio que de goloso, y mi señor don Quijote, que está delante, sabe bien que con un puño de bellotas, o de nueces, nos solemos pasar entrambos ocho días. Verdad es que si tal vez me sucede que me den la vaquilla, corro con la soguilla; quiero decir, que como lo que me dan, y uso de los tiempos como los hallo, y quienquiera que hubiere dicho que yo soy comedor aventajado y no limpio, téngase por dicho que no acierta; y de otra manera dijera esto si no mirara a las barbas honradas[5] que están a la mesa.

[5] Hombres (metonimia).

—Por cierto —dijo don Quijote—, que la parsimonia y limpieza con que Sancho come se puede escribir y grabar en láminas de bronce, para que quede en memoria eterna en los siglos venideros▼▼. Verdad es que cuando él tiene hambre, parece algo tragón, porque come apriesa y masca a dos carrillos; pero la limpieza siempre la tiene en su punto, y en el tiempo que fue gobernador

▼ Otra alusión crítica al Sancho del *Quijote* apócrifo (cap. 12), muy aficionado a las albondiguillas.

▼▼ Véase la última nota al pie de la pág. 690 en II, 59.

aprendió a comer a lo melindroso: tanto, que comía con tenedor las uvas y aun los granos de la granada.

—¡Cómo! —dijo don Antonio—. ¿Gobernador ha sido Sancho?

—Sí —respondió Sancho—, y de una ínsula llamada la Barataria. Diez días la goberné a pedir de boca; en ellos perdí el sosiego, y aprendí a despreciar todos los gobiernos del mundo; salí huyendo della, caí en una cueva, donde me tuve por muerto, de la cual salí vivo por milagro.

Contó don Quijote por menudo todo el suceso del gobierno de Sancho, con que dio gran gusto a los oyentes.

Levantados los manteles y tomando don Antonio por la mano a don Quijote, se entró con él en un apartado aposento, en el cual no había otra cosa de adorno que una mesa, al parecer de jaspe [6], que sobre un pie de lo mesmo se sostenía, sobre la cual estaba puesta, al modo de las cabezas de los emperadores romanos, de los pechos arriba, una que semejaba ser de bronce. Paseóse don Antonio con don Quijote por todo el aposento, rodeando muchas veces la mesa, después de lo cual dijo:

—Agora, señor don Quijote, que estoy enterado que no nos oye y escucha alguno, y está cerrada la puerta, quiero contar a vuestra merced una de las más raras aventuras, o, por mejor decir, novedades que imaginarse pueden, con condición que lo que a vuestra merced dijere lo ha de depositar en los últimos retretes [7] del secreto.

—Así lo juro —respondió don Quijote— y aun le echaré una losa encima, para más seguridad; porque quiero que sepa vuestra merced, señor don Antonio —que ya sabía su nombre—, que está hablando con quien, aunque tiene oídos para oír, no

[6] Mármol veteado de colores.

[7] Recintos.

tiene lengua para hablar; así, que con seguridad puede vuestra merced trasladar lo que tiene en su pecho en el mío y hacer cuenta que lo ha arrojado en los abismos del silencio.

—En fee de esa promesa —respondió don Antonio—, quiero poner a vuestra merced en admiración con lo que viere y oyere, y darme a mí algún alivio de la pena que me causa no tener con quien comunicar mis secretos, que no son para fiarse de todos.

Suspenso estaba don Quijote, esperando en qué habían de parar tantas prevenciones. En esto, tomándole la mano don Antonio, se la paseó por la cabeza de bronce y por toda la mesa, y por el pie de jaspe sobre que se sostenía, y luego dijo:

—Esta cabeza, señor don Quijote, ha sido hecha y fabricada por uno de los mayores encantadores y hechiceros que ha tenido el mundo, que creo era polaco de nación y dicípulo del famoso Escotillo ▼, de quien tantas maravillas se cuentan; el cual estuvo aquí en mi casa, y por precio de mil escudos que le di labró esta cabeza, que tiene propiedad y virtud de responder a cuantas cosas al oído le preguntaren. Guardó rumbos [8], pintó caracteres, observó astros, miró puntos, y, finalmente, la sacó con la perfección que veremos mañana; porque los viernes está muda, y hoy, que lo es ▼▼, nos ha de hacer esperar hasta mañana. En este tiempo podrá vuestra merced prevenirse de lo que querrá preguntar; que por experiencia sé que dice verdad en cuanto responde.

[8] Rombos.

▼ Se cree que se refiere a Escoto, aventurero italiano del siglo XVI, mago y nigromante. Nótese el diminutivo irónico.

▼▼ «Efectivamente, el 29 de agosto (fiesta de la Degollación de San Juan) de 1614 [año en que Cervantes redactaba estos capítulos], cayó en viernes» (Riquer).

Admirado quedó don Quijote de la virtud y propiedad de la cabeza, y estuvo por no creer a don Antonio. Pero por ver cuán poco tiempo había para hacer la experiencia, no quiso decirle otra cosa sino que le agradecía el haberle descubierto tan gran secreto. Salieron del aposento, cerró la puerta don Antonio, con llave, y fuéronse a la sala, donde los demás caballeros estaban. En este tiempo les había contado Sancho muchas de las aventuras y sucesos que a su amo habían acontecido.

Aquella tarde sacaron a pasear a don Quijote, no armado, sino de rúa [9], vestido un balandrán [10] de paño leonado [11], que pudiera hacer sudar en aquel tiempo al mismo hielo ▼. Ordenaron con sus criados que entretuviesen a Sancho, de modo que no le dejasen salir de casa. Iba don Quijote, no sobre Rocinante, sino sobre un gran macho de paso llano, y muy bien aderezado. Pusiéronle el balandrán, y en las espaldas, sin que lo viese, le cosieron un pargamino [12], donde le escribieron con letras grandes: *Éste es don Quijote de la Mancha.* En comenzando el paseo llevaba el rétulo [13] los ojos de cuantos venían a verle, y como leían: «Éste es don Quijote de la Mancha», admirábase don Quijote de ver que cuantos le miraban le nombraban y conocían; y volviéndose a don Antonio, que iba a su lado, le dijo:

—Grande es la prerrogativa que encierra en sí la andante caballería, pues hace conocido y famoso al que la profesa por todos los términos de la tierra. Si no, mire vuestra merced, señor don Antonio, que hasta los muchachos desta ciudad, sin nunca haberme visto, me conocen.

[9] De paseo, de calle.

[10] Traje largo y abierto.

[11] Dorado.

[12] Pergamino.

[13] Rótulo.

▼ A veces la antítesis se armoniza con la paradoja, como en este tipo de juegos de palabras: *hacer sudar* (calor) al mismo hielo.

—Así es, señor don Quijote —respondió don Antonio—; que así como el fuego no puede estar escondido y encerrado, la virtud no puede dejar de ser conocida, y la que se alcanza por la profesión de las armas resplandece y campea sobre todas las otras.

Acaeció, pues, que yendo don Quijote con el aplauso[14] que se ha dicho, un castellano que leyó el rétulo de las espaldas, alzó la voz, diciendo:

—¡Válgate el diablo por don Quijote de la Mancha! ¿Cómo que hasta aquí has llegado, sin haberte muerto los infinitos palos que tienes a cuestas? Tú eres loco, y si lo fueras a solas y dentro de las puertas de tu locura, fuera menos mal; pero tienes propiedad de volver locos y mentecatos a cuantos te tratan y comunican; si no, mírenlo por estos señores que te acompañan. Vuélvete, mentecato, a tu casa, y mira por tu hacienda, por tu mujer y tus hijos, y déjate destas vaciedades que te carcomen el seso y te desnatan el entendimiento.

—Hermano —dijo don Antonio—, seguid vuestro camino, y no deis consejos a quien no os los pide. El señor don Quijote de la Mancha es muy cuerdo, y nosotros, que le acompañamos, no somos necios; la virtud se ha de honrar dondequiera que se hallare, y andad enhoramala, y no os metáis donde no os llaman.

—Pardiez, vuesa merced tiene razón —respondió el castellano—; que aconsejar a este buen hombre es dar coces contra el aguijón; pero, con todo eso, me da muy gran lástima que el buen ingenio que dicen que tiene en todas las cosas este mentecato se le desagüe por la canal de su andante caballería; y la enhoramala que vuesa merced dijo, sea para mí y para todos mis descendientes si de

[14] Entono.

hoy más, aunque viviese más años que Matusalén▼, diere consejo a nadie, aunque me lo pida.

Apartóse el consejero; siguió adelante el paseo; pero fue tanta la priesa[15] que los muchachos y toda la gente tenía leyendo el rétulo, que se le hubo de quitar don Antonio, como que le quitaba otra cosa.

[15] Presura, apretujamiento.

Llegó la noche, volviéronse a casa; hubo sarao de damas, porque la mujer de don Antonio, que era una señora principal y alegre, hermosa y discreta, convidó a otras sus amigas a que viniesen a honrar a su huésped y a gustar de sus nunca vistas locuras. Vinieron algunas, cenóse espléndidamente y comenzóse el sarao casi a las diez de la noche. Entre las damas había dos de gusto pícaro y burlonas, y, con ser muy honestas, eran algo descompuestas, por dar lugar que las burlas alegrasen sin enfado. Éstas dieron tanta priesa en sacar a danzar a don Quijote, que le molieron, no sólo el cuerpo, pero el ánima. Era cosa de ver la figura de don Quijote, largo, tendido, flaco, amarillo, estrecho en el vestido, desairado, y sobre todo, no nada ligero. Requebrábanle como a hurto las damiselas, y él también como a hurto, las desdeñaba; pero viéndose apretar de requiebros, alzó la voz y dijo:

—¡*Fugite, partes adversae*▼▼! Dejadme en mi sosiego, pensamientos mal venidos. Allá os avenid, señoras, con vuestros deseos; que la que es reina de los míos, la sin par Dulcinea del Toboso, no consiente que ningunos otros que los suyos me avasallen y rindan.

▼ Patriarca bíblico de longevidad proverbial; se dice que vivió 969 años.

▼▼ «Huid, enemigos», fórmula empleada por la Iglesia en los exorcismos.

Y diciendo esto, se sentó en mitad de la sala, en el suelo, molido y quebrantado de tan bailador ejercicio. Hizo don Antonio que le llevasen en peso a su lecho, y el primero que asió dél fue Sancho, diciéndole:

—¡Nora en tal [16], señor nuestro amo, lo habéis bailado! ¿Pensáis que todos los valientes son danzadores y todos los andantes caballeros bailarines? Digo que si lo pensáis, que estáis engañado: hombre hay que se atreverá a matar a un gigante antes que hacer una cabriola. Si hubiérades de zapatear, yo supliera vuestra falta, que zapateo como un girifalte ▼; pero en lo del danzar, no doy puntada.

Con estas y otras razones dio que reír Sancho a los del sarao, y dio con su amo en la cama, arropándole para que sudase la frialdad de su baile.

Otro día le pareció a don Antonio ser bien hacer la experiencia de la cabeza encantada, y con don Quijote, Sancho y otros dos amigos, con las dos señoras que habían molido a don Quijote en el baile, que aquella propia noche se habían quedado con la mujer de don Antonio, se encerró en la estancia donde estaba la cabeza. Contóles la propiedad que tenía, encargóles el secreto y díjoles que aquél era el primero día donde se había de probar la virtud de la tal cabeza encantada. Y si no eran los dos amigos de don Antonio, ninguna otra persona sabía el busilis [17] del encanto, y aun si don Antonio no se le hubiera descubierto primero a sus amigos, también ellos cayeran en la admiración en que los demás cayeron, sin ser posible otra cosa: con tal traza y tal orden estaba fabricada.

[16] Enhoramala.

[17] El secreto.

▼ «Con habilidad». (Véase nota al pie de la pág. 401 en II, 32.)

El primero que se llegó al oído de la cabeza fue el mismo don Antonio, y díjole en voz sumisa [18], pero no tanto, que de todos no fuese entendida [19]:

—Dime, cabeza, por la virtud que en ti se encierra: ¿qué pensamientos tengo yo agora?

Y la cabeza le respondió, sin mover los labios, con voz clara y distinta, de modo que fue de todos entendida, esta razón:

—Yo no juzgo de pensamientos.

Oyendo lo cual todos quedaron atónitos, y más viendo que en todo el aposento ni al derredor de la mesa no había persona humana que responder pudiese.

—¿Cuántos estamos aquí? —tornó a preguntar don Antonio.

Y fuele respondido por el propio tenor, paso [20]:

—Estáis tú y tu mujer, con dos amigos tuyos, y dos amigas della, y un caballero famoso llamado don Quijote de la Mancha, y un su escudero que Sancho Panza tiene por nombre.

¡Aquí sí que fue el admirarse de nuevo; aquí sí que fue el erizarse los cabellos a todos, de puro espanto! Y apartándose don Antonio de la cabeza, dijo:

—Esto me basta para darme a entender que no fui engañado del que te me vendió, ¡cabeza sabia, cabeza habladora, cabeza respondona [21], y admirable cabeza! Llegue otro y pregúntele lo que quisiere.

Y como las mujeres de ordinario son presurosas y amigas de saber, la primera que se llegó fue una de las dos amigas de la mujer de don Antonio, y lo que le preguntó fue:

—Dime, cabeza, ¿qué haré yo para ser muy hermosa?

Y fuele respondido:

—Sé muy honesta.

[18] Baja.

[19] Oída.

[20] Quedo, bajo.

[21] Que responde.

—No te pregunto más —dijo la preguntanta.

Llegó luego la compañera, y dijo:

—Querría saber, cabeza, si mi marido me quiere bien, o no.

Y respondiéronle:

—Mira las obras que te hace, y echarlo has [22] de ver.

Apartóse la casada diciendo:

—Esta respuesta no tenía necesidad de pregunta, porque, en efecto, las obras que se hacen declaran la voluntad que tiene el que las hace.

Luego llegó uno de los dos amigos de don Antonio, y preguntóle:

—¿Quién soy yo?

Y fuele respondido:

—Tú lo sabes.

—No te pregunto eso —respondió el caballero—, sino que me digas si me conoces tú.

—Sí conozco —le respondieron—, que eres don Pedro Noriz.

—No quiero saber más, pues esto basta para entender, ¡oh cabeza!, que lo sabes todo.

Y apartándose, llegó el otro amigo y preguntóle:

—Dime, cabeza, ¿qué deseos tiene mi hijo el mayorazgo [23]?

—Ya yo he dicho —le respondieron— que yo no juzgo de deseos; pero, con todo eso, te sé decir que los que tu hijo tiene son de enterrarte.

—Eso es —dijo el caballero—: lo que veo por los ojos, con el dedo lo señalo.

Y no preguntó más. Llegóse la mujer de don Antonio, y dijo:

—Yo no sé, cabeza, qué preguntarte; sólo querría saber de ti si gozaré muchos años de buen marido.

Y respondiéronle:

[22] Lo echarás.

[23] Primogénito.

—Sí gozarás, porque su salud y su templanza en el vivir prometen muchos años de vida, la cual muchos suelen acortar por su destemplanza.

Llegóse luego don Quijote, y dijo:

—Dime tú, el que respondes: ¿fue verdad o fue sueño lo que yo cuento que me pasó en la cueva de Montesinos? ¿Serán ciertos los azotes de Sancho mi escudero? ¿Tendrá efecto el desencanto de Dulcinea ▼?

—A lo de la cueva —respondieron—, hay mucho que decir: de todo tiene; los azotes de Sancho irán de espacio [24]; el desencanto de Dulcinea llegará a debida ejecución.

[24] Despacio.

—No quiero saber más —dijo don Quijote—; que como yo vea a Dulcinea desencantada, haré cuenta que vienen de golpe todas las venturas que acertare a desear.

El último preguntante fue Sancho, y lo que preguntó fue:

—¿Por ventura, cabeza, tendré otro gobierno? ¿Saldré de la estrecheza de escudero? ¿Volveré a ver a mi mujer y a mis hijos?

A lo que le respondieron:

—Gobernarás en tu casa, y si vuelves a ella, verás a tu mujer y a tus hijos, y dejando de servir, dejarás de ser escudero.

—¡Bueno par Dios! —dijo Sancho Panza—. Esto yo me lo dijera. No dijera más el profeta Perogrullo ▼▼.

—Bestia —dijo don Quijote—, ¿qué quieres que

▼ Nótese que su desfallecimiento espiritual y vital se manifiesta claramente, pues se rebaja a preguntar a la cabeza encantada sobre la verdad de lo ocurrido en la cueva de Montesinos.

▼▼ Pero Grullo, figura tradicional y proverbial, autor de verdades tan evidentes que su afirmación resulta innecesaria.

te respondan? ¿No basta que las respuestas que esta cabeza ha dado correspondan a lo que se le pregunta?

—Sí basta —respondió Sancho—; pero quisiera yo que se declarara más y me dijera más.

Con esto se acabaron las preguntas y las respuestas. Pero no se acabó la admiración en que todos quedaron, excepto los dos amigos de don Antonio, que el caso sabían. El cual quiso Cide Hamete Benengeli declarar luego, por no tener suspenso al mundo, creyendo que algún hechicero y extraordinario misterio en la tal cabeza se encerraba, y así, dice que don Antonio Moreno, a imitación de otra cabeza que vio en Madrid, fabricada por un estampero [25], hizo ésta en su casa, para entrenerse y suspender a los ignorantes; y la fábrica era de esta suerte: la tabla de la mesa era de palo, pintada y barnizada como jaspe, y el pie sobre que se sostenía era de lo mesmo, con cuatro garras de águila que dél salían, para mayor firmeza del peso. La cabeza, que parecía medalla [26] y figura de emperador romano, y de color de bronce, estaba toda hueca, y ni más ni menos la tabla de la mesa, en que se encajaba tan justamente, que ninguna señal de juntura se parecía [27]. El pie de la tabla era ansimesmo hueco, que respondía a la garganta pechos de la cabeza, y todo esto venía a responder a otro aposento que debajo de la estancia de la cabeza estaba. Por todo este hueco de pie, mesa, garganta y pechos de la medalla y figura referida se encaminaba un cañón de hoja de lata, muy justo, que de nadie podía ser visto. En el aposento de abajo correspondiente al de arriba se ponía el que había de responder, pegada la boca con el mesmo cañón, de modo que, a modo de cerbatana [28], iba la voz de arriba abajo y de abajo arriba, en palabras articuladas y claras, y de esta manera no

[25] Impresor.

[26] Busto.

[27] Veía.

[28] Vara larga y hueca.

era posible conocer el embuste. Un sobrino de don Antonio, estudiante agudo y discreto, fue el respondiente, el cual estando avisado de su señor tío de los que habían de entrar con él en aquel día en el aposento de la cabeza, le fue fácil responder con presteza y puntualidad a la primera pregunta; a las demás respondió por conjeturas, y, como discreto, discretamente. Y dice más Cide Hamete ▼: que hasta diez o doce días duró esta maravillosa máquina [29]; pero que divulgándose por la ciudad que don Antonio tenía en su casa una cabeza encantada, que a cuantos le preguntaban respondía, temiendo no llegase a los oídos de las despiertas centinelas de nuestra Fe [30], habiendo declarado el caso a los señores inquisidores, le mandaron que lo deshiciese y no pasase más adelante, porque el vulgo ignorante no se escandalizase; pero en la opinión de don Quijote y de Sancho Panza, la cabeza quedó por encantada y por respondona, más a satisfacción de don Quijote que de Sancho.

Los caballeros de la ciudad, por complacer a don Antonio y por agasajar a don Quijote y dar lugar a que descubriese sus sandeces, ordenaron de correr sortija ▼▼ de allí a seis días, que no tuvo efecto por la ocasión que se dirá adelante. Diole gana a don Quijote de pasear la ciudad a la llana y a pie, temiendo que si iba a caballo le habían de perseguir los mochachos, y así, él y Sancho, con otros dos criados que don Antonio le dio, salieron a pasearse.

Sucedió, pues, que yendo por una calle, alzó los ojos don Quijote, y vio escrito sobre una puerta,

[29] Invención.

[30] La Inquisición (perífrasis).

▼ Véanse la nota al pie de la pág. 66 en II, 5 y la primera nota al pie de la pag. 19, en II, 1.

▼▼ Véase la primera nota al pie de la pág. 693 en II, 59.

con letras muy grandes: *Aquí se imprimen libros,* de lo que se contentó mucho, porque hasta entonces no había visto emprenta [31] alguna, y deseaba saber cómo fuese. Entró dentro, con todo su acompañamiento, y vio tirar en una parte, corregir en otra, componer en ésta, enmendar en aquélla, y, finalmente, toda aquella máquina que en las emprentas grandes se muestra. Llegábase don Quijote a un cajón y preguntaba qué era aquello que allí se hacía; dábanle cuenta los oficiales, admirábase, y pasaba adelante. Llegó en otras [32] a uno, y preguntóle qué era lo que hacía. El oficial le respondió:

—Señor, este caballero que aquí está —y enseñóle a un hombre de muy buen talle y parecer y de alguna gravedad— ha traducido un libro toscano [33] en nuestra lengua castellana, y estoyle yo componiendo, para darle a la estampa.

—¿Qué título tiene el libro? —preguntó don Quijote.

A lo que el autor respondió:

—Señor, el libro, en toscano, se llama *Le Bagatele* ▼.

—Y ¿qué responde *le bagatele* en nuestro castellano? —preguntó don Quijote.

—*Le bagatele* —dijo el autor— es como si en castellano dijésemos *los juguetes;* y aunque este libro es en el nombre humilde, contiene y encierra en sí cosas muy buenas y sustanciales.

—Yo —dijo don Quijote— sé algún tanto de el toscano, y me precio de cantar algunas estancias [34] del Ariosto ▼▼. Pero dígame vuesa merced, señor

[31] Imprenta.

[32] En otras partes, entre otras cosas (?).

[33] Italiano.

[34] Estrofas de ocho versos endecasílabos.

▼ No se ha identificado tal libro.

▼▼ Véase la primera nota al pie de la pág. 30 en II, 1.

mío, y no digo esto porque quiero examinar el ingenio de vuestra merced, sino por curiosidad no más: ¿ha hallado en su escritura alguna vez nombrar *piñata*?

—Sí, muchas veces —respondió el autor.

—Y ¿cómo la traduce vuestra merced en castellano? —preguntó don Quijote.

—¿Cómo la había de traducir —replicó el autor—, sino diciendo *olla*?

—¡Cuerpo de tal —dijo don Quijote—, y qué adelante está vuesa merced en el toscano idioma! Yo apostaré una buena apuesta que adonde diga en el toscano *piace,* dice vuesa merced en el castellano *place,* y donde diga *più,* dice *más,* y el *su* declara con *arriba,* y el *giù* con *abajo.*

—Sí declaro, por cierto —dijo el autor—, porque ésas son sus propias correspondencias.

—Osaré yo jurar —dijo don Quijote— que no es vuesa merced conocido en el mundo, enemigo siempre de premiar los floridos ingenios ni los loables trabajos. ¡Qué de habilidades hay perdidas por ahí! ¡Qué de ingenios arrinconados! ¡Qué de virtudes menospreciadas! Pero, con todo esto, me parece que el traducir de una lengua en otra, como no sea de las reinas de las lenguas, griega y latina, es como quien mira los tapices flamencos por el revés, que aunque se veen las figuras, son llenas de hilos que las escurecen, y no se veen con la lisura y tez de la haz; y el traducir de lenguas fáciles, ni arguye ingenio ni elocución, como no le arguye el que traslada ni el que copia un papel de otro papel. Y no por esto quiero inferir que no sea loable este ejercicio del traducir, porque en otras cosas peores se podría ocupar el hombre, y que menos provecho le trujesen. Fuera desta cuenta van los dos famosos traductores: el uno, el doctor Cristóbal de Figueroa, en su *Pastor Fido,* y el otro, don Juan de Jáurigui, en su *Aminta* ▼, donde felizmente ponen en duda cuál es la traducción o cuál el original. Pero dígame vuestra merced: este libro ¿imprímese por su cuenta, o tiene ya vendido el privilegio [35] a algún librero?

—Por mi cuenta lo imprimo —respondió el autor—, y pienso ganar mil ducados, por lo menos, con esta primera impresión, que ha de ser de dos mil cuerpos [36], y se han de despachar a seis reales cada uno, en daca las pajas.

—¡Bien está vuesa merced en la cuenta! —respondió don Quijote—. Bien parece que no sabe las entradas y salidas de los impresores, y las correspondencias [37] que hay de unos a otros. Yo le prometo que cuando se vea cargado de dos mil cuerpos de libros, vea tan molido su cuerpo, que se espante, y más si el libro es un poco avieso y no nada picante.

—Pues ¿qué? —dijo el autor—. ¿Quiere vuesa merced que se lo dé a un librero, que me dé por el privilegio tres maravedís, y aún piensa que me hace merced en dármelos? Yo no imprimo mis libros para alcanzar fama en el mundo, que ya en él soy conocido por mis obras; provecho quiero; que sin él no vale un cuatrín [38] la buena fama.

—Dios le dé a vuesa merced buena manderecha [39] —respondió don Quijote.

Y pasó adelante a otro cajón, donde vio que estaban corrigiendo un pliego de un libro que se intitulaba *Luz del alma* ▼▼, y en viéndole, dijo:

[35] Los derechos.

[36] Volúmenes.

[37] Relaciones comerciales.

[38] Moneda de poco valor.

[39] Suerte.

▼ *El pastor Fido,* tragicomedia pastoril, es obra del italiano Giovanni Battista Guarini (1537-1612); *Aminta,* traducida por el poeta Juan de Jáuregui, es de Torquato Tasso (1544-1595).

▼▼ Obra de tendencia erasmista (1544), del dominico fray Felipe de Meneses. (Nótese que en la visita a esta imprenta barcelonesa se renueva, aunque breve y rápidamente, el asunto del escrutinio de libros: véanse notas a I, 6.).

—Estos tales libros, aunque hay muchos deste género, son los que se deben imprimir, porque son muchos los pecadores que se usan, y son menester infinitas luces para tantos desalumbrados.

Pasó adelante y vio que asimesmo estaban corrigiendo otro libro, y preguntando su título, le respondieron que se llamaba la *Segunda parte del Ingenioso Hidalgo don Quijote de la Mancha,* compuesta por un tal vecino de Tordesillas▼.

—Ya yo tengo noticia deste libro —dijo don Quijote—, y en verdad y en mi conciencia que pensé que ya estaba quemado y hecho polvos, por impertinente; pero su San Martín se le llegará, como a cada puerco ▼▼; que las historias fingidas tanto tienen de buenas y de deleitables cuanto se llegan a la verdad o la semejanza della, y las verdaderas, tanto son mejores cuanto son más verdaderas.

Y diciendo esto, con muestras de algún despecho, se salió de la emprenta. Y aquel mesmo día ordenó don Antonio de llevarle a ver las galeras que en la playa estaban, de que Sancho se regocijó mucho, a causa que en su vida las había visto. Avisó don Antonio al cuatralbo [40] de las galeras como aquella tarde había de llevar a verlas a su huésped el famoso don Quijote de la Mancha, de quien ya el cuatralbo y todos los vecinos de la ciudad tenían noticia, y lo que le sucedió en ellas se dirá en el siguiente capítulo.

[40] Comandante de escuadra de cuatro galeras.

▼ No se conoce ninguna edición barcelonesa del *Quijote* apócrifo en vida de Cervantes. Todo parece indicar que se trata de un pretexto para arremeter de nuevo contra Avellaneda.

▼▼ «Todo llegará a su hora.» Alude al refrán «A cada puerco le viene su San Martín», festividad que se celebra en noviembre y con la cual coincide la matanza de cerdos.

## CAPÍTULO LXIII

### De lo mal que le avino [1] a Sancho Panza con la visita de las galeras, y la nueva aventura de la hermosa morisca

Grandes eran los discursos [2] que don Quijote hacía sobre la respuesta de la encantada cabeza, sin que ninguno dellos diese en el embuste, y todos paraban con la promesa, que él tuvo por cierto, del desencanto de Dulcinea. Allí iba y venía, y se alegraba entre sí mismo, creyendo que había de ver presto su cumplimiento, y Sancho, aunque aborrecía el ser gobernador, como queda dicho, todavía deseaba volver a mandar y a ser obedecido; que esta mala ventura trae consigo el mando, aunque sea de burlas.

En resolución, aquella tarde don Antonio Moreno, su huésped, y sus dos amigos, con don Quijote y Sancho, fueron a las galeras. El cuatralbo [3], que estaba avisado de su buena venida, por ver a los dos tan famosos Quijote y Sancho, apenas llegaron a la marina, cuando todas las galeras abatieron tienda [4], y sonaron las chirimías; arrojaron luego el esquife [5] al agua, cubierto de ricos tapetes y de almohadas de terciopelo carmesí, y en poniendo que puso los pies en él don Quijote, disparó la capitana el cañón de crujía [6], y las otras galeras hicieron lo mesmo, y al subir don Quijote por la escala derecha, toda la chusma [7] le saludó como es usanza cuando una persona principal en-

[1] Sucedió.

[2] Raciocinios.

[3] Véase nota 40 en II, 62.

[4] Recogieron los toldos.

[5] Barco pequeño.

[6] Cañón pesado.

[7] Marinería.

tra en la galera, diciendo: «¡Hu, hu, hu!» tres veces. Diole la mano el general, que con este nombre le llamaremos, que era un principal caballero valenciano; abrazó a don Quijote, diciéndole:

—Este día señalaré yo con piedra blanca▼, por ser uno de los mejores que pienso llevar en mi vida, habiendo visto al señor don Quijote de la Mancha; tiempo y señal que nos muestra que en él se encierra y cifra todo el valor del andante caballería.

Con otras no menos corteses razones le respondió don Quijote, alegre sobremanera de verse tratar tan a lo señor. Entraron todos en la popa, que estaba muy bien aderezada, y sentáronse por los bandines [8], pasóse el cómitre [9] en crujía, y dio señal con el pito que la chusma hiciese fuera ropa▼▼, que se hizo en un instante. Sancho, que vio tanta gente en cueros, quedó pasmado, y más cuando vio hacer tienda con tanta priesa, que a él le pareció que todos los diablos andaban allí trabajando; pero esto todo fueron tortas y pan pintado para lo que ahora diré. Estaba Sancho sentado sobre el estanterol [10], junto al espalder [11] de la mano derecha, el cual ya avisado de lo que había de hacer, asió de Sancho, y levantándole en los brazos, toda la chusma puesta en pie y alerta, comenzando de la derecha banda, le fue dando y volteando sobre los brazos de la chusma de banco en banco, con tanta priesa que el pobre Sancho perdió la vista de los ojos, y sin duda pensó que los mismos demonios le llevaban, y no pararon con él hasta

[8] Asientos en los costados de popa.

[9] Jefe de remeros.

[10] Madero que sostiene el toldo.

[11] Remero de popa.

▼ Véase nota al pie de la pág. 122, en II, 10.

▼▼ Es decir, «que la chusma [galeotes y demás forzados, marinería] se desnudase de cintura arriba para disponerse a remar». (*Crujía:* espacio en el centro de la cubierta del barco.)

volverle por la siniestra banda y ponerle en la popa. Quedó el pobre molido, y jadeando, y trasudando, sin poder imaginar qué fue lo que sucedido le había.

Don Quijote, que vio el vuelo sin alas de Sancho, preguntó al general si eran ceremonias aquéllas que se usaban con los primeros que entraban en las galeras; porque si acaso lo fuese, él, que no tenía intención de profesar en ellas, no quería hacer semejantes ejercicios, y que votaba a Dios que si alguno llegaba a asirle para voltearle, que le había de sacar el alma a puntillazos [12]; y diciendo esto, se levantó en pie y empuñó la espada.

A este instante abatieron tienda, y con grandísimo ruido dejaron caer la entena [13] de alto abajo. Pensó Sancho que el cielo se desencajaba de sus quicios y venía a dar sobre su cabeza; y agobiándola [14], lleno de miedo, la puso entre las piernas. No las tuvo todas consigo don Quijote, que también se estremeció y encogió de hombros y perdió la color del rostro. La chusma izó la entena con la misma priesa y ruido que la habían amainado [15], y todo esto, callando, como si no tuvieran voz ni aliento. Hizo señal el cómitre que zarpasen el ferro [16], y saltando en mitad de la crujía con el corbacho o rebenque [17], comenzó a mosquear las espaldas de la chusma▼, y a largarse poco a poco a la mar. Cuando Sancho vio a una moverse tantos pies colorados, que tales pensó él que eran los remos, dijo entre sí:

—Éstas sí son verdaderamente cosas encantadas, y no las que mi amo dice. ¿Qué han hecho estos desdichados, que así los azotan, y cómo este hombre solo, que anda por aquí silbando, tiene

[12] A puntapiés.

[13] Palo en que está asegurada la vela.

[14] Inclinándola.

[15] Bajado.

[16] Levasen anclas.

[17] Látigo.

▼ Véase nota al pie de la pág. 438, en II, 35.

atrevimiento para azotar a tante gente? Ahora yo digo que éste es infierno, o, por lo menos, el purgatorio.

Don Quijote, que vio la atención con que Sancho miraba lo que pasaba, le dijo:

—¡Ah Sancho amigo, y con qué brevedad y cuán a poca costa os podíades vos, si quisiésedes, desnudar de medio cuerpo arriba, y poneros entre estos señores, y acabar con el desencanto de Dulcinea! Pues con la miseria y pena de tantos, no sentiríades vos mucho la vuestra; y más, que podría ser que el sabio Merlín tomase en cuenta cada azote déstos, por ser dados de buena mano, por diez de los que vos finalmente os habéis de dar ▼.

Preguntar quería el general qué azotes eran aquéllos, o qué desencanto de Dulcinea, cuando dijo el marinero [18]:

—Señal hace Monjuí [19] de que hay bajel de remos en la costa por la banda del poniente.

Esto oído, saltó el general en la crujía, y dijo:

—¡Ea, hijos, no se nos vaya! Algún bergantín de cosarios [20] de Argel debe de ser este que la atalaya nos señala.

Llegáronse luego las otras tres galeras a la capitana, a saber lo que se les ordenaba. Mandó el general que las dos saliesen a la mar, y él con la otra iría tierra a tierra [21], porque ansí el bajel no se les escaparía. Apretó la chusma los remos, impeliendo las galeras con tanta furia, que parecía que volaban. Las que salieron a la mar a obra de [22] dos millas descubrieron un bajel, que con la vista le marcaron por de hasta catorce o quince bancos, y así era la verdad; el cual bajel, cuando des-

[18] El encargado de vigilar.

[19] Montjuich (castillo con torre de vigía).

[20] Corsarios.

[21] Costeando.

[22] A eso de.

▼ Aun en la brillantez y novedad del espectáculo (las galeras, el mar...) la tristeza sigue adueñándose de don Quijote, atormentado en lo más íntimo de su ser.

cubrió las galeras, se puso en caza[23], con intención y esperanza de escaparse por su ligereza; pero avínole mal, porque la galera capitana era de los más ligeros bajeles que en la mar navegaban, y así le fue entrando[24], que claramente los del bergantín conocieron que no podían escaparse, y así, el arráez[25] quisiera que dejaran los remos y se entregaran, por no irritar a enojo al capitán que nuestras galeras regía. Pero la suerte, que de otra manera lo guiaba, ordenó que ya que la capitana llegaba tan cerca, que podían los del bajel oír las voces que desde ella les decían que se rindiesen, dos *toraquís*▼, que es como decir dos turcos, borrachos, que en el bergantín venían con estos doce, dispararon dos escopetas, con que dieron muerte a dos soldados que sobre nuestras arrumbadas▼▼ venían. Viendo lo cual, juró el general de no dejar con vida a todos cuantos en el bajel tomase, y llegando a embestir con toda furia, se le escapó por debajo de la palamenta[26]. Pasó la galera adelante un buen trecho; los del bajel se vieron perdidos, hicieron vela en tanto que la galera volvía, y de nuevo, a vela y a remo, se pusieron en caza; pero no les aprovechó su diligencia tanto como les dañó su atrevimiento, porque alcanzándoles la capitana a poco más de media milla, les echó la palamenta encima y los cogió vivos a todos.

Llegaron en esto las otras dos galeras, y todas cuatro con la presa volvieron a la playa, donde infinita gente los estaba esperando, deseosos de ver lo que traían. Dio fondo[27] el general cerca de

[23] En fuga.

[24] Alcanzando.

[25] Capitán de barco árabe.

[26] El conjunto de los remos.

[27] Fondeó.

▼ Palabra que se ha explicado como equivalente a *turquís,* turcos, y también como arabismo que significa «adicto al vino», borracho.

▼▼ Corredores en las bandas de proa. «Narra Cide Hamete, pero de repente se trata de *nuestras galeras* (españolas), perspectiva de un español, y ahora mueren dos soldados sobre *nuestras arrumbadas,* perspectiva del que está en la galera» (Allen).

tierra, y conoció que estaba en la marina el virrey de la ciudad. Mandó echar el esquife para traerle, y mandó amainar la entena para ahorcar luego luego [28] al arráez y a los demás turcos que en el bajel había cogido, que serían hasta treinta y seis personas, todos gallardos, y los más, escopeteros turcos. Preguntó el general quién era el arráez del bergantín, y fuele respondido por uno de los cautivos, en lengua castellana, que después pareció ser renegado español:

—Este mancebo, señor, que aquí vees es nuestro arráez.

Y mostróle uno de los más bellos y gallardos mozos que pudiera pintar la humana imaginación. La edad, al parecer, no llegaba a veinte años. Preguntóle el general:

—Dime, mal aconsejado perro, ¿quién te movió a matarme mis soldados, pues veías ser imposible el escaparte? ¿Ese respeto se guarda a las capitanas? ¿No sabes tú que no es valentía la temeridad? Las esperanzas dudosas han de hacer a los hombres atrevidos, pero no temerarios.

Responder quería el arráez; pero no pudo el general, por entonces, oír la respuesta, por acudir a recebir al virrey, que ya entraba en la galera, con el cual entraron algunos de sus criados y algunas personas del pueblo.

—¡Buena ha estado la caza, señor general! —dijo el virrey.

—Y tan buena —respondió el general— cual la verá Vuestra Excelencia agora colgada de esta entena.

—¿Cómo ansí? —replicó el virrey.

—Porque me han muerto —respondió el general—, contra toda ley y contra toda razón y usanza de guerra, dos soldados de los mejores que en estas galeras venían, y yo he jurado de ahorcar a

[28] Inmediatamente (reduplicación).

cuantos he cautivado, principalmente a este mozo, que es el arráez del bergantín.

Y enseñóle al que ya tenía atadas las manos y echado el cordel a la garganta, esperando la muerte.

Miróle el virrey, y viéndole tan hermoso, y tan gallardo, y tan humilde, dándole en aquel instante una carta de recomendación su hermosura, le vino deseo de excusar [29] su muerte, y así le preguntó:

—Dime, arráez, ¿eres turco de nación, o moro, o renegado?

A lo cual el mozo respondió, en lengua asimesmo castellana:

—Ni soy turco de nación, ni moro, ni renegado.

—Pues ¿qué eres? —replicó el virrey.

—Mujer cristiana —respondió el mancebo.

—¿Mujer, y cristiana, y en tal traje, y en tales pasos? Más es cosa para admirarla que para creerla.

—Suspended —dijo el mozo—, ¡oh señores!, la ejecución de mi muerte; que no se perderá mucho en que se dilate vuestra venganza en tanto que yo os cuente mi vida.

¿Quién fuera el de corazón tan duro que con estas razones no se ablandara, o, a lo menos, hasta oír las que el triste y lastimado mancebo decir quería? El general le dijo que dijese lo que quisiese, pero que no esperase alcanzar perdón de su conocida culpa. Con esta licencia, el mozo comenzó a decir desta manera:

—De aquella nación [30] más desdichada que prudente sobre quien ha llovido estos días un mar de desgracias, nací yo, de moriscos padres engendrada. En la corriente de su desventura fui yo por dos tíos míos llevada a Berbería, sin que me aprovechase decir que era cristiana, como, en efecto, lo soy, y no de las fingidas ni aparentes, sino de las verdaderas y católicas. No me valió con los que te-

[29] Evitar.

[30] Raza (los moriscos).

nían a cargo nuestro miserable destierro decir esta verdad, ni mis tíos quisieron creerla; antes la tuvieron por mentira y por invención para quedarme en la tierra donde había nacido, y así, por fuerza más que por grado, me trujeron consigo. Tuve una madre cristiana y un padre discreto y cristiano, ni más ni menos; mamé la fe católica en la leche, criéme con buenas costumbres; ni en la lengua ni en ellas jamás, a mi parecer, di señales de ser morisca ▼. Al par y al paso de estas virtudes, que yo creo que lo son, creció mi hermosura, si es que tengo alguna; y aunque mi recato y mi encerramiento fue mucho, no debió de ser tanto, que no tuviese lugar de verme un mancebo caballero llamado don Gaspar Gregorio, hijo mayorazgo de un caballero que junto a nuestro lugar otro suyo tiene. Cómo me vio, cómo nos hablamos, cómo se vio perdido por mí y cómo yo no muy ganada por él, sería largo de contar, y más en tiempo que estoy temiendo que entre la lengua y la garganta se ha de atravesar el riguroso cordel que me amenaza; y así, sólo diré cómo en nuestro destierro quiso acompañarme don Gregorio ▼▼. Mezclóse con los moriscos que de otros lugares salieron, porque sabía muy bien la lengua, y en el viaje se hizo amigo de dos tíos míos que consigo me traían; porque mi padre, prudente y prevenido, así como oyó el primer bando de nuestro destierro, se salió del lugar y se fue a buscar alguno en los reinos extraños que nos acogiese. Dejó encerradas y enterradas en una parte de quien [31] yo sola tengo noticia muchas perlas y piedras de gran

[31] De la cual.

▼ Este relato se encuadra entre los del subgénero morisco y en él se reiteran ambientes y motivos semejantes a los del capitán cautivo.

▼▼ Véase la nota al pie de la pág. 641 en II, 54.

valor, con algunos dineros en cruzados [32] y doblones [33] de oro. Mandóme que no tocase al tesoro que dejaba, en ninguna manera, si acaso antes que él volviese nos desterraban. Hícelo así, y con mis tíos, como tengo dicho, y otros parientes y allegados pasamos a Berbería, y el lugar donde hicimos asiento fue en Argel, como si le hiciéramos en el mismo infierno. Tuvo noticia el rey de mi hermosura, y la fama se la dio de mis riquezas, que, en parte, fue ventura mía. Llamóme ante sí, preguntóme de qué parte de España era y qué dineros y qué joyas traía. Díjele el lugar, y que las joyas y dineros quedaban en él enterrados; pero que con facilidad se podrían cobrar si yo misma volviese por ellos. Todo esto le dije, temerosa de que no le cegase mi hermosura, sino su codicia. Estando conmigo en estas pláticas, le llegaron a decir cómo venía conmigo uno de los más gallardos y hermosos mancebos que se podía imaginar. Luego entendí que lo decían por don Gaspar Gregorio, cuya belleza se deja atrás las mayores que encarecer se pueden. Turbéme, considerando el peligro que don Gregorio corría, porque entre aquellos bárbaros turcos en más se tiene y estima un mochacho o mancebo hermoso que una mujer, por bellísima que sea. Mandó luego el rey que se le trujesen allí delante para verle, y preguntóme si era verdad lo que de aquel mozo le decían. Entonces yo, casi como prevenida del cielo, le dije que sí era; pero que le hacía saber que no era varón, sino mujer como yo, y que le suplicaba me la dejase ir a vestir en su natural traje, para que de todo en todo mostrase su belleza y con menos empacho pareciese ante su presencia. Díjome que fuese en buena hora, y que otro día [34] hablaríamos en el modo que se podía tener para que yo volviese a España a sacar el escondido tesoro. Hablé con don Gas-

[32] Moneda de Felipe II y III como reyes de Portugal.

[33] Valían 20 reales cada uno.

[34] Al día siguiente.

par, contéle el peligro que corría el mostrar ser hombre, vestíle de mora, y aquella mesma tarde le truje a la presencia del rey, el cual, en viéndole, quedó admirado, y hizo disignio [35] de guardarla para hacer presente della al Gran Señor; y por huir del peligro que en el serrallo▼ de sus mujeres podía tener y temer de sí mismo, la mandó poner en casa de una de las principales moras que la guardasen y la sirviesen, adonde le llevaron luego. Lo que los dos sentimos, que no puedo negar que no [36] le quiero, se deje a la consideración de los que se apartan si bien se quieren. Dio luego traza el rey de que yo volviese a España en este bergantín y que me acompañasen dos turcos de nación, que fueron los que mataron vuestros soldados. Vino también conmigo este renegado español —señalando al que había hablado primero—, del cual sé yo bien que es cristiano encubierto y que viene con más deseo de quedarse en España que de volver a Berbería; la demás chusma del bergantín son moros y turcos, que no sirven de más que de bogar al remo. Los dos turcos, codiciosos e insolentes, sin guardar el orden que traíamos de que a mí y a este renegado en la primera parte de España, en hábito de cristianos, de que venimos proveídos, nos echasen en tierra, primero quisieron barrer esta costa [37] y hacer alguna presa, si pudiesen, temiendo que si primero nos echaban en tierra, por algún accidente que a los dos nos sucediese podríamos descubrir que quedaba el bergantín en la mar, y si acaso hubiese galeras, por esta costa, los tomasen. Anoche descubrimos esta playa, y sin tener noticia destas cuatro galeras fuimos descubiertos, y nos ha sucedido lo que habéis

[35] Designio.

[36] *No* redundante.

[37] Recorrer esta costa capturando lo que pudieran.

▼ Lugar en que los mahometanos tienen a sus mujeres y concubinas.

visto. En resolución, don Gregorio queda en hábito de mujer entre mujeres, con manifiesto peligro de perderse, y yo me veo atadas las manos, esperando, o, por mejor decir, temiendo perder la vida, que ya me cansa. Éste es, señores, el fin de mi lamentable historia, tan verdadera como desdichada; lo que os ruego es que me dejéis morir como cristiana, pues, como ya he dicho, en ninguna cosa he sido culpante de la culpa en que los de mi nación han caído ▼.

Y luego calló, preñados los ojos de tiernas lágrimas, a quien acompañaron muchas de los que presentes estaban. El virrey, tierno y compasivo, sin hablarle palabra, se llegó a ella y le quitó con sus manos el cordel que las hermosas de la mora ligaba.

En tanto, pues, que la morisca cristiana su peregrina historia trataba, tuvo clavados los ojos en ella un anciano peregrino que entró en la galera cuando entró el virrey, y apenas dio fin a su plática la morisca, cuando él se arrojó a sus pies, y abrazado dellos, con interrumpidas palabras de mil sollozos y suspiros, le dijo:

—¡Oh Ana Félix, desdichada hija mía! Yo soy tu padre Ricote, que volvía a buscarte por no poder vivir sin ti, que eres mi alma ▼▼.

A cuyas palabras abrió los ojos Sancho, y alzó la cabeza —que inclinada tenía, pensando en la desgracia de su paseo—, y mirando al peregrino, conoció ser el mismo Ricote que topó el día que salió de su gobierno, y confirmóse que aquélla era

---

▼ Véase nota al pie de la pág. 666 en I, 42.

▼▼ La narración morisca de Ana Félix —complementaria de la de Ricote, en II, 54— está dispuesta de tal modo que se aprovechan todos los recursos para lograr el mayor suspense, incluso la anagnórisis o reconocimiento (aquí, entre padre e hija).

su hija, la cual, ya desatada, abrazó a su padre, mezclando sus lágrimas con las suyas; el cual dijo al general y al virrey:

—Ésta, señores, es mi hija, más desdichada en sus sucesos que en su nombre. Ana Félix se llama, con el sobrenombre de Ricote, famosa tanto por su hermosura como por mi riqueza. Yo salí de mi patria a buscar en reinos extraños quien nos albergase y recogiese, y habiéndole hallado en Alemania, volví en este hábito de peregrino, en compañía de otros alemanes, a buscar mi hija y a desenterrar muchas riquezas que dejé escondidas. No hallé a mi hija; hallé el tesoro, que conmigo traigo, y agora, por el extraño rodeo que habéis visto, he hallado el tesoro que más me enriquece, que es a mi querida hija. Si nuestra poca culpa y sus lágrimas y las mías, por la integridad de vuestra justicia, pueden abrir puertas a la misericordia, usadla con nosotros, que jamás tuvimos pensamiento de ofenderos, ni convenimos en ningún modo con la intención de los nuestros, que justamente han sido desterrados.

Entonces dijo Sancho:

—Bien conozco a Ricote, y sé que es verdad lo que dice en cuanto a ser Ana Félix su hija; que en esotras zarandajas de ir y venir, tener buena o mala intención, no me entremeto▼.

Admirados del extraño caso todos los presentes, el general dijo:

—Una por una[38] vuestras lágrimas no me dejarán cumplir mi juramento; vivid, hermosa Ana Félix, los años de vida que os tiene determinados el cielo, y lleven la pena de su culpa los insolentes y atrevidos que la cometieron.

[38] En efecto.

▼ Véanse la segunda nota de la pág. 632, la primera de la pág. 637 y la de la pág. 640 en II, 54.

Y mandó luego ahorcar de la entena a los dos turcos que a sus dos soldádos habían muerto; pero el virrey le pidió encarecidamente no los ahorcase, pues más locura que valentía había sido la suya. Hizo el general lo que el virrey le pedía, porque no se ejecutan bien las venganzas a sangre helada. Procuraron luego dar traza de sacar a don Gaspar Gregorio del peligro en que quedaba. Ofreció Ricote para ello más de dos mil ducados que en perlas y en joyas tenía. Diéronse muchos medios; pero ninguno fue tal como el que dio el renegado español que se ha dicho, el cual se ofreció de volver a Argel en algún barco pequeño, de hasta seis bancos, armado de remeros cristianos, porque él sabía dónde, cómo y cuándo podía y debía desembarcar, y asimismo no ignoraba la casa donde don Gaspar quedaba.

Dudaron el general y el virrey el fiarse del renegado, ni confiar de los cristianos que habían de bogar el remo. Fióle [39] Ana Félix, y Ricote, su padre, dijo que salía [40] a dar el rescate de los cristianos, si acaso se perdiesen ▼. Firmados [41], pues, en este parecer, se desembarcó el virrey, y don Antonio Moreno se llevó consigo a la morisca y a su padre, encargándole el virrey que los regalase y acariciase cuanto le fuese posible; que de su parte le ofrecía lo que en su casa hubiese para su regalo. Tanta fue la benevolencia y caridad que la hermosura de Ana Félix infundió en su pecho.

[39] Salió fiadora.

[40] Se obligaba.

[41] Afirmados.

▼ ¿Qué hace, entre tanto, don Quijote? Su derrumbamiento parece ya definitivo: ni antes tomó parte activa en la persecución y captura del bajel corsario ni ahora se ofrece para intervenir en el rescate de Gaspar Gregorio.

## CAPÍTULO LXIV

### Que trata de la aventura que más pesadumbre dio a don Quijote de cuantas hasta entonces le habían sucedido

La mujer de don Antonio Moreno cuenta la historia ▼ que recibió grandísimo contento de ver a Ana Félix en su casa. Recibióla con mucho agrado, así enamorada de su belleza como de su discreción, porque en lo uno y en lo otro era extremada la morisca, y toda la gente de la ciudad, como a campana tañida, venían a verla.

Dijo don Quijote a don Antonio que el parecer que habían tomado en la libertad de don Gregorio no era bueno, porque tenía más de peligroso que de conveniente, y que sería mejor que le pusiesen a él en Berbería con sus armas y caballo, que él le sacaría a pesar de toda la morisma, como había hecho don Gaiferos a su esposa Melisendra ▼▼.

—Advierta vuesa merced —dijo Sancho, oyendo esto— que el señor don Gaiferos sacó a su esposa de tierra firme y la llevó a Francia por tierra firme, pero aquí, si acaso sacamos a don Gregorio,

▼ Véanse nota al pie de la pág. 66 en II, 5 y la primera nota al pie de la pág. 19 en II, 1.

▼▼ Véanse la primera nota al pie de la pág. 309 en II, 25, y notas a pie de pág. 318 y 319, en II, 26.

no tenemos por dónde traerle a España, pues está la mar en medio.

—Para todo hay remedio, si no es para la muerte —respondió don Quijote—; pues llegando el barco a la marina, nos podremos embarcar en él, aunque todo el mundo lo impida.

—Muy bien lo pinta y facilita vuestra merced —dijo Sancho—; pero del dicho al hecho hay un gran trecho, y yo me atengo al renegado, que me parece muy hombre de bien y de muy buenas entrañas.

Don Antonio dijo que si el renegado no saliese bien del caso, se tomaría el expediente de que el gran don Quijote pasase en Berbería.

De allí a dos días partió el renegado en un ligero barco de seis remos por banda, armado de valentísima chusma [1], y de allí a otros dos se partieron las galeras a Levante, habiendo pedido el general al visorrey [2] fuese servido de avisarle de lo que sucediese en la libertad de don Gregorio y en el caso de Ana Félix. Quedó el visorrey de hacerlo así como se lo pedía.

Y una mañana, saliendo don Quijote a pasearse por la playa armado de todas sus armas, porque, como muchas veces decía, ellas eran sus arreos, y su descanso el pelear ▼, y no se hallaba sin ellas un punto, vio venir hacia él un caballero, armado asimismo de punta en blanco [3], que en el escudo traía pintada una luna resplandeciente; el cual, llegándose a trecho que podía ser oído, en altas voces, encaminando sus razones a don Quijote, dijo:

—Insigne caballero y jamás como se debe alabado don Quijote de la Mancha, yo soy el Caballero de la Blanca Luna, cuyas inauditas hazañas quizá te le [4] habrán traído a la memoria. Vengo a

[1] Galeotes y demás marinería.

[2] Virrey.

[3] De pies a cabeza.

[4] Al caballero.

▼ Véase nota al pie de la pág. 73 en I.

contender contigo y a probar la fuerza de tus brazos, en razón de hacerte conocer y confesar que mi dama, sea quien fuere, es sin comparación más hermosa que tu Dulcinea del Toboso; la cual verdad si tú la confiesas de llano en llano, excusarás [5] tu muerte y el trabajo [6] que yo he de tomar en dártela; y si tú peleares y yo te venciere, no quiero otra satisfacción sino que dejando las armas y absteniéndote de buscar aventuras, te recojas y retires a tu lugar por tiempo de un año, donde has de vivir sin echar mano a la espada, en paz tranquila y en provechoso sosiego, porque así conviene al aumento de tu hacienda y a la salvación de tu alma. Y si tú me vencieres, quedará a tu discreción mi cabeza, y serán tuyos los despojos de mis armas y caballo, y pasará a la tuya la fama de mis hazañas. Mira lo que te está mejor, y respóndeme luego, porque hoy todo el día traigo de término [7] para despachar este negocio.

Don Quijote quedó suspenso y atónito, así de la arrogancia del Caballero de la Blanca Luna como de la causa por que le desafiaba, y con reposo y ademán severo le respondió:

—Caballero de la Blanca Luna, cuyas hazañas hasta agora no han llegado a mi noticia, yo osaré jurar que jamás habéis visto a la ilustre Dulcinea; que si visto la hubiérades, yo sé que procurárades no poneros en esta demanda, porque su vista os desengañara de que no ha habido ni puede haber belleza que con la suya comparar se pueda. Y así, no diciéndoos que mentís, sino que no acertáis en lo propuesto, con las condiciones que habéis referido acepto vuestro desafío, y luego [8], porque no se pase el día que traéis determinado; y sólo excepto [9] de las condiciones la de que se pase a mí la fama de vuestras hazañas, porque no sé cuáles ni qué tales sean: con las mías me contento, tales cuales ellas son. Tomad, pues, la parte del campo

[5] Evitarás.

[6] Pena, aflicción.

[7] Plazo.

[8] Inmediatamente.

[9] Exceptúo.

que quisiéredes; que yo haré lo mesmo, y a quien Dios se la diere, San Pedro se la bendiga.

Habían descubierto de la ciudad al Caballero de la Blanca Luna, y díchoselo al visorrey que estaba hablando con don Quijote de la Mancha. El visorrey, creyendo sería alguna nueva aventura fabricada por don Antonio Moreno o por otro algún caballero de la ciudad, salió luego a la playa con don Antonio y con otros muchos caballeros que le acompañaban, a tiempo cuando don Quijote volvía las riendas a Rocinante para tomar del campo lo necesario.

Viendo, pues, el visorrey que daban los dos señales de volverse a encontrar [10], se puso en medio, preguntándoles qué era la causa que les movía a hacer tan de improviso batalla. El Caballero de la Blanca Luna respondió que era precedencia de hermosura, y en breves razones le dijo las mismas que había dicho a don Quijote, con la aceptación de las condiciones del desafío hechas por entrambas partes. Llegóse el visorrey a don Antonio, y preguntóle paso [11] si sabía quién era el tal Caballero de la Blanca Luna, o si era alguna burla que querían hacer a don Quijote. Don Antonio le respondió que ni sabía quién era, ni si era de burlas ni de veras el tal desafío. Esta respuesta tuvo perplejo al visorrey en si les dejaría o no pasar adelante en la batalla; pero no pudiéndose persuadir a que fuese sino burla, se apartó diciendo:

—Señores caballeros, si aquí no hay otro remedio sino confesar o morir, y el señor don Quijote está en sus trece, y vuestra merced el de la Blanca Luna en sus catorce ▼, a la mano de Dios, y dense.

[10] Dar la vuelta para encontrarse o enfrentarse.

[11] En voz baja.

▼ Nótese el juego idiomático con la expresión proverbial *estar en sus trece:* mantenerse firme.

Agradeció el de la Blanca Luna con corteses y discretas razones al visorrey la licencia que se les daba, y don Quijote hizo lo mesmo, el cual, encomendándose al cielo de todo corazón y a su Dulcinea —como tenía de costumbre al comenzar de las batallas que se le ofrecían—, tornó a tomar otro poco más del campo, porque vio que su contrario hacía lo mesmo, y sin tocar trompeta ni otro instrumento bélico que les diese señal de arremeter, volvieron entrambos a un mesmo punto [12] las riendas a sus caballos; y como era más ligero el de la Blanca Luna, llegó a don Quijote a dos tercios andados de la carrera, y allí le encontró con tan poderosa fuerza, sin tocarle con la lanza —que la levantó, al parecer, de propósito—, que dio con Rocinante y con don Quijote por el suelo una peligrosa caída. Fue luego sobre él, y poniéndole la lanza sobre la visera, le dijo:

—Vencido sois, caballero, y aun muerto, si no confesáis las condiciones de nuestro desafío.

Don Quijote, molido y aturdido, sin alzarse la visera, como si hablara dentro de una tumba, con voz debilitada y enferma, dijo:

—Dulcinea del Toboso es la más hermosa mujer del mundo, y yo el más desdichado caballero de la tierra, y no es bien que mi flaqueza defraude esta verdad. Aprieta, caballero, la lanza, y quítame la vida, pues me has quitado la honra ▼.

—Eso no haré yo, por cierto —dijo el de la Blanca Luna—; viva, viva en su entereza la fama de la hermosura de la señora Dulcinea del Toboso; que sólo me contento con que el gran don Quijote se

[12] Tiempo.

▼ Pasaje de honda tristeza. Don Quijote, presa del desfallecimiento vital progresivo —preludio de su muerte— desde la bajada a la cueva de Montesinos, ni siquiera en tan amargo momento renuncia a la afirmación de su ideal, Dulcinea.

retire a su lugar un año, o hasta el tiempo que por mí le fuere mandado, como concertamos antes de entrar en esta batalla.

Todo esto oyeron el visorrey y don Antonio, con otros muchos que allí estaban, y oyeron asimismo que don Quijote respondió que como no le pidiese cosa que fuese en perjuicio de Dulcinea, todo lo demás cumpliría como caballero puntual y verdadero [13].

Hecha esta confesión, volvió las riendas el de la Blanca Luna, y haciendo mesura [14] con la cabeza al visorrey, a medio galope se entró en la ciudad.

Mandó el visorrey a don Antonio que fuese tras él y que en todas maneras supiese quién era. Levantaron a don Quijote, descubriéronle el rostro y halláronle sin color y trasudando. Rocinante, de puro malparado, no se pudo mover por entonces. Sancho, todo triste, todo apesarado [15], no sabía qué decirse ni qué hacerse: parecíale que todo aquel suceso pasaba en sueños y que toda aquella máquina era cosa de encantamento. Veía a su señor rendido y obligado a no tomar armas en un año; imaginaba la luz de la gloria de sus hazañas escurecida, las esperanzas de sus nuevas promesas deshechas, como se deshace el humo con el viento. Temía si quedaría o no contrecho [16] Rocinante, o deslocado su amo; que no fuera poca ventura si deslocado ▼ quedara. Finalmente, con una silla de manos, que mandó traer el visorrey, le llevaron a la ciudad, y el visorrey se volvió también a ella, con deseo de saber quién fuese el Caballero de la Blanca Luna, que de tan mal talante había dejado a don Quijote.

[13] Veraz.

[14] Reverencia.

[15] Apesadumbrado.

[16] Baldado, lisiado.

▼ Nótese el cruel juego de palabras basado en el uso disémico de *deslocado:* «dislocado» y después «curado de su locura».

## COMENTARIO 5 (Capítulo LXIV)

- *Resume el argumento de este capítulo.*

- *Comenta los aspectos temáticos fundamentales.*

- *Describe la estructura externa del capítulo. ¿En qué partes está organizada su composición?*

- *Explica la estructura narrativa, interna, del texto: narrador, modo narrativo, espacio, tiempo...*

- *Analiza la presentación del Caballero de la Blanca Luna. Comenta su actuación.*

- *Comenta la actuación de don Quijote; y también la actitud de Sancho.*

- *Señala y explica los procedimientos técnicos y los recursos estilísticos más relevantes.*

- *Comenta el epígrafe del capítulo.*

## Capítulo LXV

### **Donde se da noticia quién era el de la Blanca Luna, con la libertad de don Gregorio, y de otros sucesos**

Siguió don Antonio Moreno al Caballero de la Blanca Luna, y siguiéronle también, y aun persiguiéronle, muchos muchachos, hasta que le cerraron [1] en un mesón, dentro de la ciudad. Entró el don Antonio con deseo de conocerle; salió un escudero a recebirle y a desarmarle; encerróse en una sala baja, y con él don Antonio, que no se le cocía el pan [2] hasta saber quién fuese. Viendo, pues, el de la Blanca Luna que aquel caballero no le dejaba, le dijo:

—Bien sé, señor, a lo que venís, que es a saber quién soy; y porque no hay para qué negároslo, en tanto que este mi criado me desarma os lo diré, sin faltar un punto a la verdad del caso. Sabed, señor, que a mí me llaman el bachiller Sansón Carrasco; soy del mesmo lugar de don Quijote de la Mancha, cuya locura y sandez mueve a que le tengamos lástima todos cuantos le conocemos, y entre los que más se la han tenido he sido yo; y creyendo que está su salud en su reposo, y en que se esté en su tierra y en su casa, di traza para hacerle estar en ella, y así, habrá tres meses ▼ que le

[1] Encerraron.

[2] Estaba muy impaciente.

▼ Tan sólo habrán pasado unos dos meses, cómputo difícil de ajustar a causa del ya comentado desconcierto temporal del *Quijote*.

salí al camino como caballero andante, llamándome el Caballero de los Espejos, con intención de pelear con él y vencerle, sin hacerle daño, poniendo por condición de nuestra pelea que el vencido quedase a discreción del vencedor; y lo que yo pensaba pedirle, porque ya le juzgaba por vencido, era que se volviese a su lugar y que no saliese dél en todo un año, en el cual tiempo podría ser curado. Pero la suerte lo ordenó de otra manera, porque él me venció a mí y me derribó del caballo, y así, no tuvo efecto mi pensamiento. Él prosiguió su camino, y yo me volví, vencido, corrido y molido de la caída ▼, que fue además [3] peligrosa; pero no por esto se me quitó el deseo de volver a buscarle y a vencerle, como hoy se ha visto. Y como él es tan puntual en guardar las órdenes de la andante caballería, sin duda alguna guardará la que le he dado, en cumplimiento de su palabra. Esto es, señor, lo que pasa, sin que tenga que deciros otra cosa alguna: suplícoos no me descubráis ni le digáis a don Quijote quién soy, porque tengan efecto los buenos pensamientos míos y vuelva a cobrar su juicio un hombre que le tiene bonísimo, como le dejen las sandeces de la caballería ▼▼.

—¡Oh señor —dijo don Antonio—, Dios os perdone el agravio que habéis hecho a todo el mundo en querer volver cuerdo al más gracioso loco que hay en él! ¿No veis, señor, que no podrá llegar el provecho que cause la cordura de don Qui-

[3] En demasía.

▼ Véase la primera nota al pie de la pág. 162 en II, 14.

▼▼ Nótese que, una vez más, como en otros episodios, Cervantes presenta primero los hechos y narra la pelea y los resultados, para después, en el capítulo siguiente, descubrir la identidad y la intención del Caballero de la Blanca Luna. Esta inversión de orden lógico es un recurso para la creación de suspense.

jote a lo que llega el gusto que da con sus desvaríos? Pero yo imagino que toda la industria[4] del señor bachiller no ha de ser parte para volver cuerdo a un hombre tan rematadamente loco, y si no fuese contra caridad, diría que nunca sane don Quijote, porque con su salud, no solamente perdemos sus gracias, sino las de Sancho Panza su escudero, que cualquiera dellas puede volver a alegrar a la misma melancolía ▼. Con todo esto, callaré, y no le diré nada, por ver si salgo verdadero en sospechar que no ha de tener efecto la diligencia hecha por el señor Carrasco.

El cual respondió que ya una por una[5] estaba en buen punto aquel negocio, de quien[6] esperaba feliz suceso[7]. Y habiéndole ofrecido don Antonio de hacer lo que más le mandase, se despidió dél, y hecho liar sus armas sobre un macho, luego al mismo punto, sobre el caballo con que entró en la batalla, se salió de la ciudad aquel mismo día y se volvió a su patria, sin sucederle cosa que obligue a contarla en esta verdadera historia.

Contó don Antonio al visorrey todo lo que Carrasco le había contado, de lo que el visorrey no recibió mucho gusto, porque en el recogimiento de don Quijote se perdía el[8] que podían tener todos aquellos que de sus locuras tuviesen noticia.

Seis días estuvo don Quijote en el lecho, marrido[9], triste, pensativo y malacondicionado, yendo y viniendo con la imaginación en el desdichado suceso de su vencimiento. Consolábale Sancho, y, entre otras razones, le dijo:

—Señor mío, alce vuestra merced la cabeza y alégrese, si puede, y dé gracias al cielo que, ya que

[4] Ingenio.

[5] Ciertamente.

[6] Del que.

[7] Resultado.

[8] El gusto (zeugma).

[9] Melancólico, afligido.

▼ Todo esto, además de ponderar la frivolidad de los burladores, es una autoalabanza de Cervantes.

le derribó en la tierra, no salió con alguna costilla quebrada, y pues sabe que donde las dan las toman, y que no siempre hay tocinos donde hay estacas, dé una higa al médico ▾, pues no le ha menester para que le cure en esta enfermedad, volvámonos a nuestra casa y dejémonos de andar buscando aventuras por tierras y lugares que no sabemos; y si bien se considera, yo soy aquí el más perdidoso, aunque es vuestra merced el más mal parado. Yo, que dejé con el gobierno los deseos de ser más [10] gobernador, no dejé la gana de ser conde, que jamás tendrá efecto si vuesa merced deja de ser rey, dejando el ejercicio de su caballería, y así, vienen a volverse en humo mis esperanzas.

—Calla, Sancho, pues ves que mi reclusión y retirada no ha de pasar de un año; que luego volveré a mis honrados ejercicios, y no me ha de faltar reino que gane y algún condado que darte.

—Dios lo oiga —dijo Sancho—, y el pecado [11] sea sordo, que siempre he oído decir que más vale buena esperanza que ruin posesión.

En esto estaban cuando entró don Antonio, diciendo con muestras de grandísimo contento:

—¡Albricias, señor don Quijote, que don Gregorio y el renegado que fue por él está en la playa! ¿Qué digo en la playa? Ya está en casa del visorrey, y será [12] aquí al momento.

Alegróse algún tanto don Quijote, y dijo:

—En verdad que estoy por decir que me holgara que hubiera sucedido todo al revés, porque me obligara a pasar en Berbería, donde con la fuerza de mi brazo diera libertad no sólo a don Grego-

[10] Nunca más.

[11] El diablo.

[12] Estará.

▾ Véanse la segunda nota al pie de la pág. 119 en II, 10, y la última nota de la pág. 374 en II, 31 (esto último es una alusión al refrán «Mee yo claro y una higa para el médico»).

rio, sino a cuantos cristianos cautivos hay en Bería. Pero, ¿qué digo, miserable? ¿No soy yo el vencido? ¿No soy yo el derribado? ¿No soy yo el que no puede tomar arma en un año? Pues ¿qué prometo? ¿De qué me alabo, si antes me conviene usar de la rueca que de la espada▼?

—Déjese deso, señor —dijo Sancho—; viva la gallina, aunque con su pepita▼▼; que hoy por ti y mañana por mí; y en estas cosas de encuentros[13] y porrazos no hay tomarles tiento alguno, pues el que hoy cae puede levantarse mañana, si no es que se quiere estar en la cama, quiero decir que se deje desmayar, sin cobrar nuevos bríos para nuevas pendencias. Y levántese vuestra merced agora para recebir a don Gregorio; que me parece que anda la gente alborotada, y ya debe de estar en casa.

Y así era la verdad; porque habiendo ya dado cuenta don Gregorio y el renegado al visorrey de su ida y vuelta, deseoso don Gregorio de ver a Ana Félix, vino con el renegado a casa de don Antonio, y aunque don Gregorio cuando le sacaron de Argel fue con hábitos de mujer, en el barco los trocó por los de un cautivo que salió consigo; pero en cualquiera que viniera, mostrara ser persona para ser codiciada, servida y estimada, porque era hermoso sobremanera, y la edad, al parecer, de diez y siete o diez y ocho años. Ricote y su hija salieron a recebirle, el padre con lágrimas y la hija con honestidad▼▼▼. No se abrazaron unos a otros,

[13] Batallas.

▼ Véanse nota al pie de la pág. 756 en II, 64, y nota al pie de la pág. 751 en II, 63.

▼▼ Véase nota al pie de la pág. 68 en II, 5.

▼▼▼ He aquí otro ejemplo ilustrativo de lo que Hatzfeld llamó «antítesis armonizada» en el *Quijote,* en el «enlace antitético» de una realidad concreta *(lágrimas)* y una abstracción ideal *(honestidad).*

porque donde hay mucho amor no suele haber demasiada desenvoltura. Las dos bellezas juntas de don Gregorio y Ana Félix admiraron en particular[14] a todos juntos los que presentes estaban. El silencio fue allí el que habló por los dos amantes, y los ojos fueron las lenguas que descubrieron sus alegres y honestos pensamientos.

Contó el renegado la industria y medio que tuvo para sacar a don Gregorio; contó don Gregorio los peligros y aprietos en que se había visto con las mujeres con quien había quedado, no con largo razonamiento, sino con breves palabras, donde mostró que su discreción se adelantaba a sus años. Finalmente, Ricote pagó y satisfizo liberalmente así al renegado como a los que habían bogado al remo. Reincorporóse y redújose el renegado con la Iglesia, y de miembro podrido, volvió limpio y sano con la penitencia y el arrepentimiento.

De allí a dos días trató el visorrey con don Antonio qué modo tendrían para que Ana Félix y su padre quedasen en España, pareciéndoles no ser de inconveniente alguno que quedasen en ella hija tan cristiana y padre, al parecer, tan bien intencionado. Don Antonio se ofreció venir a la corte a negociarlo, donde había de venir forzosamente a otros negocios, dando a entender que en ella, por medio del favor y de las dádivas, muchas cosas dificultosas se acaban[15].

—No —dijo Ricote, que se halló presente a esta plática— hay que esperar en favores ni en dádivas; porque con el gran don Bernardino de Velasco, conde de Salazar▼, a quien dio Su Majestad

[14] Singularmente.

[15] Se consiguen.

▼ Este primer conde de Salazar fue el encargado de llevar a cabo la orden de expulsión de los moriscos en Castilla, La Mancha y Extremadura.

cargo de nuestra expulsión, no valen ruegos, no promesas, no dádivas, no lástimas; porque aunque es verdad que él mezcla la misericordia con la justicia, como él vee que todo el cuerpo de nuestra nación [16] está contaminado y podrido, usa con él antes del cauterio que abrasa que del ungüento que molifica; y así, con prudencia, con sagacidad, con diligencia y con miedos que pone, ha llevado sobre sus fuertes hombros a debida ejecución el peso desta gran máquina, sin que nuestras industrias, estratagemas, solicitudes y fraudes hayan podido deslumbrar sus ojos de Argos ▼, que contino [17] tiene alerta, porque no se le quede ni encubra ninguno de los nuestros, que como raíz escondida, que con el tiempo venga después a brotar, y a echar frutos venenosos en España, ya limpia, ya desembarazada de los temores en que nuestra muchedumbre la tenía. ¡Heroica resolución del gran Filipo Tercero [18], y inaudita prudencia en haberla encargado al tal don Bernardino de Velasco!

—Una por una, yo haré, puesto allá, las diligencias posibles, y haga el cielo lo que más fuere servido —dijo don Antonio—. Don Gregorio se irá conmigo a consolar la pena que sus padres deben tener por su ausencia; Ana Félix se quedará con mi mujer en mi casa, o en un monasterio, y yo sé que el señor visorrey gustará se quede en la suya el buen Ricote, hasta ver cómo yo negocio.

El visorrey consintió en todo lo propuesto; pero don Gregorio, sabiendo lo que pasaba, dijo que en ninguna manera podía ni quería dejar a doña Ana Félix; pero teniendo intención de ver a sus padres, y de dar traza de volver por ella, vino en [19] el de-

[16] Raza.

[17] Continuamente.

[18] Felipe III (rey en 1598-1621).

[19] Aceptó.

▼ Monstruo mitológico de cien ojos (vigilaba con 50 ojos mientras dormía con los otros 50).

cretado concierto. Quedóse Ana Félix con la mujer de don Antonio, y Ricote en casa del visorrey.

Llegóse el día de la partida de don Antonio, y el de don Quijote y Sancho, que fue de allí a otros dos; que la caída no le concedió [20] que más presto se pusiese en camino. Hubo lágrimas, hubo suspiros, desmayos y sollozos al despedirse don Gregorio de Ana Félix. Ofrecióle Ricote a don Gregorio mil escudos, si los quería; pero él no tomó ninguno, sino solos cinco que le prestó don Antonio, prometiendo la paga dellos en la corte. Con esto, se partieron los dos, y don Quijote y Sancho después, como se ha dicho, don Quijote desarmado y de camino [21], Sancho a pie, por ir el rucio cargado con las armas.

[20] Permitió.

[21] Vestido de camino.

## Capítulo LXVI

### Que trata de lo que verá el que lo leyere, o lo oirá el que lo escuchare leer[▼]

Al salir de Barcelona, volvió don Quijote a mirar el sitio donde había caído, y dijo:

—¡Aquí fue Troya[▼▼]! ¡Aquí mi desdicha, y no mi cobardía, se llevó mis alcanzadas glorias; aquí usó la fortuna conmigo de sus vueltas y revueltas; aquí se escurecieron mis hazañas; aquí, finalmente, cayó mi ventura para jamás levantarse!

Oyendo lo cual Sancho, dijo:

—Tan de valientes corazones es, señor mío, tener sufrimiento en las desgracias como alegría en las prosperidades, y esto lo juzgo por mí mismo, que si cuando era gobernador estaba alegre, agora que soy escudero de a pie, no estoy triste. Porque he oído decir que esta que llaman por ahí Fortuna[▼▼▼] es una mujer borracha y antojadiza, y, sobre todo, ciega, y así, no vee lo que hace, ni sabe a quién derriba, ni a quién ensalza.

---

[▼] Porque todavía perduraba en el Siglo de Oro la costumbre medieval de leer historias en voz alta para regocijo de los reunidos en un lugar.

[▼▼] «¡Aquí dejó de existir mi gloria!», expresión proverbial procedente de la *Eneida (... ubi Troia fuit),* de Virgilio.

[▼▼▼] Divinidad mitológica romana quc regía los destinos de los hombres y distribuía suerte y riquezas.

—Muy filósofo estás, Sancho —respondió don Quijote—; muy a lo discreto hablas; no sé quién te lo enseña. Lo que te sé decir es que no hay fortuna en el mundo, ni las cosas que en él suceden, buenas o malas que sean, vienen acaso [1], sino por particular providencia de los cielos, y de aquí viene lo que suele decirse: que cada uno es artífice de su ventura. Yo lo he sido de la mía, pero no con la prudencia necesaria, y así, me han salido gallarín [2] mis presunciones; pues debiera pensar que al poderoso grandor [3] del caballo del de la Blanca Luna no podía resistir la flaqueza de Rocinante. Atrevíme, en fin, hice lo que pude, derribáronme, y aunque perdí la honra, no perdí, ni puedo perder, la virtud de cumplir mi palabra. Cuando era caballero andante, atrevido y valiente, con mis obras y con mis manos acreditaba mis hechos, y agora, cuando soy escudero pedestre, acreditaré mis palabras cumpliendo la que di de mi promesa. Camina, pues, amigo Sancho, y vamos a tener en nuestra tierra el año de noviciado [4], con cuyo encerramiento cobraremos virtud nueva para volver al nunca de mí olvidado ejercicio de las armas.

—Señor —respondió Sancho—, no es cosa tan gustosa el caminar a pie, que me mueva e incite a hacer grandes jornadas. Dejemos estas armas colgadas de algún árbol, en lugar de un ahorcado, y ocupando yo las espaldas del rucio, levantados los pies del suelo, haremos las jornadas como vuestra merced las pidiere y midiere; que pensar que tengo de caminar a pie y hacerlas grandes es pensar en lo excusado [5].

—Bien has dicho, Sancho —respondió don Quijote—; cuélguense mis armas por trofeo, y al pie dellas, o alrededor dellas, grabaremos en los árboles lo que en el trofeo de las armas de Roldán estaba escrito:

[1] Por casualidad.

[2] Muy mal (*gallarín:* pérdida muy grande).

[3] Al corpulento tamaño.

[4] De prueba.

[5] En lo imposible.

Nadie las mueva
que estar no pueda con Roldán a prueba ▾.

—Todo eso me parece de perlas —respondió Sancho—, y si no fuera por la falta que para el camino nos había de hacer Rocinante, también fuera bien dejarle colgado.

—¡Pues ni él ni las armas —replicó don Quijote— quiero que se ahorquen, porque no se diga que a buen servicio, mal galardón!

—Muy bien dice vuestra merced —respondió Sancho—, porque según opinión de discretos, la culpa del asno no se ha de echar a la albarda; y pues deste suceso vuestra merced tiene la culpa, castíguese a sí mesmo, y no revienten sus iras por las ya rotas y sangrientas armas, ni por las mansedumbres de Rocinante, ni por la blandura de mis pies, queriendo que caminen más de lo justo.

En estas razones y pláticas se les pasó todo aquel día, y aun otros cuatro, sin sucederles cosa que estorbase su camino; y al quinto día, a la entrada de un lugar, hallaron a la puerta de un mesón mucha gente, que, por ser fiesta, se estaba allí solazando. Cuando llegaba a ellos don Quijote, un labrador alzó la voz diciendo:

—Alguno destos dos señores que aquí vienen, que no conocen las partes[6], dirá lo que se ha de hacer en nuestra apuesta.

—Sí diré, por cierto —respondió don Quijote—, con toda rectitud, si es que alcanzo a entenderla.

—Es, pues, el caso —dijo el labrador—, señor bueno[7], que un vecino deste lugar, tan gordo, que pesa once arrobas, desafió a correr a otro su vecino, que no pesa más que cinco. Fue la condición

[6] Las partes contrarias.

[7] Tratamiento propio de rústicos.

▾ Véase nota al pie de la pág. 182 en I, 13.

que habían de correr una carrera de cien pasos con pesos iguales; y habiéndole preguntado al desafiador cómo se había de igualar el peso dijo que el desafiado, que pesa cinco arrobas, se pusiese seis de hierro a cuestas, y así se igualarían las once arrobas del flaco con las once del gordo.

—Eso no —dijo a esta sazón Sancho, antes que don Quijote respondiese—. Y a mí, que ha pocos días que salí de ser gobernador, y juez, como todo el mundo sabe, toca averiguar estas dudas y dar parecer en todo pleito.

—Responde en buen hora —dijo don Quijote—, Sancho amigo; que yo no estoy para dar migas a un gato ▼, según traigo alborotado y trastornado el juicio.

Con esta licencia, dijo Sancho a los labradores, que estaban muchos alrededor dél, la boca abierta, esperando la sentencia de la suya:

—Hermanos, lo que el gordo pide no lleva camino, ni tiene sombra de justicia alguna; porque si es verdad lo que se dice, que el desafiado puede escoger las armas, no es bien que éste las escoja tales que le impidan ni estorben el salir vencedor; y así, es mi parecer que el gordo desafiador se escamonde [8], monde, entresaque, pula y atilde, y saque seis arrobas de sus carnes ▼▼, de aquí o de allí de su cuerpo, como mejor le pareciere y estuviere, y desta manera, quedando en cinco arrobas de peso, se igualará y ajustará con las cinco de su contrario, y así podrán correr igualmente.

—¡Voto a tal —dijo un labrador que escuchó la sentencia de Sancho— que este señor ha hablado como un bendito y sentenciado como un canóni-

[8] Se despoje, adelgace.

▼ «No tengo fuerzas ni para dar migas a un gato», es decir, «para nada» (expresión proverbial).

▼▼ Nótese la similicadencia. (Véase la primera nota al pie de la pág. 312 en II, 25.)

go! Pero a buen seguro que no ha de querer quitarse el gordo una onza de sus carnes, cuanto más seis arrobas.

—Lo mejor es que no corran —respondió otro—, porque el flaco no se muela con el peso, ni el gordo se descarne; y échese la mitad de la apuesta en vino, y llevemos estos señores a la taberna de lo caro [9], y sobre mí... la capa cuando llueva▼.

—Yo, señores —respondió don Quijote—, os lo agradezco; pero no puedo detenerme un punto, porque pensamientos y sucesos tristes me hacen parecer descortés y caminar más que de paso.

Y así, dando de las espuelas a Rocinante, pasó adelante, dejándolos admirados de haber visto y notado así su extraña figura como la discreción de su criado, que por tal juzgaron a Sancho. Y otro de los labradores dijo:

—Si el criado es tan discreto, ¡cuál debe de ser el amo! Yo apostaré que si van a estudiar a Salamanca, que a un tris [10] han de venir a ser alcaldes de corte; que todo es burla, sino estudiar y más estudiar, y tener favor y ventura, y cuando menos se piensa el hombre, se halla con una vara en la mano o con una mitra [11] en la cabeza.

Aquella noche la pasaron amo y mozo en mitad del campo, al cielo raso y descubierto, y otro día [12], siguiendo su camino, vieron que hacia ellos venía un hombre de a pie, con unas alforjas al cuello y una azcona [13] o chuzo en la mano, propio talle de correo de a pie; el cual como llegó junto a don Quijote adelantó el paso, y medio corriendo llegó a él, y abrazándole por el muslo derecho, que no alcanzaba a más, le dijo, con muestras de mucha alegría:

[9] De vino bueno.

[10] En un santiamén.

[11] Símbolos de autoridad civil y eclesiástica.

[12] Al día siguiente.

[13] Arma arrojadiza.

▼ Se trata de una salida humorística, pues la expresión normal era «Y caiga sobre mi ánima, si mal le fuere».

—¡Oh, mi señor don Quijote de la Mancha, y qué gran contento ha de llegar al corazón de mi señor el duque cuando sepa que vuestra merced vuelve a su castillo, que todavía se está en él con mi señora la duquesa!

—No os conozco, amigo —respondió don Quijote—, ni sé quién sois, si vos no me lo decís.

—Yo, señor don Quijote —respondió el correo—, soy Tosilos, el lacayo del duque mi señor, que no quise pelear con vuestra merced sobre el casamiento de la hija de doña Rodríguez.

—¡Válame Dios! —dijo don Quijote—. ¿Es posible que sois vos el que los encantadores mis enemigos transformaron en ese lacayo que decís, por defraudarme de la honra de aquella batalla?

—Calle, señor bueno —replicó el cartero—, que no hubo encanto alguno ni mudanza de rostro ninguna: tan lacayo Tosilos entré en la estacada[14] como Tosilos lacayo salí della. Yo pensé casarme sin pelear, por haberme parecido bien la moza; pero sucedióme al revés mi pensamiento, pues así como[15] vuestra merced se partió de nuestro castillo, el duque mi señor me hizo dar cien palos por haber contravenido a las ordenanzas que me tenía dadas antes de entrar en la batalla, y todo ha parado en que la muchacha es ya monja, y doña Rodríguez se ha vuelto a Castilla, y yo voy ahora a Barcelona, a llevar un pliego de cartas al virrey, que le envía mi amo. Si vuestra merced quiere un traguito, aunque caliente, puro, aquí llevo una calabaza llena de lo caro[16], con no sé cuántas rajitas de queso de Tronchón ▼, que servirán de llamati-

[14] Campo cerrado para la lucha.

[15] Tan pronto como.

[16] Véase nota 9.

▼ Aldea de Teruel. Don Quijote tiene aún que añadir a su angustia la noticia del fracaso de su pasada lucha con Tosilos, cuyo desenlace recuerda el de la intervención que don Quijote protagonizó en favor de Andresillo (véase nota al pie de la pág. 90 en I, 4).

vo y despertador de la sed, si acaso está durmiendo ▼.

—Quiero el envite —dijo Sancho—, y échese el resto de la cortesía ▼▼, y escancie el buen Tosilos, a despecho y pesar de cuantos encantadores hay en las Indias.

—En fin —dijo don Quijote—, tú eres, Sancho, el mayor glotón del mundo y el mayor ignorante de la tierra, pues no te persuades que este correo es encantado, y este Tosilos contrahecho [17]. Quédate con él y hártate; que yo me iré adelante poco a poco, esperándote a que vengas.

Rióse el lacayo, desenvainó [18] su calabaza, desalforjó sus rajas, y sacando un panecillo, él y Sancho se sentaron sobre la yerba verde, y en buena paz compaña [19] despabilaron y dieron fondo con todo el repuesto de las alforjas, con tan buenos alientos, que lamieron el pliego de las cartas, sólo porque olía a queso. Dijo Tosilos a Sancho:

—Sin duda este tu amo, Sancho amigo, debe de ser un loco.

—¿Cómo debe? —respondió Sancho—. No debe nada a nadie; que todo lo paga, y más, cuando la moneda es locura ▼▼▼. Bien lo veo yo, y bien se lo digo a él; pero ¿qué aprovecha? Y más agora, que va rematado, porque va vencido del Caballero de la Blanca Luna.

Rogóle Tosilos le contase lo que le había sucedido; pero Sancho le respondió que era descorte-

[17] Ficticio.

[18] Sacó.

[19] Y compañía.

▼ *Despertar la sed* es expresión figurada que ya no hablaba a la imaginación. Al agregar «si acaso está durmiendo», se reaviva su valor etimológico» (Rosenblat).

▼▼ «Acepto el desafío [... vamos a comer y a beber] y me juego todo [sin perder tiempo en cortesía]». Son expresiones tomadas del juego de naipes.

▼▼▼ Nótese el juego de palabras basado en el uso dilógico de *debe*.

sía dejar que su amo le esperase; que otro día, si se encontrasen, habría lugar [20] para ello. Y levantándose después de haberse sacudido el sayo y las migajas de las barbas, antecogió al rucio, y diciendo «a Dios», dejó a Tosilos y alcanzó a su amo, que a la sombra de un árbol le estaba esperando.

[20] Ocasión.

CAPÍTULO LXVII

## De la resolución que tomó don Quijote de hacerse pastor y seguir la vida del campo, en tanto que se pasaba el año de su promesa, con otros sucesos en verdad gustosos y buenos

Si muchos pensamientos fatigaban a don Quijote antes de ser derribado, muchos más le fatigaron después de caído. A la sombra del árbol estaba, como se ha dicho, y allí, como moscas a la miel, le acudían y picaban pensamientos: unos iban al desencanto de Dulcinea, y otros a la vida que había de hacer en su forzosa retirada. Llegó Sancho y alabóle la liberal condición del lacayo Tosilos.

—¿Es posible —le dijo don Quijote— que todavía, ¡oh Sancho!, pienses que aquél sea verdadero lacayo? Parece que se te ha ido de las mientes haber visto a Dulcinea convertida y transformada en labradora, y al Caballero de los Espejos, en el bachiller Carrasco, obras todas de los encantadores que me persiguen ▼. Pero dime agora: ¿preguntaste a ese Tosilos que dices qué ha hecho Dios de Altisidora: si ha llorado mi ausencia, o si ha dejado ya en las manos del olvido los enamorados pensamientos que en mi presencia la fatigaban?

▼ Véase la segunda nota al pie de la pág. 173 en II, 14.

—No eran —respondió Sancho— los [1] que yo tenía tales, que me diesen lugar [2] a preguntar boberías. ¡Cuerpo de mí!, señor, ¿está vuestra merced ahora en términos de inquirir pensamientos ajenos, especialmente amorosos?

—Mira, Sancho —dijo don Quijote—, mucha diferencia hay de las obras que se hacen por amor a las que se hacen por agradecimiento. Bien puede ser que un caballero sea desamorado ▼; pero no puede ser, hablando en todo rigor, que sea desagradecido. Quísome bien, al parecer, Altisidora, diome los tres tocadores [3] que sabes, lloró en mi partida, maldíjome, vituperóme, quejóse ▼▼, a despecho de la vergüenza, públicamente: señales todas de que me adoraba; que las iras de los amantes suelen parar en maldiciones. Yo no tuve esperanzas que darle, ni tesoros que ofrecerle, porque las mías las tengo entregadas a Dulcinea, y los tesoros de los caballeros andantes son como los de los duendes ▼▼▼, aparentes y falsos, y sólo puedo darle estos acuerdos [4] que della tengo, sin perjuicio, pero [5], de los que tengo de Dulcinea, a quien tú agravias con la remisión que tienes en azotarte y en castigar esas carnes, que vea yo comidas de lobos, que quieren guardarse antes para los gusanos que para el remedio de aquella pobre señora.

—Señor —respondió Sancho—, si va a decir la verdad, yo no me puedo persuadir que los azotes

[1] Los pensamientos.

[2] Ocasión.

[3] Gorros de dormir.

[4] Recuerdos.

[5] Empero, sin embargo.

▼ Esta apreciación del caballero es un fiel reflejo de que su bancarrota espiritual es ya evidente. (Véase la primera nota al pie de la pág. 388 en II, 32.)

▼▼ Véase la última nota al pie de la pág. 772 en II, 66. Recuérdese, con respecto a los *tres tocadores,* que no se los dio, sino que lo acusó de habérselos robado. (Véase la nota al pie de la pág. 537 en II, 46.)

▼▼▼ Es decir, son «riquezas ilusorias». Alude a la tradición popular según la cual los tesoros de los duendes se convertían en carbón cuando alguien los hallaba (Rodríguez Marín).

de mis posaderas tengan que ver con los desencantos de los encantados, que es como si dijésemos: «Si os duele la cabeza, untaos las rodillas.» A lo menos, yo osaré jurar que en cuantas historias vuesa merced ha leído que tratan de la andante caballería no ha visto algún desencantado por azotes; pero, por sí o por no, yo me los daré, cuando tenga gana y el tiempo me dé comodidad para castigarme.

—Dios lo haga —respondió don Quijote—, y los cielos te den gracia para que caigas en la cuenta y en la obligación que te corre de ayudar a mi señora, que lo es tuya, pues tú eres mío.

En estas pláticas iban siguiendo su camino, cuando llegaron al mesmo sitio y lugar donde fueron atropellados de los toros. Reconocióle don Quijote; dijo a Sancho:

—Éste es el prado donde topamos a las bizarras pastoras y gallardos pastores que en él querían renovar e imitar a la pastoral Arcadia ▼, pensamiento tan nuevo como discreto, a cuya imitación, si es que a ti te parece bien, querría, ¡oh Sancho!, que nos convirtiésemos en pastores, siquiera el tiempo que tengo de estar recogido. Yo compraré algunas ovejas, y todas las demás cosas que al pastoral ejercicio son necesarias, y llamándome yo *el pastor Quijotiz,* y tú *el pastor Pancino,* nos andaremos por los montes, por las selvas y por los prados, cantando aquí, endechando [6] allí, bebiendo de los líquidos cristales de las fuentes, o ya de los limpios arroyuelos, o de los caudalosos ríos. Dアránnos con abundantísima mano de su dulcísimo fruto las encinas, asiento los troncos de los durísimos

[6] Cantando endechas o canciones tristes.

▼ Véase nota al pie de la pág. 676 en II, 58.

alcornoques ▼, sombra los sauces, olor las rosas, alfombras de mil colores matizadas los extendidos prados, aliento el aire claro y puro, luz la luna y las estrellas, a pesar de la escuridad de la noche, gusto el canto, alegría el lloro, Apolo [7] versos, el amor conceptos, con que podremos hacernos eternos y famosos, no sólo en los presentes, sino en los venideros siglos.

—Pardiez —dijo Sancho—, que me ha cuadrado, y aun esquinado ▼▼, tal género de vida; y más, que no la ha de haber aún bien visto el bachiller Sansón Carrasco y maese Nicolás el barbero, cuando la han de querer seguir, y hacerse pastores con nosotros; y aun quiera Dios no le venga en voluntad al cura de entrar también en el aprisco [8], según es de alegre y amigo de holgarse.

—Tú has dicho muy bien —dijo don Quijote—; y podrá llamarse el bachiller Sansón Carrasco, si entra en el pastoral gremio, como entrará sin duda, *el pastor Sansonino,* o ya *el pastor Carrascón;* el barbero Nicolás se podrá llamar *Miculoso,* como ya el antiguo Boscán se llamó *Nemoroso* ▼▼▼; al cura no sé qué nombre le pongamos, si no es algún derivativo de su nombre, llamándole *el pastor Curiambro.* Las pastoras de quien hemos de ser amantes, como entre peras podremos escoger sus nombres;

[7] Dios de la música y la poesía.

[8] Sitio donde se guarda el ganado.

▼ Nótese la cómica acumulación de superlativos. Y obsérvese que, desalojado de «un ideal de vida como obra de arte, don Quijote de inmediato lo reemplaza con otro, que esboza en sus proyectos pastoriles» (Avalle-Arce). Pasa, pues, del mito medieval de la caballería andante al renacentista de la Arcadia pastoril.

▼▼ «*Cuadrarle* a uno algo es alegrarle o convenirle. Al agregarle el *esquinar,* destaca el valor literal de *cuadrar,* en relación con *cuadro* o con *cuadra,* y sus cuatro *esquinas*» (Rosenblat).

▼▼▼ Micolás o Miculás eran variantes rústicas de Nicolás (de ahí *Miculoso). Nemoroso* es el nombre de un pastor de la *Égloga I* de Garcilaso; don Quijote se refiere a la creencia —hoy descartada— según la cual detrás de *Nemoroso* se ocultaba Boscán (*nemus:* bosque), el poeta renacentista español amigo de Garcilaso.

y pues el de mi señora cuadra así al de pastora como al de princesa, no hay para qué cansarme en buscar otro que mejor le venga; tú, Sancho, pondrás a la tuya el que quisieres.

—No pienso —respondió Sancho— ponerle otro alguno sino el de *Teresona,* que le vendrá bien con su gordura y con el propio que tiene, pues se llama Teresa; y más, que celebrándola yo en mis versos, vengo a descubrir mis castos deseos, pues no ando a buscar pan de trastrigo [9] por las casas ajenas. El cura no será bien que tenga pastora, por dar buen ejemplo; y si quisiere el bachiller tenerla, su alma en su palma [10].

—¡Válame Dios! —dijo don Quijote—, ¡y qué vida nos hemos de dar, Sancho amigo! ¿Qué de churumbelas [11] han de llegar a nuestros oídos, qué de gaitas zamoranas, qué tamborines, y qué de sonajas, y qué de rabeles! Pues ¡qué si destas diferencias de músicas resuena la de los albogues! Allí se verá casi todos los instrumentos pastorales.

—¿Qué son albogues —preguntó Sancho—, que ni los he oído nombrar, ni los he visto en toda mi vida?

—Albogues son —respondió don Quijote— unas chapas a modo de candeleros de azófar [12], que dando una con otra por lo vacío y hueco, hace un son, si no muy agradable ni armónico, no descontenta, y viene bien con la rusticidad de la gaita y del tamborín ▾; y este nombre *albogues* es morisco [13], como lo son todos aquellos que en nuestra lengua castellana comienzan en *al,* conviene a saber: *almohaza* [14], *almorzar, alhombra* [15], *alguacil, alhu-*

[9] No hago cosas fuera de razón, imposibles.

[10] Véase nota 50 en II, 32.

[11] Instrumentos de viento.

[12] Latón.

[13] Árabe.

[14] Cepillo para limpiar caballerías.

[15] Alfombra.

▾ De esta descripción se deduce que no se refiere a los instrumentos de viento llamados *albogues,* sino a una especie de platillos.

*cema* [16], *almacén, alcancía* ▼, y otros semejantes, que deben ser pocos más; y solos tres tiene nuestra lengua que son moriscos y acaban en *i*, y son *borceguí, zaquizamí* [17] y *maravedí. Alhelí* y *alfaquí* [18], tanto por el *al* primero como por el *i* en que acaban, son conocidos por arábigos. Esto te he dicho, de paso, por habérmelo reducido a la memoria la ocasión de haber nombrado *albogues;* y hanos de ayudar mucho al parecer en perfección este ejercicio el ser yo algún tanto poeta, como tú sabes, y el serlo también en extremo el bachiller Sansón Carrasco. Del cura no digo nada, pero yo apostaré que debe de tener sus puntas y collares de poeta; y que las tenga también maese Nicolás, no dudo en ello, porque todos, o los más [19], son guitarristas y copleros. Yo me quejaré de ausencia; tú te alabarás de firme enamorado; el pastor Carrascón, de desdeñado, y el cura Curiambro de lo que él más puede servirse, y así, andará la cosa que no haya más que desear.

A lo que respondió Sancho:

—Yo soy, señor, tan desgraciado, que temo no ha de llegar el día en que en tal ejercicio me vea. ¡Oh, qué polidas cuchares [20] tengo de hacer cuando pastor me vea! ¡Qué de migas, qué de natas, qué de guirnaldas y qué de zarandajas pastoriles, que, puesto que [21] no me granjeen fama de discreto, no dejarán de granjearme la de ingenioso! Sanchica mi hija nos llevará la comida al hato [22]. Pero, ¡guarda!, que es de buen parecer, y hay pastores más maliciosos que simples, y no querría que fuese por lana y volviese trasquilada; y también sue-

[16] Espliego.

[17] Techo labrado de yeso.

[18] Doctor o sabio de la ley.

[19] Los más barberos.

[20] Pulidas cucharas.

[21] Aunque.

[22] Rebaño.

▼ Véase la primera nota al pie de la pág. 250 en II, 20. Nótese que, una vez más, don Quijote no sólo explica a Sancho el significado de palabras que éste ignora (véase nota al pie de la pág. 353 en II, 29), sino que incluso diserta sobre etimologías, campo en el que comete algunos errores.

len andar los amores y los no buenos deseos por los campos como por las ciudades, y por las pastorales chozas como por los reales palacios, y quitada la causa se quita el pecado, y ojos que no veen, corazón que no quiebra, y más vale salto de mata que ruego de hombres buenos▼.

—No más refranes, Sancho —dijo don Quijote—, pues cualquiera de los que has dicho basta para dar a entender tu pensamiento; y muchas veces te he aconsejado que no seas tan pródigo de refranes y que te vayas a la mano[23] en decirlos; pero paréceme que es predicar en desierto, y «castígame mi madre, y yo trómpogelas▼▼.»

—Paréceme —respondió Sancho— que vuesa merced es como lo que dicen: «Dijo la sartén a la caldera: Quítate allá, ojinegra.» Estáme reprehendiendo que no diga yo refranes, y ensártalos vuesa merced de dos en dos.

—Mira, Sancho —respondió don Quijote—: yo traigo los refranes a propósito, y vienen cuando los digo como anillo en el dedo; pero tráeslos tan por los cabellos, que los arrastras, y no los guías; y si no me acuerdo mal, otra vez te he dicho que los refranes son sentencias breves, sacadas de la experiencia y especulación de nuestros antiguos sabios, y el refrán que no viene a propósito, antes es disparate que sentencia. Pero dejémonos desto, y pues ya viene la noche, retirémonos del camino real algún trecho, donde pasaremos esta noche, y Dios sabe lo que será mañana.

[23] Te contengas.

▼ Refrán equivalente a «más vale escaparse que esperar a que intercedan por uno».

▼▼ Véase la primera nota al pie de la pág. 505 en II, 43. Nótese que al comentado proceso de quijotización de Sancho se añade ahora el proceso inverso: la influencia de Sancho en don Quijote, de cuya sanchificación es señal el uso de refranes por el caballero.

Retiráronse, cenaron tarde y mal, bien contra la voluntad de Sancho, a quien se le representaban las estrechezas de la andante caballería usadas en las selvas y en los montes, si bien tal vez[24] la abundancia se mostraba en los castillos y casas, así de don Diego de Miranda como en las bodas del rico Camacho y de don Antonio Moreno; pero consideraba no ser posible ser siempre de día ni siempre de noche, y así, pasó aquélla durmiendo, y su amo velando.

[24] Alguna vez.

## Capítulo LXVIII

## De la cerdosa aventura que le aconteció a don Quijote ▼

[1] Aunque.

[2] Alguna vez.

Era la noche algo escura, puesto que [1] la luna estaba en el cielo, pero no en parte que pudiese ser vista: que tal vez [2] la señora Diana ▼▼ se va a pasear a los antípodas, y deja los montes negros y los valles escuros. Cumplió don Quijote con la naturaleza durmiendo el primer sueño, sin dar lugar al segundo, bien al revés de Sancho, que nunca tuvo segundo, porque le duraba el sueño desde la noche hasta la mañana, en que se mostraba su buena complexión y pocos cuidados. Los de don Quijote le desvelaron de manera, que despertó a Sancho y le dijo:

—Maravillado estoy, Sancho, de la libertad de tu condición. Yo imagino que eres hecho de mármol, o de duro bronce, en quien no cabe movimiento ni sentimiento alguno. Yo velo cuando tú duermes; yo lloro cuando cantas; yo me desmayo de ayuno cuando tú estás perezoso y desalentado de puro harto ▼▼▼. De buenos criados es conllevar las penas de sus señores y sentir sus sentimientos,

▼ Véase la primera nota al pie de la pág. 536 en II, 46.

▼▼ *La señora Diana* es la luz del día. Diana etimológicamente significa «la luz del día o diurna».

▼▼▼ Nótese la serie de antítesis. (Véase la última nota al pie de la pág. 462 en II, 38.)

por el bien parecer siquiera. Mira la serenidad desta noche, la soledad en que estamos, que nos convida a entremeter alguna vigilia entre nuestro sueño. Levántate, por tu vida, y desvíate algún trecho de aquí, y con buen ánimo y denuedo agradecido date trecientos o cuatrocientos azotes a buena cuenta de los del desencanto de Dulcinea, y esto rogando te lo suplico; que no quiero venir contigo a los brazos como la otra vez, porque sé que los tienes pesados. Después que te hayas dado, pasaremos lo que resta de la noche cantando, yo mi ausencia y tú tu firmeza, dando desde agora principio al ejercicio pastoral que hemos de tener en nuestra aldea.

—Señor —respondió Sancho—, no soy yo religioso para que desde la mitad de mi sueño me levante y me dicipline [3], ni menos me parece que del extremo del dolor de los azotes se pueda pasar al de la música. Vuesa merced me deje dormir y no me apriete en lo del azotarme; que me hará hacer juramento de no tocarme jamás al pelo del sayo, no que [4] al de mis carnes.

—¡Oh alma endurecida! ¡Oh escudero sin piedad! ¡Oh pan mal empleado y mercedes mal consideradas las que te he hecho y pienso de hacerte! Por mí te has visto gobernador, y por mí te vees con esperanzas propincuas [5] de ser conde, o tener otro título equivalente, y no tardará el cumplimiento de ellas más de cuanto tarde en pasar este año; que yo *post tenebras spero lucem* ▼.

—No entiendo eso —replicó Sancho—; sólo entiendo que en tanto que duermo, ni tengo temor,

[3] Discipline, azote.

[4] Ya no.

[5] Cercanas.

▼ «Después de las tinieblas espero la luz», cita bíblica en latín —son palabras del *Libro de Job*— que constituía el emblema de la imprenta de Juan de la Cuesta, donde se editó el *Quijote*. (Véase la primera nota al pie de la pág. 91 en II, 7.)

ni esperanza, ni trabajo, ni gloria; y bien haya el que inventó el sueño, capa que cubre todos los humanos pensamientos, manjar que quita la hambre, agua que ahuyenta la sed, fuego que calienta el frío, frío que templa el ardor, y, finalmente, moneda general con que todas las cosas se compran, balanza y peso que iguala al pastor con el rey y al simple con el discreto. Sola una cosa tiene mala el sueño, según he oído decir, y es que se parece a la muerte, pues de un dormido a un muerto hay muy poca diferencia.

—Nunca te he oído hablar, Sancho —dijo don Quijote—, tan elegantemente como ahora; por donde vengo a conocer ser verdad el refrán que tú algunas veces sueles decir: «No con quien naces, sino con quien paces▼.»

—¡Ah, pesia[6] tal —replicó Sancho—, señor nuestro amo! No soy yo ahora el que ensarta refranes; que también a vuestra merced se le caen de la boca de dos en dos mejor que a mí, sino que debe de haber entre los míos y los suyos esta diferencia: que los de vuestra merced vendrán a tiempo y los míos a deshora; pero, en efecto, todos son refranes.

En esto estaban, cuando sintieron un sordo estruendo y un áspero ruido, que por todos aquellos valles se extendía. Levantóse en pie don Quijote y puso mano a la espada, y Sancho se agazapó debajo del rucio, poniéndose a los lados el lío de las armas y la albarda de su jumento, tan temblando de miedo como alborotado don Quijote.

[6] Pese a.

▼ He aquí otro pasaje bien ilustrativo de la influencia recíproca entre caballero y escudero: la quijotización de Sancho se manifiesta en su inusual esmero en el lenguaje de su intervención anterior; y la sanchificación de don Quijote, en el refrán que ahora emplea.

De punto en punto iba creciendo el ruido, y llegándose cerca a los dos temerosos, a lo menos, al uno, que al otro, ya se sabe su valentía.

Es, pues, el caso que llevaban unos hombres a vender a una feria más de seiscientos puercos, con los cuales caminaban a aquellas horas, y era tanto el ruido que llevaban y el gruñir y el bufar, que ensordecieron los oídos de don Quijote y de Sancho, que no advirtieron lo que ser podía. Llegó de tropel la extendida y gruñidora piara, y sin tener respeto a la autoridad de don Quijote, ni a la de Sancho, pasaron por cima de los dos, deshaciendo las trincheas ▼ de Sancho y derribando no sólo a don Quijote, sino llevando por añadidura a Rocinante. El tropel, el gruñir, la presteza con que llegaron los animales inmundos, puso en confusión y por el suelo a la albarda, a las armas, al rucio, a Rocinante, a Sancho y a don Quijote.

Levantóse Sancho como mejor pudo, y pidió a su amo la espada, diciéndole que quería matar media docena de aquellos señores y descomedidos puercos, que ya había conocido que lo eran. Don Quijote le dijo:

—Déjalos estar, amigo; que esta afrenta es pena de mi pecado, y justo castigo del cielo es que a un caballero andante vencido le coman adivas [7], y le piquen avispas, y le hollen [8] puercos.

—También debe de ser castigo del cielo —respondió Sancho— que a los escuderos de los caballeros vencidos los puncen moscas, los coman piojos y les embista la hambre. Si los escuderos fuéramos hijos de los caballeros a quien [9] servimos, o parientes suyos muy cercanos, no fuera mucho

[7] Animales parecidos a las zorras.

[8] Huellen.

[9] Quienes.

▼ Las trincheras (que rápidamente había improvisado Sancho).

que nos alcanzara la pena de sus culpas hasta la cuarta generación; pero ¿qué tienen que ver los Panzas con los Quijotes? Ahora bien, tornémonos a acomodar y durmamos lo poco que queda de la noche, y amanecerá Dios, y medraremos.

—Duerme tú, Sancho —respondió don Quijote—, que naciste para dormir; que yo, que nací para velar ▼, en el tiempo que falta de aquí al día, daré rienda a mis pensamientos, y los desfogaré [10] en un madrigalete, que, sin que tú lo sepas, anoche compuse en la memoria.

—A mí me parece —respondió Sancho— que los pensamientos que dan lugar a hacer coplas no deben de ser muchos. Vuesa merced coplee cuanto quisiere, que yo dormiré cuanto pudiere.

Y luego, tomando en el suelo cuanto quiso, se acurrucó y durmió a sueño suelto, sin que fianzas, ni deudas, ni dolor alguno se lo estorbase. Don Quijote, arrimado a un tronco de una haya o de un alcornoque —que Cide Hamete Benengeli no distingue el árbol que era ▼▼—, al son de sus mesmos suspiros, cantó de esta suerte:

—Amor, cuando yo pienso
en el mal que me das, terrible y fuerte,
voy corriendo a la muerte,
pensando así acabar mi mal inmenso;

mas en llegando al paso
que es puerto en este mar de mi tormento,
tanta alegría siento,
que la vida se esfuerza y no le paso.

[10] Manifestaré con pasión.

▼ Véase la última nota al pie de la pág. 785 en este capítulo.

▼▼ Otra vez se burla Cervantes del afán de precisión en cuestiones literariamente irrelevantes.

Así el vivir me mata,
que la muerte me torna a dar la vida.
¡Oh condición no oída
la que conmigo muerte y vida trata ▼!

Cada verso déstos acompañaba con muchos suspiros y no pocas lágrimas, bien como aquel cuyo corazón tenía traspasado con el dolor del vencimiento y con la ausencia de Dulcinea.

Llegóse en esto el día, dio el sol con sus rayos en los ojos a Sancho, despertó, y esperezóse [11], sacudiéndose y estirándose los perezosos miembros; miró el destrozo que habían hecho los puercos en su repostería [12], y maldijo la piara, y aun más adelante [13]. Finalmente, volvieron los dos a su comenzado camino y al declinar de la tarde vieron que hacia ellos venían hasta diez hombres de a caballo y cuatro o cinco de a pie. Sobresaltóse el corazón de don Quijote, y azoróse el de Sancho, porque la gente que se les llegaba traía lanzas y adargas y venía muy a punto de guerra. Volvióse don Quijote a Sancho, y díjole:

—Si yo pudiera, Sancho, ejercitar mis armas, y mi promesa no me hubiera atado los brazos, esta máquina [14] que sobre nosotros viene la tuviera yo por tortas y pan pintado [15], pero podría ser fuese otra cosa de la que tememos.

Llegaron, en esto, los de a caballo, y arbolando las lanzas, sin hablar palabra alguna rodearon a don Quijote y se las [16] pusieron a las espaldas y pechos, amenazándole de muerte. Uno de los de a pie, puesto un dedo en la boca, en señal de que callase, asió del freno de Rocinante y le sacó del

[11] Desperezóse.

[12] Conjunto de provisiones (ironía).

[13] Y aun otras cosas más.

[14] Invención.

[15] Véase nota 4 en I, 17.

[16] Las lanzas.

▼ Véase la última nota al pie de la pág. 785 en este mismo capítulo. Este madrigal es traducción de uno del poeta italiano Pietro Bembo (1470-1547).

camino, y los demás de a pie, antecogiendo a Sancho y al rucio, guardando todos maravilloso silencio, siguieron los pasos del que llevaba a don Quijote, el cual dos o tres veces quiso preguntar adónde le llevaban o qué querían; pero apenas comenzaba a mover los labios, cuando se los iban a cerrar con los hierros de las lanzas; y a Sancho le acontecía lo mismo, porque apenas daba muestras de hablar, cuando uno de los de a pie, con un aguijón, le punzaba, y al rucio ni más ni menos como si hablar quisiera. Cerró la noche, apresuraron el paso, creció en los dos presos el miedo, y más cuando oyeron que de cuando en cuando les decían:

—¡Caminad, trogloditas!

—¡Callad, bárbaros!

—¡Pagad, antropófagos!

—¡No os quejéis, scitas[17], ni abráis los ojos, Polifemos matadores ▼, leones carniceros!

Y otros nombres semejantes a éstos, con que atormentaban los oídos de los miserables amo y mozo. Sancho iba diciendo entre sí:

—¿Nosotros tortolitas? ¿Nosotros barberos ni estropajos? ¿Nosotros perritas, a quien dicen *cita*[18], *cita*? No me contentan nada estos nombres: a mal viento va esta parva ▼▼; todo el mal nos viene junto, como al perro los palos, y ¡ojalá parase en ellos lo que amenaza esta aventura tan desventurada!

[17] Escitas.

[18] Voz usada para llamar a los perros.

▼ Polifemo fue el cíclope gigante que tuvo preso a Ulises y a sus compañeros en su regreso desde Troya a Ítaca *(Odisea)*. Nótese la intención burlesca.

▼▼ «En mala dirección va este asunto» (*parva:* mies tendida en la era). No será necesario comentar ya este verdadero alarde de Sancho y su inaudita capacidad para la prevaricación del lenguaje deformando humorísticamente los vocablos. (Véase nota al pie de la pág. 256 en I, 19.)

Iba don Quijote embelesado, sin poder atinar con cuantos discursos [19] hacía qué serían aquellos nombres llenos de vituperios que les ponían, de los cuales sacaba en limpio no esperar ningún bien y temer mucho mal. Llegaron, en esto, un hora casi de la noche, a un castillo, que bien conoció don Quijote que era el del duque, donde había poco que habían estado.

—¡Váleme Dios! —dijo así como conoció la estancia— y ¿qué será esto? Sí que en esta casa todo es cortesía y buen comedimiento; pero para los vencidos el bien se vuelve en mal y el mal en peor.

Entraron al patio principal del castillo y viéronle aderezado y puesto de manera, que les acrecentó la admiración y les dobló el miedo, como se verá en el siguiente capítulo.

[19] Raciocinios.

## CAPÍTULO LXIX

### Del más raro y más nuevo suceso que en todo el discurso desta grande historia avino [1] a don Quijote

Apeáronse los de a caballo, y junto con los de a pie, tomando en peso y arrebatadamente a Sancho y a don Quijote, los entraron en el patio, alrededor del cual ardían casi cien hachas [2], puestas en sus blandones [3], y por los corredores del patio, más de quinientas luminarias, de modo que, a pesar de la noche, que se mostraba algo escura, no se echaba de ver la falta del día. En medio del patio se levantaba un túmulo como dos varas del suelo, cubierto todo con un grandísimo dosel de terciopelo negro, alrededor del cual, por sus gradas, ardían velas de cera blanca sobre más de cien candeleros de plata; encima del cual túmulo se mostraba un cuerpo muerto de una tan hermosa doncella, que hacía parecer con su hermosura hermosa a la misma muerte ▼. Tenía la cabeza sobre una almohada de brocado, coronada con una guirnalda de diversas y odoríferas flores tejida, las manos cruzadas sobre el pecho, y entre ellas, un ramo de amarilla y vencedora palma [4].

[1] Ocurrió.

[2] Hachas de cera.

[3] Candeleros.

[4] En señal de virginidad.

▼ Obsérvese que «la forma paradójica está ahí al servicio de la hipérbole» (Rosenblat).

A un lado del patio estaba puesto un teatro [5] y dos sillas, sentados dos personajes, que por tener coronas en la cabeza y ceptros [6] en las manos, daban señales de ser algunos reyes, ya verdaderos, o ya fingidos. Al lado deste teatro, adonde se subía por algunas gradas, estaban otras dos sillas, sobre las cuales los que trujeron los presos sentaron a don Quijote y a Sancho, todo esto callando, y dándoles a entender con señales a los dos que asimismo callasen. Pero sin que se lo señalaran, callaron ellos, porque la admiración de lo que estaban mirando les tenía atadas las lenguas.

Subieron, en esto, al teatro, con mucho acompañamiento, dos principales personajes, que luego fueron conocidos de don Quijote ser el duque y la duquesa, sus huéspedes [7], los cuales se sentaron en dos riquísimas sillas, junto a los dos que parecían reyes. ¿Quién no se había de admirar con esto, añadiéndose a ello haber conocido don Quijote que el cuerpo muerto que estaba sobre el túmulo era el de la hermosa Altisidora?

Al subir el duque y la duquesa en el teatro se levantaron don Quijote y Sancho y les hicieron una profunda humillación, y los duques hicieron lo mesmo, inclinando algún tanto las cabezas.

Salió, en esto, de través un ministro [8], y llegándose a Sancho, le echó una ropa de bocací [9] negro encima, toda pintada con llamas de fuego, y quitándole la caperuza [10], le puso en la cabeza una coroza, al modo de las que sacan los penitenciados por el Santo Oficio ▼, y díjole al oído que no descosiese los labios, porque le echarían una morda-

[5] Tablado.

[6] Cetros.

[7] Hospedadores.

[8] Sirviente.

[9] Tela de lienzo.

[10] Gorro puntiagudo.

▼ Capirote o cucurucho de cartón que los delincuentes y condenados, expuestos a la vergüenza pública, debían llevar —como señal ignominiosa— por mandato de la Inquisición.

za, o le quitarían la vida. Mirábase Sancho de arriba abajo, veíase ardiendo en llamas, pero como no le quemaban, no las estimaba en dos ardites. Quitóse la coroza, viola pintada de diablos, volvióse la a poner, diciendo entre sí:

—Aún bien que ni ellas me abrasan, ni ellos me llevan.

Mirábale también don Quijote, y aunque el temor le tenía suspensos los sentidos, no dejó de reírse de ver la figura de Sancho. Comenzó, en esto, a salir, al parecer, debajo del túmulo un son sumiso y agradable de flautas, que por no ser impedido de alguna humana voz, porque en aquel sitio el mesmo silencio guardaba silencio a sí mismo ▼, se mostraba blando y amoroso. Luego hizo de sí improvisa muestra [11], junto a la almohada del, al parecer [12], cadáver, un hermoso mancebo vestido a lo romano, que al son de una arpa, que él mismo tocaba, cantó con suavísima y clara voz estas dos estancias:

[11] Presentación.

[12] Por lo que se veía.

—En tanto que en sí vuelve Altisidora,
muerta por la crueldad de don Quijote,
y en tanto que en la corte encantadora
se vistieren las damas de picote [13],
y en tanto que a sus dueñas mi señora
vistiere de bayeta y de anascote [14],
cantaré su belleza y su desgracia,
con mejor plectro que el cantor de Tracia ▼▼.
Y aun no se me figura que me toca
aqueste oficio solamente en vida;

[13] Tela basta de pelo de cabra.

[14] Tela delgada de lana.

▼ Véase la nota a pie de la pág. 793 en este capítulo.

▼▼ Orfeo, poeta de Tracia que tocaba la lira y cantaba de tal modo que amansaba las fieras y cautivaba a los árboles y a las rocas.

mas con la lengua muerta y fría en la boca
pienso mover la voz a ti debida.
Libre mi alma de su estrecha roca[15],
por el estigio lago conducida,
celebrándote irá, y aquel sonido
hará parar las aguas del olvido▼.

[15] Prisión.

—No más —dijo a esta sazón uno de los dos que parecían reyes—; no más cantor divino; que sería proceder en infinito representarnos ahora la muerte y las gracias de la sin par Altisidora, no muerta, como el mundo ignorante piensa, sino viva en las lenguas de la Fama, y en la pena que para volverla a la perdida luz ha de pasar Sancho Panza, que está presente. Y así, ¡oh tú, Radamanto, que conmigo juzgas en las cavernas lóbregas de Lite▼▼!, pues sabes todo aquello que en los inescrutables hados está determinado acerca de volver en sí esta doncella, dilo, y decláralo luego[16], porque no se nos dilate el bien que con su nueva vuelta esperamos.

[16] En seguida.

Apenas hubo dicho esto Minos, juez y compañero de Radamanto, cuando levantándose en pie Radamanto, dijo:

—¡Ea, ministros de esta casa, altos y bajos, grandes y chicos, acudid unos tras otros y sellad el rostro de Sancho con veinte y cuatro mamonas▼▼▼, y doce pellizcos y seis alfilerazos en brazos y lo-

▼ Estigia, hija del Océano y de Tetis, quedó convertida en laguna, que en la geografía mitológica cierra el paso al infierno, y está muy próxima al río Lete, que es el río del olvido. Nótese que esta segunda octava real es la segunda de la *Égloga III,* de Garcilaso de la Vega. (Véase la nota a pie de la pág. 85 en II, 6.)

▼▼ Lite o Dite es uno de los nombres de Plutón, dios del infierno mitológico; y Radamanto y Minos son dos de los tres jueces de dicho infierno.

▼▼▼ Véase la primera nota al pie de la pág. 349 en II, 28.

mos; que en esta ceremonia consiste la salud de Altisidora!

Oyendo lo cual Sancho Panza, rompió el silencio, y dijo:

—¡Voto a tal, así me deje yo sellar el rostro ni manosearme la cara como volverme moro! ¡Cuerpo de mí! ¿Qué tiene que ver manosearme el rostro con la resurrección desta doncella? Regostóse la vieja a los bledos▼. Encantan a Dulcinea, y azótanme para que se desencante; muérese Altisidora de males que Dios quiso darle, y hanla de resucitar hacerme a mí veinte y cuatro mamonas y acribarme[17] el cuerpo a alfilerazos, y ¡a acardenalarme los brazos a pellizcos! ¡Esas burlas, a un cuñado; que yo soy perro viejo, y no hay conmigo tus, tus▼▼!

—¡Morirás! —dijo en alta voz Radamanto—. Ablándate, tigre; humíllate, Nembrot[18] soberbio, y sufre y calla, pues no te piden imposibles. Y no te metas en averiguar las dificultades deste negocio; mamonado has de ser; acrebillado te has de ver; pellizcado has de gemir. ¡Ea, digo, ministros, cumplid mi mandamiento; si no, por la fe de hombre de bien que habéis de ver para lo que nacistes!

Parecieron, en esto, que por el patio venían hasta seis dueñas en procesión, una tras otra, las cuatro con antojos[19], y todas levantadas las manos derechas en alto, con cuatro dedos de muñecas de fuera, para hacer las manos más largas, como ahora se usa. No las hubo visto Sancho, cuando bramando como un toro, dijo:

[17] Acribillarme.

[18] Nemrod, rey asirio cazador.

[19] Anteojos, antifaces.

▼ Referencia irónica al refrán «Regostóse [aficionóse] la vieja a los bledos [especie de berros], no dejó verdes ni secos».

▼▼ Véase nota al pie de la pág. 410 en II, 33.

—Bien podré yo dejarme manosear de todo el mundo; pero consentir que me toquen dueñas, ¡eso no! Gatéenme el rostro, como hicieron a mi amo en este mesmo castillo; traspásenme el cuerpo con puntas de dagas buidas [20]; atenácenme los brazos con tenazas de fuego; que yo lo llevaré en paciencia, o serviré a estos señores; pero que me toquen dueñas no lo consentiré, si [21] me llevase el diablo.

Rompió también el silencio don Quijote, diciendo a Sancho:

—Ten paciencia, hijo, y da gusto a estos señores, y muchas gracias al cielo por haber puesto tal virtud en tu persona que con el martirio della desencantes los encantados y resucites los muertos.

Ya estaban las dueñas cerca de Sancho, cuando él, más blando y más persuadido, poniéndose bien en la silla, dio rostro [22] y barba a la primera, la cual hizo una mamona muy bien sellada, y luego una gran reverencia.

—¡Menos cortesía; menos mudas▼, señora dueña —dijo Sancho—; que por Dios que traéis las manos oliendo a vinagrillo!

Finalmente, todas las dueñas le sellaron, y otra mucha gente de casa le pellizcaron; pero lo que él no pudo sufrir fue el punzamiento de los alfileres; y así, se levantó de la silla, al parecer, mohíno, y asiendo de una hacha encendida que junto a él estaba, dio tras las dueñas, y tras todos sus verdugos, diciendo:

—¡Afuera, ministros infernales; que no soy yo de bronce, para no sentir tan extraordinarios martirios!

[20] Aguzadas.

[21] Aunque.

[22] Ofreció el rostro.

▼ Unturas o afeites para la cara, uno de los cuales era el vinagrillo, que se nombra luego.

En esto, Altisidora, que debía de estar cansada por haber estado tanto tiempo supina [23], se volvió de un lado. Visto lo cual por los circunstantes, casi todos a una voz dijeron:

—¡Viva es Altisidora! ¡Altisidora vive!

Mandó Radamanto a Sancho que depusiese la ira, pues ya se había alcanzado el intento que se procuraba.

Así como don Quijote vio rebullir a Altisidora, se fue a poner de rodillas delante de Sancho, diciéndole:

—Agora es tiempo, hijo de mis entrañas, no que escudero mío, que te des algunos de los azotes que estás obligado a dar por el desencanto de Dulcinea. Ahora, digo, que es el tiempo donde tienes sazonada la virtud, y con eficacia de obrar el bien que de ti se espera.

A lo que respondió Sancho:

—Esto me parece argado [24] sobre argado, y no miel sobre hojuelas. Bueno sería que tras pellizcos, mamonas y alfilerazos viniesen ahora los azotes. No tienen más que hacer sino tomar una gran piedra, y atármela al cuello, y dar conmigo en un pozo, de lo que a mí no pesaría mucho, si es que para curar los males ajenos tengo yo de ser la vaca de la boda [25]. Déjenme; si no, por Dios, que lo arroje y lo eche todo a trece, aunque no se venda [26].

Ya, en esto, se había sentado en el túmulo Altisidora, y al mismo instante sonaron las chirimías, a quien acompañaron las flautas y las voces de todos, que aclamaban:

—¡Viva Altisidora! ¡Altisidora viva!

Levantáronse los duques y los reyes Minos y Radamanto, y todos juntos con don Quijote y Sancho, fueron a recebir a Altisidora y a bajarla del túmulo; la cual, haciendo de la desmayada, se in-

[23] Tendida de espaldas.

[24] Disparate.

[25] El hazmerreír de todos.

[26] Véase nota 76, pág. 375, en I, 25.

clinó a los duques y a los reyes, y mirando de través a don Quijote, le dijo:

—Dios te lo perdone, desamorado caballero, pues por tu crueldad he estado en el otro mundo, a mi parecer, más de mil años; y a ti, ¡oh el más compasivo escudero que contiene el orbe!, te agradezco la vida que poseo. Dispón desde hoy más, amigo Sancho, de seis camisas mías que te mando [27], para que hagas otras seis para ti; y si no son todas sanas, a lo menos son todas limpias.

Besóle por ello las manos Sancho, con la coroza en la mano y las rodillas en el suelo. Mandó el duque que se la quitasen, y le volviesen su caperuza, y le pusiesen el sayo, y le quitasen la ropa de las llamas. Suplicó Sancho al duque que le dejasen la ropa y mitra [28], que las quería llevar a su tierra, por señal y memoria de aquel nunca visto suceso. La duquesa respondió que sí dejarían, que ya sabía él cuán grande amiga suya era. Mandó el duque despejar el patio, y que todos se recogiesen a sus estancias, y que a don Quijote y a Sancho los llevasen a las que ellos ya se sabían.

[27] Prometo.

[28] Coroza, capirote.

## Capítulo LXX

### Que sigue al de sesenta y nueve, y trata de cosas no excusadas para la claridad desta historia

Durmió Sancho aquella noche en una carriola [1], en el mesmo aposento de don Quijote, cosa que él quisiera excusarla, si pudiera, porque bien sabía que su amo no le había de dejar dormir a preguntas y a respuestas, y no se hallaba en disposición de hablar mucho, porque los dolores de los martirios pasados los tenía presentes, y no le dejaban libre la lengua, y viniérale más a cuento dormir en una choza solo, que no en aquella rica estancia acompañado ▼. Salióle su temor tan verdadero y su sospecha tan cierta, que apenas hubo entrado su señor en el lecho, cuando dijo:

—¿Qué te parece, Sancho, del suceso desta noche? Grande y poderosa es la fuerza del desdén desamorado, como por tus mismos ojos has visto muerta a Altisodora, no con otras saetas, ni con otra espada, ni con otro instrumento bélico, ni con venenos mortíferos, sino con la consideración del rigor y el desdén con que yo siempre la he tratado.

—Muriérase ella en hora buena cuanto quisiera y como quisiera —respondió Sancho—, y dejára-

[1] Cama baja.

▼ He aquí otra manifestación del frecuente recurso de la antítesis, pero en este caso sin intención burlesca.

me a mí en mi casa, pues ni yo la enamoré ni la desdeñé en mi vida. Yo no sé ni puedo pensar cómo sea que la salud de Altisidora, doncella más antojadiza que discreta, tenga que ver, como otra vez he dicho, con los martirios de Sancho Panza. Agora sí que vengo a conocer clara y distintamente que hay encantadores y encantos en el mundo, de quien Dios me libre, pues yo no me sé librar. Con todo esto, suplico a vuestra merced me deje dormir y no me pregunte más, si no quiere que me arroje por una ventana abajo.

—Duerme, Sancho amigo —respondió don Quijote—, si es que te dan lugar los alfilerazos y pellizcos recebidos y las mamonas hechas▼.

—Ningún dolor —replicó Sancho— llegó a la afrenta de las mamonas, no por otra cosa que por habérmelas hecho dueñas, que confundidas sean. Y torno a suplicar a vuesa merced me deje dormir, porque el sueño es alivio de las miserias de los que las tienen despiertas.

—Sea así —dijo don Quijote—, y Dios te acompañe.

Durmiéronse los dos, y en este tiempo quiso escribir y dar cuenta Cide Hamete, autor desta grande historia▼▼, qué les movió a los duques a levantar el edificio de la máquina[2] referida; y dice que no habiéndosele olvidado al bachiller Sansón Carrasco cuando el Caballero de los Espejos fue vencido y derribado por don Quijote, cuyo vencimiento y caída borró y deshizo todos sus designios, quiso volver a probar la mano, esperando mejor suceso[3] que el pasado. Y así, informándose del paje que llevó la carta y presente a Teresa Pan-

[2] Invención.

[3] Resultado.

▼ Véase la primera nota al pie de la pág. 349 en II, 28.

▼▼ Véase nota al pie de la pág. 66 en II, 5, y la primera nota al pie de la pág. 19 en II, 1.

za, mujer de Sancho, adónde don Quijote quedaba, buscó nuevas armas y caballo, y puso en el escudo la blanca luna, llevándolo todo sobre un macho, a quien guiaba un labrador, y no Tomé Cecial su antiguo escudero, porque no fuese conocido de Sancho ni de don Quijote.

Llegó, pues, al castillo del duque, que le informó el camino y derrota[4] que don Quijote llevaba, con intento de hallarse en las justas de Zaragoza ▼. Díjole asimismo las burlas que le había hecho con la traza[5] del desencanto de Dulcinea, que había de ser a costa de las posaderas de Sancho. En fin, dio cuenta de la burla que Sancho había hecho a su amo, dándole a entender que Dulcinea estaba encantada y transformada en labradora, y como la duquesa su mujer había dado a entender a Sancho que él era el que se engañaba, porque verdaderamente estaba encantada Dulcinea; de que no poco se rió y admiró el bachiller, considerando la agudeza y simplicidad de Sancho, como del extremo de la locura de don Quijote.

Pidióle el duque que si le hallase, y le venciese o no, se volviese por allí, a darle cuenta del suceso. Hízolo así el bachiller; partióse en su busca, no le halló en Zaragoza, pasó adelante, y sucedióle lo que queda referido.

Volvióse por el castillo del duque, y contóselo todo, con las condiciones de la batalla, y que ya don Quijote volvía a cumplir, como buen caballero andante, la palabra de retirarse un año en su aldea, en el cual tiempo podía ser, dijo el bachiller, que sanase de su locura; que ésta era la intención que le había movido a hacer aquellas transformaciones, por ser cosa de lástima que un hidal-

[4] Ruta.

[5] El plan.

▼ Véase nota al pie de la pág. 62 en II, 4.

go tan bien entendido como don Quijote fuese loco. Con esto, se despidió del duque, y se volvió a su lugar, esperando en él a don Quijote, que tras él venía.

De aquí tomó ocasión el duque de hacerle aquella burla: tanto era lo que gustaba de las cosas de Sancho y de don Quijote; y haciendo tomar los caminos cerca y lejos del castillo por todas las partes que imaginó que podría volver don Quijote, con muchos criados suyos de a pie y de a caballo, para que por fuerza o de grado le trujesen al castillo, si le hallasen. Halláronle, dieron aviso al duque, el cual ya prevenido de todo lo que había de hacer, así como tuvo noticia de su llegada, mandó encender las hachas y las luminarias del patio y poner a Altisidora sobre el túmulo, con todos los aparatos que se han contado tan al vivo, y tan bien hechos, que de la verdad a ellos había bien poca diferencia▼.

Y dice más Cide Hamete: que tiene para sí ser tan locos los burladores como los burlados, y que no estaban los duques dos dedos de parecer tontos, pues tanto ahínco ponían en burlarse de dos tontos. Los cuales, el uno durmiendo a sueño suelto, y el otro velando a pensamientos desatados, les tomó el día y la gana de levantarse; que las ociosas plumas[6], ni vencido ni vencedor, jamás dieron gusto a don Quijote.

Altisidora —en la opinión de don Quijote, vuelta de muerte a vida—, siguiendo el humor de sus señores, coronada con la misma guirnalda que en el túmulo tenía, y vestida una tunicela[7] de tafetán blanco, sembrada de flores de oro, y sueltos

[6] Las plumas del colchón, la cama.

[7] Túnica pequeña.

▼ Como algunos otros, éste es un capítulo complementario de otros pasados, porque en él se explican actuaciones y atan cabos sueltos de episodios narrados anteriormente.

los cabellos por las espaldas, arrimada a un báculo de negro y finísimo ébano, entró en el aposento de don Quijote, con cuya presencia, turbado y confuso, se encogió y cubrió casi todo con las sábanas y colchas de la cama, muda la lengua, sin que acertase a hacerle cortesía ninguna. Sentóse Altisidora en una silla, junto a su cabecera, y después de haber dado un gran suspiro, con voz tierna y debilitada le dijo:

—Cuando las mujeres principales y las recatadas doncellas atropellan por [8] la honra, y dan licencia a la lengua que rompa por todo inconveniente, dando noticia en público de los secretos que su corazón encierra, en estrecho término se hallan. Yo, señor don Quijote de la Mancha, soy una déstas, apretada, vencida y enamorada, pero, con todo esto, sufrida y honesta; tanto, que por serlo tanto, reventó mi alma por mi silencio y perdí la vida. Dos días ha que la consideración del rigor con que me has tratado,

> ¡Oh más duro que mármol a mis quejas ▼,

empedernido caballero!, he estado muerta o, a lo menos, juzgada por tal de los que me han visto. Y si no fuera porque el Amor, condoliéndose de mí, depositó mi remedio en los martirios deste buen escudero, allá me quedara en el otro mundo.

—Bien pudiera el Amor —dijo Sancho— depositarlos en los de mi asno, que yo se lo agradecería. Pero dígame, señora, así el cielo la acomode con otro más blando amante que mi amo: ¿qué es lo que vio en el otro mundo? ¿Qué hay en el infier-

[8] No hacen caso de.

▼ Adaptación del verso 57 de la *Égloga I,* de Garcilaso. (Véase nota al pie de la pág. 85 en II, 6.)

no? Porque quien muere desesperado [9], por fuerza ha de tener aquel paradero.

—La verdad que os diga —respondió Altisidora—, yo no debí de morir del todo, pues no entré en el infierno; que si allá entrara, una por una [10] no pudiera salir dél, aunque quisiera. La verdad es que llegué a la puerta, adonde estaban jugando hasta una docena de diablos a la pelota, todos en calzas y en jubón, con valonas [11] guarnecidas con puntas de randas [12] flamencas, y con unas vueltas de lo mismo, que les servían de puños, con cuatro dedos de brazo de fuera, porque pareciesen las manos más largas, en las cuales tenían unas palas de fuego; y lo que más me admiró fue que les servían, en lugar de pelotas, libros, al parecer, llenos de viento y de borra [13], cosa maravillosa y nueva. Pero esto no me admiró tanto como el ver que, siendo natural de los jugadores el alegrarse los gananciosos y entristecerse los que pierden, allí en aquel juego todos gruñían, todos regañaban y todos se maldecían.

—Eso no es maravilla —respondió Sancho—; porque los diablos, jueguen o no jueguen, nunca pueden estar contentos, ganen o no ganen.

—Así debe de ser —respondió Altisidora—; mas hay otra cosa que también me admira, quiero decir me admiró entonces, y fue que al primer voleo [14] no quedaba pelota en pie, ni de provecho para servir otra vez, y así, menudeaban libros nuevos y viejos, que era una maravilla. A uno dellos, nuevo, flamante y bien encuadernado, le dieron un papirotazo [15], que le sacaron las tripas y le esparcieron las hojas. Dijo un diablo a otro: «—Mirad qué libro es ése.» Y el diablo le respondió: «—Ésta es la segunda parte de la historia de don Quijote de la Mancha, no compuesta por Cide Hamete, su primer autor, sino por un aragonés, que

[9] Por suicidio.

[10] Ciertamente.

[11] Véase nota 9 en II, 18.

[12] Encajes.

[13] De aire y de palabras inútiles.

[14] Golpe dado en el aire.

[15] Golpe.

él dice ser natural de Tordesillas.» «—Quitádmele de ahí —respondió el otro diablo— y metedle en los abismos del infierno: no le vean más mis ojos.» «—¿Tan malo es?», respondió el otro. «—Tan malo —replicó el primero— que si de propósito yo mismo me pusiera a hacerle peor, no acertara.» Prosiguieron su juego peloteando otros libros, y yo, por haber oído nombrar a don Quijote, a quien tanto adamo[16] y quiero, procuré que se me quedase en la memoria esta visión.

—Visión debió de ser, sin duda —dijo don Quijote—, porque no hay otro yo en el mundo, y ya esa historia anda por acá de mano en mano, pero no para en ninguna, porque todos la dan del pie ▼. Yo no me he alterado en oír que ando como cuerpo fantástico por las tinieblas del abismo, ni por la claridad de la tierra, porque no soy aquel de quien esa historia trata. Si ella fuere buena, fiel y verdadera, tendrá siglos de vida, pero si fuere mala, de su parto a la sepultura no será muy largo el camino.

Iba Altisidora a proseguir en quejarse de don Quijote, cuando le dijo don Quijote:

—Muchas veces os he dicho, señora, que a mí me pesa de que hayáis colocado en mí vuestros pensamientos, pues de los míos antes pueden ser agradecidos que remediados: yo nací para ser de Dulcinea del Toboso, y los hados, si los hubiera, me dedicaron para ella; y pensar que otra alguna hermosura ha de ocupar el lugar que en mi alma tiene es pensar lo imposible ▼▼. Suficiente desen-

[16] Amo con pasión.

▼ La crítica de Cervantes a Avellaneda llega incluso a poner el *Quijote* apócrifo en los infiernos, inútil incluso para jugar con él a la pelota. (Véanse la primera nota al pie de la pág. 690 y la nota al pie de la pág. 694 en II, 59.)

▼▼ Véase la última nota al pie de la pág. 251 en II, 20.

gaño es éste para que os retiréis en los límites de vuestra honestidad, pues nadie se puede obligar a lo imposible.

Oyendo lo cual Altisidora, mostrando enojarse y alterarse, le dijo:

—¡Vive el Señor, don bacallao, alma de almirez, cuesco [17] de dátil, más terco y duro que villano rogado cuando tiene la suya sobre el hito [18], que si arremeto a vos, que os tengo de sacar los ojos! ¿Pensáis por ventura, don vencido y don molido a palos▼, que yo me he muerto por vos? Todo lo que habéis visto esta noche ha sido fingido; que no soy yo mujer que por semejantes camellos había de dejar que me doliese un negro de la uña [19], cuanto más morirme.

—Eso creo yo muy bien —dijo Sancho—, que esto del morirse los enamorados es cosa de risa; bien lo pueden ellos decir, pero hacer, créalo Judas [20].

Estando en estas pláticas entró el músico, cantor y poeta que había cantado las dos ya referidas estancias, el cual, haciendo una gran reverencia a don Quijote, dijo:

—Vuestra merced, señor caballero, me cuente y tenga en el número de sus mayores servidores, porque ha muchos días que le soy muy aficionado, así por su fama como por sus hazañas.

Don Quijote le respondió:

—Vuestra merced me diga quién es, porque mi cortesía responda a sus merecimientos.

El mozo respondió que era el músico y panegírico [21] de la noche antes.

—Por cierto —replicó don Quijote—, que vuestra merced tiene extremada voz; pero lo que can-

[17] Hueso de fruta.

[18] Véase nota 12 en II, 10.

[19] Una mínima parte.

[20] Apóstol que vendió a Cristo.

[21] Panegirista.

▼ Véase la nota al pie de la pág. 537 en II, 46.

tó no me parece que fue muy a propósito; porque ¿qué tienen que ver las estancias de Garcilaso con la muerte desta señora▼?

—No se maraville vuestra merced deso —respondió el músico—; que ya entre los intonsos[22] poetas de nuestra edad se usa que cada uno escriba como quisiere, y hurte de quien quisiere, venga o no venga a pelo de su intento, y ya no hay necedad que canten o escriban que no se atribuya a licencia poética.

Responder quisiera don Quijote, pero estorbáronlo el duque y la duquesa, que entraron a verle, entre los cuales pasaron una larga y dulce plática, en la cual dijo Sancho tantos donaires y tantas malicias, que dejaron de nuevo admirados a los duques, así con su simplicidad como con su agudeza. Don Quijote les suplicó le diesen licencia para partirse aquel mismo día, pues a los vencidos caballeros, como él, más les convenía habitar una zahúrda[23] que no reales palacios. Diéronsela de muy buena gana, y la duquesa le preguntó si quedaba en su gracia Altisidora. Él le respondió:

—Señora mía, sepa vuestra señoría que todo el mal desta doncella nace de ociosidad, cuyo remedio es la ocupación honesta y continua. Ella me ha dicho aquí que se usan randas en el infierno, y pues ella las debe de saber hacer, no las deje de la mano; que ocupada en menear los palillos, no se menearán en su imaginación la imagen o imágines de lo que bien quiere, y ésta es la verdad, éste mi parecer y éste es mi consejo.

—Y el mío —añadió Sancho—, pues no he visto en toda mi vida randera[24] que por amor se haya muerto; que las doncellas ocupadas más ponen sus

[22] Principiantes.

[23] Pocilga.

[24] Mujer que hace encajes.

▼ Véase la primera nota al pie de la pág. 796 en II, 69.

pensamientos en acabar sus tareas que en pensar en sus amores. Por mí lo digo, pues mientras estoy cavando no me acuerdo de mi oíslo[25], digo, de mi Teresa Panza, a quien quiero más que a las pestañas de mis ojos.

[25] Esposa.

—Vos decís muy bien, Sancho —dijo la duquesa—, y yo haré que mi Altisidora se ocupe de aquí adelante en hacer alguna labor blanca, que la sabe hacer por extremo.

—No hay para qué, señora —respondió Altisidora—, usar dese remedio, pues la consideración de las crueldades que conmigo ha usado este malandrín mostrenco me le borrarán de la memoria sin otro artificio alguno. Y con licencia de vuestra grandeza, me quiero quitar de aquí, por no ver delante de mis ojos ya no su triste figura, sino su fea y abominable catadura.

—Eso me parece —dijo el duque— a lo que suele decirse:

> Porque aquel que dice injurias,
> cerca está de perdonar▼.

Hizo Altisidora muestra de limpiarse las lágrimas con un pañuelo, y haciendo reverencia a sus señores, se salió del aposento.

—Mándote[26] yo —dijo Sancho—, pobre doncella, mándote, digo, mala ventura, pues las has habido con un alma de esparto y con un corazón de encina. ¡A fee que si las hubieras conmigo, que otro gallo te cantara!

[26] Asegúrote.

Acabóse la plática, vistióse don Quijote, comió con los duques, y partióse aquella tarde.

▼ Versos muy conocidos entonces: forman el estribillo de un romance popular.

## Capítulo LXXI

## De lo que a don Quijote le sucedió con su escudero Sancho yendo a su aldea

Iba el vencido y asendereado[1] don Quijote pensativo además[2] por una parte, y muy alegre por otra. Causaba su tristeza el vencimiento, y la alegría, el considerar en la virtud de Sancho, como lo había mostrado en la resurrección de Altisidora, aunque con algún escrúpulo se persuadía a que la enamorada doncella fuese muerta de veras. No iba nada Sancho alegre, porque le entristecía ver que Altisidora no le había cumplido la palabra de darle las camisas, y yendo y viniendo en esto, dijo a su amo:

—En verdad, señor, que soy el más desgraciado médico que se debe de hallar en el mundo, en el cual hay físicos[3] que con matar al enfermo que curan, quieren ser pagados de su trabajo, que no es otro sino firmar una cedulilla de algunas medicinas, que no las hace él, sino el boticario, y cátalo cantusado[4], y a mí, que la salud ajena me cuesta gotas de sangre, mamonas▼, pellizcos, alfilerazos y azotes, no me dan un ardite[5]. Pues yo les voto a tal que si me traen a las manos otro algún enfermo, que antes que le cure, me han de untar las mías[6]; que el abad de donde canta yanta, y no

[1] Afligido.

[2] En demasía.

[3] Médicos.

[4] Míralo engatusado.

[5] Moneda de ínfimo valor.

[6] Pagar.

▼ Véase la primera nota al pie de la pág. 349 en II, 28.

quiero creer que me haya dado el cielo la virtud que tengo para que yo la comunique con otros de bóbilis, bóbilis [7].

—Tú tienes razón, Sancho amigo —respondió don Quijote—, y halo hecho muy mal Altisidora en no haberte dado las prometidas camisas; y puesto que [8] tu virtud es *gratis data* [9], que no te ha costado estudio alguno, más que estudio es recibir martirios en tu persona. De mí te sé decir que si quisieras paga por los azotes del desencanto de Dulcinea, ya te la hubiera dado tal como buena [10]; pero no sé si vendrá bien con la cura la paga, y no querría que impidiese el premio a la medicina. Con todo eso, me parece que no se perderá nada en probarlo: mira, Sancho, el que quieres, y azótate luego [11], y págate de contado [12] y de tu propia mano, pues tienes dineros míos.

A cuyos ofrecimientos abrió Sancho los ojos y las orejas de un palmo, y dio consentimiento en su corazón a azotarse de buena gana, y dijo a su amo:

—Agora bien, señor, yo quiero disponerme a dar gusto a vuestra merced en lo que desea, con provecho mío; que el amor de mis hijos y de mi mujer me hace que me muestre interesado. Dígame vuestra merced: ¿cuánto me dará por cada azote que me diere?

—Si yo te hubiera de pagar, Sancho —respondió don Quijote—, conforme lo que merece la grandeza y calidad deste remedio, el tesoro de Venecia, las minas del Potosí fueran poco para pagarte ▼; toma tú el tiento a lo que llevas mío, y pon el precio a cada azote.

[7] De balde.

[8] Aunque.

[9] Dada de balde.

[10] Buena de veras.

[11] En seguida.

[12] Al instante.

▼ Tanto el tesoro de Venecia, que podía mantener ejércitos contra los turcos y cuya riqueza se representa en la catedral de San Marcos, como las minas del monte boliviano del Potosí eran ponderaciones popularmente indicativas de grandes riquezas.

—Ellos —respondió Sancho— son tres mil y trecientos y tantos; de ellos me he dado hasta cinco: quedan los demás; entren entre los tantos estos cinco, y vengamos a los tres mil y trecientos, que a cuartillo [13] cada uno, que no llevaré menos si [14] todo el mundo me lo mandase, montan tres mil y trecientos cuartillos, que son los tres mil, mil y quinientos medios reales, que hacen setecientos y cincuenta reales; y los trecientos hacen ciento y cincuenta medios reales, que vienen a hacer setenta y cinco reales, que juntándose a los setecientos y cincuenta, son por todos ochocientos y veinte y cinco reales. Éstos desfalcaré [15] yo de los que tengo de vuestra merced, y entraré en mi casa rico y contento, aunque bien azotado; porque no se toman truchas ▼..., y no digo más.

—¡Oh Sancho bendito! ¡Oh Sancho amable —respondió don Quijote—, y cuán obligados hemos de quedar Dulcinea y yo a servirte todos los días que el cielo nos diere de vida! Si ella vuelve al ser perdido, que no es posible sino que vuelva, su desdicha habrá sido dicha, y mi vencimiento, felicísimo triunfo. Y mira, Sancho, cuándo quieres comenzar la diciplina [16]; que porque la abrevies te añado cien reales.

—¿Cuándo? —replicó Sancho—. Esta noche sin falta. Procure vuestra merced que la tengamos en el campo, al cielo abierto; que yo me abriré mis carnes.

Llegó la noche, esperada de don Quijote con la mayor ansia del mundo, pareciéndole que las ruedas del carro de Apolo [17] se habían quebrado, y

[13] Un cuarto de real.

[14] Aunque.

[15] Separaré.

[16] Los azotes.

[17] El sol.

▼ ...«a bragas enjutas» (secas), segunda parte del refrán (suprimida por ser éste muy conocido) que indica que «quien quiere truchas tiene que mojarse».

que el día se alargaba más de lo acostumbrado, bien así como acontece a los enamorados, que jamás ajustan [18] la cuenta de sus deseos. Finalmente, se entraron entre unos amenos árboles que poco desviados del camino estaban, donde, dejando vacías la silla y albarda de Rocinante y el rucio, se tendieron sobre la verde yerba y cenaron del repuesto de Sancho; el cual, haciendo del cabestro y de la jáquima [19] del rucio un poderoso y flexible azote [20], se retiró hasta veinte pasos de su amo, entre unas hayas. Don Quijote, que le vio ir con denuedo y con brío, le dijo:

—Mira, amigo, que no te hagas pedazos; da lugar que unos azotes aguarden a otros; no quieras apresurarte tanto en la carrera, que en la mitad della te falte el aliento; quiero decir que no te des tan recio, que te falte la vida antes de llegar al número deseado. Y porque no pierdas por carta de más ni de menos, yo estaré desde aparte, contando por este mi rosario los azotes que te dieres. Favorézcate el cielo conforme tu buena intención merece.

—Al buen pagador no le duelen prendas —respondió Sancho—: yo pienso darme de manera, que sin matarme, me duela; que en esto debe de consistir la sustancia deste milagro.

Desnudóse luego de medio cuerpo arriba, y arrebatando el cordel, comenzó a darse, y comenzó don Quijote a contar los azotes.

Hasta seis o ocho se habría dado Sancho, cuanto le pareció ser pesada la burla y muy barato el precio della, y deteniéndose un poco, dijo a su amo que se llamaba a engaño, porque merecía cada azote de aquéllos ser pagado a medio real, no que a cuartillo.

—Prosigue, Sancho amigo, y no desmayes —le

[18] Satisfacen.

[19] Cabezada de cordel.

[20] Látigo.

dijo don Quijote—; que yo doblo la parada▼ del precio.

—Dese modo —dijo Sancho—, ¡a la mano de Dios, y lluevan azotes!

Pero el socarrón dejó de dárselos en las espaldas, y daba en los árboles, con unos suspiros de cuando en cuando, que parecía que con cada uno dellos se le arrancaba el alma. Tierna la [21] de don Quijote, temeroso de que no se le acabase la vida, y no consiguiese su deseo por la imprudencia de Sancho, le dijo:

—Por tu vida, amigo, que se quede en este punto este negocio; que me parece muy áspera esta medicina, y será bien dar tiempo al tiempo; que no se ganó Zamora en una hora▼▼. Más de mil azotes, si yo no he contado mal, te has dado; bastan por agora; que el asno, hablando a lo grosero, sufre la carga, mas no la sobrecarga▼▼▼.

—No, no, señor —respondió Sancho—; no se ha de decir por mí: «A dineros pagados, brazos quebrados.» Apártese vuestra merced otro poco, y déjeme dar otros mil azotes siquiera; que a dos levadas [22] déstas habremos cumplido con esta partida, y aún nos sobrará ropa.

—Pues tú te hallas con tan buena disposición —dijo don Quijote—, el cielo te ayude, y pégate, que yo me aparto.

Volvió Sancho a su tarea con tanto denuedo, que ya había quitado las cortezas a muchos árboles: tal era la riguridad [23] con que se azotaba. Y al-

[21] El alma.

[22] Tandas.

[23] El rigor.

▼ «Duplico la apuesta», la cantidad, expresión tomada del juego de naipes.

▼▼ Refrán que alude al cerco de Zamora por el rey Sancho II de Castilla y que equivale a decir que «hacer bien las cosas lleva tiempo».

▼▼▼ Véase la segunda nota al pie de la pág. 783 en II, 67.

zando una vez la voz, y dando un desaforado azote en una haya, dijo:

—¡Aquí morirás, Sansón, y cuantos con él son [24]!

Acudió don Quijote luego al son de la lastimada voz y del golpe del riguroso azote, y asiendo del torcido cabestro que le servía de corbacho [25] a Sancho, le dijo:

—No permita la suerte, Sancho amigo, que por el gusto mío pierdas tú la vida, que ha de servir para sustentar a tu mujer y a tus hijos: espere Dulcinea mejor coyuntura, que yo me contendré en los límites de la esperanza propincua [26], y esperaré que cobres fuerzas nuevas, para que se concluya este negocio a gusto de todos.

—Pues vuestra merced, señor mío, lo quiere así —respondió Sancho—, sea en buena hora, y écheme su ferreruelo [27] sobre estas espaldas, que estoy sudando y no querría resfriarme; que los nuevos diciplinantes ▼ corren este peligro.

Hízolo así don Quijote, y quedándose en pelota [28], abrigó a Sancho, el cual se durmió hasta que le despertó el sol, y luego volvieron a proseguir su camino, a quien dieron fin, por entonces, en un lugar que tres leguas de allí estaba. Apeáronse en un mesón, que por tal le reconoció don Quijote, y no por castillo de cava honda, torres, rastrillos y puente levadiza; que después que le vencieron, con más juicio en todas las cosas discurría, como agora se dirá ▼▼. Alojáronle en una sala baja, a quien servían de guadameciles [29] unas sargas [30] viejas pintadas, como se usan en las aldeas. En una

[24] Refrán.

[25] Látigo.

[26] Próxima.

[27] Herreruelo.

[28] En mangas de camisa.

[29] Guadamecíes, tapices de cuero.

[30] Tapices pintados con figuras.

▼ Personas que se azotan (aquí usado en son de burla). Véase la primera nota al pie de la pág. 784 en I, 52.

▼▼ «Tarde lo nota Cide Hamete: don Quijote no ha tomado venta por castillo en toda la Segunda Parte» (Allen).

dellas estaba pintada de malísima mano el robo de Elena, cuando el atrevido huésped se la llevó a Menalao, y en otra estaba la historia de Dido y de Eneas, ella sobre una alta torre, como que hacía de señas con una media sábana al fugitivo huésped, que por el mar, sobre una fragata o bergantín, se iba huyendo▼.

Notó en las dos historias que Elena no iba de muy mala gana, porque se reía a socapa[31] y a lo socarrón; pero la hermosa Dido mostraba verter lágrimas del tamaño de nueces por los ojos. Viendo lo cual don Quijote, dijo:

—Estas dos señoras fueron desdichadísimas, por no haber nacido en esta edad, y yo sobre todo desdichado en no haber nacido en la suya: encontrara a aquestos señores, ni fuera abrasada Troya, ni Cartago destruida▼▼, pues con sólo que yo matara a Paris se excusaran tantas desgracias.

—Yo apostaré —dijo Sancho— que antes de mucho tiempo no ha de haber bodegón, venta ni mesón, o tienda de barbero, donde no ande pintada la historia de nuestras hazañas. Pero querría yo que la pintasen manos de otro mejor pintor que el que ha pintado a éstas▼▼▼.

—Tienes razón, Sancho —dijo don Quijote—, porque este pintor es como Orbaneja, un pintor que estaba en Úbeda, que cuando le preguntaban qué pintaba, respondía: «Lo que saliere»; y si por

[31] Disimuladamente.

▼ Elena, esposa de Menelao, rey de Esparta, fue robada por Paris, príncipe troyano, lo cual provocó la guerra de Troya *(Ilíada)*. Para Dido y Eneas, véase nota al pie de la pág. 520 en II, 44.

▼▼ Cartago, antigua ciudad del Norte de África, era la patria de Dido.

▼▼▼ Efectivamente, las figuras del Quijote aparecieron muy pronto en mascaradas y bufonerías populares (ya a principios del siglo XVII). Pero lo que aquí se trasluce es la afirmación de don Quijote y Sancho como héroes del mundo moderno, de aliento universal, frente a las figuras mitológicas de la antigüedad.

ventura pintaba un gallo, escribía debajo: «Éste es gallo», porque no pensasen que era zorra▼. Desta manera me parece a mí, Sancho, que debe de ser el pintor o escritor, que todo es uno, que sacó a luz la historia deste nuevo don Quijote que ha salido; que pintó o escribió lo que saliere; o habrá sido como un poeta que andaba los años pasados en la corte, llamado Mauleón [32], el cual respondía de repente a cuanto le preguntaban; y preguntándole uno que qué quería decir *Deum de Deo,* respondió: «Dé donde diere.» Pero dejando esto aparte, dime si piensas, Sancho, darte otra tanda esta noche, y si quieres que sea debajo de techado, o al cielo abierto.

—Pardiez, señor —respondió Sancho—, que para lo que yo pienso darme, eso se me da [33] en casa que en el campo; pero con todo eso, querría que fuese entre árboles, que parece que me acompañan y me ayudan a llevar mi trabajo maravillosamente.

—Pues no ha de ser así, Sancho amigo —respondió don Quijote—, sino que para que tomes fuerzas, lo hemos de guardar para nuestra aldea, que, a lo más tarde, llegaremos allá después de mañana [34].

Sancho respondió que hiciese su gusto; pero que él quisiera concluir con brevedad aquel negocio a sangre caliente y cuando estaba picado el molino▼▼, porque en la tardanza suele estar muchas veces el peligro; y a Dios rogando y con el mazo dan-

[32] Poeta no identificado.

[33] Igual me da.

[34] Pasado mañana.

▼ Véase la segunda nota al pie de la pág. 53 en II, 3. Nótese la nueva crítica del *Quijote* de Avellaneda.

▼▼ Porque cuando la rueda del molino está recién picada se muele mejor; metáfora que se aplica a quien tiene ardientes deseos de hacer algo.

do, y que más valía un *toma* que dos *te daré,* y el pájaro en la mano que el buitre volando.

—No más refranes, Sancho, por un solo Dios —dijo don Quijote—; que parece que te vuelves al *sicut erat* [35]; habla a lo llano, a lo liso, a lo no intricado, como muchas veces te he dicho, y verás como te vale un pan por ciento ▼.

—No sé qué mala ventura es esta mía —respondió Sancho—, que no sé decir razón sin refrán, ni refrán que no me parezca razón; pero yo me enmendaré, si pudiere.

Y con esto, cesó por entonces su plática.

[35] A las andadas.

▼ «Y verás como sacas gran provecho» (expresión proverbial).

## CAPÍTULO LXXII

### De cómo don Quijote y Sancho llegaron a su aldea

Todo aquel día, esperando la noche, estuvieron en aquel lugar y mesón don Quijote y Sancho; el uno, para acabar en la campaña rasa la tanda de su diciplina [1], y el otro, para ver el fin della, en el cual consistía el de su deseo. Llegó en esto al mesón un caminante a caballo, con tres o cuatro criados, uno de los cuales dijo al que el señor dellos parecía:

—Aquí puede vuestra merced, señor don Álvaro Tarfe, pasar hoy la siesta: la posada parece limpia y fresca.

Oyendo esto don Quijote, le dijo a Sancho:

—Mira, Sancho: cuando yo hojeé aquel libro de la segunda parte de mi historia, me parece que de pasada topé allí este nombre de don Álvaro Tarfe ▼.

—Bien podrá ser —respondió Sancho—. Dejémosle apear; que después se lo preguntaremos.

El caballero se apeó, y, frontero [2] del aposento de don Quijote, la huéspeda [3] le dio una sala baja, enjaezada con otras pintadas sargas [4], como las que tenía la estancia de don Quijote. Púsose el re-

[1] Disciplina, azotes.

[2] Enfrente.

[3] Dueña de la posada.

[4] Véase nota 30 en II, 71.

▼ Efectivamente, don Álvaro Tarfe es un personaje de cierta importancia en el *Quijote* apócrifo de Avellaneda.

cién venido caballero a lo de verano, y saliéndose al portal del mesón, que era espacioso y fresco, por el cual se paseaba don Quijote, le preguntó:

—¿Adónde bueno camina vuestra merced, señor gentilhombre?

Y don Quijote le respondió:

—A una aldea que está aquí cerca, de donde soy natural. Y vuestra merced, ¿dónde camina?

—Yo, señor —respondió el caballero—, voy a Granada, que es mi patria.

—¡Y buena patria! —replicó don Quijote—. Pero dígame vuestra merced, por cortesía, su nombre; porque me parece que me ha de importar saberlo más de lo que buenamente podré decir.

—Mi nombre es don Álvaro Tarfe —respondió el huésped.

A lo que replicó don Quijote:

—Sin duda alguna pienso que vuestra merced debe de ser aquel don Álvaro Tarfe que anda impreso en la segunda parte de la *Historia de don Quijote de la Mancha,* recién impresa y dada a la luz del mundo por un autor moderno [5].

—El mismo soy —respondió el caballero—, y el tal don Quijote, sujeto principal de la tal historia, fue grandísimo amigo mío, y yo fui el que le sacó de su tierra, o, a lo menos, le moví a que viniese a unas justas que se hacían en Zaragoza ▼, adonde yo iba, y en verdad en verdad que le hice muchas amistades [6], y que le quité de que no le palmease [7] las espaldas el verdugo, por ser demasiado atrevido.

—Y dígame vuestra merced, señor don Álvaro, ¿parezco yo en algo a ese tal don Quijote que vuestra merced dice?

[5] Novato.

[6] Favores.

[7] Azotase (en germanía).

▼ Véase nota al pie de la pág. 62 en II, 4.

—No, por cierto —respondió el huésped—, en ninguna manera.

—Y ese don Quijote —dijo el nuestro—, ¿traía consigo a un escudero llamado Sancho Panza?

—Sí traía —respondió don Álvaro—, y aunque tenía fama de muy gracioso, nunca le oí decir gracia que la tuviese.

—Eso creo yo muy bien —dijo a esta sazón Sancho—, porque el decir gracias no es para todos, y ese Sancho que vuestra merced dice, señor gentilhombre, debe de ser algún grandísimo bellaco, frión [8] y ladrón juntamente; que el verdadero Sancho Panza soy yo, que tengo más gracias que llovidas, y si no, haga vuestra merced la experiencia, y ándese tras de mí, por los menos ▼ un año, y verá que se me caen a cada paso, y tales y tantas, que sin saber yo las más veces lo que me digo, hago reír a cuantos me escuchan; y el verdadero don Quijote de la Mancha, el famoso, el valiente y el discreto, el enamorado, el desfacedor de agravios, el tutor de pupilos y huérfanos, el amparo de las viudas, el matador de las doncellas ▼▼, el que tiene por única señora a la sin par Dulcinea del Toboso, es este señor que está presente, que es mi amo. Todo cualquier otro don Quijote y cualquier otro Sancho Panza es burlería y cosa de sueño.

—¡Por Dios que lo creo —respondió don Álvaro—, porque más gracias habéis dicho vos, amigo, en cuatro razones que habéis hablado que el otro Sancho Panza en cuantas yo le oí hablar, que fueron muchas! Más tenía de comilón que de bien ha-

[8] Sin gracia (aumentativo de *frío*).

▼ «De todos los años posibles al menos uno solo» (Riquer). Véanse la última nota al pie de la pág. 690 y la nota al pie de la pág. 694 en II, 59.

▼▼ No es un error ni una equivocación maliciosa de Sancho; se refiere humorísticamente a la muerte —fingida— de Altisidora.

blado, y más de tonto que de gracioso, y tengo por sin duda que los encantadores que persiguen a don Quijote el bueno han querido perseguirme a mí con don Quijote el malo. Pero no sé qué me diga; que osaré yo jurar que le dejo metido en la casa del Nuncio▼, en Toledo, para que le curen, y agora remanece [9] aquí otro don Quijote, aunque bien diferente del mío.

—Yo —dijo don Quijote— no sé si soy bueno, pero sé decir que no soy el malo, para prueba de lo cual quiero que sepa vuesa merced, mi señor don Álvaro Tarfe, que en todos los días de mi vida no he estado en Zaragoza; antes, por haberme dicho que ese don Quijote fantástico se había hallado en las justas desa ciudad, no quise yo entrar en ella, por sacar a las barbas del mundo su mentira; y así, me pasé de claro [10] a Barcelona, archivo de la cortesía, albergue de los extranjeros, hospital de los pobres, patria de los valientes, venganza de los ofendidos y correspondencia grata de firmes amistades, y en sitio y en belleza, única. Y aunque los sucesos que en ella me han sucedido no son de mucho gusto, sino de mucha pesadumbre, los llevo sin ella, sólo por haberla visto. Finalmente, señor don Álvaro Tarfe, yo soy don Quijote de la Mancha, el mismo que dice la fama, y no ese desventurado que ha querido usurpar mi nombre y honrarse con mis pensamientos. A vuestra merced suplico, por lo que debe a ser caballero, sea servido de hacer una declaración ante el alcalde deste lugar, de que vuestra merced no me ha visto en todos los días de su vida hasta agora, y de que yo no soy el don Quijote impreso en la

[9] De improviso aparece de nuevo.

[10] De largo.

▼ Es el manicomio toledano —así llamado por haberlo fundado el Nuncio apostólico— en el que acaba encerrado el falso don Quijote de Avellaneda.

segunda parte, ni este Sancho Panza mi escudero es aquel que vuestra merced conoció.

—Eso haré yo de muy buena gana —respondió don Álvaro—, puesto que [11] cause admiración ver dos don Quijotes y dos Sanchos a un mismo tiempo, tan conformes en los nombres como diferentes en las acciones; y vuelvo a decir y me afirmo [12] que no he visto lo que he visto ni ha pasado por mí lo que ha pasado.

—Sin duda —dijo Sancho— que vuestra merced debe de estar encantado, como mi señora Dulcinea del Toboso, y pluguiera al cielo que estuviera su desencanto de vuestra merced en darme otros tres mil y tantos azotes como me doy por ella, que yo me los diera sin interés alguno.

—No entiendo eso de azotes —dijo don Álvaro.

Y Sancho le respondió que era largo de contar; pero que él se lo contaría si acaso iban un mesmo camino.

Llegóse en esto la hora de comer; comieron juntos don Quijote y don Álvaro. Entró acaso [13] el alcalde del pueblo en el mesón, con un escribano, ante el cual alcalde pidió don Quijote, por una petición [14], de que a su derecho convenía de que don Álvaro Tarfe, aquel caballero que allí estaba presente, declarase ante su merced como no conocía a don Quijote de la Mancha, que asimismo estaba allí presente, y que no era aquel que andaba impreso en una historia intitulada *Segunda parte de Don Quijote de la Mancha,* compuesta por un tal de Avellaneda, natural de Tordesillas ▼. Finalmente, el alcalde proveyó jurídicamente; la declaración se hizo con todas las fuerzas que en tales casos debían hacerse, con lo que quedaron don Quijote y

[11] Aunque.

[12] Y confirmo.

[13] Por casualidad.

[14] Mediante una solicitud.

▼ Véase nota al pie de la pág. 11 en el prólogo a esta segunda parte.

Sancho muy alegres, como si les importara mucho semejante declaración y no mostrara claro la diferencia de los dos don Quijotes y la de los dos Sanchos sus obras y sus palabras. Muchas de cortesías y ofrecimientos pasaron entre don Álvaro y don Quijote, en las cuales mostró el gran manchego su discreción, de modo que desengañó a don Álvaro Tarfe del error en que estaba; el cual se dio a entender que debía de estar encantado, pues tocaba con la mano dos tan contrarios don Quijotes.

Llegó la tarde, partiéronse de aquel lugar, y a obra de media legua se apartaban dos caminos diferentes, el uno que guiaba a la aldea de don Quijote, y el otro el que había de llevar don Álvaro. En este poco espacio le contó don Quijote la desgracia de su vencimiento y el encanto y el remedio de Dulcinea, que todo puso en nueva admiración a don Álvaro, el cual, abrazando a don Quijote y a Sancho, siguió su camino, y don Quijote el suyo, que aquella noche la pasó entre otros árboles, por dar lugar a Sancho de cumplir su penitencia, que la cumplió del mismo modo que la pasada noche, a costa de las cortezas de las hayas, harto más que de sus espaldas, que las guardó tanto, que no pudieran quitar los azotes una mosca, aunque la tuviera encima.

No perdió el engañado don Quijote un solo golpe de la cuenta, y halló que con los de la noche pasada eran tres mil y veinte y nueve. Parece que había madrugado el sol a ver el sacrificio, con cuya luz volvieron a proseguir su camino, tratando entre los dos del engaño de don Alvaro y de cuán bien acordado había sido tomar su declaración ante la justicia, y tan auténticamente.

Aquel día y aquella noche caminaron sin sucederles cosa digna de contarse, si no fue que en ella acabó Sancho su tarea, de que quedó don Quijote contento sobremodo [15], y esperaba el día, por ver si en el camino topaba ya desencantada a Dulcinea su señora; y siguiendo su camino, no topaba mujer ninguna que no iba a reconocer si era Dulcinea del Toboso, teniendo por infalible no poder mentir las promesas de Merlín.

Con estos pensamientos y deseos subieron una cuesta arriba, desde la cual descubrieron su aldea, la cual, vista de Sancho, se hincó de rodillas, y dijo:

—Abre los ojos, deseada patria, y mira que vuelve a ti Sancho Panza tu hijo, si no muy rico, muy bien azotado. Abre los brazos y recibe también tu hijo don Quijote, que si viene vencido de los brazos ajenos, viene vencedor de sí mismo; que, según él me ha dicho, es el mayor vencimiento que desearse puede. Dineros llevo, porque si buenos azotes me daban, bien caballero me iba ▼.

—Déjate desas sandeces —dijo don Quijote—; y vamos con pie derecho [16] a entrar en nuestro lugar, donde daremos vado [17] a nuestras imaginaciones, y la traza que en la pastoral vida pensamos ejercitar.

Con esto, bajaron de la cuesta y se fueron a su pueblo.

[15] En gran modo.

[16] Con ventura.

[17] Salida, alivio.

▼ Véase nota al pie de la pág. 442 en II, 36.

## Capítulo LXXIII

### De los agüeros que tuvo don Quijote al entrar de su aldea, con otros sucesos que adornan y acreditan esta grande historia

A la entrada del cual ▼, según dice Cide Hamete, vio don Quijote que en las eras del lugar estaban riñendo dos mochachos, y el uno dijo al otro:

—No te canses, Periquillo, que no la has de ver en todos los días de tu vida.

Oyólo don Quijote, y dijo a Sancho:

—¿No adviertes, amigo, lo que aquel mochacho ha dicho: «¿No la has de ver en todos los días de tu vida?»

—Pues bien, ¿qué importa —respondió Sancho— que haya dicho eso el mochacho?

—¿Qué? —replicó don Quijote—. ¿No vees tú que aplicando aquella palabra a mi intención, quiere significar que no tengo de ver más a Dulcinea?

Queríale responder Sancho, cuando se lo estorbó ver que por aquella campaña venía huyendo una liebre, seguida de muchos galgos y cazadores, la cual, temerosa, se vino a recoger y a agazapar debajo de los pies del rucio. Cogióla Sancho a

---

▼ El antecedente del relativo *el cual* es *pueblo,* palabra con que termina el capítulo anterior. (Véase la nota a pie de la pág. 105 en I, 6.)

mano salva y presentósela a don Quijote, el cual estaba diciendo:

—*¡Malum signum! ¡Malum signum*▼*!* Liebre huye, galgos la siguen: ¡Dulcinea no parece[1]!

—Extraño es vuesa merced —dijo Sancho—; presupongamos que esta liebre es Dulcinea del Toboso y estos galgos que la persiguen son los malandrines encantadores que la transformaron en labradora; ella huye, yo la cojo y la pongo en poder de vuesa merced, que la tiene en sus brazos y la regala[2]: ¿qué mala señal es ésta, ni qué mal agüero se puede tomar de aquí?

Los dos mochachos de la pendencia se llegaron a ver la liebre, y al uno dellos preguntó Sancho que por qué reñían. Y fuele respondido por el que había dicho «no la verás más en toda tu vida», que él había tomado al otro mochacho una jaula de grillos, la cual no pensaba volvérsela en toda su vida. Sacó Sancho cuatro cuartos de la faltriquera y dióselos al mochacho por la jaula, y púsosela en las manos a don Quijote, diciendo:

—He aquí, señor, rompidos[3] y desbaratados estos agüeros, que no tienen que ver más con nuestros sucesos, según que yo imagino, aunque tonto, que con las nubes de antaño. Y si no me acuerdo mal, he oído decir al cura de nuestro pueblo que no es de personas cristianas ni discretas mirar en estas niñerías, y aun vuesa merced mismo me lo dijo los días pasados▼▼, dándome a entender que eran tontos todos aquellos cristianos que miraban en agüeros. Y no es menester hacer hin-

[1] No se ve.

[2] Agasaja.

[3] Rotos.

▼ «Mala señal», palabras latinas con las que el médico expresa su diagnóstico negativo sobre el estado de un enfermo. Téngase en cuenta que la liebre era considerada como animal de mal agüero.

▼▼ Se lo dijo, efectivamente, en II, 58.

capié en esto, sino pasemos adelante y entremos en nuestra aldea.

Llegaron los cazadores, pidieron su liebre, y diósela don Quijote; pasaron adelante, y a la entrada del pueblo toparon en un pradecillo rezando al cura y al bachiller Carrasco. Y es de saber que Sancho Panza había echado sobre el rucio y sobre el lío[4] de las armas, para que sirviese de repostero[5], la túnica de bocací[6] pintada de llamas de fuego que le vistieron en el castillo del duque la noche que volvió en sí Altisidora. Acomodóle también la coroza▼ en la cabeza, que fue la más nueva transformación y adorno con que se vio jamás jumento en el mundo.

Fueron luego conocidos los dos del cura y del bachiller, que se vinieron a ellos con los brazos abiertos. Apeóse don Quijote, y abrazólos estrechamente, y los mochachos, que son linces no excusados[7], divisaron la coroza del jumento y acudieron a verle, y decían unos a otros:

—Venid, mochachos, y veréis el asno de Sancho Panza más galán que Mingo, y la bestia de don Quijote más flaca hoy que el primer día▼▼.

Finalmente, rodeados de mochachos y acompañados del cura y del bachiller, entraron en el pueblo, y se fueron a casa de don Quijote, y hallaron a la puerta della al ama y a su sobrina, a quien[8] ya habían llegado las nuevas de su venida. Ni más ni menos se las habían dado a Teresa Panza, mujer de Sancho, la cual, desgreñada y medio desnuda, trayendo de la mano a Sanchica, su hija, acudió a ver a su marido; y viéndole no tan bien ade-

[4] Fardo.

[5] Paño que llevaban las caballerías de carga.

[6] Tela de lienzo teñida.

[7] Inevitables.

[8] A quienes.

▼ Véase nota al pie de la pág. 794 en II, 69.

▼▼ Estas expresiones son deliberadamente ambiguas, por su doble sentido (basado en el juego con las preposiciones).

liñado [9] como ella se pensaba que había de estar un gobernador, le dijo:

—¿Cómo venís así, marido mío, que me parece que venís a pie y despeado [10], y más traéis semejanza de desgobernado que de gobernador?

—Calla, Teresa —respondió Sancho—; que muchas veces donde hay estacas no hay tocinos ▼, y vámonos a nuestra casa, que allá oirás maravillas. Dineros traigo, que es lo que importa, ganados por mi industria [11], y sin daño de nadie.

—Traed vos dinero, mi buen marido —dijo Teresa—, y sean ganados por aquí o por allí, que como quiera que los hayáis ganado, no habréis hecho usanza nueva en el mundo.

Abrazó Sanchica a su padre, y preguntóle si traía algo; que le estaba esperando como el agua de mayo; y asiéndole de un lado del cinto, y su mujer de la mano, tirando su hija al rucio, se fueron a casa, dejando a don Quijote en la suya, en poder de su sobrina y de su ama, y en compañía del cura y del bachiller.

Don Quijote, sin guardar términos ni horas, en aquel mismo punto se apartó a solas con el bachiller y el cura, y en breves razones les contó su vencimiento, y la obligación en que había quedado de no salir de su aldea en un año, la cual pensaba guardar al pie de la letra, sin traspasarla [12] en un átomo, bien así como caballero andante, obligado por la puntualidad y orden de la andante caballería, y que tenía pensado de hacerse aquel año pastor, y entretenerse en la soledad de los campos, donde a rienda suelta podía dar vado [13] a sus amorosos pensamientos, ejercitándose en el pastoral y

[9] Aliñado, arreglado.

[10] Con los pies maltratados.

[11] Habilidad.

[12] Transgredirla.

[13] Salida.

▼ Refrán, otra vez trastrocado por Sancho, que quiere decir que «aunque no lo parezca, traigo dineros». (Véase la segunda nota al pie de la pág. 119 en II, 10.)

virtuoso ejercicio, y que les suplicaba, si no tenían mucho que hacer y no estaban impedidos en negocios más importantes, quisiesen ser sus compañeros; que él compraría ovejas y ganado suficiente que les diese nombre de pastores, y que les hacía saber que lo más principal de aquel negocio estaba hecho, porque les tenía puestos los nombres, que les vendrían como de molde. Díjole el cura que los dijese. Respondió don Quijote que él se había de llamar *el pastor Quijotiz,* y el bachiller, *el pastor Carrascón,* y el cura, *el pastor Curambro*▼, y Sancho Panza, *el pastor Pancino.*

Pasmáronse todos de ver la nueva locura de don Quijote; pero porque no se les fuese otra vez del pueblo a sus caballerías, esperando que en aquel año podría ser curado, concedieron[14] con su nueva intención, y aprobaron por discreta su locura, ofreciéndose por compañeros en su ejercicio.

—Y más —dijo Sansón Carrasco—, que como ya todo el mundo sabe, yo soy celebérrimo poeta y a cada paso compondré versos pastoriles, o cortesanos, o como más me viniere a cuento, para que nos entretengamos por esos andurriales donde habemos de andar; y lo que más es menester, señores míos, es que cada uno escoja el nombre de la pastora que piensa celebrar en sus versos, y que no dejemos árbol, por duro que sea, donde no la retule[15] y grabe su nombre, como es uso y costumbre de los enamorados pastores.

—Eso está de molde —respondió don Quijote—, puesto que[16] yo estoy libre de buscar nombre de pastora fingida, pues está ahí la sin par Dulcinea del Toboso, gloria de estas riberas, adorno de estos prados, sustento de la hermosura, nata de los

[14] Condescendieron.

[15] Rotule.

[16] Aunque.

▼ En II, 67, había dicho *Curiambro.*

donaires, y, finalmente, sujeto sobre quien puede asentar bien toda alabanza, por hipérbole que sea.

—Así es verdad —dijo el cura—; pero nosotros buscaremos por ahí pastoras mañeruelas [17], que si no nos cuadraren, nos esquinen▼.

A lo que añadió Sansón Carrasco:

—Y cuando faltaren, darémosles los nombres de las estampadas e impresas, de quien está lleno el mundo: Fílidas, Amarilis, Dianas, Fléridas, Galateas y Belisardas ▼▼; que pues las venden en las plazas, bien las podemos comprar nosotros y tenerlas por nuestras. Si mi dama, o, por mejor decir, mi pastora, por ventura se llamare Ana, la celebraré debajo del nombre de *Anarda;* y si Francisca, la llamaré yo *Francenia;* y si Lucía, *Lucinda,* que todo se sale allá. Y Sancho Panza, si es que ha de entrar en esta cofadría [18], podrá celebrar a su mujer Teresa Panza con nombre de *Teresaina.*

Rióse don Quijote de la aplicación del nombre, y el cura le alabó infinito su honesta y honrada resolución, y se ofreció de nuevo a hacerle compañía todo el tiempo que le vacase [19] de atender a sus forzosas obligaciones. Con esto, se despidieron dél, y le rogaron y aconsejaron tuviese cuenta con su salud, con regalarse lo que fuese bueno.

Quiso la suerte que su sobrina y el ama oyeron la plática de los tres, y así como se fueron, se entraron entrambas con don Quijote, y la sobrina le dijo:

—¿Qué es esto, señor tío? Ahora que pensábamos nosotras que vuestra merced volvía a reducirse en su casa, y pasar en ella una vida quieta y

[17] Manejables, dóciles.

[18] Cofradía (vulgarismo).

[19] Quedase vacante.

▼ Véase la segunda nota al pie de la pág. 780 en II, 67.

▼▼ Todos son nombres frecuentes entre los personajes de la novela pastoril, y de la literatura bucólica en general, del Siglo de Oro.

honrada, ¿se quiere meter en nuevos laberintos, haciéndose

> Pastorcillo, tú que vienes,
> pastorcico, tú que vas ▼?

Pues en verdad que está ya duro el alcacel[20] para zampoñas[21] ▼▼.

A lo que añadió el ama:

—Y ¿podrá vuestra merced pasar en el campo las siestas del verano, los serenos del invierno, el aullido de los lobos? No, por cierto; que éste es ejercicio y oficio de hombres robustos, curtidos y criados para tal ministerio casi desde las fajas y mantillas. Aun, mal por mal, mejor es ser caballero andante que pastor. Mire, señor, tome mi consejo, que no se le doy sobre estar harta de pan y vino, sino en ayunas, y sobre cincuenta años que tengo de edad▼▼▼: estése en su casa, atienda a su hacienda, confiese a menudo, favorezca a los pobres, y sobre mi ánima si mal le fuere.

—Callad, hijas —les respondió don Quijote—; que yo sé bien lo que me cumple. Llevadme al lecho, que me parece que no estoy muy bueno, y tened por cierto que, ahora sea caballero andante, o pastor por andar ▼▼▼▼, no dejaré siempre de acudir a lo que hubiéredes menester, como lo veréis por la obra.

Y las buenas hijas —que lo eran sin duda ama y sobrina— le llevaron a la cama, donde le dieron de comer y regalaron[22] lo posible.

[20] Alcacer, cebada verde.

[21] Flautas.

[22] Agasajaron.

▼ Estos dos versos proceden de un villancico popular. (Véase la primera nota al pie de la pág. 780 en II, 67, y nota a pie de la pág. 113 en I, 6.)

▼▼ Refrán que indica que ya es tarde para que una persona mayor pueda hacer algo propio de jóvenes.

▼▼▼ En I, 1, quedó dicho tan sólo que pasaba de los cuarenta.

▼▼▼▼ Véase la nota al pie de la pág. 351 en II, 29.

## Capítulo LXXIV

### De cómo don Quijote cayó malo, y del testamento que hizo y su muerte

Como las cosas humanas no sean eternas, yendo siempre en declinación [1] de [2] sus principios hasta llegar a su último fin, especialmente las vidas de los hombres, y como la de don Quijote no tuviese privilegio del cielo para detener el curso de la suya, llegó su fin y acabamiento cuando él menos lo pensaba; porque, o ya fuese de la melancolía que le causaba el verse vencido, o ya por la disposición del cielo, que así lo ordenaba, se le arraigó una calentura, que le tuvo seis días en la cama, en los cuales fue visitado muchas veces del cura, del bachiller y del barbero, sus amigos, sin quitársele de la cabecera Sancho Panza, su buen escudero.

Éstos, creyendo que la pesadumbre de verse vencido y de no ver cumplido su deseo en la libertad y desencanto de Dulcinea le tenía de aquella suerte, por todas las vías posibles procuraban alegrarle, diciéndole el bachiller que se animase y levantase, para comenzar su pastoral ejercicio, para el cual tenía ya compuesta una écloga [3], que mal año para cuantas Sanazaro ▼ había compues-

[1] Declive.

[2] Desde.

[3] Égloga (latinismo).

▼ Jacopo Sannazaro (1456-1530), poeta y novelista italiano, autor de *La Arcadia,* novela pastoril que fue el modelo del género.

to, y que ya tenía comprados de su propio dinero dos famosos perros para guardar el ganado, el uno llamado Barcino, y el otro Butrón, que se los había vendido un ganadero del Quintanar [4]. Pero no por esto dejaba don Quijote sus tristezas.

[4] Villa de Toledo.

Llamaron sus amigos al médico, tomóle el pulso, y no le contentó mucho, y dijo que, por sí o por no, atendiese a la salud de su alma, porque la del cuerpo corría peligro. Oyólo don Quijote con ánimo sosegado, pero no lo oyeron así su ama, su sobrina y su escudero, los cuales comenzaron a llorar tiernamente, como si ya le tuvieran muerto delante. Fue el parecer del médico que melancolías y desabrimientos [5] le acababan. Rogó don Quijote que le dejasen solo, porque quería dormir un poco. Hiciéronlo así, y durmió de un tirón, como dicen, más de seis horas ▼; tanto, que pensaron el ama y la sobrina que se había de quedar en el sueño. Despertó al cabo del tiempo dicho, y dando una gran voz, dijo:

[5] Pesadumbres.

—¡Bendito sea el poderoso Dios, que tanto bien me ha hecho! En fin, sus misericordias no tienen límite, ni las abrevian ni impiden los pecados de los hombres.

Estuvo atenta la sobrina a las razones del tío, y pareciéronle más concertadas que él solía decirlas, a lo menos, en aquella enfermedad, y preguntóle:

—¿Qué es lo que vuestra merced dice, señor? ¿Tenemos algo de nuevo? ¿Qué misericordias son éstas, o qué pecados de los hombres?

—Las misericordias —respondió don Quijote—,

▼ «La fisiología de la época atribuía grandes virtudes curativas al sueño, al restablecer el balance de los humores, como se ha visto al final de cada salida de don Quijote» (Avalle-Arce).

sobrina, son las que en este instante ha usado Dios conmigo, a quien, como dije, no las impiden mis pecados. Yo tengo juicio ya, libre y claro, sin las sombras caliginosas de la ignorancia, que sobre él me pusieron mi amarga y continua leyenda [6] de los detestables libros de las caballerías. Ya conozco sus disparates y sus embelecos, y no me pesa sino que este desengaño ha llegado tan tarde, que no me deja tiempo para hacer alguna recompensa [7], leyendo otros que sean luz del alma ▼. Yo me siento, sobrina, a punto de muerte; querría hacerla de tal modo, que diese a entender que no había sido mi vida tan mala, que dejase renombre de loco; que puesto que [8] lo he sido, no querría confirmar esta verdad en mi muerte. Llámame, amiga, a mis buenos amigos: al cura, al bachiller Sansón Carrasco y a maese Nicolás el barbero, que quiero confesarme y hacer mi testamento.

Pero de este trabajo se excusó la sobrina con la entrada de los tres. Apenas los vio don Quijote, cuando dijo:

—Dadme albricias, buenos señores, de que ya yo no soy don Quijote de la Mancha, sino Alonso Quijano, a quien mis costumbres me dieron renombre de *Bueno* ▼▼. Ya soy enemigo de Amadís de Gaula y de toda la infinita caterva de su linaje; ya me son odiosas todas las historias profanas del andante caballería; ya conozco mi necedad y el peligro en que me pusieron haberlas leído; ya, por

[6] Lectura.

[7] Reparación.

[8] Aunque.

▼ Véase la segunda nota al pie de la pág. 735 en II, 62. Recuérdese que no había libros de devoción en su biblioteca. (Véase la segunda nota al pie de la pág. 115 en I, 6.)

▼▼ «Al deponer su nombre, don Quijote ha renunciado a su voluntad» (Avalle-Arce). Pero nótese que dice *ya no soy don Quijote* (no que no lo haya sido). Vuelve, pues, a ser Alonso Quijano, cuya «muerte personal nada tiene que ver con don Quijote». «El personaje, "que ya anda en las historias", no puede morir» (Torrente Ballester).

misericordia de Dios, escarmentado en cabeza propia, las abomino ▼.

Cuando esto le oyeron decir los tres, creyeron, sin duda, que alguna nueva locura le había tomado. Y Sansón le dijo:

—¿Ahora, señor don Quijote, que tenemos nueva que está desencantada la señora Dulcinea, sale vuestra merced con eso? Y ¿agora que estamos tan a pique de ser pastores, para pasar cantando la vida, como unos príncipes, quiere vuesa merced hacerse ermitaño? Calle por su vida, vuelva en sí, y déjese de cuentos.

—Los [9] de hasta aquí —replicó don Quijote—, que han sido verdaderos en mi daño, los ha de volver mi muerte, con ayuda del cielo, en mi provecho. Yo, señores, siento que me voy muriendo a toda priesa; déjense burlas aparte, y tráiganme un confesor que me confiese y un escribano que haga mi testamento; que en tales trances como éste no se ha de burlar el hombre con el alma. Y así, suplico que en tanto que el señor cura me confiesa, vayan por el escribano.

Miráronse unos a otros, admirados de las razones de don Quijote, y, aunque en duda, le quisieron creer; y una de las señales por donde conjeturaron se moría fue el haber vuelto con tanta facilidad de loco a cuerdo; porque a las ya dichas razones añadió otras muchas tan bien dichas, tan cristianas y con tanto concierto, que del todo les vino a quitar la duda, y a creer que estaba cuerdo.

Hizo salir la gente el cura, y quedóse solo con él, y confesóle. El bachiller fue por el escribano, y

[9] Los cuentos.

▼ Por lo dicho en la nota anterior —nótese la reiteración anafórica de *ya*— todo esto ha de cargarse en la cuenta de Alonso Quijano, hidalgo cristiano que afronta la muerte con su personalidad moral y espiritual, y no con la de don Quijote (el juego está a punto de terminar).

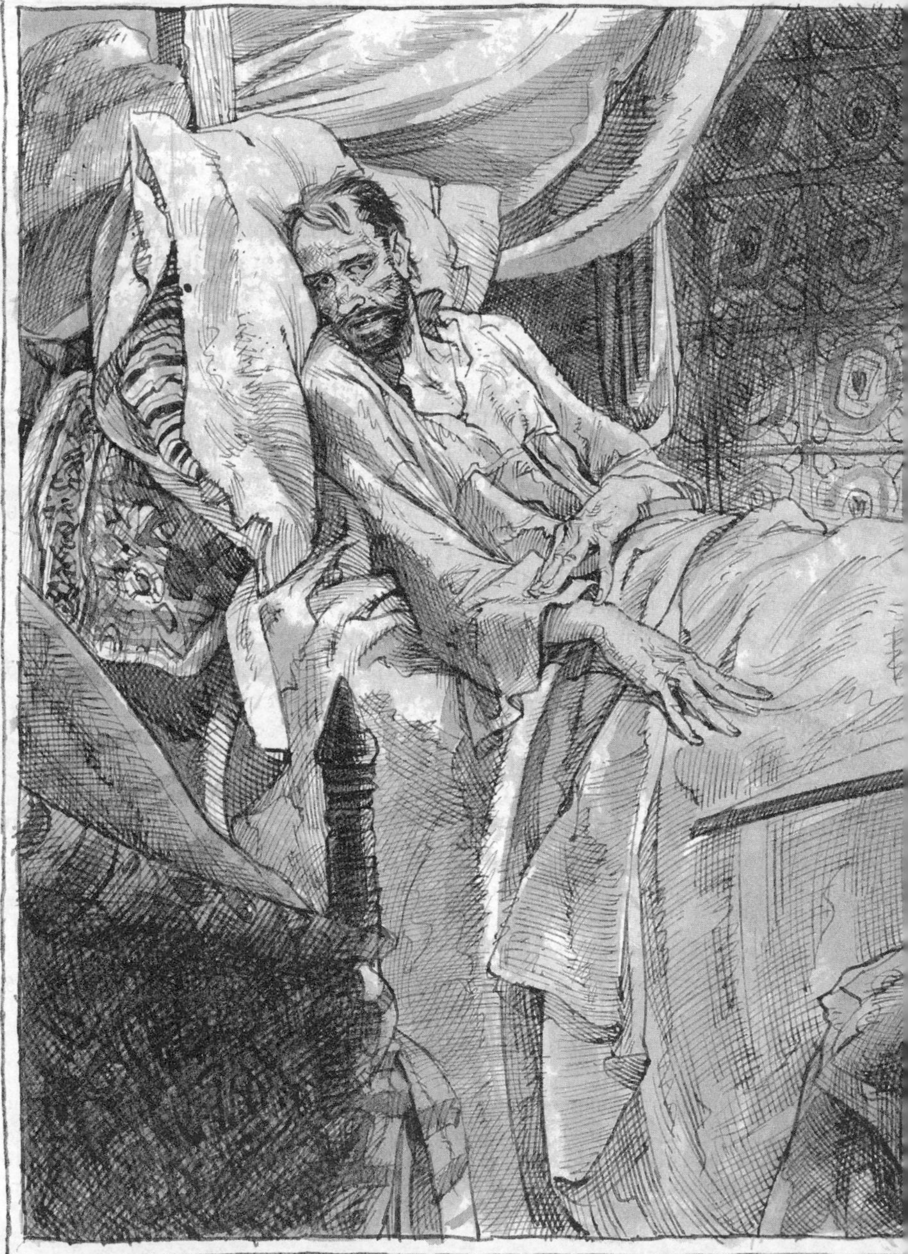

de allí a poco volvió con él y con Sancho Panza; el cual Sancho —que ya sabía por nuevas del bachiller en qué estado estaba su señor—, hallando a la ama y a la sobrina llorosas, comenzó a hacer pucheros [10] y a derramar lágrimas. Acabóse la confesión, y salió el cura, diciendo:

[10] Ademanes que preceden al llanto.

—Verdaderamente se muere, y verdaderamente está cuerdo Alonso Quijano el Bueno; bien podemos entrar para que haga su testamento.

Estas nuevas dieron un terrible empujón a los ojos preñados de ama, sobrina, y de Sancho Panza su buen escudero; de tal manera, que los hizo reventar las lágrimas de los ojos y mil profundos suspiros del pecho, porque verdaderamente, como alguna vez se ha dicho, en tanto que don Quijote fue Alonso Quijano el Bueno, a secas, y en tanto que fue don Quijote de la Mancha, fue siempre de apacible condición y de agradable trato, y por esto no sólo era bien querido de los de su casa, sino de todos cuantos le conocían.

Entró el escribano con los demás, y después de haber hecho la cabeza del testamento y ordenado su alma don Quijote, con todas aquellas circunstancias cristianas que se requieren, llegando a las mandas [11], dijo:

[11] Legados.

—Ítem, es mi voluntad que de ciertos dineros que Sancho Panza, a quien en mi locura hice mi escudero, tiene, que porque ha habido entre él y mí ciertas cuentas, y dares y tomares, quiero que no se le haga cargo dellos, ni se le pida cuenta alguna, sino que si sobrare alguno después de haberse pagado de lo que le debo, el restante sea suyo, que será bien poco, y buen provecho le haga; y si como estando yo loco fui parte para darle el gobierno de la ínsula, pudiera agora, estando cuerdo, darle el de un reino, se le diera, porque la sencillez de su condición y fidelidad de su trato lo merece.

Y volviéndose a Sancho, le dijo:

—Perdóname, amigo, de la ocasión que te he dado de parecer loco como yo, haciéndote caer en el error en que yo he caído, de que hubo y hay caballeros andantes en el mundo.

—¡Ay! —respondió Sancho, llorando—. No se muera vuestra merced, señor mío, sino tome mi consejo, y viva muchos años; porque la mayor locura que puede hacer un hombre en esta vida es dejarse morir, sin más ni más, sin que nadie le mate, ni otras manos le acaben que las de la melancolía. Mire no sea perezoso, sino levántese desa cama, y vámonos al campo vestidos de pastores, como tenemos concertado: quizá tras de alguna mata hallaremos a la señora doña Dulcinea desencantada, que no haya más que ver ▼. Si es que se muere de pesar de verse vencido, écheme a mí la culpa, diciendo que por haber yo cinchado mal a Rocinante le derribaron; cuanto más que vuestra merced habrá visto en sus libros de caballerías ser cosa ordinaria derribarse unos caballeros a otros, y el que es vencido hoy ser vencedor mañana.

—Así es —dijo Sansón—, y el buen Sancho Panza está muy en la verdad destos casos.

—Señores —dijo don Quijote—, vámonos poco a poco, pues ya en los nidos de antaño no hay pájaros hogaño [12]. Yo fui loco, y ya soy cuerdo: fui don Quijote de la Mancha, y soy agora, como he dicho, Alonso Quijano el Bueno. Pueda con vuestras mercedes mi arrepentimiento y mi verdad vol-

[12] Este año (refrán).

▼ En la cama empezó esta segunda parte del *Quijote* y en ella va a concluir. Nótese que la tristeza general del capítulo no oculta la quijotización de Sancho, que es manifiesta.

verme a la estimación que de mí se tenía, y prosiga adelante el señor escribano.

Ítem, mando [13] toda mi hacienda, a puerta cerrada [14], a Antonia Quijana, mi sobrina, que está presente, habiendo sacado primero de lo más bien parado [15] della lo que fuere menester para cumplir las mandas que dejo hechas; y la primera satisfacción que se haga quiero que sea pagar el salario que debo del tiempo que mi ama me ha servido, y más veinte ducados para un vestido. Dejo por mis albaceas al señor cura y al señor bachiller Sansón Carrasco, que están presentes.

[13] Lego.

[14] De puertas adentro.

[15] De lo mejor.

Ítem, es mi voluntad que si Antonia Quijana, mi sobrina, quisiere casarse, se case con hombre de quien primero se haya hecho información que no sabe qué cosas sean libros de caballerías, y en caso que se averiguare que lo sabe, y, con todo eso, mi sobrina quisiere casarse con él, y se casare, pierda todo lo que le he mandado [16], lo cual puedan mis albaceas distribuir en obras pías, a su voluntad.

[16] He legado.

Ítem, suplico a los dichos señores mis albaceas que si la buena suerte les trujere a conocer al autor que dicen que compuso una historia que anda por ahí con el título de *Segunda parte de las hazañas de don Quijote de la Mancha,* de mi parte le pidan, cuan encarecidamente ser pueda, perdone la ocasión que sin yo pensarlo le di de haber escrito tantos y tan grandes disparates como en ella escribe; porque parto desta vida con escrúpulo de haberle dado motivo para escribirlos ▼.

Cerró con esto el testamento, y tomándole un desmayo, se tendió de largo a largo en la cama. Alborotáronse todos, y acudieron a su remedio, y

▼ Ni siquiera en este momento perdió Cervantes la oportunidad de renovar su crítica de Avellaneda, a quien más adelante llamará *resfriado ingenio.*

en tres días que vivió después deste donde hizo el testamento, se desmayaba muy a menudo. Andaba la casa alborotada, pero, con todo, comía la sobrina, brindaba el ama, y se regocijaba Sancho Panza; que esto del heredar algo borra o templa en el heredero la memoria de la pena que es razón que deje el muerto.

En fin, llegó el último [17] de don Quijote, después de recebidos todos los sacramentos y después de haber abominado con muchas y eficaces razones de los libros de caballerías. Hallóse el escribano presente, y dijo que nunca había leído en ningún libro de caballerías que algún caballero andante hubiese muerto en su lecho tan sosegadamente y tan cristiano como don Quijote; el cual, entre compasiones y lágrimas de los que allí se hallaron, dio su espíritu, quiero decir que se murió ▼.

Viendo lo cual el cura, pidió al escribano le diese por testimonio como Alonso Quijano el Bueno, llamado comúnmente don Quijote de la Mancha, había pasado desta presente vida, y muerto naturalmente. Y que el tal testimonio pedía para quitar la ocasión de algún otro autor que Cide Hamete Benengeli le resucitase falsamente y hiciese inacabables historias de sus hazañas.

Este fin tuvo el Ingenioso Hidalgo de la Mancha, cuyo lugar no quiso poner Cide Hamete puntualmente, por dejar que todas las villas y lugares de La Mancha contendiesen [18] entre sí por ahijársele y tenérsele por suyo, como contendieron las siete ciudades de Grecia por Homero ▼▼.

Déjanse de poner aquí los llantos de Sancho, sobrina y ama de don Quijote, los nuevos epitafios

[17] El último fin.

[18] Disputasen.

▼ Véase la segunda nota al pie de la pág. 235 en II, 19.

▼▼ Véase la primera nota al pie de la pág. 56 en I, 1.

de su sepultura, aunque Sansón Carrasco le puso éste:

Yace aquí el Hidalgo fuerte
que a tanto extremo llegó
de valiente, que se advierte
que la muerte no triunfó
de su vida con su muerte.
Tuvo a todo el mundo en poco;
fue el espantajo y el coco
del mundo, en tal coyuntura,
que acreditó su ventura
morir cuerdo y vivir loco▼.

Y el prudentísimo Cide Hamete dijo a su pluma:

—Aquí quedarás, colgada desta espetera[19] y deste hilo de alambre, ni sé si bien cortada o mal tajada péñola[20] mía, adonde vivirás luengos siglos, si presuntuosos y malandrines historiadores no te descuelgan para profanarte. Pero antes que a ti lleguen, les puedes advertir, y decirles en el mejor modo que pudieres:

[19] Tabla para colgar utensilios de cocina.

[20] Pluma.

«¡Tate[21], tate, folloncicos!
De ninguno sea tocada;
porque esta impresa[22], buen rey,
para mí estaba guardada▼▼.

[21] ¡Cuidado! (aféresis de *estate*).

[22] Empresa.

Para mí sola nació don Quijote, y yo para él; él supo obrar y yo escribir; solos los dos somos para en uno, a despecho y pesar del escritor fingido y

▼ Sólo este epitafio del socarrón Carrasco se aparta de la tristeza dominante en todo el capítulo.

▼▼ Véase la segunda nota al pie de la pág. 270 en II, 22.

tordesillesco que se atrevió, o se ha de atrever, a escribir con pluma de avestruz grosera y mal deliñada [23] las hazañas de mi valeroso caballero, porque no es carga de sus hombros ni asunto de su resfriado ingenio. A quien advertirás, si acaso llegas a conocerle, que deje reposar en la sepultura los cansados y ya podridos huesos de don Quijote, y no le quiera llevar, contra todos los fueros de la muerte, a Castilla la Vieja ▾, haciéndole salir de la fuesa [24] donde real y verdaderamente yace tendido de largo a largo, imposibilitado de hacer tercera jornada y salida nueva; que para hacer burla de tantas como hicieron tantos andantes caballeros, bastan las dos [25] que él hizo, tan a gusto y beneplácito de las gentes a cuya noticia llegaron, así en estos como en los extraños reinos. Y con esto cumplirás con tu cristiana profesión, aconsejando bien a quien mal te quiere, y yo quedaré satisfecho y ufano de haber sido el primero que gozó el fruto de sus escritos enteramente, como deseaba, pues no ha sido otro mi deseo que poner en aborrecimiento de los hombres las fingidas y disparatadas historias de los libros de caballerías, que por las de mi verdadero don Quijote van ya tropezando, y han de caer del todo, sin duda alguna. *Vale* [26].

[23] Aliñada.

[24] Fosa, tumba.

[25] Las dos burlas (contadas en las dos partes de la novela).

[26] Adiós (en latín).

▾ Alude al final del *Quijote* apócrifo, en el que Avellaneda anuncia nuevas aventuras en Castilla la Vieja. Obsérvese que en este apóstrofe del autor a su pluma Cervantes revela su justo orgullo y su fe en la universalidad de su creación. Esta despedida es así mucho más contundente que la que figura al final de la primera parte, con un verso de Ariosto (véase la nota al pie de la pág. 798 en I, 52).

# A P É N D I C E

«Don Quijote de la Mancha fue un hombre que erigió a su imaginación en credo, fue un hombre que hizo de la ficción la razón de su vida, fue un hombre, en fin, con cuya vida se urdió la primera novela moderna y más grande de todos los tiempos.»

J. B. AVALLE-ARCE

# ESTUDIO DE LA OBRA

## *1. Breve historia editorial del «Quijote»*

No sabemos cuándo empezó Cervantes a escribir el *Quijote.* Es posible que lo hiciera en alguno de sus encarcelamientos, en los últimos años del siglo XVI, cuando quizás redactaba también alguna de sus *Novelas ejemplares.* Tampoco sabemos cuánto tiempo dedicó el autor a la creación de su gran novela.

### *1.1. Primeras ediciones*

Sabemos que en el verano de 1604 estaba terminada la primera parte del *Quijote,* que en septiembre obtuvo el Privilegio Real para su publicación y que fue vendido por su autor al librero Francisco Robles. Pocos meses después, a principios de 1605, aparecía en Madrid, en la imprenta de Juan de la Cuesta, la primera parte de la obra, *El ingenioso hidalgo don Quijote de la Mancha.* El éxito fue inmediato y las ediciones de la obra no tardaron en multiplicarse. En el mismo año, 1605, salió la segunda edición, también en la imprenta de Juan de la Cuesta; y en 1608, la tercera. Cuatro ediciones más vieron la luz en 1605, dos en Valencia y dos piratas en Lisboa. En 1607 se publicó en Bruselas, en 1610 en Milán y en 1611 en Bruselas otra vez. Pronto llegaron también las primeras traducciones de la novela: la inglesa en 1612 y la francesa en 1614.

En 1614 apareció en Tarragona la continuación apócrifa, *El ingenioso hidalgo don Quijote de la Mancha,* escrita por alguien que ocultó su identidad en el seudónimo de Alonso Fernández de Avellaneda, quien, en el prólogo, acumuló insultos que causaron honda herida en Cervantes.

Cuando el falso *Quijote* de Avellaneda vio la luz, Cervantes debía de llevar bien avanzada la redacción de la segunda parte de su novela, que ya terminaría muy pronto, impulsado también por el hurto literario y el ataque feroz de que había sido víctima. También por ello, a partir del capítulo 59, no perdió ocasión de ridiculizar al falso *Quijote,* afirmar la falsedad de sus protagonistas y la verdad de los auténticos don Quijote y Sancho. La segunda parte debió de quedar terminada a principios de 1615 (el Privilegio Real es de febrero), y a finales de este año apareció *El ingenioso caballero don Quijote de la Mancha,* también en la madrileña imprenta de Juan de la Cuesta.

## 1.2. *Difusión universal*

Ya en 1617, la novela se editó en Barcelona, con las dos partes publicadas conjuntamente. Desde entonces la difusión y la celebridad del *Quijote* hacen de él uno de los libros más editados, traducidos y conocidos en el mundo: ya en el siglo XVII tuvo unas treinta ediciones en castellano, se tradujo al italiano, alemán y holandés, además de completarse las traducciones francesa e inglesa. En el XVIII se tradujo al portugués, danés, ruso y polaco, y tuvo unas cuarenta ediciones en castellano. En el XIX alcanzó unas doscientas ediciones en su lengua, y en el XX se le calculan unas tres ediciones por año. Hace ya tiempo que el libro ha sido traducido a todas las lenguas con alguna tradición literaria.

Proféticas fueron, pues, aquellas palabras del bachiller Sansón Carrasco: «y a mí se me trasluce que no ha de haber nación ni lengua donde no se traduzga» (II, 3). Y las del mismo don Quijote: «por mis valerosas, muchas y cristianas hazañas he merecido andar ya en estampa en casi todas o las más naciones del mundo. Treinta mil volúmenes se han impreso de mi historia, y lleva camino de imprimirse treinta mil veces de millares, si el cielo no lo remedia» (II, 16).

Es bien sabido que el cielo no lo ha remediado. «Los treinta mil millares, o los treinta millones de ejemplares, se han publicado, con exceso. El *Quijote* se ha convertido en la obra más alta y representativa de la literatura española, y en una de las cuatro o cinco obras maestras de la literatura universal» (A. Rosenblat).

## 2. El ideal del deleitar aprovechando

El *Quijote* es uno de los libros más divertidos de la literatura universal. Mas, con ser esto así —su capacidad de entretenimiento, comicidad y humor nunca fueron negados—, también es verdad que al *Quijote* hay que acercarse con unos cuantos siglos de literatura en el alma. Porque en esta obra se da cita una buena parte de la literatura anterior, la española en gran medida, pero también la europea —especialmente la italiana— y la clásica grecolatina, con numerosas referencias y alusiones mitológicas. Es también una de las obras más profundas, y, en palabras del genial F. Dostoievski, «la ironía más amarga que puede expresar el hombre».

El primero en saberlo fue su autor, quien, en el diálogo entre don Quijote y Sansón Carrasco (II, 3), dejó planteada la cuestión en términos deliberadamente ambiguos:

> —[...] que no ha sido sabio el autor de mi historia, sino algún ignorante hablador, que a tiento y sin algún discurso se puso a escribirla, salga lo que saliere [...]. Y así debe de ser de mi historia, que tendrá necesidad de comento para entenderla.
>
> —Eso no —respondió Sansón—; porque es tan clara, que no hay cosa que dificultar en ella: los niños la manosean, los mozos la leen, los hombres la entienden y los viejos la celebran, y, finalmente, es tan trillada y tan leída y tan sabida de todo género de gentes, que apenas han visto algún rocín flaco, cuando dicen: «Allí va Rocinante.»

Cervantes formula así un juicio ambivalente. Como señala H. Percas de Ponseti, por un lado parece indicar que se trata de algo tan complejo y confuso que requiere explicaciones y comentarios; y por otro lado parece tratarse de una historia «tan indiscutiblemente clara que ni título hace falta». El equívoco —la ambigüedad— queda, pues, para el lector crítico —el estudioso—, que duda en la interpretación de una obra tan compleja, la cual, ante la riqueza de interpretaciones posibles, se resiste a toda clasificación y escapa a cualquier dogmatismo.

### 3. *Antecedentes e influencias parciales*

No hay una obra que haya influido singularmente en el *Quijote*. Hay, sí, unos cuantos antecedentes parciales que, dentro de un vasto caudal literario, se vislumbran al fondo de tal o cual episodio, situación o aventura.

a) Entre estos antecedentes que influyeron parcialmente en el *Quijote* destaca el anónimo *Entremés de los romances,* obrita de finales del siglo XVI, en la cual el labrador Bartolo, trastornado por la lectura de romances, abandona su casa con el fin de imitar a los personajes del Romancero; defiende a una pastora y es apaleado por el zagal que la pretendía; y cuando es encontrado por su familia, Bartolo imagina que es el marqués de Mantua quien lo socorre.

El parecido entre esta obrita y los primeros capítulos del *Quijote* es claro: un hidalgo, perturbado por la lectura de libros de caballerías, se convierte en don Quijote y abandona su casa para imitar a sus héroes y restaurar la caballería andante; apaleado en la aventura de los mercaderes toledanos (I, 4), don Quijote imagina que él es Valdovinos, recuerda los mismos versos que Bartolo y toma por el marqués de Mantua al vecino que lo socorre (I, 5).

b) A continuación, don Quijote sufre otro desdoblamiento de personalidad, también con otro personaje del Romancero: imagina que es el moro Abindarráez y toma a su vecino por el alcaide Rodrigo de Narváez (I, 5). Y en toda la novela abundan las citas de versos de romances y las referencias y alusiones a figuras del Romancero: Durandarte y Belerma, don Gaiferos y Melisendra, de romances del ciclo carolingio; Lanzarote, la reina Ginebra, el rey Artús y los Caballeros de la Tabla Redonda, de romances del ciclo artúrico; romances del Cid, Bernardo del Carpio, moriscos, etc.

c) Componente fundamental en el *Quijote* es la presencia de los libros de caballerías, por más que Cervantes los caricaturice y ridiculice dejando al descubierto sus fabulosos disparates. Toda buena parodia implica un profundo conocimiento de lo parodiado, y el *Quijote* es —entre otras cosas— una parodia magistral.

Son muchos los episodios, los motivos e incluso los procedimientos formales que remiten paródicamente a las novelas de caballerías, desde los molinos de viento, los rebaños-ejércitos, la penitencia de Sierra Morena, la historia de la Micomicona, la cueva de Montesinos, el barco encantado o el vuelo de Clavileño, hasta el recurso de los encantadores, el remedo estilístico de la *fabla* caballeresca y la misma invención del autor moro Cide Hamete Benengeli, pasando por los motivos del bálsamo de Fierabrás, el yelmo de Mambrino, etc.

A la reminiscencia de *Amadís de Gaula* —a cuyo protagonista imitó don Quijote en la penitencia de Sierra Morena— y de otras novelas de caballerías —ciclo de Amadís, de los Palmerines, etc.— hay que añadir la de *Tirante el Blanco,* por su localización en la conocida geografía mediterránea, sus tipos humanos y su coloquialismo en los diálogos; la de *Primaleón y Polendos* y su extravagante hidalgo Camilote; y la del *Caballero Cifar* y su escudero Ribaldo.

Es muy importante también la reminiscencia de los poemas caballerescos del Renacimiento italiano. Figuras, episodios y situaciones del *Orlando furioso,* de L. Ariosto, y *Orlando enamorado,* de M. Boyardo, acaban siendo familiares al lector atento del *Quijote.*

d) En el corazón mismo del *Quijote* está también la herencia de la literatura del amor cortés, cuyo código fue desarrollado por los trovadores medievales de la literatura provenzal y acabó impregnando gran parte de la literatura europea, difundido por la obra de F. Petrarca y el petrarquismo siguiente.

En términos del código del amor cortés está concebida la relación don Quijote-Dulcinea: la amada es un cúmulo de perfecciones, el caballero la sirve y recibe de ella la fuerza de su impulso vital y espiritual.

e) Otros géneros literarios cuya herencia supo integrar Cervantes en el *Quijote* fueron las modalidades narrativas precedentes. Además de los libros de caballerías, interesa recordar ahora la presencia muy frecuente de la novela pastoril, en la novelita de Marcela y Grisóstomo (I, 11-14), la historia de Leandra (I, 51), las bodas de Camacho (II, 20-21), los jóvenes de la Arcadia fingida (II, 58) y aun en el deseo de don Quijote de hacerse pastor, al final de la obra.

La asimilación de figuras y motivos de la novela picaresca se aprecia en la aventura de los galeotes (I, 22), especialmente en la figura de Ginés de Pasamonte. La novela sentimental es el marco genérico al que apunta la novelita de Cardenio-Luscinda y Dorotea-don Fernando (I, 23 y ss.) y también la peripecia de don Luis siguiendo a doña Clara disfrazado de mozo de mulas (I, 43 y ss.). La novela morisca resuena en la primera salida de don Quijote (I, 1-5), en el relato del capitán cautivo (I, 39-41) y en las peripecias de Ricote, Ana Félix y Gaspar Gregorio (II, 54 y ss.).

f) Otras obras cuyo recuerdo aparece en diferentes ocasiones en el *Quijote* son las crónicas medievales, las crónicas particulares del siglo XV, los cronistas de indias, los libros de viajes, el *Corbacho, La Celestina,* las figuras cómicas del teatro renacentista, las obras de Erasmo de Rotterdam —el *Elogio de la locura,* sobre todo—, la poesía de Garcilaso —«gran poeta castellano nuestro» (II, 6)—, leyendas y tradiciones conocidas en el folclore, y, por supuesto, la vasta experiencia de Cervantes, soldado, cautivo y viajero, «aficionado a leer, aunque sean los papeles rotos de las calles» (I, 9).

Puede también hablarse de la influencia del *Quijote* apócrifo de Avellaneda, del que Cervantes llega incluso a imitar algún episodio, probablemente con el fin de demostrar la superioridad artística de su libro, con el que Cervantes dejó trazado el edificio de la novela moderna.

## *4. ¿Pensó inicialmente Cervantes en una novela corta o extensa?*

Aunque no sea una cuestión fundamental en el estudio del *Quijote,* no es ociosa la discusión de si Cervantes pudo pensar inicialmente en escribir una novela corta, del tamaño y forma de las «ejemplares», o si, por el contrario, concibió desde el principio el *Quijote* como una novela extensa.

La primera tesis, el proyecto inicial de una novela del tipo de las «ejemplares», ha sido defendida por ilustres cervantistas (R. Menéndez Pidal, L. Rosales, H. Hatzfeld, E. Moreno Báez, entre otros), entendiendo que la supuesta novelita abarcaría aproximadamente los seis primeros capítulos. Esta teoría se apoya en la unidad de estos seis capítulos, con la primera salida de don Quijote, su regreso descalabrado y el escrutinio final de su biblioteca, en la menor complejidad del personaje en esta salida, en la influencia predominante del *Entremés de los romances* y, sobre todo, en la estrecha relación sintáctica entre el comienzo de cada capítulo y el final del anterior (bien ilustrativo de ello es el comienzo de I, 4 y 6). Tales relaciones sintácticas se deberían así a que la supuesta novelita no estaba dividida en capítulos.

Después, al descubrir Cervantes las enormes posibilidades literarias de su personaje, debió de concebir la idea de alargar su novela. Para ello pudo introducir algunas modificaciones y dividir la narración en capítulos, poniendo a cada uno su epígrafe, lo cual explica las citadas relaciones sintácticas entre el final de un capítulo y el comienzo del siguiente.

Sin embargo, prestigiosos cervantistas (J. Casalduero, V. Gaos, J. B. Avalle-Arce, etc.) rechazan la hipótesis de la supuesta «novelita ejemplar», considerando que, desde el principio, Cervantes planeó cuidadosamente una novela extensa: la primera salida de don Quijote anticipa en esquema una composición circular que se reitera, ampliado, en la segunda y también en la tercera; si Sancho no aparece en esta primera salida se debe, más que a no estar previsto un escudero desde el principio —don Quijote no podía olvidarse de algo tan esencial—, a que si el labrador Panza hubiera presenciado la ridícula ceremonia en que don Quijote es armado caballero no parece lógico que Sancho aceptase servir a tal amo. Y los citados enlaces sintácticos entre los capítulos no son un fenómeno exclusivo de la primera salida, sino que igual dependencia gramatical sigue manifestándose a lo largo de toda la novela (por ejemplo, en los comienzos de I, 14, 31, 33, 39, 45, etc.) y constituye un recurso deliberado para alcanzar el suspense y el dinamismo en el movimiento narrativo continuo (prueba de ello es que el mismo fenómeno se mantiene en la segunda parte, entre II, 72 y 73, por ejemplo).

Recuérdese también que en la narrativa cervantina es común el protagonismo dual; que don Quijote ambiciona desde el principio ser personaje literario, protagonista de una historia, cosa que ve lograda en la segunda parte; y que en el temor de la sobrina de que su tío acabe haciéndose pastor (I, 6) se anticipa ya el proyecto ideado por don Quijote en II, 73.

Aunque la tesis de la novelita corta inicial parece verosímil —la natural espontaneidad del *Quijote* favorece interpretaciones diversas—, los argumentos en contra son muy serios y parecen más convincentes. Avalle-Arce ha llegado incluso a afirmar que la idea de una novelita ejemplar «es una nueva forma de decirnos que, como el burro flautista de la fábula, Cervantes escribió la más grande novela de todos los tiempos de pura casualidad».

## 5. *Aspectos del contenido. Temas e intenciones*

La variedad temática del *Quijote* es difícilmente reducible a una apretada síntesis. En sus páginas aparecen múltiples aspectos sociales de la España del Siglo de Oro, clases sociales, profesiones y oficios, costumbres y hábitos cotidianos, creencias populares, motivos tradicionales y folclóricos, referencias y alusiones a la historia pasada y presente de España, discusiones de teoría literaria, cuestiones lingüísticas, etc. Todo parece incluido en el libro, que procura abarcar cuanto rodea y afecta al ser humano y a la novela misma (autor, traductor, impresor, lector, comentarista...).

En cualquier caso, hay que afrontar la dificultad y señalar al menos aquellos aspectos temáticos más relevantes.

### 5.1. *Una síntesis poética del ser humano*

Si la figura de Sancho, con su apego a lo material y a la realidad circundante, expresa la propensión del hombre al apego por los valores materiales y por el interés social, la figura de don Quijote, con su desprendimiento de todo lo material, simboliza la tendencia del alma humana hacia la elevación espiritual, su entrega completa a un ideal libremente asumido por encima de los límites materiales.

Pero, lejos de ser dos personajes contrarios, son dos criaturas íntimamente unidas por una relación de complementariedad (locura-cordura-sentido común). Ambos constituyen la representación más perfecta de la complejidad del ser humano, material y espiritual, materialista e idealista a la vez. Ambos, al final, se acercan recíprocamente, aproximándose así lo que en el ser humano aparece unido en equilibrio o con primacía de una u otra vertiente.

### *5.2. Una forma de vida*

El *Quijote* es la expresión de una forma de vivir, y don Quijote el modelo de aspiración a un ideal de vida. Desde el comienzo de su historia don Quijote cifra su máxima aspiración en un ideal ético y estético de vida, al que acomoda su conducta en cada momento. Desde el principio, aspira a ser personaje literario y en la práctica descubre su afán de hacer el bien y de vivir la vida como una obra de arte.

Ya en su primera salida llega incluso a redactarle a su «futuro historiador» las primeras líneas de su libro. Poco importa ahora que lo haga en un lenguaje altisonante que remeda —ridiculizándolo— el estilo de los libros de caballerías (véase I, 2). Importa mucho más que él ha decidido ser caballero andante —aunque lo sea luego por escarnio— y que quiere ser protagonista de un libro. Porque, como ha explicado P. Salinas, por los libros —de caballerías— Alonso Quijano se hizo don Quijote; y éste sale al mundo «suspirando en su alma por acabar en un libro [...], de suerte que las dos vidas, la de acá y la del más allá, nacieran y murieran de libro».

Por ello, en todo momento don Quijote aspira a perfeccionar «todo aquello que puede hacer perfecto y famoso a un andante caballero» (I, 25); por ello imita a los modelos; y por lo mismo, en el episodio crucial de la penitencia en Sierra Morena, decide imitar a Amadís, «su héroe caballeresco favorito y producto estrictamente artístico» (Avalle-Arce), porque era el modelo perfecto, «el solo, el primero, el único, el señor de todos [...], el norte, el lucero, el sol de los valientes y enamorados caballeros» (I, 25). Pero, a diferencia de Amadís, que hizo penitencia por desamor de Oriana, don Quijote —explica Avalle-Arce— lleva a cabo la suya sin causa que la justifique, como un deliberado acto gratuito, enteramente voluntario, realizado por un personaje independiente que ha programado su vida con absoluta libertad.

La tercera salida de don Quijote —segunda parte— se inicia con una importante novedad: ya es protagonista de un libro, que otros —Sansón Carrasco, los duques, etcétera— han leído. Por eso, en la segunda parte, don Quijote busca el reconocimiento, y lo encuentra ante Sansón Carrasco, los duques, los jóvenes de la Arcadia fingida, etc. E incluso, a partir del capítulo 59, aprovecha el motivo del falso *Quijote* para reafirmar la verdad de su propia figura: como ha señalado Torrente Ballester, el «yo soy ése» (el protagonista del *Quijote* de 1605) se completa ahora con el «yo no soy ése» (el personaje del *Quijote* de Avellaneda).

Y cuando, según el código caballeresco, vencido por el Caballero de la Blanca Luna, es obligado a abandonar el ejercicio de la caballería andante, don Quijote reemplaza inmediatamente su ideal por otro, igualmente cifrado en la concepción de la vida como obra de arte, y se refugia en sus proyectos pastoriles, pasando así del mito medieval de la caballería andante al renacentista de una Arcadia pastoril.

### 5.3. Una concepción del amor del caballero

La condición de enamorado es fundamental en la figura de don Quijote, y Dulcinea es la expresión de uno de los ideales más sublimes de cuantos ha creado el hombre.

También la figura de Dulcinea responde al ideal de vida forjado por don Quijote: «yo me hago cuenta que es la más alta princesa del mundo. [...] Y para concluir con todo, yo imagino que todo lo que digo es así, sin que sobre ni falte nada, y píntola en mi imaginación como la deseo» (I, 25).

La actitud del caballero en el plano amoroso se sitúa plenamente en la tradición del amor cortés. «El caballero amante —dice Avalle-Arce— es el vasallo que sirve a la mujer amada, quien, por consiguiente, es la señora, guía y protección del amante». A esto mismo responden las constantes invocaciones de don Quijote a Dulcinea pidiendo el favor y amparo de su amada, dueña de las mejores cualidades, a la que considera su *señora* y por la cual el caballero fortalece sus mejores virtudes.

Además de en este eje temático central, el tema del amor aparece en varios episodios que conforman otras tantas narraciones intercaladas, sobre todo en las historias pastoriles de Marcela y Grisóstomo, Leandra, las bodas de Camacho y la Arcadia fingida; en las narraciones sentimentales de Cardenio-Luscinda, Dorotea-don Fernando, y la de Claudia Jerónima; y también en la historia de celos del *Curioso impertinente,* en la relación del Capitán Cautivo y Zoraida, y, sobre todo, en la de Ana Félix y Gaspar Gregorio.

### 5.4. *Más que una invectiva contra los libros de caballerías*

Las historias de los caballeros andantes son en todo momento punto de referencia en el texto del *Quijote.* Propósito declarado por Cervantes fue su intención de hacer olvidar a los lectores los fabulosos disparates de aquellas novelas fantásticas sin límite. Ciertamente, el *Quijote* es una parodia de tales libros. Para ello, se siguen los modelos literarios del género parodiado, a la vez que se ridiculizan —de forma directa, explícita, e indirecta, por alusión— las invenciones disparatadas de muchos de ellos.

Naturalmente, el *Quijote* no es sólo una invectiva contra los libros de caballerías, ni éste es siquiera el aspecto más importante de la obra. Si así fuera, la novela cervantina hubiera perdido su lugar de privilegio en la historia de la literatura con la decadencia del género parodiado, que, además, ya no estaba vigente en la época de fecundidad literaria de Cervantes, como ha probado Martín de Riquer.

Más que la proclamada invectiva contra los libros caballerescos (véase el prólogo a la primera parte y el último capítulo de la segunda) interesa esta otra confesión que Cervantes pone en boca del amigo con quien dialoga en el prólogo citado: «Procurad también que, leyendo vuestra historia, el melancólico se mueva a risa, el risueño la acreciente, el simple no se enfade, el discreto se admire de la invención, el grave no la desprecie, ni el prudente deje de alabarla.»

Con lo cual Cervantes se muestra convencido de la polisemia y la universalidad de su obra, que él dirige a todos los tipos de lector posibles, desde el más simple al crítico más perspicaz. Porque él sabe que su novela —así lo confirman muchos pasajes, sobre todo en la segunda parte, a partir del capítulo 3— reúne tal riqueza y complejidad, que puede ser entendida en varios niveles, desde su consideración como libro ameno y divertido hasta su interpretación como un canto a la libertad, o como una burla del idealismo humano, pasando por el hallazgo de su ironía amarga.

### 5.5. *Una lección de teoría y práctica literarias*

Hace ya bastantes años que la consideración de Cervantes como un ingenio lego, muy inferior a su obra, ha sido desterrada definitivamente, sobre todo a partir del ya clásico libro de A. Castro. Cervantes conoció las ideas más avanzadas de su tiempo sobre literatura. No dedicó ningún tratado a exponer su concepción de la novela, pero, como ha estudiado E. C. Riley, quedan ampliamente expresadas por medio de los personajes y los narradores de sus obras, en especial en el *Quijote, El casamiento engañoso* y *El coloquio de los perros* y en el *Persiles.*

El componente de teoría y crítica literarias es otro de los temas fundamentales del *Quijote.* Una y otra vez surge la discusión sobre libros ya escritos y el debate acerca de cómo escribir otros futuros. El tema aparece ya en el prólogo de la primera parte y revela toda su importancia ya en el escrutinio de la biblioteca de don Quijote (I, 6), capítulo enteramente dedicado a la crítica literaria. Reaparece en primer plano en la venta de Juan Palomeque, cuando, en su regreso de Sierra Morena, la comitiva de don Quijote se detiene allí, y, antes de la lectura del *Curioso impertinente,* se habla de libros —de caballerías y de historia— también desde diversas perspectivas (I, 32). Y ocupa la práctica totalidad de los capítulos 47-50, con el diálogo entre el cura, el canónigo toledano y el mismo don Quijote sobre teoría y crítica literarias (reflexiones sobre novela, teatro, historia y ficción, valores estéticos, etc.).

En la segunda parte, el componente teórico es aún más relevante. Al principio es Sansón Carrasco el vehículo por el que se transmiten estas ideas. El bachiller entra en el *Quijote* con la primera parte de la novela ya leída. Y éste será el libro —primera parte del *Quijote*— que se tomará como punto de referencia fundamental en las discusiones teóricas de la segunda parte.

Teoría y crítica se transforman al mismo tiempo en ficción literaria en el coloquio entre don Quijote, Sancho y Sansón Carrasco (II, 3-4). Se renueva el debate en la conversación de don Quijote con don Diego de Miranda y con el hijo de éste (II, 16 y 18). Y no debe olvidarse que el elemento teórico y crítico se encuentra también hábilmente diluido en el relato de la cueva de Montesinos (II, 23), en el retablo de maese Pedro (II, 26), etc.

Pero la teoría y la crítica se ilustran con la práctica, y en el *Quijote* se conjugan diversas formas de novelar. Hemos citado ya el componente caballeresco, parodiado en las aventuras de don Quijote. Es muy importante el elemento pastoril, visto también, además de la novela sentimental que vamos conociendo en el paso por Sierra

Morena. Cabe añadir ahora el componente picaresco en la figura de Ginés de Pasamonte, la novela corta psicológica italianizante del *Curioso impertinente,* la novela morisca del Capitán Cautivo o la historia de Ricote y su familia.

### *5.6. Una panorámica social de la España del Siglo de Oro*

Prescindiendo ahora de los personajes que ocupan el protagonismo dual de la novela, el *Quijote* es también una síntesis social de la España de los Felipes, en el paso del siglo XVI al XVII.

En cuanto documento social, da cabida a todas las clases sociales, a un amplísimo abanico de profesiones y oficios, y de costumbres y creencias populares. Figuras de la nobleza, como los duques, don Fernando; poderosos hacendados, burgueses como don Antonio Moreno; hidalgos acomodados como don Diego de Miranda; eclesiásticos, como el cura, el canónigo toledano; bachilleres y licenciados, como Sansón Carrasco, el oidor; militares, como el Capitán Cautivo, el comandante de galeras; etc. En el otro extremo de la escala social se encuentra el pueblo llano, cuya diversidad aparece representada por múltiples figuras de labradores, cabreros, dueñas, criadas, mercaderes, venteros, cuadrilleros, soldados, cautivos, arrieros, barberos, mozas de partido, yangüeses, galeotes, pícaros, peregrinos, moriscos, bandoleros, etc.

Otros aspectos sociales atendidos en la novela son los concernientes al momento histórico por el que entonces atravesaba España: el fenómeno político-social de las castas y la división entre cristianos viejos y nuevos, las guerras del exterior (presentes en el relato del Capitán Cautivo), la tragedia de la expulsión de los moriscos (historia de Ricote y su familia), la amenaza turca en el Mediterráneo (peripecia de Ana Félix y Gaspar Gregorio), el bandolerismo catalán (Roque Guinart y su banda). Y también múltiples aficiones y costumbres de la época, desde la costumbre de entretener el tiempo en las ventas contando o leyendo historias, hasta el prestigio de la Universidad de Salamanca o el desprestigio de las universidades menores (Sigüenza, Osuna), pasando por la fama de los husos del Guadarrama, de los caballos cordobeses o de los vinos de Ciudad Real.

### 5.7. *Una síntesis de vida y literatura*

Por cuanto venimos diciendo, bien puede afirmarse que el *Quijote* es, en suma, una magistral síntesis de vida y literatura. Porque constituye —en palabras de E. C. Riley— una síntesis de vida soñada y vida vivida; una lección literaria en que se combinan ingredientes de índole diversa; una genial integración de realismo y fantasía; y, como explica H. Percas de Ponseti, una sistemática muestra de la dificultad de ficcionalizar las relaciones humanas, pues entre tantas historias y aventuras paralelas, similares u opuestas, simétricas o en contraste, Cervantes enfoca los asuntos abordados desde varias perspectivas multiabarcadoras de su realidad compleja y escurridiza, sin ofrecer nunca una conclusión definitiva, ficcionalizando la naturaleza relativa de todo lo humano y evitando siempre cualquier dogmatismo empobrecedor.

Y en el centro de todo, de las gentes más diversas, de tantas historias y libros recordados, de tantos mitos antiguos y tantas tradiciones evocadas, se levanta la figura de don Quijote, un viejo con el alma cándida de un niño, que entrega su vida a un ideal sublime, pero que acaba estrellándose contra la muralla social de los hombres, cuya falta de poesía viene ilustrada por tanto cura y barbero, tanto cuadrillero, tanto caballero verdegabaneado, tanto bachiller disfrazado de caballero o tanta frivolidad de unos duques o un Antonio Moreno cualquiera.

A don Quijote sólo don Quijote lo comprende, y, al final, también su mejor heredero espiritual, el fiel Sancho Panza.

## *6. Análisis de la estructura externa*

Antes de acercarse al complejo artificio constructivo del *Quijote* (estructura interna) conviene que nos detengamos brevemente en la descripción y comentario de su organización o composición (estructura externa).

### *6.1. Descripción del diseño externo*

El *Quijote* es una novela en dos partes, cada una con un título distinto. La primera parte, *El ingenioso hidalgo don Quijote de la Mancha,* presenta un diseño formado por cincuenta y dos capítulos, precedidos de un prólogo del autor y de unos poemas iniciales atribuidos a personajes imaginarios, y seguidos de algunos poemas atribuidos a los académicos de Argamasilla y rematados con un verso del *Orlando furioso,* de Ariosto.

Tanto los poemas iniciales como los finales son irónicos y burlescos. Los iniciales obedecen a la costumbre de la época de anteponer al libro —como aval— poemas de escritores amigos del autor. Cervantes se burla de tal costumbre escribiendo él mismo los poemas y atribuyéndolos a personajes inventados, con lo cual destaca implícitamente la novedad de su libro, que no necesita más aval que el talento de su autor.

Los cincuenta y dos capítulos —en ellos se cuentan las dos primeras salidas de don Quijote, y en el último se anuncia la tercera— aparecen agrupados en cuatro partes, de extensión muy desigual —la cuarta es casi tan extensa como las tres primeras—, que nada tienen que ver con la organización compositiva de la novela en unidades menores. Tal división parece, pues, bastante arbitraria.

Destaca también en esta parte —*Quijote* de 1605— la inclusión de algunas novelas intercaladas, especialmente *El curioso impertinente* y el relato del Capitán Cautivo, ajenas a la trama central del *Quijote.* Y también la evidencia de algunos errores o desajustes, como, por ejemplo, los disparatados epígrafes de los capítulos 10 y 36 o el controvertido asunto del robo y posterior hallazgo del burro de Sancho en Sierra Morena.

La segunda parte, *El ingenioso caballero don Quijote de la Mancha,* presenta un diseño formado por setenta y cuatro capítulos, precedidos de un prólogo y rematados con el epitafio de Sansón Carrasco y la definitiva despedida del autor con el apóstrofe a su pluma. Los capítulos, en los cuales se narra la tercera salida, son, en general, algo más cortos que los de la primera parte.

Este segundo tomo —*Quijote* de 1615— no va precedido de poemas iniciales: Cervantes sabe ya que puede prescindir de semejantes convencionalismos. Tampoco presenta ninguna división en partes, con lo cual esta narración de la tercera salida de don Quijote es la auténtica segunda parte de la novela.

### *6.2. Composición de la obra: unidades menores*

Estamos ante una novela en la que se cuentan tres viajes, distribuidos en dos partes cuya composición está organizada en cada una de ellas en varios apartados, núcleos o unidades menores, con una distribución semejante en ambas.

La primera parte —*Quijote* de 1605— está organizada a su vez en cuatro partes, que nada tienen que ver con las señaladas en el diseño externo.

El primer núcleo abarca los capítulos 1-7. Se narran aquí los preparativos de don Quijote, su primera salida, en la que es armado caballero y protagoniza sus primeras aventuras, y su regreso, con el posterior escrutinio de su biblioteca.

El segundo núcleo abarca los capítulos 8-31 y constituye una narración itinerante de aventuras sucesivas, con el paso por la venta de Juan Palomeque, el internamiento en Sierra Morena y la vuelta por la misma venta. Entre la narración de estas aventuras se incluyen las primeras historias intercaladas (Marcela y Grisóstomo, Cardenio-Luscinda y Dorotea-don Fernando, e incluso la ficción de la princesa Micomicona) y el primer discurso de don Quijote, sobre la Edad Dorada.

El tercer núcleo (capítulos 32-46) está formado por la estancia de la comitiva de don Quijote en la venta, lugar de cruce de vidas (gentes diversas que se detienen allí) y de historias: desenlace de la novela de Cardenio-Luscinda y Dorotea-don Fernando, lectura del *Curioso impertinente* y relato oral del Capitán Cautivo. Entre estas dos novelas interpoladas pronuncia don Quijote el discurso de las armas y las letras.

El cuarto núcleo (capítulos 47-52) termina con el regreso a la aldea, después de los capítulos dedicados a teoría y crítica literarias y de la interpolación de una historia más, la de Leandra.

La segunda parte o continuación de 1615 contiene la narración de la tercera salida y está organizada en cinco núcleos, equivalentes a los de la primera parte, salvo el cuarto.

El primer núcleo (capítulos 1-7) constituye una introducción preparatoria de la nueva salida y, además de múltiples referencias a la primera parte ya publicada, se anticipan las líneas fundamentales de la tercera salida.

En el segundo núcleo (capítulos 8-29) reaparece la narración de carácter episódico e itinerante, desde la aldea hasta el castillo de los duques, pero ahora con frecuentes detenciones en el viaje (en casa del caballero del Verde Gabán y de Basilio). El encantamiento de Dulcinea y la bajada a la cueva de Montesinos forman el eje vertebrador de la novela, en la que también se incluye alguna historia secundaria (bodas de Camacho) y don Quijote pronuncia su disertación sobre la poesía.

El tercer núcleo (capítulos 30-57) coincide con la estancia en el castillo de los duques y la posterior narración simultánea del gobierno de Sancho en Barataria y las burlas de que don Quijote es objeto en el castillo. Fácilmente se comprueba que la función del castillo ducal en esta parte es equivalente a la de la venta de Juan Palomeque en la composición de la primera parte. También aquí don Quijote alecciona con sus discursos, especialmente en sus consejos a Sancho-gobernador. Y también se incluye una narración secundaria, la del morisco Ricote.

El cuarto núcleo (capítulos 58-65), el único que no tiene equivalente en la primera parte, vuelve a centrarse en la narración de carácter episódico e itinerante, desde el castillo ducal hasta Barcelona y vuelta al castillo. Se prolongan las burlas de los duques en casa de don Antonio Moreno y después en el mismo castillo, se completa la historia de Ricote con la reunión de Ana Félix y Gaspar Gregorio, se añade la historia de Claudia Jerónima (en el encuentro con Roque Guinart); y, si desde el comienzo de la segunda parte las referencias a la primera venían prodigándose, ahora abundan también las referidas al *Quijote* de Avellaneda, causa de la variación de rumbo del verdadero don Quijote (a Barcelona y no a Zaragoza).

El quinto núcleo (capítulos 66-74), equivalente al cuarto de la primera parte, constituye el fin y cierre de la novela. En el regreso desde el castillo ducal hasta la aldea el tema recurrente sigue siendo el desencantamiento de Dulcinea-azotes de Sancho y la falsedad del *Quijote* apócrifo, ahora testificada por don Alvaro Tarfe.

### *6.3. Una novela en dos partes*

Ya no vale la pena discutir la idea de si las dos partes del *Quijote* son dos novelas distintas, porque está suficientemente razonado que se trata de una novela en dos partes, entre las cuales hay —eso sí— notables diferencias y muchas semejanzas. Ello obedece a que la segunda parte emana de la primera y constituye su eficaz continuación, no su reiteración.

De las diferencias entre ambas partes cabe señalar algunas más claras, ya indicadas por A. Navarro González:

—El cambio en el título: *hidalgo* en la primera parte, *caballero* en la segunda, porque don Quijote ya había recibido la orden de la caballería en I, 3.

—El diseño editorial del *Quijote* de 1605, dividido en cuatro partes, frente a la continuación de 1615, que prescinde de tal división y aparece como la verdadera segunda parte.

—La inclusión de poemas iniciales y finales en la primera parte frente a su ausencia en la segunda.

—La mayor cantidad de palos que don Quijote recibe en la primera parte frente a su escasez en la segunda, en la cual logra incluso alguna victoria —aventura del Caballero del Bosque y la de los leones— y en la que es, sobre todo, objeto de burlas.

—El predominio de los espacios rurales en la primera parte (caminos, venta, Sierra Morena) y de sectores sociales bajos, frente a los núcleos urbanos de la segunda (Barcelona) y a sectores sociales altos (la burguesía en don Diego de Miranda, en don Antonio Moreno; la aristocracia en los duques).

—La transformación de la realidad por don Quijote en la primera parte (convierte molinos en gigantes, ventas en castillos, etc.) para adecuarla a su quimera caballleresca; en cambio, en la segunda, la realidad ya le viene deformada por los demás (castillos de verdad, duques de verdad, caballeros disfrazados...).

—La interpolación de novelas ajenas a la trama central en la primera parte, frente a la mayor brevedad de las historias intercaladas en la segunda.

—El carácter barroco de la segunda parte, frente a la condición manierista de la primera.

—La novedad fundamental del encantamiento de Dulcinea en la segunda parte, en la que don Quijote y Sancho aparecen ya desde el comienzo como personajes de un libro ya publicado y leído por otros. Lo primero viene determinado por el viaje encantado de Sancho desde Sierra Morena al Toboso en la primera parte, en la cual lo segundo —ser personaje literario— era la aspiración fundamental de don Quijote.

Sin embargo, son mucho más sustanciales en la composición y estructura de la novela las semejanzas entre ambas partes:

—La segunda parte emana directamente de la primera: al final del *Quijote* de 1605 se anuncia ya la tercera salida.

—En ambas partes se abordan los mismos temas

—Las dos se sustentan en el mismo artificio constructivo, como veremos.

—Los personajes centrales son los mismos en ambas partes, con la salvedad de Sansón Carrasco, cuya función en la segunda es equivalente a la del cura y el barbero en la primera.

—Igual vaguedad espacial de la geografía manchega.

—Similar desconcierto temporal en la cronología narrativa.

—El carácter episódico e itinerante de ambas partes, montadas asimismo sobre la narración de los viajes de don Quijote.

—La distribución simétrica de los núcleos narrativos en la composición de ambas partes, siendo la venta de Juan Palomeque el foco espacial central en la primera y el castillo de los duques en la segunda.

—La semejante disposición de las tres salidas de don Quijote. Dos en la primera parte, organizadas de tal suerte que la segunda salida repite y amplía el esquema narrativo de la primera; y una en la segunda parte, que, a su vez, amplía el esquema constructivo de las dos anteriores.

—El empleo de las mismas técnicas narrativas y los mismos recursos estilísticos en ambas partes.

—Las constantes referencias a la primera parte incluidas en la segunda.

En suma, la segunda parte tiene como modelo la primera. Aun siendo más compacta y barroca —más perfecta, si se quiere— la segunda parte, la unidad estructural de la novela es indudable. En opinión de J. Casalduero, dicha unidad descansa sobre la disposición circular de ambas partes, con el esquema siguiente: decisión y preparativos de salida → viaje y aventuras en cascada → regreso al punto de partida.

### *6.4. Las narraciones intercaladas*

Como hemos visto, la inclusión de novelitas con historias secundarias, algunas ajenas a la trama central de la obra, destaca más en la primera parte que en la segunda. Dichas interpolaciones le fueron criticadas a Cervantes ya en su tiempo, y él mismo se refirió a ello en la segunda parte, por medio de Sansón Carrasco.

La interpolación de estas novelitas pudo ser motivada por el deseo del autor de alargar el *Quijote* de 1605. Pero también obedece a la poética renacentista de la variedad, y, como ya queda explicado, dichas historias forman una galería de los géneros narrativos de la época: pastoril (Marcela y Grisóstomo, Leandra), sentimental (Cardenio-Luscinda y Dorotea-don Fernando), psicológica *(Curioso impertinente),* morisca (Capitán Cautivo). Es, además, innegable que incluso la más ajena de estas historias, *El curioso impertinente,* cumple una función: sus figuras, ficticias, dan mayor ilusión de realidad a don Quijote y Sancho y a cuantos les rodean.

Lo cierto es que Cervantes, sabedor de su dominio sobre el género que él mismo creó en gran medida, volvió a intercalar historias en la segunda parte del *Quijote;* no tan largas, pero igualmente abundantes y pertenecientes a los mismos géneros narrativos: en el marco pastoril se encuadran las bodas de Camacho, en el morisco la historia de Ricote y su familia; a la narración de Dorotea apunta la historia de la hija de doña Rodríguez, y a los celos del «curioso impertinente», la historia de Claudia Jerónima.

Seguramente, a todo esto alude Cervantes cuando se jacta arrogantemente de ser tan capaz de ceñirse al relato de una sola historia como de atender a varias al mismo tiempo: «y pues se contiene y cierra en los estrechos límites de la narración, teniendo habilidad, suficiencia y entendimiento para tratar del universo del todo, pide no se desprecie su trabajo, y se le den alabanzas, no por lo que escribe, sino por lo que ha dejado de escribir» (II, 44).

## 7. *Análisis de la estructura interna*

En el estudio de la estructura interna o inmanente de la novela ha de atenderse al modo narrativo y al tratamiento del tiempo y del espacio, entre otros aspectos de su artificio constructivo.

### *7.1. Modo narrativo: juego de autores y narradores*

El artificio narrativo en que se sustenta la construcción del *Quijote* es extraordinariamente complejo y fértil. Se esboza en los primeros capítulos, alcanza toda su complejidad ya en I, 9 y se mantiene a lo largo de toda la novela, en cuya segunda parte se juega sistemáticamente con sus asombrosas posibilidades.

En los primeros capítulos, del 1 al 8, el *Quijote* es ya, en palabras de Torrente Ballester, un cuento de un cuento, pues el «autor» aparece como un investigador que recoge datos sobre la historia de don Quijote en autores y archivos de La Mancha. Ya en I, 8 se descubre la existencia de dos «autores», en la referencia al «segundo autor desta obra».

El artificio narrativo se complica hasta el infinito en el capítulo 9: Cervantes ensaya el procedimiento del manuscrito encontrado, inventa un historiador moro al que atribuye la autoría de la obra, un traductor que la vierte al castellano y se sitúa él mismo —mejor dicho, su figura también ficcionalizada— como «segundo autor», que mediante un narrador omnisciente en grado sumo, entrega dicha historia a los lectores. En tan fecundo proceso el punto de vista se ha desplegado en múltiples perspectivas.

La técnica del manuscrito encontrado, además de ser parodia del mismo recurso empleado en los libros de caballerías —su autoría era atribuida a encantadores de la antigüedad— y de dar mayor ilusión de verdad a los hechos de don Quijote, es manejada como procedimiento del que se derivan hallazgos importantes:

a) El historiador moro Cide Hamete Benengeli es el primer «autor» del *Quijote.*

b) El morisco aljamiado es su primer traductor (del árabe al castellano).

c) Cervantes, ficcionalizado también en la obra, resulta ser así el segundo autor, el cual, por medio del narrador, entrega a los lectores una historia acerca de la cual puede comentar y opinar cuanto le parezca oportuno.

d) Los primeros lectores también quedan ficcionalizados en la segunda parte, pues algunos personajes de ella ya han leído la primera parte.

e) La omnisciencia y la libertad del narrador son inmensas, porque conoce de antemano toda la historia por la lectura de su traducción.

En este juego de autores y narradores, en el que se combinan la historia de Cide Hamete, la traducción del morisco, los comentarios del autor implícito y las intervenciones del narrador, además del punto de vista de este o aquel personaje, la inmensa libertad creadora preside todo el proceso y está indisolublemente ligada al complejo perspectivismo múltiple: ¿quién garantiza la verdad de lo escrito por el historiador moro, siendo él verdadero como historiador y mentiroso como árabe? ¿Quién garantiza la fidelidad de la traducción del morisco?

El juego de autor moro, traductor morisco y narrador cristiano hace posible cualquier perspectiva imprevista. Por eso abundan en el texto los comentarios que el «autor segundo» prodiga sobre Cide Hamete (véase, por ejemplo I, 9), las anotaciones del traductor (véase II, 5), las advertencias de Cide Hamete (véase II, 24) e incluso las quejas que el autor moro —¿cómo es posible?— expresa acerca de la traducción (véase II, 44).

Todo ello es hábilmente manejado, bien con el fin de salvar la verosimilitud de lo narrado en un capítulo (por ejemplo, actuación de Sancho ante su mujer en II, 5), bien como vehículo para el despliegue de la ironía y el humor (el juramento «como católico cristiano» del autor moro, II, 27), bien para complicarlo todo aún más, como en las contradicciones y desmentidos que en II, 24 revelan autor moro, traductor morisco, narrador cristiano y hasta el mismo don Quijote —narrador de su descenso a la cueva de Montesinos; o en este simple encabezamiento de un párrafo, bien ilustrativo del perspectivismo múltiple: «Digo que dicen que dejó el autor escrito...» (II, 12).

### *7.2. El perspectivismo múltiple*

Como acabamos de ver, el perspectivismo múltiple enriquece toda la novela, nunca sujeta a un único y limitado punto de vista. La voz del narrador se complementa con las visiones de cuantos han intervenido en el proceso narrativo. Además, el relativismo invade todos los aspectos de la narración, nunca sujetos a un tratamiento dogmático, y alcanza al mismo empleo del lenguaje en el perspectivismo lingüístico, ya estudiado por Leo Spitzer.

Ya en los primeros capítulos se descubre esta diversidad de perspectivas. Como señala Percas de Ponseti, en I, 2 se dice que unos afirman (primera perspectiva) que la primera aventura de don Quijote fue la de Puerto Lápice, otros (segunda perspectiva) que fue la de los molinos de viento, y, sin embargo, de los anales de La Mancha (tercera perspectiva) resulta que la primera aventura fue que aquel día no sucedió nada de particular.

Algo parecido sucede con el nombre del hidalgo y de otros personajes, muchos de ellos sujetos de polionomasia en la diversidad de nombres citados. El hidalgo es llamado Quijada, Quesada, Quejana (I, 1), Quijana (I, 5) y Alonso Quijano (II, 74). Don Quijote también recibe los nombres de Caballero de la Triste Figura y Caballero de los Leones, además de los burlescos don Azote y don Gigote o del pastoril Quijotiz.

Semejante polionomasia se aplica también a otros personajes, como el bachiller Carrasco metido a caballero andante y denominado como Caballero del Bosque, Caballero de los Espejos y Caballero de la Blanca Luna. Incluso los supuestos errores u olvidos de Cervantes en la diversidad de nombres dados a la mujer de Sancho (Juana Gutiérrez, Mari Gutiérrez, Juana Panza, Teresa Panza y Teresa Cascajo) pueden ser manifestaciones del perspectivismo general que invade toda la novela.

Y lo mismo ocurre con los nombres comunes, cuyo empleo es igualmente ilustrativo del perspectivismo lingüístico y del relativismo general de la obra. Buen ejemplo de ello es esta incursión cervantina por la geografía dialectal española: «[...] unas raciones de pescado que en Castilla llaman abadejo, y en Andalucía bacallao, y en otras partes curadillo, y en otras truchuela» (I, 2), denominaciones que designan el bacalao curado y que don Quijote interpreta como «trucha pequeña». Se trata —aquí como en otros casos— del afán del autor de acercarse a la realidad por diversos intentos. La verdad —dice Avalle-Arce— es la misma, pero cambia según el punto de vista del observador.

A este mismo empeño responden otras manifestaciones de don Quijote, como ésta en que dice a Sancho: «[...] eso que a ti te parece bacía de barbero, me parece a mí el yelmo de Mambrino, y a otro la parecerá otra cosa» (I, 25); o la genial creación del neologismo *baciyelmo,* con el cual Sancho liquida sin sentencia la disputa sobre la bacía de barbero-yelmo de Mambrino o lo que fuere; e incluso las prevaricaciones idiomáticas de Sancho —una de las más fecundas es la de Mambrino deformada en Malandrino, Malino y Martino—, quien multiplica los nombres porque, en palabras de L. Spitzer, «las formas de nombres que retiene son sólo aproximaciones del nombre real».

### *7.3. El comienzo y el final de la novela*

En toda gran novela comienzo y final son momentos sumamente relevantes en su estructura narrativa. En el *Quijote* el comienzo constituye una defensa a ultranza de la libertad del creador, y el final, con el apóstrofe del autor a su pluma, es la más orgullosa proclamación de talento creador que nadie haya escrito jamás (orgullo literario que ya Cervantes había confesado abiertamente en los prólogos).

En el comienzo don Quijote nace libre y al final queda muerto y sepultado para que nadie se atreva a volver a tratar de sus hechos, como temerariamente había hecho Avellaneda.

La conocida frase «En un lugar de La Mancha, de cuyo nombre no quiero acordarme, no ha mucho tiempo que vivía un hidalgo»..., con la que arranca el primer capítulo del *Quijote,* además de anticiparnos ya una información espacial y temporal sumamente relevante, lleva implícita una autoglorificación de la libertad del creador.

«En un lugar de La Mancha» es un verso de un romance anónimo. Pero el autor implícito expresa claramente su negativa a dar el nombre del lugar: *no quiero acordarme.* Se ha querido interpretar este comienzo como un deseo de incluir a todos los lugares de La Mancha: así lo declara el mismo autor en II, 74 («por dejar que todas las villas y lugares de La Mancha contendiesen entre sí por ahijársele y tenérsele por suyo, como contendieron las siete ciudades de Grecia por Homero»); como una recreación del comienzo habitual de los relatos populares, frente al arranque altisonante de los libros de caballerías; incluso como una negativa a dar el nombre del lugar en que Cervantes supuestamente estuvo preso.

Pero la importancia de este *no quiero acordarme* va mucho más lejos. Como han explicado Spitzer y Avalle-Arce, constituye la máxima defensa de la libertad del creador, que también él da a su personaje. Es la superación de los estrechos cánones de la retórica tradicional, según los cuales la cuna del héroe determinaba su vida posterior: el heroico Amadís, hijo de reyes, era de Gaula; el pícaro, antiheroico, Lazarillo, hijo de padres viles, era de Tormes; y según tal herencia, así discurrirían las vidas de ambos.

Por ello Cervantes rehúsa dar la cuna precisa del héroe, para que don Quijote emprenda su andadura libre de todo determinismo; por eso tampoco descubre su genealogía, sus antepasados, ni siquiera el nombre preciso del hidalgo manchego; y por eso mismo también se considera sólo *padrastro* de don Quijote, porque éste, como tantos otros personajes visionarios que le sucedieron en la literatura universal, es el padre de sí mismo: crea su nombre, la figura de Dulcinea y también la realidad que vive en su quimera caballeresca, imaginando castillos donde hay ventas, gigantes en los molinos, etc.

Efectivamente, después de don Quijote la vida del personaje literario será más libre, y será posible —antes no— imaginar un Amadís de Tormes o un Lazarillo de Gaula.

### *7.4. El tiempo: desajustes cronológicos*

Ya en su comienzo se descubre que, a diferencia de los libros de caballerías, localizados temporalmente en épocas remotas, el *Quijote* transcurre en un tiempo cercano *(no ha mucho tiempo),* es decir, casi ahora y no en tiempos de Maricastaña, como señala Torrente Ballester.

La cronología interna del relato, el tiempo del discurso, mantiene casi siempre un orden lineal, acorde con la sucesión temporal de los hechos de la historia. Pero, por motivos nunca explicados del todo, la cronología del relato resulta desconcertante en sus frecuentes desajustes, que hacen imposible una ordenación lógica del transcurso temporal del *Quijote*.

Algunas muestras debidamente elegidas pueden ilustrar suficientemente esta falta de ordenación lógica: la primera salida de don Quijote se produce en dos días de un mes de julio, y, sin embargo, el ama cuenta tres días (I, 5); la segunda salida, antes de cuyo inicio pasan unos diecisiete días (I, 7), abarca algo menos de un mes y tiene su referencia temporal más precisa en la fecha del 22 de agosto (libranza de pollinos de don Quijote a Sancho en I, 25), con lo cual se contradicen las referencias a la siega, en pleno mes de agosto, en boca de Sancho y de Juan Palomeque; es imposible delimitar con precisión el tiempo transcurrido en Sierra Morena, y es igualmente confuso el que la comitiva de don Quijote pasa en la venta (novelas intercaladas y otros sucesos).

La cronología de la segunda parte es aún más disparatada. Antes de la tercera salida transcurre casi un mes (II, 1): ¿cómo es posible que en tan poco tiempo la primera parte esté ya publicada y haya sido leída, si sólo en traducirla el morisco aljamiado había invertido un mes y medio? Con ello se contradice también la decisión de ir a Zaragoza, donde *de allí a pocos días* se celebran las fiestas de San Jorge (II, 4), patrono de la caballería aragonesa cuya festividad coincide con el veintitrés de abril. Otro disparate cronológico viene dado por la fecha del veinte de julio (carta de Sancho a su mujer, II, 36), y, encima, del año 1614. Y la llegada a Barcelona aporta un motivo más de desconcierto: se produce en la víspera de San Juan Bautista (probablemente la festividad de su Degollación, el 29 de agosto; o la de su Natividad, el 24 de junio).

Esta disparatada cronología del relato ha recibido interpretaciones diversas, y en todas puede haber algo de verdad: descuidos y olvidos de Cervantes, manifestaciones de la ironía y el perspectivismo, atención al tiempo mitológico y no al real, mayor preocupación por la verdad poética que por la histórica...

Lo cierto es que la consideración del tiempo del discurso como elemento fundamental en la estructura narrativa es un hallazgo de la novela posterior a Cervantes, que también en este orden fue un renovador al romper la secuencia lineal del relato en favor de la simultaneización temporal de lo ocurrido a Sancho en el gobierno de Barataria y a don Quijote en el castillo de los duques: dedica alternativamente un capítulo a cada uno (II, 44-55), quedando relacionado y homogeneizado el tiempo de ambos focos espaciales mediante las cartas cruzadas.

### 7.5. *El espacio: itinerario impreciso*

También en el comienzo del *Quijote* se descubre que, a diferencia de los libros de caballerías, localizados espacialmente en lugares lejanos, exóticos o imaginarios, las andanzas de don Quijote transcurren en una geografía real y cercana, conocida, en La Mancha, es decir, aquí al lado, y no en las legendarias tierras del Preste Juan de las Indias.

Sin embargo, en el *Quijote* se narran tres salidas o viajes cuya deliberada imprecisión geográfica imposibilita la delimitación objetiva del itinerario seguido. Casi nada puede saberse con certeza, ni el lugar manchego de donde parte don Quijote, ni el enclave de la venta donde es armado caballero, ni el de la venta de Juan Palomeque, ni el pueblo del Caballero del Verde Gabán, ni el enclave de las bodas de Camacho, etc. Tan sólo podemos estar seguros de algunas referencias explícitas, como las del Campo de Montiel, Puerto Lápice, El Toboso, Sierra Morena, el río Guadiana, el Ebro, Barcelona y algunas otras.

En suma, un itinerario deliberadamente inconcreto,

vago, real y simbólico a la vez. Un espacio manchego —con el añadido de Barcelona; y los enclaves de Andalucía, Florencia y Argel en las novelas intercaladas— que no se describe directamente y que, sin embargo, produce una extraordinaria ilusión de realidad por la magistral elaboración poética a que ha sido sometido, tanto en sus paisajes como en sus gentes.

Conviene también destacar —así lo ha hecho Moreno Báez— la simetría perfecta en la ordenación de los núcleos espaciales de ambas partes de la novela. La primera tiene como centro la venta de Juan Palomeque: por ella pasan don Quijote y Sancho, de ella parten hacia Sierra Morena —el lugar más alejado—, por ella pasan el cura y el barbero, y en ella se detienen todos en su regreso al punto de partida. Esta función es desempeñada en la segunda parte por el castillo de los duques, centro espacial de la segunda parte: allí se detienen don Quijote y Sancho, de allí parten para Barcelona —el punto más alejado—, por allí pasa Sansón Carrasco a la ida y a la vuelta, y allí se vuelven a detener don Quijote y Sancho en su regreso definitivo.

### *7.6. Los personajes: protagonismo dual de la novela*

El protagonismo dual es una característica de las novelas cervantinas. Don Quijote y Sancho desempeñan aquí esta función, entre un vastísimo número de otros personajes de las más diversas clases y tipos sociales.

Muchos de estos personajes aparecen perfectamente individualizados por medio del retrato en algunos casos y, sobre todo, por medio de la conducta y el habla de cada uno. Así, aparecen retratos del Capitán Cautivo (I, 37), el bachiller Sansón Carrasco (II, 3), el Caballero del Verde Gabán (II, 16), etc., a los que cabe añadir la caricatura de Maritornes (I, 16) y la idealización de Dorotea (I, 28).

Pero la caracterización de los personajes se basa, sobre

todo, en su conducta y en su lenguaje: el vizcaíno (I, 8), el ventero y su familia (I, 32), doña Rodríguez (II, 48, 52), los galeotes y su germanía (I, 22), el bachiller Carrasco y sus latines (II, 3), la fabla caballeresca de don Quijote y los rusticismos y vulgarismos de Sancho o de cualquier cabrero.

Imposible atender a todos aquí, fijémonos en los agentes del protagonismo dual, don Quijote y Sancho, ilustrativos de la complejidad del ser humano, ejemplificando, primero por separado, lo que en el hombre aparece unido y mostrando luego un acercamiento progresivo entre ambos.

Don Quijote protagoniza el ideal de restaurar en su época la caballería andante. A esta quimera caballeresca adecúa todos y cada uno de los elementos de la realidad, transformándolos de acuerdo con su código de caballero andante. Para ello acude con frecuencia a los encantadores, salvo que la realidad ya se le muestre transformada por los demás, como ocurre en casi toda la segunda parte. Su formidable voluntarismo se mantiene firme hasta la segunda parte, pero entra en decadencia a partir de su descenso a la cueva de Montesinos (II, 23), se expresa en la afirmación de su desfallecimiento al final de la aventura del barco encantado (II, 29) y acaba en completa bancarrota espiritual cuando propone a Sancho el innoble trato de creerle lo que éste dice del vuelo en Clavileño (II, 41) a condición de que Sancho le crea a él lo de la cueva de Montesinos, derrumbamiento que se manifiesta también cuando se rebaja a preguntar por ello a la cabeza encantada (II, 62), como también antes había hecho con el mono adivino (II, 25).

Si don Quijote es sujeto de un proceso que le va llevando a la caída de su ficción caballeresca y acercándole cada vez más a la realidad y a la figura de Sancho —recuérdese que, salvo en la aventura del barco encantado (II, 29), en la segunda parte el caballero ve la realidad tal como es y hasta hace uso de refranes, contagiado por su escudero—, el personaje de Sancho Panza experimenta el fenómeno contrario —y complementario— al de su amo.

El escudero actúa de acuerdo con el sentido común y ve la realidad tal como es, y así se lo repite constantemente a su amo. Poco a poco va tomando cariño por don Quijote y se enorgullece de serle fiel. Su quijotización empieza a manifestarse ya en la primera parte: en su imitación de la fabla caballeresca (I, 20), en su credulidad ante la ficción de la Micomicona (I, 29) y en su conducta en la batalla de su amo con los cueros de vino (I, 35). Esta quijotización de Sancho se consuma en la segunda parte de la novela: es manifiesta en su actuación superior ante su mujer (II, 5), con la cual adopta una conducta semejante a la de don Quijote con él; en su astuto encantamiento de Dulcinea (II, 10), que después acaba creyendo él mismo ante la duquesa (II, 33); en las invenciones que dice haber visto en el vuelo de Clavileño (II, 41); en su actuación como gobernador de Barataria; en el lenguaje elevado que utiliza en alguna ocasión, e incluso en su empeño en alentar al mismo don Quijote —en el lecho de muerte— a que ambos se dediquen a la vida pastoril.

### *7.7. La locura y el juego de don Quijote*

Sobre la locura de don Quijote se han escrito miles de páginas, y con las interpretaciones más diversas. El motivo de la locura, fundamental en el *Quijote,* era frecuente en el Renacimiento. En su difusión influyeron, sin duda, el *Orlando furioso,* de Ariosto, y el *Elogio de la locura,* de Erasmo de Rotterdam. Este último libro es, además, un exponente de esa «locura lúcida», que permite decir verdades y que tan presente está en don Quijote y en otros personajes de Cervantes (por ejemplo, *El licenciado vidriera*).

Un acierto de Cervantes fue el haber elegido como protagonista del *Quijote* a un paranoico, enloquecido por la lectura de libros de caballerías, pero cuya perturbación sólo impide el lúcido funcionamiento de su cabeza en lo concerniente a la caballería andante. El narrador insiste constantemente en que don Quijote está loco, algunos personajes lo consideran un loco rematado (Sancho entre ellos, a veces) y otros un «loco entreverado» (don Lorenzo de Miranda, por ejemplo), loco a medias, con intervalos de extraordinaria lucidez. Destacaremos tan sólo dos interpretaciones.

Avalle-Arce explica el trastorno mental de don Quijote de acuerdo con la psicología vigente en la época. Los sentidos de don Quijote perciben y registran correctamente la realidad que él contempla (ventas, molinos, rebaños de ovejas...); pero su imaginación superpone otra realidad diferente (castillos, gigantes, ejércitos...). Su locura es debida, por tanto, al desarreglo de su imaginativa —facultad del alma que recibe las imágenes de los sentidos— y de su fantasía, ambas lesionadas, por lo cual el alma del personaje registra la realidad ya metamorfoseada.

A. Serrano Plaja y G. Torrente Ballester explican la locura de don Quijote como una ficción, un juego sistemáticamente mantenido según un código con unas reglas que el caballero sigue escrupulosamente. Don Quijote no está loco, sino que finge estarlo; propone una ficción, que es jugar a ser caballero andante. Para ello acude a sus queridos libros de caballerías, transforma conscientemente la realidad para adecuarla a su ficción caballeresca —imagina castillos donde ve sólo ventas, convierte los molinos en gigantes, a Maritornes en una princesa, etc.— y, cuando finalmente se produce el descalabro, acude a los encantadores, que le escamotean la realidad.

Por eso en la aventura de los rebaños-ejércitos ataca con

la lanza hacia abajo, y no de frente, como haría si viera soldados; por eso en Sierra Morena no firma la libranza de pollinos —y sí la carta a Dulcinea—, porque si firma como *don Quijote* el documento no tiene validez jurídica y si lo hace como *Alonso Quijano* destruye su ficción; por lo mismo cree el viaje «encantado» de Sancho de Sierra Morena al Toboso, calla fingiendo no darse cuenta cuando se le caen las barbas postizas a maese Nicolás, acepta la ficción de la Micomicona —y se libra de su compromiso convirtiendo el acuchillamiento de los cueros de vino en batalla con el gigante Pandafilando de la Fosca Vista—, acepta el encantamiento de Dulcinea, y eso mismo explica sus frecuentes evasivas, en las que implícitamente descubre que es consciente de su juego:

> «yo sé quien soy [...], y sé que puedo ser no sólo los [personajes] que he dicho, sino todos los doce Pares de Francia, y aun todos los nueve de la Fama» (I, 5).
>
> «Dios sabe si hay Dulcinea o no en el mundo, o si es fantástica, o no es fantástica; y éstas no son de las cosas cuya averiguación se ha de llevar hasta el cabo» (II, 32).
>
> «[...] yo imagino que todo lo que digo es así [...], y píntola en mi imaginación como la deseo» (I, 25).

Don Quijote es el creador de su mundo. El solo es también el vencedor de sí mismo, cuando, al final, renuncia a su ficción, para bien morir. Pero recuérdese que quien muere no es don Quijote, sino el hidalgo manchego Alonso Quijano el Bueno. ¿Es su locura una ilusión consoladora? Como indica C. Segre, «la mayor derrota de don Quijote radica en haber recuperado la razón».

### 7.8. El título de la novela

En el *Quijote* es complejo y polisémico incluso el título, otro elemento importante en la estructura de una novela. Antes de nada conviene señalar con Percas de Ponseti que el título corresponde no al moro Cide Hamete ni al «autor segundo» (Cervantes), sino al narrador, como se deduce de la lectura de I, 9. Cide Hamete —historiador— puso como título «Historia de don Quijote de la Mancha». Pero es el narrador quien pone el título definitivo: *El ingenioso hidalgo don Quijote de la Mancha,* que con el nombre del héroe y de su patria natal remite paródicamente a los títulos de las novelas de caballerías (*Amadís de Gaula, Belianís de Grecia, Felixmarte de Hircania, Palmerín de Inglaterra,* etc.), ya parodiados también en la ironía de los títulos de la novela picaresca (*Lazarillo de Tormes, Guzmán de Alfarache*...). El cambio de *hidalgo* por *caballero* en el título de la segunda parte ya ha sido comentado.

La diversidad de interpretaciones se funda precisamente en el adjetivo *ingenioso,* que el narrador ha introducido en el título aplicado a un hidalgo; y el grupo de los hidalgos era un sector social bien conocido y corriente en la España de la época, uno de los menos dados a cualquier tipo de innovación, y no tenía el privilegio del tratamiento de *don* (véase II, 2). ¿Por qué se califica a don Quijote de «ingenioso»? Sólo destacaremos algunas interpretaciones de esta inesperada asociación *ingenioso-hidalgo:*

a) Don Quijote es «ingenioso» porque tiene sutil y delicado ingenio (explicación que da Covarrubias de «ingenioso»), por su «facultad de discurrir o inventar con prontitud o facilidad» (explicación de *ingenio* en el actual Diccionario de la Academia). Nótese, pues, el contraste ingenioso-hidalgo, como también el *don* contrasta con el nombre ridículo de *Quijote* (véase I, 1).

b) Por su agudeza y capacidad para decir gracias y donaires (*Decir gracias y escribir donaires es de grandes ingenios,* dice don Quijote en II, 3).

c) También se ha dicho que don Quijote es «ingenioso», atendiendo a la imaginación y fantasía del personaje, porque posee el ingenio creador del poeta.

d) En su acepción médica, según las teorías fisiológicas y psicológicas de la época (Huarte de San Juan), el sentido de *ingenioso,* relacionado con la teoría de los humores, implicaba la relación de un temperamento colérico —don Quijote lo es— y su propensión a la monomanía, al desequilibrio, a convertirse en un visionario —como don Quijote.

e) Se ha dado incluso la explicación culinaria: la locura y el ingenio de don Quijote proceden de su costumbre de comer lentejas —él lo hacía todos los viernes, I, 1—, cuya mala digestión, según la tradición médica popular, provocaba sueños desvariados y era perniciosa para la salud mental.

En fin, de todo puede haber en el título tan multisugerente de una obra tan compleja, en la cual el héroe, dueño de una genial locura creadora, derrocha «ingeniosidad en transformar la realidad para que coincida con sus sueños idealistas. [...] ingeniosidad de poner la realidad al servicio de la fantasía poética» (Percas de Ponseti).

## 8. *Consideraciones sobre la técnica y el estilo*

En muchas notas a pie de página en cada capítulo queda un variado muestrario de los diversos procedimientos técnicos y recursos estilísticos más relevantes en el *Quijote,* que han sido ampliamente estudiados en las ya clásicas monografías de Hatzfeld, Rosenblat, Percas de Ponseti, y en los libros introductorios de M. de Riquer y Moreno Báez.

Por ello nos limitaremos aquí al simple esbozo de apenas un breve guion que fácilmente puede —y debe— completarse con los comentarios de las citadas notas.

### *8.1. Procedimientos técnicos más relevantes*

Además de los ya comentados perspectivismo múltiple, juego de autores y narradores, manuscrito encontrado, equívoco y ambigüedad, importa destacar los siguientes:

a) La parodia. Es la fórmula básica del *Quijote,* técnicamente concebido y estructurado como una parodia de los libros de caballerías: desde el título mismo hasta el lenguaje arcaizante de la fabla caballeresca de don Quijote y de otros personajes que lo remedan, pasando por la invención del autor moro, el manuscrito encontrado, el estilo gradilocuente, la hipérbole desmesurada y multitud de aventuras y situaciones.

b) La ironía. Junto con la parodia es el otro procedimiento fundamental de la novela. Ambos se encuentran además en la raíz del humor cervantino. La ironía sustenta la concepción de la figura de don Quijote, afecta a muchas situaciones e invade todos los capítulos de la obra e incluso algunos epígrafes de éstos.

c) El diálogo. Su empleo sistemático es otro de los hallazgos técnicos más importantes en el *Quijote,* y tuvo una influencia decisiva en la novela posterior. El diálogo es la base de la individualización de muchos personajes por su habla, sustento del perspectivismo múltiple, recurso dialéctico empleado como medio de conocimiento del alma humana y fundamento del dinamismo narrativo y de no pocas manifestaciones de comicidad y humor.

d) El fragmentarismo. Aun dentro de la general ordenación lógica y la secuencia lineal de la novela, la ruptura y la fragmentación del relato, es un procedimiento frecuente en el *Quijote,* y contribuye a crear suspense. La aventura del vizcaíno (I, 8) queda interrumpida en el momento culminante de la batalla; la novela interpolada de Cardenio-Luscinda y Dorotea-don Fernando presenta una construcción fragmentada en varios segmentos (I, 24, 27, etc.); los encuentros de don Quijote con el Caballero del Bosque (II, 14) y con el Caballero de la Blanca Luna (II, 64) se narran antes de contarnos que en ambos casos el rival es el bachiller Carrasco disfrazado de caballero andante.

e) El dinamismo narrativo. El dinamismo del *Quijote* se apoya en factores tan diversos como la misma organización de la novela en forma de viaje —tres salidas—, el movimiento constante de los personajes —a pesar de algunas paradas notables—, la sucesión de aventuras, el suspense creado por la interrupción de una aventura, su retardamiento o su anuncio por signos desconcertantes, la fluidez de los diálogos —llegándose con frecuencia al encadenamiento entre habla y réplica—, las frecuentes relaciones de dependencia gramatical entre el comienzo de un capítulo y el final del anterior, y el uso frecuente de resúmenes narrativos y de la sintaxis paratáctica.

f) Comicidad y humor. Es otra característica fundamental del *Quijote.* Prácticamente todos los procedimientos señalados favorecen la comicidad y el humor. Añádase, además, el derroche de ingenio cervantino en la creación de nombres propios (antropónimos y topónimos), en tratamientos cómicos por inadecuados, en asociaciones sintácticas insólitas o en las prevaricaciones idiomáticas de Sancho.

### *8.2. Recursos estilísticos. La lengua del «Quijote»*

Señalaremos exclusivamente los más frecuentes, según los estudios de Hatzfeld y Rosenblat (casi todos son empleados como recurso cómico, humorístico o burlesco):

a) Muestra de diferentes estilos y niveles de habla. Se combinan el remedo del estilo solemne de los libros de caballerías, de su lenguaje arcaizante, el estilo de la literatura pastoril, el lenguaje elevado, la retórica de los textos jurídicos y mercantiles, los giros y modismos populares, el habla rústica de los cabreros y la vulgar de las aldeanas del Toboso, la germanía de los galeotes y aun las peculiaridades lingüísticas del vizcaíno, además de los refranes de Sancho, una enciclopedia paremiológica y fuente inextinguible del habla popular.

b) Voces de diferentes lenguas. Desde las frases latinas empleadas por personajes cultos (don Quijote, el cura, Sansón Carrasco...) hasta algunas expresiones italianas (o la jerga italianizada de los peregrinos que acompañan a Ricote) y muchas palabras árabes (relato del cautivo), pasando por la deformación del alemán *Geld* (dinero) en *guelte* (en boca de los compañeros de Ricote).

c) La sinonimia. Su empleo es muy abundante, y con frecuencia se llega a lo que Rosenblat llamó la sinonimia glosada, en la cual un término o frase (habitual) explica el significado del otro (problemático o ambiguo).

d) El lugar común. El uso de tópicos o lugares comunes es también muy frecuente. Lo más característico de Cervantes es su juego con ellos, añadiendo un elemento nuevo que resalta el significado etimológico del lugar común empleado, al que así devuelve su originalidad.

e) La antítesis. Son muy frecuentes en el *Quijote,* en el que abundan ejemplos de acumulaciones de antítesis y también ejemplos de lo que Hatzfeld llamó antítesis armonizada.

f) Los juegos de palabras. Hay un auténtico derroche verbal en esta obra. A veces se trata de un simple juego de palabras, paradoja, dilogía, paronomasia. Pero lo más interesante es su empleo combinado con la antítesis, el oxímoron, la anáfora, la intencionalidad irónica y el juego con la misma forma gramatical de las palabras.

g) La expresión elíptica. El juego con la elipsis y con el

zeugma —variante de la elipsis— se mantiene desde el principio hasta el final de la novela. Su uso sistemático contribuye al logro del ritmo rápido y a la fluidez y agilidad del diálogo, en el que abundan los casos de encadenamiento entre habla y réplica por medio del zeugma.

h) La comparación y la metáfora. También son recursos básicos en la retórica del *Quijote*. Más que la novedad o la brillantez de las comparaciones y metáforas destaca la adecuación de su empleo acorde con cada situación y con el personaje que habla, desde la condición culta de don Quijote y otros personajes hasta la vulgar de Sancho y otros rústicos. En todo caso, salvo en algunos pasajes deliberadamente rebuscados —parodia—, siempre sobresale su naturalidad y su espontaneidad.

Como vemos, la lengua del *Quijote* es, en suma, una magistral síntesis de diferentes estilos y de distintos niveles de habla. Y Cervantes logró dar cima a su genial creación permaneciendo fiel a su ideal lingüístico —practicándolo o parodiando cuanto se apartaba de él— enunciado en las palabras de maese Pedro al mozo que declara las maravillas de su retablo: *¡Llaneza, muchacho; no te encumbres, que toda afectación es mala!* (II, 26); o en boca del mismo don Quijote, que aconseja a Sancho: *habla con reposo; pero no de manera que parezca que te escuchas a ti mismo; que toda afectación es mala* (II, 43).

# BIBLIOGRAFÍA

Además de las historias de la literatura y de los estudios introductorios a las ediciones del *Quijote* —citadas en el «Criterio de esta edición»— y de la revista *Anales cervantinos* —editada por el C. S. I. C.—, puede consultarse la siguiente bibliografía, seleccionada con el pensamiento puesto en los destinatarios a quienes se dirige esta colección didáctica:

AGOSTINI DE DEL RIO, A.: *Compañero del estudiante del «Quijote»,* Ed. Cordillera, San Juan de Puerto Rico, 1975, 1061 págs.

Manual utilísimo en el que se explican todos los capítulos del *Quijote* y se extractan abundantes páginas de muchos cervantistas.

AVALLE-ARCE, J. B.: *Don Quijote como forma de vida,* Fundación Juan March/ Editorial Castalia, Madrid, 1976, 295 págs.

Estudio imprescindible para la comprensión de la figura de don Quijote en varios aspectos fundamentales.

— (ed.): «Cervantes y *El Quijote», en Historia y crítica de la literatura española,* al cuidado de F. Rico, t. II: *Siglos de Oro: Renacimiento,* dirigido por F. López Estrada, Editorial Crítica, Barcelona, 1980, págs. 591-709.

Comentario bibliográfico y amplia reunión de algunas de las páginas más lúcidas de grandes cervantistas.

— y RILEY, E. C. (eds.): *Suma cervantina,* Tamesis Books, Londres, 1973, 452 págs.

Reunión de estudios de conocidos cervantistas sobre diversos aspectos de la vida y obra de Cervantes.

BASANTA, A.: *Cervantes,* Ed. Cincel, Madrid, 1983, reimp. 96 págs.

CASALDUERO, J.: *Sentido y forma del «Quijote»,* Ed. Ínsula, Madrid, 1975, 401 páginas.

Libro ya clásico en el cual este prestigioso cervantista expone su personal y sugerente interpretación del *Quijote.*

CASTRO, A.: *El pensamiento de Cervantes,* Ed. Noguer, Barcelona-Madrid, 1980, reimp. 410 págs.

Ensayo renovador —muy importante, como otros del mismo autor sobre Cervantes— de los modernos estudios cervantinos. Es ésta una nueva edición ampliada —la primera se publicó en 1925— y con notas del autor y de J. Rodríguez Puértolas.

HALEY, G.: (ed.): *El Quijote,* Ed. Taurus, Madrid, 1984, 408 págs.

Reunión de ensayos de varios autores sobre diferentes aspectos de la novela.

HATZFELD, H.: *El «Quijote» como obra de arte del lenguaje,* C. S. I. C., Madrid, 1972, reimp. 371 págs.

Libro ya clásico, fundamental en el análisis estilístico del *Quijote.*

MADARIAGA, S. DE: *Guía del lector del «Quijote»,* Ed. Espasa-Calpe, Madrid, 1978, 215 págs.

Aun con algunos juicios más que dudosos, el ensayo de Madariaga sigue siendo una gratificante compañía en la lectura del *Quijote.*

MANCING, H.: *The Chivalric World of Don Quijote: Style, Structure, and Narrative Technique,* University of Missouri Press, Columbia & London, 1982, 240 páginas.

Aproximación, acertada y completa, al análisis de la estructura y técnica narrativa del *Quijote,* que el autor estudia agrupando los capítulos en bloques.

MARAVALL, J. A.: *Utopía y contrautopía en el «Quijote»,* Ed. Pico Sacro, Santiago de Compostela, 1976, 260 págs.

Estudio del *Quijote* en relación con la sociedad, la política y las ideas de su tiempo.

MORENO BÁEZ, E.: *Reflexiones sobre el Quijote,* Ed. Prensa Española, Madrid, 1971, 171 págs.

Inteligente aproximación —con abundantes ejemplos— a algunos de los aspectos más relevantes del *Quijote.*

NAVARRO GONZÁLEZ, A.: *Las dos partes del «Quijote».* Ed. Univ. de Salamanca. 1979, 71 págs.

Acertado comentario de las analogías y diferencias entre las dos partes de la novela.

ORTEGA Y GASSET, J.: *Meditaciones del «Quijote»,* Ed. Cátedra, Madrid, 1985, 256 págs.

Entre otros ensayos de otros escritores del siglo XX —Unamuno, Azorín, Maeztu...—, el de Ortega, ahora editado por Julián Marías —su primera edición es de 1914—, conserva todo su atractivo, por la perspicacia lectora del ilustre pensador.

PERCAS DE PONSETI, H.: *Cervantes y su concepto del arte,* Ed. Gredos, Madrid, 1975, 2 vols., 690 págs.

Penetrante y documentado estudio crítico de algunos aspectos —estructura, técnica y significado— y episodios del *Quijote.*

REYRE, D.: *Dictionnaire des noms des personnages du don Quichotte de Cervantes.* Ed. Hispaniques, París, 1980, 231 págs.

Explicación —simbólica, lingüística...— del significado de los nombres de personajes de la novela.

RILEY, E. C.: *Teoría de la novela* en *Cervantes,* Ed. Taurus, Madrid, 1972, 359 páginas.

Estudio fundamental del tema anunciado en el título.

RIQUER, M. DE: *Aproximación al «Quijote»,* Ed. Teide, Barcelona, 176, 236 págs.

Una de las mejores introducciones a la lectura del *Quijote.* Sencilla, elemental y llena de sugerencias.

ROSENBLAT, A.: *La lengua del «Quijote».* Ed. Gredos, Madrid, 1978, reimp. 380 págs.

Estudio fundamental, con abundantísima ejemplificación, sobre la lengua y estilo del *Quijote.*

SALAZAR RINCÓN, J.: *El mundo social del «Quijote»,* Ed. Gredos, Madrid, 1986, 336 págs.

Es la más reciente contribución al análisis de los aspectos sociales del *Quijote,* estudiados antes por R. L. Predmore en *El mundo del Quijote* (1958).

SERRANO PLAJA, A.: *Realismo «mágico» en Cervantes,* Ed. Gredos, Madrid, 1967, 236 págs.

Ameno y perspicaz estudio de la figura de don Quijote como creador consciente de una ficción desarrollada como un juego. Frecuentes comparaciones con *Tom Sawyer* y *El idiota.*

SPITZER, L.: «Perspectivismo lingüístico en el *Quijote*», en *Lingüística e historia literaria,* Ed. Gredos, Madrid, 1974, págs. 135-187.

Inteligente análisis de una de las claves más importantes de la novela, el perspectivismo.

SYVERSON STORK, J.: *Theatrical Aspects of the Novel: A Study of «Don Quixote»,* Ed. Albatros-Hispanófila, Valencia, 1986, 134 págs.

Se analizan en este reciente libro los aspectos teatrales, que son muy relevantes en la estructura narrativa del *Quijote.*

TORRENTE BALLESTER, G.: *El «Quijote» como juego y otros trabajos críticos.* Ed. Destino, Barcelona, 1984, págs. 11-202.

Reedición del libro de 1975 (en Guadarrama), en el que Torrente, coincidiendo en parte con Serrano Plaja, analiza la novela de Cervantes como un juego conscientemente imaginado por don Quijote.

## TÍTULOS PUBLICADOS

1. *Lazarillo de Tormes,* anónimo.
2. *La vida es sueño,* Pedro Calderón de la Barca.
3. *Rimas y leyendas,* Gustavo Adolfo Bécquer.
4. *Cuentos,* Leopoldo Alas, «Clarín».
5. *Romancero,* varios.
6. *Rinconete y Cortadillo,* Miguel de Cervantes Saavedra.
7. *Fuente Ovejuna,* Félix Lope de Vega y Carpio.
8. *El sí de las niñas,* Leandro Fernández de Moratín.
9. *El sombrero de tres picos,* Pedro Antonio de Alarcón.
10. *Platero y yo,* Juan Ramón Jiménez.
11. *La Celestina,* Fernando de Rojas.
12. *El casamiento engañoso* y *El coloquio de los perros,* Miguel de Cervantes Saavedra.
13. *Don Álvaro o la fuerza del sino,* Ángel de Saavedra (duque de Rivas).
14. *San Manuel Bueno, mártir,* Miguel de Unamuno.
15. *Antología poética.* Antonio Machado.
16. *Antología de poesía barroca,* varios.
17. *El caballero de Olmedo,* Félix Lope de Vega y Carpio.
18. *Artículos,* Mariano José de Larra.
19. *Bodas de sangre,* Federico García Lorca.
20. *Tres sombreros de copa,* Miguel Mihura.
21. *Antología poética de los siglos XV y XVI,* varios.
22. *El alcalde de Zalamea,* Pedro Calderón de la Barca.
23. *Antología de la Generación del 27,* varios.
24. *Don Quijote de la Mancha,* I, Miguel de Cervantes Saavedra.
25. *Don Quijote de la Mancha,* II, Miguel de Cervantes Saavedra.

TÍTULOS PUBLICADOS

1. *Lazarillo de Tormes*, anónimo.
2. *La vida es sueño*, Pedro Calderón de la Barca.
3. *Rimas y leyendas*, Gustavo Adolfo Bécquer.
4. *Campos de Castilla*, Antonio Machado.
5. *Romancero*, varios.
6. *Rinconete y Cortadillo*, Miguel de Cervantes Saavedra.
7. *Fuente Ovejuna*, Félix Lope de Vega y Carpio.
8. *El sí de las niñas*, Leandro Fernández de Moratín.
9. *El sombrero de tres picos*, Pedro Antonio de Alarcón.
10. *Platero y yo*, Juan Ramón Jiménez.
11. *La Celestina*, Fernando de Rojas.
12. *El casamiento engañoso y El coloquio de los perros*, Miguel de Cervantes Saavedra.
13. *Don Álvaro o la fuerza del sino*, Ángel de Saavedra (duque de Rivas).
14. *San Manuel Bueno, mártir*, Miguel de Unamuno.
15. *Antología poética*, Antonio Machado.
16. *Antología de poesía barroca*, varios.
17. *El caballero de Olmedo*, Félix Lope de Vega y Carpio.
18. *Artículos*, Mariano José de Larra.
19. *Bodas de sangre*, Federico García Lorca.
20. *Tres sombreros de copa*, Miguel Mihura.
21. *Antología poética de los siglos XV y XVI*, varios.
22. *El alcalde de Zalamea*, Pedro Calderón de la Barca.
23. *Antología de la Generación del 27*, varios.
24. *Don Quijote de la Mancha*, I, Miguel de Cervantes Saavedra.
25. *Don Quijote de la Mancha*, II, Miguel de Cervantes Saavedra.

Depósito Legal: S. 390-2001 - ISBN: 84-207-2795-4 (vol. II) - ISBN: 84-207-2796-2 (obra completa) - Impreso en Gráficas Varona. Polígono «El Montalvo», parcela 49. 37008 Salamanca - Impreso en España/Printed in Spain.